T0349398

El compromiso de Long Island

El compro- miso de Long Island

TAFFY BRODESSER- AKNER

Traducción de Daniel Casado

◯ Plata

Argentina – Chile – Colombia – España
Estados Unidos – México – Perú – Uruguay

Título original: *Long Island Compromise*
Editor original: Park Row Books
Traducción: Daniel Casado

1.ª edición: noviembre 2024

ISBN: 978-84-92919-76-5
E-ISBN: 978-84-10365-59-9
Depósito legal: M-18.192-2024

Fotocomposición: Urano World Spain, S.A.U.
Impreso por: Rodesa, S.A. – Polígono Industrial San Miguel
Parcelas E7-E8 – 31132 Villatuerta (Navarra)

Impreso en España – *Printed in Spain*

Para mis padres.

¿Te acuerdas de que me volvías loco?

—DON HENLEY, «The Boys of Summer».

UN DIBBUK SE TRAE ALGO ENTRE MANOS

¿Te apetece oír una historia con un final horrible? El miércoles 12 de marzo de 1980, Carl Fletcher, uno de los hombres más ricos del barrio residencial de Long Island en el que nos criamos, fue secuestrado en la puerta de su casa, cuando se disponía a ir a trabajar.

Había sido una mañana como cualquier otra. Carl se había despertado, duchado y vestido antes de bajar las escaleras y despedirse con un beso de su mujer, Ruth, como siempre. Ruth ya les había dejado un cuenco de cereales Kellogg's a sus dos hijos, Nathan y Bernard, cuando Carl les dio unas palmaditas en la cabeza, para luego salir de la cocina y por la puerta principal, hacia el sol intenso del exterior. Por aquel entonces el clima era más simple, y la primavera se asomaba entre la nieve de la última tormenta de invierno que se estaba haciendo la remolona en la acera. El reflejo lo cegó un poco y todavía veía puntitos para cuando metió la llave en la puerta del Cadillac Fleetwood Brougham que se había comprado el año anterior.

No se había percatado del sonido de las pisadas de otra persona a través de la nieve para cuando un hombre le saltó encima por detrás y le cubrió la cabeza en un movimiento raudo y grácil con el que redujo el mundo de Carl a la oscuridad. En el interior de la capucha que le había colocado se oía el sonido amplificado de sus propios gruñidos y jadeos entrecortados. Alguien más (pues había dos hombres) sacó la llave de la cerradura y se acomodó en el asiento del conductor mientras el primero batallaba con Carl. Cabe destacar que Carl era un hombre bastante alto y que los otros dos parecían bastante más pequeños; fue tan solo el factor sorpresa lo que les permitió meterlo en el suelo del vehículo.

El Brougham salió de la entrada con forma de «C» para alejarse de aquel casoplón al estilo Tudor tan cerca del mar, en la calle St. James, donde vivían los Fletcher. Atravesó el municipio de Middle Rock, giró a la derecha hacia la calle Ocean Vista y pasó por delante de las viviendas colosales de los vecinos de los Fletcher antes de cruzar el puente y, casi tres kilómetros después, acercarse al terreno de seis hectáreas en el que Carl se había criado y en el que su madre estaba sentada delante de un escritorio barroco, escribiendo cheques a la compañía eléctrica y a la sinagoga. Luego pasó por delante de la biblioteca; de la carnicería; de la tienda de esquí y monopatines de Duplo, donde la madre de Carl le había comprado unos patines cuando era pequeño y donde él mismo acababa de adquirir la primera raqueta de tenis para su hijo mayor; pasó por delante de la salida que daba a la sinagoga donde Carl había celebrado su bar mitzvá; por delante del salón de actos en el que se había casado; por delante del gueto de dos manzanas ocupado por mecánicos, y giró a la derecha hacia la carretera Shore para salir de Middle Rock, municipio que, hasta el momento, era conocido por ser el escenario de una novela famosa de los años veinte (y porque el autor vivía allí), además de porque, desde entonces, era el primer barrio residencial de Estados Unidos que contaba con un cincuenta por ciento de población judía.

Los secuestradores condujeron una media hora hasta detenerse, sacar a Carl del suelo del coche y arrastrarlo por unos pocos peldaños hasta meterlo en un lugar cavernoso (el eco de los pasos fue lo que le indicó esa característica) y seguir arrastrándolo dos plantas hacia abajo, por unos peldaños que parecían estar hechos del mismo acero serrado que tenía en su empresa, Consolidated Packing Solutions. Tras las escaleras lo apretujaron en un espacio reducido que supuso que era un armario. La oscuridad se volvió absoluta. El Brougham no volvió a aparecer nunca más.

Nadie reparó en la ausencia de Carl hasta alrededor de las tres de aquella misma tarde. Una hora antes de eso, Ruth le había echado un vistazo al reloj y se había dado cuenta de que era hora de recoger a Nathan de la escuela. Estaba en las primeras semanas de su tercer embarazo y las náuseas matutinas no la habían dejado en paz tras pasar del mediodía, por lo que le preocupaba que fuera un virus y no el embarazo lo que la había dejado tirada en el sofá durante la mañana y gran parte de la tarde, lo que la había hecho permitir que su hijo Bernard, de cuatro años, viera tres refritos de *La isla de Gilligan*, uno tras otro. Se planteó llamar a su amiga Linda Messinger para pedirle que fuera a recoger a Nathan, pero ya le había pedido que lo llevara aquella misma mañana, junto a su propio hijo de seis años, Jared. Linda todavía no sabía que Ruth estaba embarazada, de modo que no quería pedírselo, porque aquel favor por partida doble la iba a delatar y no quería que nadie se enterase tan pronto, ni siquiera Linda Messinger, pues no las tenía todas consigo de que siempre estuviera de su parte. En su lugar, llamó a su suegra, Phyllis. Phyllis era una viuda con chófer y vivía en la misma calle, una mujer llena de vida de cincuenta y cinco o cincuenta años (se había deshecho de todo registro de su nacimiento al cumplir los treinta y seis o los treinta y uno, nadie lo sabía seguro).

Mientras Ruth esperaba a Nathan, llamó a la fábrica para preguntarle a Carl si podía pasarse a por huevos y espaguetis de camino a casa, y su secretaria, Hannah Zolinski, contestó y soltó varios soniditos para hacer tiempo y luego para mostrar su confusión antes de decirle que Carl no había aparecido por la oficina en todo el día. Hannah se había imaginado que se había tomado un día libre, por mucho que le sorprendiera, tal como le contó a Ruth, porque tenían un pedido que cumplimentar para la cuenta de Albertson y, el día anterior, Carl le había dicho que le preocupaba que el departamento de redacción estuviera tardando demasiado. Aquello iba a provocar que la empresa sufriera varios días o semanas de retraso. Hannah no lo había llamado a su casa porque, según le contó, al final no había hecho falta: el departamento de redacción había entregado el documento y todo iba bien con la cuenta (para sus adentros, a la secretaria le preocupaba que Carl sí que le hubiera contado que se iba a tomar el día libre y que no se acordara, porque su jefe se iba a enfadar. Se había prometido con un trabajador del departamento de ingeniería, y Carl ya la había reñido varias veces por distraerse demasiado durante las dos semanas anteriores; por lo que tenía entendido, Carl se enorgullecía de cómo llevaba la empresa: con mano dura, lo cual más que nada conllevaba actuar con la idea de que todos le robaban en todo momento, en ocasiones en forma de dinero, pero más aún en forma de tiempo. Era una lección que le había inculcado su propio padre, quien había fundado y dirigido la empresa hasta el día de su muerte, motivo por el cual Carl no solía tomarse ningún respiro, y mucho menos de improviso, y por el cual Hannah le acabó contando a la policía que seguro que se habría acordado si Carl le hubiera dicho que se iba a dar un día de fiesta).

Ruth cortó la llamada y se llevó un dedo a los labios. Se quedó así durante un buen rato, mientras la voz de la secretaria desaparecía, el auricular se quedaba en silencio y empezaba a sonar el pitido de la línea, seguido del estruendo obsceno y ensordecedor de un teléfono de los años ochenta cuando está descolgado. Su suegra entró en la estancia y pasó la mirada de Ruth al teléfono y luego a Ruth una vez más.

—¿Y a ti qué te pasa? —le preguntó Phyllis.

En cuestión de veinte minutos llegó la policía del lugar. En una hora, entró la madre de Ruth, Lipshe. Y, en veinticuatro horas, el FBI se estaba acomodando en el hogar de Carl y de Ruth: cinco agentes a tiempo completo (dos de los cuales se llamaban John), incluida una mujer (Leslie), que iban a quedarse allí las veinticuatro horas del día, durmiendo en las habitaciones de invitados, en las de los niños y en el salón. Si bien habían asignado a tres agentes del departamento de policía de Middle Rock a la casa, no servían para nada. Debido a la riqueza del lugar y a la distancia relativa que lo separaba de cualquier sitio que se pareciera siquiera a un vecindario de clase obrera, Middle Rock era un municipio eternamente seguro en los años ochenta, por lo que los agentes no tenían ningún tipo de experiencia sobre cómo lidiar con algo tan extraño y tan violento (al menos en teoría) como una persona que había desaparecido de repente.

Ruth les mostró a los agentes unas fotos recientes de Carl que le habían hecho durante el bar mitzvá de su sobrino y se lo describió: medía metro noventa; estaba rellenito pero no gordo; tenía una melena castaña preciosa que desafiaba a toda lógica (a sus treinta y tres añazos, solo llegaba al uno en la escala de alopecia Hamilton-Norwood, igual que cuando lo conoció); unos ojos marrones que parecía entornar en todo momento, por mucho que conservara una mirada amable, y una nariz que apuntaba hacia abajo, de modo que siempre parecía que todo lo que veía le daba un poco de asco. Ruth se detuvo en una foto de los dos bailando, mientras ella miraba hacia atrás, quizá porque alguien la había llamado, tal vez el propio fotógrafo.

—Aquí salimos bailando —dijo. Los agentes asintieron, pensativos, y anotaron algo en sus respectivos cuadernos.

Y entonces hicieron sus preguntas: ¿alguien estaba «enfadado» con él? ¿Alguien tenía algún motivo para «amenazarlo»? ¿Alguna vez le había hablado de que tuviera algún «enemigo», o quizás algo que sonara más inofensivo, como una persona cualquiera que lo odiara? ¿Existía la posibilidad (por remota que fuera, ellos no insinuaban nada) de que hubiera otra mujer en su vida?

—No deja de mencionar a una tal Hannah Zolinski —comentó uno de los John, tras comprobar sus notas.

—Es su secretaria, por el amor de Dios —contestó Ruth, exasperada. No le gustaba sentirse acusada, no le hacía nada de gracia que, además de tener que lidiar con el estrés de aquella situación tan absurda, también tuviera que asegurarse de mantener la buena reputación de su marido cuando casi todos tenían más que claro que era una víctima—. Si supieran lo mucho que se frustra con ella... —siguió, antes de añadir a toda prisa, como si eso fuera a defender al acusado en su ausencia—: ¡Está prometida! Hannah se acaba de prometer. ¡Con un socialista!

Todo era un caos. Unos hombres a los que Ruth no había visto en la vida entraban y salían de su casa, tenía el frente lleno de furgonetas y el teléfono no dejaba de sonar. Fue así como la encontró el sobrino de Phyllis, Arthur Lindenblatt. Era un abogado especializado en testamentos y fideicomisos, lo cual lo convertía en el abogado de la familia, dado que, hasta aquel día, los Fletcher no habían necesitado a un abogado para nada que no fueran sus extensos testamentos y sus valiosos fideicomisos. Phyllis lo había llamado justo después de que la policía contactara con el FBI, y él había estado trabajando desde casa aquel día, en Roslyn, porque tenía una citación en el juzgado del condado de Nassau para la lectura de un testamento a última hora de la tarde. Había estado de camino a su coche cuando su mujer, Yvonne, le había gritado desde la puerta para contarle que su tía Phyllis estaba al teléfono y que era urgente.

Arthur no llegó a acudir al juzgado aquel día. Llegó a la casa de los Fletcher en el momento justo en que se producía uno de los primeros intercambios tensos entre los agentes y Phyllis. Uno de ellos se había referido a ella como la madre de Ruth («¿A qué hora dice que llamó a su madre?», fue lo que preguntó uno de los John), y Phyllis les estaba soltando una extensa perorata sobre el árbol genealógico de los Fletcher y sobre cómo no era tan complicado de entender y que uno debía cumplir con su trabajo como era debido si quería parecer competente delante de las personas que dependían de él.

—Así que ya ven, esta es mi nuera —estaba diciendo Phyllis cuando entró Arthur, con su gabardina puesta y el maletín en la mano—. El que ha desaparecido es mi hijo. De verdad, no es tan difícil.

Los agentes intercambiaron una mirada, más confusos que nunca. Phyllis y Ruth compartían algunos rasgos faciales: tenían una barbilla que se curvaba hacia delante (un rasgo que le quedaba mejor a Ruth que a Phyllis) y una nariz que había moldeado el mismo cirujano plástico de Manhattan, un médico conocido por todo Long Island por poder hacer que algo que lucía como un paréntesis (o como el signo ortográfico de la llave incluso) no tomara la forma de una pendiente lisa que todas las chicas judías creían que querían pero que no deberían querer porque desentonaba demasiado con sus otros rasgos semíticos prominentes, sino de algo mucho más apropiado: una nariz chata muy digna, con una rotación de la punta nasal de 106 grados, más estrecha al final hasta conseguir una punta tan solo un poco más ancha, de modo que encajaba mejor con el resto de rasgos faciales judíos. Había tantísimas madres e hijas que pedían la misma nariz al mismo cirujano que, si la teoría de la evolución de Lamarck fuera cierta, la hija de la hija nacería con esa misma nariz, la cual acabaría redefiniendo la nariz de los judíos estadounidenses. Phyllis y Ruth no eran madre e hija, eso estaba claro, pero sí que habían acudido al mismo cirujano años antes de conocerse. También compartían los mismos ojos marrones y el mismo tono de pelo ligeramente caoba, planchado cada vez que se lo lavaban (la teoría de la evolución de Lamarck también acabaría por crear chicas judías de cabello liso, aunque eso sería una traba para la economía del país). En fin, todo eso es para decir que Carl se había casado con una versión de su madre, por lo que era comprensible que incluso un agente federal de gran pericia, si no era judío, pudiera dudar de quién estaba emparentado con quién.

—Ya me encargo yo de responder las preguntas —les dijo Arthur a los agentes, antes de dejar su maletín para estrecharles la mano a todos—. ¿Por qué no dejamos que Ruth se ocupe de los niños? —Tras lo cual la susodicha se retiró a su habitación, donde su propia madre la tranquilizó en yidis mientras ella lloraba en su regazo (lo protector que se mostró Arthur se interpretó en primera instancia como una necesidad de controlar la información que divulgaban y, más adelante, fue la razón principal por la que los agentes lo vieron como un posible sospechoso durante un tiempo. Sin embargo, Arthur no era nada controlador, sino que actuaba por memoria motriz. Era un hombre amable y tranquilo con tendencias codependientes y que para entonces ya tenía varios años de experiencia apaciguando el mal humor de su tía Phyllis a través de la obediencia y la servidumbre).

De modo que los agentes dirigieron sus preguntas menos amables sobre la familia a Arthur. Y dichas preguntas eran, cómo no, sobre temas económicos. Los agentes habían preguntado con cierta indiferencia acerca de mujeres, accidentes de tráfico y crisis nerviosas, casi por educación, pero les había bastado con echarle un solo vistazo a la casa (la más grande de un vecindario de hogares de lo más apetitosos para los ladrones, con un muelle particular que se adentraba en el estrecho de Long Island, como si el estrecho en sí fuera su propia piscina; su propia piscina pero la de verdad; la entrada con forma de medialuna; los electrodomésticos modernos; los baños de mármol; los sofás de terciopelo, y un Jaguar XJ6 —el de Ruth— aparcado en la entrada). Y luego los agentes de policía del lugar les habían contado lo de la madre que vivía a tan solo un kilómetro y medio de distancia, en un terreno de seis hectáreas que compartía las mismas aguas, y ya se hicieron una idea de lo que estaba sucediendo: los Fletcher no eran ricos a secas, sino que gozaban de una riqueza extraordinaria y absurda. Era una familia muy pero que muy secuestrable.

Mientras tanto, Phyllis se había acomodado en el estudio de Carl y contestaba las llamadas de teléfono de la asociación de mujeres de la sinagoga y de las mujeres de la Sociedad Histórica de Middle Rock (organizaciones que ella misma presidía). Llamó a sus varios contactos (el presidente del municipio, el alcalde, el concejal, un senador del estado que los había ayudado con varios asuntos de la empresa, uno de los múltiples representantes de la ciudad que la familia había invitado a varias cenas y a los bar y bat mitzvá de sus descendientes), y todos ellos le aseguraron que habían organizado un buen grupo para encontrar a Carl, un equipo especial que provenía de cada oficina, que iban a destinar a la causa todos los recursos de los que disponían, que sabían quién era ella y, por tanto, quién era Carl. Los John y Leslie le suplicaron a Phyllis que dejara de entrometerse para que ellos se encargaran de todo, pero la mujer era imparable. Albergaba una sospecha, una muy judía que nacía de unos sucesos que habían ocurrido en su propia vida, de que eran sus contactos quienes iban a conseguirlo, en lugar de los agentes de la ley que estaban llevando el caso; que el encontrar a su hijo desaparecido (más desaparecido cuanto más tiempo pasaba) de forma rauda y entusiasta iba a ser cosa de alguien que quisiera complacerla, más que de alguien obligado a ello.

Para cuando el club masculino de la sinagoga empezaba a formar equipos de búsqueda, el FBI lo dejó pasar sin decir nada. Los agentes vieron que no iban a poder pararle los pies a Phyllis, de modo que permitieron que aquello moldeara su estrategia. Se figuraron que podía ser el tipo de acto que le mostrara a un posible secuestrador que nadie tenía ni idea de por dónde empezar a buscar, lo cual, a su vez, podía tranquilizarlo y hacer que se despistara. Mandaron órdenes de búsqueda y bocetos a través de un aparatejo conocido como módem a las distintas redes de la policía. Colocaron micrófonos y cámaras de vigilancia por toda la propiedad. Monitorizaron las matrículas que viajaban por la autopista de Long Island, como si Carl fuera a conducir entre Middle Rock y Riverhead, de un lado a otro.

Solo que nadie daba con su paradero. Ni siquiera podían llegar a imaginarse dónde estaba. Su coche había desaparecido, tanto que bien podrían haberlo abducido hacia el cielo. Conforme el primer día se convertía en el segundo y luego en el tercero, quienes elaboraban suposiciones sobre el paradero de Carl no llegaban ni a terminar de formular la idea, pues las hipótesis se reducían a vapor según las pronunciaban, antes de llegar a ser frases enteras. No lograban cuadrar esas suposiciones con aquel habitante de Middle Rock arisco, blando y aburrido que de repente se había convertido en noticia, que de repente había cobrado vida, nada más desaparecer de la puerta de su casa durante un miércoles de marzo cualquiera.

Un secuestro. En Middle Rock. Espera, ¿cómo que un secuestro en Middle Rock? Pero si era un lugar que se limitaba a ver el mundo pasar desde una distancia prudencial, un lugar que podía decidir cuándo y cómo interactuar con dicho mundo. Uno que se acababa de adentrar en la mugre, en las películas sucias y llenas de crímenes que veía desde el tríplex de la avenida Spring, en las cloacas clandestinas que pertenecían a la prensa sensacionalista, a los años setenta (ya enterrados y olvidados, por suerte) y a las ciudades incorregibles que había abandonado desde hacía tanto tiempo. ¡Un secuestro! ¡Y en Middle Rock!

Tanto Nathan como Bernard se quedaron en casa durante los dos primeros días del calvario de la familia. En la vieja guardería de la señorita Annette, el casillero de Bernard Fletcher se quedó vacío, en vez de albergar la cantidad ingente de galletitas de trigo y de pasta de higo que tenía siempre. La señorita Annette pensaba en Bernard, tan curioso y valiente, en lo mucho que le costaría a un niño como él aprender a una edad tan temprana a qué se debían los límites que intentaban imponerle en todo momento. En la escuela de Middle Rock, en el aula 1B, el pupitre de fibra de vidrio laminado de Nathan Fletcher también estaba vacío. Nathan era puro nervio, y seguro que lo que había ocurrido no iba a solucionar el problema precisamente. En la sala de profesores, a unas pocas puertas de distancia, la profe de Nathan les contó a las demás chicas que su hermana había salido con Carl un tiempo cuando los dos estaban en el instituto y recordaba que ella decía que era alguien dado a la depresión. ¿Sería posible que Carl se hubiese suicidado? ¿Que hubiese huido de casa? ¿Acaso se habría llevado todo su dinero para intentar vivir lejos del yugo de su madre tan aterradora y de esa mujer opresora y criticona que tenía y que, durante las reuniones con los padres, siempre parecía sospechar de todo? El director de la escuela primaria se metió en la sala de profesores para servirse una taza de café y mencionó lo que recordaba del secuestro de Patty Hearst. Ante aquellas palabras, a las profesoras se les iluminó la mirada: ¿acaso había algún Hearst por allí? ¿Los Fletcher eran los Hearst de la zona?

En otros lares: en la nueva cocina color aguacate de Walter y Bea Goldberg, Bea cerró la pesada puerta de su microondas nuevo y enorme y lo encendió durante tres minutos para preparar un plato que había sacado del libro de recetas *¡Cocina por arte de magia! En solo cinco minutos con tu nuevo microondas* (publicado por la misma empresa que fabricaba dicho aparato) y acudió a su supletorio a juego con el color aguacate de la cocina para preguntarle a Marian Greenblatt si creía que Carl se había escapado con aquella secretaria de su oficina que habían visto durante la fiesta de su trigésimo cumpleaños. Marian, quien se encontraba en su propia cocina, más nueva aún y de color mostaza, con su propio supletorio a juego y observando con sospecha su nuevo microondas mientras se preguntaba cómo era posible que no diera cáncer, dijo que ella sospechaba más de la loca que Carl tenía por hermana, Marjorie. Marian ya había oído aquella misma teoría de parte de Rona Lipschitz, la mujer del propietario de la empresa de catering, quien le recordó que la habían eliminado del testamento de su madre cuando se prometió con aquel estafador hacía años, lo cual sabía porque la propia Marjorie se lo contaba a cualquiera que quisiera enterarse, hasta que había llegado a oídos de su madre y le puso fin al asunto. Más adelante, tan solo unos meses antes de la desaparición de Carl, Marian y su marido, Ned, se habían encontrado con Marjorie y su nuevo y flamante novio cuando salieron a cenar a Manhasset, y habían determinado que aquel también parecía no tener ningún escrúpulo, aunque tuvieron la precaución de decir que Marjorie parecía tan inocente como siempre (es decir, que no se enteraba de nada). Los Lipschitz no pensaban emitir ninguna suposición como aquella sobre Marjorie, porque para entonces ya habían visto de todo. Ni siquiera iban a permitir que un microondas entrara en la santidad de su hogar.

Mientras tanto, en el club de bolos de la Organización Sionista Femenina al que Linda Messinger había engatusado a Ruth para que se uniera, las mujeres (a excepción de Ruth, claro está) se acomodaron en sus asientos de plástico e intercambiaron información casi sin parar a tomar aliento; y no solo sobre el secuestro, sino sobre lo increíble que era el propio concepto de que se produjera un secuestro entre ellos. Les faltaban las palabras, según decían en sus interminables tertulias para hablar del tema. Y, aun así, por mucho que no tuvieran palabras para describir lo sucedido, no dejaban de hablar de ello. Ni siquiera tenían la idea de jugar a los bolos aquel día; se habían dirigido a la bolera para cambiar el lugar en el que continuaban su debate sobre aquel suceso inimaginable; para compartir moléculas de información que habían recibido, supuesto o incluso imaginado, para procesar lo que le ocurría a su amiga y a los niños (por el amor de Dios, pobrecitos niños) y a su ciudad y, por tanto, al mundo. Solo Cecilia Mayer se había puesto los zapatos para jugar a los bolos, aunque ella también había llegado para compartir su punto de vista y se puso a listar todo lo que había visto en Ruth durante los meses anteriores y que indicaba que en su familia abundaban los trapos sucios, sí señor. Había visto a Ruth y a Carl en el bar mitzvá de Michael Feldman y no habían bailado juntos ni se habían aprovechado de la presencia de la mesa de postres, lo cual, por descontado, apoyaba la teoría de que Carl tenía una aventura y que por tanto lo más seguro era que hubiera huido con alguna mujer. Fue Linda Messinger, quien resultó ser fiel hasta decir basta, la que cortó a Cecilia y le recordó que a la familia Fletcher no le pasaba nada, además de que ¿desde cuándo era ella lo bastante cercana a la familia como para notar algo distinto en ellos? ¿Acaso la habían invitado a su casa a cenar alguna vez, una aunque fuera? Cecilia empezó a defenderse con voz de pito, le dijo a Linda que la dejara tranquila y le confesó al grupo que ella, Cecilia, estaba embarazada, y que Linda haría bien en no criticarla en su estado. Las mujeres cambiaron de tema al instante y se reunieron en torno a Cecilia para hacerle las preguntas pertinentes mientras Linda Messinger esbozaba una sonrisa malvada.

Nuestras abuelas solían decirnos que, por mucha envidia que le tuviéramos a alguien, si todo el mundo lanzara su cargamento de problemas al centro de la sala y se les diera la opción de recoger el de cualquier otra persona, sin duda cada uno se llevaría el suyo. No sabíamos si eso siempre era cierto, y menos en el caso de los Fletcher, pero quizás entonces podíamos confirmar que sí. Quizás entonces podíamos afirmar con rotundidad que íbamos a escoger nuestros propios problemas en lugar de los de los demás.

¿O tal vez no? No fue la aparición del crimen en la comunidad lo que capturó la imaginación de Middle Rock, sino el hedor del glamur que llevaba incorporado. Eran las riquezas de los Fletcher, su dinero. Middle Rock era el tipo de barrio residencial de los que ya no existen, una comunidad definida por una ética y unos valores comunes y poblada por una variedad de personas de clase media alta que se habían mudado para rodearse de personas que compartían los mismos valores. El problema de las personas muy ricas que vivían rodeadas de un montón de personas de clase media (y que por tanto obligaban a dichas personas a enfrentarse no a la gran suerte que tenían, sino a sus carencias) se solucionó en los años noventa, cuando aparecieron las mansiones prefabricadas. En un abrir y cerrar de ojos, la clase media dispuso de espacio más que de sobra entre sus paredes de estuco huecas para guardar sus delirios. Sin embargo, la época que nos ocupa es la de los años ochenta, y Middle Rock todavía contenía sus propios guetos: los muy ricos al lado del mar y los ricos a secas más alejados de la orilla. Todo el mundo sabía quién tenía muchísimo dinero y quién solo unos ahorros, quién se iba de vacaciones dónde y quién tenía una segunda propiedad. Los Fletcher, en aquella casa enorme en primera línea de playa, en la misma calle que la mansión más enorme aún y también en primera línea de playa en la que se había criado Carl, eran la cumbre de la pirámide.

Aun así, todo aquel dinero era como la valla blanca del perímetro del terreno de los Fletcher: ocultaba el paisaje. No se podía ver a los Fletcher con claridad a través de la niebla que levantaba su fortuna y de la idea preconcebida con la que uno fuera a mirarlos. Sin embargo, en aquellos momentos, con Carl en paradero desconocido y las calles hablando de su desaparición en todo momento, los habitantes de Middle Rock pudieron ver bien a los Fletcher por fin. Todo había quedado expuesto, y los vecinos, bajo la careta de la preocupación, podían al fin soltar sus preocupaciones sobre sus propios recursos así como sobre su éxito, su futuro y su legado una detrás de otra, y la parte más fea de cada uno hizo que acabaran intercambiando susurros, a las tantas de la noche, con su pareja en el otro lado de la cama, no sobre dónde estaba Carl Fletcher, ni tampoco sobre si estaban en peligro ni sobre a dónde iba a ir a parar el mundo, sino que hablaban de por qué no les había tocado a ellos. ¿Por qué no eran lo bastante ricos como para que alguien quisiera secuestrarlos?

Durante el quinto amanecer que pasó sin Carl, Ruth estaba tumbada en la cama, con la mirada perdida en las paredes, mientras salía el sol. Las sombras de los árboles del exterior de su ventana en la segunda planta formaban una especie de tablero de tres en raya que le recordaba al enrejado del jardín de la casa en la que se crio Carl. Conforme la habitación se iba iluminando, las paredes fueron absorbiendo poco a poco las sombras que se habían formado, y a ella le dio la sensación de que estaba perdiendo a su marido una vez más. Los niños estaban a su lado: Nathan, quien la rozaba con las cuatro extremidades; Bernard, quien se había quedado dormido a los pies de la cama, tumbado de lado como un perro, aunque menos fiel.

Ruth acabó pensando en Brooklyn, donde se había criado ella. Se pasaba las noches en vela, con la mirada clavada en el techo, y se preguntaba cuál de las supersticiones que le habían enseñado de pequeña habría podido impedir que sucediera aquello. Ya casi había dejado de recurrir a aquellas supersticiones, a aquellos saltos de fe en busca de protección, después de conocer y casarse con un hombre cuya riqueza era su propio sistema de seguridad elaborado. Cuando era pequeña, le habían enseñado rituales para prevenir los accidentes y las desgracias: escupir tres veces al oír una idea que le daba miedo; entrar en casa con el pie derecho para que no ocurriera ningún desastre; no cortarse las uñas de las manos y de los pies el mismo día porque eso es lo que le hacían a uno el día de su entierro; no sentarse a la esquina de una mesa, no fuera a ser que no pudiera casarse durante siete años. Le habían enseñado a susurrar «Dios no lo quiera» una vez tras otra y a escupir al suelo al oír que alguien mentaba a sus enemigos. Sin embargo, últimamente, desde que se casó, había empezado a ver aquellas supersticiones que eran su legado cultural como la carga absurda de las personas pobres y desesperadas que no podían controlar ni explicar por qué no dejaban de perseguirlas hasta la muerte. Si aquellas supersticiones servían para protegerlos de los peligros que la pobreza les endiñaba, estaba claro que el dinero era la solución, por lo que por fin podían relajarse.

No obstante, con la desaparición de su marido se dio cuenta de que el dinero la había tenido engañada. Había conseguido que Ruth, una mujer que nació tan solo cuatro años después de la liberación del campo de concentración de Dachau, creyera que estaba a salvo del peligro. ¿Cómo podía haberse olvidado de las lecciones de su infancia ortodoxa? ¡Todo estaba en manos de Dios! Aquello le pasaba por permitirse creer que la buena fortuna estaba garantizada solo porque la tenía a montones. ¡Menuda idiota había sido!

Las paredes ya se habían desprendido de las sombras; ya era por la mañana, y Ruth se preparó para un día más. Había llegado a aceptar que aquello no era un lapsus en su vida, que, hubiera ocurrido lo que hubiere ocurrido, y sin importar cómo acabase, era algo que tenía que ocurrir. Había llegado el momento de pensar largo y tendido sobre el tema y sus repercusiones inevitables, de prepararse: tal vez Carl se había enamorado de otra mujer, quizás incluso de Hannah Zolinski, en efecto, con su cintura esbelta y su carácter bobalicón y sus pestañas oscuras y mejillas sonrosadas. Solo que también podía ser un millón de cosas distintas: lo podían haber secuestrado los musulmanes o una psicótica que estaba obsesionada con él; quizá Carl y el Cadillac estaban en el fondo del estrecho de Long Island; a lo mejor su hermana Marjorie, presa de los celos, lo había asesinado, por mucho que se suponía que estaba viajando por Europa con un hombre que todos sospechaban que era alguna especie de estafador; quizá lo habían abducido los alienígenas, tal vez había sufrido una fuga disociativa. A lo mejor estaba deprimido y se había lanzado al estrecho con el coche, o quizás estaba borracho y había saltado al estrecho con el coche, o probablemente se había distraído y había caído en el estrecho con el coche. O a lo mejor estaba empezando una vida nueva en algún lugar lejano, después de que la presión y la predictibilidad de llevar un negocio familiar al que nunca había podido negarse lo sobrepasara de repente, incluso después de tanto tiempo, sí.

Cada vez se le ocurría algo más descabellado. ¿Alguna vez has perdido de vista a tu hijo en un parque de atracciones o en el supermercado, aunque sea durante un segundo? Es normal que uno no entienda lo vasto e imposible de buscar que es el mundo en realidad hasta que ocurre, que es demasiado extenso como para encontrar algo que se haya perdido de verdad.

Y entonces, a las 06:48 a.m., sonó el teléfono.

Ruth se quedó con la mente en blanco por el susto, pero el cuerpo le reaccionó por su cuenta. Se levantó de la cama como una muñeca sin articulaciones y dejó que las piernas la llevaran por la escalera de caracol en dirección al salón, donde la agente Leslie y uno de los John se habían puesto unos cascos enormes con tanta calma como si llevaran horas esperando allí sentados. John alzó un dedo a modo de advertencia y le indicó que se acercara poco a poco.

Ruth se sentó y trató de recordar lo que debía hacer: escuchar, tenía que limitarse a escuchar. Y a responder con normalidad. No había nadie más con ella en la sala. Todo normal, normal y normal. Atendió el teléfono.

—*Señora Fletcher* —dijo una voz masculina. Sonaba lejos y con un tono robótico por el efecto de un filtro.

Se quedó callada unos segundos, aunque parecía que el hombre estaba esperando a que contestara, por lo que, cuando John le hizo un ademán con la cabeza para que continuara, susurró:

—¿Quién es? —Todo normal.

—*Soy un coronel de la organización conocida como los Luchadores Libertarios del Califato del Valle de Palestina. Somos los responsables de los atentados del centro comunitario judío de Tulsa del seis de febrero y de la escuela Hamish de Los Ángeles el uno de marzo, así como de la ejecución del rabino Shlomo Richstad de la congregación Shaare Jacob el doce de enero. Tenemos a la escoria sionista que es tu marido. Está medio muerto; le he cortado los dedos y las orejas, pero te devolveremos el resto en cuanto accedas a proporcionar fondos a nuestra causa.*

—¿Qué es lo que…? —La voz le salía más aguda que nunca, era la primera vez que se oía hablar así. No podía modularla—. ¿Qué es lo que…?

El hombre la cortó, y menos mal, porque no sabía ni qué pregunta quería hacerle.

—*No me interrumpas* —dijo el hombre—. *Deja doscientos cincuenta mil dólares en la terminal este, en la cinta número seis del aeropuerto JFK. Al mediodía. Si traes a la policía o los llamas o contactas con cualquier otra persona, lo mataré ahora mismo.*

Ruth se aferró al auricular con las dos manos.

—Tengo que saber que sigue vivo —dijo ella, rebuscando con desesperación en sus recuerdos lo que los John y Leslie le habían explicado para prepararla para aquel momento, solo que no se acordaba de nada—. Tengo que hablar con él. ¡Déjeme hablar con él! —Leslie asintió: lo había hecho bien.

—*No tienes que saber nada, cerda judía. Que está medio muerto. Otro día más así y va a palmarla y será culpa tuya. ¿Es eso lo que quieres? Tienes hijos. Tienes que pensar en el pequeño Nathan y en Bernard.* —Se le heló la sangre al oír el nombre de sus hijos—. *¡No te compliques la vida!*

El hombre colgó, y la llamada no había durado lo suficiente como para rastrearla con la tecnología de principios de los años ochenta. Leslie le puso una mano en el hombro y la llevó a una silla del comedor, donde Ruth se sentó y dejó caer la cabeza entre las manos. Había perdido a su marido; él, las manos y las orejas, y los dos, la buena suerte.

—¿Por qué iban a creer que no he llamado a la policía después de tantos días? —preguntó. Las manos. Las orejas. La buena suerte de los dos.

—Todavía no sabemos con qué estamos lidiando —explicó Leslie—. Si creen que no va a llamar a nadie, tenemos que actuar como si no lo hubiera hecho.

Los agentes federales pasaron a la acción alrededor de Ruth mientras ella intentaba imaginárselo todo. Hicieron varias llamadas a alguna especie de base, tras lo cual los agentes se reunieron en círculo y se pusieron a hablar deprisa y con un código que Ruth no lograba entender. Dejó de intentarlo cuando un grito perforó el ambiente y todos pegaron un bote, en lo que fue la única vez que Ruth vio que los agentes cedían ante la tensión. Quien gritó fue Nathan, pues se había despertado y no había visto a su madre al lado.

A las ocho de la mañana, Linda Messinger pasó a recoger a Nathan para llevarlo al colegio, como llevaba haciendo durante los últimos dos días. A Ruth le indicaron que lo llevara al coche sin darle ninguna pista a Linda de que «la situación estaba progresando», según las palabras de los agentes. A las ocho y media, uno de los John se acercó al banco Manufacturers Hanover en la avenida Spring para decirle al gerente que sacara de la cámara 250 000 dólares en billetes no consecutivos, que los marcara y registrara sus códigos. A las ocho cuarenta y cinco, Phyllis llegó para ayudar a Lipshe a encargarse de Bernard mientras Ruth dejaba el dinero del rescate, y el propio Bernard, quien entendió a través de los movimientos repentinos y rápidos por la casa que algo había cambiado, vio que su madre salía corriendo hacia el coche y comenzó una de sus pataletas de escala épica, similar a unas convulsiones o a un trance.

Las pataletas habían comenzado cuando Bernard tenía unos ocho meses, cuando se estaba volviendo consciente de verdad, o bien no había procesado el concepto de la permanencia del objeto o bien rechazaba la idea de que tuviera que sufrir un solo instante sin el bienamado objeto que había osado escapar de él. Desde antes del secuestro y durante él, dicho objeto era su madre, y que se fuera (o se metiera en el baño o desapareciera de su vista un solo segundo o incluso que él parpadeara durante demasiado tiempo) desataba las rabietas. Comenzaban con el rugido lejano de una tormenta incipiente, cuando inhalaba, y, para cuando soltaba el aire, Bernard ya había llevado a cabo todo tipo de destrucción: ropa hecha jirones, sangraba por la nariz, pulmones en carne viva por el esfuerzo. Desde que había aprendido a hablar, las pataletas no habían disminuido de intensidad, aunque sí se habían vuelto menos frecuentes. El problema era que su gravedad se había tornado más violenta que nunca. La última vez que le dio una, en el club de natación de alguien durante el Día de la Independencia, se había desmayado de lo intensa que había sido la rabieta, y un socorrista había tenido que llamar a un médico.

En aquellos momentos, una pataleta estaba en camino, y Ruth y Phyllis intercambiaron una mirada.

—¿Qué debería hacer? —preguntó Ruth.

—No te preocupes, vete y ya —le dijo Lipshe en yidis.

Solo que Bernard, colocado entre las dos y con el presentimiento de que iba a ocurrir algo, desató su grito y, en un momento, tomaron la decisión de que debería acompañar a Ruth al banco, porque la policía iba a estar allí también, por si acaso (por supuesto, los agentes respaldaron el plan, porque ya se habían quedado anonadados por las rabietas que habían presenciado a lo largo de aquella semana). Así fue que Ruth colocó a Bernard en el asiento trasero de su Jaguar y emprendió la marcha hacia el banco.

No era capaz de pensar, ya no tenía ningún instinto. El mundo se había puesto del revés y había relegado la toma de decisiones a cualquiera que se ofreciera voluntario. Entró en el banco con las piernecitas de Bernard rodeándole la cintura y se sentó en un despacho mientras el gerente le llevaba una taza de té y trataba de charlar un poco con ella sin importar que el niño golpeara el escritorio con una regla. Cuando el gerente le pidió a Bernard que parara, Ruth les gritó a los dos. Se marchó tras unos treinta minutos interminables con una bolsa de papel grande, como si acabara de salir del supermercado, y caminó deprisa hasta el coche, donde metió a Bernard en el asiento trasero una vez más. De allí se dirigió al aeropuerto, con la mirada perdida en el espejo retrovisor de vez en cuando y la cabeza en alto mientras sollozaba a todo volumen, apenas consciente de lo que hacía.

Aparcó, sacó a Bernard del coche y caminó tan deprisa en dirección a la terminal este con la bolsa enorme y el niño en brazos que casi se tropieza en un par de ocasiones. Después de la segunda vez, bajó a su hijo e hizo que corriera a su lado. Y la tercera vez se le cayó la bolsa y se abalanzó sobre ella con algo entre un grito y un sollozo mientras Bernard la miraba. Por su parte, el niño no lloró, ni reaccionó siquiera.

En el interior, Ruth se dirigió a la cinta transportadora y colocó la bolsa en ella, por mucho que no estuviera en marcha. Temía que no hubiera hecho las preguntas suficientes: ¿debía dejarla allí sin más? ¿Tenía que esperar a que alguien la recogiera? ¿Y si alguien más se preguntaba qué pintaba una bolsa de la compra en la cinta del equipaje, se asomaba, se encontraba con una pequeña fortuna y se la llevaba, de modo que el secuestrador no se llegaría a enterar de que le había hecho caso? Miró en derredor por la terminal, para intentar identificar a alguno de los agentes que le habían dicho que iban a estar por la zona, pero no encontró a ninguno. ¿El conserje que dormitaba? ¿La azafata que estaba en la cabina telefónica? ¿O quizá la pareja con cuatro hijos adolescentes que se quejaban del equipaje perdido después de volver de Roma? No, esos no podían ser. ¿Cómo se habrían hecho con un uniforme del aeropuerto tan deprisa? ¿Cómo iban a tener cualquier uniforme, de hecho, o hijos de verdad? Nadie se atrevería a usar a niños de verdad para el plan. ¿O sí?

Estaba perdida y aterrada. Solo necesitaba un guiño, un ademán, el más ligero atisbo de algo que la alentara: «¡Vas bien, Ruth! ¡Tú sigue!». Sin embargo, no podía seguir mirándolos, porque sí, quizá fueran agentes federales o policías, pero también podían ser secuestradores.

Empezó a caminar de espaldas, más y más, hasta que, tras recorrer unos quince metros, por fin se dio la vuelta y se dirigió a la salida de la terminal. *¿Y ahora qué?*, pensó. *¿Y ahora qué? ¡¿Y ahora qué hago?!*

Una vez fuera, corrió de vuelta al coche y sufrió la llegada de una enorme ola de pánico. ¿Cómo podía haber accedido a mandar a Nathan a la escuela aquel día? ¿Cómo podía creer que aquellas personas no sabían lo que se traían entre manos? Miró hacia atrás, a su hijo aterrado y en silencio. ¿Cómo podían haber permitido que lo llevara consigo, y todo por una pataleta de nada? ¿A aquellos agentes federales les daba tanto miedo la rabieta de un niño que lo habían mandado al intercambio de un secuestro? ¿Con qué clase de personas estaba tratando? ¿Qué clase de personas se estaban encargando de la operación?

Le echó un vistazo al reloj de pulsera que llevaba. Nathan iba a volver a casa dentro de poco, pero, tal como estaba ella, creía que aquello solo iba a conseguir que el niño quedara más vulnerable, incluso con los agentes que se habían quedado en su casa, incluso con Phyllis por allí. ¡Eran sus hijos! ¿Cómo podía haber mandado a Nathan a clase? ¿Es que estaba decidida a perderlo todo? ¡Tendría que haber acompañado a Carl al coche aquel día!

Llegó a su coche y encontró una nota en el parabrisas, arrancada de un bloc amarillo.

Terminal 5 TWA, Lagwardia, recogida de equipajes 9.

31

Miró en derredor una vez más, frenética. Quería ponerse a gritar a los cuatro vientos por si había alguien cerca que le hiciera caso y se aferraba a su hijo con tanta fuerza que este empezó a darle paraditas.

—¡Estate quieto! —le dijo en un grito que también fue un susurro de odio violento. Entonces sí que le resultó perturbador que Bernard no gritara, que no le cambiara la expresión ni un poco cuando le gritó, y se percató de que no era solo que aquello la perturbara, sino que quería que llorara, que pasara miedo con ella. Se preguntó qué clase de monstruo era su hijo. Y luego, qué clase de monstruo era ella.

Una vez más, metió como pudo a Bernard en el asiento trasero del coche y salió del aparcamiento en dirección al aeropuerto LaGuardia, aún echando vistazos sin parar al retrovisor, para ver si alguien la seguía, hasta que se dio cuenta de que no tenía cómo saber si quien la podía seguir era alguien bueno o malo, por lo que le dio miedo seguir mirando los retrovisores y casi tuvo un par de accidentes en la autopista Grand Central cuando intentó cambiar de carril sin mirar, ambas veces con un grito al iniciar la maniobra. Los gritos no fueron solo por el susto de casi chocar con otro vehículo, sino que provenían de la locura desquiciada de alguien que había mantenido la compostura durante cinco días y ya estaba perdiendo los papeles.

Llegó a LaGuardia y aparcó para volver a salir corriendo con Bernard por el aeropuerto, llegar a su destino y echar un vistazo… ¿en busca de qué? ¿De su marido sin dedos ni orejas? ¿De su cadáver?

Nada. No había nada. Se dirigió a la zona de recogida de equipaje y descubrió que no había ninguna zona 9 en la terminal de la Trans World Airlines. Se puso a dar vueltas sobre sí misma, de izquierda a derecha, con la esperanza de que alguien la viera, de transmitirle el miedo a alguien que la observara. ¿No se suponía que la estaban vigilando?

Y Bernard seguía callado como una tumba.

Volvió corriendo al aparcamiento y cayó en la cuenta de que no sabía quién le había dejado la nota en el coche: ¿habían sido los secuestradores o el FBI? ¿Acaso los secuestradores no solo se comunicaban con letras recortadas de las revistas? ¿Los agentes del FBI eran conocidos por no saber escribir bien el nombre de los lugares? No, todo era una locura.

Lo único que podía hacer era volver a casa. Colocó a su hijo en el asiento de atrás otra vez y emprendió el camino de vuelta hacia Middle Rock, sollozando sin parar por todo el trayecto hasta su casa, donde Phyllis y Lipshe la estaban esperando, además de doce agentes federales más, así como la policía del lugar, que había vuelto. Salieron a recibir el coche, y Ruth se bajó con las piernas inestables, lista para oír la conclusión inevitable de todo el lío: que su marido estaba muerto.

—¿Qué? —preguntó—. ¿Qué? ¿Qué pasa? —Se puso a gritar la misma pregunta una vez tras otra hasta que Leslie acudió a su lado, la empujó un poco en los hombros para que se sentara y alguien le llevó un vaso de agua. Oyó a alguien llorar. Nathan estaba allí, aferrado a la mano a Lipshe.

Phyllis le dio las dos manos a Ruth.

—Ha vuelto —le dijo, con la voz ronca y temblorosa—. ¡Ha vuelto!

Lo que había sucedido fue: diez minutos después de que Ruth colocara la bolsa con el dinero, los secuestradores habían dejado tirado a Carl con su ropa sucia, cubierto de vómito, sangre, orina y excrementos, retorciéndose y sacudiéndose en el exterior del baño de la gasolinera Mobil que había en la mediana de la autopista Northern State. Para entonces, a Carl se le había soltado la venda de los ojos por cómo había caído al suelo y logró quitársela a base de moverse por primera vez en cinco días. La luz del sol le llegó demasiado deprisa y con demasiada intensidad y creyó que se había quedado ciego. Para cuando pudo volver a ver siluetas a través de la luz, un policía estatal que estaba a la caza de personas que se saltaran el límite de velocidad se le estaba acercando con la pistola desenfundada. El agente, al ver que Carl ya estaba atado y esposado, enfundó el arma y pidió refuerzos por la radio, además de una ambulancia.

En cuestión de media hora, Leslie y los dos John llevaban a Ruth y a Phyllis al hospital judío de Long Island, donde un equipo de médicos, enfermeras de traumas y un psiquiatra atendían a Carl. Phyllis y Leslie se quedaron en la sala de espera junto a Ruth, quien lloraba con tanta fuerza que el diafragma la adelantó y empezó a predecir los sollozos antes de que ocurrieran, con lo cual le dificultaba el habla. Para entonces ya sabía que, si bien hacía mucho tiempo que consideraba que su vida estaba dividida entre el antes y el después de su matrimonio con Carl (entre la infancia y la adultez, entre la pobreza y la riqueza), en aquellos momentos supo que dicha división solo había comenzado durante la boda, porque era, en realidad, un fenómeno muy extenso que incluía la boda y el nacimiento de sus hijos y terminaba entonces, con ella en una sala de espera y su marido a dos pasillos de distancia, con un futuro incierto, y la verdadera división de su vida estaba dando comienzo: antes del secuestro y después.

Una hora más tarde, llevaron a Ruth a ver a su marido, tumbado en la cama, amoratado y sedado. Se echó a llorar y le dejó besos en las orejas y en los dedos, los cuales seguían estando presentes y en buen estado, aunque Carl no sabía por qué su mujer le hacía eso. Le dedicó una mirada intensa, en busca del significado detrás de los ojos.

—¿Y los niños? —preguntó en un sollozo que sonó como una tos—. No me han dicho nada. No querían…

—Están en casa con mi madre —respondió ella.

—¿Están bien? ¿No les han hecho nada? ¿Ni a ti tampoco?

—Estamos bien, no nos han hecho nada, Carl, eres tú el que estaba… —Solo que no pudo terminar la frase. Iba a pasar mucho tiempo hasta que pudiera decir aquella palabra delante de él.

Dejaron entrar a Phyllis en segundo lugar, algo por lo que se resintió. Le dio la mano a su hijo, con la mirada baja en lo que fue una expresión educada muy exagerada, hasta que Ruth, quien se había quedado por allí hecha una bola de sorpresa y agitación, se percató de que su suegra quería que saliera de la sala. No le quedaban ganas de enfrentarse a nadie, por lo que se marchó y, en lo que se iba, oyó que Phyllis se inclinaba hacia Carl, quien había empezado a llorar, para decirle:

—Escúchame, hijo. Esto es algo que le ha pasado a tu cuerpo, no a ti. No dejes que entre.

Tras pasar dos días en observación, Carl volvió a Middle Rock, pero no a la casa de la calle St. James. Phyllis trasladó a Carl, a Ruth y a los niños a una de las cabañas amplias destinadas a los trabajadores de su terreno mientras Ruth seguía con su embarazo, dado que no podían volver a su casa después de lo sucedido, y, entre el calvario de Carl y sus resultados, sabían que más estrés aún no iba a hacerles nada de bien a Ruth ni al bebé. Phyllis ordenó a Arthur que pusiera en venta la casa de Carl y de Ruth, y esta estaba demasiado cansada como para tener algo que objetar.

Nathan y Bernard se asentaron en una habitación compartida de la segunda planta de la cabaña y Phyllis y Ruth los vigilaron de cerca durante los siguientes días. Estuvieron de acuerdo en que lo mejor para los niños era que no le dieran mucha importancia a lo sucedido, que permitieran que todo aquello, por horrible que fuera, quedara enterrado en el pasado. Ruth siguió mandándolos al colegio y a la guardería, y a sus profesores les indicaron que no les prestaran una atención especial, para ayudar a los Fletcher a transmitir el mensaje a los pequeñines de que todo iba bien, de que no había pasado nada y todo había salido bien, como siempre.

Y pareció surtir efecto. Todo aparentaba ir bien, parecían estar mejor. Salvo porque Nathan se negaba a salir al recreo y necesitaba que una profesora solo para él lo acompañara en el aula mientras el niño se sentaba bajo las ventanas para que nadie lo viera desde fuera. Y salvo porque Bernard había empezado a mojar la cama. Pero estaban bien, más o menos.

Los Fletcher se esforzaron mucho para que su mundo volviera a ser normal. Phyllis empezó a planear que les construyeran una casa en su terreno en la que Carl, Ruth y los niños pudieran vivir de forma permanente. Ruth acabó dando el brazo a torcer, en vista de que su marido no parecía tener ganas de tomar ninguna decisión importante por el momento y de que Phyllis, tan confiada como siempre, sabía lo que más les convenía. Poco a poco, Ruth retomó sus paseos con Linda Messinger para hacer algo de deporte y volvió a hacer acto de presencia en la liga de bolos de la organización sionista, mientras que Phyllis volvía a sus reuniones mensuales de la Sociedad Histórica. Y en octubre, como un puño triunfal que se alza al cielo, Ruth dio a luz a Jennifer Suzanne Fletcher. A Jenny, su hija.

En otro orden de cosas, la parte más confusa fue que, conforme el FBI continuaba con su investigación, no dejó de llegar a callejones sin salida respecto a lo que el secuestrador les había contado durante la llamada para pedir el rescate. No había ningún registro sobre una organización conocida como los Luchadores Libertarios del Califato del Valle de Palestina, así como tampoco de ningún atentado contra el centro comunitario judío de Tulsa en febrero ni en ningún momento. La escuela Hamish no existía en Los Ángeles ni en ninguna otra parte. Y, si un tal rabino Shlomo Richstad había sido ejecutado en enero, nadie sabía nada al respecto, sin contar con que en la congregación Shaare Jacob no lo habían llorado, porque esta no existía.

Y más tarde, tan solo tres semanas después de que soltaran a Carl, el FBI recibió el chivatazo de que los billetes marcados habían hecho acto de presencia en un supermercado Dairy More de Maryland. Dos semanas después de aquello, tras una breve operación encubierta, Drexel Abraham, un hombre que había pasado los dieciséis meses anteriores al secuestro trabajando de camionero para Consolidated Packing Solutions, fue arrestado. Los diez años previos al trabajo se los había pasado en la cárcel, pues había recibido una larga condena por estar ligeramente involucrado con una milicia negra en Oakland en 1967. Había salido de la cárcel solo para acabar descubriendo que la revolución a la que se había apuntado había terminado incluso antes de empezar, que el emocionante movimiento que lo había hecho apuntarse se había disipado, que los *hippies* se habían convertido en *yuppies* y la causa ya no involucraba la justicia, sino la codicia y el seguir adelante sin más.

El historial de Drexel bastó para que el FBI se interesara en él como sospechoso desde un principio, y no ayudó que hubiera dejado el puesto en la empresa tres semanas antes del secuestro y que se hubiera mudado a Maryland dos días después. Cuando organizaron la redada en su casa, encontraron 9479 dólares de los mismos billetes marcados que Ruth había llevado por la avenida Spring en una bolsa de la compra. En el aluvión de confesiones que siguió a su arresto, reveló que Carl había pasado todo el secuestro en el sótano de su propia fábrica, donde nadie solía ir, en un espacio anexo en el que se apilaban las distintas resinas epoxi que habían ilegalizado y ya no podían usar.

En su propia fábrica.

Nadie logró pasar el tema por alto, porque había estado retenido delante de sus narices: ni el FBI, que no había pensado en buscarlo allí; ni Phyllis, quien se preguntó si había condenado a su hijo a aquel destino cuando lo había obligado a seguir al cargo de la fábrica después de que su marido muriera de forma repentina hacía tantos años; ni Ruth, quien no podía soportar que hubieran tenido las llaves del lugar en el que estaba encerrado, que el mundo no hubiera sido tan grande como creían, y, al menos a juzgar por la cara que puso, tampoco Ike Besser, el encargado de la empresa que se había presentado allí cada día mientras su jefe estaba en paradero desconocido y que había sido quien había contratado a Drexel Abraham. Sí que había sabido lo del historial delictivo del susodicho, pero el espíritu del país y de la época lo habían llevado a darle una segunda oportunidad.

—No me lo perdonaré nunca —le dijo Ike a Carl cuando fue a verlo a su casa después de que le dieran el alta—. Estabas ahí mismo. —Los ojos se le anegaron en lágrimas—. Atrapado como un animal. No me lo perdonaré nunca.

—¿Cómo podrías haberlo sabido? —preguntó Carl—. Si ni yo mismo lo sabía. Era el mismo aire que llevo respirando toda la vida y no me di cuenta.

—Lo siento mucho —insistió Ike, con la cara escondida entre las manos—. Lo siento mucho.

El fiscal del distrito le dijo a Carl que quería ofrecerle una sentencia reducida a Drexel Abraham a cambio de que delatara al otro secuestrador, el que creían que podía ser quien había urdido el plan (tras el interrogatorio, les había quedado claro que el propio Drexel no era capaz de planear y llevar a cabo un secuestro como aquel). Sin embargo, Phyllis dijo que no iban a acceder a ningún acuerdo. Phyllis, quien estaba presente cada vez que había que hacer algo respecto al calvario de Carl, dijo que podían emplear otros medios para descubrir quién había sido el cómplice; no iba a permitir que Drexel Abraham recorriera las mismas calles que su hijo en menos tiempo del que la ley les debía.

Y entonces, tan solo unos días después, les llegó la noticia de que habían aparecido más billetes marcados en posesión del hermano de Drexel Abraham, un camillero del hospital llamado Lionel que había usado el dinero para comprarse un Datsun de segunda mano en Maryland. La policía montó una redada en su casa y encontró 13 587 dólares en una vieja lata de galletas Royal Dansk en la habitación de Lionel. Lo arrestaron de inmediato y, tras pasar tres días sin comer y sin que lo dejaran dormir en una sala de interrogatorios sin ventanas, confesó haber planeado el secuestro de Carl.

A los dos hermanos los condenaron por un delito grave y recibieron la sentencia máxima aplicable, veinticinco años de cárcel, más cinco extra para Drexel por obstrucción a la justicia, por no haber delatado a su coconspirador. Los Fletcher volvieron a casa tras la vista de la sentencia para celebrar la Pascua judía y pensar en la libertad que se les había concedido, al menos durante muchos años.

Sin embargo, resultó que no tendrían que haberse preocupado por las sentencias. Drexel murió tres años después de entrar en la cárcel en una reyerta en la que quedó aplastado por la puerta de su celda al cerrarse. Y luego, tan solo dieciocho meses después, a su hermano Lionel se lo llevó el cáncer pancreático muy deprisa, sin que nadie lo detectara.

Dos años más tarde, el FBI fue a verlos para contarles que no quedaba rastro del resto del dinero. No tenían ninguna pista, por lo que iban a cerrar el caso de forma oficial. Carl había contratado a un detective privado (Gal Plotkin, un exagente del Mossad que alguien le había presentado) para intentar rastrearlo e incluso para tener controlados los depósitos y gastos grandes en la zona y en Maryland, donde habían encontrado a los dos secuestradores. Carl tenía la sensación de que, si el dinero continuaba circulando por ahí, él seguía estando en peligro.

No obstante, lo demás lo llevaba bastante bien. Trabajaba en la fábrica, el mismo lugar en el que lo habían encerrado. Y seguía adelante. A veces, sentado a la mesa para cenar, se quedaba con la mirada perdida, pero estaba bien. Al fin y al cabo, era algo que le había pasado a su cuerpo, no a él.

Un mes justo después de que le dieran el alta del hospital, Carl volvió al trabajo, donde nadie habló de su ausencia, y el único indicio de que algo había cambiado fue cuando Hannah Zolinski le llevó el café y, al entregárselo, se puso a llorar a lágrima viva y no fue capaz de hablar.

—Venga, que no pasa nada —le dijo él, tras ponerse de pie y darle unas palmaditas en el hombro—. Eso ya es historia. No pasa nada. Ya está.

⁂

La desaparición Fletcher, como fue conocido el caso, fue el tercer rescate más caro de la nación hasta el momento. El segundo fue uno de 650 000 dólares por el secuestro de la mujer de un ejecutivo de IBM en 1978, mientras que el más alto fue de un millón, por la hija de nueve años de un senador del estado, en 1974, que acabó en un intercambio de disparos, con el secuestrador muerto y la niña sordomuda por los estragos, de modo que pasó a vivir en una residencia bien equipada que parecía un hogar, salvo por la falta de familia. Las noticias de la desaparición Fletcher, además de las fotografías de Carl saliendo del hospital, llegaron a dos periódicos nacionales, cuatro canales de noticias de la zona y un magacín nacional que se emitía en horario de máxima audiencia.

«Un dibbuk se trae algo entre manos» era un viejo dicho de los Fletcher sobre las máquinas de la empresa que empezaban a fallar, uno que el padre de Carl, Zelig, había importado desde Polonia. La frase era una mezcla del trabajo manual de Zelig y de las historias horribles que se contaban en los barrios judíos que servían para protegerse o para provocar sucesos inexplicables como una infestación de hormigas en un cuenco de azúcar o que los cosacos mataran a tus hermanos delante de ti. Un dibbuk, según cuenta la leyenda, es un alma en pena que no puede ascender al cielo para descansar y que se queda en el mundo terrenal, donde posee el cuerpo de otra persona y le expulsa el alma para poder llevar a cabo su última tarea. Si un aspirador de la empresa fallaba, Zelig decía que un dibbuk se traía algo entre manos. Si un conjunto de cables se rompía muy seguido, un dibbuk se traía algo entre manos.

Fue Carl quien llevó aquella frase a su familia y la extendió más allá de los confines de la fábrica: cuando se les iba la luz en plena tormenta, un dibbuk se traía algo entre manos. Cuando un reloj despertador dejaba de funcionar sin motivo aparente, cuando Nathan tartamudeaba y no podía formular una frase, cuando los llamaban de la escuela por el comportamiento de Bernard, cuando Jenny se negaba a participar en las actividades femeninas que Ruth creía que debía llevar a cabo una hija (hacer la compra, maquillarse, aprender a cocinar, algo a lo que más adelante Bernard llamó «la gran guerra nocturna de la rinoplastia de 1998»…). En todos esos casos, un dibbuk se traía algo entre manos; eran momentos en los que todo salía mal, peor de lo que las leyes de la física y de la lógica podían explicar.

Con el paso del tiempo, el secuestro se redujo a lo mismo: un breve periodo en el que un dibbuk se trajo algo entre manos. Un inconveniente, un escollo, un asterisco que añadir a la leyenda familiar. Una época en la que algo salió mal, como cuando Bernard sufrió de apendicitis. O el Holocausto. ¿Acaso no eran un pueblo más que capaz de dejar el pasado enterrado para salir adelante y, por encima de todo, prosperar? Lo peor ya había pasado. Era algo que le había sucedido al cuerpo de Carl, no a él.

Aquella forma de ver el mundo pareció surtir efecto. ¡Qué bien les fue a los Fletcher! El árbol que habían plantado dio frutos, y Nathan fue el primer Fletcher en graduarse en la universidad. Se marchó de Middle Rock (a regañadientes) para mudarse a la Universidad Brandeis, donde conoció a una chica judía regordeta y superficial con la que se casó, tras lo cual volvió a Middle Rock y se labró la vida como abogado especialista en bienes inmuebles y terrenos en el bufete que su primo Arthur Lindenblatt tenía en Manhattan.

Beamer, como pasó a ser conocido Bernard, estudió en la Facultad de Cinematografía de la Universidad de Nueva York después de un paso por el instituto bastante notorio, donde hizo que casi un cuarto de su clase perdiera la virginidad. Llegó a ser un guionista de cierto renombre cuyas obras más conocidas fueron una trilogía de películas de acción que incluso en la actualidad se emiten en ciertos canales de televisión por cable de los básicos (y a veces en los de pago, aunque solo en los menos prestigiosos y solo a altas horas de la noche). Se casó por fin a los treinta y cinco años, con una actriz no judía de veintiséis a la que conoció en la grabación de la segunda película de la trilogía, y tuvieron dos hijos.

Jenny, la única Fletcher que no había nacido para presenciar lo del secuestro y que solo había vivido en la casa de la calle St. James como embrión, dejó Middle Rock la misma noche de su graduación en el instituto. Estudió un grado en la Universidad Brown y no volvía a casa casi para nada más que alguna fiesta judía o la circuncisión de algún sobrino. Había demostrado una gran aptitud en varios campos y la consideraban muy dotada, cuando dicha palabra solo significaba inteligente y no privilegiada. Recibió una beca al mérito nacional, estuvo en la fraternidad

Phi Beta Kappa, fue la estrella de su equipo de baloncesto (gracias a la altura sobrenatural que le concedían sus genes judíos, un metro setenta y cinco), dos veces campeona del Modelo de las Naciones Unidas y la ganadora de tantas medallas de oro de la feria de ciencias que un laboratorio de ideas de ingeniería intentó reclutarla en cuanto terminó sus estudios. Ayudó a fundar el equipo de robótica de su instituto, una actividad extracurricular que por aquel entonces todavía estaba en pañales en Estados Unidos (y, en la actualidad, el equipo de Middle Rock sigue siendo uno de los mejores en las competiciones). Además, tocaba el violonchelo y había impresionado tanto en su papel de Mary en el musical *El jardín secreto* del instituto que uno de los padres se llegó a preguntar en voz alta si habían empezado a contratar a profesionales. Según lo último que sabían de ella, había pasado a ser una organizadora del sindicato de estudiantes en New Haven, donde había hecho un posgrado y había escalado puestos hasta llegar a una posición de autoridad. Si la vocación que había elegido sorprendía a los demás (por lo socialista que era, además de pequeña), el éxito que logró con ella, no. No había nada que Jenny se propusiera y en lo que no lo hiciera mejor que nadie.

Por su parte, Ruth y Carl se quedaron en el terreno de Phyllis, detrás de aquella valla blanca (y que pasó a ser una valla eléctrica, claro está), con la peor parte de su vida ya superada y enterrada en el olvido.

Tuvieron mucha suerte los Fletcher. Pero mucha. Supieron aprovechar todas las ventajas que se les concedían y avanzaron sin dudarlo hacia un futuro duradero lleno de esperanzas y de éxitos, con un camino marcado por el oro que pisaba sus fracasos y su mala suerte de antaño sin que nada malo ocurriera. Eran el vivo ejemplo del sueño americano judío, de personas que podían llenarse los bolsillos de todo lo que les ofrecía el país.

Y bueno, está claro que esta no es una historia con un final horrible, sino que es el mejor final posible para una historia horrible. El problema es que la vida no acabó ahí, y parte de lo que ocurrió después tuvo algo que ver con que los Fletcher creían que ya habían pasado por las penurias que les había adjudicado la vida, que haberlo pasado tan mal los había bendecido para poder disfrutar de un día soleado eterno. Que la seguridad y la supervivencia en la que se deleitaban era algo que se habían ganado a pulso, una especie de compensación económica por el sufrimiento. Carl Fletcher había sido secuestrado, y aquello no solo no bastó para llevar a la familia a la ruina, sino que se convirtió en el símbolo de su resistencia, de su capacidad para sobrevivir en el mundo. Los Fletcher perseveraron, se convirtieron en el ejemplo de lo que alguien debería esperar para su familia, todos tomados de los brazos para emprender juntos el sendero hacia la felicidad y la prosperidad.

Lo que ocurrió fue que no se pararon a pensar en algo que los demás sabíamos muy bien: que no tenían ningún derecho a dictar las condiciones de la seguridad y la supervivencia, que así no es como funciona ninguno de los dos conceptos. A la seguridad y la supervivencia no les importa nadie, no se acumulan como el dinero donado a Israel. Cuanto más se cree en ellos como una inversión que se retroalimenta, más peligrosos e insidiosos son los dividendos que se acaban cobrando.

Pero bueno, qué se le va a hacer. Al fin y al cabo, así piensan los ricos.

PARTE I

NEGOCIO FAMILIAR

DESCUBRE TU FUTURO

Hace tan solo unos años, durante un día de finales de septiembre, poco después del amanecer, Phyllis Fletcher pasó a mejor vida. Sucedió varios días después del Yom Kipur, tumbada en su sala de estar, en su lecho conyugal, que dos de sus encargados de mantenimiento habían arrastrado escaleras abajo. Falleció acompañada por su hijo, Carl; su hija, Marjorie; su nuera, Ruth, y una cuidadora menuda y de armas tomar que la odiaba en lo más hondo de su ser. Los desagradecidos de los nietos de Phyllis no se molestaron en hacer acto de presencia, y, por mucho que los medicamentos que la ayudaron a dar el paso al otro barrio la habían sumido en un delirio, tomó nota de ello. El sol había salido y los pájaros cantaban como cualquier otro día y, cuando el reloj tocó las diez, Phyllis soltó un último aliento suave y un tanto decepcionante, nada digno de lo legendaria que era, tras lo cual sucumbió a la enfermedad autoinmune que se había apoderado de ella durante el último año. La enfermedad que por fin le retiró el agarre férreo con el que se había aferrado a la vida. Murió a los noventa y tres años, o tal vez a los ochenta y ocho.

Ruth sacó a Carl de la sala, lo acompañó a la cocina para que se sentara y se dispuso a hacer las llamadas telefónicas pertinentes. Primero a Nathan, luego a Jenny y después, como todavía era temprano en California y no quería llamar a casa de Beamer por miedo a que la que contestara fuera su mujer, llamó al rabino.

—Baruch dayan ha'emet —dijo el rabino, para darle el pésame—. *Esa mujer era una fuerza de la naturaleza.*

—Sí —contestó Ruth, y los dos guardaron silencio durante un momento singular, un silencio que contenía medio siglo de terror mutuo y compartido. Una vez que terminó, se dispusieron a organizarlo todo.

Tras un rato, Ruth llamó a su hijo mediano, pero le saltó el buzón de voz. Lo intentó una vez más antes de que pasara una hora y luego una tercera vez.

En Los Ángeles, Beamer Fletcher oyó la vibración amortiguada a lo lejos; su móvil era un órgano que le habían extirpado y que de algún modo sobrevivía fuera de su cuerpo, y se imaginó (y acertó) que era su madre llamándolo por tercera vez aquella mañana. Si bien era una llamada que habría ignorado bajo unas circunstancias normales, más aún entonces: estaba desnudo y atado en el suelo del hotel Radisson del aeropuerto, donde las dos mujeres que había contratado para ello le daban azotes, se burlaban de él, lo sodomizaban y, en fin, lo torturaban de distintos modos, que es con lo que solía mantenerse ocupado un martes a las nueve y media de la mañana. Aquel día le estaba costando concentrarse.

Las dos mujeres se habían puesto a ello hacía tan solo media hora. Le habían dado seis pastillas nada más entrar en la habitación: cuatro zolpidem, una tableta hexagonal gris que estaba llena de misterio y de emoción y una de color naranja brillante que quién sabía qué efectos tenía, pero ¡qué bien quedaba el color con las demás! Se las tomó con ayuda del vodka y pasó a tumbarse bocarriba sobre la moqueta asquerosa del hotel. Las mujeres, que se llamaban Lady y No Se Acordaba, le habían dado la vuelta como a una tortita y lo habían atado mientras lo pellizcaban por aquí y por allí (y por más allá también) y le tiraban del pelo. Luego pasaron a besarse entre ellas como si estuvieran en una peli porno mientras él las miraba desde el suelo y, al no poder liberarse, comenzó a refregarse contra la alfombra para poder conseguir la humillación máxima, que era lo que el pobre de Beamer buscaba en aquella experiencia. Con eso y un desmayo agradable y sobrecogedor, consideraría que la mañana había sido todo un éxito.

Solo que los desmayos no ocurren sin más. Como todo lo demás que vale la pena conseguir, requieren mucho esfuerzo y concentración, y aquel día, incluso nada más empezar, sabía que no iba a conseguirlo. Lo había notado al despertar por la mañana, al sentarse en el borde de la cama y echarle un vistazo al móvil en busca del mensaje que esperaba, al mirar de reojo y preocupado a su mujer, todavía dormida y de espaldas a él en una postura hostil (¡hasta inconsciente le mostraba hostilidad!); lo había notado al comprobar la configuración para asegurarse de que no se lo había dejado en modo avión y ver que no, que de verdad no tenía ninguna notificación. Se sentía abandonado y disperso y más cansado que nunca, con un agotamiento que no solía experimentar a menudo (al menos al meterse tantas pastillas), por lo que le dieron ganas de cancelar el encuentro de ese día, pagar a las mujeres, irse a casa y volver a meterse en la cama hasta que fuera la hora de su reunión en el estudio, por la tarde. Al final no lo había hecho porque es de mala educación cancelar a última hora.

Para ser más concretos, aquella mañana se había despertado y había notado un peso inmenso en el estómago al ver que, en el vacío de su falta de notificaciones, también se encontraba el hecho de que su agente no le había contestado el mensaje que le había dejado en el despacho hacía cuatro días ni tampoco el que le había dejado el día anterior. Aunque tampoco era un desastre, ¿verdad? Así es la vida, ¿verdad? El problema es que, si un agente es la primera advertencia lejana de dónde debería estar la trayectoria profesional de uno, cinco días sin contestar una llamada no indicaba precisamente que dicha trayectoria gozara de fuerza y vigor. No indicaba que se lo estuvieran rifando como guionista, vaya. Aunque tampoco indicaba que todo se hubiera ido al traste. Si el éxito del propio agente estaba vinculado a la fe que depositaba en él y en su talento, que no lo llamara después de cinco días (y que recordara que la última vez que sí le había contestado, el mes anterior, sobre un encargo abierto en el que tenía que pedir que lo apuntara, por mucho que no fuera una llamada sino un mensaje, y tampoco un mensaje de verdad, sino un pulgar hacia arriba encima del mensaje que él le había enviado y que no había estado buscando su aprobación o rechazo, sino una respuesta con palabras de verdad) no era lo mejor del mundo, no.

Nada de eso lo ayudaba, claro, conforme intentaba valerse del subidón de lo que las mujeres le habían dado para llegar hasta su destrucción a través de la humillación. Tenía cierta experiencia con el razonamiento circular y la reflexión, por lo que decidió ponerse a meditar, tal como Noelle, su mujer, le había sugerido (*No pienses en Noelle ahora mismo*). La meditación involucraba perderse en el momento, por lo que Beamer alzó la mirada para encarar el momento que vivía.

—Levántate, hijo de puta —le dijo el momento que vivía, Lady.

Las prostitutas a las que había contratado en el instituto en el extraño burdel que había en la planta de encima de un dentista en la avenida Spring habían sido más que nada rusas y polacas, lo cual le había servido en su hora, pero las mujeres que acabó disfrutando por lo depravadas que eran fueron las blancas protestantes que parecían las amas de casa sorprendidas que salían en las pelis porno que le gustaban («¿Qué haces aquí? ¡Solo estaba preparando una tarta antes de que los niños llegaran a casa! ¡Anda!»). Sin embargo, para cuando cumplió los veintiuno, y luego los veinticinco y los treinta y cinco (en aquellos momentos tenía cuarenta y dos) y se había casado con una de esas blancas protestantes llamada Noelle (*¡Que no pienses en Noelle ahora!*), ya había empezado a gustarle otro tipo de persona. Conforme Noelle empezó a definir su *statu quo*, pasó a buscar todo lo contrario: alguien desordenado, porque ella era muy pulcra; alguien desarreglado, porque ella siempre iba elegante; un esfínter cálido y morado y acogedor, porque el de ella era rosa como una bailarina, sin vello, con una mueca de rechazo y prácticamente cerrado del todo. No había ningún término categórico para describir a aquel tipo de persona, y menos para Lady y quienquiera que fuera la compañera que había llevado consigo a aquella cita del martes por la mañana que todavía estaba en marcha; aun así, si lo obligaran a describirlas, diría que todas encajaban en la categoría de «real», una palabra que los directores de casting a los que conocía empleaban para referirse a alguien «maltrecho» o «gordo»: decir que alguien era «real» era decir que era de usar y tirar, para una sola vez. Aunque aquel no era el caso con Lady. Ya llevaban años haciendo lo mismo, con su melena lisa, espesa y castaña con la raya en medio que le llegaba más allá de los hombros, donde se tornaba de un castaño más claro antes de desvanecerse en un azul intenso y terminar con las puntas de color rosa chicle, por lo que se liberaba del color natural del pelo para cuando llegaba al final de la melena; con sus ojos de color azul apagado que eran opacos de un modo que solo ocurre cuando dicho color es el resultado de una lente de contacto que cubre unos ojos castaños; con su boca amplia con unas pequeñas arrugas a los lados, como ecos o paréntesis; con sus pezones del color del sirope de arce, uno de ellos puntiagudo como el sombrero de una bruja y el otro plano como un tocón; con la calidez de su cuerpo (¡No! ¡No le mires la cicatriz de la cesárea!); lo permisiva que era; lo animada que se mostraba siempre; con el collar de pinchos que lo obligó a llevar una vez; con la forma en la que lo miraba desde abajo como si lo sorprendiera su hombretón, con su ano delicioso. Más allá de aquellos aspectos en concreto, no quería pensar en Lady, igual que uno no quiere darle muchas vueltas al lugar del que procede el café que se está tomando.

Y en aquella ocasión, en aquel hotel Radisson viejo, había incluido además a aquella mujer de cuyo nombre no se acordaba; por Dios, tenía que quedarse con Lady. No era la primera vez que se traía a una amiga; en ocasiones era una sorpresa divertida, y en otras, un desastre, lo cual también acababa siendo una sorpresa divertida en otro sentido. La nueva llevaba una peluca pelirroja y un sujetador de plástico azul y le faltaba un diente, y eso por sí mismo ya se la ponía más dura que nunca, como si su erección fuera un cometa, por cómo sonreía sin intentar esconderlo, por cómo metía la lengua por el hueco de forma juguetona, como si que le faltara un diente delantero fuera un rasgo sensual universal e innegable, en lugar de algo por lo que alguien se deja miles de dólares para solucionar o esconder.

Pero es que, joder, se estaba dando cuenta de que un poco sensual sí que era. Del todo sensual, más bien. ¡Más personas tendrían que quitarse un diente! (*No te imagines a Noelle sin un diente; no te imagines a Noelle dándote un puñetazo en la cara para que se te caiga uno*). No podría haberse imaginado el efecto que iba a tener la falta de aquel diente en el huracán que se le estaba arremolinando en el escroto, que iba a poder notar el semen aumentando y girando, adquiriendo velocidad, cada gotita gelatinosa haciendo cola con ansias para estallar y mostrar su aprecio por aquello, un recuerdo nuevo que iba a poder emplear en unas horas, cuando se reuniera en el estudio, o aquella misma noche, sentado delante de su ordenador, o durante la cena, o cuando se pusiera encima de su mujer de forma romántica, respetuosa y completamente normal (si es que se lo permitía aquella noche en concreto): algo a lo que recurrir cuando se volviera a sentir atrapado, lo cual ocurría durante cada minuto de su vida, salvo por aquel.

Lady aflojó los pañuelos que le ataban las muñecas y los tobillos. Había llegado el momento del descanso del segundo acto de la cita.

—A la pared —le ordenó Lady. Y obedeció no porque ella hubiera usado la fuerza, sino porque sabía que no daba para más.

Pero bueno, estaba hablando de Lady. Si bien era divertida, incluso tantos años después le costaba explicarle exactamente a cuento de qué venía tanta teatralidad: si gritaba demasiado alto, si le pedía que parase, no significaba que tuviera que parar de verdad, sino que debía negarse a ello. En ocasiones sí que se acordaba, pero no estaba acostumbrada a la degradación masculina y a él no se le ocurría ninguna manera de explicárselo, más allá de mostrárselo una semana sí y otra también. Y ella o bien no era curiosa o no era capaz de comprender exactamente qué es lo que él sacaba de sus encuentros: Beamer no estaba ahí porque le gustara, sino porque le permitía existir como un humano normal y decente en el mundo durante las demás horas de la semana. La dominatrix con la que quedaba los jueves por la noche lo entendía un poco mejor. Aun así, ni él lo entendía del todo, así que ¿qué podía esperarse?

Por tanto, Beamer gateó hacia la pared sobre aquella moqueta asquerosa que tan bien conocía (la de la habitación 816, la que reservaba siempre para aquel encuentro semanal y que parecería un cuadro de arte moderno si se la iluminara con una luz ultravioleta) y se puso de cara a la pared. No ocurrió nada durante un momento brutal y maravilloso hasta que, por fin, notó una presión suave y húmeda en el esfínter.

Había llegado el momento de recibir su recompensa.

La nueva mujer le metió una uña larga y postiza (de esas acrílicas que hacen de varios colores, con cristales pegados) en el culo. Si bien se había excitado al ver aquellas uñas horribles, al tener una en la cavidad anal se puso a pensar si aquellos cristales estarían bien pegados, o la uña en sí, y, al pensar en eso, le dio vueltas a qué era lo que se podía explicar en urgencias a un médico o a un ayudante si alguien tenía que sacársela.

¿Ves? No se centraba.

Algo iba mal. Quizá no era el momento apropiado, quizá ya se había vuelto inmune a todo aquello. O tal vez estaba demasiado ofuscado por sus problemas como para disfrutar del encuentro, aunque *disfrutar* no fuera la palabra más precisa. La fase del desmayo del zolpidem no dejaba de intentar emprender el descenso, solo que él no lograba sumirse en ello como debía. Trató de respirar con tranquilidad, de sentir el momento. Sin embargo, acabó enfadándose y resintiéndose por tener que recurrir al tipo de técnicas de meditación que les enseñaban a sus hijos en su escuela privada progresista (*¡No pienses en los niños ahora mismo!*). ¡Precisamente para eso se tomaba las drogas! Para no tener que practicar ninguna «técnica».

El contenido de su conciencia divagante era: *¿Las sábanas son nuevas? ¿Ponen el mismo cuadro abstracto en todas las habitaciones del hotel? ¿Cómo se sintió el artista al recibir un contrato enorme para producir en masa aquel cuadro horrendo para Radisson? ¿Se siente más artista o menos? Si de verdad está en cada habitación, ¿eso también significa que está en todos los hoteles Radisson? ¿Alguna vez limpian la habitación? ¿Habrá muerto alguien aquí dentro? ¿Cuántas otras personas han follado en medio de estos placenteros colores neutros? ¿Cuánto tiempo llevo aquí metido? ¿Siempre he estado aquí? ¿Siempre he existido en esta habitación?*

Además de: *¿Mi trayectoria profesional se ha ido a pique?*

Además de: *¿Me va a dejar mi mujer?*

Además de: *¿Por qué, con cuarenta y dos tacos, sigo atascado en esta jaula de ansiedad que esperaba que para ahora ya hubiera empezado a desmoronarse?*

Demasiadas palabras le formaban imágenes mentales, demasiadas preocupaciones. Por Dios, ¿cuántas drogas tenía que meterse alguien para convertirse en la parte canina de uno mismo, sin palabras, sin dirección, sin preocupaciones, para poder lanzarse a las sensaciones, al instinto, al momento que vivía?

El peligro de aquella especie de meditación, claro, es que, si a uno no le gusta lo que ocurre en sus pensamientos en el momento dado, pasa a pensar en el pasado o en el presente.

Dicho pasado: la noche anterior, Beamer había llegado a casa con la sensación instintiva de que había algún problema. Eran tan solo las nueve y media cuando entró en su habitación y se encontró a Noelle dormida, solo que el ambiente estaba cargado con una energía ionizada que le indicaba que lo había oído entrar en casa y había apagado las luces para meterse en la cama a toda prisa. En la oscuridad, su móvil encima de la mesita seguía encendido, por haberlo usado hacía poco.

—¿Noelle? —había susurrado hacia la habitación. De repente lo había invadido el miedo, como si estuviera metido en una peli de terror y no supiera si oír una respuesta fuera a ser algo tranquilizador o no. Sin embargo, su mujer estaba de espaldas a él y no se movió como bien podría haber hecho si hubiera estado dormida de verdad. En momentos como aquel, el instinto siempre le indicaba que fuera demasiado obsequioso o cariñoso, solo que la propia inclinación a hacerlo lo delataba. Lo sabía. Tenía que actuar con normalidad. En ocasiones uno tiene que «permitirse sentarse delante de la incomodidad de las sensaciones que llegan de la nada»; era lo que estaba escrito en un lateral del «tarro de meditación» que a Wolfie, su hijo, le habían dado en el colegio. Aunque no supiera leer.

Y más tarde, por la mañana, se dio media vuelta y se encontró a Noelle todavía dormida en la cama, mucho más tarde de las siete y media, la hora a la que se suponía que los niños debían estar preparándose para ir al cole. Puso una mano en el brazo desnudo de su mujer —siempre se ponía unos camisones de lino góticos que parecían de niña pequeña y que todavía lo ponían por lo puritanos que parecían («¿Qué haces aquí?»)—, y ella se lo quitó de encima. No, no estaba dormida, pero tampoco estaba dispuesta a admitir que estaba despierta.

O era otra cosa: estaba de huelga. Sí, eso era.

Beamer se levantó y fue a la planta de abajo para asegurarse de que los niños estuvieran despiertos y preparados. Vio que, unos minutos antes de haberse despertado, se había perdido una llamada de su madre, lo cual le vino de perlas. Se dirigió a la cocina en lo que intentaba que la situación no lo superara. Interactuó alegremente con Ludmilla, la criada, y Paulette, la canguro; ambas iban de un lado para otro y trataban de predecir qué significaba la ausencia de su señora para ver de qué humor la encontraban.

—Yo solo trabajo aquí —dijo Beamer, encogiéndose de hombros de forma exagerada y cómica, lo cual siempre las hacía reír. Les dio un beso en la frente a sus hijos y aceptó la taza de café que Ludmilla le entregó. Se la bebió mientras fantaseaba que ella se la había tirado a la cara y lo obligaba a lamerla del suelo.

—¡Soy un cerdo! —soltó Wolfie. Tenía cuatro años, era dado a ponerse a gritar y, desde hacía poco, insistía en adoptar la identidad de algún animal. El día anterior había declarado que era un gatito.

—¿Y qué hacen los cerdos? —le preguntó.

—*Oinc, oinc.*

—Qué gracioso eres, Wolfie —dijo su hermana mayor, Liesl, en voz alta y con alegría. Hacía poco que había desarrollado la forma de hablar de una presentadora de un concurso de la tele o de una modelo de un concurso de belleza. A Beamer le preocupaba que últimamente solo dijera lo que se suponía que tenía que decir. Tenía siete años y llevaba un lazo azul marino en el lado derecho de su melena larga y rubia, cerca de la oreja. Noelle había comenzado a animar a Paulette, que era francesa, a vestir a los niños como si fueran muñequitas parisinas.

Al parecer, mientras él se duchaba, Noelle se había levantado y había salido de casa a escondidas. Beamer volvió a la planta baja, ya vestido para salir.

—¿Noelle se ha ido? —preguntó con una voz de lo más inocente, como si no hubiera ningún problema.

—Sí, señor Beamer —respondió Ludmilla, con la expresión de piedra eslava que se había entrenado para adquirir.

Asintió como si no pasara nada, nada de nada, y también se marchó. La verdad, lo que hacía Noelle era una especie de terrorismo. Sí, *terrorismo* fue el término que se le ocurrió en aquella habitación de hotel. ¿Quién iba a poder centrarse en eyacular, en brincar como un centauro camino al desmayo, con un terrorismo como aquel de por medio?

Qué hecatombe. Por supuesto, después de todo aquello, su mente se refugió en el único rincón que le quedaba: el futuro. En unas pocas horas, por fin iba a recibir los comentarios sobre el guion que le habían pedido y que era ya el cuarto borrador (y esperaba que el último). Dicho guion era la cuarta entrega de la película de acción que había hecho famoso a Beamer hacía cerca de veinte años, cuando se acababa de graduar en Cinematografía, y era tan emocionante como sorprendente. Era la cuarta entrega de la película de acción que había hecho famoso a Beamer hacía cerca de veinte años, cuando se acababa de graduar en Cinematografía, y estaba bastante bien. Era la cuarta entrega de la película de acción que había hecho famoso a Beamer hacía cerca de veinte años, cuando se acababa de graduar en Cinematografía, y, si le dejaban el formato correcto, era lo más cínico del mundo. Para cada guionista hay una parte del trabajo que consiste en sorprenderse de verdad al ver que alguien está dispuesto a leer lo que ha escrito, y mucho más si deciden invertir en ello. Seguía intentando convencerse de que lo que sentía en la entrepierna (que es donde vivían sus sentimientos) era eso, y no la otra parte de ser guionista, la cual es, por descontado, la obsolescencia inminente.

En la habitación del hotel, observó su propia imagen, a cuatro patas en el suelo, en el espejo de cuerpo entero que cubría la puerta del baño: el cabello oscuro y color ceniza sin ningún indicio de estar quedándose calvo, con la raya al medio en un peinado de niño pijo que había mantenido desde su bar mitzvá porque oye, si funciona, funciona; la nariz que había tenido su madre y que estaba un milímetro más arriba de la cuenta, pero oye, lo mismo de antes; unos labios como una almohada de satén en la que alguien había apoyado la cabeza para hundirlos un poco en el centro. Tenía los ojos de un color azul zafiro sorprendente, con unos redondeles oscuros por debajo que lo hacían parecer misterioso, sensual y afectado por las drogas (aunque técnicamente no eran azules del todo, sino que contenían una manchita marrón encima del iris izquierdo, algo que había buscado en internet y descubrió que se llamaba *quimerismo*, lo cual, según decían algunos, significaba que había tenido un mellizo en el útero y que se lo había comido, cosa que encajaba con su personalidad en general y con su apetito desproporcionado y con el valor que se daba a sí mismo, lo que lo condujo a un acto de supervivencia nada común en él y dejó de leer de inmediato).

Su atractivo, aquello que lo había convertido en una leyenda del lugar y le había permitido meterse en las bragas de tantísimas hijas de Middle Rock, no era por su cara en sí, sino por él entero.

Había nacido con unas ansias de contacto corporal que el propio contacto corporal no bastaba para saciar; con una cantidad de sangre lo bastante abundante como para bombeársela por igual al pene y al cerebro, aunque tal vez más acababa en el susodicho miembro viril; con el semen de un obrero, entregado a la cadena de montaje incansable, un suministro que amenazaba con volverse tóxico si no lo liberaba como una válvula de presión, con frecuencia y con entusiasmo y con frecuencia y más y más frecuencia. El resultado era algo indescriptible que mejoró más conforme se fue haciendo mayor y su cuerpo adquirió una especie de cualidad animal, un hambre visible, un pozo insaciable que casi era demasiado sucio como para describirlo.

¿Dónde estaba su eyaculación? ¿Y su desmayo? ¿Ya se le había acabado todo? Algo que ocurría en las fábricas, como bien sabía por dónde se había criado, era que a veces las cosas salían torcidas. Un dibbuk se traía algo entre manos, como su padre solía decir. Se imaginó que tenía un monstruito en el escroto y ni siquiera aquello consiguió llevarlo a la línea de meta, si bien era el tipo de idea rara que normalmente le funcionaba. Lo único que sabía era que, al fin y al cabo, una empresa alcanzaba el éxito debido a la oferta y la demanda. Y él tenía oferta, desde luego. Y demanda también; ¡ahí estaba él, exigiendo que se le diera lo que quería! Y lo mismo con las dos mujeres. ¿Qué podía haber fallado?

Tenía que ser Noelle quien se lo estaba echando a perder. Lo que había ocurrido aquella mañana, en retrospectiva, pudo verlo en una línea continua que ya llevaba tiempo en marcha y que él había imaginado que se debía a los cambios de humor propios de su mujer, aunque tal vez se equivocaba. Lo que fuera que estuviera ocurriendo era bastante malo; no era el hecho que sucedía antes de, por ejemplo, renovar los votos o decidir que iban a tener otro hijo o que, en general, iban a volver a comprometerse con la idea de que los dos integrantes de la pareja querían continuar de forma indefinida. No, era algo que sucedía mientras el matrimonio llegaba a su último estertor, a paso lento y triste.

Noelle iba a dejarlo. Estaba seguro de ello.

Iban a un terapeuta de parejas que les había recomendado Melissa, la mujer de su excompañero de guiones, Charlie Messinger. Beamer acudía a las citas, pero era algo que no le iba. Nadie que tuviera una vida construida como una fortaleza podía ir a terapia, y mucho menos a terapia de parejas, y mucho mucho menos con la terapeuta de la persona con la que había tenido una ruptura profesional no amarga pero sí triste (de hecho, cuando se sentaba en aquel sillón en el que sabía que Charlie y Melissa también habían estado, solía reemplazar a su mujer con Charlie y se preguntaba si podría resolver los misterios de su propia relación estropeada y llegar a ver que fue un error inocente, una serie de malentendidos que se podrían haber solucionado si hubiera intervenido algún profesional). Pero bueno, Beamer lo estaba intentando, de verdad de la buena. Practicaba los ejercicios que la terapeuta le indicaba: miraba a Noelle «a los ojos» y «repetía lo que ella decía que eran sus metas». La escuchaba «de forma activa» y le dedicaba «una atención positiva e incondicional». Intentaba «acordarse de decirle» cuándo iba a estar en casa. Intentaba «tranquilizarla» al decirle que aquellas horas en las que desaparecía eran el resultado de una especie de ofuscación que le daba por el trabajo. Prometía «menos de la cuenta» y luego «cumplía con creces». Se «comunicaba». Y también «todo lo ya mencionado se le daba de pena».

¿Se le había pasado una cita? ¿Tal vez un cumpleaños o un aniversario? ¿Algún recital o partido de los niños? ¿O acaso cabía la posibilidad de que ella se hubiera enterado? La pregunta de si lo sabía o no flotaba a su alrededor como una mosca molesta, de si había echado un vistazo al universo de mentiras que era la vida que vivía cuando no estaba con ella y con los niños.

La solución más simple sería llamarla para preguntarle si todo iba bien, si había alguna ofensa nueva en concreto por la que estuviera molesta, solo que no serviría de nada. Aquello no era lo que hacían. Su matrimonio, con ya siete años en su haber, era uno en el que avanzaban juntos, uno al lado del otro, con la mirada fija en el horizonte, sin hacer ninguna pregunta que fuera a romper el equilibrio (y mira que era frágil) en el que vivían.

Además, ¿acaso le iba a dar una respuesta directa? Noelle era una presbiteriana reprimida, que es lo mismo que una presbiteriana a secas, y jamás se le pasaría por la cabeza un pensamiento tan directo o poco complicado como «Sí, mira, estoy cabreada y deja que te cuente por qué». Sus antepasados se habían dejado la habilidad de compartir lo que sentían en el *Mayflower*, el barco en el que habían llegado al país, y no habían llamado a objetos perdidos para que se la devolvieran.

Y todo aquello lo prefería a pensar en su desavenencia con Charlie, por increíble que parezca.

Céntrate, Fletcher.

No, céntrate tú. Porque daba igual lo que le metieran por el culo o le insertaran en el perineo durante aquel martes por la mañana de septiembre. Sus problemas lo superaban, y, cuando se ponía a divagar sobre lo que había en el exterior de la habitación del hotel, cuando ya no podía centrarse en las actividades que se llevaban a cabo en su interior, tenía que lidiar con su vida. Y era imposible.

Y ahí le volvía a vibrar el móvil. Es increíble que, aunque todos los móviles suenen igual, uno es capaz de distinguir el suyo por instinto, igual que las madres reconocen el llanto de su bebé en una guardería llena.

Era su madre otra vez, lo tenía por seguro. Intentó apartarlo de su mente también, porque no quería que la autopista de su excitación sexual se cruzara con la de la existencia de su madre, no fuera a ser que ambas se fusionaran para crear una superautopista interestatal de doce carriles llamada «Mi madre me pone así que matadme porque me estaríais haciendo un favor» (a esas alturas, Beamer ya sabía que no existía nada en el mundo en lo que no fuera capaz de pensar de forma erótica).

¿Cuándo iba a acabar aquella tortura? La habitación del hotel, siempre un paraíso para él, se había convertido en un infierno. Con todas las drogas que se había metido y todavía no perdía la conciencia. El zolpidem era capaz de hacer que se quedara dormido, claro. Pero, si se tomaba varios y superaba el ocaso que se le echaba encima como una manta (su «propósito medicinal», que era ayudar a conciliar el sueño a los que sufrían de insomnio), encontraba una tierra de fantasía al sumirse en una alucinación de varias horas. Era en aquellas alucinaciones en las que las llamadas de su madre y la mirada fulminante de su mujer y la secesión de Charlie se escondían como polizones en el tren que partía de la estación que era la conciencia de Beamer, donde corrían detrás del último vagón hasta subirse a bordo y colarse, por muy rápido que fuera. Era su colocón menos favorito, de aquellos en los que entendía de golpe todo lo que no se daba cuenta de que sabía, en los que todo quedaba claro y se enteraba de que la sobriedad era una especie de mentira que todos nos contamos.

—¡He dicho ahora! —exclamó Lady, con su intento impotente de sonar asertiva. No había oído su orden.

—¿Qué? —preguntó—. ¿Qué hago?

—¡Te he dicho que lamas el suelo, cerdo! ¡Lámelo!

Bueno, vale, qué más da. Las horas pasaban sin ton ni son. Le esperaba una tarde ajetreada. Quizá había desarrollado inmunidad al zolpidem después de tanto tiempo, quizá tenía que desintoxicarse y volver a intentarlo más adelante para poder disfrutar otra vez. Ya lo había hecho una vez, y el dolor de la desintoxicación en secreto fue un placer en sí mismo.

Se puso a lamer la moqueta, que sabía a producto químico, solo que no lo bastante fuerte, bien o rápido, porque Lady le decía:

—¡Más fuerte! ¡Hazlo bien! ¡Más rápido!

—Ahora lámeme los pies —dijo la mujer de la peluca roja y el diente que le faltaba. *Bueno, vale, qué más da.*

Volvió la cabeza para inhalar aire que no oliera a moqueta de hotel y de repente oyó que la puerta se abría. Se dio media vuelta y vio a un hombre de pie en las sombras del umbral, solo que las mujeres no se volvían, y no entendía por qué. Se esforzó por mirar más de cerca, pero el cuello no le giraba del todo y solo llegaba a ver un atisbo de la persona que entraba, definitivamente un hombre.

Oyó los pasos, solo que las mujeres no parecieron percatarse y siguieron toqueteándolo entero. ¡Seguro que lo habían planeado!

El hombre se había puesto delante de él, y, aunque Beamer alzó la mirada, no alcanzó a ver nada más que un par de deportivas y unas rodillas envueltas en unos pantalones de pana grises. Se estiró más y más y no llegó a ver nada.

—¿Qué cojones...? —gritó Beamer.

Y entonces el hombre se agachó para verlo más de cerca, para poder decirle algo, y por fin Beamer captó un atisbo del rostro y se percató de que, en el fondo, había sabido quién era en cuanto se abrió la puerta, quizás incluso antes.

—Vas a venirte conmigo, Bernard —le dijo Drexel Abraham, y de la espalda extrajo un saco de arpillera en el que empezó a meterle la cabeza cuando...

Y entonces, en las garras de lo que sea que se hubiera abierto en su interior en aquella habitación y le permitiera hacerse con lo que quisiera (la respuesta: las drogas, seguramente), Beamer eyaculó en el suelo y se dejó caer en el charco. ¡Por fin! Y por fin, al fin, el desmayo comenzó a apoderarse de él... mientras... se...

Beamer se despertó en la cama tal vez una hora, o dos, o tres, después, con las chicas abrazadas a su lado y el olor vaginal impregnando la habitación, sumido en un odio animal y salvaje hacia sí mismo, un odio hacia todas las moléculas que lo componían que le daba hasta asco, el odio que siempre experimentaba en momentos como aquel. Al principio no entendía por qué se había despertado, salvo que en su sueño, Noelle corría hacia él vestida con su camisón y abría la boca por fin, para comérselo o para gritarle, y, en lugar de decir algo, había sonado como una sierra.

Solo que era el móvil que volvía a vibrar. Cuando por fin pudo discernir lo que estaba en la pantalla, entre las musarañas que le eclipsaban la vista, vio que su madre lo había llamado dos veces más y que al fin le había dejado un mensaje escrito, uno dictado que había quedado hecho un desastre y que no había pensado en ver si sonaba coherente antes de darle a enviar:

Llama me y jo

Y luego (aunque contenida en dicha palabra había mucha más angustia de la que cinco letras podían transmitir):

No seque haces que no con testas a tu madre pero llama mella punto es detergente

Tras respirar hondo, lo recorrió un escalofrío. Beamer se levantó discretamente y dejó dinero en los zapatos de las dos (le gustaba creer que era un caballero, pero no tenía cómo asegurarse de que cada mujer cobrara por separado lo que le tocaba salvo dejándolo en los zapatos), tras lo cual dejó un poco extra porque era un puto monstruo y lo sabía.

Volvió a ver qué hora era. Físicamente, la verdad, se sentía bastante bien. El zolpidem era una droga magnífica y no provocaba resaca: una vez se pasaban los efectos, ya estaba; no dejaba ningún rastro de su presencia, más allá de un leve rescoldo de adormecimiento que le parecía una tranquilidad nada común en él. No olía como cuando mezclaba la cocaína y la heroína, y no quería ni hablar de cuando se metía metanfetaminas, ¿vale? Porque hablar de eso lo iba a hacer pensar en las metanfetaminas y son algo en lo que no se puede dejar de pensar una vez que se empieza. ¿Qué es lo que estaba diciendo sobre el zolpidem?

Sí que olía a las chicas en sí, a la biología del acto carnal, y para eso tenía que volver a la oficina y ducharse en su baño privado. Podía darse una ducha en el hotel, claro, solo que no quería arriesgarse a que eso fuera a despertar a las chicas y tuviera que charlar con ellas antes de irse; además, sabía que iba a contagiarse hongos en aquel baño horrendo, o tal vez una enfermedad venérea con un simple roce con la cortina de la ducha. No, mejor se duchaba en la oficina.

Salió del hotel y se dirigió a la oficina en el silencio propio de un Tesla. Tenía una oficina en West Hollywood, parte de los restos ya menguantes de la colaboración que había tenido con Charlie desde la universidad. Habían ganado su fortuna con las tres películas que habían escrito y que sí les habían producido, además de con los derechos de reproducción de las mismas películas y el puñado de guiones especulativos y los que hacían por encargo, aunque, a decir verdad, Beamer vivía del dinero de su familia.

Las películas que sí les habían producido, las que los habían hecho famosos, eran una serie de películas de acción conocidas como la trilogía de *Santiago*. La primera de ellas, *El incidente de Santiago*, iba sobre un joven mexicano rico llamado Jorge que viaja a los Alpes durante un verano, donde un cártel lo secuestra y se acaba enamorando de la hija del secuestrador. Los profesores de Beamer y de Charlie, los cuales coincidían en que los dos les recordaban a una versión joven de ellos mismos, habían tirado de viejos amigos y les habían organizado reuniones en Los Ángeles incluso antes de que se graduaran, pero fueron los contactos de Carl Fletcher quienes les consiguieron una reunión con un ejecutivo llamado Stan Himmerman, quien se había criado en Middle Rock con Carl. Si aquellos otros ya creían que Beamer y Charlie eran como ellos de joven, solo tuvieron que añadir el dialecto de Middle Rock y espolvorear unas referencias a la querida tienda Poultry Pantry de la avenida Spring («¡Aún siguen sin aceptar tarjetas a estas alturas de la vida!») y Stan los vio como si hubieran salido de su propio pasado. Se los llevó a comer al Ivy y se marchó después de haberles estrechado la mano para sellar el pacto y contratarles su proyecto de tesis.

El incidente de Santiago acabó siendo una película con un presupuesto de sesenta millones de dólares protagonizada por Paul Bixby, una joven estrella de la tele que, hasta entonces, solo había salido en comedias vecinales, por lo que fue su debut en el mundo de la acción. La película, definida por el *New York Times* como «buena, divertida y sin mucho reseñable que, aunque a veces parece ser demasiado seria, esos momentos tampoco son nada reseñables, así que no pasa nada», los ayudó a sacar al director Van Vandermeer de la prisión cinematográfica en la que se había metido al fracasar con su película de robos demasiado cara y que lo había obligado a dirigir porno del suave durante varios años. Sin embargo, Hollywood es el lugar perfecto para la redención, para intentarlo una vez tras otra y luego otra más, y a Van lo recibieron en el estudio lanzándole rosas a los pies después de que su viejo amigo Stan le hubiera dado el guion de Beamer y de Charlie y él hubiera visto el futuro. La película fue número uno en taquilla durante cuatro semanas seguidas. Stan Himmerman se refería a los dos como «hijos míos» y les dijo que iba a seguir con ellos, que eran «estrellas en ciernes» y que juntos «vamos a hacer historia, hijos míos, ya veréis».

Algo sí que habían hecho, solo que historia no. Quizá ni siquiera se podía considerar arte. Habían ganado dinero, eso sí. Después del éxito de *El incidente de Santiago*, a Beamer y a Charlie les presentaron a un agente llamado Jeremy Gottlieb, también de Long Island (aunque de más lejos, de Ronkonkoma), que acababa de salir del escritorio del legendario superagente Fran Sacks. Jeremy tiró de sus ahorros para invitarlos a comer en el Grill, se inclinaba hacia delante cada vez que hablaban y los convirtió en sus primeros clientes en exclusiva.

Los instalaron en el estudio con el trato ya en marcha y Stan Himmerman les dijo «pensad y soñad a lo grande, hijos míos». Montaron aquella oficina de West Hollywood y compartieron secretaria, una bestia de ambición desbocada llamada Stacy, y casi fue como jugar a tener un trabajo de verdad, al estar sentado delante de un escritorio que daba al de su mejor amigo de toda la vida día tras día y contarse chistes de pedos y hablar de ideas y del futuro y de que, en cuanto acabaran con el siguiente proyecto, iban a poder relajarse porque ya los iban a considerar estrellas del mundillo y entonces, según dijeron, podrían ponerse a trabajar de verdad.

O quizá solo era Charlie quien decía esas cosas. Él sí que tenía ideas. Quería escribir guiones de todo: de pelis de acción, sí, pero también de thrillers y dramas y del tipo de comedias románticas que lo petaba en aquellos tiempos. Tenía una idea para una peli en la que una ecologista se enamoraba de un ejecutivo de una petrolera que en realidad estaba de encubierto al intentar infiltrarse en sus planes de terrorismo ecológico. Otra era una peli de miedo sobre una casa embrujada que adquiría el aspecto de la casa en la que uno se había criado. Otra era una peli sobre la mafia en la que el hijo de un padrino se casa con el hijo de la familia rival y ambas familias estrechan lazos a través de la homofobia para destruir el amor de sus hijos (era una comedia).

A Stan le encantaban todas las ideas de las que hablaban. Por su parte, a Beamer le gustaba lo ingeniosas que eran las otras ideas de su compañero y lo reconocía, solo que no encontraba las fuerzas para ponerlas en marcha. Estaba muy satisfecho con el éxito de *El incidente de Santiago*, con el hecho de que existiera. No sabía ni qué nombre darle a la emoción que experimentaba al saber que había otras personas en una sala con el corazón latiendo tan fuerte como el de Jorge, retenidas en contra de su voluntad, debatiéndose en algún maletero. El problema era que lo demás, como la inspiración o las ideas nuevas, escapaba a su alcance.

Técnicamente, la idea de *El incidente de Santiago* había sido de los dos, pero en realidad solo de Beamer, pues fue una idea envuelta en cocaína que se le pasó por la cabeza en plena noche en la casa de piedra rojiza que tenían los Fletcher en la calle Nueve, donde los dos vivieron durante su etapa universitaria. La idea fue la siguiente: «No sé, algo con un secuestro». ¿Y qué podía decir Charlie? Era una buena idea. Los secuestros siempre están bien, ¿no? Además, sabía lo del secuestro de padre de Beamer, claro. Los dos habían sido amigos desde antes de poder recordar que lo eran incluso. Era lo que decían en todas aquellas reuniones; «ni

siquiera nos acordamos de cómo nos hicimos mejores amigos».
¡Cómo les chiflaba a todos! La madre de Charlie, Linda, se acordaba de aquellos tiempos tan difíciles, porque había llevado a sus hermanos mayores al colegio después del secuestro de Carl e incluso cuando todavía estaba en marcha.

Sin embargo, Beamer y Charlie no llegaron a hablar de lo que le había ocurrido a su padre, porque nadie habla sobre lo que sabe de los demás, sino que cada uno se limita a vivir con esa información y permite que viaje en el asiento trasero de la relación. Charlie aceptó la idea (¿o es mejor llamarlo concepto? ¿Pálpito? ¿Sinapsis a medias?) y los dos se pasaron cuatro noches seguidas sin dormir, alentados por las drogas que un chico gótico del consejo de estudiantes les había vendido. ¿Alguno de los dos se percató de que fue el impulso de Charlie lo que los llevó a quedarse toda la noche en vela, a través del primer acto lleno de emoción, del segundo con problemas y del tercero que casi no era ni coherente? ¿Alguno de los dos se dio cuenta de que, mientras Charlie estaba dale que te pego con el teclado, Beamer solo se quedaba detrás de él y decía cosas como «Sí, eso, ¡exacto!» sin aportar ninguna idea nueva? ¿Repararon en que soltaba aquellas frases alentadoras con una especie de autoridad propia de un instructor, como si Charlie estuviera recibiendo lo que Beamer le comunicaba a través de algún proceso de osmosis? ¿Se dieron cuenta de que, en realidad, Beamer no estaba comunicando nada y era Charlie quien preparaba el guion?

Beamer sí se dio cuenta. La pregunta que se le quedó rondando por la mente durante los años venideros fue si su amigo lo había sabido ver o no.

Si así había sido, fue un acto de amistad eterna y compasión imaginarse que aquella podía ser el tipo de historias que a Beamer le podrían costar, que un buen amigo se encargaría de la mayor parte del guion, de que el uso de la idea en sí era tal vez la gran pero única contribución de Beamer (su idea inicial, la experiencia que había vivido) y que al menos iba a ser un guion sencillo porque procedía de una verdad interior (si *El incidente de*

Santiago contenía alguna verdad, interior o de cualquier otra índole, es algo que se ha debatido largo y tendido).

Cuatro años pasaron después de aquello. La peli sobre la casa embrujada no llegó a ser lo bastante buena, elegante o aterradora para Stan. La que iba sobre la ecologista sí empezó a salir adelante, solo que nunca llegaron a producirla porque el estudio tenía un contrato con una petrolera para hacerles publicidad. El estudio rechazó la peli de la mafia, con lo cual Jeremy pudo vender la idea por ahí y la terminó comprando un productor independiente que la grabó gratis y nunca llegó a encontrar quien la distribuyera.

Stan quería una secuela de *El incidente de Santiago*, y Jeremy Gottlieb estuvo de acuerdo en que era buena idea ir sobre seguro. Esta es la historia de la secuela: en *La influencia de Santiago*, secuestran a la nueva novia de Jorge mientras están de vacaciones en Bélgica a modo de venganza por el triunfo del protagonista durante la primera película. Se escribió por sí sola, lo cual significa que fue Charlie quien volvió a preparar el guion, y la produjeron en un abrir y cerrar de ojos. El *New York Times* comentó que la secuela era «poco original, pero buena y divertida» y que «la muerte del arte se lleva mejor cuando viene en forma brillante y hasta las trancas de acción» y que «resultaba extraño ver a un personaje que iba de universitario a adulto sin madurar ni una pizca cuando bien podrían haberlo cambiado como quisieran, porque madurar es difícil para las personas del mundo real, no para los personajes de las películas». *La influencia de Santiago* fue número uno en taquilla durante dos semanas en un verano con poca competencia, cargado de comedias románticas.

Las reseñas cansaban a Charlie, lo cual molestaba a Beamer. ¡Eran guionistas de verdad, y su segunda película había llegado al cine! Y era otra sobre secuestros, para colmo. ¿Por qué no le bastaba? Sin embargo, lo que su amigo quería era escribir sobre Middle Rock, sobre uno de los negocios de la zona en la que se habían criado: la familia que llevaba la fábrica de cartón ondulado o las personas que habían instalado el aire acondicionado en todos los centros comerciales de Long Island. Le gustaban las ideas diminutas que conducían a crear un negocio pequeño que conducía a uno más grande y que eran la base de la evolución de clase obrera a la riqueza en la generación de sus abuelos.

A Beamer no le encajaba. No entendía qué tenía aquello de interesante.

—Lo enfocaríamos como una familia en la que cada uno de los hijos quiere hacerse con el control de la empresa —acotó Charlie—. Todos quieren ser el jefe.

—Mira, estoy viviendo mi enésima temporada de una fábrica y no es nada interesante —le dijo Beamer—. Es un negocio familiar y ya está, no hay nada de acción. No puede ser la base de una historia. Hazme caso, que sé lo que es.

Y así siguió su relación laboral durante años. Paraban, empezaban y discutían. No coincidían en ninguna idea. Y, durante todo ese tiempo, no terminaron ni un solo guion.

Pasado un tiempo, Charlie le dijo que necesitaba hacer algo pronto, porque se estaba quedando sin blanca. Si bien Beamer le ofreció darle de la suya, con aquello solo logró herirlo.

—Quiero ganarme la vida, Beam. Soy un profesional. Y tengo más de treinta años ya, por el amor de Dios.

Qué más daba. El propio Beamer vivía de los beneficios de la fábrica de su familia, la que había formado la base de su riqueza, la que, veinte años antes, justo cuando toda la industria manufacturera se estaba trasladando a China y Carl se estaba preparando para dejarlo, parecía que había generado los beneficios suficientes como para mantener el terreno y tal vez crear un fondo para los niños. La idea había sido dejar a Ike Besser a cargo de la empresa, pues era el encargado de toda la vida, a cambio de una parte de las ganancias como un plan para cubrir su inversión y que Ike acabara siendo el propietario junto a su hijo, Max. La familia siempre había tratado bien a Ike, al darle un buen sueldo y una participación en el programa de inversiones de la empresa, el que permitía que los trabajadores ahorraran para la jubilación y que llevaran un fondo de inversión al mismo tiempo, uno que instauraron años antes de que las empresas en general se volvieran inútiles. No obstante, Haulers, un hipermercado, les pidió si podía quedarse con la mitad del ancho de banda operacional de la empresa para cumplir con sus necesidades de manufacturación urgentes. Los Fletcher siguieron siendo los propietarios de la empresa y la continuaron dirigiendo mientras estuvieron contratados por Haulers. Y más adelante, al ver lo bien que llevaban la empresa y cuánto tiempo se ahorraban al no operar en China, Haulers hizo que Consolidated Packing Solutions fuera su fabricante exclusivo de moldes de poliestireno para su marca blanca. Les dieron un adelanto de diez millones de dólares y un cargamento de acciones para cubrir el riesgo de tener un solo cliente, y el resto de la familia cobró los dividendos del dinero en exceso de la empresa. Aquel nuevo trato rejuveneció la fábrica y retrasó el plan de Ike, si bien le aseguraron que solo era un retraso, le dieron una prima de cien mil dólares a modo de compensación y lo animaron a invertirlo para que, cuando llegara la hora de comprar la empresa, pudiera pagarlo a tocateja. Ike no pudo negarse, porque ¿quién iba a rechazar cien mil dólares? Aunque bueno, tampoco se lo preguntaron. El acuerdo era demasiado bueno como para que los Fletcher lo rechazaran: hacía que Carl, Ruth y los niños cobraran entre 500 000 y 750 000 dólares por trimestre cada uno, una suma que conformaba casi hasta el último centavo que tenía Beamer en la cuenta (durante el breve momento en el que permanecía allí guardado después del depósito de cada trimestre).

Daba las gracias por poder contar con aquel dinero y lo veía como algo suficiente para mantenerlo a flote hasta que su trayectoria profesional despegara por sí misma. Sin embargo, también pasaba de los treinta años, y lo que Charlie le había dicho lo incordiaba. Miró el reloj de su propia vida y vio que se le estaba haciendo tarde, por lo que creyó que estaría bien salir adelante gracias al impulso del vapor que él mismo generaba.

Porque, para entonces, tenía una casa en uno de los cañones que, por la cantidad de impuestos que tenía que pagar, era un sueño hecho realidad para el condado de Los Ángeles. Tenía una hija, y la escuela privada que acababa de ir a ver para matricularla costaba 52 000 dólares... al año. Tenía que pagar a la canguro, a la criada, a la canguro de los fines de semana y a la criada de los fines de semana. Tenía la vivienda en Carmel, además de la casa de Palm Beach que Noelle había querido comprar para sus padres. Tenía el nuevo restaurante del desastre de su cuñado en el que había prometido invertir. El coche de Noelle y el suyo, además del de la canguro y del de la criada. Y dos viajes a Maine al año, en primera clase. Y un viaje a Long Island al año, en superprimera clase, como disculpa para Noelle y agradecimiento por su paciencia. Un viaje a Europa al año, para culturizar y educar a la hija que, una vez más, todavía no sabía leer. Y ya ni hablar de que querían tener otro hijo. Noelle tenía sus aventuras filantrópicas, su decorador, su dermatólogo, sus lavativas, su consejero espiritual, su fisioterapeuta, su terapeuta a secas, la terapeuta de parejas. Él tenía toda su vida secreta, con el dinero que tenía que gastarse para esconderla, además de los regalos que le compraba a la familia porque ¿qué clase de persona vivía así?

De modo que Charlie y Beamer decidieron escribir otra secuela. En cosa de tres semanas, los extenuados guionistas entregaron *La despedida de Santiago*, y los productores la aceptaron de inmediato. Para entonces, Paul Bixby tenía cuarenta y seis años, había sufrido un accidente de tráfico y tenía un ojo postizo hecho de acrílico que a veces (y solo a veces) se tapaba con un parche. Charlie y Beamer iban a incluirlo en el guion, pero Van Vandermeer le aseguró a Stan que podía saltárselo, por lo que la película (en la que secuestraban a la mujer de Jorge —porque tenía una mujer nueva, más joven— y a su hija adorable) se grabó en un formato cutre y sin parar, más que nada con Paul de perfil, sin centrar el plano en el rostro mutilado del protagonista ya mayor. El *New York Times* comentó que era «confuso» y «un experimento que da vértigo» y que «no valía la pena perder el tiempo ni el dinero con la película, por mucho que le sobraran a alguien». La película fue número uno en taquilla durante seis horas del miércoles de mediados de enero en el que se estrenó.

Dos años más tarde, en los que no habían producido nada más que intentos de guion que no pasaban de diez páginas, Jeremy Gottlieb los citó en su despacho una tarde (ya no en el Grill) y les dijo que le preocupaba lo que estaban produciendo o, para ser más concreto, lo que no. Y entonces, con más torpeza, les dijo que tenía un consejo para ellos.

—¿Sí? —preguntó Charlie—. ¡Aceptaremos cualquier consejo que tengas!

—Os va a parecer un poco descabellado —empezó Jeremy.

—Dispara —le pidió Charlie. Jeremy tomó aire.

—Creo que deberíais dejar de ser un equipo —dijo. Pasó la mirada de uno a otro y esperó a que la información se asentara—. Sé que es una sorpresa, sí, pero mi responsabilidad es decíroslo. Es lo que creo de verdad, en el fondo. Todas las colaboraciones tienen su fecha de caducidad.

Jeremy había pasado a ser el agente principal de su agencia y parecía que iba a ser quien acabara encargándose del departamento en sí. Su despacho tenía unos ventanales con vistas al cartel de Hollywood cuando todavía se veía, unos carteles de varias de las películas favoritas de sus clientes (entre ellas *El incidente de Santiago*) y unas superficies de cristal reluciente. Aquel día, Beamer y Charlie estaban sentados en un sofá de cuero, separados por más de medio metro, y Beamer notó que el cuerpo se le tensaba, solo que no captó la misma tensión a través de los cojines. Aunque en el cuero no se habría transmitido bien, ¿no? Miró a Charlie, quien asentía poco a poco y parecía estar asimilándolo.

—Vaya —dijo, sin mirar a Beamer—. ¿Por qué lo dices?

Beamer abrió la boca y volvió a cerrarla sin decir nada. Él habría dicho algo más rotundo, habría expresado cierta sorpresa. Ya tenían casi cuarenta años y llevaban trabajando juntos desde que no se acordaban de cómo se habían hecho amigos.

—No sé qué decir —dijo Beamer.

—Sé que parece un poco apresurado, pero no es así —explicó Jeremy—. Todas las colaboraciones tienen su fecha de caducidad, como decía. Son para empezar a alzar el vuelo o para reforzar una trayectoria que empieza a hundirse. A veces un equipo escribe un guion y ya está, o a veces siguen colaborando toda la vida, pero lo que ocurre con más frecuencia es que me toca decirles que ya no funciona. —Hizo una pausa—. Tenéis una trilogía juntos, un legado, y es un enorme tributo para vuestra amistad, la primera fase de vuestra vida como guionistas. ¿Verdad? ¿A que sí?

—Ahí tienes razón. —Charlie seguía asintiendo—. Tiene sentido. Todo tiene sentido.

Beamer se quedó observando la escena como si no fuera partícipe de ella, como si fuera una película.

—Es que no dejo de pensar cómo os iría si os separarais —continuó Jeremy—. Es emocionante. —Otra pausa—. Una trayectoria artística es algo emocionante, que cambia y se transforma. —Una pausa más larga todavía—. Y los dos sois jovencísimos. Bueno, relativamente. Vuestras mejores obras están por venir. Y lo digo por los dos.

—No sé yo, Jeremy —contestó Charlie—. O sea, me fío de tus consejos, como siempre. Nunca nos has llevado por el mal camino. Pero... —Se volvió hacia Beamer—. ¿A ti qué te parece? Es una locura, ¿no? Sí, es una locura.

—No sé muy bien qué pensar —le dijo Beamer a Jeremy, y, al devolverle la mirada a su amigo, se dio cuenta de que ya no encontraba la armonía en su rostro que había existido entre ellos desde la escuela. Charlie lo miraba sin llegar a verlo.

Fuera de la agencia, Beamer intentó alentar a su amigo a que se enfadara por que su propio agente les hubiera sugerido algo tan descabellado. Solo que Charlie guardó silencio, y su trayecto hasta sus respectivos coches desde el despacho, uno que habían recorrido juntos un millón de veces, también perdió la armonía. Para cuando pidieron a los aparcacoches que fueran a por los vehículos, seis minutos más tarde, Beamer ya entendía que aquello había sido idea de Charlie. El único acto de amistad que le quedaba era dejarlo en paz y no volver a sacar el tema a colación. No podía, estaba demasiado triste.

Después de aquello, Charlie acabó escribiendo guiones por su cuenta y no tardó nada en convertirse en uno de los guionistas más solicitados de Hollywood. El estudio le concedió un acuerdo general, uno que le dijo a Beamer que era escueto y, a decir verdad, solo una formalidad. Stacy, su primera secretaria, había ido escalando puestos, y Charlie la contrató como socia de producción. Su secretaria más reciente, Sophie, se quedó con Beamer.

Todavía decían que eran buenos amigos. Sus respectivas mujeres también se llevaban bien, y los cuatro quedaban para cenar, no sé, cada par de meses o algo así. Sin embargo, habían pasado a trabajar en solitario, lo cual implicaba que Charlie se pasaba el día escribiendo guiones por encargo con unos presupuestos increíbles para estrellas de cine y tenía una lista de espera de dos años para sus servicios y Beamer recreaba el secuestro de su padre en orgías llenas de drogas y prostitutas.

Y más adelante, hacía tres años, Charlie acabó en la televisión en su momento álgido, y producía y escribía una serie de televisión por cable sobre una familia de Queens cuyos hijos adultos estaban sumidos en una pelea constante para quedarse con la empresa familiar.

Negocio familiar llegó justo a tiempo. Fue la primera serie que sintetizaba todo lo que los economistas (como el padre de Charlie, profesor de Economía en la Universidad de Brooklyn) llevaban años diciendo y que mostraba el frente de batalla de verdad de la desaparición de la clase media. Consumió la cultura popular y los premios Emmy durante su primer año de emisión; provocó la aparición de como diez mil artículos de opinión e incluso fue responsable de que las generaciones más jóvenes renovaran el esfuerzo por crear sindicatos y de que se redactara al menos una ley sobre los impuestos de las herencias (una ley que se quedó atascada en el Congreso, pero que existió de todos modos). En efecto, Charlie ganó como unos 350 premios Emmy y Beamer pasaba el rato lamiendo suelos de hotel mientras una mujer desdentada lo penetraba por detrás.

En aquel momento, Beamer llegó a la oficina con el móvil sonándole otra vez. Si bien le dieron ganas de lanzarlo al otro lado de la sala, lo que hizo fue ponerlo en silencio y llevárselo a una oreja para poder pasar por delante de su secretaria hostil y juiciosa, sentada en la antesala de su despacho. Quería no tener que hablar con Sophie hasta haberse duchado, más por decencia humana que por miedo, aunque un poco de miedo sí que había, la verdad. Eso siempre.

—Ay, no, qué horrible —dijo al teléfono. Era una persona que solía contestar llamadas falsas para evitar conversaciones, y últimamente se había dado cuenta de que lo que decía durante dichas llamadas de mentira era un poco raro y que tal vez eran una forma de pedir ayuda—. No, eso no me gusta nada, para ya.

—¿Beamer? —susurró Sophie, para intentar pararlo. Él alzó un dedo y le dedicó un gesto que venía a decir «qué se le va a hacer», como si no pudiera dejar la llamada ni por un momento. Sin embargo, Sophie articuló de todos modos—: Es tu madre.

—Vaya, qué mal —le contestó a nadie cuando su llamada de mentira le dio malas noticias, mientras se dirigía al baño privado de su despacho—. Horrible, sí. No, no. No haría eso.

La mirada desdeñosa de Sophie lo siguió según terminaba la llamada falsa.

—¡No puedo tomar esas decisiones por ti! —gritó al teléfono en lo que entraba en el despacho, por si Sophie todavía lo oía—. Y odio que me lo pidas, la verdad. ¿Lo sabías? Vale, adiós. Sí, vale, adiós.

Beamer llegó al baño; estaba a salvo. Se quitó la ropa y abrió la ducha. Le gritó a Sophie, fuera del baño, que salía en un momento. Esperó hasta que el agua caliente le cayó encima para que lo hiciera volver a sentirse humano, limpio, como si pudiera empezar su vida de cero, solo que estaba asqueado, al haberse puesto a discutir con nadie en particular.

Esta es la lista de guiones post-*Santiago* y post-Charlie que Beamer propuso, resumió o escribió unas doce páginas preliminares:

1. *Fuera para la hora de la cena*, una comedia romántica sobre un hombre que, años después de la graduación, secuestra a su cuelgue del instituto sin darse cuenta.

2. *Mónaco*, un thriller inspirado en *Ronin* que se centra en una persecución en coche de un hombre que intenta perseguir a quien secuestró a su madre cuando era joven.

3. *Educación física*, una película alegre y rápida sobre cuatro adolescentes que quieren secuestrar a su profesor de mates y, por accidente, acaban con el de educación física.

4. *No hables con desconocidos*, una película apta para todos los públicos sobre niños abducidos por extraterrestres, quienes los encierran durante cuatro días en el sótano de su ovni.

5. *El valle*, una película sobre la guerra de Afganistán en la que el pelotón de los 214° Halcones de Guerra del Cuerpo de Marines sufre una emboscada y, cómo no, un secuestro, con lo que se convierten en prisioneros de guerra.

Ninguna de las películas llegó a funcionar por algún motivo u otro. Y entonces, hacía tres meses, Beamer estaba viendo un episodio de *Negocio familiar* y se esforzaba por no ver lo mucho que los personajes se parecían a él y a su familia; insistía (para sí mismo) que se debía a alguna especie de narcisismo, aunque le costaba pasarlo por alto: había un hermano mediano con ciertas similitudes a Beamer, uno mayor bastante estirado, uno pequeño completamente apático, y el padre estaba como ido, como si no estuviera ahí. Algunos de los géneros eran distintos, así como la ciudad, pero en ocasiones oía algún diálogo o veía algún hábito genético que le sonaba en algún actor y se daba cuenta de que era imposible que Charlie no hubiera hecho una serie sobre ellos.

¿Le molestaba porque era su historia y se la había arrebatado sin preguntar? Pedir permiso para usar la información biográfica tenía su propio protocolo, involucraba un acuerdo entre caballeros, y en ocasiones creía que debería traer a colación aquella terrible transgresión de caballerosidad, solo que no sabía cómo. Por Dios, si ni siquiera había hablado con Charlie del tema de que usara al agente que compartían para separarse. Estaba en terreno inestable, así que no se animaba a decirle «Oye, el hermano que se tira a todo lo que se mueve tiene que estar basado en mí, ¿no?».

Estaba tentado a preguntárselo, a resentirse un poco, pero aquello no era lo que lo distraía cuando veía la serie con Noelle los domingos por la noche, algo en lo que ella insistía y a lo que él había accedido porque le parecía normal (aunque habría preferido verla a solas, con la casa a oscuras, en el móvil y solo de reojo). No, lo que le molestaba de verdad era que no había sabido ver que su vida era una historia perfectamente posible. No la había aprovechado.

Necesitaba trabajar. Necesitaba que el tiempo dejara de avanzar sin él, sin que se impulsara por su propio pie, sin que no tuviera nada en las manos. Sin saber qué hacer, Beamer contactó con Jeremy con la idea de hacer una nueva versión de las películas de *Santiago*. Sabía que la saga estaba un poco oxidada, sí, pero también que las versiones nuevas de películas antiguas eran lo que sustentaba el cine de verano del momento. Jeremy le dijo que no era una mala idea, solo que Charlie iba a tener que estar de acuerdo, porque, aunque técnicamente el estudio podía contratar solo a Beamer para que la escribiera, no querían arriesgarse a que un guionista del calibre de Charlie dejara de colaborar con ellos, por descontado.

Beamer se tragó aquel «por descontado» con un intento de conservar la dignidad. «Del calibre de Charlie». Beamer dijo que le encantaría añadir a su excompañero como productor o quizá con un crédito de «historia de», dependiendo de lo que el sindicato permitiera o exigiera aquel día en concreto. El agente le dijo que hablaría con Charlie, de modo que Beamer esperó a que le contestara e intentó no pensar en que un agente tuviera que pedirle algo de su parte a su mejor amigo de toda la vida.

Una semana más tarde, Jeremy le contó que Charlie había aceptado que hicieran otra peli de *Santiago*, y lo que era aún mejor, según dijo, era que su excompañero le había dicho que no se preocuparan, que no quería que incluyeran su nombre en los créditos, lo cual no era solo que no quisiera estar involucrado en el proyecto ni con una sola línea diminuta, aunque, sí, ¿qué significaba eso? Pero bueno, lo que le molestaba era que tal vez en parte había esperado que Charlie oyera la idea y quisiera volver a colaborar con él, aunque fuera una sola vez. Porque quizá lo único que habían necesitado era darse un respiro.

Stan le dio el visto bueno para que se pusiera a escribir, y Beamer lo dejó todo de lado para dedicarse a ello. Y el borrador salió de él durante el transcurso de dos semanas, como si un ente divino se lo estuviera leyendo en voz alta. Escribir un guion nunca le había parecido tan fácil e intuitivo. Pensó en aquella estadística que decía que, si uno pasaba diez mil horas haciendo algo, se terminaba volviendo un experto. Porque quizás era eso lo que había ocurrido. Intentó hacerse una nota mental de aquella lección para inculcársela a sus hijos: si seguían esforzándose con algo, incluso si les costaba, les acabaría saliendo bien con el tiempo, les sería más fácil. Pensó, por primera vez, que separarse de Charlie sí que había sido para bien, que quizá Jeremy y su excompañero habían sabido ver mejor que no era que Beamer fuera un lastre para Charlie, sino que Charlie también lo había sido para él. Y así fue que nació *Santiago IV: la maniobra Valsalva*.

¡Y por fin! Dieron las cuatro de la tarde y llegó el momento de su reunión. Las noticias que llevaba todo el día esperando recibir por teléfono eran una especie de avance de lo que le parecía a Stan, un emoji o un «¡Vaya!» siquiera. Quizás algún comentario por parte de Jeremy incluso. Estaba preparándose para salir hacia el despacho de Stan cuando este, quien ya había llegado al puesto de presidente del estudio, cambió el lugar en el que se iba a celebrar la reunión, de su despacho al de Beamer, y dijo que iba a llevar a alguien más consigo.

Aquello solo podía ser una buena noticia, el tener a otra persona en la reunión, porque para decir que no solo hacía falta una persona. ¿Y que un presidente de un estudio acudiera a su despacho? El alivio lo inundó. Había pasado las últimas horas sentado delante de su ordenador, pensando que por fin podría desentenderse de *Santiago* para descansar y hacer algo nuevo, para hacer su propio *Negocio familiar*, por mucho que dicha serie ya le pareciera su propio negocio familiar. Había estado viendo vídeos en YouTube sobre magos y mentalistas, pensando inconscientemente si había un posible personaje en todo ello mientras sabía conscientemente que sí, que había algo muy gratificante en ver que una persona hacía algo de la nada. Quizá se lo mencionara a Stan. Entonces fue cuando Sophie lo llamó por el interfono.

El despacho había pertenecido al tipo que había escrito aquella película de los hijos de la Guerra de Secesión y que también coleccionaba recuerdos antiguos. No lo había remodelado en ningún momento, por lo que todavía tenía un interfono conectado al mostrador central, uno que el propietario les había propuesto quitar, pero a Charlie y a Beamer les había parecido pintoresco (y, a Sophie, innecesario y degradante).

—¿Qué pasa? —preguntó.

—*Noelle dice que no contestas el teléfono. Tu madre…*

—Ah, ya la llamaré.

—*¿A cuál de las dos? Noelle me ha dicho que no la llames, que vayas a la cita con la doctora Lorna esta noche tú solo. Está en una reunión.*

—¿Quiere que vaya con la doctora yo solo? —preguntó Beamer.

—*Ajá.*

—¿Qué reunión? —Si Noelle no tenía trabajo.

Le echó un vistazo al teléfono: tenía otra llamada perdida de su madre. Apartó la notificación y le escribió un mensaje a su mujer.

Deberíamos cancelar y ya está. No puedo ir a terapia de parejas sin pareja.

Vio los tres puntitos interminables hasta que por fin:

No podemos cancelar tan tarde.

Por lo que él escribió:

Pagaremos, no pasa nada.

Y ella:

La doctora Lorna tiene una lista de espera larga. ¿No puedes ir y ya está? ¿No puedes hacerle un favor de nada a tu mujer por una vez en la vida?

¡Por una vez en la vida! Casi se le cayó el teléfono. Acabó escribiendo:

Vale, iré. ¿Vas a decirme siquiera por qué no puedes venir?

Solo que no hubo ninguna respuesta y en la puerta ocurría algo, lo cual significaba que ya había llegado Stan.

—*Ya ha llegado Stan* —dijo Sophie por el interfono—. *Con... ¿Ha dicho Anya? Con Anya.*

—Haz que pasen, pues —indicó Beamer, con un tono de voz alegre y jovial fingido, como si en el despacho estuvieran de celebración y riéndose por todo lo alto. Sophie abrió la puerta e indicó a Stan y a su invitada que pasaran. Su secretaria sostenía una especie de cosa circular envuelta.

Beamer observó a la invitada de Stan: una mujer bajita con un sombrero de safari de ala ancha y unos pantalones cargo cortos verdes, un polo color azul marino y nada de maquillaje.

—Beamer, quiero presentarte a alguien —dijo Stan—. Esta es Anya Poroshenko.

—Soy Anya Poroshenko —repitió ella, y extendió una mano rugosa para estrechársela con fuerza—. ¡La nueva!

Stan y Anya pasaron a acomodarse en los dos asientos que había enfrente del escritorio de Beamer, los cuales solían estar desocupados más que nada. Allí era donde había estado el escritorio de Charlie, y, si bien ya habían pasado años, todavía había unas hendiduras con la forma de las patas de dicho escritorio en la moqueta, tan profundas como cuando lo habían sacado del despacho.

—Te han mandado esto —le dijo Sophie mientras ponía aquella cosa redonda en el escritorio—. Y tu madre no deja de llamar.

—Sí, gracias, Sophie —contestó—. Recuérdamelo más tarde. Quizá deberíamos... ¿Puedes traernos unos vasos de agua, por favor?

—Para mí no, gracias —se apresuró a decir Anya—. De verdad, podríamos acabar con el planeta con el que vayamos a reemplazar a este solo con la cantidad de agua embotellada que se sirve para cada reunión absurda en esta ciudad. No sé si me voy a acostumbrar.

Beamer se la quedó mirando sin decir nada.

—Es que es un desperdicio —explicó ella.

—¿De dónde eres? —preguntó Beamer.

—Vengo de la universidad. ¡Allí tenemos fuentes!

—Digo de dónde eres de este planeta, de la Tierra —insistió él.

—Ah, ya, vale, soy de New Hampshire.

—Anda, pues tienes un acento más del sur. Como rústico.

—No sé a qué te refieres —dijo Anya.

—Es que... —empezó a decir él.

—¿De dónde eres? —lo cortó Anya.

—Ah, de Long Island. De Middle Rock.

—Fui a la universidad con muchas personas de Middle Rock —contestó ella, con una expresión vacía.

—Hemos contratado a Anya como consultora para que nos ayude a enderezarlo todo —interpuso Stan—. Es muy fan de la saga y quería estar presente para la reunión. —Esbozó una sonrisa de oreja a oreja, como cuando hablaba en los estrenos. Beamer vio que las encías se le estaban echando atrás; era viejísimo. Se estaba aferrando a aquel puesto con todas las fuerzas que le quedaban—. Muy muy fan.

A Beamer le sonó el móvil y supo que era su madre otra vez.

—Qué bien —respondió—. ¿Y qué es lo que hace falta que enderecemos? Soy guionista, a lo mejor puedo ayudaros. —Todos se echaron a reír.

Solo que Beamer ya sabía cuál era el problema, ya sabía quién era ella. El estudio había sufrido un amplio abanico de escándalos durante los últimos años: uno por motivos raciales, varios por homofobia y transfobia, uno por el sueldo y los ascensos que se concedían a las mujeres y al número ínfimo de personas de color que trabajaban allí, y una cantidad ingente e infinita de índole sexual.

Había sido Charlie quien lo había puesto al corriente sobre Anya. Le había estado hablando del nuevo proceso que había incorporado el estudio durante la última vez que habían salido a tomar algo, hacía cosa de un mes, y le había explicado que todo se leía como si el guion tuviera que escribirse en una especie de postura defensiva. Le habló de Anya en concreto: tenía notas para todo, según Charlie, por mucho que *Negocio familiar* fuera el mayor éxito indiscutible del estudio. Estaba ansiosa por «meterse por medio» incluso en las historias mejor planeadas y, en general, en partes de la trama que más le gustaba al público; añadía cualquier problema social que se le pasara por la cabeza: la violencia sexual, la libertad sexual, el terrorismo sexual, el feminismo, la tensión racial, el derecho al voto, el positivismo sexual, el positivismo respecto a la menstruación, el uso de pronombres. Había creado lo que llamaba «ficha de diversidad», una especie de cartón de bingo lleno de dichas cuestiones, y cada serie que produjeran tenía que intentar incluir al menos tres de ellas en cada temporada: suicidio, enfermedades mentales, armas, sanidad pública, engaños pederastas, muros fronterizos, la segregación en las escuelas, discriminación, la droga de la violación, endometriosis, aceptación corporal, los impuestos de Donald Trump, homofobia, islamofobia, islamofilia, uso de esteroides, «la situación de los refugiados», la supresión de los votantes, la prevalencia del virus del papiloma humano. Además, había cinco tipos de abortos —en el segundo trimestre, clandestino, legal, accidental (!) y en el tercer trimestre— que quería que los programas incluyeran. No se cansaba de las distintas formas que había de ponerle fin a un embarazo.

—Se supone que mi serie no es agradable —le había dicho Charlie conforme rechazaba la segunda copa que le ofrecía el camarero—. Se supone que no es consciente de los temas políticos que toca. De verdad, parece que quieren convertirla en un programa educativo. No les he hecho caso con nada. Me daba la sensación de que... No sé. Quizá de que son consejos que aplican para una serie que no funciona. Si no funciona, se incorporan todas esas notas absurdas. No le he hecho caso, y la chica se ha ido. Stan se ha vuelto un blandengue. Se la chuparía a sí mismo si pudiera.

Aquella imagen mental había excitado a Beamer de un modo bastante impropio, de modo que se bebió otro chupito, el quinto de la velada, y, después de que Charlie se hubiera marchado, corrió por la manzana un par de veces antes de volver a meterse en el coche.

—Así que intentaré meterme en el barro del asunto, lo más posible —le estaba diciendo Anya en el despacho.

—Claro, claro —dijo Beamer, con una sonrisa hacia la mujer, quien parpadeó despacio para reconocer el gesto.

Agarró el objeto envuelto que Sophie le había dado al acompañar a Stan y Anya al despacho. Quiso creer que era una bomba a punto de estallar para que no tuviera que pensar más en el tema.

—Bueno, pues se ha leído tu guion, porque es muy fan, así que quizás ahora sea un buen momento para ponernos a ello —continuó Stan.

—¡Vale! —dijo Beamer, esbozando otra sonrisa para mantener la farsa de la colaboración—. Qué ganas de echar la película adelante.

Sin embargo, lo que Sophie le había llevado no era una bomba: por el peso y el envoltorio en sí, vio que era algo comestible. La etiqueta indicaba que se lo habían enviado de una pastelería cara de Sherman Oaks, por lo que miró el ticket y vio que era de un productor al que había puesto en contacto con Charlie, después de que el propio productor se lo hubiera pedido.

—He venido a trastocarlo todo —dijo Anya.

Stan descruzó las piernas y volvió a cruzarlas hacia el otro lado. Durante los años que conocía a Beamer, se había quedado calvo excepto por el tramo con forma de bumerán que iba desde una oreja hasta la otra, por detrás. Durante ese tiempo, también había dejado de llamarlo «hijo mío».

—Oye, primero podríamos... —Beamer pulsó el botón del interfono—. Sophie, ¿puedes traernos un cuchillo para cortar el pastel y unos platos? —Soltó el botón—. Me acaban de mandar este pastel, y mi abuela siempre dice que las conversaciones difíciles sientan mejor con algo para comer. —Phyllis no había dicho aquello en su vida. Si su abuela Lipshe, la madre de su madre, lo había dicho, él no lo sabía, porque había muerto cuando era pequeño y solo hablaba yidis. Por su parte, Phyllis Fletcher no era de las abuelas dispuestas a comprarles pasteles a sus nietos.

—*Claro* —respondió Sophie.

—No he venido a hacer de poli —siguió Anya—. Soy un recurso, más que nada. Solo pretendo conocer a todo el mundo para que podamos, ya sabes, «hacer las cosas bien», si sabes a lo que me refiero.

—Claro, claro —repuso Beamer. Y entonces, hacia el interfono—: ¿Y el cuchillo?

—*Estoy en ello* —repuso la secretaria.

—Te seré sincera —siguió Anya—. Me he leído el guion nuevo y no sé si funcionará en estos tiempos que corren.

—Ay, Señor —dijo él, con una expresión que convirtió en un monumento a la consideración y la amabilidad. Se llevó el pastel con forma de anilla a la nariz: estaba horneado, era un cóctel letal de azúcar, canela y grasa calentada y derretida cuyo aroma combinado traspasaba el envoltorio de la pastelería. Por un momento, se preguntó si podría conseguir llevárselo al baño privado y zampárselo entero en el retrete mientras Stan se quedaba mirando por la ventana y lo esperaba—. ¿Dónde estará el cuchillo?

—Tenemos problemas serios de los que hablar, Beamer —insistió Stan, con rostro grave.

A Beamer le dio un asco casi violento al ver el brillo en la calva de Stan; en menudo muermo se había convertido últimamente, más flojo que nunca. ¿Cómo no se había dado cuenta? Stan vivía con ansias de volver a ser relevante mientras a los demás dinosaurios de su raza, género y clase social los hacían pasar a la historia. Había contratado a Anya como escudo humano ante su irrelevancia, y lo peor de todo era que estaba surtiendo efecto.

Pasó la mirada de Anya a Stan y luego de vuelta a ella (aunque con la mente centrada en la tarta que tenía delante). Menuda puñalada por la espalda. Era la tercera revisión del guion, y había accedido a editar las otras versiones al suponer que el final estaba a la vista.

La verdad, había esperado oír que lo felicitaran por haberlo hecho bien.

—¿Y qué problemas son esos? —preguntó. Y entonces lo supo.

El peso.

La forma.

Era una tarta de café. Ay, Señor misericordioso, cuánto le gustaban las tartas de café.

—Bueno —empezó Anya—, tienes a un actor blanco que interpreta a un personaje mexicano. Tiene una novia francesa a la que secuestran unos milicianos negros. La acción de la película es contrarreloj para que la victoria sea que la novia salga del secuestro con su virginidad intacta. El premio es su virginidad.

Beamer parpadeó.

—A los personajes negros ni siquiera se les da nombre.

Dos parpadeos.

—Y, aunque estoy segura de que ya lo sabes, Santiago está en Chile, no en México. No puedo ser la primera persona que saca el tema. Es como un viaje en avión de nueve horas para ir de un lado a otro.

—Sé dónde está Santiago —repuso Beamer en voz más baja de lo que había pretendido. Sí que lo sabía. Técnicamente, al menos. ¿Verdad? Lo sabía antes de que ella hubiera dicho nada, ¿no? Sí, claro que lo sabía.

—He tenido que mantener un montón de charlas sobre «representación» desde que empecé —siguió ella—. Y todavía no me he encontrado con ningún delito de odio de verdad. Bueno, al menos uno que fuera intencionado, ¡ja, ja, JA! Pero este guion que has escrito... Bueno, digamos que será mejor que no llegue a manos de los de la Unión por las Libertades Civiles, ja, ja, JA, JA, ja.

—El público va a ver una peli de *Santiago* con ciertas expectativas —repuso Beamer, aunque él mismo oyó lo débil que sonaba—. Se supone que es una visita al pasado, como si fuéramos a ver a un viejo amigo, ¿sabes? Algo cómodo y conocido para una audiencia cada vez mayor, ¿me explico?

—Pero es que esa visita no tiene que ser tan retro, ¿no? —insistió Anya—. Es posible que el amigo haya cambiado con el paso del tiempo, ¿verdad? Se ha vuelto más progresista, dona a la radio pública y su estilo de vida ha cambiado un poco. Tal vez hace campaña para el nuevo socialista un poco descarado que se ha presentado a las elecciones del partido demócrata. No sé, son ideas.

—No sé muy bien cómo hacer eso. Es cosa del personaje, y no puedo cambiar tanto a uno que ha existido desde hace tres películas, ¿sabes? No puedo... cambiar el nombre de la película.

—Miró a Stan, solo que este no estaba de su parte.

No sabía qué más decir. Lo único en lo que todavía mandaba era en la saga *Santiago*, pero, al haberse quedado solo en aquella isla desierta con nadie más que Stan, Anya y una tarta de café a la que no podía hincarle el diente, se dio cuenta de que no, había sido Charlie quien mandaba en las películas.

—Tengo algunas ideas constructivas —continuó ella. Y de uno de los varios bolsillos de sus pantalones cargo sacó no un cuchillo para la tarta, sino un pequeño cuaderno. Pasó varias páginas hasta llegar a su lista—. Quizá podamos... ¿Me escuchas? Quizá podamos hacer que la trama no vaya sobre Jorge salvando a sus nietos, sino que trate sobre una persona nueva que intenta impedir un caso de tráfico de personas. Y no en Chile ni en México, porque la verdad es que nuestres amigues latines pueden hablar por sí mismes. ¿Y si lo hacemos en Los Ángeles? Sí que es cierto que se estima que hay unos cincuenta millones de personas esclavizadas en el mundo. ¿Sabías que una de cada cinco imágenes pornográficas en internet es de menores víctimas de la trata de personas?

¡Le iba a echar a perder el porno!

—¿Y si hacemos que las pelis de *Santiago* sean más maduras y traten de algo que importa de verdad? —siguió—. Haremos que la gente vaya a verlas porque creen que van a ver una peli sin más para pasar el rato y, una vez que nos hacemos con ellos, los educamos.

Tres parpadeos.

—Estás muy callado, Beamer —comentó Anya—. ¡Que es un diálogo, no un monólogo!

—Creo que me lo tengo que pensar —respondió él. Tuvo la precaución de sonar como si de verdad estuviera dándole vueltas al punto de vista de Anya; era una habilidad que había ejercitado durante la terapia de parejas—. Para procesarlo, ya sabes.

—Sé que el instinto es ponerse a la defensiva —dijo ella—. Pero es una oportunidad para madurar.

Beamer estaba observando a Stan con atención.

—Cuanto más me lo pienso, más razón creo que tienes —respondió Beamer. Rebuscó en sus adentros una forma de cooperar—. Me gusta eso de la trata de personas.

—Tenemos un duro camino por delante. —Anya miró a Stan.

—¿Por qué lo dices? —preguntó Beamer—. Me gusta. Te digo que me gusta lo que has dicho.

—Pasemos a otro tema —dijo Anya—. Debe de ser bastante impactante para ti, que venga alguien a hacerte tantas preguntas y a rebuscar en tu cajón de la ropa interior.

—No, no, me gusta el proceso —asintió Beamer con entusiasmo, si bien dicha emoción estaba dedicada a preguntarse dónde estaba el puto cuchillo que Sophie tendría que haberle llevado ya—. Me encantan esas ideas. Quiero que la saga sobreviva.

—No tienen que encantarte —respondió Stan, quien no era una tarta de café ni un cuchillo para cortarla—. Solo tienes que darle vueltas un poco.

—Pero sí que me gustan —insistió, antes de volverse hacia Anya, quien tampoco era una tarta de café ni un cuchillo para cortarla—. Es muy inteligente; los tiempos cambian, lo capto. No quiero ser un fósil. Lo que intentaba era... Quería darle continuidad al público, pero quizá necesite otro punto de vista.

Anya alzó las manos como si no quisiera que le disparara.

—Es que la energía que proyectas es un poco hostil.

—¡Que no! No es hostilidad, ¡es que estoy emocionado! —Anya no parecía entender que Beamer estaba dispuesto a considerar, como cualquier otro guionista, que cualquier cosa que escribiera era pura basura y que no necesitaba mucho para creer que debían arrancar o quemar cada página. No entendía que él no necesitaba días ni minutos para aceptar que lo que había escrito era horrible y no iban a poder usarlo. No entendía que una persona pudiera ser capaz de asfixiarse en su propia vergüenza por algo que había creado cuando hacía tan solo unos minutos había creído que algo se podía salvar y hacía unos minutos más había creído que era una obra maestra de magnitud épica. En otro orden de cosas, ¿había alguna forma de partir una tarta con las manos sin parecer un psicópata?

El móvil de Beamer volvió a vibrar tres veces seguidas, por lo que estiró una mano para quitarle el sonido, aunque notó en las vibraciones que era su madre otra vez. Ajustó la voz antes de volver a hablar.

—Son ideas muy buenas —dijo muy poco a poco, con la esperanza de que la cadencia pausada acabara con cualquier impresión de que estaba hecho una furia—. Voy a pensármelo todo bien.

Miró a Stan, quien asintió con entusiasmo y seguía sin ser una tarta de café. El móvil le sonó otra vez, y en aquella ocasión notó la vibración en las entrañas. Con todas las drogas que se metía, e iba a ser el móvil lo que le acabara dando un infarto.

Sophie se asomó en el despacho.

—Beamer, tienes una llamada en espera. Perdona la interrupción, pero dice que es urgente.

—Parece que tienes líos que atender. —Stan se puso en pie.

Beamer se despidió de ellos con el tono de voz más castrado y agudo que consiguió poner, con la esperanza de no sonar a la defensiva. Cuando Stan y Anya se largaron por fin, bajó la voz a su tono normal.

—¿Dónde coño está el cuchillo?

—Lo siento, Beamer, tu madre no deja de...

Le sonó el móvil. Estiró una mano en su dirección y contestó por accidente.

—¿Hola? —Oyó que decía su madre.

—Mierda —dijo.

Le hizo señas a Sophie para que se marchara, aunque luego la detuvo como un agente de tráfico e hizo el gesto de cortar algo. Ella asintió: «Vale, vale».

—Hola, mamá. —Tres segundos se volvieron una eternidad y Sophie no había vuelto, por lo que decidió mandarlo a la mierda todo. Metió un bolígrafo en la capa de envoltorio marrón con cuidado de no perforar el envoltorio de plástico que imaginaba que estaba debajo.

—*¡No tendría que costarme tanto ponerme en contacto con mi hijo!* —exclamó Ruth.

¿Cómo se describe esa sensación para la que no tenemos una palabra, esa en la que lo que esperabas ver después de tantos años prediciendo cosas de forma fiable acaba siendo algo distinto y mejor aún?

No era una tarta de café.

¡Era una tarta de queso!

¡Era una tarta de queso con borde de tarta de café!

—*Beamer, ¿me oyes?*

—Sí, sí.

—*Tengo una mala noticia que darte* —dijo Ruth.

La tarta de queso tenía una fina capa de fresa o frambuesa por encima, y, encima de aquello, una espiral de chocolate. ¿Cómo no había entendido que el peso del paquete auguraba una tarta de queso? Madre del amor hermoso, daba igual; le encantaban las tartas de queso, con el regusto a queso que atacaba los lados de la lengua, con el toque salado que asaltaba el diámetro desde los lados hasta la punta para que el dulzor pudiera hacer lo que le viniera en gana con el resto. ¡Y todo a la vez! ¡Tarta de queso, damas y caballeros!

—*¿Me estás escuchando?*

—Hola, mamá. —Una tarjeta cayó del envoltorio, y Beamer vio una nota de parte del productor.

—*¿Dónde te habías metido? Hemos estado intentando...*

La nota rezaba: Beamer, puede que me hayas cambiado la vida. Gracias por presentarme a Charlie Messinger. Tu amigo para siempre, Ronnie

—*Se muere tu abuela y ni siquiera puedo ponerme en contacto contigo.*

—Mamá, vivo en otro estado. Tengo trabajo. Me he pasado la mañana de reunión en reunión, no puedo estar al teléfono cada segundo de...

—*¿Seguro que quieres ir por ahí?*

—Lo siento, mamá. Me siento fatal. La abuela Phyllis...
¿Cómo está papá?

—*¡Pues mal! Creo que está en shock.*

Claro que Phyllis llevaba dos meses en cuidados paliativos y
ya hacía casi un año que le habían diagnosticado una enfermedad
poco común que la estaba matando. Lo sorprendente era que
estuviera en shock, dado que se trataba de la muerte de una mujer de noventa y tres u ochenta y ocho años.

—Ya. Claro.

Sophie seguía sin volver. Miró en derredor, en busca de un
tenedor o de una cuchara, porque no necesitaba plato. Retiró el
plástico mediante el agujero que había hecho con el boli y se
dispuso a usar el dedo índice y el corazón para llevarse trozos de
la tarta de queso a la boca, uno detrás de otro, como si estuviera
comiendo langosta. Se había manchado la cara y el pecho de
tarta de queso, pero no podía parar.

Para cuando su madre le pasó a su padre, Beamer se había
guardado unos bocados de tarta en las mejillas como una ardilla,
de modo que, cuando Carl lo saludó, lo que este oyó fue:

—*Babá. M'apabo de entebab de lo de l'abuela. Lo fiento musho.*

Una Voltereta Mulholland está conformada por lo siguiente: un
chute de éxtasis seguido de una mezcla de cocaína y heroína,
seguida a su vez de un puñado de eszopiclona, todo rematado
con un Plexidil molido (un medicamento que solo se vendió
durante un breve periodo de 2012 y que estaba pensado para
tratar el síndrome de las piernas inquietas pero que, por accidente, también tenía el efecto secundario de despertar adicciones al
juego ya superadas o, en ocasiones, inexistentes) que se coloca
bajo la lengua. Y después un trago de Coca-Cola Zero. Si uno
no tiene Coca-Cola a mano, también vale una Alpino Superplus
Turboenergía Azul o una Bombardeo Plomizo Neurohielo

Superestallido Naranja (la cual solo se vende en ciertas partes de las Montañas Rocosas), pero no (y debo repetir: no) una Disparo Fahrenheit 1000 Azul-Fresa Bang Bang Arcoíris, porque interactúa con el Plexidil y puede provocar un accidente isquémico, como bien indica la larga lista de contraindicaciones de la Disparo Fahrenheit.

Si la Voltereta Mulholland se ejecuta como es debido, lo que hace es activar los receptores de placer del cerebro, de modo que quien se la ha tomado se convierte en una máquina tragaperras hecha de lucecitas parpadeantes y ruidos enérgicos, lo cual casi basta para pasar por alto los indicios de una irrelevancia creciente y de la guerra fría que su mujer ha empezado a librar contra él por motivos que no es capaz de determinar, dado que es consciente de que el número de razones potenciales es tan vasto que no puede hacer una pregunta directa al respecto sin incriminarse.

El problema es que también hace que crezcan tanto las pupilas que no solo ocupan más espacio que los iris, no, sino que se extienden más allá de donde uno cree que deberían terminar, y más en ese estado alterado. Con lo cual uno está demasiado colocado como para saber dónde deberían terminar los iris, pero está seguro de que no es donde los tiene en ese momento.

Beamer estaba volviendo a casa cinco horas después, en los rescoldos de la Voltereta Mulholland que había comenzado cuando Stan y Anya se habían marchado de su despacho y que le había durado a lo largo de la cita con la terapeuta de parejas a la que por algún motivo había accedido a ir a solas. Llegó a casa y se encontró a Noelle en su habitación, haciendo las maletas, y a los niños, despiertos más allá de su hora de acostarse, correteando por la estancia, animados y vestidos con sus pijamas de viaje.

—Ya es bastante malo que hayas pasado la mañana entera desaparecido —estaba diciendo Noelle en lo que cerraba la maletita a cuadros de Wolfie. Liesl saltaba en la cama, con su hermano tumbado con pose de estrella de mar, de modo que, cada vez que ella saltaba, él salía disparado hacia arriba—. De verdad, no entiendo por qué tenemos que irnos como ladrones en plena noche.

—No somos ladrones —dijo Beamer—. Es un vuelo nocturno, la gente normal los toma también. Los judíos enterramos a nuestros muertos de inmediato, así es la vida.

—No tienes que explicarme lo que hacen los judíos, Beamer. A lo que voy es a que, si te hubieras molestado en contestar el teléfono en algún momento del día, podríamos habernos ido hace horas. Ya habríamos llegado. Pero no, tenemos que fastidiarle el sueño a todo el mundo.

—Me has hecho ir a terapia yo solo.

—De eso hace dos horas.

—Han cortado la carretera por San Vicente.

—¿Y eso te ha hecho tardar dos horas más? —le reprochó, para luego decirle a su hija—: Deberías llevarte la flauta, tendrás que practicar.

—¡Vale, mami! —repuso ella y salió corriendo a buscarla.

Sin embargo, Noelle miró a su marido, todavía a la espera de una respuesta.

La verdad era que había tenido que pasarse por Encino a dejarle una nota a su dominatrix en su casa para decirle que no iba a poder acudir a su cita del jueves, porque los billetes que Noelle le había pedido a Sophie que comprara para ir al funeral implicaban que también iban a quedarse durante la shivá, el periodo de luto. No tenía otra forma de comunicarse con la dominatrix que no fuera dejarle notas, porque todavía no se había ganado su número de teléfono y ella le había prohibido escribirle al correo electrónico por el que había contactado con ella la primera vez.

—¿Y si...? —empezó Beamer—. ¿Y si me das el pésame primero? O me preguntas cómo estoy, que mi abuela acaba de morir.

Liesl volvió con la funda de su flauta y la colocó con cuidado en el suelo, tras lo cual se tumbó en la cama mientras Wolfie saltaba, para que fuera ella la que saliera disparada cada vez que él aterrizaba.

—Niños —los llamó Noelle—. ¿Qué le decimos a papi?

Liesl se incorporó de golpe y esbozó una mueca de pena de lo más melodramática.

—Ay, papi —dijo, saltando hacia él desde la cama para apoyarle la cabeza en un hombro y rodearle el cuello con los brazos—. Papi, tu abuela ha muerto. ¡Lo siento mucho!

Wolfie se incorporó también y gateó hacia su padre para rodearle la cintura con los brazos.

—Te quiero, papi.

—Lo sentimos mucho —dijo Noelle.

Beamer les devolvió el abrazo a sus hijos. Su abuela había muerto.

—Pues ya está —dijo Noelle, tras cerrar la maletita de unicornios de Liesl—. Maletas hechas. Vendrán a buscarnos en cuarenta y cinco minutos. —Se sentó en la cama y alzó la barbilla. Siempre insistía en que no discutieran delante de los niños, lo cual no era mala idea, dado que no discutían nunca. No se puede discutir con alguien a quien no se le dice nada nunca.

—Tenía la reunión con Stan también —siguió él—. Ha sido una reunión larga y complicada.

—¿Cómo ha ido? —preguntó ella tras una breve pausa.

—Bien —repuso—. Bien. Les encanta. Y han propuesto varios cambios, claro. Ahora hay una mujer de consultora, y quiere que sea un poco más... consciente con los tiempos que corren, o algo así. Pero les ha encantado.

—Entonces, ¿van a producirla?

—Ah, claro. Seguro que sí. Solo son pequeños cambios, ya sabes.

Noelle buscó en derredor para ver si se le había olvidado meter algo en las maletas, pero no vio nada.

—¿Qué hacemos hasta que sea la hora de irnos? —preguntó—. Tenemos que mantenerlos despiertos.

Si bien la pregunta estaba dirigida a Beamer, fue Liesl quien respondió.

—Podemos leer *¿Estás seguro de que te lo has pensado bien?*

Beamer, aliviado por no tener que dar indicaciones en aquel bosque oscuro, se tumbó en la cama entre los dos niños para leerles lo que por el momento era su cuento favorito, que tenían en la mesita de noche. Se llamaba *¿Estás seguro de que te lo has pensado bien?* y trataba de un niño llamado Baxter que, de camino a la escuela, se encuentra con peligro tras peligro y toma una mala decisión en cada oportunidad que se le presenta. Una furgoneta se para junto a Baxter mientras se dirige al colegio y el conductor le dice que se le ha perdido el perro y que si puede subirse a ayudarlo, porque al perro le encantan los niños. Baxter dice que sí y se sube a la furgoneta, y en la página siguiente dice *¿Estás seguro de que te lo has pensado bien?*, sin ninguna imagen ni texto más, sino tan solo el blanco de la página y el negro de la tinta, con un tipo de letra ondulado y aterrador. Nathan y Alyssa se lo habían mandado como regalo de Janucá acompañado de una nota con la letra cursiva de Alyssa: ¡A los niños les encantaba cuando tenían la edad de Liesl!

En el libro, un adulto de aspecto amenazante le pide a Baxter que le guarde un secreto y que se meta en un armario con él, a lo que el niño accede.

¿Estás seguro de que te lo has pensado bien?

Baxter baja al salón a hurtadillas mientras sus padres duermen y ve cuatro horas de televisión seguidas, aunque tiene que ir al colegio al día siguiente.

¿Estás seguro de que te lo has pensado bien?

Baxter se queda solo a la hora del desayuno y, en lugar de escoger alguno de los alimentos nutritivos que tiene en casa, se va a la ventanilla de un restaurante de comida rápida de camino a la escuela, caminando, y pide beicon con nitratos.

¿Estás seguro de que te lo has pensado bien?

Cuando les llegó el libro, Noelle creyó que era una parodia de aquellos cuentos de seguridad infantil y se rio con todas las historias; no se imaginaba que existieran personas que fueran por el mundo con una especie de *¿Estás seguro de que te lo has pensado bien?* como base ética, como grito de guerra. Beamer tuvo que explicarle que para entonces ya debería saber de sobra que su hermano sí que apoyaba aquella forma de vida, y, cuando ella meneó la cabeza porque sí, lo sabía, pero ¿en serio?, se enamoró de ella otra vez.

Incluso con lo pequeños que eran, Liesl y Wolfie ya sabían lo suficiente como para reírse con sus padres, sabían que así no era como funcionaba la vida, que el peligro no se escondía detrás de todas las puertas salvo por la veintitrés y la cincuenta y seis, por puro azar. Sabían que el peligro era lo poco común, no la condición, y que era eso lo que hacía que diera tanto miedo. Entendían, incluso con lo pequeños que eran, que el peligro era peligroso por ser impredecible, que no se podía prever así como así. Beamer se imaginaba a sus pobres sobrinos mellizos escuchando el mismo cuento sumidos en la penumbra dickensiana de su habitación, asustados bajo las sábanas mientras su hermano aterrado les recordaba una vez tras otra los horrores absolutos que existían al otro lado de la puerta. Beamer se deleitaba con el desdén que su mujer le dedicaba al miedo perpetuo de su hermano, disfrutaba en el lujo de sus cejas arqueadas, ojos muy abiertos y mejillas hinchadas de aire. Pisaba el cuello del dolor de su hermano; le gustaba que aquello lo hiciera ser más y más alto.

Mientras Beamer les leía a los niños para mantenerlos despiertos, Noelle estaba sentada en silencio en el borde de la cama, tal vez para que él captara lo molesta que estaba. Últimamente, a su mujer le costaba más transmitir lo que sentía, más que nada por los cambios de su aspecto. Se había estado retocando la cara, primero con un poco de bótox que realzó, de forma positiva según lo veía él, sus rasgos presbiterianos. Solo que entonces, hacía menos tiempo, había empezado a inyectarse relleno en distintas zonas: en los pliegues nasolabiales, lo cual había ameritado que se rellenara también las mejillas para que adquirieran dimensión. La diferencia era sutil, y todavía no parecía la versión anfibia de una mujer pez, como sí les ocurría a muchas de las mujeres de la ciudad para cuando pasaban de los cuarenta; al fin y al cabo, todavía tenía treinta y pocos. Aun así, le daba miedo que estuviera en camino, porque, a juzgar por el breve vistazo que echó a quienes asistieron a la reunión de inicio de curso de la escuela, le parecía que aquel tipo de tratamiento simple provocaba cierta dismorfia. Y, si un viaje a la calle Beverly era otro indicador, no iba a tardar en olvidarse del aspecto que debía tener un rostro humano. Por el momento, sus intervenciones eran sutiles pero reales. Las cejas ya no se le arqueaban por la sorpresa sin que se esforzara por conseguirlo, y su sonrisa ya no se extendía tanto como antes. Resultaba desorientador mirarla a la cara y esperar que reaccionara, solo para acabar descubriendo que iba con un poco de retraso y que la imagen se había vuelto borrosa. Por milésima vez (cada una de ellas en contra de su voluntad), se acordó de un comentario que había soltado su madre cuando la habían ido a ver por última vez.

—¿Y no hace nada más? —le había preguntado Ruth cuando Noelle, quien había sido una anfitriona encantadora con su madre, apenas había abandonado la estancia—. Por eso se ha hecho eso en la cara. Está aburrida.

—Es madre y ama de casa —respondió Beamer—. Como tú.

—Yo tenía que cuidar de tu padre —espetó ella—. ¡Tenía mucho que hacer!

Y él no dijo nada, porque no quería oír otro sermón sobre cómo la penuria de su padre le había fastidiado la oportunidad de vivir una vida completa. Para evitarlo, acabó diciendo:

—No es culpa suya que tengamos dinero.

—Que te sobren el tiempo y el dinero puede llegar a ser muy peligroso —dijo Ruth, casi para sí misma.

De aquello hacía un año, y había pasado a ser lo único que Beamer era capaz de ver: en efecto, el dinero había generado cierta languidez en Noelle, y las horas que no pasaba cuidando de los niños o supervisando a los empleados del hogar no le bastaban para embarcarse en un proyecto que le importara. Al igual que el grupo de mujeres igual de ricas y lánguidas con las que se codeaba en la escuela, había estado experimentando con alguna especie de autooptimización en la que podían transformarse la cara y también adentrarse, aunque fuera solo un poco, en el misterio de su alma. Empezaron a acudir a una dermatóloga que también era psicóloga y que tenía un método para prescribir que se basaba en la forma exacta que debía tener el rostro de alguien («el rostro de origen», según lo llamaba), pero que también usaba la concentración de arrugas de las mujeres para determinar qué era lo que tanto les molestaba. A pesar de que a ellas les parecía una revelación, la revelación de verdad era que alguien se tomara el tiempo de sentarse y escucharlas y aparentar que absorbía su condición humana en lugar de pasarla por alto. El diagnóstico acababa desatando la catarsis y alguna que otra neurotoxina inyectable: un borrón y cuenta nueva para Noelle, cada tres meses. Cuando se habían conocido era preciosa.

Lo único bueno que salió de la segunda película de *Santiago* fue la joven actriz que interpretaba al interés amoroso de Jorge (el protagonista envejecía, mientras que sus intereses siempre tenían la misma edad). Noelle era rubia y de silueta delicada, con una belleza que Beamer solo era capaz de describir, del modo más asombrado posible, como «no específica». Con eso quería decir que era guapísima, que su belleza era indiscutible, pura. En ella no vio ningún indicio de las demás chicas con las que se había criado, ni siquiera de las guapas: no tenía la columela nasal hundida típica de las rinoplastias, ni las cejas interrumpidas de repente para librarse del unicejo que estaba claro que tendrían si no fuera por una intervención agresiva, ni un cabello procesado y de puntas muertas de tanto secárselo y de tantos tratamientos para modificar la estructura. Tenía los dientes rectos y blancos, lo cual mostraba sus buenos genes, su gran pedigrí. Tenía los dedos largos, los pies en un arco perfecto, y una postura maravillosa.

A Noelle Albrecht la habían descubierto en un centro comercial de Maine cuando era adolescente y se había vuelto un elemento fijo de la colección floral menonita de los catálogos de Laura Ashley, y más delante de las camisas de cuello alto y pantalones chinos cortos de los L. L. Bean. Noelle lo hacía bastante bien como modelo, pero ser actriz no era lo suyo. Para cuando la contrataron como la novia de belleza poco realista de Jorge en *La influencia de Santiago*, estaba empezando a aceptarlo.

A pesar de sus buenos genes, no procedía de una familia rica, pues su padre había perdido su fortuna en una inversión de tierras ilegal. Por tanto, Noelle, que había tenido que lidiar con un padre endeudado, un hermano que no servía para nada y una madre alcohólica, era la gran esperanza de su familia, y, cuando la mandaron a Hollywood después del éxito en los catálogos, esperaban que volviera a casa con dinero. En su lugar, le dieron papeles diminutos en culebrones de adolescentes, unos papeles para los que no iba a tardar en ser demasiado mayor. Sufrió el acoso sexual de casi cada productor y director que se reunió con ella o con el que se cruzaba en la cafetería del estudio. Cuando la contrataron para *La influencia de Santiago*, se sorprendió y se alivió al ver que quien la iba a acosar sexualmente aquella vez no iba a ser el director legendario y lascivo de la película, sino su apuesto coguionista, quien le despertó una inquietud de las positivas y que resultó ser más rico que nadie.

¿Se casó con Beamer por dinero? Era imposible de saber. Lo que sí sabía él era que Noelle estaba cansada de un trabajo para el que no había nacido. Sabía que a ella le gustaba que fuera grosero y salvaje, al menos por aquel entonces. Y, si el dinero también formaba parte de aquella ecuación, a Beamer no le molestaba. Sabía que tenía muchísimos defectos y que era muy dependiente, además de vulgar y cobarde, por lo que tenía la sensación de que solo iba a lograr casarse con alguien como ella si sabía que ella también obtendría algo tangible a cambio.

—¿*Has dicho Albrecht?* —le había susurrado su madre al teléfono cuando Noelle le insistió en que llamaran a sus respectivos padres desde la playa en la que Beamer le había propuesto matrimonio para darles la buena noticia. Los padres de Noelle lo habían felicitado con toda la felicidad del mundo y, por mucho que lo hubiera intentado, no se le ocurrió una excusa convincente para no llamar a su propia casa.

—Es increíble, ¿verdad? —preguntó Beamer, con la voz llena de la emoción reflejada y falsa de su familia.

—¿Es... es alemana? —Se pudo imaginar a su madre en la cocina, con una mano en la cadera y su bata de terciopelo negra, con los labios tensos y las fosas nasales bien abiertas.

—Es de Maine, ¡me recuerda a ti! Te caerá muy bien.

—*He vivido demasiado* —dijo su madre.

—Estamos pensando casarnos en la playa —continuó Beamer.

—*Noelle Albrecht. Noelle, por el amor de Dios. ¿Acaso no te hemos dado lo suficiente? ¿No te hemos querido lo suficiente? ¿Necesitas que te prestemos más atención? ¿Es eso?*

—Os llevaréis muy bien, mamá.

—*Era lo único que te pedíamos. Lo único.* —Hablaba en voz baja, como si estuviera rezando. Ya no hablaba con Beamer, sino con Dios—. *Toda la libertad, todas las oportunidades que te hemos dado, y solo te pedíamos una cosa.*

—¡Sí, nosotros tampoco nos lo creemos! —dijo Beamer. Noelle esbozó una sonrisa de oreja a oreja.

—*Vas a tener que decirles a tu abuela y a tu padre que, después de todo lo que hizo tu abuelo para esconderse de los nazis, después de que tuviera que salir escondido en un barco en plena noche como polizón, de casi morirse de hambre a bordo, ahora les vas a hacer esto. Voy a hacer como si nunca hubiéramos tenido esta conversación.*

—¿Verdad que sí? ¡Ella también tiene muchas ganas de conocerte!

Noelle hizo un gesto para indicarle que quería hablar con su madre, igual que él, hacía tan solo unos minutos, había hablado con sus padres tan cordiales y civilizados y educados.

—¿Quieres hablar con ella? —preguntó él en voz alta, aunque se le cerraba la garganta.

—*Ojalá me cayera muerta aquí mismo* —respondió su madre—. *¿Te puedes creer que has hecho que tu madre quiera morirse?*

—Claro, lo entendemos. ¡Ya hablaremos mañana! Ve a celebrar. —Y colgó. A Noelle, le dijo—: Se le saltaban las lágrimas de la emoción, ha tenido que ir corriendo a decírselo a mi padre y a mi abuela.

—Qué mona —contestó Noelle, porque se lo creyó.

Beamer y Noelle se casaron cinco años después de haberse prometido, en una celebración bulliciosa y elegante en un rancho de Malibú nueve semanas después de que a Noelle no le hubiera bajado la regla, junto a sus amigos, bailando como locos, y las dos familias, gélidas y resentidas en sus respectivas mesas, aunque por motivos distintos. Siete meses más tarde, nació su hija.

—Llamémosla Liesl, por mi abuela —dijo su mujer, acunando a la bebé en brazos en su cama de la habitación VIP del hospital Cedars-Sinai. Y Beamer inhaló con el abatimiento anticipado de alguien que llevaba media década intentando inculcar a su familia que Albrecht era un apellido alemán en el mismo sentido que lo era Fletcher, que los abuelos de Noelle se habían marchado de Alemania tan pronto como habían podido después de la Segunda Guerra Mundial, que eran demócratas y que habían votado a Al Gore cuando su vicepresidente iba a ser Joseph Lieberman, que defendían a los judíos, que los querían incluso.

—Liesl —repitió Ruth cuando Beamer se lo explicó por teléfono desde la sala de parto VIP.

—¡Es un nombre de la familia! —dijo él, animado—. Así se llamaba la abuela de Noelle.

—*¿Es que intentas matar a tu abuela?*

—Es un diminutivo de Elizabeth, de hecho. ¿No tengo yo una tía que se llama así?

—*No sé qué decirte, Bernard. Me has dejado sin palabras.*

—¡Gracias! —Sonrió con alegría a Noelle, quien tenía la mirada clavada en la pequeñina, con sus ojitos cerrados por el agotamiento de todo recién nacido.

—*Y a los Albrecht siempre se les olvida hablarme de todas las familias judías que escondieron en Alemania* —siguió su madre, con su voz de curiosidad fingida—. *Y mira que espero que me cuenten esas historias que dicen que tienen. Estoy empezando a pensar que son mentira.*

—Ya verás qué mona es.

—*Liesl es la hija mayor del nazi en* Sonrisas y lágrimas.

—Vale, te dejo que vayas a dar la buena noticia. ¡Te acabo de mandar una foto con el móvil! —dijo, en lugar de corregirla y decirle que, de hecho, el nazi era el novio de Liesl.

—*Voy a decírselo a la abuela Phyllis yo misma. Quiero estar presente por si tengo que pedir ayuda a gritos.*

—Vale, gracias. Sí, sí, ahora se lo digo. ¡Claro que lo entiende!

—Y Beamer colgó, se dirigió a su mujer y dijo—: Se le saltaban las lágrimas de la emoción. Se muere de ganas de ir pregonándolo por Middle Rock.

Así que la llamaron Liesl, y, cuando llamó a su madre desde la misma sala de partos del hospital Cedars tres años después, supo que aquello no la habría preparado para el nombre que habían escogido para su hijo: Wolfgang, en honor al tío favorito de Noelle.

—*Wolfgang* —repitió su madre—. *¿Es que lo haces a propósito o algo?*

—Es tan bonito como su madre y su hermana —dijo Beamer.

—*Es como una parodia de un hijo que se casa con una shiksa. ¿Primero Liesl y ahora Wolfgang? ¿Acaso hay una cámara oculta por aquí? Ni que fueras un presentador de la tele ahora. ¡Si es así, ya puede terminar la broma!*

—Mira, justo le estaba diciendo a Noelle que tu padre se llama Zev y que significa «lobo». ¿No decías que tu abuela lo llamaba Volf?

—*Bernard Fletcher, no oses mencionar el nombre de mi padre ahora mismo.*

—¡Vale, ahora se lo digo! —Y colgó, se volvió hacia Noelle, quien esbozaba una sonrisa angelical al bebé, y le dijo—: Le ha hecho mucha ilusión.

En aquellos momentos, con Beamer despierto en el avión que lo llevaba al funeral de su abuela, miró desde su cama totalmente horizontal de clase diamante hacia la de su mujer. Estaba dormida, y, al mirarla sin preocuparse por lo que veía ella, la pudo ver de verdad. Lo que se estaba haciendo en la cara le rompía el corazón. Era un semblante hinchado, como si estuviera inhalando aire, llorando y distanciándose, y, en parte, incluso después de haberse tomado tres copas de whisky durante el vuelo, sabía que su mujer sufría por no poder hablar de lo que le molestaba, una cualidad que él había estado buscando en una pareja después de haber pasado una vida entera con su madre. Bajo la nube del whisky entendía que las palabras no eran la única forma de comunicarse. Quería estirar una mano y tocarle la cara.

Lo que Ruth no entendía, lo que no llegaba a ver en él por mucho que fuera una clarividente para otras cosas, era que su matrimonio, su familia e incluso su trabajo representaban el éxito que había alcanzado, pero también las metas que se había propuesto: hijos que no se asemejaban a su propia familia en ningún sentido, una mujer que era su propio barco para llevarlo a un mundo nuevo, lejos de su familia aterrada y traumatizada, antes de que lo ahogaran en la orilla.

Lo tenía todo. Tenía una mujer que era capaz de discernir el nivel de amenaza, de mitigar el horror genético de lo que él llevaba a una familia. Ella misma no entendía lo que representaba para su marido. Era un traje de protección, un bote salvavidas. Podía convertirlo en otra persona si él se lo permitía.

Por millonésima vez desde que se había casado con ella y por millonésima vez aquel mismo día, se juró a sí mismo que no iba a dejar que todo se fuera al traste, que iba a hacerlo mejor. Quería alcanzar el éxito en sus propios términos. Quería que su trabajo se le diera bien. Quería cuidarse el cuerpo y relucir con una salud prístina. Quería ser un padre al que sus hijos pudieran admirar. Quería merecerse la familia que tenía. Quería completar la misión que había empezado hacía tantos años, cuando había cargado con Noelle hasta su habitación: dejar de ser quien era para convertirse en una persona normal.

Si bien el progreso había sido más lento de lo que había esperado, la vida no había terminado aún, no señor. En su interior, el alcohol y los residuos de las drogas todavía se mezclaban, pues su hígado agotado no podía con todo, y se combinaron para generar las hormonas del optimismo delirante, la sensación del potencial de un recién nacido. Era un marido excelente en ciernes. Se estaba bautizando en la pureza de sus hijos. Su guion, cuando lo revisara por aquí y por allá, iba a cambiar el mundo; iba a demostrar su valía por sí mismo. Porque valía mucho. Cerró los ojos y dejó que la serotonina de un futuro completamente abierto se le esparciera por la sangre, los músculos y todos los sistemas del cuerpo, con la esperanza de que lo inmunizara contra lo que lo esperaba al aterrizar.

En algún lugar por encima de uno de los estados sobre los que no había aprendido mucho durante su etapa escolar, Beamer se hizo unas promesas devotas a sí mismo mientras el avión surcaba el firmamento, una bala imparable decidida a llegar a Long Island, por mucho whisky que él se metiera entre pecho y espalda.

Todo Middle Rock se reunió en el templo Beth Israel para rendir su penúltimo homenaje a Phyllis Fletcher.

Dentro del santuario en sí, Beamer y Noelle ocuparon sus respectivos lugares en el banco de primera fila, él con la mirada un poco perdida. Existía la posibilidad de verdad de que se convirtiera en una estatua de sal si se daba media vuelta para ver a todos sus conocidos. No soportaba mirar a la izquierda para ver a su hermano mayor, Nathan, llorando, además de a su mujer, Alyssa, reconfortándolo de un modo que Noelle no haría con él si se decidiera a sentir alguna emoción por el paso de su abuela a una mejor vida. No soportaba mirar más allá de ellos para ver a su hermana, Jenny, su única aliada en la familia, quien se había vuelto más fría con él desde que había ido a verlo a Los Ángeles hacía ya casi un año. No soportaba mirar a la derecha, porque allí es donde estaba su mujer, y la disonancia de ver su integridad sin contaminar en contraste con todo el lío de sus orígenes era demasiado para él. No podía mirar a nadie. Podía con cualquier conversación que pudiera tener con cualquiera de ellos, pero lo que pudiera contener un intercambio sin palabras, por otro lado, iba a poder con él.

Y así había sido, porque el único vistazo que le había echado a su madre casi lo había tirado al suelo. Su madre y su abuela, desde que él tenía uso de razón, habían sido un dúo de mujeres manipuladoras y conspiradoras que, en corrillo, se preocupaban por todo, y cuya tarea principal era lidiar con las crisis continuas de su padre catatónico, seguido de criar a Beamer y a sus hermanos con la energía que les quedara de la primera tarea (es decir, ninguna). Si Ruth había sido una mujer cariñosa, empática y amable cuando se había casado y había tenido hijos, después del secuestro de Carl, su proximidad a su suegra y su meta compartida de tumbarse encima de Carl como si fuera una granada a punto de estallar habían hecho que las dos se volvieran una. En otras palabras, la madre de Beamer se había burlado de lo controladora que era su abuela, pues carecía de la capacidad de reflexión suficiente para entender que ella era igual.

De modo que se quedó mirando hacia delante, solo que con la mirada borrosa, porque, cómo no, no podía mirar hacia delante con todo el poder de su visión, porque ahí era donde estaba el ataúd de cedro que contenía los restos terrenales de su abuela.

Noelle se volvió y se puso a preguntarle algo (quién era alguien o cuándo iba a comenzar la ceremonia o cuánto iba a tardar todo el rollo), pero se quedó callada.

—Ay, estás llorando —susurró, con más ternura que nunca. Y entonces, al verlo más de cerca, añadió—: Espera, ¿es sudor? ¿Estás sudando?

—Es por la humedad. Y el traje.

No era por la humedad. Ni por el traje. Beamer y su familia habían llegado al aeropuerto de Newark aquella mañana; después de lo del secuestro, los Fletcher ya solo volaban a Newark, por mucho que estuvieran cerquísima tanto del JFK como del

LaGuardia. El chófer los llevó a la finca de Middle Rock una hora más tarde; atravesaron la larga puerta blanca y se dirigieron a la entrada.

La finca que Zelig Fletcher, el magnate del poliestireno, le había comprado a la abuela de Beamer cuando era joven, hacía casi setenta y cinco años, habría sido irreconocible para el propio Zelig. Por el camino, el exuberante laberinto de arbustos se había llenado de espinas, se había convertido en un conjunto de esqueletos frágiles cargados de la sensación aciaga de la mortalidad. La casa de Phyllis y de Zelig era la misma, de ladrillos pintados de blanco y unas persianas negrísimas que contrastaban, pero las tejas se habían ido rompiendo en años distintos y las habían ido arreglando con cuidado ciclón tras ciclón (la casa de Ruth y Carl, donde se había criado Beamer, era del mismo tipo, construida para encajar con la estética de la primera vivienda, solo que de un tamaño más reducido).

Otras partes estaban impregnadas de aquella sensación hogareña tan acogedora como nauseabunda. La arcilla resquebrajada de la pista de tenis; las cabañas de los jardineros, ya ocupadas por los nietos de los que los propietarios habían contratado hacía décadas, pues eran ellos quienes habían pasado a encargarse del terreno. Escondida detrás de la casa de Phyllis, la casa de la piscina yacía abandonada, eternamente con el aspecto que había tenido el último verano en el que la habían utilizado, allá por 2001; por su parte, la piscina, con vistas al estrecho de Long Island, estaba agrietada y vacía. Más adelante a lo largo de la entrada se encontraba lo que en otros tiempos había sido el querido invernadero del padre de Carl, ya vacío. Lo que antaño había llegado a ser una impresionante colección de estatuas de color blanco marfil que delineaban el tramo gigante de césped había adquirido un tono más crudo, y a una le faltaba una extremidad. La valla blanca que se extendía por el camino mostraba indicios de estar pudriéndose. El pequeño grupo de matorrales de fresas de la parte inferior de la mansión ya no daba frutos. Más allá de eso, Zelig Fletcher había muerto, y Phyllis había ido a hacerle compañía.

Beamer y Noelle bajaron del coche y estiraron alguna extremidad por aquí y otra por allá mientras Liesl se ponía a dar volteretas por la hierba y Wolfgang la seguía.

El clima era criminal, fresco como en la etapa de volver a la escuela tras las fiestas judías, con un firmamento azul brillante y unas nubes blancas y fibrosas. Hacía un tiempo optimista que invitaba a la renovación y al perdón. Era el tiempo de todos los comienzos de cero que había tenido, de cada lección que había aprendido, de cada una de sus primeras veces. Y en aquel momento también fue el tiempo que hacía en el funeral de su abuela.

La casa de sus padres estaba vacía para cuando llegaron. Beamer dejó su maleta y la de Noelle en su habitación de siempre e instaló a los niños en la habitación de Jenny antes de que a alguien le diera tiempo de decirle que Jenny iba a llegar desde Connecticut y que si por favor podían quedarse todos juntos un poco más allá, en la casa de Phyllis, la cual ya se había quedado sin Phyllis. Pero ni de coña. No pensaba quedarse a dormir en casa de su abuela.

Dejó a Noelle para que deshiciera las maletas y se dirigió hacia la habitación de sus padres, luego hacia su baño privado y luego hacia el armarito de las medicinas de su madre, donde rebuscó y rebuscó con la intención de hacerse con alguna sensación nueva, con la esperanza de que tuvieran algunos opioides de sobra que les hubieran recetado para alguna endodoncia o lo que fuera. Solo que lo único que encontró fue codeína, lo más triste y absurdo del mundo, el colocón que menos le gustaba.

El funeral no comenzaba hasta las tres de la tarde, por lo que, después de que su familia y él se echaran una siesta, se ofreció voluntario para ir a comprar su pizza favorita a Gina's, donde coincidió con Lisa Beldstein, la nieta del carnicero, e intercambiaron unos «¿eres tú?» y «no te había conocido». También vio cómo lo miraba y lo que pretendía decirle en realidad: «Lo primero que he pensado es que no hay nadie en el mundo que entre en una sala como el puto Beamer Fletcher, te reconocería en cualquier lugar». Y resultó que ella se acababa de divorciar y «¿podrías echarme una mano para llevar las bebidas al coche?» porque los niños estaban esperando la pizza y una cosa llevó a la otra y acabó en el garaje de Lisa Beldstein, follándosela en el asiento trasero de su Lexus con la puerta abierta y las piernas colgando hacia fuera y ¿ves? ¿Ves por qué la codeína es de lo peor?

Volvió a la casa de sus padres y en aquella ocasión, al asaltar el baño para invitados de la segunda planta, dio con un rollo de parches de nicotina caducados debajo del lavabo, muy muy al fondo. Tan solo el hecho de verlos le dio ganas de fumar, lo cual hizo que se diera cuenta de que, si fumaba, iba a tener que dejarlo, lo cual hacía que aquellos parches fueran justo lo que tenía que ponerse en el cuerpo en aquel mismo instante y tal vez, al combinarse con la codeína, pudieran ayudarlo a sobrevivir a la tarde y al siguiente día. Había seis parches caducados en el paquete, así que se los puso todos: uno en cada bíceps, uno en cada muslo, uno en el estómago y uno encima del corazón para añadirle una cucharadita de peligro al asunto. Oyó que sus padres entraban.

—Hola, mami —la saludó Beamer. Se alegró de que Noelle ya estuviera en la planta de arriba, porque era despiadada con el hecho de que los hijos Fletcher llamaran a sus padres «papi» y «mami».

—Beamer —dijo su madre—, ¿cuándo has llegado?

Decidió centrarse en su madre para no tener que mirar a su padre.

—Hace horas ya.

—¿Los niños están arriba? —quiso saber Ruth.

—Sí —respondió.

—Mmm.

Ruth se acercó a la cafetera. No es que sus nietos le cayeran mal; de hecho, los quería, por poco que se parecieran a ella (o tal vez por ese mismo motivo). El problema era que tenía un sistema de cariño jerárquico, lo cual significaba que primero se encargaba de Carl, luego de sí misma (para conservar la capacidad de cuidar de su marido), luego de sus hijos, de sus nietos, de los criados, de un desconocido en Liberia, de la mujer sobre la que Linda Messinger le había hablado porque había leído por ahí que necesitaba operarse de la vesícula en Iowa pero estaba atrapada en una tormenta de hielo, luego de su nuera judía y, por último, de su nuera no judía.

En el funeral, Carl y Marjorie emergieron de una salita del santuario, por detrás del viejo rabino Weintraub. Carl estaba gris y pálido; la resistencia eterna de su madre lo había mantenido joven, y, como ya no estaba, había envejecido y lloraba a la vista de todos. Beamer solo había visto a su padre llorar una vez en su vida. Y, como era de esperarse, las lágrimas de su padre solo consiguieron que Nathan llorara con más fuerza, tanto que los bancos temblaron, y aquello hizo que Jenny alzara la mirada al techo, molesta. Beamer la miró por fin, y ver su apatía hizo que le dieran ganas de abrazarla y también de tragársela para poder ser ella o al menos contener cierto aspecto de ella. Solo que estaba en un funeral, de modo que volvió a bajar la vista al suelo, el único lugar seguro. Carl se sentó junto a Ruth, y Marjorie, entre él y Alexis, su compañera de piso (al menos según el eufemismo que se usaba en la familia).

—¿Existiría Middle Rock si Phyllis Fletcher no hubiera estado en este mundo? —empezó el rabino Weintraub desde la tarima bimá—. Estoy seguro de que no hay ni una sola persona presente cuya vida no se haya visto afectada por el servicio que Phyllis le prestó a la comunidad: la remodelación de la escuela religiosa, la expansión del terreno del templo y del patio. Aquellos de nosotros que estuvimos aquí para verlo no olvidaremos nunca su victoria como presidenta de la junta de la escuela. Phyllis Fletcher era increíble. Era una fuerza de la naturaleza porque usaba lo que sabía de la historia de la ciudad para encaminar su futuro. No son solo las personas como ella, sino ella en concreto, quien creó una ciudad tan coherente e intencionada, una que conoce a la perfección sus valores éticos y sus principios. De verdad, esta mañana me he despertado pensando en su incansable trabajo como presidenta de la Sociedad Histórica, sobre lo mucho que se tuvo que enfrentar al ayuntamiento, al distrito y al condado para que la ayudaran, junto con su querido nieto Nathan, a restaurar el faro cuando lo que quería el condado era reemplazarlo por una viga de acero. Phyllis sabía que son los pequeños recordatorios del alma de una ciudad los que consiguen mantener intacta dicha alma.

De repente, le llegó un recuerdo: Beamer estaba terminando sus lecciones para el bar mitzvá; los niños de los Fletcher recibían dichas lecciones del rabino en persona, eran los únicos en Middle Rock que lo hacían. Y el rabino Weintraub estaba diciendo algo sobre la haftará cuando oyó unos pasos y la expresión le pasó de la sabiduría cansada al pánico más abyecto.

—¿Tu abuela ha venido a buscarte, Bernard? —le preguntó.

La había reconocido por los pasos, por aquellos que llegaban con la precisión de un reloj suizo, menos de quince minutos después del final de las reuniones mensuales de la asociación de mujeres que se celebraban en la sala de conferencias de la sinagoga. Se pasaba al menos una hora solicitando un cambio que quería en la sinagoga (un nuevo cantor, una evaluación de la acústica del santuario, una campaña de recogida de fondos para restaurar los pergaminos de la Torá) al venir a por él desde la asociación y desde la junta que dirigió una vez que terminó su presidencia. Años más tarde, el rabino hizo que su hija le programara un tono de llamada específico para Phyllis, para poder prepararse emocionalmente para la llamada que tuviera que aceptar o que devolver de inmediato. Para cuando presidió la ceremonia por encima del ataúd de la mujer, el rabino se había visto amenazado e intimidado por parte de Phyllis Fletcher en más ocasiones de las que debería tener que soportar cualquier hombre de Dios que dejara atrás la vida material y trabajara al servicio de comunidad.

En el funeral, el rabino se volvió hacia Nathan.

—Nathan, tu abuela me confió que esos meses que pasó trabajando contigo, en los que te vio usar tu grado en Derecho, fueron unos de los más gratificantes de su vida. Después de las penurias que pasó tu abuelo para llegar a este país, después de todo lo que sufrieron para labrarse la vida, que pudieran enorgullecerse tanto de sus nietos era una recompensa increíble para ella.

El rabino continuó: qué orgullosa había estado ella de Carl por haber mantenido la fábrica en nombre de su padre, qué emocionante era ver las películas de Bernard, qué triste estaba por no tener la oportunidad de conocer a los hijos de Jenny si en algún momento sentaba la cabeza, qué agradecida estaba con Ruth por haber cuidado tan bien de su Carl, qué correcto era decir que Marjorie era hija suya.

Y, aun con todo, el rabino pareció llenarse de una emoción real cuando puso punto final al discurso. Al final, la muerte puede con todos.

—Phyllis fue una mujer increíble —concluyó.

En el primer banco, solo Carl estaba convencido de ello.

—Ahora pido a Marjorie que se acerque, pues pronunciará unas palabras en nombre de ella y de su hermano, Carl —anunció el rabino.

Marjorie se puso en pie. Tenía el aspecto de un cable pelado, de algo sumido en un estado a medio derruir, constante y peligroso. Había nacido con los ojos de su padre, redondos y tan azules que sorprendían, y el cabello oscuro de su madre, aunque los ojos se le habían nublado y habían adquirido una forma más cuadrada y un aspecto más asustado, mientras que la melena había pasado a ser una especie de corona de espinos gris que parecía salirle de la cabeza como unas ideas que se le escapaban y morían por el esfuerzo.

Si bien hay gente que ya sabe que los judíos no se visten con el color negro tradicional en Estados Unidos para los funerales, lo que llevaba Marjorie se asemejaba más a los disfraces que se ponía cuando participó durante un breve periodo en el grupo de bailes folclóricos cuando Beamer iba al instituto. Llevaba un collar largo con un cristal transparente con forma de pera que se le clavaba en el esternón. Su camiseta era de manga larga y blanca y, además, una camiseta. Su falda de chifón con motivos florales tenía cascabeles incorporados en el borde y calzaba unas sandalias, también con cascabeles, por lo que sonó como el trineo de Papá Noel en lo que se acercaba a la bimá. Por si hace falta recalcarlo, era el funeral de su madre.

Llegó al atril y echó un vistazo a los allegados durante un instante en el que los ojos le adquirieron un atisbo de... ¿triunfo, quizá?

—Mi madre —empezó a decir, solo que se quedó callada. Cerró los ojos y volvió a abrirlos. Sí, había cobrado fuerzas—. Mi madre.

Miró a Alexis, quien la animó con un ademán de la cabeza.

—Mi madre tenía muchas opiniones —continuó.

Los allí reunidos soltaron una ligera carcajada, una que hizo que ella se asustara. Era lo típico en una persona que se había pasado la vida entera siendo incapaz de confirmar que se reían de ella, por muy segura de ello que estuviera. Aun así, las carcajadas no eran porque hubiera hecho el ridículo ni nada; Beamer reconoció que se trataba del alivio de un grupo de personas que había pasado a creer que iban a oír un homenaje ligero y cariñoso a una mujer que llevaba más tiempo del que podían recordar siendo una vieja loca. Así es como suelen ser los funerales de las personas muy mayores: alguien que había vivido tanto como Phyllis tenía que morir tarde o temprano, y eran sus allegados quienes dictaban el orden del día, si se decantaban por la tragedia de la muerte o por la celebración de la vida.

—Decía que el único regalo de verdad que un judío podía hacerle a otro eran los bonos para invertir en Israel. Decía que se debían comprar terrenos cerca de una sinagoga ortodoxa, porque así siempre se iban a revalorizar. Y cerca del agua, aunque entonces el seguro saldría más caro. —Más carcajadas por parte del público—. Decía que no teníamos que fiarnos de los bancos y que debíamos guardar dinero siempre con nosotros por si teníamos que huir con lo puesto. Eso se lo enseñó mi padre. —Más carcajadas. ¿Quién habría dicho que a Marjorie se le iba a dar tan bien?—. Y también tenía muchas ideas definidas sobre cómo criar a una mujer fuerte. —Asintió una vez para darse ánimos—. Pero no siempre llevaba la razón. Lo intentaba, pero, ja —aquella carcajada de una sola sílaba estuvo llena de amargura—, digamos que en más de una ocasión se equivocó un poco.

Ups, el público se había equivocado mucho, pero mucho mucho. En la lotería entre la tragedia de la muerte y la celebración de la vida, el ganador iba a ser la tercera opción, menos frecuente aunque siempre memorable: la aniquilación absoluta de la reputación de la difunta antes de que la entierren siquiera.

—Mi madre creía que, si se denigraba a una persona de forma constante y se le socavaban los sueños y el sentido de identidad, el resultado sería que podría soportar toda la maldad que hay en el mundo.

La estancia se sumió en un silencio profundo. Allí estaba aquella criatura exótica y salvaje, la hija que se vengaba en público por encima del cuerpo indefenso y sin vida de su madre.

Marjorie contó la historia de su primer baile del instituto, de cómo su madre la había llevado a la tienda B. Altman de Nueva York para comprarle un vestido, solo que se terminaron marchando sin comprar nada y le dijo que, cuando a una no le quedaba bien nada, la clave estaba en parecer que no había intentado arreglarse mucho. En su lugar, hizo que Marjorie se pusiera su vestido de la bat mitzvá, un vestido de marinera de cintura baja plateado. Para entonces, Marjorie tenía quince años, y el vestido ya no era de cintura baja, sino que se había quedado tan solo en un vestido de marinera feo que le quedaba mal y la hacía parecer un niño pequeño con aires a Shirley Temple.

—Ahora me doy cuenta de que mi madre intentaba demostrarme que me quería. Hay personas que no saben comunicarse. Ella guardaba toda su energía para Carl, y yo me resentía por ello, y mucho. Pero entonces, como bien sabéis, resultó que el que fueran tan cercanos fue algo positivo. No tenía mucho, pero lo que tenía se lo daba a él. Y resultó que él lo iba a necesitar más.

En aquella tarima, Marjorie, quien solía ser un sismógrafo para cómo los demás la veían, no había tardado en embriagarse al pronunciar a gran escala los agravios a los que solía denominar «su verdad» (delante de un auditorio mucho más reducido que aquel, normalmente reunidos en sillas plegables dispuestas en círculo). Se enfrentó al público, con la esperanza de captar que la comprendían, con una mirada que bien podría haberse dicho que era su expresión distintiva, y no fue aquello lo que recibió, pero continuó de todos modos. Era su momento. No veía lo que tenía delante de ella, es decir, un público que se había echado atrás por el terror. ¿Era aquello lo que les esperaba a todos de parte de sus hijas desagradecidas?

La pesadilla terminó cuando Marjorie cometió el error de mirar a Carl, quien lloraba con tanta emoción que ella pareció distraerse durante un momento y, cuando volvió a mirar al público, ya no sabía por dónde iba. Tartamudeó por un instante e intentó volver a centrarse. Hizo el intento de pronunciar sus siguientes palabras, solo que no pudo y acabó soltando un ruido que sonó como «ac» antes de que el rabino notara que era un buen momento para cortarla. Se acercó desde la izquierda de la tarima, donde había estado esperando, y le rodeó los hombros con un brazo para ayudarla a bajar, por mucho que ella siguiera intentando hablar hacia el micrófono, claramente perpleja al ver que su gran momento tenía que llegar a su fin, al ver que no se sentía ni un poquitín mejor después del discurso. Pasó por delante de Beamer, de Nathan, cuya expresión se había quedado petrificada en una especie de grito de pánico similar al cuadro de Munch; por delante de Jenny, inexpresiva; por delante de Ruth, quien tenía los ojos cerrados, y por delante de Carl, con la cabeza inclinada y la camisa rasgada que llevaba por el luto ya húmeda.

—Los Fletcher son una de las grandes familias judías del país —pasó a decir el rabino Weintraub—. Son lo que nuestros antepasados esperaban que llegáramos a ser cuando dejaron atrás el terror de su tierra natal y se dirigieron al nuevo mundo. Tenían que inventar quiénes eran, lo que una persona judía podía ser en Estados Unidos, y eso es lo que Phyllis representará con el paso de los años: un acto de creación que nos ha permitido a todos vivir tranquilos y cómodos. Aun así, hoy me recuerda que solo era una mujer, o quizá lo veo por primera vez. Una madre muy querida, una abuela atesorada, una tía honrada. Una persona que construyó su propia comunidad. Ha muerto un ser querido, una matriarca, para colmo, y el mundo ha perdido el color para su familia. Ahora mismo, todos, como comunidad, tenemos que apoyarlos igual que ellos nos han apoyado, igual que Phyllis nos ha apoyado.

De vuelta a casa desde el cementerio, Beamer estaba sentado en una de las dos limusinas que habían contratado, con la cabeza apoyada en la ventana, y Noelle se miraba la cara en su espejo portátil. Nathan y Alyssa se daban la mano con expresión solemne, mientras que Jenny estaba sentada junto a Nathan. Sus padres, Marjorie y Alexis y su primo Arthur estaban en el otro coche, tras ellos.

—Menudo numerito ha montado Marjorie —comentó Beamer.

Se atrevió a mirar a su hermana para que se lo confirmara, pero se había quedado dormida.

Volvió a apoyar la cabeza en la ventana y se quedó mirando el exterior conforme se acercaban a Middle Rock. Si el rabino tenía razón y una ciudad tenía alma, la de aquella estaba empapelada.

La avenida Spring, la calle principal de su juventud, estaba en decadencia. La mitad de las tiendas habían cerrado, y la mayoría de los escaparates eran una mezcolanza de restaurantes. Dos de las tiendas de ropa a las que su madre lo había llevado para hacer la compra para la vuelta al cole habían pasado a ser franquicias farmacéuticas. Un Starbucks había reemplazado la heladería a la que Ruth solía llevarlos cuando volvían a casa del campamento de verano. La papelería en la que Jenny compraba pegatinas mullidas y aromatizadas para intercambiar con sus amigas había quedado sustituida por una de las cuatro peluquerías cuyo único servicio era secar el cabello mojado y rizado hasta tornarlo liso. Había centros de belleza donde habían estado el peletero y la librería (la librería, por el amor de Dios), además de un centro de depilación en el lugar de la ferretería de toda la vida.

Se dirigieron hacia la zona residencial, y las viviendas ya no le parecieron iguales. Si bien podría haberlas categorizado como humildes dentro de la opulencia (grandes y amplias y suficientes, no con una extravagancia desmedida), en aquellos momentos parecían un carnaval. Las viviendas de estilo Craftsman, colonial, federalista y Tudor de su juventud seguían allí, solo que habían derribado una de cada tres casas para hacer espacio para algo que parecía un monstruo de Frankenstein o una indecisión arquitectónica o una efigie de un edificio importante de otro país: había edificios enormes que se parecían a un *palazzo* italiano, un castillo inglés, el Taj Mahal o una villa española, todos ellos construidos por alguien que había oído hablar de los edificios de verdad y no los había visto en la vida. También había un desastre híbrido, medio Tudor y medio moderno de mediados de siglo, con un zigurat tejano y una torrecilla que carecía de sentido. ¡Y menudo tamaño tenían todas las casas! Cada parcela de tierra de Middle Rock era generosa de forma inherente, porque el código municipal dictaba que las casas debían contar con al menos dos kilómetros cuadrados de terreno. Si bien los terrenos seguían siendo del mismo tamaño, las viviendas habían pasado a ser tan grandes que acababan pisando las líneas divisorias de los vecinos. Y los detalles eran igual de atroces: unas puertas de hierro forjado retorcido y unas persianas que era imposible que funcionaran y unos revestimientos que parecían de piedra y, madre del amor hermoso, las columnas: eran corintias, dóricas, jónicas, trágicas.

Y aquí viene un párrafo aparte solo para las puertas. Las puertas de aquellas viviendas eran enormes, al menos tan altas como dos personas, como si condujeran a los aposentos de un rey o al palacio de unas ruinas antiguas. Estaban talladas y decoradas, grabadas y embellecidas de forma exagerada. Las aldabas eran tan ornamentadas que resultaba cómico: con florituras o con forma de una cobra enroscada o como una mandíbula llena de dientes. Beamer solo había visto puertas como aquellas en series de televisión basadas en mundos ancestrales.

Conforme la limusina se acercaba más al mar, hacia la casa de sus padres, Beamer se puso a pensar en su guion o, mejor dicho, se puso a pensar que debía pensar en su guion y luego pensó en follarse a Lisa Beldstein. Intentaba distraerse de la imagen de su padre echando tierra sobre el ataúd de su abuela en una tumba al lado de la de su abuelo (la tradición judía indicaba que los primeros en lanzar la tierra sobre el ataúd eran los familiares) en una zona del cementerio que tenía el terreno reservado para él, sus hermanos y sus respectivas parejas, aunque no para Noelle. Y luego se imaginó a sí mismo encerrado en el maletero de la limusina en la que iba, amordazado y gritando, sin que nadie lo oyera, y aquella imagen lo mantuvo de un humor más sereno conforme el vehículo atravesaba la puerta y se adentraba en el terreno de los Fletcher.

La limusina en la que iba Beamer les llevaba al menos unos minutos de ventaja a los demás vehículos. Bajó del coche y se estiró mientras Noelle corría al interior para ver cómo estaban los niños, de quienes cuidaba una canguro del vecindario que su cuñada, Alyssa, les había contratado.

Beamer se preparó y entró. La última vez que había estado en casa de Phyllis había sido hacía tan solo dos meses, cuando ya estaba claro que a la señora no le quedaba mucho. Se había sentado a su lado mientras ella dormía y había intentado obligarse a darle la mano, solo que era tan rugosa y traslúcida para entonces que ni soportaba mirarla.

La casa era el mismo estudio de contrastes que su propietaria: de una riqueza descomunal y una tacañería desquiciada a partes iguales. Tenía una cohesión propia del *art déco*, aunque eso se debía a que Phyllis y Zelig la habían amueblado con lo que habían comprado rebajado cuando el *art déco* ya estaba en las últimas. Aquel era el don que había tenido Phyllis, el saber lo que podía perdurar. Los muebles contenían una resistencia tensa y borrosa, todo ello de un tono verde azulado que reverberaba entre el verde intenso, el verde pavo real y el vidrio marino de la marca Pantone, aunque lo más probable era que todo hubiera sido del mismo color en algún momento y que hubieran recibido mayor o menor cantidad de sol a lo largo del tiempo. Phyllis no habría reemplazado los muebles nunca, porque les habían costado muchísimo y porque se había obcecado con tomarse de forma literal lo que les había dicho el vendedor a ella y a su marido, recién casados y con sombreros y guantes en una sala de exposición, que iban a tenerlos «de por vida». Unos candelabros dorados y con anillas salían de un techo muy alto, y el parqué blanco y negro todavía conservaba su brillo, sin duda gracias a que el personal que cuidaba de la casa (una criada llamada Marla) lo pulía a diario. Era el hogar de Phyllis tal como lo había tenido desde el matrimonio.

En el recibidor, a Beamer lo invadió un remolino de desesperación momentáneo ante la ausencia de su abuela. No era que la quisiera muchísimo, sino que tal vez se trataba de la primera pérdida de verdad que había vivido. ¿Qué significaba el desaparecer sin más? Se había pasado la vida imaginando que lo secuestraban, pero nunca dejaba de existir. En sus fantasías, quienes desaparecían siempre volvían. Le dieron ganas de correr al exterior, por el jardín gigante al que solían llamar Césped Imposible, desde que un jardinero se quejó de que, en cuanto terminaba de cortarlo, una mitad ya había vuelto a crecer, de extenso que era el terreno. Quería ponerse a gritar. En su lugar, se frotó el parche de nicotina que tenía en el pecho, con la esperanza de que la fricción lo activara más.

La puerta se abrió por detrás de Beamer y, poco a poco, la casa se fue llenando. Su padre no tardó en ocupar un asiento bajo en el salón, desde donde recibía con asentimientos tristes y cansados el pésame y los recuerdos de las personas que había conocido toda la vida.

Beamer fue al baño de la planta de arriba y rebuscó en el armarito de medicinas de su abuela. Fue allí que encontró el premio gordo: entre los ibuprofenos que le iban a hacer menos efecto que un zumo de naranja había una botella ámbar llena de fentermina, algo que reconoció como pastillas para perder peso. Anfetaminas, bien. En el suelo, apoyado en el retrete, tragó dos pastillas a palo seco. Alguien llamó a la puerta.

Se puso de pie y pasó al lado de una anciana de la asociación de mujeres que había subido las escaleras a duras penas para usar el baño. Se retiró a la habitación que había tenido su padre, embalsamada con el estilo a cuadros escoceses en el que su padre había decidido (o no) criarse. Cerró la puerta para alejarse del olor a pescado ahumado, a café y a rastros geriátricos.

Se tumbó en la cama, con la vista en el techo. La última vez que había dormido en aquella cama había sido hacía más de treinta años, el horrible día del bar mitzvá de Nathan. Con nueve años, embutido en un traje que le daba picores y con una corbata que lo asfixiaba, se había quedado esperando junto a la ventana del salón de la casa de sus padres a que alguien aparcara. En el terreno ya había una carpa colocada, lista para que organizaran la ceremonia aquella noche, el primer bar mitzvá de uno de los nietos de los Fletcher. Eran las primeras horas de la mañana y la niebla cubría el Césped Imposible. Había camiones que iban de un lado a otro de la entrada, con mesas, sillas y luces que descargaban. Se había quedado hipnotizado por la acción.

Llevaba una kipá con el nombre de Nathan bordado en el logo de los New York Mets. Jenny entró en el salón desde el jardín, con un vestido azul regio brillante y unas Mary Janes de charol naranja.

—¿Qué pasa? —le preguntó Beamer, porque su hermana parecía confusa o molesta.

—Nada —respondió ella, antes de tumbarse en el suelo y quedarse dormida.

Cuánto la quería, incluso años después, por mucho que ella hubiera dejado de hablarle por primera vez en la vida. Su hermana había nacido durante la época más confusa de su vida, cuando habían dejado su hogar en la calle St. James de sopetón después de un periodo breve pero violento, un día aterrador en el que recordaba que su madre lo había llevado por varias autopistas. De aquella época solo hablaban con unos destellos enfadados de los ojos y los dientes, con la exigencia de callarse y no mencionarlo. En aquella época no había experimentado nada más que la falta de permanencia, y su hermano mayor, nervioso como él solo, no lo había ayudado en nada. Los dos se quedaban mirando las conversaciones susurradas, solo que nadie volvió a mencionar lo sucedido, y ellos tenían el instinto de no preguntar al respecto, de no hablar del tema ni siquiera entre ellos, de no pensar en ello de forma consciente, recordarlo ni asignarle palabras siquiera.

Y entonces, un día, sus padres volvieron a desaparecer unos meses más tarde, y Phyllis fue a su casa y se quedó a dormir en su habitación. Beamer no sabía dónde estaban, pero sí sabía que no debía preguntar por ello, para no volver a ver los ojos y los dientes enfadados. Imaginó que en aquella ocasión habían secuestrado a los dos, y, por la misma razón, nadie quería decir la verdad. Sin embargo, volvieron un día después, con una bebé dormidita entre ellos.

Con menos de cinco añitos incluso, Beamer aprovechó la oportunidad para declarar que el nacimiento de Jenny era el nuevo comienzo de los Fletcher, de sí mismo. Con el transcurso del tiempo, su padre seguía mostrándose lejano y frío y su madre seguía entregándose más a su marido que a sus hijos; aun así, Beamer decidió que Jenny representaba lo que él podía llegar a ser, no lo que era. Pensaba protegerla para que ella, a su vez, lo renovara.

Jenny todavía dormía en el suelo del salón durante la mañana del bar mitzvá cuando Nathan, con traje y una kipá igual a la de Beamer, se metió en la sala a toda prisa.

—¿No se supone que tenemos que irnos? —preguntó Nathan, con una voz más aguda que de costumbre. Y, tras mirar a su hermana, añadió—: ¿Qué hace dormida?

Beamer se encogió de hombros.

La abuela Phyllis hizo acto de presencia en el salón. Llevaba su traje de Chanel, el único en su haber, el que acabó llevando a la sinagoga para los tres bar mitzvá de sus nietos.

—Mira qué guapo estás —le dijo a Nathan. Y, a Beamer—: No como otros.

Beamer sacudió a su hermana para despertarla.

—Todos al coche —ordenó Phyllis.

—¿No vamos con mami y papi? —preguntó Nathan, confuso.

—Llegarán un poco tarde —explicó ella, con el tono metomentodo que tenía—. Venga, al coche.

Los niños fueron con su abuela al templo, donde todos sus conocidos los estaban esperando. Los compañeros de clase de Nathan llevaban las kipás de los Mets que les habían proporcionado en la entrada, mientras que los adultos presentes le dedicaron una sonrisa más grande aún a Nathan. Según transcurrían los minutos, todos ocuparon sus puestos y empezaron a organizar la ceremonia, solo que Carl y Ruth no estaban por ninguna parte.

La ceremonia dio comienzo. Sin Carl ni Ruth. La ceremonia continuó. Sin Carl ni Ruth. El rabino Weintraub dio su discurso sobre Nathan y su mente meticulosa y su capacidad para las matemáticas, como los mejores estudiosos talmúdicos, «para preocuparse de cosas en las que nadie había reparado», dijo con un afecto de verdad, y Carl y Ruth no aparecían por ninguna parte.

El rabino llamó a Nathan para que se acercara a la Torá (sin Carl ni Ruth) y entregó los aliot que se suelen dar a los padres del hijo homenajeado, solo que se los dio a Phyllis y al primo de Carl, Arthur, quien se encargó del deber del padre sin rechistar. A Ike Besser, el capataz de la fábrica de Carl que había acudido allí con su mujer torpe y resentida, Mindy, y con su hijo Max, también le dieron un aliá. Sin Carl ni Ruth. Marjorie cargó con la Torá entre la congregación, un honor que se solía reservar para la madre.

Sin Carl ni Ruth. Los compañeros de clase de Nathan le lanzaron caramelos cuando terminó, además de Beamer, quien se los tiró con toda la fuerza que tenía y unos movimientos de lo más violentos, y todo ello sin Carl ni Ruth.

Nathan pronunció su discurso. Recitaron el *kidush*. Fueron a comer. Volvieron a casa de Phyllis, donde todos se relajaron durante dos horas con Arthur y Marjorie y hablaron de lo bien que lo había hecho Nathan. Y Carl y Ruth seguían sin aparecer, y lo más extraño era que nadie hablaba de ellos. Y, como siempre, Beamer sabía en lo más hondo de su ser que no debía preguntar por ellos, que, si lo hacía, aquello que existía en su familia y que ya estaba lo más doblado posible iba a partirse de una vez por todas.

Fueron a la fiesta con temática de los Mets, donde al DJ le dieron la orden inmediata de cambiar la luz de las velas para incluir a los Messinger, quienes, por alguna razón absurda, habían ocupado el lugar de los padres de Nathan. Bailaron el limbo, bebieron Coca-Cola y Pepsi y jugaron al juego de la silla, una partida que terminaron cancelando cuando los compañeros de Nathan se negaron a participar porque el juego les parecía demasiado infantil. Y menos mal, porque Nathan no tenía los nervios para actividades regladas por la presión del tiempo. La noche fue reduciendo la marcha y todos bailaron al son de «Y.M.C.A.» y «We Are Family». Y todo ello sin Carl ni Ruth.

Aquella noche, los niños se quedaron a dormir en casa de Phyllis. La pijamada se había presentado como una sorpresa especial, por muy claro que quedara que se trataba de una jugada desesperada para separar a los niños de sus padres. Nathan, Beamer y Jenny se sentaron a la isla de la cocina, vestidos con camisetas largas que habían pertenecido a Zelig, y su abuela les sirvió chocolate caliente.

—¿Sabéis lo que es un dibbuk? —les preguntó Phyllis. Estaba hojeando una pila de cartas que habían quedado en la mesa de regalos, separaba los bonos de Israel en una pila aparte y anotaba la cantidad escrita por la familia que les había hecho el regalo. Phyllis había organizado fiestas en casa para promocionar dichos bonos, en las que servía cócteles y *hors d'oeuvres* mientras un representante del gobierno israelí se los intentaba vender (la fiesta de Tupperware de antaño), de modo que todo el mundo sabía que a los Fletcher solo se les regalaban bonos.

—Como cuando papi dice que «un dibbuk se trae algo entre manos» —dijo Nathan, muy solícito él.

—Sí, exacto —asintió ella. Y a Beamer y a Jenny, les dijo—: ¿Vosotros dos lo sabéis?

Sin embargo, Beamer estaba tragando chocolate caliente y Jenny había dejado caer la cabeza sobre la encimera.

—Despierta, Jennifer —continuó Phyllis—. Y hacedme caso. ¿Me estáis escuchando? Un dibbuk es un espíritu que no puede descansar.

—¿Qué significa eso? —susurró Nathan, muy quieto.

—Es un espíritu que deambula por el mundo y posee a alguien porque todavía no le han dado el derecho a ascender al cielo.

Beamer pasó a prestar muchísima atención entonces. Tenía mil preguntas distintas: ¿los dibbuk existían de verdad? ¿Eran alguien conocido? ¿Se podía impedir que poseyeran a alguien? ¿Eran algo malo? ¿Eran algo bueno?

—Lo uso como metáfora, Bernard —explicó Phyllis. Para entonces ya lo llamaban Beamer, solo que su abuela no, porque Bernard era el nombre de su padre y lo habían nombrado así en su honor (había ciertas confusiones respecto a que Beamer solo pasó a llamarse así cuando aprendió a conducir en el instituto y le compraron un BMW, y también un rumor de que era porque tenía unos ojos hipnóticos, como las luces altas. Sin embargo, la historia de verdad era que lo llamaban Beamer desde que tenía seis años, cuando su hermanita intentó pronunciar su nombre y no pudo y lo que le salió fue algo que sonaba como Beamer y así se quedó. Aquel bautizo mediante, Jenny encajaba bastante bien con su teoría de los comienzos de cero).

»Digo que a veces hay algo que lo posee —continuó su abuela—. Un espíritu, un demonio. Está así desde lo que le pasó. Lo hace lo mejor que puede, pero a veces un dibbuk toma las riendas. A lo que voy es a que tenéis que acostumbraros a que vuestro padre tiene un dibbuk dentro y no siempre puede hacer lo que se espera de él. ¿Me estáis entendiendo?

Nadie volvió a pasar la noche en casa de Phyllis.

En aquellos momentos, durante la shivá, a Beamer le sonó el móvil.

Dónde estás, le había escrito Noelle. El corazón le iba a mil por hora por la fentermina, tal como le gustaba. Fue a la planta baja; ya eran las siete de la tarde. El salón estaba lleno a reventar con allegados que acababan de terminar las plegarias de la minjá para el periodo de luto y comían de una pirámide de bagels y pescado blanco con forma de corazón y platos de queso para untar que les habían mandado de Bagel Man gracias a una de las sociedades en las que participaba Phyllis.

En el rincón, Jenny estaba despierta y rodeada de sus amigas del instituto, Erica Mayer y Sarah Messinger-Schlesinger. La madre de Erica, Cecilia, quien solía ponerse unos vestidos de poliéster ajustados que le marcaban los pezones, se entretenía con el bebé de Erica. En el recibidor, Ruth y Arthur hablaban de algo en secreto, como de costumbre. Beamer pensó en buscarle la mirada a su hermana para poder compartir con un guiño la teoría que tenían desde hacía mucho tiempo, que su madre y Arthur estaban metidos en una relación romántica clandestina, pero luego cayó en la cuenta de que lo mejor sería no poner a prueba el humor de Jenny hacia él en público. En la silla pequeña a la izquierda de su padre, Marjorie estaba tristona y Alexis le susurraba algo para animarla. Beamer fue en busca de un lugar seguro.

La cocina le pareció que le podría servir. Tenía una puerta de emergencia que daba al lado de la costa de la finca de Phyllis. Beamer entró en la estancia y no, craso error. Alyssa le estaba hablando a Noelle del bar mitzvá que estaba organizando para sus mellizos y que estaba debatiendo si debía hacerle una «remo» a la cocina antes o después del bar mitzvá.

—Será un lío, pero ¿cómo voy a tener invitados con el desastre de cocina que tengo? ¡Si va a venir mi familia entera!

—Ahí estás —dijo Noelle al verlo, y abrió más los ojos—. ¿Crees que tendríamos que acostar a los niños? Están agotados.

—Tendrían que estar menos cansados porque venís de la Costa Oeste, ¿no? —interpuso Alyssa.

Cerca de allí, Liesl giraba sobre sí misma y hacía que se le subiera la falda, muy para el deleite de los hijos adolescentes de Nathan.

—Estate quieta, Liesl —siseó su madre—. ¡Quieta, he dicho!

—Llévatelos si quieres —propuso Beamer—, ya me quedo yo a recoger.

Noelle salió de la cocina, dándoles la mano a los niños, antes de que él terminara la frase incluso. Alyssa pareció sorprenderse.

Beamer volvió al salón justo a tiempo para evitar sus preguntas cargadas de preocupación sobre su bienestar y el negocio cinematográfico. Solo que aquello fue otro craso error, porque fue a parar justo a la trampa de su padre, quien escuchaba a los pocos amigos de su abuelo que quedaban contarle historias de sus abuelos: la historia de cómo el gran Zelig había llegado a Estados Unidos a bordo de aquel barco, y todos los que estaban reunidos en torno a Carl y a Marjorie murmuraron lo luchador que había sido Zelig, y la gran parte de aquella lucha que dedicaba a mantener vivas las tradiciones, el judaísmo estadounidense en sí. Y que los judíos como Zelig, bueno, eran únicos en el mundo, pero qué más daba, porque eran muy pocos ya por entonces y no reemplazaron sus filas después del Holocausto, salvo por los judíos ultraortodoxos.

—Esos no son iguales que nosotros, los judíos normales. Eso cambia la ecuación —dijo Morrie Beckerman, otro propietario de una fábrica (ya jubilado) que también vivía en Middle Rock y era el presidente de la Asociación de Propietarios de Fábricas (todavía) de la que Carl era miembro.

Morrie tenía unos números tatuados en los brazos. Beamer recordaba alguna comida especial hacía mucho tiempo en la que había visto aquellos números y el miedo lo había invadido. Ya había sabido que los tenía, pero, por alguna razón, al verlos de adolescente no se lo creía. No se creía que se pudiera numerar a alguien y tampoco que Morrie estuviera dispuesto a dejar que otras personas los vieran, que estuviera dispuesto a mostrar a qué lo habían reducido. Le recordaba que siempre había sabido lo que le había ocurrido a su padre y que, aun así, un día se despertó como si fuera información nueva, como: «AY, DIOS, SE-CUESTRARON A MI PADRE».

—Ellos también son judíos, ¿sabes? —dijo Marjorie.

—No digo que no —afirmó Morrie—. Digo que nuestro tipo de judaísmo se está quedando extinto. Se casan con *shiksas* y tienen hijos mestizos.

Y alguien le dio un golpe en la rodilla a Morrie y señaló a Beamer con la barbilla, lo cual hizo que este se preguntara qué carajos hacía en aquella casa cuando su familia ya se había refugiado en la otra. Salió del salón con paso decidido, sin entablar contacto visual con nadie y sin reconocer que había visto a la madre de Charlie, Linda Messinger, quien abrió la boca al verlo pasar como si fuera a saludarlo, solo que él no estaba para lidiar con preguntas y comentarios sobre su excompañero, su mujer perfecta, su trayectoria en alza y, en aquellos momentos, un tercer hijo, para colmo.

De camino al exterior, oyó que una de las amigas de siempre de Phyllis le decía a Jenny:

—Lo que ha dicho el rabino es verdad, sí que quería ver que te casabas y tenías hijos. —Y Jenny recibía los comentarios sin decir nada.

En el exterior, Beamer se puso a correr. Tenía que llegar hasta Noelle, a quien necesitaba de sopetón del mismo modo que necesitaba la nicotina, gracias a los parches. Noelle, quien no estaba afectada por la endogamia de un barrio cerrado que había hecho que los Fletcher sufrieran una miopía incurable y que fueran más propensos a la bronquitis, además de por el absurdo imperativo de casarse con alguien de la misma religión, como si seguir apostando por el bando de un millón de enfermedades genéticas pudiera ser la voluntad de Dios. Sin embargo, cuando llegó a la casa de sus padres y se los encontró a todos dormidos, no los vio con sus propios ojos, sino con los de Morrie Beckerman. Los miró desde la puerta entreabierta y una vergüenza tan profunda como repentina lo invadió. Qué mujer tenía. Qué hijos. ¿Quiénes eran? ¿Acaso tenían algo que ver con Beamer?

—¿Sabes lo que pasa cuando te casas con una *shiksa* joven? —le había preguntado Phyllis cuando, en una última súplica amenazante para que cambiara de parecer, había decidido atacar por el lado de la vanidad, en lugar de por el de su propia conciencia—. Acabas con una *goya* vieja. —Si bien Beamer no sabía qué significaba aquello del todo, no dejaba de darle vueltas.

Se dirigió al estudio de Carl, desocupado durante el periodo de luto, sacó su portátil de la mochila, y, aunque había dormido tan poco como los demás, y tal vez gracias al cóctel de drogas que le estaba dejando el hígado con la consistencia de la cecina, se puso a trabajar en su guion. Volvió a leer el guion rechazado y horrendo, con la esperanza de ser capaz de desestimar las alegaciones de Anya y Stan de que era insulso en general y, además, gozaba de poca sensibilidad cultural.

En su lugar, lo que encontró fue un mar de vergüenza en el que hundirse. De repente, cada línea le daba vergüenza ajena. Cada instinto que una versión anterior de sí mismo de hacía tan solo un mes había considerado buena y creativa pasó a parecerle una idiotez sin sentido.

Pues claro que Jorge no debía ser mexicano (pero entonces, ¿qué podía ser?).

Pues claro que el interés amoroso de Jorge no podía tener veinte años (pero entonces, ¿quién podía ser?).

Y lo peor de todo era cómo estaba escrito. Las frases eran acartonadas, la premisa de la película tenía fallos endémicos, las secuencias de acción carecían de sentido y los personajes, de caracterización.

¡Viva el odio hacia uno mismo!

Tenía que empezar de cero. Tenía que hacerlo bien. Tenía que intentarlo, al menos. Tenía que sentarse e intentarlo. Había perdido el impulso, y las posibilidades de que llegara a un futuro exitoso por sí mismo eran cada vez menores. En la oscuridad del estudio de su padre, donde se sentó ante el brillo de su ordenador como si fuera una fogata, se regodeó en la desesperación de una última oportunidad.

Tenía que hacerlo bien.

Así que se puso a editar y a editar durante horas, hasta que los asteriscos de la revisión que delineaban el margen del borrador eran más visibles que los espacios en blanco y se acercó peligrosamente a estar en el vecindario del código postal del huso horario de estar a punto de conseguir un guion que podía hacer un buen uso de todo lo que sabía sobre escribir una película de acción.

Eran las cuatro de la madrugada para cuando Beamer apartó la mirada del portátil por fin. Sus padres habían entrado en la casa hacía horas y se habían acostado, y lo mismo había hecho su hermana. Él había seguido esforzándose, el efecto de las pastillas para adelgazar ya se le estaba pasando y los parches de nicotina caducados lo habían dejado con náuseas, por lo que le pareció que había llegado el momento de recibir su recompensa. Fue a la planta baja en silencio, caminando a hurtadillas, para poder comerse un bagel en secreto y en privado, o seis, o doce, o la cantidad que fuera a hacer que se sintiera mejor. Por la tarde, su madre había olisqueado la ensalada de pescado blanco y el salmón ahumado y se había preguntado en voz alta si podrían durar un día más, y había decidido trasladar la decisión al día siguiente. La idea de comer pescado que podía estar en mal estado pasó a contener cierto atractivo para Beamer y quiso comérselo todo para ver si enfermaba.

Había un espejo gigante encima de la mesa de la entrada de la casa, de modo que, cuando uno bajaba por las escaleras que daban a las habitaciones, primero se veía los pies, luego las piernas, el torso y la cara. No obstante, habían cubierto el espejo con una sábana durante el periodo de luto, y cada vez que bajaba mientras estaba en aquella casa para el funeral de su abuela se sentía perturbado y confuso cuando la expectativa neuronal de ver cómo se iba revelando su cuerpo en el espejo quedaba frustrada. Y durante el momento breve y desorientador antes de que recordara que era una casa en periodo de shivá y que por tanto los espejos estaban tapados, pasaba a creer de inmediato que había desaparecido.

Sin embargo, aquella vez, en lo que bajaba, se quedó inmóvil al ver que su padre estaba al final. Tenía la mirada perdida en el espejo tapado como si pudiera verse reflejado. Se lo quedó mirando durante unos segundos, sin que él se percatara de su presencia, hasta que se dio media vuelta, corrió por las escaleras y giró por el pasillo, con la espalda en la pared, jadeando y escondiéndose del terror que lo había invadido. Se quedó treinta y cinco minutos escuchando hasta que oyó que Carl abandonaba su puesto para irse a la cama, con lo que Beamer por fin pudo bajar las escaleras y saquear la cocina.

A la noche siguiente, tras un día igual de brutal en el que tuvo que socializar con su pasado y ver cómo su padre seguía consumiéndose, los demás imaginaron que a Beamer y su familia ya se les habría pasado el desfase horario, por lo que esperaron que los acompañaran para la cena china *kosher* que la asociación de mujeres del templo había mandado a casa de Phyllis. La mayoría de los visitantes se habían marchado después de la minjá, y, entre las criadas de Ruth y de Phyllis (Marla seguía sin que la despidieran, gracias a sus cuarenta años de esfuerzo y lealtad), limpiaron la cocina. Los Fletcher, con sus hijos y nietos, se sentaron, acompañados de su primo Arthur, Ike Besser y su mujer, Mindy, quien llevaba un abrigo de piel a pesar del calor que hacía y quien tal vez llevaba media tarde dándole a la bebida, y también de su hijo Max, de la edad de Jenny.

—Quizá podréis viajar ahora que no tenéis que cuidar de la abuela —dijo Jenny.

—¡Si tu padre se dejara convencer ya estaríamos en París ahora mismo! —repuso Ruth.

Los comensales guardaron silencio durante un instante, según se imaginaban (sin conseguirlo) a Carl como una persona normal, disfrutando de unos viajes por el extranjero. Ruth le pasó el pollo al sésamo a Arthur sin decir nada, y este lo recibió con su sonrisa amable de siempre.

—¿Queda más de esto? —preguntó Mindy, tras terminarse la copa—. Está divino. ¿Qué es, un Boulevardier?

Jenny y Ruth intercambiaron una mirada.

—Es un Manhattan —explicó Ruth, sin mirar a Ike.

—Brindemos por que Carl no se jubile —propuso Mindy.

—Ya está bien —le dijo Ike a su mujer en voz baja.

Ruth se puso en pie y se retiró a la cocina sin decir nada, con la copa de Mindy.

Liesl y Wolfie se acercaron corriendo a Ike.

—¿Nos enseñas el pulgar?

—¡Niños! —Noelle se les echó encima—. Eso no se dice. —A Ike, le añadió—: Lo siento mucho.

—No pasa nada —la tranquilizó él. Hizo una mueca a los niños y dijo con una voz teatral—: Vale, ¡pero solo tengo uno! —Y les mostró el pulgar de la mano izquierda.

—¡Ese no, el otro! —exclamó Liesl.

—¡Liesl! —la regañó su madre, horrorizada.

—¡No sé dónde lo he puesto! —soltó Ike antes de revelar la otra mano, en la cual le faltaba el pulgar por culpa de un desafortunado accidente laboral con un aireador a principios de los años setenta.

Los niños soltaron un gritito y se fueron corriendo.

—Bueno, ¿cómo está la genio de la familia? —le preguntó Ike a Jenny—. ¿Qué tal todo por Connecticut?

—Bien, bien —respondió ella.

—Yo siempre decía que uno puede ser muy listo o esforzarse mucho, pero que las dos cosas en una misma persona es algo para nada común. ¡Y tú lo tienes todo!

—Mi padre se pone celoso de cualquiera que haya ido a la universidad —interpuso Max.

—¡Estoy celoso de ti! —exclamó Ike, despeinando a su hijo.

—Te debe de quedar poco para graduarte ya —le dijo Jenny.

—Uy, no —repuso él—, todavía tres años más.

—Vaya, entonces... —empezó Jenny.

—Sí, son nueve años de universidad, pero entonces me podré matricular a la Facultad de Derecho —explicó Max—. Pero no pasa nada, es lo que hay.

—Me alegro mucho por ti, Max —siguió Jenny—. ¿Qué tienes pensado estudiar?

—Derecho penal, tal vez. O algo de litigación, no sé.

—¡Déjala tranquila! —exclamó Mindy, aunque arrastrando las palabras.

—Si se lo he preguntado yo —lo excusó Jenny.

—Está fuera de tu alcance —le dijo Mindy a su hijo.

Y la estancia se quedó en silencio otra vez.

Beamer se distrajo de aquel espectáculo cargado de tensión cuando Noelle le puso una mano sobre la suya. Una vez más, se permitió creer que se trataba de una especie de conmiseración; estaba bien que Noelle viera lo absurda que era su familia, estaba bien que lo quisiera a pesar de ello. ¿Y si el periodo de luto conseguía hacer que volvieran a tener una relación más cercana? O que la tuvieran por primera vez, vaya.

Sin embargo, en cuanto la miró a los ojos, vio que no le estaba mostrando su apoyo, sino que le pedía ayuda. En su lado de la mesa, Alyssa se había puesto a hablar del bar mitzvá de los mellizos por enésima vez.

—Necesitamos la carpa, calefacción, otra carpa para el servicio de comida, toda la pesca, vaya —estaba diciendo—. Estamos pensando que la comida sea un menú de carne, pero si luego hacemos una barbacoa por la noche será un montón de carne. El problema es dónde colocar a todo el mundo. Porque mi familia no puede viajar en Sabbat, ¿sabes lo que te quiero decir? —La pregunta era para Noelle, claro—. Bueno, ya me entiendes. Así que van a quedarse en nuestra casa. ¡Aunque no está nada lista!

Nathan se quedó con la vista al frente y la mirada perdida, de lo más desdichado.

—Tenéis una casa encantadora —dijo Noelle por obligación.

—A mí me parece que se ha quedado un poco desfasada.

Ruth volvió a la mesa y dejó la copa de Mindy delante de ella, ya llena.

—Nuestra casa está bien —la defendió Nathan.

—Sí, sí —concedió su mujer— Es que... No sé cuándo nos vamos a quedar sin cocina. Y las cañerías del baño de invitados... ¡No hemos remodelado nada desde 1985! Y es el único bar mitzvá que vamos a organizar...

—¡Son dos! —exclamó el mellizo mayor, Ari—. Es un *b'nai* mitzvá, así se llama.

—Tú calla, tonto —respondió su hermano, Josh. Si bien los dos eran idénticos, últimamente, desde la pubertad, Ari había ganado unos kilos de más, mientras que Josh no, por lo que Beamer podía distinguirlos mejor.

—No dejo de decirle a Nathan que lo más seguro es remodelar la casa —le dijo Alyssa a Noelle, como si su marido no estuviera presente—. O sea, quién sabe cómo estará la instalación eléctrica, por ejemplo.

—Antes se hacían las cosas según los códigos —interpuso Nathan, con la voz aguda por el pánico de una discusión perdida—. Es ahora que toman atajos para todo. Te lo digo yo, que lo veo en el trabajo todos los días.

—Liesl —la llamó su madre—, ¿quieres enseñarles tu sinfonía a todos?

—¡Sí, mami! —Liesl pegó un bote y salió corriendo al salón.

—¿Una sinfonía? —repitió Alyssa.

—Está practicando para un solo en el concierto de su escuela —explicó Noelle.

—¿Un solo? —repitió ella una vez más, mirando a sus hijos—. Pero es muy pequeñita para tocar un instrumento.

—Fue idea suya —dijo Noelle—. Se le da de perlas.

—¿Sigues luchando por una causa justa? —le preguntó Ike a Jenny.

—Eso intento, tío Ike. Eso intento. La universidad no me lo pone nada fácil.

Liesl volvió corriendo al comedor, ya sacando su flauta reluciente de la funda. Miró a su familia y vio que tenía la atención de todos.

Empezó a soplar con delicadeza y creó un tono delicado y conmovedor que evocaba bosques, hadas y cuentos.

Era hipnotizante. La estancia quedó embargada por un cambio de humor repentino, un silencio, una rendición. Noelle seguía el ritmo de su hija con la cabeza y Beamer trató de no mirar a Liesl de forma demasiado directa, para no asfixiarla bajo su amor. Era tan elegante... No tenía ningún rastro de él, sino tan solo de su madre: su melena de color rubio intenso, su pose, sus rasgos exquisitos que bien se podrían usar como modelo para una muñeca.

Cuando terminó de tocar, todos aplaudieron, y ella puso la pierna izquierda detrás de la derecha para dedicarles una reverencia.

—Dios, ¿y yo por qué me pongo a llorar ahora? —se preguntó Alyssa en voz alta.

—Va a tocar delante de todo el colegio en el concierto de invierno —explicó Noelle—. Es muy diligente, practica cada día.

—¿Qué canción era esa? —preguntó Alexis.

—Es de Mahler —dijo Noelle—. La cuarta sinfonía.

—Mahler era antisemita —interpuso Ruth.

—Mahler no era antisemita —se defendió Noelle, aunque no era lo que debía decir.

—No lo era, no —dijo Arthur antes de que Ruth pudiera reaccionar—. Era judío, de hecho. Se pasó al catolicismo porque creía que eso era lo que el mundo quería de él.

—Mmm —dijo Ruth.

—Estás pensando en Wagner —dijo Jenny.

—Ni que fueras Leonard Bernstein —respondió Ruth, en referencia al prodigio de la música.

Arthur se puso en pie.

—¿A dónde vas? —le preguntó Ruth, algo preocupada.

—Tengo que volver a casa —se excusó Arthur.

—Ya te acompaño.

Y eso hizo. Beamer alzó las cejas en dirección al suelo y se preguntó si su hermana lo habría visto.

—¿Y si Jenny se quiere quedar a dormir allí? —preguntó Alyssa, a cuento de nada—. Necesitamos el espacio extra. Una cocina nueva y otra habitación. No sé a qué viene tanto lío.

—¿Para el bar mitzvá, dices? —preguntó Jenny—. Me quedaré aquí, no pasa nada.

—Ya sabes la de polvo que levantan las obras —le dijo Nathan a su mujer—. Con metales pesados y más cosas carcinógenas. Lo veo en el trabajo todos los días, ya te digo. Tendrías que ver las demandas que pone la gente. ¡Hay tantos tipos de cáncer que se contraen así!

—Así siempre consigues salirte con la tuya —se quejó Alyssa—. ¿Qué puedo decir yo a eso?

Ruth volvió y se sentó.

—¿Todavía estamos hablando de lo mismo? —quiso saber—. Nathan, haz las obras de una santa vez. Que no pasa nada, por el amor de Dios.

—Hay mucho que no entiendes, mami —dijo Nathan—. Con todo el respeto del mundo.

Noelle le apretó la mano a Beamer con más fuerza.

—¿Puedo comerme un bagel? —preguntó Ari.

—Llevamos todo el día comiendo eso, cariño —le respondió su madre.

—Es que no me gusta la comida china —se quejó él. Claro que ya se había comido un platazo de fideos *lo mein*.

—Bueno, vale —aceptó Alyssa. Se puso de pie y se sirvió un bagel de una de las mesas que Marla todavía no había recogido—. ¿Alguien ha visto el cuchillo del pan por alguna parte?

—Está en la cocina —contestó Ruth—. Ari, ve a buscarlo, está en la encimera.

—¡Ya voy yo! —exclamó Alyssa.

—Puede ir tu hijo —insistió Ruth, molesta—. Puede ir a por un cuchillo, que ya tiene doce años, por Dios. —Miró a Beamer y a Noelle en busca de apoyo cuando se percató de algo en ella—. ¿Ese collar es nuevo?

Noelle se llevó la mano al collar de oro delicado cuyo dije diminuto era el símbolo en sánscrito «om».

—Ah —dijo ella, como si nada—, me lo dieron en mi cabal... Así es como Beamer llama a mi grupo de amigas, mi cabal. Me lo regalaron por mi cumpleaños, porque también hacía un año que habíamos empezado a ir con una terapeuta del bienestar... Bueno, es una gurú, puedo llamarla así. Es una gurú de verdad.

—Ajá —contestó Ruth, con la mirada clavada en el collar—. Ya veo. ¿Y eso es árabe?

—Es sánscrito —explicó Beamer.

—Y eso es un idioma árabe —insistió Ruth.

—El árabe es un idioma semítico, de hecho —interpuso Jenny.

—Jennifer —la regañó su madre.

—No, lo digo en serio —dijo Jenny—. Es semítico, como el hebreo o el arameo. El sánscrito es indoeuropeo.

—No empieces con esas tonterías —siguió Ruth.

—¿Veis lo que digo? —soltó Ike—. ¡Ja! Lo sabe todo, damas y caballeros.

Ari volvió justo en aquel momento, sosteniendo el cuchillo del pan por la punta.

—¡Ya lo tengo! —exclamó.

—¡Ari! —Alyssa se puso en pie de un bote—. ¡No! ¡Que así no se agarra!

—Eso, que eres tonto —interpuso Josh.

—¡Ari! ¡Ari! —Nathan se levantó de golpe también—. Escúchame bien. Déjalo en la mesa, despacio. Con cuidado. ¡Con cuidado, he dicho!

Empezó a acercarse a su hijo, quien se había quedado petrificado, como si le acabaran de decir que el cuchillo estaba conectado a una bomba.

—Sabes que así no es, hijo —dijo Alyssa.

(Cabe mencionar que lo más seguro era que el cuchillo no hubiera podido hacerle daño a nadie, porque casi ni podía cortar los bagels).

Liesl, quien se había quedado calladita y sentada después de que se lo pidiera su madre, soltó:

—¿Estás seguro de que te lo has pensado bien? —Y se echó a reír. Noelle se contuvo para no imitarla.

—Exacto —contestó Alyssa—. ¿Estás seguro de que te lo has pensado bien? Tus primos saben que así no se empuñan los cuchillos y les doblas la edad. —Y entonces añadió hacia los comensales, en un susurro lúgubre—: ¿Sabíais que Baxter era el hijo de verdad del autor y que murió en un accidente de tráfico? Me acabo de enterar.

Noelle y Beamer intercambiaron una mirada. Por fin un momento de unión. Sin embargo, ella se puso en pie de repente, con lo que cortó los cables del sistema nervioso de su marido.

—Todo esto está liando el horario de sueño de los niños —dijo—. Me los llevaré a la otra casa.

El rostro de Ruth se relajó durante un instante y adquirió una expresión de cansancio.

—¿Niños? —los llamó Noelle.

Liesl y Wolfgang se pusieron en pie; él había estado ocupado con su tercer plato de pollo a la naranja.

—¡Buenas noches, abuela! ¡Buenas noches, abuelo! —se despidió Liesl.

—Ahora mismo voy —les indicó Beamer, porque sabía que primero iba a tener que calmar las aguas y dejar claro que Noelle no era... ¿qué? ¿Una musulmana convertida? ¿La primera musulmana presbiteriana del mundo? Los acompañó a la puerta antes de volver al comedor y que su madre lo recibiera con:

—En mi propia casa —dijo Ruth, con unas respiraciones controladas—. Ni siquiera tiene la decencia de… Mira, que no se convierta al judaísmo ya es suficiente. ¡Si todo el mundo se convierte! Ni siquiera tiene que creer de verdad. Pero ¿ahora se presenta aquí con joyas árabes? Y a la shivá de mi suegra, para colmo. Beamer, tu abuelo no pasó semanas escondido en un armario para escapar de los nazis y que ahora su nieto traiga a casa una mujer *shiksa* que ni siquiera sabe que no debería llevar joyas árabes a una shivá.

—Es mi mujer, y no es musulmana. Es cosa del yoga. En Los Ángeles… ese símbolo está por todas partes.

—Eso no te va a ayudar mucho —interpuso Jenny.

—Pues claro que está por todas partes —dijo Ruth—. Porque se están preparando para venir a por nosotros. Ya están en posición.

—Cuando vinieron a llevarse mi simbología de yoga —recitó Jenny—, guardé silencio, ya que era muy poco flexible.

—¿Podemos dejar de discutir delante de los niños? —pidió Nathan.

—¿Podemos dejar de discutir delante de mí? —dijo Beamer—. Es de lo más inapropiado, de verdad.

—No me gusta que Liesl esté tan dispuesta a complacer —siguió Ruth—. Es como una de esas niñas de los concursos de belleza.

—Mamá —le advirtió Beamer.

—Esas son las niñas que acaban en un harén.

—Ruth, por favor —soltó Alyssa, señalando a sus hijos con la barbilla, solo que era demasiado tarde.

—¿Qué es un harén? —quiso saber Josh, aunque luego sacó el móvil, porque sabía que nadie se lo iba a explicar.

Beamer sacó su propio teléfono, el cual no había sonado.

—¿Sí? ¿Diga? —A su familia, les dijo—: Perdonad, es de California. —De vuelta al móvil—: Ay, no, qué mal. No puedo… Menuda pesadilla, sí. Horrible. Vale, voy a ver qué puedo hacer. —Se puso en pie—. No, ahora mismo lo miro.

Se llevó su llamada falsa al exterior y cerró la puerta tras él, hasta que se quedó a solas en aquel terreno silencioso, mirando el mismo cielo bajo el que se había criado.

—Luego te llamo —dijo al teléfono, al olvidarse de que nadie lo oía ya.

Aquella noche, nervioso por un suministro renovado de parches de nicotina (de los no caducados), decidió ponerse con su guion una vez más. Salió al porche de la casa de sus padres con el portátil y se sentó en la silla de mimbre con los pies apoyados en la valla. Era la mejor época del año en Middle Rock, a finales de septiembre, después de las fiestas, cuando el calor se quedaba pero la humedad ya había desaparecido. Había llovido un poco, de modo que la nariz se le llenó del petricor que le recordaba al primer día de clase y que no existía en Los Ángeles, un olor que le parecía el bautizo del planeta en sí. Una luna creciente flotaba en el cielo en calma y la brisa se levantaba desde el estrecho, y le dio la sensación de que estaba flotando en líquido amniótico, de que, cuanto más tiempo pasaba allí, más se terminaba fusionando con el lugar, por lo que no sabía dónde terminaba él y dónde comenzaba su entorno. Lo peor de todo era que en aquel momento, en plena noche, no le molestaba.

Echó un vistazo a las revisiones de la noche anterior. Todos los cambios que había introducido eran buenos, estaban bien. Deshacían el daño que Anya había dicho que existía en el guion; sin embargo, una vez que desaparecieron los crímenes, lo que quedaba era una historia plana, sin ningún momento memorable ni justificación para que existiera.

¿Qué se le podía hacer? ¿Qué podía hacer él?

El olor del petricor no le había abandonado la nariz, sino que se había asentado y comenzaba a adentrársele en el cerebro.

¿Y si...? ¿Y si en el siguiente capítulo de Jorge este descubría que era judío?

O tal vez no. No, menuda abominación. No. ¿Y si Jorge tenía que salvar a su mentor de toda la vida, un hombre judío al que los espectadores no conocen pero que no costaría nada establecer, de que un nazi lo secuestrase?

Sí.

Eso.

Beamer se puso a pensar y a pasear por el porche. Se imaginaba los números tatuados de Morrie Beckerman. Se quitó las deportivas y los calcetines y pisó descalzo el césped del jardín delantero de la casa de sus padres. Qué ganas tenía de ver que lo criticaban por hacer que sus personajes fueran judíos. A ver si se atrevían a decirle que ser judío no era suficiente diversificación. ¡Lo bien que iba a encajar el Holocausto en el cuaderno de Anya!

¿Y si la saga de *Santiago* podía ser importante, como había dicho Anya? ¿Y si trataba de la lucha por la longevidad del judaísmo, del peligro en el que siempre están sumidos los judíos? El personaje del pasado de Jorge sería mayor que él, un mentor sabio y un buen amigo. Y aquel hombre (al que podía llamar tal vez ~~Morris~~, no, Mort, ¡sí, Mort!) es secuestrado y tiene que recurrir a su viejo amigo Jorge. ¡Y el alumno se convierte en maestro!

Volvió al porche y abrió el portátil de nuevo. Descartó su guion revisado, lo borró por completo. Nada de revisiones en aquella ocasión; abrió un documento en blanco.

Estaba listo.

A lo largo de cinco horas febriles, redactó las primeras doce páginas de su nuevo guion, el cual, en un momento de inspiración gracias a la fentermina, supo que debía llamarse... redoble de tambores... *El mitzvá de Santiago*. A Mort Silverman lo secuestran en plena noche, cuando vuelve a casa después de dar clase ~~en Harvard~~, no, ~~en Princeton~~, no, en Yale. Jorge se entera de lo sucedido y es así como descubre que los nazis llevan años dándole caza a Mort, que Mort Silverman no es su nombre de verdad. En realidad, Mort es Ruben Steinberg, y ~~lo buscan por haber asesinado a un nazi cuando estuvo encerrado en un campo de concentración de pequeño~~, no, ~~cuando se hizo mayor y se enteró de que un nazi había matado a su padre en un campo de concentración~~, no, quiere dejar de huir de los nazis que lo persiguen por haber liberado ~~Bergen-Belsen~~, no, ~~Auschwitz~~, no, Dachau. Llevaba años escondido, solo que se ha hartado de huir, y, ahora que lo han descubierto, puede ocurrir de todo. Jorge lo está buscando, pero las pistas principales las tiene la hija de Mort, ~~Sarah~~, ~~Rachel~~, ~~Rebecca~~, Leah, ~~quien no tenía ni idea de que su padre vivía con una identidad falsa~~, no, quien pretende no tener ni idea de que su padre vivía con una identidad falsa. Es joven, guapa (aunque no se da cuenta de ello) e inteligente y sí que se acostará con Jorge (con el parche puesto) en un momento de angustia, cuando su necesidad de que la reconforten supera a su sentido común. ¡Pero lo hará por voluntad propia!

Si bien se suele decir que el momento más oscuro es justo antes del amanecer, no es cierto del todo. Justo antes del amanecer se produce una sensación de pérdida y de traición, justo cuando uno ha aceptado lo que iba a cambiar. El sol se asomaba sobre Middle Rock, pero Beamer estaba tan agitado que ni podía pensar en acostarse.

Se puso de pie y se estiró. Sacudió las piernas. Paseó por el porche y se metió en la casa, donde vio las llaves del coche de su padre en el gancho de la entrada. Las sacó, se metió en el garaje y se llevó el coche de su padre a la ciudad.

A pesar de que casi todas las tiendas de la avenida Spring habían cambiado, en la niebla del amanecer pudo ver la ciudad en la que se había criado y, en ella, a sí mismo, en cada esquina y a cada edad.

Vio a su yo joven y a Charlie, con trece años, caminando por delante del dentista pediátrico con payasos pintados en la ventana, bromeando en susurros casi sin contener sobre el burdel que Ethan Lipschitz les había dicho que había encima. Caminaban comiendo sus porciones de pizza de Gina's, lo cual, a sus trece años, era un acto de rebelión hacia la madre de Beamer, quien decía que comer pizza caminando era «demasiado de Brooklyn» como para que ella lo tolerara.

—Dijo que el padre de Joy y de Dawn se metió ahí —le contó Charlie cuando se detuvieron para mirar hacia la ventana encima de la del dentista, llena de globos dibujados—. Sabiendo cómo es, seguro que es verdad.

—Qué curioso —dijo Beamer—, porque yo he oído que tu madre trabaja ahí.

—Pues sí, mira. Y me dijo que tu padre es su mejor cliente.

Beamer y Charlie se quedaron mirando hasta que una cortina se movió al otro lado de la ventana, y una mujer de cuarenta y tantos años con el cabello teñido y las cejas morenas los miró y les guiñó un ojo. Charlie salió por patas, pero Beamer se quedó un instante más, mirando a los ojos a la mujer.

Tras cuatro noches en vela pensando en el contraste entre el cabello y las cejas de la mujer, le dijo a su madre que tenía que ir a casa de Charlie para jugar a la Atari. Beamer fue en bici a la ciudad, la apoyó contra la puerta del dentista, cerrada porque era tarde, y se metió en el vestíbulo que había a un lado. Subió las escaleras arriba y más arriba hasta que llegó a lo que parecía ser otra oficina, con una sala de espera y un mostrador. Una joven, mucho más joven que la mujer de la ventana, estaba sentada detrás de un mostrador que no tenía papeles ni bolígrafos.

—¿Cuántos años tienes? —le preguntó ella. Tenía un acento ruso.

Si bien tenía trece años, nunca se había sentido más pequeño en la vida.

—Dieciocho —contestó.

—No me creo que tengas más de dieciséis —respondió ella con una leve carcajada—. Ven conmigo, yo también tengo dieciséis.

Lo llevó hacia la parte trasera del establecimiento, donde el diseño del lugar imitaba el del dentista de abajo (de hecho, el dentista al que él iba). Lo condujo a una sala en la que una mujer mucho mayor, pelirroja (¡pero con cejas morenas!), llevaba un *negligé* negro casi transparente y estaba apoyada sobre un codo en una cama, leyendo una revista *People* con Demi Moore en la portada. La sala era de la misma forma que una de las del consultorio, y hasta se podía ver las marcas de la silla del dentista que habían arrancado del suelo. La mujer soltó un suspiro, se incorporó y miró a Beamer de arriba abajo.

Tras pasar por delante del dentista, Beamer condujo cerca del instituto. Eran las seis de la madrugada, y la banda de marcha estaba practicando en el campo, como hacían siempre en temporada de fútbol americano, porque era el único momento del día en el que podían hacerlo sin deportistas corriendo de un lado para otro. Se bajó del coche y se sentó en el capó para oírlos tocar «Baba O'Riley».

—*Teenage wasteland* —susurró, acompañando la canción—. *It's only teenage wasteland*.

Una vez más, volvió a verse de joven. Estaba en primero de bachillerato, y los Fletcher, Phyllis incluida, enfilaban hacia el auditorio del instituto acompañados de cien familias más para ver la producción de *El jardín secreto* que habían organizado. Era una salida en familia nada común para ellos. Ruth y Phyllis se sentaron una a cada lado de Carl, mientras que Beamer buscó en derredor a las chicas con las que querría acostarse en un par de años. Nathan, quien había vuelto de la universidad, se sentó a su lado.

—Ya empieza —dijo Ruth.

Erica Mayer salió con un traje absurdo, disfrazada de un fantasma gótico con una túnica blanca.

—*Montones de azafranes morados y dorados* —cantó.

Y entonces apareció Jenny, bajo el foco del escenario, con un vestido bordado y un lacito en el pelo.

—Me llamo Mary Lennox —dijo—. ¿Dónde está todo el mundo? ¿Dónde está mi criada?

Entre el público, su familia estaba encandilada. Y los demás también, vaya. Jenny controlaba el escenario con un talento y una presencia (todo lo que la convertía en una persona espectacular) contenido en una sola plataforma.

Beamer, más orgulloso que nunca, miró a sus padres y lo que más le sorprendió fue ver a su padre, quien siempre se mostraba estoico y distraído, quedarse con la boca abierta, totalmente absorto con la representación. A Beamer le dio un escalofrío y apartó la mirada.

Sobre el escenario, un niño que hacía del jorobado Archibald se asomó a la habitación de su hijo mientras dormía para leerle.

—Cuando lo dejamos anoche —introdujo Archibald—, el dragón horrible se había llevado a la doncella a su cueva bajo la luz de la luna. Hizo rechinar los dientes y soltó su aliento de fuego. El páramo se sacudió, y nosotros temblamos de miedo.

—Y entonces se puso a cantar—: *Alguien debe salvar a esta dulce doncella de cabello azabache, aunque la empresa será difícil.*

Beamer se atrevió a mirar a su padre una vez más. Nunca lo había visto tan animado: riéndose, llorando y conmovido. Vio que Phyllis y Ruth intercambiaban una mirada; la de su abuela estaba llena de desaprobación, mientras que la de su madre, quien seguía siendo joven y todavía contenía cierto optimismo, fue más neutra.

Y Carl se puso a llorar.

A moco tendido.

Y luego se puso de pie y gritó «¡Bravo!» cuando la fila de niños pequeños hizo su reverencia torpe.

«Bravo».

Después de la representación, se quedaron en los peldaños de la entrada del instituto mientras los demás pasaban por allí y les decían lo bien que lo había hecho Jenny. Y ella se quedó allí, con tres ramos de rosas, y aceptó los cumplidos como una profesional.

—Ha sido increíble —estaba diciendo Carl—. Jenny, has estado... Menuda obra. La obra ha sido preciosa. Nunca había visto nada tan bonito.

Jenny y Beamer intercambiaron una mirada por lo raro que se había puesto su padre.

—Pues ahora está en Broadway, papá —dijo Jenny—. Tendrías que ir a verla si tanto te ha gustado.

—¿Sí? Increíble. Ay, me ha encantado. No me creo que todavía esté... —Se enjugó las lágrimas que le habían caído por la cara.

Al día siguiente, Beamer acompañó a su padre a la tienda de discos de la avenida Spring.

—Busco la banda sonora de *El jardín secreto* —le dijo Carl al adolescente que atendía desde el otro lado del mostrador—. Es un musical.

Beamer echó un vistazo hacia la sección de rock y vio a la prostituta rubia de cejas morenas del burdel, quien le sonrió. Él se dio media vuelta, presa del pánico.

—¿En disco o en cinta? —preguntó el dependiente.

—En casete —respondió Carl.

Durante las siguientes semanas, su padre se pasó los días escuchando la banda sonora. Tomó prestada la minicadena de Beamer y se puso a cantar (a cantar, por el amor de Dios) en voz alta conforme se aprendía la letra, con un tono grave y estruendoso que llenaba la casa y el coche y hasta el pequeño despacho que tenía encima de la zona de trabajo de la fábrica, para poder ver a sus trabajadores a través de unas ventanas de cristal grandes y para que sus trabajadores pudieran verlo desde abajo y asustarse.

—Venga, a trabajar —les ordenaba Ike, y se quedaba allí plantado para asegurarse de que le hicieran caso.

En casa, el sonido de la música y del patriarca de la familia reverberaban por las paredes, solo que no caldeaba el ambiente, sino que lo helaba. Los demás ocupantes de la vivienda se movían como si un asesino a sueldo les estuviera apuntando con una pistola.

—¿Cuándo va a parar? —susurró al fin Jenny en la mesa de la cocina una buena mañana, conforme Carl bramaba una canción sobre plantar durante la primavera.

—¡No tengo ni idea! —siseó su madre.

Y entonces, en lo que pareció ser de sopetón, Ruth lanzó el plato que estaba lavando al fregadero, con lo que lo rompió. Ruth, cuya economía de movimientos y practicidad esencial no permitían ningún gesto dramático si resultaba en tener que limpiar algo, y mucho menos cristal.

Conforme se andaban con cuidado alrededor de aquel hombre que parecía alegre y normal y que no podría haber convencido a nadie que no lo conociese de que estaba sufriendo una crisis nerviosa lenta y extendida, el hombre en sí puso toda la carne en el asador: para su cumpleaños de aquel año, les pidió que fueran a ver *El jardín secreto* en Broadway.

—Esto no está bien —le dijo Phyllis a Ruth en la mesa de la cocina, mientras Beamer bebía Coca-Cola y Jenny hacía los deberes con la cabeza apoyada en la mesa. Ruth, por su parte, preparaba la cena—. Se está descontrolando y ya sabes lo que dijo el médico.

—De eso hace más de diez años ya —contrapuso Ruth—. Quizás es el siguiente paso en su recuperación, quizá va a sanar.

—Ya le va bien —insistió Phyllis—, sigue con lo suyo. Pero si abrimos el grifo... Que se pasa el día cantando, por el amor de Dios.

—¿Y qué quieres que haga yo? ¿Quieres que le diga que no? —Ruth estaba de espaldas al resto de la sala conforme picaba una zanahoria—. Decirle que no es peor que decirle que sí.

—Tenemos que mantenerlo tranquilo —dijo Phyllis—. Es como la caja de Pandora, eso es lo que dijo el médico.

—¿Y si está bien? —Ruth se dio media vuelta—. ¿Y si es algo normal y bueno? ¿Y si así está demostrando que está saliendo adelante?

Como única respuesta, Phyllis frunció los labios.

—La gente sana, Phyllis —insistió Ruth.

—*¡Tiene sus ojos! ¡Tiene los ojos avellana de mi Lily!* —cantó Carl desde su estudio.

—¿A ti eso te suena a que esté mejor? —preguntó Phyllis—. ¿Te suena normal? —Miró a Jenny, quien había cerrado los ojos—. Esta se ha quedado frita otra vez. Tendríais que ir al médico.

—¿Y qué le digo, que mi marido canta y canta una banda sonora?

—No, me refiero a Jenny, por lo de quedarse dormida.

—No se le puede hacer nada —contestó Ruth, y volvió a ponerse a cocinar.

Un mes más tarde, fueron a Broadway. Llegaron temprano y ocuparon sus asientos y se alzó el telón. Decir que Carl se quedó embelesado es solo porque las palabras tienen sus límites. Beamer se quedó mirando a su padre y vio que adquiría la expresión boquiabierta y con el aliento contenido de alguien que se acercaba al Monte del Templo para un sacrificio ritual.

—*Alguien debe salvar a esta dulce doncella de cabello azabache.*

—Fue Mandy Patinkin quien hizo de Archibald en Broadway. Carl ya era capaz de seguir la letra de la canción junto al actor, no de forma salvaje ni con sus graznidos, sino con el susurro desquiciado de las plegarias en silencio. Mandy Patinkin se acercó a las candilejas, y fue como si se estuvieran cantando el uno al otro.

Beamer no se acuerda de mucho más después de aquello, salvo que aquella misma noche se despertó por un grito. Salió de su habitación y se encontró a su abuela subiendo por las escaleras poco a poco mientras su madre esperaba en el umbral de la habitación que compartía con Carl.

—¡Te lo dije! —exclamó Phyllis—. ¡Mira que te lo dije!

Beamer oyó el grito otra vez, aunque en realidad no era tanto un grito, sino un aullido. Miró más allá de su madre, hacia la habitación, y vio a su padre bocabajo en la cama, aullando hacia la almohada.

—Vete a la cama, Beamer —dijo Ruth, en lo que Phyllis pasaba por su lado como alma que lleva el diablo.

Una vez que Phyllis entró en la habitación, Ruth cerró la puerta, con lo que Beamer se quedó a solas en el pasillo. No estaba muy seguro de lo que acababa de ver, pero sí sabía que no era nada bueno. Se metió en la habitación de Jenny, la cual estaba incluso más cerca de la de sus padres que la de él. Y ella estaba dormida. Se sentó a los pies de la cama, en un rincón.

—Jenny —la llamó en un grito susurrado—. ¡Jenny!

—¿Qué pasa? —No abrió los ojos siquiera.

—¿No has oído eso? ¿No has oído a papi gritar?

—No.

—Ha hecho mucho ruido. Ha sido… —Solo que Jenny ya se había vuelto a quedar dormida.

»Qué ganas tengo de irme de aquí —añadió, aunque nadie lo escuchaba.

Beamer acabó volviendo a la mansión después de dar su vuelta por la ciudad. Seguía siendo lo bastante temprano como para que la niebla se hubiera asentado por encima del Césped Imposible. Recordó la fiesta que había montado durante su último año de bachillerato, aprovechando que sus padres estaban en la Universidad Brandeis para la reunión de bienvenida de Nathan, por lo que él se había quedado a cargo de Jenny. Se acordaba de Sarah Messinger, Erica Mayer y Jenny perdiendo el tiempo en la cocina como si fueran mayores, mientras Melissa Simpkin, que todavía no era la mujer de Charlie, echaba hasta la primera papilla en unos arbustos del jardín. Se acordaba de Joy y Dawn, a quienes llamaban las gemelas Palmolive, cantando al ritmo del disco que habían puesto a todo volumen en el salón, el cual reproducía «Boys of Summer», de Don Henley. *But I can see you, your brown skin shining in the sun*, decía.

Erica Mayer buscaba algo que beber.

—Me muero de sed —dijo—. Qué calor hace.

—Es que el aire acondicionado se ha roto —explicó Beamer.

Recordó a Ethan Lipschitz y a Boris Goldman, quienes, entre cerveza y cerveza, les contaron a los demás sus aventuras de la noche anterior, cuando consiguieron que dos chicas católicas a las que habían conocido en el cine de Douglaston se subieran al coche de Boris para dejarse manosear.

—Y la que estaba conmigo… —empezó a decir Boris.

—La gorda —añadió Ethan.

—No estaba flaca y ya está. Estaba bien. Pues me dijo que no podían hacer nada más porque eran católicas.

—Qué calor hace —repitió Erica.

—Es que es octubre —dijo Ethan.

—Yo no he hecho que hiciera tanto calor, Ethan.

—Bébete esto —le dijo Jenny, dándole una botella de moscatel—. Es como la 7UP.

Erica se sirvió el vino en uno de aquellos vasos desechables rojos, se lo bebió de un trago y se sirvió otro más.

—Madre mía, qué bueno está.

—¿Eran vírgenes? —quiso saber Beamer. Se sentó en la encimera de la cocina mientras los demás entraban y salían, en busca de cerveza.

—Esa es la historia, mira —empezó Ethan—. Nos dijeron que no podían hacerlo como Dios manda, pero que podíamos hacerlo por el culo.

—Qué asco —dijo Jenny.

—¿Y qué pasó? —preguntó Beamer.

—Les dije: «¿O sea, no estáis dispuestas a hacerlo del modo convencional, pero sí por el culo, porque creéis que vais a llegar al cielo y Dios os va a decir "¡Anda! Pero qué listas sois"?».

—Sí —añadió Boris—, y yo les dije: «Vais a llegar allí y Dios os va a decir "¿Qué pasa, creéis que soy tonto?"».

Todos se echaron a reír. Erica seguía bebiendo moscatel, y Sarah y Jenny se reían.

—¡Eeeeeeh! —gritó Charlie desde la otra sala, aunque nadie supo por qué.

—Y nos dijeron «Por el culo o nada» —siguió Boris—. Así que nos miramos y así fue.

—¿Lo hicisteis todos en el mismo coche? —preguntó Beamer.

—¿Tú te habrías negado? —contestó Ethan.

—Madre mía, está buenísimo —repitió Erica—. Tendríamos que beber esto siempre.

—*I'm driving by your house, though I know you're not home!* —cantaron Joy y Dawn desde el salón.

—Voy a buscar a Charlie —dijo Sarah, y salió hacia la sala de estar.

—Les dije que lo podíamos llamar el Compromiso de Queens, porque estábamos en Douglaston. Justo en la frontera.

—Y la alta, la mía, dijo que podíamos llamarlo el Compromiso de Long Island, porque somos judíos —dijo Ethan.

Todos se echaron a reír.

—Cuando vinieron a por mi culo, guardé silencio, ya que era virgen —recitó Beamer.

Erica se sentó en la encimera y apoyó la cabeza en el hombro de Beamer.

—¿Estás bien? —le preguntó él.

—Te veo, con la piel morena brillando bajo el sol —respondió Erica, con la letra de la canción que sonaba.

—Qué rara eres —dijo Beamer.

—Tú más —respondió ella.

No miró a Jenny para ver si estaba presenciando aquella interacción. Erica se volvió hacia él.

—Creo que el baño está ocupado, ¿puedo ir al de arriba?

Beamer conocía aquella mirada.

—Sí, deja que te enseño dónde está —repuso él, como si ella no lo supiera.

Se puso de pie, Erica lo imitó y subieron juntos a la planta de arriba.

Después de llegar al terreno, aparcó y se metió en casa de sus padres. Estaba agotado, por los recuerdos y por la violencia que tenían al seguir y seguir reproduciéndose. ¿Cómo podía uno empezar de cero si no podía dejar de pisar el cementerio que era el pasado? Conforme se acercaba a la casa, Noelle salió a recibirlo, ya vestida.

—Tu madre me acaba de preguntar si me había hecho musulmana, Beamer —dijo—. No puedo quedarme aquí más. Lo siento, pero no puedo.

—Sí —respondió él, subiendo el porche a saltos—. Vámonos. ¡Ahora mismo!

Unas horas más tarde, Sophie les había comprado cuatro billetes de vuelta a Los Ángeles y un chófer los llevaba a Newark. Beamer, agotado por haber pasado la noche en vela, cerró los ojos y pensó en los comienzos.

«Esos días han desaparecido para siempre —decía la canción que se le reproducía en la mente en bucle hasta que llegaron a Los Ángeles—. Tendría que olvidarlos».

❧❦❧

Vale, imagínate esto: en un montaje cinematográfico, con una música floral que suena triste pero que también tiene una capa de notas más alegres para darle optimismo, Beamer volvió a su casa en Los Ángeles y empezó a perseguir su nuevo comienzo.

Se quitó todos los parches del cuerpo, incluso el que solo encontró tres días más tarde, en la ducha, y tiró algunas pastillas por el retrete (recuerda que el dolor de la desintoxicación secreta era su propio placer).

Se despertó temprano y se sentó con Liesl en el salón, con una mano sobre la otra, inclinado hacia delante y mirando a su hija a la cara, contemplando su forma y su ejecución conforme tocaba la cuarta sinfonía de Mahler una y otra vez para practicar para su solo.

Noelle entraba y salía de la estancia para corregir la postura de su hija y levantar a su hijo de la cama.

—Eres increíble —le dijo Beamer a Liesl.

Su hija sonrió con su carita perfecta, una reacción pura a un impulso puro.

—¿Soy lo bastante buena, papi? —preguntó.

—Eres lo bastante buena para lo que quieras —dijo—. ¿Sabes que eres mejor de lo que me había imaginado que podía ser una persona?

Su hija se le acercó y se sentó en su regazo para abrazarle el cuello. Se echó a reír de la misma forma que había visto que se reía su madre, con la cabeza hacia atrás, apuntando al cielo.

—No sé si soy lo bastante buena aún —dijo—. No sé qué pasará delante de tantas personas. —Se puso de pie—. Voy a hacerlo otra vez.

Solo que él la detuvo.

—Se llega a un punto en el que ya no se puede practicar más, ¿sabes?

—No según mami.

—Bueno, claro que tu madre siempre tiene razón, pero a mí me parece que ya te sale perfecto. De hecho, ¿sabes qué más?

—¿Qué, papi?

—Que, si te esfuerzas mucho con algo, y es algo que tengo por seguro, si te esfuerzas mucho y dedicas toda tu energía a hacer algo tan bien como puedes y no te inventas excusas y sigues con ello, el camino se te allanará para que lo recorras.

—¿Qué significa eso?

—Significa que hay una fuerza en el universo que te ayudará a completar lo que sea, porque ya le has dedicado muchísimo esfuerzo. Y al universo le gustan las cosas completas, así que te ayudará a acabar bien.

—Pero ¿lo hago bien?

—Hija, lo haces requetebién. Yo te veo perfecta. Me dan lástima los demás padres, porque verán que sus hijos no son tan buenos como tú. Me dan lástima los demás padres que creen que quieren a sus hijas tanto como yo te quiero a ti.

Noelle se puso a llamar a Liesl desde la cocina.

—¡Ya voy, mami!

Colocó la flauta en su ataúd de terciopelo, le dio un beso en la mejilla a su padre y salió corriendo.

Le sonó el móvil y vio que era Nathan. Echó un vistazo al reloj antes de contestar.

—Nathan, ¿qué pasa?

—*Ah, hola. Oye, Beamer, perdona que te moleste.* —Nathan hablaba en voz baja, lo cual lo molestaba más aún.

—¿Qué pasa? ¿Va todo bien?

—*Oye, ¿te acuerdas de aquella vez que la abuela nos habló del dibbuk?* —Había pasado a susurrar incluso.

—¿Cómo? ¿Qué dices?

—*Cuando éramos pequeños, digo. Después de mi bar mitzvá.*

—Nathan, aquí es muy temprano. No sé si…

—*Nos quedamos a dormir en su casa después de mi bar mitzvá, y ella nos habló del dibbuk.*

—No sé de qué me hablas.

—*¿No?*

—Estoy bastante seguro de que eso no pasó.

—*La abuela nos lo contó.*

—No sé de qué me hablas. Tengo que irme.

En el silencio del enorme salón, necesitaba restaurar las sensaciones en las que se había sumergido antes de que Nathan llamara para arrebatárselas, de modo que sacó el móvil y se puso a toquetear opciones hasta que averiguó cómo hacer que la cuarta sinfonía de Mahler fuera su tono de llamada. Todavía notó el beso de su hija en la mejilla durante unos minutos más y trató de no pensar en que lo habían criado con la idea de que querer a los propios hijos era algo difícil, de que requería un gran esfuerzo concentrarse en ellos y mostrarles que eran especiales, de que, incluso si se conseguía, era una gran carga para los padres. Y tal como pensó por millonésima vez, resultaba que era de lo más sencillo.

Al día siguiente, todavía estaba pensando que, si uno se esfuerza mucho, puede invocar unas fuerzas benévolas que lo ayuden a seguir adelante. Volvió al Radisson una última vez y le pidió a Lady de antemano que fuera sola. Se sentó en la cama y le dijo que le estaba muy agradecido por el tiempo que habían pasado juntos, pero que iba a ponerles fin a sus encuentros semanales. Le dijo que había sido una parte esencial de su salud mental durante aquellos años, y ella esbozó una sonrisa triste y asintió y confirmó que le iba a pagar por aquella sesión. En realidad, le pagó por las siguientes veinticinco sesiones, porque Beamer era un buen jefe que creía en los finiquitos generosos.

En un semáforo de camino a casa, borró el contacto de su camello universitario, de su camello ucraniano y de su camello que estudiaba farmacología.

Casi ni se presentó a su siguiente cita el jueves por la noche, pues sabía que la única forma que tenía de dejar de pensar en su dominatrix era no volver a verla; aquello también le provocaba una agonía exquisita. Se puso melancólico al recordar la primera vez que había ido a su casa, un bungaló pequeño de tejado español que se parecía a los demás bungalós de tejado español que había en la calle Valley, carente de zonas verdes, bajo la imponente noche de la zona. Había encontrado a la mujer en cuestión poco después de haberse mudado a Los Ángeles, hacía tantísimos años, en un anuncio que había publicado en un blog con un tipo de letra sans serif blanco contra un fondo negro. Decía:

TE VOY A DAR CON LA CORREA, CABRONAZO

De modo que se había puesto en contacto con ella de inmediato. Ella le respondió al correo electrónico y le dijo que llamara a su puerta cada jueves a las siete de la tarde y que ya vería ella si le interesaba abrirle o no.

Durante tres semanas, se había pasado los jueves llamando a su puerta, sin que ella le abriera. Sin embargo, el cuarto jueves le había dejado una nota que rezaba:

Quiero regalos

Pasó a llamar a su puerta y dejarle un regalo al mismo tiempo, cada jueves a las siete de la tarde. Un día fueron flores; otro, joyas. Y un día, cuando estaba a punto de darse por vencido, la mujer le dejó una nota en la puerta a la hora de siempre. Decía:

La próxima ven desnudo

Y, si a Beamer le hubieran dado una máquina del tiempo y hubiera podido viajar adonde quisiera (incluido el nacimiento de Hitler y el momento en el que su padre salió a trabajar aquel día de 1980), la habría usado para acelerar los seis días, veintitrés horas y cincuenta y nueve minutos que le quedaban hasta que su vida pudiera comenzar de verdad. Se moría de ganas de plantarse en su puerta, desnudo en plena acera.

La mujer no era lo que se esperaba, según el montón de artículos científicos que había leído (es decir, blogs) sobre el sadomasoquismo y la dominación y la sumisión en general. A juzgar por la vez que había ido a aquel burdel y por las rusas que lo habían sometido y asfixiado, le gustaba cierta cantidad de dolor en el sexo, pero, al leer la experiencia de los demás, no se identificaba con sus deseos.

Bien podía ser porque muchos blogs sobre el sadomasoquismo existen para justificar la necesidad de que no se debe justificar un fetiche o un gusto sexual; no existe solo para dar una explicación, sino para explicar que dicha explicación solo sería un escollo para los dominadores y sumisos del mundo (y eso solo les gustaría a los sumisos).

El problema era el siguiente: quería el dolor, pero no formar parte de la subcultura. Le importaba un bledo si la otra persona se vestía de vinilo o llevaba una máscara. Sí que le ponía un poco no saber el nombre de la mujer, solo que aquello seguramente se debía a que así no podía imaginarse su existencia del todo ni preguntarse por qué hacía lo que hacía, dado que la respuesta en aquellos tipos de trabajo siempre era deprimente (de verdad, una vez vio un triciclo verde en su jardín y necesitó meses de drogas para destruir aquella sinapsis en particular).

No, él solo quería el dolor.

Y no quería tener que esforzarse para conseguirlo. Bien podría haberse apuntado a uno de los al menos veinte clubes de lucha que conocía en la zona, todos ellos poblados de ejecutivos de Hollywood y que se organizaban en gimnasios de CrossFit pasada la medianoche. Solo que no quería defenderse, no quería ganar. Y, desde luego, no quería que le dejaran moretones.

De modo que se apuntó a lo siguiente en la lista, aquello que la sociedad sí tiene en su sitio, su dominatrix. Y en ocasiones lo azotaba y en otras lo sodomizaba con objetos variopintos y todo iba bien. Lo único que tenía que hacer era fingir que le gustaba la parte del control, de la dominadora y el sumiso. Si fingía que le gustaba, que necesitaba la autoridad, podía conseguir que lo atara cuando quisiera, que lo atrapara y lo sometiera. No existía ningún otro sistema de servicios para que a uno lo ataran.

Sin embargo, habían terminado pasando a un nuevo sistema de interacción, tal vez porque ella notó que Beamer empezaba a aburrirse. El arreglo la obligaba a aparentar que podía hacer lo que quisiera con él, claro, pero, como el capitalismo es lo que es, terminó ajustando su rutina. Se puso a interpretar papeles distintos cada semana, un circo de gira que lo sorprendía y entretenía y al que él dio su consentimiento, siempre que empleara la fuerza bruta suficiente.

Fue una granjera y tenía que ordeñarlo antes de que su padre se despertara y lo encontrara hinchado.

Fue una diseñadora de zapatos que ponía a prueba tacones para asegurarse de que no se rompieran al insertarlos en el recto.

Fue una serpiente que lo mordió.

Fue una acupunturista que lo pinchó con agujas.

Fue una fabricante de velas ciega un poco torpe con la cera caliente.

Fue una cardióloga que experimentaba con parar y volver a iniciar el corazón al sofocar a sus pacientes al sentárseles encima.

Fue una enfermera que tenía que hacerle un examen rectal sin lubricante.

Fue una fisioterapeuta que había ido a aprender un nuevo modo de terapia llamado Fascia Enérgica Sostenida Nosequé. El método requería que se tumbara bocabajo en algo similar a una camilla de masaje, normalmente un marco de cama metálico con un colchón sucio en medio de la sala, algo oxidado y a reventar de tétanos. Se tumbaba bocabajo, con la cara en el colchón, y ella lo sometía a un dolor que no había experimentado hasta entonces. Comenzaba por la pierna izquierda, con los pulgares en alguna especie de ligamento o tendón que era sensible a cualquier roce. Apretaba con fuerza hacia arriba, retorcía y giraba su propia fascia, hasta que él se ponía a aullar de puro dolor y, con voz aguda, suplicaba y gritaba «serás hija de puta», solo que ella no paraba. En su lugar, lo hacía una y otra vez antes de pasar a la otra pierna. Y lo hacía con las cuatro extremidades. Y luego con la espalda. Y luego le daba la vuelta y las cuatro extremidades otra vez.

Con su mano lenta, el dolor era horrible. Inimaginable. Era lo que había estado buscando desde el principio.

Hizo lo mismo durante varias semanas seguidas. Beamer no sabía si repitió la rutina porque a él parecía gustarle tanto, por alguna versión de eso de que el cliente siempre tiene la razón, o si tal vez de verdad estaba aprendiendo fisioterapia e intentaba encontrar algo de verdad a lo que dedicarse conforme el propietario del triciclo verde se acercaba más a la edad de usar internet.

En cualquier caso, él no preguntó a qué se debía, porque poco importaba. Solo hay dos motivos por los que uno quiere un dolor como aquel: porque cree que lo merece o por la cualidad que tiene su desaparición para reafirmar la vida. La segunda razón es seguramente la forma más optimista de ver aquel gusto de Beamer tan particular.

Durante la última noche, sacó una camilla de masaje de verdad. Quizás algo en el interior de la dominatrix sabía que era la última vez; él no le había dicho nada (planeaba hacerlo al final), pero tenía cierta experiencia con las despedidas y sabía que se iba a producir una.

En la camilla de masaje, cada pequeña inmersión horrible hacia el dolor duró tantísimo que pudo hacerse amigo íntimo de él. Vio cómo cambiaba al observarlo, que con solo reconocerlo ya cambiaba. Notaba el dolor y luego desaparecía. Le pareció de lo más interesante; por fin pudo meterse en el dolor, no solo recibir unos atisbos accidentales de pasada. Tuvo tiempo para sostener el dolor, para moverlo de un lado a otro, para examinarlo, mimarlo, acariciarlo y conocerlo.

Para Beamer era importante entender de qué se estaba despidiendo.

Ahora la música del montaje se acelera y sube de volumen: al día siguiente se despierta a las cinco de la madrugada y va a su oficina bajo el brillo morado oscuro del amanecer, pensando que esa sí que es la hora mágica. Se sienta delante de su ordenador y se pone a teclear hasta que, cuando vuelve a alzar la vista, descubre que el sol ya ha salido y se ha vuelto a poner. Inspira el poderoso aire vitaminado de un buen día de trabajo y recuerda que, de hecho, pasar un día trabajando sin hacer nada más lo ayuda a ocupar el tiempo sin entregarse a sus vicios, que eso también le proporciona un placer corporal. Vuelve a casa, en medio del tráfico del cañón con los demás que van a trabajar, con la visión en línea recta, sin desviarse ni distraerse del camino que lo llevará a su hogar. Nota un latido vacío en alguna parte del sistema límbico y sabe que eso es la abstinencia. Por suerte, sus adicciones son un porfolio tan diversificado que el síndrome de abstinencia no sabe para dónde apuntar y se reduce a una especie de recuerdo apagado. Aparca delante de su casa. Entra y se dedica a sus tareas de marido y de padre: le da un beso a su mujer y cena en la mesa con los demás y les lee un cuento a sus hijos. A la mañana siguiente se despierta y hace lo mismo una vez más, hasta que cree que tal vez si lo hace diez, veinte o treinta veces más le parecerá normal.

Entonces la música se va apagando y ya han transcurrido dos meses y escribe «Fundido a negro» en la página 118 de *El mitzvá de Santiago*. Lo relee con los ojos borrosos y capta todas las escenas que lo tranquilizan, aunque, claro, cada vez se salta más fragmentos, porque la meticulosidad que poseyera ya está con un pie en el otro barrio. Pasa el corrector ortográfico. Se lo manda a Jeremy Gottlieb y entonces se le ocurre que no pasaría nada por enviárselo a Charlie también, para que le eche un vistazo preliminar. ¿Quién mejor que él? ¿Quién conoce mejor la complejidad y la verdad de la historia de *Santiago* que él? ¿Quién conoce mejor los puntos flacos de Beamer y quién mejor para encaminarlo hacia las victorias que la saga representa, al menos para él?

Oye, ¿puedo enviarte la nueva peli para que la leas?

Tres puntitos, y luego una respuesta:

Claro, mándamela

Se da cuenta de que ha sido de lo más sencillo. ¿Qué era lo que le daba tanto miedo? Dos días después, le envía otro mensaje para ver cómo va.

Oye, ¿has podido leerlo ya?

Tres puntitos, y luego nada.
Puede sentarse a esperar, no pasa nada. Está bien dejar que las ideas reposen.
Aun así, dos mañanas más tarde se levanta indignado:

Oye, tengo que entregarlo pronto.

Tres puntitos, y luego, tras un largo y doloroso minuto, por fin una respuesta:

¡Leído! Hablemos. ¿Mañana por la mañana?

Aquella misma noche, Beamer dio vueltas con el coche hasta que se hizo la hora de volver a casa para recoger a Noelle e ir a su sesión de terapia de parejas. Sin embargo, cuando llegó, se encontró a su mujer sentada a la mesa, a solas en una casa en silencio.

—¿Dónde está todo el mundo? —preguntó.

—Paulette se ha llevado a los niños al parque y luego al Josie's a cenar —repuso ella, sin mirarlo siquiera.

—¿Qué pasa? ¿Va todo...? ¿Ha pasado algo?

—La doctora Lorna ha cancelado nuestra sesión. Dice que no podemos seguir con ella.

—¿Cómo?

—No me ha querido decir por qué.

Beamer seguía inmóvil en el umbral de la cocina.

—Imagino que son cosas que pasan, ¿no? Se ocupan con otra cosa o…

Su mujer seguía en silencio.

—O puede que sea porque nosotros cancelamos las últimas veces. O… Si te lo ha dicho hoy mismo, quizá sea que se ha puesto mala. O que va a dejar la consulta. Igual se ha cansado de tanta terapia. La verdad, a mí me parece un trabajo agotador.

—¿Qué crees que eso quiere decir de nosotros, Beamer? —Noelle sonaba como una profesora a la que se le estaba acabando la paciencia.

—Que tal vez crea que no la necesitamos tanto. —Creyó que quizá su mujer se iba a reír ante eso, pero no—. No sé, Noelle. No sé qué habrá pasado.

Solo que sí que lo sabía.

Era por aquella vez que Noelle lo había mandado solo a la sesión, el día en que su abuela había muerto. La doctora Lorna, cuya consulta estaba pintada de tonos pastel relajantes, estaba sentada con una mano encima de la otra, esperando a que él dijera algo. Y él lo odiaba. Según lo veía él, un «hola» y un «cómo está» eran una buena forma de comenzar una sesión, pero resultó que no.

—Noelle no ha podido venir, está en una reunión en la otra punta de la ciudad.

La doctora Lorna asintió, aunque no le pidió más detalles de forma educada como habría hecho otra persona. Qué creídos eran los terapeutas.

—Pero tenía ganas de venir. Me ha mandado a mí, si es que podemos. O sea, parece que así hacemos trampa. —Se rio demasiado alto ante su propia broma.

La doctora Lorna asintió, la muy creída.

¿Cómo puede explicar lo que sucedió después de aquello? Todo pasó muy deprisa. Empezó hablando de su «estilo de comunicación»: Noelle había pasado dos días sin hablarle y él no sabía por qué, ese era su estilo de comunicación. Luego pasó a hablar de sus «lenguajes del amor» (proporcionar los fondos necesarios para las aficiones de ella, las cuales habían pasado a incluir el meterse veneno en la cara hasta que lo distorsionada que se quedaba hacía que se sintiera mejor). Habló de todo ello, solo que todavía le quedaban muchísimos minutos de sesión. Se atrevió a volverse hacia el reloj que tenía al lado, aquel del que nadie hablaba y que solo era para que lo mirara la terapeuta (la peor parte de toda sesión, las miradas discretas que le dedican), y, al ver que todavía le quedaba una buena media hora, añadió:

—No sé qué más decirle. No sé por qué es tan infeliz.

—¿Y usted? —La doctora se dignó a hablar por fin—. ¿Es feliz?

A Beamer no le gustaba aquella pregunta, porque no creía que la felicidad fuera una meta. Era como todas las demás emociones, pasajera, y perseguirla parecía una tarea absurda sin parangón.

—Estoy ocupado, y eso está bien. No pienso mucho en la felicidad.

—¿Por qué no?

Se lo pensó durante unos segundos y terminó encogiéndose de hombros. Estaba fuera del momento, no viviéndolo de verdad.

—La felicidad para mí es… Está bien. Significa que nunca soy infeliz, porque no vivo en un paradigma en el que la felicidad está en una punta de un espectro. Si no existe, no puede estar en los planes.

—Es que no hay planes, Beamer —explicó ella—, ni paradigma tampoco. Solo tenemos la vida, ¿verdad? E intentamos superarla como podemos.

—Noelle también dice eso —dijo. Quizá tendrían que acudir a un terapeuta varón. Quizás aquello era una diferencia entre hombres y mujeres y un hombre sería capaz de entenderlo, y puede que incluso de explicarle a Noelle que no pasa nada porque un hombre conteste una llamada o se pierda una cita para cenar. ¡Hay mucho que hacer!—. Es una forma de hablar solo, ¿sabe?

—¿Alguna vez piensa en hacer un repaso de lo bueno que tiene en su vida? —le preguntó la terapeuta—. ¿Alguna vez piensa en mirar a su alrededor y hacer una lista de verdad de todo lo bueno que tiene en la vida?

Beamer soltó una carcajada brutal de una sola sílaba.

—Los judíos no hacemos eso.

—¿Habla de ese tema con su terapeuta personal? —quiso saber ella.

Beamer se acordó del condón con relieve que usaba su «terapeuta» al oír la pregunta.

—Hablamos de todo —repuso, antes de añadir—: Es que vivo con mucho estrés. —Echó otro vistazo al reloj y le pareció que había ido hacia atrás.

—No deja de mirar el reloj.

—Sí —admitió—. No sé por qué los terapeutas no quieren que sepamos qué hora es. Es un dato que uno ve para sí mismo, y ahora estoy encerrado en una burbuja.

—¿Se siente encerrado ahora mismo?

Beamer no respondió.

—Puede marcharse cuando quiera, ya lo sabe —dijo ella.

—Ya, para que luego le diga a Noelle que me he ido.

La doctora Lorna no tuvo nada que aportar a aquello. Por un momento, se preguntó qué pasaría si se quedaba allí sin decir nada de nada. Si se echaba una siesta, tal vez. Si aprovechaba el rato para descansar en su sofá.

Solo que entonces también se preguntó si podía decir algo que era cierto, algo que ya tenía en la boca, listo para salir. Bueno, vale, de perdidos al río.

—A veces Noelle me da mucho miedo —confesó—. No, a veces no, siempre. Siempre me da miedo. Ella tiene la llave, tiene todas las cartas. Y podría llevárselo todo en cualquier momento. Siempre lo pienso.

—Parece muy estresante vivir así —repuso la terapeuta.

—Sí que lo es. Mucho.

Y entonces, una vez que se puso a hablar de ello, no pudo parar. Noelle estaba demasiado enfadada con él últimamente como para expresar un interés sincero más allá de los hechos; junto con la animosidad que sentía hacia Beamer, llegó a alejarse de su familia, una con la que se había mostrado amable, a pesar de lo mal que la habían tratado al principio, porque ya no creía que se merecieran ningún favor.

—No va a contar nada de lo que le diga en esta sesión, ¿verdad? —le preguntó a la terapeuta. Porque se había acelerado y no tenía nada a mano a lo que meterle el pene ni nadie que le diera un tortazo ni casi ningún rastro de la Voltereta Mulholland que se había metido por la tarde. Era un animal enjaulado y ya no funcionaba de forma racional.

—Pues... no —repuso ella.

De modo que se lo contó todo. Le habló de su consumo de drogas, incluidas las que lo afectaban en aquel mismo instante. Le contó lo enfadado y triste que estaba por lo de Charlie, que aquello había abierto la veda de su inseguridad acerca de su talento y capacidad. Le contó lo mucho que se esforzaba para seguir adelante. Se lo contó todo.

—De verdad que no puede decir nada, ¿no?

—No puedo. No diré nada.

—¿Seguro? —El remordimiento lo carcomía por dentro.

—No puedo —le aseguró ella—. Pero debería... Debería pensar lo que implican los secretos que mantiene. No es un matrimonio. —Y, una vez más—: ¿Habla con su terapeuta de todo esto?

Sin embargo, una vez que había empezado, de verdad que no podía parar. Le explicó que su terapeuta no era una terapeuta de verdad, sino una dominatrix de Encino a la que iba a ver cada semana, no fuera a ser que su mundo entrara en el reino similar al negativo de una foto en el que se sumía siempre que no se encargaba de su degradación. ¿Ves? Cuando digo todo, es todo.

Y, una vez más, por si acaso:

—¿Seguro que no le va a contar nada a Noelle?

Para entonces, la doctora Lorna se había quedado sin palabras.

—Se nos ha acabado el tiempo —dijo sin mirar el reloj, aunque no con la cara triste falsa que ponía siempre, sino con una expresión de la más pura estupefacción.

De modo que no, no le sorprendía nada que la terapeuta no quisiera verlos, aunque en aquella noche en concreto no iba a ser él quien le contara a Noelle por qué.

—¿Sabes qué? —preguntó él—. No me caía bien, la verdad. Era muy criticona.

—Pues parece que nosotros tampoco le caemos muy bien —respondió ella—. Creo que es como lo de los cirujanos y sus estadísticas; ha dejado de vernos porque no tiene ninguna esperanza de que vayamos a solucionar las cosas.

Tal vez fuera cierto. No obstante, como contrapunto: en el fondo de las mentiras, cuando uno ya no puede hundirse más porque no hay un lugar inferior al que descender, el cerebro encuentra el optimismo.

¿Y si podían salvarlo? ¿Y si, al haberse librado de la terapeuta, el cáncer se había quedado con ella y no con él? ¿Y si se había liberado al soltarlo todo? Noelle ni siquiera entendía que estaba en pleno comienzo desde cero.

Estaba bien que los dos estuvieran a solas en la cocina, sin nadie más. Recordó la playa en la que le propuso matrimonio y vio la cara que tenía con total claridad. También veía todos los retoques horribles que se había hecho desde entonces, pero fue capaz de comprender que los dos rostros pertenecían a la misma persona. El corazón se le rompió una vez más.

—Pues mira, yo me alegro de que tengamos una noche libre —dijo Beamer—. ¿Qué te parece si salimos a cenar o a ver una peli? Así a lo mejor te acuerdas de que en otros tiempos te caía bien. —Intentó quitarle peso a la situación, en vano.

Noelle se negó a contestarle.

—Venga —insistió—. Podemos ir a ese restaurante de Brentwood, el de los perritos calientes con caviar.

—No podremos reservar mesa.

—Que sí, ya verás.

—Quizá sea mejor que nos quedemos en casa —dijo ella—. Mañana tenemos el recital de Liesl.

—Podemos tener una cita por fin, ¿no es eso lo que nos decía siempre la doctora Lorna? ¿O la idea es que usemos nuestra noche libre para ir a ver a una terapeuta que nos diga que necesitamos una cita? A mí me parece absurdo. Venga, levanta que nos vamos.

Noelle cedió por fin. Sin embargo, cuando llegaron al restaurante de Brentwood, había dos horas de espera, reducidas a hora y media cuando Beamer le dio un billete de cincuenta dólares al camarero. Beamer y Noelle se quedaron en el exterior y el silencio se tornó peligroso hasta que ella dijo algo de repente.

—¿Sabes? La mujer a la que voy a ver está por aquí.

—¿Cuál de ellas? —preguntó Beamer.

—La vidente, la del tarot. Mientras hacemos tiempo, podríamos...

—¿También tienes una vidente ahora?

—Es divertido, es interesante. Todas lo hacen. Di que sí, porfa. Seguro que ni está.

Se dirigieron a un minicentro comercial a tres manzanas de distancia, donde un escaparate de la segunda planta que decía «Descubre tu futuro» parpadeaba de color rosa neón.

—¿Es ahí adonde vas? —preguntó Beamer.

—Es como con los restaurantes tailandeses, los mejores están en los centros comerciales. No sé por qué pasa.

—Creía que ibas a aquella dermatóloga.

—Sí, pero entonces las chicas del cabal y yo empezamos a venir aquí también. Es... Ya verás.

Beamer empezó a notar el agotamiento conforme subían por las escaleras.

La mujer que abrió la puerta y saludó a su mujer con una calidez e intimidad que lo sorprendió parecía estar hecha de seis etnias distintas. Llevaba un chándal rosa que decía «Sexi» en el trasero y un jersey de fútbol americano falso que decía «Rosa» en lugar del nombre de un jugador. Tenía treinta o sesenta años, con unas cejas oscuras y una melena frágil y teñida, como las prostitutas de Middle Rock, además de unas pestañas postizas que hacían que pareciera que unas tarántulas le devoraban los ojos.

Le dio un abrazo a Noelle que incluía puntos de contacto en la mejilla, el pecho, la pelvis y las rodillas. Beamer captó el hedor a cigarrillo rancio que desprendía, aquel que no se elimina con una sola ducha.

—¡Lo has traído! —exclamó la mujer cuando por fin dejaron de abrazarse. Tenía una voz tan ronca que parecía que ya se la habían cambiado por la prótesis fonatoria que sin duda le deparaba el futuro.

—Lo he traído —confirmó Noelle—. Aquí lo tienes.

La vidente, sin presentarse ante Beamer siquiera, dijo:

—¡Llevo meses pidiéndole que te traiga a verme! Mira que le decía que no podía mirarte el alma a menos que el alma en cuestión estuviera aquí, que no funciona así, que no es como en las películas. Una sudadera no sirve, y un mechón de pelo tampoco. Eso es cosa de las películas, así tal cual se lo dije. Que soy una médium, ¡no Dios! —Se santiguó al decirlo, alzando la mirada hacia su supuesta deidad.

Beamer no tenía ni idea de que Noelle le había llevado una sudadera y un mechón de pelo suyos a la mujer.

—A ver que te vea bien —dijo la vidente.

¿Cuándo le había cortado el pelo?

—Todo tuyo —repuso Noelle.

Beamer se sentó en una sala que le recordó a un restaurante indio de Manhattan al que solía ir con Charlie en su etapa de universitarios. Estaba en penumbra, con lucecitas de Navidad colgadas en cuatro direcciones distintas. Había un televisor gigante e imponente y un sofá cama que estaba demasiado cerca de la pantalla, además de una cajetilla de cigarrillos More Light. Se quedó mirando la cajetilla.

La mujer lo examinó de arriba abajo, con expresión seria. Tenía los ojos nublados, con lo que parecían ser los primeros indicios del glaucoma.

—Mmmmmm —soltó.

—¿Qué pasa? —quiso saber Noelle.

La vidente se detuvo y miró a Beamer a los ojos de un modo profundo y sostenido que él no era capaz ni de concebir. Se quedó helado, petrificado. Le entró tantísimo miedo de sopetón, como si la mujer fuera a ser capaz de descubrir algo sobre él de verdad, que quiso darse media vuelta y salir corriendo.

—Tu tercer ojo... —dijo—. No está claro.

—No sé qué significa eso —repuso Beamer.

—Es tu creatividad. Te impide hacer lo que tienes que hacer, estás paralizado. No puedes pensar.

—Acabo de terminar un guion y estoy cansado —dijo—. Seguro que es eso.

Solo que la mujer no le hizo ni caso y siguió mirándole la frente como si tuviera una mancha.

—Tu tercer ojo tiene mucha mugre. Hace muchos años que no ves con claridad; dejas que los demás vean por ti.

—No sé... No sé qué significa eso.

—No soy capaz de ver si eres buena persona o no —dijo.

—Oye, no te pases —se quejó Beamer.

—No está claro. Tienes tantas capas encima que no te veo. Estás rodeado de nubes. No lo había visto nunca. —Se puso a apartar nubes imaginarias de su alrededor, tiraba de ellas como si fueran trocitos de algodón y las arrojaba al suelo—. Cada vez que arranco una, sale otra.

La vidente se dio por vencida, se sentó y sacó un mazo gigantesco de cartas de tarot gruesas. Sin romper el contacto visual, barajó y sacó unas cuantas cartas que colocó delante de él.

—La Emperadora. El Emperador. El diez de copas. El diez de oros. Mmm. Ah. Vale. Ajá. Mmm.

—¿Qué significan? —quiso saber Noelle. Beamer la odió durante un instante breve pero violento; odió lo estúpida que era por creerse aquellas sandeces, odió su traición por haber preguntado siquiera.

La mujer sacó una última carta.

—El Diablo. —Alzó la mirada hacia Noelle—. Esto no pinta nada bien.

Beamer se puso en pie.

—Lo siento, pero tenemos una reserva. Ha sido divertido, pero tenemos que ir a cenar. Noelle, venga, vamos a cenar. ¿Qué te debo?

No esperó a que le contestara, sino que salió pitando de la sala. Había tenido un día tan bueno, tan lleno de optimismo... Bajó a la calle y se quedó esperando sobre el asfalto, en un lugar del parking designado como Reservado para el propietario. Le dieron ganas de que dicho propietario aparcara y se lo llevara por delante.

Cinco minutos después, Noelle bajó. Estaba llorando.

—Noelle, esa mujer es una charlatana y una estafadora. ¡Se está aprovechando de ti!

Su mujer negó con la cabeza, incapaz de decir nada.

—¿Qué? Quiere asustarte para que vuelvas. Es una ladrona, Noelle. No es tu familia. —Alzó las manos como si quisiera pedirle que lo cacheara—. Mírame, ¿tú ves alguna nube? Sabe que tienes pasta y quiere aprovecharse de ti. ¿Cómo puede ser que no te des cuenta?

—Eres tú el que se aprovecha de mí —dijo ella al fin—. Te aprovechas de que nunca pregunto nada.

Abrió la boca para objetar, pero no dijo nada. En su lugar, la miró plantada en aquel parking y le vio la cara, lo mucho que había cambiado. Una luz celestial brillaba a través de ella, una luz que su madre le había garantizado que no iba a tener nunca. Que le dieran a su madre.

—Sé que crees que no pregunto nada porque no puedo. No es eso. —Las lágrimas comenzaron a deslizársele por las mejillas—.

Es porque no quiero rebajarme, Beamer. Si tuviera que preguntar… —Dejó la frase en el aire.

Beamer alzó una mano para acunarle su mejilla hinchada y dura. Al mirar a su mujer, se llenó de coraje y se apiadó de ella, por lo que concedió que no todo eran imaginaciones suyas.

—No sé si me querrías si me conocieras de verdad —admitió. No recordaba haberse sentido tan cansado en ningún momento.

—Esas cartas… significan divorcio. Significan separación, un final. No había esperanza en esas cartas. —Se había puesto a llorar más aún, y él se sintió tan desesperado que quiso asfixiarla para que dejara de sufrir.

En su lugar, le apoyó las manos en los hombros y notó su cabello rubio y suave entre los dedos. Lo embargó una sensación de unidad respecto a ellos dos, de certeza. Ella era su enfermedad crónica, pero él era la de ella también.

—No somos las cartas del divorcio, Noelle —dijo Beamer—. Ni siquiera son cartas de divorcio, vaya. El mazo representa todas las posibilidades, y eso es lo que somos nosotros. Somos todas las cartas. ¿No lo ves? Tú y yo somos el mazo entero.

La atrajo hacia él, y ella se quedó inmóvil como una muñeca de trapo. Se aferró a ella y la imbuyó de hasta el último atisbo de esperanza que tenía. Aunque no era mucho, pensaba dárselo todo.

Fue un momento infinito en el que rezó para que le hiciera caso, para que se ablandara y lo perdonara, para que se decidiera, pero tardó tanto que creyó que aquello era el final. Solo que entonces lo miró a los ojos…

—¿Crees que la mesa ya estará lista? —preguntó Noelle.

… y supo que tenía una última oportunidad.

Al día siguiente era el recital de Liesl.

—Voy a ir a ver a Charlie —le contó Beamer a su mujer por la mañana—. Dejaré a los niños por el camino. ¿Nos vemos esta noche en el recital?

—Solo permiten un coche por familia porque es un acto para toda la escuela —dijo ella—. ¿Quieres que te vaya a buscar a la oficina?

—Ya paso a recogerte yo —propuso—. A las cinco, así tenemos tiempo de sobra por si hay atasco.

Noelle parecía cansada, pero no enfadada. Le valía.

Beamer puso la sinfonía de Mahler en el coche. En el asiento de atrás, Wolfie jugaba con su mochila en miniatura mientras Liesl se alisaba el vestido azul celeste reluciente que llevaba para la noche y no dejaba de parlotear.

—Los otros niños, los otros músicos, tienen que ir de azul oscuro y blanco, pero el chico del solo de piano y yo podemos ir de azul claro. Para destacar.

—Es la primera vez que te veo nerviosa —le dijo su padre.

—¡Es la primera vez que me siento así! —contestó ella.

—¡Yo también estoy nervioso! —aportó Wolfie, y Beamer y Liesl se echaron a reír.

—Tengo muchas ganas de verte esta noche —le dijo él conforme salían del coche camino a la escuela—. Lo vas a hacer genial.

Charlie ya estaba en la mesa de la esquina, mandando mensajes con el móvil, cuando Beamer entró en la cafetería, con el móvil en una oreja, hablando con nadie.

—Un desastre, sí —le estaba diciendo Beamer a la persona inexistente con la que hablaba.

Con un ademán de la cabeza a Charlie, se sentó.

—Haz lo que tengas que hacer —continuó Beamer al teléfono—. Vale, perfecto. Chao.

Le colgó a nadie.

—¿Va todo bien? —le preguntó Charlie. Parecía estar hecho un roble, con sus vaqueros y su camisa blanca, parecía... ¿Cómo se decía? Parecía adulto.

—Sí, ya sabes, lo de siempre —repuso él—. ¿Qué tal tú?

—Melissa va a salir de cuentas en cualquier momento, y yo estoy grabando el quinto episodio. No sé si voy a conseguir terminarlo antes de que llegue el bebé.

—Qué emocionante —dijo Beamer—, ¿verdad? El tercero, como en tu familia.

—¡Y en la tuya! Melissa me convenció. Por mí habríamos parado con el segundo, pero ya sabes. Ahora creo que el tercero será algo positivo y exponencial.

A Beamer le entraron unas ganas tan repentinas como breves de ser el tercer hijo de su amigo.

—Bueno —dijo Charlie—, así que *Santiago*.

—*Santiago* —repuso Beamer, tras inhalar hondo y de forma dramática.

—Es una locura pensar que llevamos pensando en este tipo desde… ¿Cuánto hace ya? Veinte años, ¿verdad? ¿O más? Es como si nosotros cambiáramos, pero él siempre siguiera igual.

— … Ya. —Beamer no sabía a dónde quería ir a parar y tampoco le gustaba.

—Supongo que… —empezó a decir él—. Supongo que lo que me preguntaba cuando lo leía era… Mira, no quiero que te enfades.

—No te preocupes —dijo Beamer, o bien lo intentó, no le quedaba claro.

—¿Qué es lo que quieres hacer?

—¿Qué quieres decir?

—O sea, ¿por qué has escrito eso?

—¿Ese es tu comentario? Vaya.

—No te pongas a la defensiva.

—¿Con esa pregunta? ¿Cómo no me voy a poner a la defensiva?

—No lo digo por nada malo. El guion es pasable. O sea, está bien. Es que… he hablado con Jeremy sobre él.

—No sé si se lo ha leído aún.

—Sí, hablamos de eso.

Existe un abismo entre que un agente no responda a su cliente y que hable de su guion a sus espaldas con su excompañero sin haberle comunicado siquiera que había recibido el guion en sí. Beamer se percató de que se acababa de caer a dicho abismo.

—¿Y qué le has dicho? —quiso saber Beamer—. ¿Qué te ha dicho él? A lo mejor alguien se digna a contármelo.

—Está bien, ¿sabes? Quizá no es la película más adecuada para los tiempos que corren, aunque siempre tendrá su público, o quizá se va directamente a *streaming* o lo que sea, pero... Creo que tienes que tomarte mi pregunta sin indirectas. ¿Por qué has escrito eso?

—No sé, porque es nuestra historia, ¿no?

—No te pongas así.

—¿Cómo quieres que me ponga? Te pedí que lo leyeras y creía que íbamos a tener una buena conversación sobre el tema, que quizás íbamos a ponernos a rememorar, que, no sé, que quizá podías tranquilizarme y decirme que no eras tú quien... Pero ahora ni siquiera se te ocurre algo que decirme que sea educado. Ni siquiera un cumplido mezclado con las críticas. ¿Dices que es tolerable?

—He dicho «pasable».

—Ah, sí, mucho mejor, dónde va a parar.

—¿Me dejas terminar, por favor? —se quejó Charlie—. Por Dios, haces que mantener una conversación contigo sea muy difícil. Me he puesto a sudar y todo.

—¿Esto es una conversación?

—Pues sí; yo te hago una pregunta y tú la respondes. ¿Por qué quieres hacer esa película? ¿Por qué quieres escribirla? —Y entonces, con un gesto de paz y una expresión más amable, añadió—: No te lo digo para ser cruel. El guion está bien, como te decía. Aunque tiene unos anacronismos un poco chungos. Pero me lo estaba leyendo y creo que me imaginé a Mort como tu padre. Sé que es un límite que no hay que cruzar, así que no hablaré de lo que nunca hablamos incluso cuando hablamos de eso, pero mi pregunta es... Espera, que rebobino. Yo hice esas pelis contigo porque éramos jóvenes y estábamos empezando en el mundillo, ¿verdad?

—Sí.

—Y ahora que ya sabemos más o menos lo que hacemos, creo que volví a la pregunta de por qué quise hacerme guionista.

¿Verdad? O sea, ¿el objetivo es que siempre hagamos lo mismo una y otra vez? ¿El objetivo es que descubramos qué es lo que quiere un estudio para amoldarnos a eso? Pues yo creo que no. Yo creo que eso es lo que creíamos antes, solo que ahora ya no hace falta.

—Ya, ajá. Mira, si tan poco te ha gustado...

—No es que no me haya gustado, Beam. —Charlie llevaba unas gafas de carey, y se las quitó para dejarlas sobre la mesa y frotarse el puente de la nariz—. Es que no se supone que debas hacer tu primer proyecto toda la vida. No te hiciste guionista para escribir siempre lo mismo. El guion está bien, te lo digo en serio. Bueno, es un poco raro que secuestren a la novia mientras Jorge ya está buscando a Mort. O sea, ¿dos secuestros a la vez? Pero bueno, no me refería a eso. Te decía que... —Cerró los ojos y, al volver a abrirlos, respiró hondo—. Beamer, no tienes por qué hacerlo.

Beamer no se movió ni un ápice.

—Eres rico. Te llega el dinero solo por haber nacido, y puedes escribir sobre el tema que quieras. Yo hacía lo de las pelis de *Santiago* por...

—¿Por dinero?

—No, no es... Bueno, sí. Necesitaba el dinero. Pero también estaba descubriendo cómo funcionaba todo. Quería hacerlo bien, y en los noventa eso era lo que quería el público, guiones así. No creo que nadie espere que te des de bruces con tu obra maestra o lo que sea con lo primero que uno escribe, y menos si es una peli de acción del montón con personajes planos.

Beamer se sintió traicionado.

—Santiago no está en México, ¿sabes? —continuó Charlie—. ¿Cómo nos las arreglamos para hacer estas pelis? Tenemos suerte de que todavía acepten reunirse con nosotros en los estudios.

Beamer lo asimiló todo. Charlie lo estaba observando para ver cómo le sentaba la conversación.

—Pues mira, yo creo que te has vuelto un esnob, Charlie. Antes nos encantaban esas cosas, pasábamos el día viéndolas y...

—Claro, cuando éramos jóvenes. Y creamos la saga para personas como nosotros y eso era lo que había. Pero ¿en quiénes nos hemos convertido? Ahora que tengo algo de dinero, ahora que he aprendido, ¿qué es lo que quiero transmitirle al mundo? ¿Qué es lo que haría ahora para que los demás me entendieran, para que entendieran cómo soy? Busco catarsis, drama, algo nuevo, algo que haga avanzar el mundo.

—Y eso es *Negocio familiar*.

—Sí —asintió Charlie—. Eso es *Negocio familiar*.

—Y esa es la historia que llevabas dentro.

—Exacto. —Solo que entonces fue a Charlie a quien no le gustó el derrotero que había tomado la conversación.

—Aunque trate de mi familia.

—Perdona, ¿cómo dices?

—Es que está muy claro. *Negocio familiar* va sobre mi familia, nos has quitado la historia. La fábrica, mis abuelos, mis hermanos.

—¡No es eso!

—¿Cómo que no es eso? ¿Me estás vacilando? Venga ya, Charlie.

—Solo es… Es una familia, ¿sabes? Una familia con dinero. No sois vosotros.

—Tampoco es tu familia.

—No, no lo es. —Charlie volvió a ponerse las gafas—. Mi padre es un profesor de economía que se jubiló hace cinco años y ahora pinta. Mi madre no ha trabajado nunca. Viven en el mismo estercolero diminuto en el que me crie, lejos de la costa, rodeados de ricos, y él está a solas con su intelecto y no puede llevarse a su mujer y a sus hijos de vacaciones. *Negocio familiar* es su protesta, es lo que oía yo cuando era pequeño.

—¿Su protesta contra mi familia? —quiso saber Beamer.

—No, no. No, de verdad. Es… Es su protesta contra todas las familias. Es lo que lo motivaba a seguir cuando todos los demás tenían muchísimo más dinero que él. Supongo que nunca lo he olvidado. Pero no trata de ti, ni de tu familia, no de forma literal. —Charlie se miró las manos—. O quizá sí, no sé. En el fondo, os veo como a todas las personas que tenían tantísimos recursos cuando yo era pequeño, y quizá se convirtió en mi protesta también. Puede que la serie sea una aglomeración de todas las personas a las que conozco, pero tal vez tú eres el más cercano de esos, así que te ves de forma más nítida. No sé. Solo sé que, si tuviera lo que tienes tú, no reescribiría la saga de *Santiago*, eso es lo que intento decirte. Tendrías que pararte a reflexionar y preguntarte si quieres aportar otra peli de la saga o si tienes algo que decirle al mundo. Yo creo… Creo que sí que tienes algo que has intentado comunicarle al mundo, Beam. Sé que es así.

—Solo quería saber si el guion estaba bien.

—Da igual si está bien, lo que importa es que no es lo que deberías escribir. ¿Me oyes? No lo hagas. Escribe tu propia historia, eso que está claro que has necesitado escribir desde siempre.

Cuando la conversación llegó a su fin y Charlie tuvo que volver al rodaje, Beamer se quedó en la mesa una hora más, y luego otra y otra. Estaba intentando recordar qué pensaba hacía tantos años, cuando Charlie y él cumplimentaron el formulario para matricularse en la Universidad de Nueva York. Los dos se habían quedado en la mesa de la cocina de los Messinger y se daban turnos en una máquina de escribir para responder a los párrafos del formulario de la universidad sobre lo que querían hacer en el mundo. ¿Cómo podía habérsele olvidado lo que había contestado? ¿Acaso había estado copiando de Charlie desde hacía tanto tiempo?

En la cafetería, no tenía nada más que hacer que quedarse con la mirada perdida hasta que la camarera le dijo que necesitaban la mesa para la hora punta de las comidas. Pagó la cuenta y se marchó.

La verdad, había esperado oír que lo felicitaba por haberlo hecho bien.

Beamer se tambaleó de vuelta a la oficina, sin saber qué hacer después. No podía quedarse quieto, pero tampoco soportaba quedarse mirando el ordenador. Sin embargo, lo que menos soportaba era que no podía dejar de pensar en lo que le había dicho Charlie, que «estaba claro» que tenía algo que decir. ¿Cómo que estaba claro? ¿Seguro? Ni se imaginaba lo que podía haberle querido decir. Ojalá se lo hubiera preguntado. Qué triste era el querer habérselo preguntado.

Se puso a dar vueltas por el despacho. Miró las estanterías llenas de libros que no había leído. Se puso de rodillas en el suelo y rebuscó en el cajón de su escritorio, el de más abajo, el que podría estar lleno de archivos si no lo hubiera llenado ya de basura. Rebuscó entre contratos viejos y revistas hasta que encontró una ampolla ámbar de modafinilo que le había robado a Noelle cuando había pasado por un brote depresivo (aunque al médico le dijo que tenía sueño). Se trataba de unas pastillas estimulantes y llevaban tanto tiempo caducadas que se tomó tres, para poder notar el efecto antes y de forma más pronunciada, porque a veces la eficacia de un medicamento disminuía con el paso del tiempo y por eso era importante

¡NO! ¡CON ESAS NO! ¡ESAS SÍ QUE LE VALÍAN!

Era emocionante, estimulante, perfecto. ¡Bien! Rebuscó unas cuantas más por el escritorio.

Le sonó el móvil con un mensaje de Jenny.

¿Te han dado la paga?

Pulsó el botón para volver a apagar la pantalla. Estaba al borde de un precipicio, o tal vez en un umbral antes del borde de un precipicio. Tenía que escribir sobre eso. ¿O debería escribir sobre lo que le había ocurrido a su padre? ¿El s-e-c-u-e-s-t-r-o de su padre era aquello sobre lo que Charlie creía que tenía que escribir? ¿Acaso no llevaba toda la vida escribiendo sobre secuestros?

Intentó imaginar más temas sobre los que podía escribir, solo que no se le ocurrió nada más allá de lo que le había sucedido la noche anterior. Justo antes de que la vidente le dijera a su mujer que Beamer era el diablo en persona, le había dicho algo sobre su tercer ojo. Sí, el tercer ojo, ese era el problema. Tenía la respuesta en las narices, algo muy obvio que no lograba divisar porque su tercer ojo estaba bloqueado. ¡Pues claro! Era lo único que tenía sentido, ¿no? Sí. Si bien no era alguien que normalmente creyera en la sabiduría de una vidente de centro comercial, en aquel momento estaba dispuesto a creer en lo que fuera.

Corte a: en cuestión de minutos, estaba en el coche, en el aparcamiento, mirando el cartel de neón que rezaba Descubre tu futuro, pensando qué hacer. Su parte sensata no quería volver a encontrarse con una mujer que estaba claro que sabía de qué pie cojeaba. Sin embargo, igual que sabía de qué pie cojeaba, quizá también conociera la solución.

Le echó un vistazo al móvil y vio un mensaje de Noelle:

¿Todavía estamos a tiempo? Quiero ir a comprarle flores para después del recital.

Reaccionó con un pulgar hacia arriba al mensaje y dejó el móvil a un lado porque la vidente salió con su atuendo horrible de la noche anterior. Estaba en el balcón de la segunda planta, donde se encendió un cigarro y se quedó mirando el horizonte con expresión melancólica.

Poco a poco, como si intentara no asustar a un bicho antes de matarlo, salió del coche.

—Hola —la saludó desde abajo, nada más cerrar la puerta del coche.

—¿Quién eres? —La mujer lo miró con ojos entornados.

—Soy Beamer Fletcher —exclamó, y alzó las manos en un gesto de «no me dispares».

—El marido de Noelle —soltó. Adoptó una pose de defensa de kárate; no era la primera vez que un marido enfadado se presentaba en su establecimiento. Beamer se percató de que en la mano en la que no tenía el cigarro llevaba un inhalador para el asma.

—No he venido... No he venido por lo del divorcio, ni porque dijeras que soy... Lo que fuera que dijeras sobre mí. Es que tengo otra pregunta.

—¿Qué quieres? —La mujer se relajó un poco—. ¿Noelle sabe que has venido?

—No, no. O sea, no es que no lo sepa. Está en casa. Es que pasaba por aquí y... Quería preguntarte algo sobre lo de ayer.

Empezó a avanzar, pero la mujer se asustó.

—¿Por qué no te quedas ahí abajo un rato? —preguntó.

—No voy a hacerte nada. Solo quiero preguntarte... Eso que dijiste de mi tercer ojo, ¿qué le pasa? ¿Qué significa?

—Ah —dijo ella, y se relajó otra vez—. Sube, sube, no hay problema. ¿Has traído dinero?

—Puedo ir a por él.

En su pequeño salón, el televisor gigante mostraba un *reality* sobre personas que trabajan en un barco y se acuestan unas con otras.

—Siéntate —le pidió la mujer.

—¿Cómo te llamas?

—Phyllis —respondió ella.

Casi se atragantó del susto.

—Phyllis, vale. Phyllis. Phyllis, necesito que me ayudes a saber qué me pasa, porque es verdad. Tengo un problema en el tercer ojo, como me dijiste. Está tapado, y ya no veo nada. Todo está ahí, como si lo viera pero no lo distinguiera, algo así. Es verdad. Todo lo que dijiste es verdad.

—Phyllis siempre tiene razón, chato. —La mujer hizo el ademán de tomarle la mano, pero él se echó atrás—. Tengo que verla —dijo—. Necesito ver.

Poco a poco, Beamer estiró la mano delante de la vidente y la miró a la cara. Se imaginó que la palma de su mano era un mapa de sus indiscreciones.

Phyllis asintió.

—¿Qué pasa? —preguntó él.

—Lo que veo es que no tienes por qué estar así. Veo que lo que hace que seas un mal marido para la pobre Noelle es también lo que te bloquea el tercer ojo.

—¿Y qué es eso? ¿Qué se supone que tengo que hacer, cómo se arregla?

—¿Te has tomado algo esta mañana? —Phyllis seguía mirándole la mano.

—¿A qué te refieres?

—¿Te tomas algún medicamento?

—No, no es nada de eso.

—Quiero verte las venas del brazo, porque a veces cuentan historias. —Lo remangó—. ¿Qué es eso?

—Un parche de nicotina —contestó él.

—¿Estás intentando dejar de fumar?

—Sí.

La mujer puso una expresión poco convencida antes de seguir hablando.

—Sí, ya te veo. Veo qué problemas tienes. Veo lo que le haces a la pobre Noelle...

Beamer intentó objetárselo, solo que no sabía qué era lo que sabía de verdad ni qué pruebas tenía.

—Mira, solo tenía una pregunta —dijo él—. Si no puedes contestarme...

—Quiero diez mil dólares.

—Perdona, ¿cómo dices?

—Que me des diez mil dólares. Veo que no conseguirás nada hasta que te despeje el tercer ojo. Puedo ayudarte con eso.

—Por diez mil dólares.

—Sí, eso es lo que vale. Has dicho que tenías dinero.

Tendría que haber aparcado en otra calle para que no le viera el coche.

—No tengo tanto dinero ahora mismo —dijo—, nadie lo tiene. Nadie lleva diez mil dólares encima un día cualquiera.

—Sí que lo tienes. ¿Vas a intentar convencerme de que no?

Una vez más, se quedó confuso porque no sabía lo que ella había averiguado a través de Noelle, lo que sabía por ser vidente (sí, sabía lo absurdo que sonaba eso) y lo que solo eran paparruchadas propias de una charlatana estafadora.

—¿De verdad querrías consultar con otros expertos? —insistió Phyllis—. Despejar un tercer ojo no es una tarea sencilla. Hay capas, hay nubes, hay fuerzas con las que tendré que batirme en duelo. ¡Hay muchos que ni siquiera son capaces de diagnosticar el problema!

—¿Cómo...? ¿Cómo lo haces? —quiso saber Beamer.

—Lo hago y ya está, ¡no me quieras sonsacar mis secretos!

Esto es lo que jugaba a favor de la mujer: por algún misterio de la vida, se llamaba Phyllis. Hasta el momento, no se había equivocado con nada. Si decía que su tercer ojo, la fuente de su talento, estaba ofuscado o lo que fuera, ¿qué prueba tenía él de que era mentira? ¿Cómo era la frase de los ateos y las trincheras? Lo que decían de los ateos en las trincheras era que estaban dispuestos a pagar diez mil machacantes para despejarse el tercer ojo por si daba la casualidad de que la brujería podía resolver el problema.

Le mandó el dinero *ipso facto*, mediante la app del banco que tenía en el móvil, y se saltó todas las advertencias sobre fraude, extorsión y estafas y sobre todas las personas del mundo que estaban dispuestas a aprovecharse del prójimo. Mientras lo mandaba y esperaba el pitido en el móvil de ella para confirmar que lo había recibido, vio con el rabillo del ojo que tenía menos saldo que de costumbre, y el corazón le dio un vuelco. O bien era una señal de que no tendría que haberlo hecho o bien de que era justo lo que tenía que hacer. Intentó recordar qué día era, cuánto faltaba para que le llegara el pago trimestral de la fábrica, pero se dio cuenta de que no sabía ni en qué mes vivía.

—¿Cuánto tardará? —quiso saber Beamer.

—Es un proceso. Es arte, no ciencia. Tengo que intentar varios métodos. —Miró en derredor hasta que se centró en una mesita cerca de la puerta. Se puso de pie, cruzó el salón y recogió una cuerdecita, algo que había sobrado de algún envoltorio—. Toma —añadió, entregándoselo.

—¿Qué es?

—Es nuestra cuerda, nuestra conexión. Yo tengo una igual. Voy a ponerme a trabajar con ella.

—¿Y ya está? ¿Nada más?

—Es algo más que eso. Es una cuerda sagrada; claro que es algo más que eso. Mírala hoy a las tres de la tarde. Asegúrate de que a esa hora estés abierto y disponible y dispuesto.

—¿A qué?

—Solo asegúrate de que así sea. Tienes que estar abierto, disponible y, sobre todo, dispuesto.

¿Por qué será que solo lo imposible era lo que le parecía cierto?

Corte a: Beamer sentado en el coche, mirando el móvil. Jenny le había mandado otro mensaje.

A mí no me ha llegado aún.

La visión se le tornó más estrecha y volvió a la oficina. Quería estar en su escritorio cuando dieran las tres de la tarde y se le despejara el tercer ojo.

Corte a: Beamer en su escritorio. Se percató de que todavía no había comido nada, pero había asistido a suficientes celebraciones del Yom Kipur como para saber que se decía que la revelación se producía en un receptáculo vacío.

Se acercaba el momento. Eran las dos y media.

Intentó captar lo que había en el ambiente. Cerró los ojos. Algo del momento (el dolor de su conversación con Charlie, la constricción asfixiante de sus vasos sanguíneos) le dejó muy claro que el problema había sido haber metido con calzador un secuestro como elemento en todas sus historias, la violencia de una desaparición. Pero ¿cuál era la historia de verdad?

Oye, ¿estás por ahí? (Jenny otra vez).

Y entonces dieron las tres de la tarde, y ¿fue casualidad que se diera cuenta del problema justo entonces? No podía ser. Debería escribir sobre un secuestro, sí, pero de un modo distinto a los de las películas de *Santiago*.

No debería ser algo salvaje y comercial, sino todo lo contrario.

Debía ser una pequeña historia sobre un niño pequeño que espera en el coche a que su madre termine un recado en el banco cuando, de sopetón, un ladrón se lleva el coche sin saber que hay un niño detrás.

Se sentó delante de su ordenador. Preparado, listo, ya. ¿O eso ya lo había dicho?

Se dio cuenta de que el modafinilo, que le saciaba el apetito, podía estar provocándole mareos. Comer era importante, en cualquier caso.

Corte a: Beamer haciendo cola en Chipotle, donde Noelle jamás de los jamases pediría comida a domicilio, pisaría o pasaría por delante siquiera, conforme la historia le seguía llegando a la mente.

La madre dejó al niño para ir a hacer un recado, para ir al supermercado o algo, por mucho que podría habérselo llevado consigo, pero odia lo lento que puede ser y que siempre quiere llenar el carro de cosas que no son pollo ni arroz. El niño se queda sentado y espera, pero, cuando se abre la puerta del lado del conductor, quien entra no es su madre, sino un hombre que da miedo.

Creo que es la primera vez que pasa. ¿Hola? (ibid.)

El niño tiene miedo, por lo que se esconde en la alfombra del coche, y el ladrón no descubre la presencia del polizón hasta que ya ha llegado a la fábrica. El ladrón lo mete en el edificio y lo encadena al radiador, y el niño no recuerda nada más después de aquello, salvo que ocurrió; que lo que le sucedió fue un hecho. Y luego, un día, ve unas luces brillantes y unos policías entran en la fábrica y lo salvan. Sin embargo, nunca encuentran al secuestrador.

Corte a: Beamer en su ordenador otra vez, pero, justo cuando iba a ponerse a escribir, vio un parche de nicotina tirado en el suelo, y luego otro. Un caminito de parches arrugados que se le deben haber caído. Tenía que ir a una farmacia a por más. Se había hecho tan adicto a la nicotina como alguien que se había pasado veinte años con cuatro cajetillas al día. Cuando sacó el móvil para pagar, vio:

Llámame cuando puedas, creo que pasa algo raro.
(Otra vez).

Solo que no podía llamarla, porque por fin había encontrado la magia. La magia, no el bufé libre de drogas que se había metido, no señor. Lo notaba. Estaba disponible y abierto y todo ese rollo. Notaba cómo *Santiago* se despedía de él, cómo se alejaba. Ya no necesitaba la saga. Tenía aquello que estaba tan claro que intentaba decir, iba a poder alcanzar el éxito con su propio pie, sin subirse a caballito de Charlie. Iba a subirse a caballito de sí mismo. Él era su propio caballito. Era un caballito.

Así que: el niño crece y acaba estando muy jodido. Lo único que quiere hacer es comerse el mundo y espera que, por el camino, se pueda nutrir por fin; que, de tanto comer, pueda encontrar la vitamina que tanto le pide el cuerpo. Sin embargo, por mucho que lo intente, descubre que nunca es suficiente porque no hay suficiente, ni siquiera en el mundo entero.

Comida. ¿Era posible que tuviera que volver a comer? Solo se había comido un burrito del tamaño de un niño pequeño y unas cuantas de las patatas de acompañamiento (es decir, todas), además de las patatas extra que venían con el guacamole que había pedido. Solo que no podía dejar el escritorio, tenía que escribir. Aunque también era cierto que necesitaba energía. Sacó el móvil para mandarle un mensaje a Sophie, pero se encontró con uno de Jenny.

Vale, acabo de hablar con Nathan. Tenemos que llamarlo. Está pasando algo chungo.

Y entonces, inmediatamente después, recibió un mensaje de
Noelle:

¿Vas tarde?

*El niño crece y se hace un hombre que conoce a una mujer, una
abogada guapa (que no sabe que es guapa, pero sí sabe que es abogada)
que lo encuentra más encantador y atractivo que nadie y se enamora de
él. Ve lo afectado que está por lo que le ocurrió en la infancia, de modo
que investiga un poco y encuentra algunas pistas más, ahora que las
pruebas de ADN son algo posible y fáciles de leer. Y entonces, un buen
día, se le acerca y se arrodilla a sus pies. El hombre se ha convertido en
un jugador de baloncesto famoso, pero sigue estando roto por dentro. La
mujer le cuenta lo que ha descubierto: el secuestrador era alguien a
quien conoce de toda la vida. Era su padre. La persona que se lo llevó y
lo encadenó era su propio padre.*

Le sonó el móvil. Jenny otra vez. Dejó que saltara el buzón
de voz.

*¡Eso, su padre! ¡El secuestrador es el padre! Todo tiene sentido. El
chico va a hablar con su padre, quien se echa a llorar de inmediato. Ha
pasado tantísimos años esperando a que su hijo se enterara de la verdad
sobre lo que ocurrió y ahora lo sabe. El chico no lo soporta más, por lo
que va a ver a su madre y la sacude de los hombros. «¿Por qué me dejaste en el asiento de atrás? ¿Por qué no procuraste que estuviera a salvo?»,
le grita.*

Le volvió a sonar el móvil. Era Noelle.

*La madre llora y le suplica que lo perdone. Se lleva un cuchillo al
pecho, pero el chico se lo impide y le aparta el arma. La madre queda
arrodillada a sus pies, suplicando que la perdone.*

Beamer, llámame, es urgente.

Sin embargo, justo cuando iba a escribir la primera palabra, se dio cuenta de que no debería escribir algo así en un ordenador. No, un proyecto como aquel se merecía que lo hiciera a mano, con un bolígrafo especial, una especie de fetiche.

Corte a: una papelería especializada que estaba a poco más de un kilómetro de allí.

Corte a: otra vez en el escritorio, listo para escribir. El sistema nervioso le activó los antebrazos, los cuales le activaron las muñecas, las cuales mandaron unas corrientes eléctricas a los dedos, pero, justo cuando iba a empezar a soltar las palabras, pegó un bote en el asiento. ¡No! Aún no, todavía no.

Conocía la historia, sabía lo valiosa que era. Tenía algo de valor y había salido de él mismo. La magia seguía en su interior, o tal vez la había encontrado por primera vez. Sabía en lo más hondo de su ser que podía presentar la película en cualquier lugar y que cualquiera que la oyera de pasada siquiera se sentiría afortunado. Que, décadas después, iban a seguir hablando de que estuvieron en la misma sala en la que Beamer Fletcher propuso su obra maestra (no, donde dictó los términos).

También supo algo por primera vez: no era que estuviera incorporando secuestros con torpeza en guiones insulsos porque era vago ni porque le diera miedo la historia de verdad; era que quería mostrar lo que era un secuestro en realidad: algo que se adentra en una vida, sea cual fuere, y se la queda.

Todavía estaba sudando por aquella revelación (charlatana estafadora, ¡echa el freno, por favor!) cuando la siguiente verdad le llegó tan de golpe que se tuvo que sentar porque le fallaban las piernas.

¿Y si...?

Le llegó como un puñetazo al estómago.

Mandy Patinkin.

Vamos a llegar tarde. (De Noelle).

Mandy Patinkin tenía que hacer de su padre.

Tu hija va a mirar al público y no va a ver a sus padres. A ninguno de los dos.

¡Era el papel para el que Mandy Patinkin había nacido! Se imaginó a su padre, a su padre que se parecía un poco a Mandy (no, mucho), y entendió por fin que todo lo que había creado era una carta de amor para Carl, que este tenía un hijo que lo quería y lo entendía. Un hijo que había pasado miedo en el asiento trasero del coche de su madre, igual que el propio Carl, porque ninguno de los dos sabía dónde estaba ni por qué les estaba sucediendo aquello.

Beamer, tienes que llamarme. Parece que nos han jodido pero bien. (De Jenny).

¿Qué te pasa? Llámame. (También de Jenny).

¡Muy buenas! ¿Podemos hablar por teléfono? (Nathan).

Acaban de llamar del cole. Liesl se está poniendo muy nerviosa. Estoy en un Uber. ¿Estás de camino para encontrarte conmigo allí al menos? (Noelle).

Se quedó mirando su cuaderno durante cuarenta y siete minutos, ¡sin parpadear ni una sola vez! Ya le dolía la mano solo de sostener el bolígrafo. ¿Cuánto tiempo hacía que no escribía a mano? Había muchísimos inicios fuertes, muchas formas de empezar. Cada vez que casi terminaba de escribir uno de ellos, se echaba atrás. Era horrible cómo una decisión nueva conseguía eclipsar a las anteriores, era horrible que las palabras le parecieran distintas plasmadas en el papel que cuando las había tenido en la cabeza.

El móvil le sonó en tres ocasiones, y él mandó las llamadas al buzón de voz nada más oír el primer tono. Estaba bajo un embrujo, con el tercer ojo recién despejado, y no podía permitir que lo molestaran. Sabía que aquello que iba a salir de él iba a ser una pepita de oro; no, de platino; no, ¡un diamante!

...

...

...

Beamer qué coño te pasa llámame ya (Jenny).

...

...

Esto es imperdonable. No te lo voy a perdonar en la vida, vamos. No le daré ninguna excusa de tu parte. (Noelle).

Tal vez lo de su tercer ojo era una solución múltiple. Tal vez lo primero que notaba era el ánimo que le volvía a las entrañas, así que quizás el siguiente paso a lo mejor quizá tal vez era poder escribir al menos una sola palabra de verdad en una página de verdad. Sí, tenía sentido.

Sin embargo, tenía que haber algo que pudiera hacer mientras tanto.

Piensa, Fletcher, piensa.

La verdad este es uno de los motivos por los que ya no te soporto (Jenny otra vez).

El móvil le volvió a sonar, y Beamer volvió a mandar la llamada al buzón de voz.

¿Y si el problema era que lo estaba haciendo al revés? ¿Y si la clave era incorporar a Mandy al proyecto y conseguir que lo aprobaran para que luego él pudiera escribir a sus anchas? No sería nada nuevo: un actor da el visto bueno a un proyecto, dice que quiere participar en él, y el guion aparece como un producto de su participación. Sí. Se puso de pie. Tenía que decírselo a alguien. Miró el móvil. No era suficiente.

Que respondas el teléfono (Noelle).

Su agencia estaba a poco más de un kilómetro de la oficina, la agencia en la que trabajaba Jeremy Gottlieb, pero también el agente que representaba a Mandy Patinkin. Lo representaba un socio llamado Fran Sacks, el mismo de cuyo escritorio había salido Jeremy cuando conoció a Beamer y a Charlie.

Le escribió a Jeremy:

Voy de camino

Salió de la oficina y se acercó al coche, solo que entonces, al recordar que uno debe mantener el cuerpo sano, se puso a correr. Era solo un kilómetro, y correr siempre venía bien.

Ya casi había oscurecido, y el sol calentaba como hacía siempre en Los Ángeles, como un capataz implacable hasta el instante en el que desaparecía y daba paso a la noche. Sin embargo, era lo que quería Beamer. Quería notar el sol en la cabeza, el calor en el cuerpo, la polución en los pulmones. ¡Estaba corriendo de verdad!

Llegó a la agencia, donde la recepcionista le pidió que esperara en el vestíbulo. Gracias a un golpe del destino, vio a Fran Sacks caminando por el pasillo.

—¡Fran! —Beamer se puso de pie de un salto para darle el alcance en el ascensor.

Fran, quien tenía setenta y dos años, alzó la mirada del móvil y entornó los ojos a aquella persona que lo llamaba, con un saludo preventivo en la cara, en lo que intentaba reconocerlo.

—Beamer Fletcher —se presentó, estirando una mano. Fran se la estrechó.

—Ah, claro, hola, Beamer. El amigo de Charlie Messinger.

—Bueno, sí. Pero también soy cliente. Éramos socios, de hecho. Charlie y yo, digo. Nos estamos dando un descanso.

—Ya, ya. ¿Cómo estás? Lo siento mucho, estoy de camino a una cena... Ah, te están llamando.

—¡Sí que cenas pronto! ¡Ja! —Y entonces, al darse cuenta de que Fran seguía mirándole el móvil, añadió—: Ah, no es nada. No he venido a... Tengo una reunión con Jeremy Gottlieb. Mi agente, ya sabes. —Sí, sonaba bien.

Fran se miró el reloj.

—Es que ha sido mucha casualidad que te encontrase por aquí —continuó Beamer a toda prisa—. Justo me estaba preguntando si... Tengo un proyecto perfecto para Mandy Patinkin. Es sobre un secuestro, pero con emoción. Es un drama familiar, una obra épica. Algo que puedo contar con toda el alma, ¿sabes?

Si bien Fran seguía sonriendo, en los ojos se le veía la precaución.

—Lo siento, no sé si... ¿Podemos hablar más tarde? Puedo organizarme en el despacho y...

—Es para Mandy Patinkin —lo cortó Beamer—. Es para el papel protagonista, el número uno de la lista. Le viene como anillo al dedo. Es un papel genial, increíble.

—Pues mira, ahora le estamos buscando algo a Jeff Goldblum.

—Ah, Jeff es muy bueno. Buenísimo. Lo siento, pero es que de verdad solo veo a Mandy en ese papel.

—Ay, es que Mandy está terminando con un thriller de espías después de casi una década. Creo que quiere darse un descanso y pasar tiempo con su familia. Pero si el proyecto es adecuado, bueno... Hablaré con Jeremy en cuanto...

—Bien, bien, menos mal que así nos quedamos todos contentos, ¿verdad? —Beamer soltó una carcajada demasiado sonora conforme se despedían—. Sinergia. Un final feliz. Ay, que así suena feo. Pero ya no somos críos, ¿verdad, Fran? —Solo que Fran ya había puesto pies en polvorosa para entonces.

Beamer volvió a sentarse en el sofá durante otros veinte (doce) minutos más hasta que la recepcionista le dijo:

—No sé dónde está. Perdona, Beamer.

—¡Habíamos quedado para echarnos un café! Para beber algo. Para cenar —respondió él, hasta que recordó que nada de aquello era cierto—. Ya me espero aquí. —Sin embargo, tras otros diez (cuarenta) minutos, se puso de pie—. Supongo que no nos hemos entendido —se excusó, y salió del edificio.

De camino al exterior, se topó con Seth Horowitz, productor de toda una constelación de series para adolescentes que en aquellos momentos estaba haciendo una peli de ciencia ficción sobre que habían descubierto vida en Júpiter.

—No preguntes por Mandy Patinkin —dijo Beamer—. Que no acepta ofertas por el momento.

—Ya. —Seth se echó a reír—. Charlie me lo acaba de contar. Va a salir en *Negocio familiar*, ¿no? Ah, y oye, ¿vas a hacer otra de *Santiago*?

He hablado con mami y dice que no consigue ponerse en contacto con Arthur. Se ha ido de viaje o algo. Ella tampoco sabe qué hacer.

—He escrito una nueva de *Santiago*, sí, pero no, ahora voy a hacer algo nuevo. Original. No una saga. Original de verdad.

—Ya, ya. Sí, Charlie está bastante emocionado por lo de Patinkin. ¿A quién no le gusta? «¡Me llamo Íñigo Montoya!». —Miró el móvil de Beamer—. Oye, ¿no tienes que contestar? —Y así se dio cuenta de que Noelle lo estaba llamando otra vez.

En la carrera de vuelta a su oficina, un agente de policía de West Hollywood que dirigía el tráfico lo paró en la esquina entre la calle Santa Mónica y la Martel. Beamer se quedó corriendo en su sitio y oyó que le sonaba el móvil. Casi se le cayó al suelo al sacarlo del bolsillo, por culpa de sus nervios en general (además de por correr y las drogas).

Era Jenny. No le hizo caso.

Sin embargo, ya que tenía el móvil en la mano, decidió llamar a alguien.

—*Despacho de Fran Sacks* —contestó su ayudante.

—Beamer Fletcher al aparato.

—*No lo entiendo. ¿Hola? ¿Puede repetirlo?*

—Estoy bien, es que estoy corriendo. Solo dile que soy Beamer Fletcher y que he oído que Mandy sí que está aceptando ofertas, en *Negocio familiar*, ¿puede ser? Así que a lo mejor no nos hemos entendido bien, y me gustaría aclararlo. Creo que es su obligación transmitirle mi oferta a Mandy, ¿sabes? Por temas legales. Sí. Gracias. Sí. Es un papel muy especial. Algo que puede lanzarlo al estrellato, por así decirlo. Vale, sí, adiós. ¡Sí, adiós! —Siguió corriendo rumbo a su oficina y se sintió bastante bien con lo que había sucedido.

Ahora un corte a: treinta minutos más tarde, Beamer estaba delante de su escritorio una vez más y volvía a llamar al despacho de Fran Sacks. En aquella ocasión dijo que era Charlie Messinger, y Fran contestó de inmediato.

—Es un papel increíble, de verdad —dijo Beamer.

—*¿Charlie?*

—No, Beamer Fletcher. —Cuando era joven, su entusiasmo y su encanto siempre habían conseguido borrar todas las veces que se pasaba de la raya—. ¿Sabes qué estaba pensando? Pensaba en las iniciativas de diversidad que hay por todas partes ahora. ¿Por qué los judíos nunca estamos ahí metidos? Yo me crie, mi padre tiene una fábrica… esvásticas.

—*¿Una fábrica de esvásticas?* —preguntó Fran.

—No, no. —Beamer se echó a reír—. Hacen poliestireno. Como esos moldes para el transporte, ¿sabes lo que te digo? Como aislamiento. Pero la fábrica se llenaba de pintadas. A eso me refiero. Va a ser un papel increíble… Va a venir y va a enseñar a todo el mundo que los judíos no solo somos capullos ricos, ¿sabes? —Dejó que sus palabras calaran en el agente—. Lo estoy escribiendo para él. Lo escribo yo mismo. Para él.

Tras una larga pausa, Fran le contestó al fin:

—¿Estás bien, Beamer?

—Es que estoy muy emocionado con el proyecto, ¿sabes? Noto que viene un vendaval y quiero formar parte de él. La inspiración. Quiero ser el vendaval, ¿sabes lo que te digo?

A veces las personas necesitan un tiempo para darse cuenta de lo que uno les ofrece.

Corte a: Beamer se quedó mirando el teléfono y apartaba las notificaciones de las preguntas de Noelle cuando alguien lo llamó. Era Charlie.

—¿Has llamado a la agencia y te has hecho pasar por mí? —le preguntó.

—¿Cómo?

—Ya, parece absurdo. Jeremy me lo acaba de contar. ¿Es verdad?

—¿Has hablado con Jeremy?

—¿Qué te pasa, Beamer?

—¿Vas a contratar a Mandy Patinkin para Negocio familiar?

—¿Eh?

El móvil le sonaba con mensajes de todo el mundo, como una máquina tragaperras. Lo puso en silencio.

—Estoy haciendo lo que hablamos, Charlie. Voy a escribir algo sobre mi infancia. Lo voy a llamar El asiento de atrás. Con acción pero con emoción, ¿sabes? Como una película independiente.

—No sé si Mandy Patinkin está hecho para la acción.

—¿Qué dices? —Se quedó anonadado—. Es un gran actor, de esos que solo aparecen una vez en la vida... ¿Sabes que en el instituto lo vi en El jardín secreto de Broadway? Estuvo genial. Es de los mejores. —Y añadió—: Mira, Charlie, al público le encantan esas películas. Y las de Santiago también. No tendrías que menoscabar nuestro legado.

—Claro que sí. Claro. Es que no me lo veía venir. A Mandy para eso.

—Bruce Willis casi que solo hacía de tonto en comedias dramáticas hasta que lo contrataron para La jungla de cristal. Y más aún: Paul era una estrella de las series de comedia cuando lo contratamos para hacer de Jorge. El papel cambió el rumbo de su trayectoria profesional.

—*No es asunto mío, la verdad. Pero ¿has llamado y has fingido que eras yo?*

—Charlie, que me ofendo. No vuelvas a decirlo.

Se hizo el silencio.

—*Perdona, Beamer, perdona. Es que... No sé, igual lo he entendido mal. Oye, ¿estás bien? Suenas un poco... intenso.*

—No me juzgues por cómo sueno cuando mi mejor amigo de toda la vida me acusa de robarle la identidad. —Charlie no dijo nada—. De verdad, el ego se te ha subido tanto como lo que cobras. Seguro que te gustaría mi guion.

—*¡Seguro que sí! Mándamelo cuando lo tengas listo.*

—Ya verás que te gustará. Es serio y está bien y avanza la conversación social y hasta cumple con los requisitos de diversidad. Siempre que añadan a los judíos a la lista, claro. Pero de verdad, me has inspirado mucho con la charla de antes.

—*Eh... Melissa me llama por la otra línea, tengo que irme. Ya hablaremos pronto. Tengo ganas de leerlo. Chao. Vale, adiós.*

Beamer se dio cuenta de que tenía que salir para el recital de Liesl, de modo que se tomó dos modafinilos más y se pegó tres parches de nicotina más al estómago y uno en la frente, para ver qué pasaba, y se subió al coche. Recordó que Jeremy vivía en el camino que tomaba para ir a la escuela, y miró el reloj y creyó que podía pasarse por allí un momentito para despejar la tensión y preguntarle por qué no le devolvía las llamadas. Primero se pasó por una tienda de dónuts, de aquellas baratas de los centros comerciales, porque no podía presentarse en casa ajena con las manos vacías. Aun así, no tenía ni pizca de hambre (¡qué bien funcionaban las pastillas!), aunque sí le dieron ganas de sacar a bailar a la mujer del otro lado del mostrador por toda la sala y luego de refregarse contra ella unas siete u ocho veces.

Corte a: Beamer en el coche, dándose cuenta de que dos docenas de dónuts para un hombre con marido y sin hijos era demasiado, por lo que debía comerse uno o dos para que no pareciera tan raro. Se quedó en un lugar del aparcamiento reservado para empleados, lamiendo las virutas de colorines de la cobertura rosa.

Empezó a preguntarse si quizás era posible, tal vez, que el modafinilo fuera como el zolpidem y, si uno hacía aquello que las pastillas pretendían combatir, alcanzaba un peldaño extra en la escalera de la satisfacción. ¿Y si el subidón mataba el apetito pero se pasaba por la ventanilla de una hamburguesería de todos modos?

Tenía que ver si la hipótesis era cierta. Y, por suerte, sabía dónde había una hamburguesería para llevar a cabo el experimento.

Corte a: la ventanilla de la hamburguesería de la calle Sunset, donde hacía cola en el coche y se sentía la mar de bien, embargado por el espíritu de la experimentación en la que se embarcaba. Pidió una doble doble, patatas fritas y un batido, para asegurarse de que tenía la experiencia estadounidense estándar. Se quedó en el aparcamiento, en el lugar de desesperación reservado para aquellos que no podían esperar a volver a casa para ponerse a zampar.

Le sonó el móvil. No vio quién era porque tenía la vista demasiado nublada y estaba conduciendo. Contestó de todos modos.

—Dígame —dijo.

—*Beamer, soy Jeremy. Mira, tenemos que hablar. Tienes que dejar en paz a Fran. Y a Mandy Patinkin. No tengo que decírtelo, ¿verdad?*

—¿Esa es la estrategia? ¿Nos mantenemos al margen para crear expectativa y esperamos a que ellos acudan a nosotros?

—*No, Beam, no es ninguna estrategia. Fran te pide que... te pide que pares. Que ceses y desistas.*

—Qué tontería. Si solo me he encontrado con él de casualidad y lo he llamado.

—*Y has fingido que eras Charlie.*

—Su ayudante no me habrá entendido bien. Pero hablando en serio, ¿así es como reacciona cuando a su cliente le llega una oportunidad única en la vida para interpretar un papel que hace honor a sus antepasados? Vaya.

—*Beamer, tienes que...*

—Tengo que colgar.

—*No, hazme caso. Ya no soy tu agente, Fran me ha obligado a despedirte. La agencia te va a despedir. ¿Lo entiendes? ¿Sí? Siento no haber podido conseguirte un trato de dieciséis millones de dólares, siento que todo se haya ido al traste. Pero tienes que controlarte un poco, hombre. De verdad.*

Durante un largo segundo, Beamer guardó silencio. Y entonces:

—¿Charlie tiene un acuerdo de dieciséis millones de dólares?

—*Beamer...*

—Tengo que irme.

Beamer colgó y giró por La Brea para meterse en el McDonald's. El esfínter le pulsaba con cierto gustirrinín, una señal de la tormenta que estaba por venir. Porque sabía que estaba en camino. No iba a tardar en sufrir unos chorros de diarrea ardiente, pero todavía no. ¡Aún no!

—Bienvenido, ¿shfaleraejropaeijsd pedir?

¡Por fin!

—Ponme una Cuarto de Libra con queso, un filete de pescado, dos Big Macs, una Coca-Cola Light, dos patatas grandes y una Sunkist. —Y, para el gran final apoteósico—: Y digamos que seis McNuggets. No, mejor treinta.

—Vienen de veinte en veinte.

—¡Que sean cuarenta, pues!

Corte a: siete minutos después, todavía en el aparcamiento, con las luces de emergencia encendidas. Se lamió un dedo y emprendió el camino de vuelta a casa, solo que entonces se dio cuenta de que se le había olvidado pedir lo que más le gustaba (*¿Estás seguro de que te lo has pensado bien?*, pensó con una carcajada), de modo que volvió a por una McPollo y a por una de aquellas cajitas de pastel de manzana que le gustaba como acompañamiento para el pollo (y, ya que estaba, un Happy Meal, al pretender que se le había olvidado comprárselo a un niño fantasma que tenía en el asiento de atrás —«Esta vez no se me olvida, campeón», le dijo a nadie—, pero fue un desperdicio de energía, porque la mujer no parecía recordarlo y, además, le daba igual). Se comió la McPollo y pensó que era cierto eso de que a uno le daba la sensación de que volvía a casa.

Llegó a Malibú, aunque sin saber muy bien cómo. Ningún problema. Quería ver la puesta de sol, aunque ya se había hecho de noche y no estaba seguro de dónde había salido el fallo de cálculo. Se acordó de algo. Aparcó y llamó a Sophie.

—¿Beamer?

—Sí, hola, ¿qué tal? —Tenía tantos gases por todo lo que se había zampado que un redoble de flatulencias le salía del recto pulsante en todo momento.

—Estoy... ¿Estás bien tú? Te noto la voz rara.

—Ah, sí, todo bien. ¿Puedes hacerme un favor y buscar la dirección de Mandy Patinkin?

—Vive al norte del estado de Nueva York, ¿no?

—Tiene una vivienda por aquí. Quiero mandarle algo, pero su agente está de vacaciones. Es para la película. Fran Sacks me ha dicho que me la daría... No lo llames a la oficina, que están en plena fusión, aunque yo no te he dicho nada, pero bueno, que no los molestemos si no hace falta. ¿Puedes buscármela?

—Quizá deberíamos esperar a mañana por la mañana...

—Búscamela, ¿vale?

Quince minutos más tarde, Sophie le mandó un mensaje con una dirección en Pacific Palisades.

Condujo por las calles serpenteantes. Casi atropelló a Diane Keaton, quien había salido a dar un paseo. También pasó dos veces por la casa de Ben Affleck, aunque habría jurado que estaba conduciendo en línea recta. ¿Quizá había dado la vuelta al mundo? Tal vez lo había recorrido del todo.

¿Cómo se había hecho de noche tan deprisa? Se detuvo en una intersección, y en el silencio le llegó una idea.

Lo que pensó fue que nadie hablaba nunca de lo larga que era la autodestrucción, que uno podía autodestruirse tantísimas veces durante tantísimo tiempo y no acercarse siquiera al final, el cual es, por supuesto, la destrucción en sí. Se quedó maravillado al pensarlo, al reflexionar sobre cuántas oportunidades hay de dar media vuelta al ver las señales, las mismas veces que uno decide no hacerles caso.

En el asiento del copiloto, el móvil le sonó otra vez con otro mensaje de su hermana.

Ya no hay dinero. No quería decírtelo por mensaje, pero es que no contestas.

—*Alguien debe salvar a esta dulce doncella de cabello azabache* —entonó con voz de cantante de ópera conforme se metía en la entrada de una vivienda de estilo español. Dejó el coche en punto muerto y miró hacia fuera. Se trataba de una casa en el agua, en lo alto de una colina, de modo que la marea no se la podía llevar nunca. Pensó que era allí donde debía vivir Mandy Patinkin. Era un lugar seguro para él.

La puerta se abrió. Era el propio Mandy Patinkin, que había salido a pasear al perro.

—¿Quién eres? —preguntó Mandy. Y entonces miró más allá del hombro de Beamer—. ¿Qué coño haces…?

Beamer se dio la vuelta y vio que su coche se iba marcha atrás por la entrada. Se lo quedó mirando sin saber qué decir, con la boca abierta. Se volvió hacia Mandy, quien también lo miró y repitió su pregunta.

—¿Qué coño pasa? ¿Quién eres? ¿Qué tienes en la frente?

Como respuesta, Beamer alzó una mano como un cantante de ópera que se dirige a su público, solo que, al abrir la boca, habló con tono de abogado.

—Alguien debe salvar a esta dulce doncella de cabello azabache —dijo.

Le sonó el móvil, con el tono de la cuarta sinfonía de Mahler, y, por un instante, se alivió al darse cuenta de que había llegado a tiempo al recital de Liesl. Miró en derredor para buscar a Noelle y presumir de su tranquilidad contra las dudas que ella albergaba hacia él, pero la única persona a la que encontró fue a Mandy

Patinkin, quien por alguna razón también había ido al recital. Aunque no le sorprendió mucho, porque sí que parecía ser buena gente.

Y entonces fue cuando Beamer se desplomó al suelo.

EL HARD LIFE BUFÉ

L
o que le había ocurrido al dinero de los Fletcher fue lo siguiente: una empresa de capital privado había adquirido el cincuenta y un por ciento de Haulers, el hipermercado que tenía un contrato en exclusiva con Consolidated Packing Solutions, y había hecho que esta compañía pasara a ser privada de la noche a la mañana o cuando los Fletcher no estaban mirando. El objetivo que declaró la empresa de capital privado fue optimizar el gasto de operaciones de Haulers; el que no declaró fue que luego pretendía venderla una vez más cuando ya generara un mayor beneficio.

Lo primero que hicieron sus consultores de eficiencia fue preguntar por qué la marca de electrodomésticos de Haulers contaba con una fábrica en el país que costaba seis veces más que comprar el producto en el extranjero e importarlo. Aquello llevó a dichos consultores a la conclusión de que los bienes del negocio, valorados en 2,3 veces el precio de compra de la empresa entera, valían más vendidos en una subasta que como un componente de un negocio en marcha con un margen de beneficios anémico, de tan solo el seis por ciento.

Y el contrato de Consolidated Packing Solutions era uno de dichos bienes.

De modo que todo quedó resuelto: Haulers iba a pasar a ser una empresa de logística e iba a cesar la producción de su propia gama de electrodomésticos por primera vez desde su fundación, en 1921. Sus estanterías iban a pasar a estar llenas de productos fabricados en China, Filipinas, Tailandia, Vietnam, Birmania y Camboya. Y lo que era más importante: los productos en sí iban a transportarlos en buques de carga, metidos en paquetes hechos de cualquier combinación de moldes y bolitas de poliestireno ya existentes.

El problema no era solo que Consolidated Packing Solutions fuera una de las últimas fábricas de poliestireno de Estados Unidos (o de las últimas fábricas a secas), sino que Haulers seguía teniendo el contrato exclusivo en vigor, uno que pretendían subastar ante cualquier otro hipermercado, solo que lo que había conseguido que Haulers fuera vulnerable a las garras del fondo de capital privado era que ninguna otra empresa era lo bastante tonta como para fabricar sus productos en el país.

Y así quedó todo. Consolidated Packing Solutions iba a completar las tres docenas o así de pedidos pendientes y luego iba a quedar inactiva hasta que vendieran el contrato.

La cosa era que los Fletcher no eran asquerosamente ricos, sino ricos a secas, aunque fueran las personas con más dinero que conocíamos. Si hubieran sabido invertir mejor, tal vez el drama del fondo de capital privado no les habría afectado ni un poco; tal vez se habrían apartado de la fábrica hacía mucho tiempo, con lo que Ike podría haber recibido su parte, y habrían pasado página. No había sido ningún secreto que el dominio de la fábrica doméstica iba a terminar en algún momento, y Phyllis, quien había supervisado la gestión del dinero de la familia, había invertido un poco por aquí y por allá. Sin embargo, no había sido inmune a la paranoia que su marido, Zelig, le había inculcado, la que decía que las instituciones eran todas corruptas, que los gobiernos les dan la espalda a los ciudadanos, que los niños echarían por tierra cualquier cosa que les dieran, etcétera. El padre de la propia Phyllis había perdido todos sus ahorros en la Gran Depresión.

En otras palabras, el dinero de los Fletcher no estaba muy diversificado. El pago de la compra inicial de Haulers lo habían destinado más que nada a adquirir viviendas en forma de fondos irrevocables, de modo que, si bien técnicamente pertenecían a los hijos, era Arthur quien los controlaba. Tenían unos cuantos miles de dólares en bonos de ahorro que habían recibido en

bodas o bar mitzvá que parecían dar más problemas para canjear-
los de lo que valía la pena. Y el dinero que la empresa les dejaba
en el regazo cada trimestre lo destinaban a la manutención de la
familia y al mantenimiento del terreno.

Y los hijos Fletcher no habían sido inmunes a la inercia de
todos los hijos ricos, es decir, la imposibilidad de imaginarse que
el dinero podía dejar de llegar en algún momento. Se lo gastaban
todo como los estadounidenses de tercera generación que eran:
deprisa y sin pensárselo demasiado. Beamer estaba endeudado
por su estilo de vida; Nathan tenía lo más cercano a un porfolio
de inversiones de la familia, pero también le gustaba contratar
una cantidad ingente de seguros, y Jenny, quien siempre había
visto el dinero con desdén, donaba la mayor parte de sus ganancias.

Además, creían que las acciones de Haulers eran como un
plan de ahorro secreto. Y bueno, sí que lo fue, hasta que la empresa se fue a la quiebra.

Y, aun con todo, fue Jenny la primera en darse cuenta de
que el dinero no estaba. Por varias razones (aunque supuesta-
mente porque era la más organizada de los tres), se percató casi
de inmediato de que no le habían depositado nada en la cuenta
el día 15. Tras intentar ponerse en contacto con Beamer y decidir no hablar con Nathan porque sabía que iba a volverse loco,
acabó llamando a su madre para decirle que su pago trimestral
no le había llegado al banco, un depósito que era más fiable que
la mayoría de las cosas que había visto en el mundo. Su madre
le echó un vistazo al calendario para ver si había algún festivo
que hubiera podido retrasar el pago y luego llamó al contable
de la familia, quien le dijo que no había ningún retraso. El dinero no había llegado y ya.

Ruth no sabía qué hacer. En una situación normal, habría
llamado a Arthur, solo que este estaba Dios sabe dónde. Era uno
de los socios fundadores de su bufete y el albacea del fondo de
la fábrica, además del genio detrás de la fortuna de la familia
(Phyllis siempre decía «Sabe dónde están enterrados los

cadáveres», a lo que él respondía «Yo sé dónde está enterrado todo», y ella se echaba a reír). Se había tomado un descanso sabático bastante extraño: muy para la sorpresa de todos quienes lo conocían, se había ido de la ciudad después del funeral de Phyllis sin dejar ninguna dirección a la que mandarle el correo y con una sola nota como explicación en el escritorio de Ruth, en la que le decía que se iba, que no sabía cuándo iba a volver, que no esperara poder ponerse en contacto con él durante aquel periodo y que llamase al bufete si tenía algún problema legal.

—¿Problema legal? —se había extrañado ella en voz alta al terminar de leer la nota, a oídos de nadie.

La semana siguiente, Nathan, quien trabajaba en el mismo bufete (y no por casualidad) le contó a Ruth que los socios habían ido a trabajar al día siguiente y se habían encontrado el móvil de Arthur en su escritorio. Cuando Ruth lo oyó, se llevó las manos a la cara y se echó a llorar. Aquello hizo que Nathan se sintiera lo bastante incómodo como para retirarse al baño durante los siguientes cuarenta y cinco minutos.

—*¿Y qué pasó después?* —preguntó Jenny. Ruth estaba en su cocina con Nathan, a quien había llamado para que fuera con urgencia, y tenía a su hija en modo altavoz.

—No me quieren decir dónde está Arthur —dijo Ruth desde la cocina de Middle Rock—. Dicen que no lo saben. Es el único que entiende cómo funciona todo esto. He hablado con Arnie, el socio que se encarga del trabajo de Arthur ahora, y dice que no hay nada que hacer. Que no vamos a recibir el dinero. Se acabó.

—*¿Qué le va a pasar a la fábrica?* —quiso saber Jenny.

—¿A la fábrica? Tendrías que preguntar por tu familia, Jennifer.

—*¿Y los trabajadores?* —insistió ella.

—Ni que fueras Norma Rae.

—*Son personas que llevan décadas trabajando con nosotros, ¿qué vamos a hacer por ellos?*

—Pues despedirlos, Jennifer —contestó su madre—. En tres meses, cuando terminen el último encargo. Eso es lo que Ike cree que va a ser necesario. Les daremos un mes de finiquito y las gracias por lo mucho que han trabajado.

—*Es una putada* —dijo Jenny—. *Se merecen algo mejor que eso.*

—Cuando entiendas lo que implica todo esto, Jennifer, y pienses en lo que le va a pasar a tu familia y no solo a unos hombres que solo te han dedicado un saludo de pasada en toda la vida pero que son más importantes para ti que tu propia sangre, llámame. Aunque me quedaré en la calle, así que llámame al móvil.

—*Tenemos dinero de sobra, mamá.*

—Tú sí, y Nathan también, porque habéis sido listos y habéis ahorrado. Pero ¿y Beamer? Quién sabe. ¡Y nosotros! A nosotros no nos llegan esos ingresos, solo nos dieron el dinero por adelantado. Y os lo dimos todo a vosotros.

—*A ellos, no a mí* —dijo Jenny.

—No empieces con eso. No necesitas una casa hasta que formas una familia. ¿O pretendes criar una familia en New Haven? ¿En un barrio bajo?

—*¿Y qué pasará con Ike?* —quiso saber Jenny.

—Entiende que las cosas no han salido como habíamos planeado.

—*Pero se suponía que iba a encargarse de la fábrica. ¡Se lo prometisteis!*

—Jennifer. No puedo ponerme a discutir de esto contigo ahora. Lo hemos cuidado muy bien; ¿sabes cuánto dinero cuesta cortar el césped de este terreno?

—*¡Pues mudaos! Las personas con problemas financieros no viven en fincas enormes.*

—Tu padre está muy frágil ahora mismo, desde que murió tu abuela. No creo que mudarse sea lo mejor para él.

—*Perdona, pero ¿cuándo no está frágil?*

—Jennifer Suzanne Fletcher.

Nathan siguió en silencio, ya desde hace rato con los ojos cerrados.

—No podemos hacerle nada —repitió Ruth a Nathan en su cocina, con Jenny escuchando—. Y, cuando hables con tu hermano, si es que se digna a devolverte la llamada, dile que no podemos hacerle nada. —Comenzó el temblor grave de su voz, una veleta que señalaba al alarido venidero—. No sé qué vais a hacer, hijos. Espero que tengáis ahorros, porque no sé cómo ayudaros. Sois adultos, tenéis que arreglároslas sin mí. —Y ahí llegaba, el aria de los alaridos—: Me crie en un hogar pobre, ¿sabéis lo que es eso?

Jenny murmuró algo sobre que tenía una reunión y colgó. Ruth se quedó mirando el teléfono durante un segundo más, mordiéndose el labio, y Nathan se puso en pie.

—Yo tengo que volver a casa —dijo—. Alyssa me estará esperando para cenar.

—Ajá —repuso su madre.

Sin embargo, al llegar a casa, Nathan se quedó en el coche, en la entrada, y llamó a Mickey Mayer, su amigo de la infancia que también seguía viviendo en Middle Rock.

—*Hola* —lo saludó Mickey.

—Muy buenas, Mickey —dijo Nathan, con una alegría forzada.

El terror de la voz de Nathan o el hecho de que lo llamara a la hora de la cena o las dos cosas hicieron que Mickey le contestara de muy mal humor.

—*¿Qué pasa?* —Mickey estaba jadeando, y a Nathan se le pasó por la cabeza que con la llamada lo había interrumpido haciendo ejercicio o en pleno acto s-e-x-u-a-l, no sabía cuál de los dos—. *Mmmpff. Mmmpff. Mmmpff.*

Nathan cerró los ojos e inhaló aire por la nariz durante una cuenta de dos y lo sacó durante una de cuatro, tal como le decía la app de meditación que intentaba recordar usar. Uno no soltaría esos ruidos por el teléfono si estuviera acostándose con alguien, ¿verdad? No habría contestado la llamada si así fuera, ¿verdad?

—*¿Sigues ahí? Mmmpff.*

—Sí, sí —dijo Nathan—. Tengo que hablarte de esa... eh... distribución. De un reembolso. De mi dinero.

— *Mmmpff, mmmpppff, mmmpff.* —Mickey nunca había tratado bien a Nathan. De hecho, había sido su abusón más acérrimo desde que los habían juntado de pequeños, con una especie de crueldad que les forjó una amistad de toda la vida, en la que Nathan estaba metido en una rueda de hámster en la que intentaba encontrar la aprobación en él sin preguntarse nunca por qué. Así de complicadas son las amistades de la infancia.

Sin embargo, últimamente Mickey se había mostrado incluso más agresivo que de costumbre. Estaba entrenando para algún tipo de maratón y se pasaba varias horas al día haciendo ejercicio, lo cual lo llevaba a una beligerancia nueva y más avanzada (además de ello, también se tomaba unos suplementos de origen cuestionable y tal vez estuviera experimentando con una hormona del crecimiento extraída de las glándulas pituitarias de los mapaches con rabia).

—¿Puedo decirte lo que necesito? —preguntó Nathan—. O… eh… ¿tengo que cumplimentar un formulario o algo?

—*Joder.* —Nathan oyó un estruendo metálico: las pesas al chocar con el suelo. Gracias a Dios, había estado haciendo ejercicio. Menos mal menos mal menos mal. No quería pensar en la dulce Penny Mayer allí tumbada… *¡No! ¡No pienses en eso!*

»*Nathan* —pasó a decirle Mickey—. *A todos nos va a llegar el diez por ciento completo del crecimiento de este año. Diez por ciento. ¿Quieres un reembolso ahora?*

—No de todo, claro. Solo pensaba que…

Mickey ralentizó el ritmo al que hablaba y puso un tono más ligero y desenfadado.

—¿*Vas a invertir en otro lugar?* —Solo que no se lo preguntaba, sino que era una acusación—. *No pasa nada si es así, pero me gustaría saberlo. Creo que merezco saberlo, después de tanto tiempo.*

—Nop. No, claro que no. Por supuesto que te lo diría. No, es que… —Nathan se quedó callado. ¿Qué debía decir?—. Es que quiero poner guapo el cuartel, ¿sabes? El bar mitzvá de los niños se nos viene encima y he pensado que me vendría bien tener una migaja más de liquidez, ¿sí? Una migajita de nada.

—*Mira* —contestó Mickey—, *nos acercamos al punto álgido del crecimiento. Y es una inversión conservadora, como a ti te gusta. No lo entiendo. Tienes dinero de sobra, Dios sabe que sí. Y no te olvides de tu sueldo, que también lo tienes. Que eres abogado, por el amor de Dios. En serio, mi consejo es que te quedes como estás.*

—¡Estoy muy contento con el crecimiento, no te voy a dejar! No es por eso. Es solo que me vendría bien un poco de dinero ahora...

—Mira —repitió Mickey—, *te llamo en un momento. Penny me necesita para no sé qué con los niños.*

—Vale, eh... ¿Cuándo deberíamos...?

—*Te llamo cuando acabe.*

—Vale, así que ¿deberían ser unos veinte minutos, más o menos? Voy a ir a...

Entonces el móvil le soltó el silencio de que no había nada al otro lado de la línea y Nathan intentó no darle muchas vueltas al hecho de que era una persona de casi cincuenta años a la que se le podía colgar de pronto así como así.

—¿Tienes hambre? —le preguntó Alyssa cuando Nathan por fin entró en casa. Ari estaba sentado a la mesa de la cocina y su hermano mellizo, Josh, a la del comedor, ambos practicando distintas secciones de la haftará que se habían dividido para el bar mitzvá—. Ya hemos cenado, pero han quedado sobras.

—Ya he comido —repuso él, aunque era mentira. Sin embargo, no tenía hambre y ya notaba la ofensiva que le estaba organizando el intestino, porque sufría de colon irritable y no podía soportar los ataques sorpresa que lo estaban asediando aquel día.

—¿Tu madre te ha preparado la cena? —Alyssa lo dudaba, de modo que preguntó—: ¿Has ido a la farmacia? Dime la verdad.

En su chequeo físico bianual de hacía dos años, a Nathan le había salido que tenía la presión elevada; solo una vez, una sola vez. Se había marchado del médico sumido en el peor de los pánicos y compró varios dispositivos para tomarse la presión en casa, lo cual no había sido el consejo del médico, porque lo conocía lo bastante como para decirle «Nathan, solo es una vez, no significa nada. Lo controlaremos, no pasa nada» y recetarle unos betabloqueantes solo por si acaso. Nathan les tenía un miedo atroz a las pastillas (a su propia existencia, porque creía que iban a hacerle daño antes de que pudieran ayudarlo), de modo que había empezado a controlarse la presión una vez cada hora en cada máquina, a calcular la media y a entrar en pánico con cada disparidad diminuta en las cifras. Alyssa se enteró y le confiscó los cuatro dispositivos que encontró, aunque se quedó el de emergencia que tenía en el estudio. Más tarde encontró ese también, y él se mostró muy arrepentido cuando lo descubrió, tal vez demasiado arrepentido (se disculpó como si lo hubiera sorprendido con el pene en la boca de la criada), así que ella había pasado a sospechar y a acusarlo de ir a la farmacia del barrio cada dos por tres, porque allí había una máquina para controlar la presión. Y acertaba el sesenta y cinco por ciento de las veces que lo acusaba. ¡Pero aquel día no!

—¡No! ¡No he ido!

—No nos mentimos el uno al otro, ¿verdad? —dijo ella.

—Tengo algo de trabajo por terminar antes de que los asistentes salgan de la oficina —contestó, le dio un beso en la coronilla trenzada y se retiró al despacho que tenía en su casa, donde cerró la puerta, se quedó escuchando un segundo para cerciorarse de que estuviera solo y se sentó a oscuras para imaginarse su perdición.

Intentó contactar con Mickey otra vez a las ocho y media, en aquella ocasión mediante un mensaje.

¡Muy buenas! ¡Tengo que hablar contigo, es urgente!

Los tres aterradores puntitos aparecieron durante más tiempo del que Nathan era capaz de soportar. La respuesta tajante de Mickey:

Macho, que estoy cenando. Luego hablamos.

Más tarde, Ari y Josh estaban entretenidos cada uno con su iPad en la sala de estar y Alyssa revoloteaba por la casa, como solía hacer a las diez en punto de la noche, para presumir de su increíble economía de movimientos al recoger, ordenar, estabilizar y preparar la casa para otro día.

—¿Te estás relajando? —le preguntó Alyssa—. No tendrías que estar con el móvil, ya sabes que luego tienes esos sueños raros si...

—Es que tengo que hacer una llamada —respondió—. Ya encontraré un sitio tranquilo.

No obstante, a pesar de la enormidad generalizada de la casa, no lograba encontrar un rincón tranquilo. No había ninguna estancia en la que Alyssa no pudiera aparecer durante un breve instante para devolver las toallas a sus ganchos, los zapatos a sus armarios, los platos al fregadero que les tocara, los documentos a los escritorios, la colada a los cajones correctos. Ningún lugar estaba a salvo de sus piernas enfundadas en mallas.

Por fin encontró un escondite posible, el rincón del baño de invitados de la planta de arriba, donde volvió a escribirle a Mickey. Cuarenta minutos después y todavía sin respuesta, Nathan optó por acostarse.

Pero ¿se acabó quedando dormido? Más quisiera. Pasó la noche en vela sin cerrar los ojos en ningún momento, por lo que vio la emboscada a medianoche de una tormenta, las sombras de los árboles que se proyectaban en su habitación para pelearse de forma caótica, y oyó la lluvia que ralentizaba su violencia antes del amanecer hasta terminar siendo una pequeña llovizna. Todavía estaba despierto cuando la luz cambió en su habitación con la llegada del sol y el resto del mundo pudo acompañarlo en su vigilia, lo cual hizo que se sintiera un poco más normal.

Se puso en pie y se encontró con que no tenía ningún mensaje ni llamada perdida de Mickey (¡aunque todavía era temprano!), por lo que se duchó y vistió y subió al asiento del copiloto del Acura 2017 MDX de su familia, el Vehículo Más Seguro+ del año según el Instituto de Seguros para la Seguridad Viaria, el que el mismo año recibió una puntuación de cinco estrellas por parte de la Administración de Tráfico y Seguridad Viaria Nacional.

—Venga, venga —alentó a su familia. Sus hijos arrastraban los pies en dirección al coche y Alyssa estaba tardando demasiado cerrando la puerta.

—¡Que no vamos tarde! —repuso ella, aunque se puso a correr de todos modos. La tiranía de la ansiedad de Nathan era algo ante lo que le era más fácil ceder.

Nathan metió la parte macho de su cinturón en el componente hembra y se sentó y esperó oír los tres chasquidos de los demás cinturones que debían ponerse los demás ocupantes del vehículo. Sin embargo, en el silencio de la escucha atenta, se percató de que había pisado algo que provocaba unos crujidos en el suelo del asiento del pasajero.

—Ay, no, creo que he pisado...

Estiró una mano para ver lo que era y encontró una hoja reluciente llena de muestras de variaciones del color beis: arena, polvo, pelusa, niebla, madera, encerado, avena, germen de trigo...

Alyssa le quitó la hoja de la mano y la lanzó cual frisbi al asiento trasero en un solo movimiento antes de que él pudiera reaccionar.

—¿Qué era eso? —quiso saber él.

Su mujer se incorporó a la carretera, todavía húmeda de la tormenta de media noche.

—¿Oísteis la lluvia anoche, niños? —Y entonces le preguntó a Nathan—: ¿Cuándo crees que nevará?

—Espero que no se haya caído ninguna rama —fue su respuesta—. No, espero que no se vaya a caer ningún árbol.

—Nathan —lo avisó Alyssa, con un ademán de la cabeza hacia atrás.

Solo que ya era demasiado tarde. La frecuencia del miedo de Nathan se había sincronizado con la de su hijo.

—¿Eso puede pasar? —preguntó Ari—. ¿Los árboles se pueden caer en cualquier momento?

—No —se apresuró a responder Alyssa—. ¿Eso es algo que te preocupa? No tienes por qué preocuparte por eso.

Sin embargo, Ari ya sabía de dónde extraer la dura verdad.

—¿Papá? —lo llamó.

Nathan sabía la respuesta correcta, pero también la apropiada. La respuesta correcta era que sí, claro que un árbol se puede caer. Por supuesto que una cadena de sucesos aleatorios puede resultar en una herida grave o en una muerte inmediata (o lenta y dolorosa). Pues claro que la perdición estaba a la vuelta de la esquina, y lo único constante en la vida era que uno nunca sabía lo inminente que era exactamente. Si no, ¡que se lo preguntaran a alguien que acababa de morir! De hecho, era un milagro que hubieran amanecido vivos aquella mañana. Esa era la respuesta correcta. La respuesta apropiada, por otro lado, era decir: «No te preocupes, hijo, que no pasa nada. Esas cosas no pasan. Todos viviremos siempre en paz y gozaremos de salud y prosperidad».

Adivina qué respuesta le dio Nathan.

Nathan Fletcher había crecido, y aquel niño pequeño que necesitaba cuatro puntos de contacto con su madre durante las veinticuatro horas del día durante el secuestro de su padre no se había transformado en un hombre del todo, sino más bien en una colección de tics: era una mezcla de ataques de pánico cuyo cerebro vivía tanto en el pasado horrible como en el futuro aterrador, y no solía quedarse en el presente a menos que este contuviera más miedo que los dos juntos y por tanto exigiera su atención completa. El miedo era lo que siempre le parecía la verdad.

—Uno nunca sabe cuánto daño le puede hacer una tormenta a la integridad de un árbol —respondió Nathan—. Más que nada porque no sabemos por lo que ya han pasado los árboles, ¿sabes? ¡Alguno de estos tiene más de cien años incluso!

—Pero eso no significa que un árbol se nos vaya a caer en la casa… —interpuso Alyssa, mitad advertencia y mitad cansancio.

—Ya —dijo Nathan. Se quedó callado un segundo, intentando ceder a la súplica en la voz de su mujer. La quería, y, en momentos más tranquilos, antes de que unas preguntas como aquella lo desataran todo, estaba convencido de que ella tenía razón en que un niño no debería preocuparse por cosas frente a las cuales no puede hacer nada. Sin embargo, había un abismo oscuro e hirviente entre lo que sabía y lo que tenía por seguro. De modo que:

»Estos árboles llevan cientos de años aquí —siguió—. No sabemos cuánto se han podrido por dentro. Es lo que decía, es por la integridad. Por la integridad del árbol en sí.

Alyssa soltó un sonidito, y Nathan pensó que sí, vale, pero ¿acaso ser padre no era aquello? Asegurarse de que sus hijos conocieran los peligros del mundo.

En la pausa en la que Ari asimilaba lo que implicaba todo aquello, Alyssa hinchó las mejillas.

—Entonces, ¿un árbol puede caerse sin más? —preguntó—. ¿Y si estoy debajo? ¿Y si se nos cae en casa mientras dormimos? —Alyssa empezó a soltar el aire que había acumulado poco a poco, como un globo que se deshincha sin cesar—. ¿Y si estáis durmiendo?

Y a Nathan le invadió la tristeza que solía visitarlo como padre, la que lo iba a ver cuando se había asegurado de que sus hijos estuvieran alerta por fin, escuchando y asustados como sabía que debían estar. Al poseer la información que él creía que necesitaban pero que quería con desesperación no tener que compartir con ellos.

—Creo que el roble del jardín está justo en la trayectoria de tu habitación —le dijo Josh a Ari.

—¡Joshua! —lo riñó su madre.

—Es un roble bastante viejo —siguió Josh—. Quién sabe por lo que ha pasado.

—Josh —lo riñó también su padre, con un tono de advertencia. Para sus adentros, le daba la razón.

—¿Te acuerdas de que queríamos construir una casa en el árbol? Pero papá dijo que no era lo bastante estable.

—¡Eso solo fue una teoría! —exclamó Alyssa, y posó la mirada en el retrovisor durante un instante—. No lo sabemos seguro. Ari, no lo sabemos seguro, ¿me oyes?

—¡Alyssa! —Nathan se aferró al volante—. ¡La carretera!

(No había nadie más en la carretera. Tendrías que ver lo anchas que son esas calles).

Alyssa le quitó la mano del volante y paró el coche en la señal de stop. Los dos se quedaron quietos unos segundos, respirando hacia el parabrisas. Nathan se volvió para mirar a Ari:

—No digo que vaya a caerse en tu habitación en plena noche.

Alyssa pareció relajarse.

—Solo digo que no sabemos si va a pasar o no.

—¡Vale! —gritó Alyssa de sopetón. Había aparcado en la estación de tren—. ¡Hemos llegado!

Nathan prefería el tren de las 07:59 a. m. por razones que creía que eran obvias: era el único de los dos trenes de hora punta que empezaba el trayecto en la estación de Middle Rock, por lo que podía pescarlo vacío y situarse en el asiento más cercano a las puertas, pero de espaldas a ellas, detrás del separador. Ya hacía tiempo que se había asegurado de que aquel era el asiento más seguro del tren: estaba cerca de dos salidas de emergencia, y, si el tren descarrilaba, el separador era lo bastante sólido como para que pudiera usarlo de escudo contra cualquier proyectil que saliera despedido antes de correr a la salida.

Nathan era un viajero asiduo de aquel tren, aferrado al maletín que se llevaba al pecho, visiblemente aterrado. En cuestiones físicas se parecía a Beamer lo suficiente como para que sus diferencias resultaran cómicas. Tenía los mismos ojos azules que su hermano, aunque, si bien los de este eran seductores con sus círculos oscuros debajo, las ojeras de Nathan recordaban más a un mapache aterrado en un cómic. Era más alto que su hermano, pero más delgado, por culpa de su estómago tan sensible. Y, a pesar de que el cabello de Beamer no mostraba ningún indicio de deterioro, Nathan ya estaba metido hasta el cuello en una alopecia que amenazaba con obligarlo a tener que tomar una decisión respecto al poco pelo que le iba a quedar.

A bordo del tren, le echó un vistazo al móvil. Y nada. Le mandó otro mensaje a Mickey:

¡Muy buenas! Seguro que ayer no vi tu llamada. ¿Hablamos ahora?

Se quedó mirando el mensaje un instante antes de darle a enviar. Cuando por fin lo hizo, le dio un vuelco el estómago, como si se hubiera lanzado al vacío.

La cuestión era la siguiente: sin que Alyssa lo supiera, el dinero de Nathan ya no estaba en el fondo del banco J. P. Morgan en el que lo había ido depositando durante los últimos quince años, porque lo había sacado cuando su mejor amigo de la infancia (aunque «mejor» y «amigo» no son nada más que tecnicismos) fundó su propia empresa después de haberse ido de una importante agencia de corredores. No fue sencillo convencer a Nathan de que lo hiciera, claro. Mickey Mayer se valió de los años de amistad que compartía con Nathan (tensos), de la larga relación entre sus hermanas (prácticamente inexistente) y de lo mucho que se respetaban sus padres (no mucho) para engatusar a Nathan y hacer que dejara el J. P. Morgan. Sin embargo, no fue nada de aquello con lo que pudo convencerlo de que le diera su dinero para invertirlo, ni al prometerle grandes beneficios, ni tampoco fue el hipnotizante canto de sirena del conservadurismo financiero lo que convenció a Nathan mientras los demás inversores hablaban de beneficios en cascada. No, fue con sus tácticas de abusón de siempre.

—Conoces a mis hijos, Nathan —le había dicho Mickey—. Nos conocemos de toda la vida. Nuestras hermanas son amigas, y nuestras madres, mejores amigas. —En realidad, Jenny casi no hablaba con Erica Mayer, y, también en realidad, Ruth odiaba a Cecilia Mayer—. Te conozco. Sé lo que te afecta y lo que te impide tomar buenas decisiones. Y son muchas cosas, si me permites el comentario. Pero muchas. —Y más tarde—: ¿Qué coño te pasa? ¿No quieres unos beneficios del diez por ciento? ¿Es que eres tonto? ¿Quieres tasas de retirada de dinero? —Y después—: De verdad, ¿eres tonto? El otro tipo se está aprovechando de ti. Si hubiera sabido que te gustaba que se aprovechasen de ti... Si hubiera sabido que eras una nenaza y que te gustaba que se aprovechasen de ti...

—No sé yo, Mickey —le había contestado Nathan—. Tengo una buena relación con quien me lo lleva todo en el J. P. Morgan.

Solo que Mickey no le hizo ni caso.

—Y lo mejor de invertir en mí es que soy yo y ya está —continuó—. Y sabes dónde vivo. ¿Sabes dónde vive el otro? ¿Sabes cómo se llama siquiera?

—Barry Silverman.

—Barry Silverman. ¡Ja! Mira, a esos solo les interesa el dinero, pero a mí me interesa tu futuro. Si no lo haces, eres más gilipollas de lo que creía.

Sí que era cierto que Nathan conocía a Mickey de toda la vida. Y sí, sabía dónde vivía. Y el plan de Mickey, tal como le mostró en un iPad especial que le llevó a casa cuando Alyssa había salido con los niños, era un ascenso progresivo, a diferencia del gráfico con forma de electrocardiograma que veía en la web del banco cada vez que tenía el estómago lo bastante tranquilo como para atreverse a mirarlo.

Si bien todo eso parece indicar que la decisión fue lógica e inevitable, no lo fue. Desde que tenía uso de razón, la costumbre de Nathan era desmayarse un poco cuando Mickey lo insultaba, pues el cuerpo decidía hacerse el muerto para soportar los golpes. Nathan solía salir de aquellos vacíos y descubrir que había accedido a lo que fuera que Mickey le hubiera propuesto solo para hacer que parase. Y así fue como Nathan se convirtió en el primer cliente de Mickey.

El tren entraba y salía de la cobertura, y Nathan se quedó mirando el móvil como si de una etiqueta de cotizaciones se tratase. Se echó atrás e intentó respirar con calma. Intentó contar hacia dentro. Luego intentó con sus sonidos subauditivos. Luego intentó llevar a cabo el escaneo corporal. Y después intentó seguir una meditación guiada de memoria, porque habría que ser tonto para ponerse auriculares y cerrar los ojos en un tren lleno de desconocidos que bien podrían estar planeando atracarlo o matarlo mientras estaba distraído.

Cuando el tren lo depositó al fin en la estación Penn, subió al nivel principal mediante las escaleras mecánicas y miró el móvil conforme salía a la superficie. Alyssa le había escrito:

Tenemos que hablar. A Ari le está dando ansiedad por
si un árbol se le cae en la habitación.

La oficina de Nathan, donde trabajaba de abogado especialista en bienes inmuebles y terrenos, estaba tan solo a unas pocas manzanas de la salida de la estación de la Octava Avenida. Para llegar hasta allí, iba a tener que tomar unas escaleras mecánicas más para llegar a la calle, solo que no lo hizo. En su lugar, se dirigió hacia el metro, pasó por el torno y se metió en el contenedor de microbios, esporas y biología en general que era el tren de la línea 1 para dirigirse al centro, a la calle Houston. Allí sí que salió a la calle, por las escaleras convencionales.

¿No puede esperar? Le respondió a Alyssa cuando salió y vio que su mensaje seguía siendo el más reciente. Tengo una reunión importante y voy a entrar en la oficina ahora mismo.

Se metió el móvil en el bolsillo y se dirigió al cine Film Forum, donde le echó un vistazo a la taquilla y compró una sola entrada para la primera función, la cual comenzaba al mediodía.

Nathan había pasado cada día de las últimas dos semanas en un cine, en su mayoría en alguno del barrio Village, lejos de cualquier encuentro casual con cualquier conocido posible. Se sentaba en su butaca favorita, la situada más al norte-noreste respecto a la pantalla, a 9144 mm del cartel de salida más cercano según la normativa de urbanismo de la ciudad de Nueva York. Era desde allí que podía salir más deprisa si se producía un incendio y, si la llamada que esperaba se producía por fin, también era desde donde podía ponerse de pie de un salto y marcharse sin molestar a los demás espectadores, por mucho que normalmente fuera el único en la sala, al ser una función al mediodía de un día entre semana de principios de invierno.

Aquel día, sin embargo, había otro hombre de su edad y dos mujeres mayores que él para ver *Cómo triunfar sin dar golpe*. Era la tercera vez que Nathan veía esa película aquella misma semana. El Film Forum solo proyectaba tres o cuatro películas a la vez, y, conforme pasaba por toda la rotación, vio que *Cómo triunfar sin dar golpe* era la que mejor le llenaba el córtex prefrontal de datos y estímulos, lo cual, a su vez, le estimulaba la amígdala cerebral, órgano que en aquel momento intentaba procesar cómo se había convertido en una persona que fingía ir a trabajar cada día y que, en su lugar, se escondía en un cine a oscuras.

No habría dicho que su trayectoria fue en línea recta, pero considera los hechos:

Seis meses antes de aquello, Nathan había estado pasando por delante de la sala de conferencias principal de la planta cuarenta y seis del edificio en el que se encontraba su bufete, tan grande que ofendía a la vista. Le gustaba evitar mirar directamente la sala de conferencias, debido a las ventanas de pared entera que tenía, igual de descomunales que el edificio, pero, al pasar por allí, vio que había unas doce personas reunidas, todos ellos socios por lo que parecía, sosteniendo copas de champán al aire. Y en el centro estaba Dominic Romano.

Había estado de camino a su despacho y, cuando pasó por delante de su secretaria, Nancy, a quien compartía con cuatro asociados más, le preguntó qué estaba ocurriendo.

—Han hecho socio a Dominic Romano —dijo ella.

—¿A Dominic Romano? —Se quedó mirando la sala de conferencias. El primo de su padre, Arthur, estaba de pie mirando por la ventana, con las manos en los bolsillos, un poco ajeno a la celebración. Se volvió un poco y echó un vistazo hacia atrás, tal vez al notar la mirada de Nathan, ante quien se encogió de hombros y volvió a mirar por la ventana. Dominic Romano había estudiado Derecho dos años después que Nathan.

Y no solo eso, sino que había entrado a trabajar al bufete seis años después que él. Y entonces, sin que Nathan se diera cuenta, era a Dominic Romano a quien preparaban para hacer socio, mientras él seguía siendo solo un asociado. Y luego, cuatro años después de aquello, Dominic consiguió que su suegro llevara su cadena de ferreterías respaldadas por capital de riesgo al bufete y, de repente, lo habían hecho socio de verdad.

Después de aquello, Nathan había vuelto a casa y se lo había contado a Alyssa, quien le dedicó una mirada intensa, asintiendo, y las cejas le formaron un campanario lleno de empatía.

—Pero a ti también te están preparando para hacerte socio, ¿verdad? —le preguntó. Y la pregunta lo desestabilizó.

—Ah, sí —repuso—. Bueno, no me están preparando para eso exactamente. Más bien me preparan para prepararme para ser socio.

—Ajá —dijo ella, solo con la boca.

—Es lo normal.

Lo único que Nathan había querido en la vida era estabilidad. Y estudiar Derecho, si bien era competitivo, claro, cumplía con lo que necesitaba y encajaba con su carácter, era la promesa de un futuro seguro. Era libros y documentos y exámenes. Era fechas de entrega y clases en las que se limitaba a escuchar. Era encontrar el agujero diminuto dentro del agujero más grande que solo se veía si uno se quedaba muy quieto y lo observaba desde todos los ángulos, algo para lo que él tenía un don, gracias a los años de preocupación que había vivido. Y, además, era un negocio que podía proporcionarle un buen sueldo, de modo que pudiera olvidarse del dinero que le llegaba cada trimestre y reservarlo para una época de vacas flacas, según lo que decía en voz alta, pero que para sus adentros veía como un búnker en el que refugiarse del fin del mundo.

Y entonces llegó el segundo año en la Facultad de Derecho y tuvo que encontrar prácticas laborales y luego un trabajo, lo cual implicaba que tenía que decidir en qué rama centrarse.

No podía decantarse por el lado de la insolvencia porque no podía rodearse de la ansiedad de las personas que pasaban por aquel mal trago. No podía dedicarse a la ley penal porque no, gracias, no quería codearse con criminales. Podía dedicarse al derecho de familia, pero no quería estar todo el día metido en broncas. También estaban los testamentos y los fideicomisos, como el primo Arthur, pero los testamentos trataban con la muerte y no quería pasarse el día hablando de la muerte cuando ya se lo pasaba pensando en ella.

—Bueno, ¿y qué es lo que te gusta hacer? —le preguntó Arthur cuando acudió a él en busca de consejo—. ¿Te consideras un buen negociador?

Un escalofrío le recorrió el cuerpo al joven Nathan.

—¿Te imaginas en un juzgado?

Lo que fuera que le pasara al rostro de Nathan en aquel momento fue un indicio de que no, no se imaginaba en un juzgado.

Arthur le habló del derecho de contratos (en el que también tendría que lidiar con clientes), sobre ser abogado de inmigración (¿cómo?), del derecho laboral (otra vez con las negociaciones) y ya ni qué decir de la palabra endemoniada que empieza con «l» y acaba con «itigación».

Y entonces Arthur le habló de los bienes inmuebles y terrenos. Con sus estatutos y regulaciones y ordenanzas. Con sus enmiendas a los estatutos, regulaciones y ordenanzas. Con su jurisprudencia. Con sus enmiendas a la jurisprudencia. Con precedentes. Y precedentes nuevos. Y tratados. Y formularios. Y los formularios previos que se tenían que rellenar antes de presentar los formularios. Los permisos. Los permisos que hacían falta para rellenar otros permisos. Las montañas de documentos. El sector de los bienes inmuebles y terrenos tenía tanto suculento papel que uno podía enterrarse en él y, una vez que quedaba debajo de las leyes y regulaciones y ordenanzas y estatutos y vacíos legales, si algo salía mal, nadie podría encontrarlo debajo de tanto papel.

Sí que iba a tener que acudir a alguna que otra vista. Y la mayoría de los abogados especialistas en bienes inmuebles y terrenos tenían que ir al juzgado y negociar con contrincantes de otros proyectos y con propietarios de tierras colindantes. Aun así, existía una categoría que se limitaba a sentarse bajo las montañas de documentos, para investigar y cumplimentar formularios y encontrar soluciones y marcar documentos. En otras palabras: Nathan.

Al escucharlo hablar de aquella rama del Derecho, se le puso la expresión embelesada de un hombre enamorado, embriagado por la promesa de una vida llena de un tedio poco arriesgado y sin confrontaciones.

Fue así que Arthur contrató a Nathan en cuanto este terminó la carrera, por supuesto. Por encima de todo, Arthur servía a Ruth, de modo que le despejó el camino a su tío segundo para que pudiera empezar con buen pie.

¡Y a Nathan se le daba de perlas! Bueno, lo hacía bien. Mantuvo el puesto, al menos. Sí que se le daba bien investigar y contaba con la paciencia que le proporcionaba el saber que, cuanto más trabajara fuera de un juzgado, más probable era que nunca fuera a tener que poner un solo pie allí. Por tanto, fue una pieza clave de muchos de los éxitos del bufete, a saber:

- La universidad de la ciudad que pudo adquirir albergues para sintechos subvencionados con dinero público y convertirlos en residencias para alumnos.
- El salón recreativo El Ratón Divertido Abierto 24 Horas del centro de Brooklyn que pudo conseguir una licencia para vender alcohol e instalar una máquina expendedora de CBD.
- El Superbarato de la calle 34 (cliente suyo) que pudo seguir vendiendo cannabis mientras que su competencia, el Compra Ahora situado a tan solo nueve locales de distancia (y no cliente suyo), tenía que obedecer las leyes dominicales y cerrar el domingo.
- Cinco proyectos de viviendas a bajo precio de la parte oriental y pobre de Brooklyn que quedaron descartados y reemplazados por Burger Kings.

Etcétera, etcétera, y así sucesivamente.

Para todos aquellos proyectos, Nathan se encargó del papeleo. Llevó a cabo la investigación pertinente, cumplimentó los formularios que tocaban, redactó los hallazgos necesarios y lo presentó todo por triplicado. Escribió documentos de aprobación que podían usar los departamentos de ingeniería, los comités de zonificación municipal, los ayuntamientos. Recorría los pasillos del bufete sin alzar la vista del decimocuarto volumen de un libro de una jurisprudencia desconocida que no se había abierto desde hacía más de una década. Se encargó de la búsqueda meticulosa de detalles que nadie más estaba dispuesto a hacer pero que era necesaria para subvertir las leyes éticas y de buena fe que los abogados especialistas en bienes inmuebles y terrenos suelen tener que destruir por el bien del bolsillo de sus clientes. Estaba tan ocupado que no le daba tiempo a pensar en la aniquilación moral que representaba su trabajo. Recordemos que ayudó a transformar albergues para sintechos en residencias universitarias.

Y eso era lo único que hacía. Nunca formó parte de la creación de ningún plan, de la mejora del negocio, de la producción y la expansión del trabajo. Ni se imaginaba tener que reunirse con un cliente, y la idea de tener que presentarse en el juzgado le daba repelús. No dio ningún paso adelante y nunca se paró a pensar en ello, porque, sinceramente, nunca alzaba la mirada. Nunca contaba el paso de los días ni de los años y se consideraba afortunado por que le gustara cómo se ocupaba. Su abuelo se había deslomado en una fábrica para poder fundar la suya; su padre se había encargado de gestionar dicha fábrica para poder proporcionarles a sus hijos la posibilidad de disfrutar de cómo pasaban el día. ¡El sueño americano!

Y, por mucho que aquello fuera un gran alivio desde el punto de vista de Nathan, para los mandamases lo único que conseguía era pasar desapercibido. La gente cree que un despido es lo opuesto a un ascenso, pero no, lo opuesto es la estasis en la que vivía él.

Sin embargo, era lo que él había escogido, aunque fuera por defecto. El ascenso de Dominic Romano no le tendría que haber molestado tanto, solo que coincidió con dos factores importantes en la vida de Nathan. Uno era que su abuela estaba enferma, y cada semana, cuando la iba a ver a su salón, se encontraba con que el sentimentalismo y las emociones que había oído que afectaban a los moribundos seguían evitándola a ella.

—Eres mi primer nieto —le decía ella—. Serás el líder de esta familia cuando tus padres no estén en este mundo. —Ya no era capaz de levantar la cabeza. La cuidadora estaba sentada en un rincón de la sala, dormitando—. No me creo que no vaya a vivir lo suficiente como para ver que te conviertes en alguien importante.

—Tiene que estar delirando —le decía él a la cuidadora.

—A mí me suena normal —contestaba ella.

Nathan intentaba tranquilizar a su abuela y le decía que sus padres seguían siendo jóvenes y estaban sanos, que él era un abogado en el bufete (¡el bufete de Arthur, con lo bueno que era!) y que le iba bastante bien.

—Hazme caso, el tiempo pasa más rápido de lo que crees —le dijo su abuela. Sus venas mostraban un montón de secretos oscuros sobre lo que nos espera a todos—. No conociste a tu abuelo, no sabes lo que hizo por vosotros, para que tuvierais la libertad de decidir. Tienes que decidirte, Nathan. Tienes que decidirte.

—Sigo trabajando cada día. Es un campo competitivo, claro, pero...

—No me haces caso, Nathan. Crees que no, pero sí que lo sé. ¡Hazme caso!

A pesar de lo que le decía la cuidadora, se permitió creer que su abuela estaba perdida y confusa, que su agresividad era el resultado de los medicamentos que se tomaba (aunque ¿no se suponía que debían tranquilizarla?); sin embargo, al llegar a casa después de aquellas visitas y sentarse junto a sus hijos en el sofá y verlos con sus videojuegos, se lo tomaba de otra forma. A Ari le gustaban los juegos de rol de fantasía en los que distintos tipos de criaturas, entre ellos humanos, se asesinaban con métodos arcaicos, con flechas, veneno y maldiciones. Por su parte, a Josh le gustaban más los juegos de deporte o de disparos en primera persona o, si podía ser, uno que combinara los dos géneros y tuviera un jugador de fútbol que se liara a tiros con una ametralladora en pleno partido. Sus hijos eran bastante distintos el uno del otro.

No obstante, también eran distintos a él. Ari tenía un carácter similar al de su padre, lo cual significaba que también era una bola de nervios como él, pero Nathan nunca se habría puesto a jugar a videojuegos cuando era pequeño. Su ansiedad lo había llevado a esconderse por los rincones con un libro, a armarse de información, no a vivir con aquella... inercia. No a una infancia que esperaba que pasara sin más, que pasaba el tiempo sin pensamientos ni ambiciones. A ninguno de sus hijos les interesaba algo que no fueran los videojuegos. No leían. No sentían curiosidad por el mundo. Cuando terminaban de disparar en estadios de fútbol o de enfrentar a ejércitos de troles contra regimientos de elfos (y solo terminaban porque su madre les limitaba el tiempo que podían pasar con la consola), sacaban el móvil y se sometían a la pasividad de ver una mezcolanza de vídeos de entretenimiento creados por otros.

—A su edad yo ya me había leído *El señor de los anillos* y todos los de *Las crónicas de Narnia* —se lamentó Nathan con Alyssa por la noche, cuando por fin les habían quitado los iPhones y los iPads a sus hijos para mandarlos a la cama—. Hasta intenté hacer mi propio ordenador a los diez años o así.

—A mí me criaron de otra forma —repuso ella. Ellos también se habían acostado y estaban tumbados bocabajo, mirándose de una almohada a otra y hablando en susurros—. Creo que es por el dinero, ¿sabes? O sea, ¿qué los va a motivar para ganarse la vida? Lo que me motivó a mí fue querer una vida distinta a la de mis padres.

—¡A mí no! —dijo Nathan.

—Ya sabes lo que se suele decir —contestó Alyssa—. La primera generación construye la casa, la segunda vive en ella y la tercera la quema hasta los cimientos.

—¿Y qué generación son los niños? —susurró Nathan.

—Ah, pues tiene gracia. Por mi lado son la segunda generación, porque yo no tenía dinero, pero por el tuyo son la tercera. ¿O la cuarta? Pero bueno, parece que tu lado lleva las de ganar.

—¿Preferirías que se estuvieran criando como te criaste tú?

—No he dicho eso, el que se queja eres tú. Eso a lo que te refieres parece un sacrificio razonable para no pasar miedo en todo momento. Hay peores cosas en la vida que ser vago y estar mimado.

—¿Como qué?

—Como ser pobre —repuso ella.

Entonces Nathan apagaba su lámpara porque sabía que lo próximo de lo que iba a hablar su mujer era de lo que creía que iba a poder impedir que sus hijos se convirtieran en monstruos por completo, es decir, un enfoque más asiduo respecto a la religión.

—Tengo que madrugar —decía él, y apartaba la mirada. Había cosas de las que no valía la pena hablar.

Sin embargo, a oscuras, se enfrentaba a la idea de que era así como tenía que ser. Cuando era pequeño, el imperativo reinante era leer, aprender, involucrarse y perseguir las metas. Los amigos de sus abuelos eran emprendedores o profesores de filosofía o abogados que defendían sus casos delante de la Corte Suprema. Eran escritores y dramaturgos y personas que se aprovechaban de todo lo que el sufrimiento y la supervivencia de sus padres durante la guerra les permitían tener. Y luego estaban los de la generación de sus padres, que formaban una lista sin fin de dermatólogos y abogados mercantiles; aun así, el rasgo que todos compartían eran las ganas de esforzarse y el ímpetu para salir adelante, la necesidad de salir del déficit en el que la guerra y las generaciones de inmigrantes los habían metido. Nathan tuvo que pasar dos veranos en la fábrica de su familia para aprender el oficio, o, como decían sus padres, para saber lo que era trabajar de sol a sol. Lo mandaron a clases de programación, allá por los albores de los ordenadores personales, para aprender lenguajes de programación fungibles como C++ y Pascal. Lo obligaron a tomar lecciones de piano, cuyo valor parecía inventado, pues ningún miembro de su familia tenía dotes de músico o siquiera les gustaba la música en sí. Lo llevaron a clases extraescolares de francés (¡de francés! Habrase visto), de ajedrez y de kárate (mira, ni preguntes). Lo alentaron a soñar sobre su futuro, a perseguir unas metas importantes, y confiaron en que querría llegar a ser una persona completa.

En cierto modo, lo había logrado. Sin embargo, al ver cómo sus hijos dejaban los mandos a regañadientes para ir a por el móvil o los deberes o arrastrar los pies hasta las clases de bar mitzvá, se dio cuenta de que su abuela tenía razón. Era mayor de lo que creía que era, lo cual significaba que lo mismo ocurría con sus hijos. Allí estaban, delante de él, los receptáculos de una oportunidad incluso más increíble de la que se le había concedido a él, solo que no lo sabían o les importaba un bledo; o lo que tal vez era más probable, que no pensaban en aquellos términos. Nathan no los había obligado a ir a trabajar con él en verano, como sí había hecho su padre. Se preguntó si debería insistir en que fueran a la fábrica, aunque sea para ensuciarse las manos, pero no podía ser. Alyssa había insistido en que fueran al campamento judío si iban a estudiar en la escuela pública del lugar, y él no tuvo nada que objetar. Iba a dejarlos perseguir la meta que ellos quisieran, porque ¿acaso aquello no era el sueño americano judío? Aun así, más tarde vio que aquello solo era una buena idea si salían como él, y ya entendía, quizá demasiado tarde, lo que había ocurrido. Su mujer había aislado a sus hijos de las «críticas» y no había permitido que los hicieran «sentir mal», había protegido su «salud emocional» y había obrado con una «mentalidad de crecimiento». Su abuela tenía razón: sus hijos eran unos inútiles (aunque, claro, técnicamente su abuela lo había llamado «inútil» a él, no a sus hijos).

Fue al día siguiente al de aquella visita, mientras su abuela seguía consumiéndose en el centro de su salón y sus hijos estaban en sus respectivas aulas babeando sobre el móvil en lo que esperaban que sonara el timbre, que Nathan llegó al bufete incluso antes de lo normal y se dirigió a la antesala del despacho de Arthur. Él ya estaba allí, porque había desayunado con un socio y tenía una reunión con un fideicomisario.

—Muy buenas —lo saludó Nathan, agachando la cabeza para entrar en el despacho de Arthur.

—Nathan —repuso él, con cierta preocupación—. ¿Va todo bien con tu madre?

—Sí, sí —dijo Nathan, y permitió que su cuerpo siguiera el movimiento de la cabeza, con lo que se sentó al otro lado del escritorio de Arthur—. Es que quería hablar contigo a ver qué opinas. He estado pensando... He estado pensando en Dominic Romano, en que haya llegado a ser socio...

—Ah, eso, sí —interpuso Arthur. Se quitó las gafas y le dedicó una sonrisa amable—. Mira, todo el mundo es diferente. Dom Romano es un tiburón, y no todo el mundo puede ser así, Nathan. Pero eso no significa que no tengas valor; eres un engranaje muy valioso del departamento.

—Bueno, sí, claro. Es que... no sé cómo medís el valor. Creo que si hago lo que hago y a los demás les parece valioso, quizá, no sé, hay formas de hacer que se note, ¿sabes? —Se quedó mirando un poco más allá del hombro de Arthur, incapaz de mirarlo a los ojos.

—Sí —respondió él con voz suave—. Pero a veces la forma en la que se demuestra a alguien que es valioso es asegurándose de que ese alguien pueda trabajar dentro de los parámetros de lo que es capaz de hacer. Se le ayuda a estar cómodo dentro de sus limitaciones y se le permite hacer lo que puede, ¿me explico?

—Sip —contestó Nathan tras un segundo, aunque casi no llegó ni a un hilo de voz. Entonces pensó en la expresión altiva de Dominic Romano y se obligó a mirar a Arthur a la cara—. Pero ahora el tipo que estaba años por detrás de mí en la facultad y que no lleva tanto tiempo aquí como yo es mi superior. ¿Y si empiezo a reunirme con clientes? O me presento en el juzgado. ¿Y si lo intentara?

Arthur tomó aire y se lo pensó bien antes de contestar.

—Deja que te lo explique, Nathan —dijo—. La rama de los bienes inmuebles es muy política. No sois solo abogados, según el estado de Nueva York, sino que sois miembros de un grupo de presión. Y puede que eso no encaje contigo. La ambición agresiva que tiene Dom no es lo tuyo. —Al ver que Nathan fruncía el ceño, añadió—: ¡Aunque eso no es malo! Todo bufete necesita a personas como tú, personas que quieran mantenerse al margen de la acción para enterrarse en los libros y encontrar los vacíos legales. Eso tiene mucho valor.

—Bueno, vale, pero ya estás hablando del valor otra vez. Si tan valioso soy para el bufete, si lo que hago de verdad hace tanta falta, quizá no tendría que ponerme tan agresivo para que me ascendieran, ¿no? Es que... llevo mucho tiempo de asociado. —Y, antes de que a Arthur le diera tiempo a decirlo, añadió—: No es por el dinero, ya lo sabes. Es que el dinero es lo que usa la sociedad para mostrar cuánto se valora a una persona, y la última vez que me subieron el sueldo...

—Fue el año pasado.

—Sí, pero por la inflación. No es lo mismo. Y sigo siendo asociado. Nadie más de mi edad lo es.

Arthur no tenía nada más que decir, y Nathan ya había dicho lo que quería, por lo que se puso de pie y se marchó, agotado por la conversación, la confrontación más acalorada que había tenido con alguien en toda la vida.

Solo que entonces, una semana más tarde, Nathan estaba repasando los documentos finales de la propuesta de la Universidad de Nueva York para adquirir una iglesia y convertirla en una residencia universitaria con tienda de yogur helado incorporada para los alumnos. Resulta casi imposible convertir una iglesia en uso, con congregación y todo, en una residencia universitaria y tienda de yogur helado en la ciudad de Nueva York, porque el ayuntamiento anda con pies de plomo a la hora de eliminar lugares de culto, los cuales normalmente no pueden permitirse seguir abiertos entre las franquicias de farmacias que han pasado a ser lo más común de la zona. Sin embargo, Nathan había descubierto que podía pagarles a los miembros de la congregación y encontrarles una nueva iglesia (en aquel caso, un edificio abandonado y declarado en ruinas al este de la ciudad que había pertenecido a la organización judía sin ánimo de lucro Workmen's Circle/Arbeter Ring en los años 50 antes de convertirse en un centro contra la violencia sexual e intento fallido de espacio de trabajo colaborativo). Con la iglesia ya vacía, podía llenarla con la congregación de una nueva religión (algo permitido gracias al caso de Yeti contra Smith, 1982) y hacer lo mismo con la nueva religión en sí (ibid.), la cual se había inventado (permitido por el caso Koresh contra la Hermandad de San Mateo, 1992), tras lo cual a la congregación se le permitía abandonar dicha religión. Después de aquello, solo tenía que esperar noventa días sin que nadie acudiera en sábados ni domingos (además de los miércoles por la tarde, momento que era el Sabbat inventado de la religión inventada que el bufete había introducido en el lugar en aquel caso en concreto), y entonces y solo entonces una entidad comercial podía adquirir el edificio y convertirlo en viviendas, un centro educativo o un restaurante. ¿El secretario municipal que puso el sello en la licencia de apertura y actividad final para el lugar parecía muy animado por aquella lógica absurda permitida por tecnicismos? Para nada. ¿Le dijo al asistente jurídico que fue a recoger la licencia que tendría que caérsele la cara de vergüenza por trabajar con «esas aves de rapiña que estaban llevando la ciudad a la ruina»? Pues sí, para qué nos vamos a engañar. Pero aquí los principios no importaban, no; así era el mundo de los bienes inmuebles.

Acababa de mandar los documentos finales de la universidad para que pasaran por el notario cuando la nueva secretaria de Dominic Romano (la cual era solo para él) le dijo que el señor Romano quería verlo en su despacho.

Nathan notó que lo que tenía en el estómago le iba subiendo por el esófago y le salpicaba la faringe y subía más y más conforme recorría aquel largo pasillo. Dominic no tenía ningún motivo para llamarlo a su despacho.

—Muy buenas —saludó Nathan, tras asomarse por la puerta.

Dominic no apartó la mirada del ordenador conforme le hacía un gesto para que se acercara.

—Siéntate, Nathan —le pidió—. Gracias por venir tan deprisa.

—Es que estaba... ¿Necesitas algo? —preguntó Nathan—. Estaba terminando de concretar los documentos de la Universidad de Nueva York para enviarlos.

—Bien, bien; no, solo quería... Iba a reunirme con todos, ahora que me han metido aquí no sé cómo. —Por fin apartó la mirada del ordenador y pasó la vista por el despacho para indicar dónde estaba no sabía cómo—. Quiero conocer al resto del equipo. Claro que ya nos conocemos, que son muchos años.

—Muchos años, sí.

—Y sé que te llevas bien con Sim.

—Sip.

—Siempre se ha esforzado mucho, me alegro de que se haya tomado un descanso.

—Siempre se ha esforzado mucho, sí —repitió Nathan.

—Qué mala pata lo del divorcio. Menos mal que se ha tomado un tiempo —dijo, como último preámbulo—. Bueno, tu tío Arthur me ha dicho...

—Es el primo de mi padre, no es mi tío exactamente. Es mi tío segundo. Somos más como compañeros, la verdad. Técnicamente.

—Ya, eso. —Dominic siempre llevaba camisas azules con el cuello blanco. Se había quitado el bléiser y se había remangado los puños, también blancos, con lo que dejaba ver unos brazos masculinos y llenos de vello y el reloj de oro que llevaba—. Estábamos hablando de lo mucho que trabajas en el lado ajeno a los clientes. Siempre te gustaron los libros, incluso en la facultad.

—Bueno, es que estudiábamos Derecho. Tiene muchos libros.

—Ya, eso. Pero a lo que voy es a que Arthur y yo estuvimos de acuerdo en que ese tipo de trabajo no conlleva mucha gloria, pero quizá sí que necesita una mayor recompensa. Quizá deberíamos recompensarte.

A Nathan se le secó la garganta.

—Tu tío cree que debería ascenderte, pero ¿qué sentido tiene eso, verdad? Le dije que tú no quieres ni hablar de nepotismo, que lo que quieres es conseguir las cosas por tu propio mérito.

— … eh, sí. Sip.

—Me acuerdo que en la facultad tenías aquel piso, aquel de piedra rojiza en el Village, si mal no recuerdo. Yo viví en casa de mis padres, en Staten Island, hasta el final. Y trabajaba, ¿sabes? Primero en la cafetería y luego en el gimnasio. Lo limpiaba todo, me encargaba de las toallas y demás. Una vez el gerente atrapó a dos tipos haciéndolo en la ducha, y era mi turno y me obligó a limpiar el desastre.

—Ah, vaya. Es… Suena… Vaya.

—Mi familia no era rica. Tenía que tomar el transbordador cada día, de ida y vuelta. Fui el primero de la familia en ir a la universidad.

—Qué curioso, Dominic, porque yo también lo fui en la mía, ¿sabes? No sabía que teníamos eso en común. Mi padre no fue a la universidad; o, mejor dicho, estaba en tercero cuando su madre lo llamó para decirle que su padre había muerto de un ataque al corazón, y mira que no tenía ni cincuenta años aún el hombre. Le dio el ataque en su fábrica y ahí se quedó. Así que mi padre volvió a casa y se encargó de la fábrica, no llegó a graduarse. Al final fui yo el primero de la familia en graduarse.

—Con los judíos no es lo mismo.

—No, ¿qué? No… No decía que… ¿A qué te refieres?

—¿Sabes lo que me dijo alguien un día?

Nathan notaba que el colon ascendente intentaba hacerse un nudo con el colon transverso y el descendente.

—¿Qué te dijo?

—Que un italiano es un judío tonto. ¿A que hace gracia?

Nathan no podía moverse.

—Y es curioso porque aquí estamos, después de que me hayan pedido que te ayudase. Aunque fue un judío quien me lo ha pedido, claro.

—No sé si estaría de acuerdo con eso. Con lo de los italianos estadounidenses. Los judíos y los italianos estadounidenses tenemos mucho en común. Bueno, no todo…

—Y ahora vas a mencionar el Holocausto. Qué original.

—Ah, no. Para nada. Estaba pensando en la experiencia de la inmigración. Mi familia vino al país sin dinero, y mi abuelo solo tenía una idea para hacer moldes de poliestireno, para fabricarlos. Y con eso se puso a trabajar.

Dominic esperó con educación a que Nathan terminara. Y, después del momento absurdo de silencio que se produjo, acabó diciendo:

—Voy a darte una oportunidad. Sé que no quieres ser el que lleva a cenar a los clientes… Como si fueras capaz de hacerlo. Pero hay más cosas que sí que puedes hacer. Voy a darte una oportunidad.

—Me alegro mucho. De verdad, gracias.

—Voy a ponerte en el caso de Giant's.

—¿En el de…?

—Giant's, sí.

Nathan no se lo creía. ¿Lo iba a poner en el caso de Giant's? ¿En el de Giant's? ¡En el de Giant's, por el amor de Dios!

Giant's era una conocidísima tienda de menaje del hogar / ropa / mesitas de madera prensada / papelería / zapatos / cortacéspedes / limpiadores de retretes / medicamentos / productos sanitarios / reparación de coches / productos cosméticos / alimentación / cinturones / sujetadores de lactancia / *Call of Duty: Modern Warfare* / ganchos para ropa con forma de nariz de cerdo / pañales / detergente para cisternas del retrete y enfriadores de botellas de vino que se había apoderado de la Costa Este en la década anterior. También era el cliente más importante del departamento de bienes inmuebles y terrenos, el responsable de que pudieran pagar las facturas en la planta cuarenta y seis de aquel edificio y de que los socios hubieran conseguido una hipoteca de interés bajo para su tercera y cuarta vivienda y de que se pudieran permitir otro Porsche y la matrícula de las escuelas privadas y la manutención de la familia secreta que tenían en Canadá.

Nathan no cabía en sí mismo de la emoción.

—Vaya, Dominic. Gracias —dijo—. Guau. —Entonces preguntó—: ¿De qué me encargaré?

—En el Giant's de Yellowton necesitan una licencia de apertura.

—Anda —dijo Nathan, asintiendo con entusiasmo—. Claro. ¿Hay algún problema? No me he enterado de ningún problema con la licencia.

—No, no —repuso Dominic—. Es solo que necesitamos a alguien que lo supervise y se asegure de que todo vaya como la seda. Solo es el empujoncito final.

—Ah, ya veo. Mmm. Bueno, es que… Nosotros no solemos hacer eso, ¿no?

—A veces sí, cuando hace falta. Por la aprobación a discreción y esas cosas.

—Vale, pero son los de primer año quienes hacen esas cosas. O los asistentes jurídicos.

Dominic se permitió mostrar un breve atisbo de agotamiento en la expresión, de una forma que a Nathan le recordó a su propia madre.

—Nathan, un socio me ha pedido que le diera un poco de trabajo extra a su sobrino para justificar un ascenso. Pon un poquito de tu parte, anda. ¿Crees que hay algo más que puedas ofrecerle a nuestro trato con el Giant's de Yellowton?

Nathan se quedó sentado, asintiendo con entusiasmo como antes, solo que mirándose los pies, en lo que intentaba atar cabos.

—¿Un ascenso, dices? —preguntó.

Dominic cerró los ojos durante unos instantes y meneó la cabeza, hastiado.

—Sí —respondió—. Voy a concederte un ascenso cuando acabes con eso. A asociado sénior. Felicidades, Nathan.

Dominic se puso en pie y Nathan no pudo hacer otra cosa que imitarlo. Dominic estiró una mano para estrechársela y volvió a sentarse para mirar el ordenador. Fin de la reunión.

En el tren de vuelta a casa aquella noche, Nathan se puso a reflexionar sobre dos ideas por igual. Una era que nunca lo habían insultado tanto en toda su vida y la otra era que le iban a conceder un ascenso, ¡por fin!

Le dio la buena nueva a su mujer.

—¡Asociado sénior! —exclamó—. ¡Qué bien! Tenemos que celebrarlo. —Les avisó a voz en grito a los niños que iban a salir a cenar.

—Bueno, todavía no está todo decidido, ¿sabes? Todavía no. Me van a poner en el proyecto de Giant's, que es como un propio ascenso en sí mismo. Porque es el mayor cliente del bufete, ¿verdad? Pero primero necesitan que me ponga con eso, y luego, bueno, es una formalidad y ya está.

—Celebremos de todos modos.

Fueron al restaurante chino *kosher*, dado que a Alyssa le gustaba tanto apoyar los negocios *kosher* como evitar comer lo que no lo era, y la comida china era un campo de minas de alimentos no *kosher*.

—Bueno —comenzó Alyssa, ya sentados y después de haber pedido—, me alegro mucho. ¿Es como hacerte socio? ¿O es parte de la preparación para hacerte socio más adelante? ¿O es otra cosa?

Nathan pasó la mirada del rostro de su mujer a más allá de su hombro y se percató de que no lo sabía.

—Es un ascenso. Y supongo que todos los ascensos son para terminar haciendo socio a alguien.

Aun así, al día siguiente, volvió a asomarse al despacho de Dominic.

—¡Muy buenas, jefe! —lo saludó Nathan.

—¿Teníamos alguna reunión? —Dominic alzó la mirada al hablar con él.

—Ah, no, es que tengo un par de preguntitas por el ascenso ese que me mencionaste ayer.

Dominic dudó durante un segundo antes de hacerle un ademán para que pasara.

—Es que mi mujer me hizo una pregunta anoche y me di cuenta de que no tenía la respuesta.

—Claro, claro —lo apresuró Dominic—. Solo tengo como dos minutos…

—¿Asociado sénior es un puesto para prepararme para ser socio? —La voz le salió más aguda que cuando lo había practicado. Dominic se echó atrás antes de contestarle.

—Bueno, todos los puestos son para eso en un bufete, ¿no? Técnicamente, vaya. Si eres abogado. Y lo eres.

—Pero me refiero a asociado sénior en concreto.

—Te voy a ser sincero, Nathan: no lo sé. Nadie más tiene ese puesto.

—No es un…

—Exacto. Eres nuestro primer asociado sénior.

—Pero, en términos materiales, ¿significa que…?

—Oye, ¿podemos hablar de esto más tarde? Sé que tienes mucho que hacer esta semana. Ya hablaremos cuando hayas terminado con la licencia de apertura, ¿te parece?

Solo que no era una pregunta.

Un lunes por la mañana, poco más de tres meses después de aquella reunión con Dominic, Nathan le dijo a Alyssa que no necesitaba que lo llevara a la estación de tren y, en su lugar, se subió a su propio Acura 2017 MDX para ir por la autopista interinfernal de Long Island y se dirigió al este en lugar de al oeste.

Había llegado el momento de superar el desafío.

El propio hecho de que el Giant's de Yellowton existiera era una especie de golpe de estado. El gigante de los supermercados Giant's llevaba años intentando abrir sucursales en los alrededores de los Hamptons, al este de Long Island; los lugareños, tanto ricos como de clase obrera, necesitaban un lugar en el que comprar paquetes de ropa interior, pilas, medicamentos y máquinas quitanieves junto a sus cajas gigantes de Frosted Flakes y gafas para ver de cerca. En aquel sentido, la región de Long Island era una diana gigante para la empresa. Era donde el distrito necesitaba comprar, donde a los ricos les gustaba comprar (aunque estos solo con la excusa de que quedaba cerca). A los ricos no les gustaba que les recordaran qué clase de vecinos tenían, los que también compraban alimentos y ropa formal en el mismo lugar.

Nadie era inmune a la magia de un Giant's. Una vez que se entraba en alguna de sus tiendas gigantescas de color verde brillante y se recibía el saludo de su conocida mascota lagarto, se abría todo un abanico de posibilidades: sobre la vida, sobre el alma, sobre todo lo que podría acercar a uno siquiera un poco a un sucedáneo de la felicidad. Nadie entendía por qué ni cómo aquel consumismo maximalista activaba la dopamina de aquella manera. Sin embargo, lo que tiene la dopamina es que, cuando se activa, ya da igual por qué ha sido. Así funciona la dopamina.

Los gerentes de la tienda sí que lo entendían, claro. Y les perturbaba muchísimo pensar en cuánto dinero estaban dejando de ganar cada día que el beneficio potencial del este de Long Island se gastaba en la combinación de los supermercados ya existentes en la zona, como Costco, Sam's Club, Walmart y Target. Porque las secciones más acaudaladas de Long Island no iban a permitir que la tienda (y la población de compradores a los que atraía como la luz a las polillas) se metiera en su terreno, y, por una variedad de razones que más que nada tenían que ver con las leyes de zonificación, también les era imposible encontrar un terreno apropiado para la tienda en las zonas de clase obrera.

De modo que Giant's contrató al bufete Plotz Lindenblatt. Sim Lustig, el gerente a cargo del departamento de bienes inmuebles y terrenos, le pidió a su asociado más prometedor, Dominic Romano, que le encontrara un municipio en el que un

Giant's tuviera cabida. Casi de inmediato, Dom encontró un pueblo diminuto y de forma difusa llamado Yellowton.

Yellowton ocupaba un radio de apenas 11,95 kilómetros desde el centro, pero se trataba de unos 11,95 kilómetros muy importantes para los lugareños, quienes los protegían con una brutalidad muy propia de Long Island.

La zona residencial del pueblo estaba ocupada principalmente por viviendas de dos pisos pequeñas y abandonadas que antaño habían pertenecido a marineros, pescadores, trabajadores del puerto y demás personas asociadas con aquel mar horrible, el mar que tanto les gustaba a los de la ciudad por el paisaje que ofrecía, pero que, para los que trabajaban allí, era un centro de trabajo cruel y despiadado sin departamento de Recursos Humanos al que acudir a quejarse por actividades ilícitas y abusos variopintos. Aun así, los trabajadores del mar ya no conformaban la mayoría de la población de Yellowton, desde que la pesca se había trasladado a las empresas y a otros países; la industria de servicios había pasado a ser más mayoritaria que el trabajo en el mar y el paro lo eclipsaba todo más aún.

El pueblo estaba dirigido por un consejo de sabios formado hacía varias generaciones para defender un conjunto de estatutos inmutables que habían redactado para asegurarse de que ninguna generación posterior, con su ignorancia juvenil y su codicia abyecta, pudiera llegar a un acuerdo que alterara la población del lugar, compuesta por irlandeses, británicos y alemanes en su mayoría.

Los estatutos lo conseguían de distintas formas. El condominio que el constructor de Manhattan quería edificar iba a subir el alquiler de la zona y a hacer que los propietarios quedaran en peligro por la inflación del lugar, de modo que los estatutos dictan que nadie de fuera puede construir allí, ni hablar del peluquín. La posada veinticuatro horas a pie de playa que quería construir el hotelero iba a cortar el acceso de al menos dos muelles y a provocar que el Cuvo de Carne ([sic], no pretendían escribirlo mal) tuviera que empezar a usar ingredientes no caducados, por encima del grado C y aprobados por la Administración de Alimentos y Medicamentos solo para poder competir con el restaurante que instalaran en el hotel, de modo que los estatutos dictan que puedes construir cerca del puerto cuando los cerdos vuelen. ¿Y qué pasa con la filial de marisco del elegante asador de Manhattan que iba a llevar clientes al resto de tiendas de la calle Main y dar dinero de turismo al pueblo? Pues que ya hay bastante marisco por ahí, de modo que los estatutos dictan que no se puede construir ningún restaurante redundante en los límites del pueblo, y, ya que están, los estatutos añaden que los capullos de Manhattan pueden irse a tomar por culo.

No obstante, el credo de cualquier abogado de bienes inmuebles es que cualquier estatuto antiguo, bien pensado y mejor defendido no es nada más que una apuesta inicial. Así que Dominic Romano, el intrépido asociado asignado a las relaciones con el pueblo, se puso manos a la obra. Organizó una ofensiva basada en los sobornos, la manipulación y el don de gentes tan intensa que los habitantes de Yellowton ni siquiera lograron recordar cuándo el abogado de la ciudad que intentaba corroer sus valores empezó a presentarse; con el paso del tiempo, se las había ingeniado para convertirse en un consejero del que se fiaban, en un amigo. Para cuando notaron que Dominic siempre estaba por allí, ya habían aceptado que Giant's era una empresa benevolente que miraba por el bien del pueblo y que ellos eran una comunidad digna de dicha benevolencia. De hecho, ni siquiera recordaban por qué se habían resistido tanto. ¿Qué podían tener en contra de quienes les ofrecían precios bajos y bienes temporales fabricados en China? ¿Qué podían tener en contra de la verdadera conveniencia estadounidense? Y eso por no hablar del porrón de puestos de trabajo que iba a crear la tienda. ¿Cómo iban a quejarse? No podían quejarse, no. No podían quejarse porque tenían un nuevo campo de fútbol patrocinado por Giant's en el instituto y un nuevo «Giant's presenta: la Experiencia de Cena al Fresco de Yellowton» (lo que venía a ser una zona de restaurantes al aire libre) delante de la fuente del centro del pueblo (también recién reformada por

Giant's). Porque Giant's organizó una maratón de cinco kilómetros que se podía hacer corriendo o caminando y pagaban cien dólares a cada uno que se presentara al lugar. ¡Ni siquiera tenían que correr ni caminar! Podían quedarse en la sección de quienes animaban a los que sí, o pasear por dicha sección, o atravesar un paso de cebra cercano por pura casualidad, y les daban los cien dólares de todos modos.

Sin embargo, mientras los habitantes de Yellowton se fueron haciendo a la idea de que necesitaban un Giant's en la zona, al concejo municipal no había quién lo convenciera. El acta constitutiva de Yellowton dictaba que solo podía existir un (1) establecimiento de consumo por categoría de producto dentro de su radio de 11,95 kilómetros (por ejemplo, una gasolinera o un supermercado o, como ya se ha mencionado, una marisquería) y nada más que eso. Por tanto, si no había un establecimiento que vendiera el tipo de neumáticos que ofrecía Giant's, pero este también vendía zanahorias baby y ya había otra tienda que las vendía, poco importaba que pudieran competir con los neumáticos, porque las zanahorias baby los habían dejado fuera de combate. Nanay. Como resultado, no construían nada nuevo en Yellowton. No mejoraban nada en Yellowton. Prácticamente la gente ni pasaba por allí, a menos que fuera oriunda del pueblo.

Y entonces, ¡milagro! En un acto que se produjo en el momento idóneo, Gremin Walt, uno de los sabios y el líder del concejo municipal, falleció en un pacto de suicidio junto a otro miembro del concejo y exsobrecargo de barco pesquero llamado Billy Moore. Según parecía, Gremin y Billy habían mantenido una relación sexual desde hacía años (a pesar de la existencia de sus respectivos matrimonios heterosexuales y, en apariencia, monógamos), y Tenley Squib, otro miembro, los estaba extorsionando después de haberse enterado del amorío cuando, una noche, volvió a la sala de reuniones para recoger una cajetilla de cigarros que se había olvidado y vio que Gremin le estaba haciendo una paja a Billy en la sala comunitaria. En cuestión de un mes, Gremin y Billy estiraron la pata.

Dominic, quien había asistido a los funerales porque ya se había convertido en un elemento fijo del pueblo, oyó de casualidad que una de las tres hijas de Tenley fardaba de que su padre se acababa de comprar un barco, de modo que hizo que un asistente jurídico dejara un soplo anónimo en la policía del lugar. Durante aquella llamada, les dijo que deberían investigar a Tenley por haber participado en la extorsión y la muerte de Gremin y Billy. El interrogatorio de la policía y la subsiguiente metedura de pata y confesión de Tenley Squib fue un proceso que duró menos de siete minutos. Lo condenaron por extorsión (así de bien se le daba el trabajo a Dominic; solo había sido una corazonada).

—Esos chupapollas son una afrenta al Señor —le dijo Tenley con solemnidad al juez, quien, a pesar de aquel argumento tan convincente, lo condenó a cinco años de cárcel.

Yellowton estaba al borde de la anarquía. El concejo municipal había quedado reducido a los tres hijos de Billy, Gremin y Tenley (no sorprende nada que las reglas de sucesión requirieran lazos sanguíneos), los cuales estaban hartos de aquel pueblo absurdo y, lo que era más importante, estaban sin blanca. Discutían, cancelaban reuniones sin ton ni son, se lanzaban bolsas de excrementos de perro en llamas (esperemos que de verdad fueran de perro) a la ventana e iban borrachos a las reuniones. Todo aquello creó un punto débil en el que Dominic Romano podía concentrar sus esfuerzos. Reconoció que todo aquel caos dejaba a los habitantes agotados, por lo que acudió a la siguiente reunión del concejo con un ofrecimiento para financiar «programas del pueblo» y «rejuvenecer la comunidad».

—¿Qué clase de programas? —preguntó Lewis Squib, el hijo de Tenley. Era una isla en el concejo; los estatutos no tenían un asterisco que aplicar al hijo de un miembro del concejo que había extorsionado a otros dos y había conseguido que se suicidaran. Los hijos de Billy y Gremin, consumidos no solo por su odio hacia Lewis sino por lo incómoda que había pasado a ser su relación al ser hijos de una pareja, se quedaron en un rincón sin decir nada.

—Bueno, la verdad es que no pretendemos comprender lo que puede rejuvenecer a una comunidad en concreto —contestó Dominic, cuadrando los hombros—. Lo que hacemos es asociarnos con vosotros, y sois vosotros los que decidís. Os damos el dinero y dejamos que decidáis. Somos socios.

Lewis Squib, con una deuda de crédito de treinta y siete mil dólares y un derecho de retención por la manutención de sus dos hijos que tenía que pagar con un salario que recibía de forma intermitente, se quedó mirando a los otros miembros del concejo al otro lado de la mesa, ninguno de los cuales le devolvía la mirada, en la misma sala comunitaria del ayuntamiento de Yellowton en la que se organizaban las reuniones y habían sorprendido a Billy y a Gremin profesándose su amor. Estaban sentados debajo de una pancarta de ultraderecha que proclamaba que todas las vidas importaban, una bandera de Estados Unidos, una que apoyaba a los agentes de policía y, por mandato del estado, un póster de Martin Luther King Jr.

—Socios —repitió Lewis.

—Eso, socios —le aseguró Dominic.

Y así sellaron el acuerdo. Giant's iba a poder cruzar la frontera de Yellowton así: el aparcamiento, el cual formaba la mayor parte del terreno que necesitaba, era la única parte de la tienda que estaba en el interior de Yellowton, mientras que los bienes en sí técnicamente se vendían en el pueblo de al lado, ya que el drama de bienes inmuebles de dicho pueblo era que tenían espacio para una tienda como Giant's pero que ya habían llegado al límite de terreno que se podía destinar a aparcamientos. ¡Y que vivan las leyes de bienes inmuebles!

Los planes para la construcción comenzaron de inmediato, y a Plotz Lindenblatt llegaron las cajas de botellas de champán de parte de los mandamases de Giant's durante siete días seguidos, una por cada año que habían pasado intentando entrar en la zona. La empresa les mandó a todos los del bufete una camiseta gris que incluía la lista renovada de Giant's que existían en el condado de Suffolk y de Nassau: PATCHOGUE & HUNTINGTON &

OYSTER BAY & YELLOWTON. Todos los topónimos estaban en blanco salvo por el de Yellowton, que era, cómo no, de color amarillo.

Un año después, el Giant's de Yellowton ya casi estaba terminado y no iba a tardar en poder ser una tienda abierta al público. Ya no tenían nada más que construir; la tienda estaba llena de estanterías, y las estanterías, de productos; a los trabajadores los contrataron de Yellowton y alrededores; los topes de goma para las ruedas quedaron instalados en el aparcamiento, y los carteles que decían SOLO COCHES COMPACTOS quedaron pintados en dichos lugares, aunque no iban en serio, claro. Y Nathan Fletcher, a quien habían incorporado al proyecto hacía tan solo tres meses, se había dedicado a la diminuta parte que le habían asignado con semejante vigor que le permitía pasar por alto lo que sabía que era cierto: que cuidar de una licencia de apertura y actividad no era una tarea importante.

Pero ¡daba igual! Daba igual, o eso se decía a lo largo de todo el proceso. Iba a hacer que fuera una tarea importante. Y la tarea en sí no estaba tan mal, la verdad. Nada aliviaba tanto la tristeza y la preocupación como un buen fajo de documentos. No había nada más en el mundo que le hiciera creer que estaba avanzando cuando en realidad estaba estancado. Lo mucho que le gustaban los documentos, lo bien que entendía su rigor y sus exigencias, su neutralidad emocional, sus líneas y sus recuadros, era un amor de cuento de hadas, de votos matrimoniales, de película; un amor eterno.

Y entonces la licencia de apertura y actividad se transformó en una máquina que funcionaba por sí sola. De golpe y porrazo, con todos los formularios ya cumplimentados, se pasó los siguientes meses llevando a cabo con gran meticulosidad las tareas necesarias para obtenerla, para dar el último martillazo al Giant's de Yellowton. Asistió a todas las inspecciones, aunque, una vez más, tendría que haber sido un asistente jurídico quien acompañara a los obreros, electricistas y fontaneros que necesitaban para que lo aprobaran todo. Dio el visto bueno a cada una de las empresas del lugar a las que Giant's contrató para apoyar su «iniciativa de trabajos para los lugareños» que habían garantizado con sus acuerdos verbales con los habitantes del pueblo, desde Fontanería Bart hasta la asesoría que habían tenido la mala pata de llamar Soluciones Dolores (a Dolores, la propietaria, no le caía nada bien Nathan después de haber pasado un solo minuto hablando con él, por lo curioso que le pareció el nombre de la empresa, que hizo que Nathan se metiera en un lío nada más conocerla: «Vengo de Soluciones Dolores», le había dicho, y Nathan, que no sabía con quién iba a hablar, contestó: «Anda, no sabía que necesitábamos tratar con una empresa farmacéutica», que es lo que entendió con el nombre, por lo que ella tuvo que explicarse, «No, Dolores soy yo, así se llama mi asesoría»).

Una ola de vistos buenos, un tsunami de comprobaciones repetidas, un remolino de sellos y *puf*, ya estaba hecho. Ya habían acabado con las reuniones, con el papeleo. Una tarea completada de inicio a fin. Misión cumplida, como decía uno de sus presidentes favoritos (o al menos uno con el que se sentía más afín).

Por fin llegó el día en el que tenía que pasarse por el ayuntamiento por última vez para recoger la dichosa licencia. ¡Una ración de asociado sénior para ya!

Encontró a la encargada en el anexo diminuto del Departamento de Edificación del ayuntamiento, mascando chicle y con la mirada perdida. Lo miró con una expresión vacía cuando entró.

—Hola, he venido a buscar la licencia de apertura.

La mujer, con complejo de limpiaparabrisas, ladeó la cabeza de un lado a otro.

—¿Para... quién?

Nathan había estado en aquel despacho al menos seis veces durante los últimos tres meses y siempre le había pedido algo a aquella mujer en concreto. Además, el de Giant's era el único permiso que había llegado al punto de procesamiento desde hacía cuatro años, por lo que Nathan era la única persona que había entrado en aquel despacho desde hacía tanto tiempo y, aun así, la mujer no tenía ni pajolera idea de quién era.

—Soy Nathan Fletcher. He venido a buscar la licencia de apertura y actividad de Giant's, ¿recuerda?

La mujer echó un vistazo a un puñado de hojas que tenía encima del escritorio, lo único que tenía por ahí.

—No tengo nada de eso.

Por si hace falta repetirlo, no había ninguna otra licencia comercial en el escritorio. Hacía años que no llegaba ninguna.

—Han llamado a mi despacho para decir que ya estaba. Es para Giant's. Una licencia de apertura y actividad.

—Lo he oído.

—Ya. —Nathan esperó unos segundos más. En vano—. Bueno, ¿y dónde cree que está?

—Aquí no. —Entonces vio una nota adhesiva que tenía en una esquina del escritorio y se volvió hacia otra mesa, donde había un solo sobre de papel manila bajo una tarjeta que rezaba Rechazado. Sacó la carpeta, pero le costó lo suyo porque tenía unas uñas postizas de tamaño descomunal decoradas con tréboles de cuatro hojas y… ¿era posible? Sí, con piñas diminutas también.

»Aquí está —dijo por fin. Hojeó la documentación, poniendo las muñecas en un ángulo específico para usarlas de dedos, de modo que las manos le sirvieran de algo a pesar de las uñas.

—Gracias —respondió Nathan con educación, después de que hubieran pasado unos buenos diez segundos. La mujer alzó la mirada.

—Ah, no tengo nada que darle. Lo han rechazado.

—¿Qué? ¿Cómo que lo han rechazado?

—Yo solo me encargo del papeleo. Aquí abajo dice El concejo ha retirado el permiso.

—¿Cómo? Es absurdo. ¿En qué se han basado?

La mujer se lo quedó mirando sin decir nada y se pasó la lengua por los dientes.

—¿Y por qué llamaron al bufete para decir que ya estaba?

—Porque es verdad. —Se puso a quitarse algo que tenía entre los dientes—. Ya está.

Nathan tenía el cuello de la camisa empapado de sudor para cuando salió del ayuntamiento y se quedó quieto, sin saber muy bien cómo proceder a partir de allí. Sabía que debería llamar a Dominic, solo que primero quería prever lo que podía contestarle y ya estar en camino a hacerlo. Miró de un lado a otro de la calle. Todo estaba tranquilo. ¿Qué haría Dominic en su situación? La toma de decisiones era semejante anatema para Nathan que no tenía ni idea.

No, no iba a llamar a Dominic. No podía fracasar en una tarea en la que era imposible no hacerlo bien. Le habían encargado que recogiera la licencia de apertura y pensaba sacar alguna respuesta. Cuando se rechaza una licencia, tardan meses en volver a considerarla; no podía quedar asociado a un desastre de tal magnitud.

Se suponía que aquel día iba a ser su gran momento triunfal. El momento en el que se subiera a aquella pila de papeleo con el puño alzado al firmamento.

La memoria motriz le permitió subirse al coche. A pesar de que tenía la respiración entrecortada y le temblaban las manos, se las apañó para meterse en la autopista y recorrerla mientras se decía en voz alta que había cosas que escapaban a su control, que tenía que lidiar con los conflictos y que no iba a pasar nada. Se percató de que iba a unos agradables cuarenta kilómetros por hora en el carril derecho y aceleró a unos atrevidísimos sesenta y miró el retrovisor para cambiar al carril central. Y entonces lo vio.

Una sombra se movió en la esquina inferior derecha del retrovisor y se apartó para que Nathan no la viera.

¡Volantazo! Giró sobre sí mismo deprisa para ver qué o quién se escondía, pero, para cuando miró por detrás del hombro derecho, lo que fuera se había refugiado en la izquierda.

Vio el cartel de la salida 50 y dejó la autopista. Aparcó en la primera calle que encontró, delante de una de aquellas mansiones prefabricadas. Salió del coche de golpe y se obligó a mirar en el asiento trasero, pero no había nada.

Miró a ambos lados de la carretera. Y nada.

¿Se lo habría imaginado?

Volvió al coche y bloqueó la puerta. Sacó el móvil y rebuscó entre el campo de iconos hasta llegar a la página y media que tenía solo para apps de meditación. Fue a su favorita por el momento, Hale, y la abrió. No era nada más que una flor animada que florecía y se escondía, florecía y se escondía al ritmo de sus exhalaciones e inhalaciones, exhalaciones e inhalaciones.

Lo estaba empeorando. Fue a la pestaña que indicaba MEDITACIÓN GUIADA y se decantó por una voz de hombre australiano que le dijo que se pusiera a escanearse el cuerpo, que fuera de arriba abajo para «captar el origen de la tensión y disolverlo».

Bueno, vale.

Nathan cerró los ojos en su coche e intentó llevar a cabo el ejercicio. Sin embargo, en lo más alto de la cabeza notó unas pulsaciones que se imaginó que era la sangre intentando atravesar un bloqueo, seguramente un coágulo en el cerebro. Pasó a la mandíbula, la cual soltaba unos chasquidos cuando la movía y le recordó un miedo que siempre sentía, el de que se le iban a caer los dientes. Se llevó las manos al cuello, donde notó unos latidos tan intensos y vio que le costaba tanto tragar que supo sin lugar a dudas que le estaba saliendo un tumor en la garganta y que solo era cuestión de tiempo que…

¡NO FUNCIONABA! No sabía a quién le servirían aquellos ejercicios, pero estaba claro que a él no. Y, conforme abría los ojos, volvió a ver algo en una esquina del retrovisor. En aquella ocasión estaba fuera, en la luna trasera.

Se detuvo, inmóvil. Movió los ojos para mirar el espejo directamente, solo que lo que fuera ya no estaba. Volvió la cabeza a la derecha y estuvo seguro de verlo a la izquierda, por lo que se volvió otra vez. Entonces supo que había pasado por el espejo retrovisor, y la única solución que vio fue aprovechar que todavía tenía el coche en marcha y salir pitando de allí. El cortisol que tenía en el sistema le transformó la vista en un túnel y recorrió una zona escolar a cien kilómetros por hora para intentar llegar a lo que fuera que hubiera estado allí para amenazarlo.

Llegó a un semáforo. Miró a un lado y a otro, en busca de lo que hubiera ido a por él, para taparle los ojos y llevárselo, pero no había nada. El corazón le seguía latiendo desbocado, con el ritmo impotente de alguien que se había pasado la mayor parte de la vida siendo muy consciente de que alguien bien podía sacarlo de donde estuviera y retenerlo durante tanto tiempo como quisiera. Volvió a aparcar a un lado de la carretera y se dio cuenta de que estaba sollozando.

Un olor invadió el vehículo: la combinación de Chanel N.º 5 y desodorante de la marca No Frills que presagiaba la llegada de su abuela a una sala. Fue tan potente y sobrecogedor, tan real, que pensó que era su abuela lo que había visto por el retrovisor, que intentaba decirle algo. ¿Se había vuelto loco? Era una locura similar al hecho de captar el aroma en el coche, inconfundible. ¡Era un dibbuk!

Sacó el móvil y llamó a su hermano, pero parecía que Beamer no recordaba que su abuela les había contado lo que era un dibbuk. Pensó en llamar a Jenny, solo que ya no soportaba un rechazo más, y menos de parte de sus hermanos menores, quienes se suponía que debían admirarlo. En teoría, al menos.

Sumido en el silencio del coche, supo lo que tenía que hacer. No podía llevar el problema de la licencia a Dominic; tenía que solucionarlo por sí mismo. Tenía que encontrar respuestas.

Tenía que ir a ver a Lewis Squib.

De modo que Nathan dio media vuelta y recorrió la aterradora ruta hacia el este, en dirección a Yellowton. Y luego recorrió la calle Main del pueblo e intentó recordar por qué esquina debía doblar para llegar al lugar en el que Lewis Squib aparcaba el barco.

Tras unos cuantos giros equivocados, se acordó: el lugar estaba justo detrás de la tienda de cebo de Lewis, la que había heredado cuando su padre fue a la cárcel.

Nathan se asomó al barco. No sabía muy bien cómo debía llamar al barco de alguien. ¿Subía a bordo sin permiso para llamar a la puerta de la cabina? Esperó y esperó hasta que un hombre de su edad que cargaba con una cuerda pasó por allí y le dijo que acababa de ver a Squib en su tienda. Nathan le dio las gracias y, con cierto alivio, recorrió el muelle en dirección opuesta al agua y se metió en Squiministros de Squib, donde se vio sobrepasado por el olor a vísceras de pescado viejas y podridas y la presencia de Lewis Squib.

Lewis era el único hijo varón de Tenley Squib, además del más desastre. El propio Tenley había sido un pescador de Yellowton de cuarta generación que, para cuando murió, era propietario de seis barcos pesqueros que gestionaba y le proporcionaban fondos a la familia, a pesar de lo mucho que se esforzaban los demás en gastárselo todo. Además de aquello, Lewis era el propietario de unos cuatrocientos pelos grasientos en la cabeza y una perilla llena de caspa a la que ya le salían canas.

Lewis entornó la mirada hacia Nathan cuando la puerta sonó al entrar. Estaba a solas en la tienda, detrás del mostrador, hojeando una revista que se llamaba *Trucha* a secas.

—¿Eres un poli? —preguntó.

—Señor Squib, soy yo —dijo él—. Nathan Fletcher. Nos hemos visto varias veces. Trabajo para Plotz Lindenblatt. El bufete que representa a Giant's, ¿se acuerda?

Lewis entornó los ojos más aún.

—Señor Squib —siguió Nathan—. Lewis. Nos hemos visto antes, varias veces. Trabajo con Giant's. Con el señor Romano. En Plotz Lindenblatt... —Su confianza en sí mismo, ya tambaleante de por sí, estaba desapareciendo.

Lewis ladeó la cabeza hacia la derecha y lo miró a la cara, todavía con los ojos entornados.

—No me suenas.

—He venido porque su nombre estaba en la denegación de la licencia de apertura que me han dado en el Departamento de Edificación de Yellowton.

—Ah, vale, claro. Eres el abogado.

—Sí, exacto. Digo que estábamos esperando que se aprobara un último permiso para poder abrir el Giant's en unas semanas,

¿se acuerda? Y he venido porque se suponía que íbamos a cerrar el caso hoy, cuando nos dieran el permiso. Se llama «licencia de apertura y actividad» y es el último permiso que necesitamos para abrir la tienda.

Lewis buscó algo detrás del mostrador y Nathan tomó aire de sopetón. Había llegado su hora. Lo sabía. Lewis iba a matarlo. Una imagen de su madre le pasó por la mente antes de que se percatara de lo raro que era eso y la reemplazara con una de Alyssa y los mellizos en acto de penitencia. Sin embargo, lo que sacó de detrás del mostrador fue un refresco Mountain Dew.

—Bueno, ¿y el permiso? —preguntó Nathan—. Si todavía no lo ha firmado o ha marcado la casilla que no era, se puede solucionar. Puedo ayudarlo, incluso. Si tiene tiempo ahora…

—Ah, sí. Tengo un ratejo —sonrió Lewis. Y luego se echó a reír.

—Creo que ha habido un malentendido con los formularios —dijo Nathan.

—De malentendido, nada. Los del concejo y yo hemos cambiado de parecer.

—¿Cómo… Cómo que han cambiado de parecer?

—Como lo oyes. Podemos cambiar de opinión, ¿no?

—Bueno, técnicamente, claro, pero ya estaban decididos. Ya habían dado el visto bueno al proyecto. Sé que Giant's… Se que han donado mucho a sus causas en el pueblo.

—Ya, el problema es que la semana pasada me puse a medir, y resulta que vuestro Giant's quebranta los estatutos.

—¿Qué estatutos? Los conozco muy bien. —Nathan estaba al tanto de que habían quebrantado un montón de ellos y quería saber cuál había descubierto aquel imbécil de pura casualidad.

—El que dice que no puede haber dos licorerías en el pueblo.

—Pero ya está ahí, el edificio está construido. Ha superado las inspecciones. Está listo.

—¡Sabes que no podemos cambiar los estatutos! No estaría bien. No podría hacerle eso a mi padre; no sabes cómo se enfadaría si se enterara de que el Giant's está dentro de los límites del pueblo, con la licorería.

—Pero usamos el terreno del pueblo colindante.

—Pero se solapan.

—Sí, 0,347 metros. Lo sabemos.

—¡No es lo mismo que cero! —Lewis se estaba enfadando—. ¿Crees que me chupo el dedo porque no he estudiado Derecho o porque no nací en Manhattan? ¿Acaso sabes tú cómo se pesca? ¿Podrías llevar un negocio como el mío?

—Yo también soy de Long Island, de hecho.

—¿Sí? ¿De dónde?

—Más al oeste, de Middle Rock.

—¡*Oh, là là!* No sabía que teníamos a un miembro de la realeza por aquí. ¡Muchas gracias por honrarnos con su presencia! —Hizo una reverencia absurda.

—Señor Squib, me van a despedir por esto. Por no volver al bufete con la licencia que me han pedido, que me han dicho que ya estaba lista, a la que le han dado el visto bueno. ¡Un millón de veces!

—No hay por qué gritar —dijo Lewis—. Podemos ser personas civilizadas.

—¿Entonces? —preguntó Nathan—. ¿Ya está? ¿Puedo reunirme con el concejo al menos?

Lewis se echó a reír.

—Puedes intentarlo, pero la siguiente reunión será en marzo. Petey Walt está pescando salmones en Alaska.

—Se supone que íbamos a abrir la tienda en menos de tres semanas. Ya han contratado a los trabajadores y han pedido los alimentos. ¿No hay ninguna forma de que podamos hablar de...?

Lewis se echó a reír otra vez.

—Ya estoy harto de hablar con tontainas. El Giant's iba a destruir mi pueblo, y el resto del concejo y yo no lo vamos a permitir. Así que, si no quieres comprar cebo, creo que voy a ir cerrando la tienda ya. Ya casi es hora, igualmente.

El cartel de la tienda indicaba que Squiministros de Squib abría hasta las cuatro de la tarde. Eran las doce.

Nathan se quedó petrificado por el pánico. No podía ser el fin de la licencia de apertura. No podía ser el fin del Giant's de Yellowton. No podía ser el fin de Nathan Fletcher. Tenía que tomar una decisión, tenía que hacer algo.

—Deje que lo invite a comer —propuso Nathan, aunque ya tenía el intestino en rompan filas.

—¿Pagas tú?

—Sí, sí. Solo… Seguro que nos las apañamos.

—Sígueme.

Nathan siguió a Lewis con el coche a través del pueblo y luego en dirección al mar de nuevo, hasta detenerse frente a un restaurante de temática de rock. Resultaba que Nathan sabía lo suficiente del establecimiento, dado que había sido el departamento de derechos de autor y propiedad intelectual de Plotz Lindenblatt el que el Hard Rock Cafe había contratado cuando un restaurante del condado de Suffolk quiso construir una versión del conocido restaurante. Fue toda una historia. El restaurante recibió una orden judicial para no abrir, solo que lo hizo de todos modos y cambió de nombre a toda prisa, por lo que aquel día habían ido al Hard Life Bufé.

Aparcó, aunque no salió del coche aún. Le estaba pasando algo. Le costaba respirar y notó un dolor agudo en el pecho, debajo del aliento que tanto le costaba obtener.

No se trataba de una sensación nueva para él. Había acudido a urgencias por ataques al corazón en tres ocasiones en su vida relativamente corta, los cuales no resultaron ser nada más que ataques de pánico (¡nada más que eso!). Por la noche, se quedaba en vela e intentaba hacer que Alyssa entendiera que, con su historial, estaba destinado a morir de un ataque al corazón de verdad porque los demás iban a creer que era otro ataque de pánico. Se quedó sentado en el coche y se escaneó el cuerpo para intentar evaluar sus síntomas con tranquilidad. No notaba nada raro en los pies, ni en los tobillos. Ni tampoco en las piernas (eso era importante), en las rodillas, los muslos ni las nalgas. Sin embargo, al llegar a las caderas, lo que notó fue la cartera que le hacía peso contra el muslo y recordó que tenía uno de los betabloqueantes que el médico le había recetado, que llevarlo consigo era la solución que Alyssa había pensado.

—Te tranquilizará saber que lo llevas encima —le había dicho ella en lo que lo metía en un papelito doblado, igual que hacían los delincuentes con los diamantes en las películas—. Es como un seguro, y a ti te encantan los seguros.

Sacó la pastilla de la cartera. Sabía que, cuando estaba en aquel estado, como le sucedía en aquel momento, las pastillas capaces de ayudarlo parecía que iban a conseguir matarlo. Aun con todo, la vida era una serie de riesgos que se atenuaban, de decisiones, de prioridades; un diagrama de flujo de amenazas cada vez más inofensivas. No podía ir a comer con aquel hombre en aquel estado. De modo que tomó las riendas de la situación, se llevó la pastilla a la boca, la tragó a palo seco y salió del coche. Moverse ayudaba. Si podía mover el cuerpo más deprisa de lo que le latía el corazón, no se iba a dar cuenta de que estaba DE LOS NERVIOS.

Lewis ya estaba en el interior cuando entró. El restaurante era un desmadre absoluto, una vorágine de anarquía, y ni siquiera era la una aún. Era una sala oscura, decorada como una noche en la que uno se pierde borracho sin dinero para el taxi, con reliquias de músicos en la pared, cuya irrelevancia quedaba un poco mitigada por el hecho de que algo que habían tocado estaba suspendido en un marco con una placa grabada debajo. La música sonaba a todo volumen como en una discoteca, de modo que los trabajadores tenían que gritar para indicar la mesa correspondiente a los clientes, lo cual añadía más ruido al asalto sensorial. Deberían tener terapeutas ocupacionales en la puerta para ayudar a los clientes a integrarse en el interior y el exterior del restaurante.

Los sentaron a una mesa. Una camarera de aspecto cansado se les acercó y Lewis le gritó algo, pero Nathan no oyó qué era. Lo que más oía eran los latidos de su propio corazón, aunque estaba seguro de que era un ritmo errático. No pintaba bien.

Lewis le explicó su punto de vista desde debajo de un póster homenaje al miembro muerto de Mötley Crüe. Nathan se echó adelante e intentó leerle los labios y captar el sonido de su voz a través de la música ensordecedora.

—¿Eh? —gritó Nathan—. ¿Eh? —Le preocupaba que sus propios alaridos fueran a ser lo que hiciera que el corazón se pasara del límite.

El pedido de unas hamburguesas dobles con whisky, beicon y mayonesa llegó a la mesa mediante un camarero distinto, ya fuera porque los habían pescado durante el cambio de turno o porque Lewis le había dicho a la primera que no fuera rácana con la comida al pedir el aperitivo.

—Jefe —le dijo Lewis al camarero, quien había estado a punto de librarse.

—Dígame —repuso él, con un pequeño temblor en los labios.

—Necesito salsa picante y mayonesa. —El camarero parpadeó durante un instante sin decir nada y puso pies en polvorosa. Nathan notaba la grasa animal que se le coagulaba en las venas, y ni siquiera pensaba tocar una de las hamburguesas.

»Solo digo que conozco los estatutos —continuó Lewis—. Y dicen que no puede haber dos licorerías en el pueblo y ahora las hay. Y la tienda de Split Connor sigue abierta. Me parece una lástima, dado que ya han construido esa tan grande.

—¿Y qué es lo que… opina? —preguntó Nathan—. Esto… ¿Qué es lo que quiere decir? —Hacer preguntas le parecía algo seguro. Lewis lo miraba por encima de aquella nariz roja que tenía, con la lengua apenas visible entre los labios, siempre un poco abiertos por defecto.

—Digo que no se puede agarrar una tienda tan grande como esa y trasladarla ninguna distancia para hacer que sea legal —contestó—. Ni siquiera se puede mover una pequeña como la de Split. Es cosa de física.

El camarero volvió con un bote de salsa picante y un vasito de plástico con mayonesa, la cual había servido de un recipiente, de modo que tenía un especie de pico, como unas natillas.

—A mí no me parece que sea para tanto, si es un cachito de nada —dijo Nathan—. Creo yo que, si lo midiéramos, veríamos que está casi donde debe estar. Y en las leyes hay lugar para las aproximaciones. —Mentira—. Por si no lo sabía.

Lewis se echó a reír.

—Pues yo creo que, si se lo dijera a Split, se aseguraría de que nunca lleguéis a abrir la tienda. Porque lo conozco desde hace mucho tiempo, y ¿sabes lo que odia?

—¿Qué?

—Odia a Giant's. Odia todo lo nuevo. No le gusta que los demás vengan a robarle lo que es suyo.

Lewis echó mano a uno de sus aperitivos nauseabundos y lo metió de lleno en el vasito de mayonesa, con lo que se manchó tres dedos. A Nathan le dio una arcada. Lewis dio un bocado y Nathan oyó algo húmedo incluso con tanto ruido que hizo que le diera otra arcada.

—¿Quieres una? —le preguntó Lewis con el tercer bocado de hamburguesa en la boca (y el segundo, todavía sin tragar)—. Están buenas.

—No, gracias.

—Creo que voy a pedir unas pieles también.

Antes de que Nathan comprendiera que se refería a pieles de patata, se imaginó unos cuerpos humanos desprovistos de huesos y órganos y demás sistemas, llenos de mayonesa.

—¿Y qué es lo que propone? —quiso saber Nathan. Una canción de Queen que detestaba empezó a sonar.

—Conozco a Split de toda la vida —dijo—. Mi padre y él eran compañeros de pesca y jugaban a los bolos juntos. Salí con una de sus hijas.

—Ya veo.

—Lo que propongo es que Split Connor todavía no sabe nada del tema y que, aunque él odie a Giant's, ¿sabes lo que odio yo?

Nathan guardó silencio.

—A Split Connor. —Lewis paró al camarero otra vez y pidió no solo las pieles de patata, sino una Hamburguesa Suprema para completar el entrante—. ¿Sabes a lo que me refiero?

—Sip —contestó Nathan por encima de la canción de Queen—. Entiendo su postura, de verdad. Pero es ilegal que le dé dinero para que mire para otro lado. Estoy seguro de que... de que lo sabe.

—Y yo estoy seguro de que no acatar los estatutos de un pueblo si sabes que los estás incumpliendo también tiene un nombre, ¿verdad?

Nathan se quedó callado. Llegaron las pieles de patatas. Nathan había estado esperando que se terminara las hamburguesas para volver a hablar, de modo que, cuando le contestara, no lo hiciera con la boca llena, pero no tuvo suerte. Lewis dio un bocado a las pieles y se pasó la comida al lado izquierdo de la boca para poder hablar.

—¿No vas a decir nada? —La frase de Lewis hizo que las virutas de beicon que adornaban las pieles se le salieran de la boca, recorrieran el aire y cayeran en el plato de Nathan, cuyo contenido era una pechuga de pollo con verduras. Lo había pedido por desesperación y no se había dado cuenta de que se lo habían servido, aunque ya no pensaba ni mirarlo siquiera, así que mucho menos tocarlo. De hecho, al pensarlo, lo más seguro era que no fuera a volver a probar bocado en toda la vida. Se estaba mareando. No podía respirar.

Sin embargo, Lewis no iba a permitir que se librara.

—Creía que eras el jefe. —Miró a Nathan de arriba abajo—. ¿Eres el jefe? ¿De verdad?

—Bueno, claro, tendría que ir al bufete para hablar con mi... —empezó a contestar.

—¿Estás bien? —le preguntó Lewis.

—¿Sabe dónde está el baño?

Lewis señaló con la barbilla, sin dejar de masticar. En lo que Nathan se ponía de pie y se alejaba, oyó que Lewis le pedía al camarero dos platos de Ruleta Rusa de Alitas y tres de salsa de guacamole y alcachofa al estilo sureño, todo para llevar, aunque en la misma cuenta.

Nathan pretendió no haber oído nada. Se metió en el baño y luego en el primer cubículo (hacía años, había leído en uno de los compendios de datos curiosos de los niños que el primer cubículo era el que menos se usaba, porque la gente creía que era el más usado y pasaban de él, y no se le había olvidado nunca), bajó la tapa y se sentó.

Por millonésima vez en la vida, y también aquel día, se puso a pensar que la vida era insostenible.

La verdad era que había llegado el momento. Le estaban pidiendo algo. Lo estaban poniendo a prueba, pero también le presentaban una oportunidad.

Si las circunstancias y el carácter que lo mantenía en ellas era algo constante, también lo era su falta de oportunidad para salirse del límite, al pasarse el día encerrado en un despacho, leyendo volúmenes desconocidos sobre la ley de bienes inmuebles y terrenos. Sus compañeros estaban en el mundo, cerraban tratos y bailaban en torno a los límites de la ética y la legalidad que cualquiera que quisiera alcanzar el éxito en aquel negocio sabía cómo hacer o estaba dispuesto a aprender a hacerlo (ay, Arthur, ¿por qué no le dijiste que era aquello lo que necesitaba para alcanzar el éxito?).

Había llegado el momento de que lo hiciera. El momento de que aprendiera.

Lo único que tenía que hacer era decir que sí y podría ascender con sus compañeros a sus mansiones del cielo.

Echó un vistazo atrás a lo largo de sus años de vida: parvulario, escuela primaria, instituto, universidad, Facultad de Derecho, adultez. Recordó un baile de la escuela en el que Miriam Sterngelb estaba sentada frente a él y le hacía ojitos, pero no pudo superar el miedo al rechazo. Recordó que no había pedido plaza en la Universidad Columbia para estudiar Derecho, sino que le había pedido a Arthur que llamara al decano. Que nunca había asistido a la prueba de algún equipo de la escuela, salvo por el de vóleibol, que tenía una política de aceptación automática porque eran pocos chicos. Que Alyssa tuvo que proponerle matrimonio a él. Se había pasado toda la vida tan consumido con hacer que todo fuera tranquilo y seguro que nunca había tomado ningún riesgo, nunca había hecho nada cuyo resultado fuera desconocido. Y, sentado en aquel retrete de aquel baño asqueroso mientras alguien sufría las consecuencias de una Explosiva con Cebolla en el cubículo de al lado, supo que le había llegado la oportunidad. La última, tal vez.

¿Era lo que su abuela había intentado decirle en su lecho de muerte?

Respiró hondo y se imaginó que el pánico iba a apoderarse de él, pero no. Estaba… tranquilo. La calma fue lo que se apoderó de él. El grito de guerra de la calma. El clarín de la calma. ¿Era Dios? ¿El destino, tal vez?

No, era el betabloqueante, que empezaba a hacerle efecto.

Las flatulencias del cubículo contiguo dejaron de parecerle horripilantes y pasaron a ser una trompeta triunfal. Un llamamiento a las armas. Se puso de pie y su ritmo cardíaco siguió siendo lento y constante.

Sí, pensó. *Soy el jefe. ¡Soy el jefe!*

Nathan salió del cubículo y se lavó las manos durante cuarenta y cinco segundos, mirándose a los ojos en el espejo, sin reconocer al hombre hecho y derecho que le devolvía la mirada.

Volvió a la mesa como si fuera el protagonista de una peli del oeste. Se sentía como un espía, un asesino, un funcionario al que le daba igual todo. No sudaba nada, estaba seco como un desierto, con la respiración tranquila. Por Dios, era como si se hubiera metido en el cuerpo de otra persona. En el de Beamer… No, en el de Beamer no, porque él tenía hambre. Era más como Jenny. Sin afectarse, sin ansiedad, sin apegos. Sin problemas.

Se sentó. Lewis había pedido un refresco colosal de color rojo.

—Soy el jefe —declaró.

—Bien —dijo Lewis.

Una canción obscena de glam metal retumbaba en los altavoces, y Nathan tamborileó con los dedos en la mesa al ritmo de la música. Era el cabronazo más imperturbable que jamás hubiera existido.

—Lewis —lo llamó—, ¿tiene alguna organización benéfica predilecta? Porque puedo hacer una donación. O puedo ayudarlo a ver qué caridad le gustaría más.

—Las donaciones empiezan en casa, mi querido Nathan —dijo Lewis, e hizo una pausa en lo que soltaba un pedo largo y suntuoso que no parecía tener fin. Se lo quedó mirando, casi retándolo a reconocer la flatulencia o a quejarse de ella, pero Nathan se quedó como si tal cosa—. Las donaciones empiezan en casa.

—Sip —repuso—. Lo entiendo. Eso es lo que le propongo. ¿Qué le parece que organicemos una organización benéfica en su casa, digamos para los sintechos, y le doy dinero para ella ahora mismo? Y puede usarlo como usted decida que es mejor. Se lo diré de otra forma: puede tener lo que usted quiera. Solo dígame cuánto y dónde lo quiere.

El ritmo cardíaco no le subió de sesenta y seis latidos por minuto en ningún momento.

Así de sencillo acabó siendo. Por fin entendió que era así como funcionaba el mundo, por fin vio el otro lado. Que, si bien uno podía sentirse inseguro en un momento dado, la seguridad estaba garantizada más adelante, durante más tiempo. Pensaba volver a casa y follarse a su mujer como un rey. ¡Si a ella le apetecía, claro!

Aquella misma tarde, Nathan salió del restaurante con el cuerpo lleno de las hormonas de la valentía que tan poco le sonaban y las sinapsis del éxito que tan poco conocía. Salió pensando que no había ido tan mal como se había imaginado. No se había dado cuenta de que podía pasar por encima del listón del riesgo, que al fin y al cabo tampoco era tan alto, y atreverse a que, en el otro lado, las recompensas disolvieran el miedo. ¿Por qué nadie se lo había dicho nunca?

Se había puesto a llover en lo que estaba en el restaurante. Se metió la carpeta con la licencia de apertura rechazada en la chaqueta y se puso una mano en la cabeza como una visera para mirar arriba. Si antes había nubes de tormenta en camino, no las había visto.

En menos de veinticuatro horas iban a pedirle que acudiera a la misma sala de conferencias en la que Dominic Romano había celebrado que lo hicieron socio para escuchar una grabación de sí mismo intentando sobornar y extorsionar a Lewis Squib con aquella canción obscena de fondo.

Sin embargo, aquel día, después de salir del restaurante, se limitó a mirar en derredor, a los barcos en el mar, a las botellas de cerveza vacías tiradas por la playa, a la adolescente borracha vestida con un top sujetador que se aferraba al hombro de un hombre mucho mayor conforme avanzaban a trompicones por el atracadero para intentar correr más que la lluvia. Y pensó en lo fácil que resultaba olvidarse de que aquello también era Long Island.

A Nathan no lo habían despedido, no exactamente, vaya. O al menos no habían formalizado el despido, por el momento. Habían aplicado un tecnicismo llamado «baja administrativa remunerada» en lo que esperaba a que un panel formado por sus superiores se reuniera para determinar el castigo que se había ganado al sobornar a un funcionario del gobierno de forma accidental y, al mismo tiempo y por alguna razón, adrede. Esperó a que le dijeran que lo despedían. Esperó a que le dijeran que iban a recomendar que le prohibieran ejercer de abogado. Los efectos del betabloqueante ya habían pasado al olvido.

No era que no fuera a contárselo a Alyssa, sino que tenía que ver qué terminaba ocurriendo antes de soltárselo todo. Su mujer se había criado en un hogar pobre de Nueva Jersey con un padre judío ortodoxo cuya fe en Dios y su talento como clarinetista habían resultado ser un desastre a partes iguales para su familia. A Hershey Semansky le ofrecían trabajar en alguna orquesta de vez en cuando, en bodas y galas, pero nunca en lugares como el Lincoln Center, el Met o ni siquiera cerca de Broadway, porque la ley religiosa no le permitía trabajar un viernes por la noche, un sábado ni durante ninguna fiesta, allá donde las colocara el calendario judío, al azar y sumidas en el caos. Por tanto, nunca pudo acumular horas de trabajo suficientes como para poder formar parte del sindicato, y el papel pintado del hogar de la infancia de Alyssa parecía estar hecho de conversaciones tensas y discusiones duras sobre el dinero, por mucho que ella dijera que su familia era feliz. La madre de Alyssa, Elaine, era logopeda y, para poder llegar a fin de mes, cosía chales de oración para los bar mitzvá entre niño y niño a los que ayudaba a dejar de tartamudear y a pronunciar correctamente, todo ello mientras criaba a sus cinco hijos. Su padre trabajaba hundido en la miseria como profesor de música sustituto en las escuelas del lugar, a la espera de una gran oportunidad que no iba a poder aceptar si se le acababa concediendo.

Alyssa le había revelado aquellas circunstancias a Nathan una noche, en el trayecto de vuelta de su primera visita a Middle Rock, cuando iban a primero en la Universidad Brandeis. Se habían conocido durante la ceremonia de orientación de la primera semana. Nathan había pasado dos días enteros sufriendo en un entorno nuevo con un compañero de habitación cuya higiene dejaba mucho que desear cuando fue a una cena de Sabbat en el Centro Hillel y conoció a una tal Alyssa Semansky.

Alyssa tenía las mejillas coloradas por la alegría, con una presencia de huesos anchos llena de confianza y la calidez enérgica de un consejero de campamento. Para cuando llegó el Yom Kipur, para el que Nathan no volvió a Middle Rock, ya eran inseparables. La entrega de custodia entre Ruth y Alyssa había ido como la seda, y más aún porque Ruth se alivió mucho de haber podido liberar a su hijo mayor y más necesitado y Alyssa había estado ansiosa por encontrar a alguien que quisiera y necesitara su atención y su liderazgo.

Solo que Ruth supo que pasaba algo porque Nathan volvió a casa para celebrar el Rosh Hashaná, el Año Nuevo. El día después de la fiesta caía en domingo, y estaba preparando unos huevos fritos con beicon para la familia. Vio que Nathan no comía nada.

—¿No tienes hambre? —le preguntó.

—Me estoy comiendo el huevo frito —dijo, sin mirarla—. No pasa nada.

—¿Qué le pasa al beicon?

—Nada —respondió él, triste—. No me apetece.

—Pero te encanta el beicon —insistió Ruth.

Jenny y Beamer intercambiaron una mirada en lados opuestos de la mesa. Su madre a veces era un poco bruja.

—¡Es que no me apetece el beicon! —se quejó Nathan.

La verdad tardó cuarenta y cinco segundos de reloj en salir de él y situarse junto al beicon. Había estado visitando el Centro Hillel, le había parecido bien ir acompañado de una chica, además de empezar a llamarla su novia, y esta provenía de un hogar religioso y quería estar con él y que los dos vivieran como ella se había criado.

—No deberíamos comer beicon —dijo Nathan—. Somos judíos.

—Judíos que comen beicon —sentenció Ruth—. Eso es lo que somos. —Sin embargo, ahí se asomaba su voz de psicópata, a punto de estallar—. Me crie en un hogar ortodoxo y fue horrible. ¿Esa es la miseria en la que quieres meterte? —Y ahí llegaron los gritos—. ¿Quieres venir a verme con fiambreras para poder comer en mi casa? ¿Quieres ver que tus hermanos y sus hijos coman bagels y salmón en mi casa y que los tuyos se queden marginados y sepan que no son como nosotros?

Ruth exigió conocer a Alyssa, de modo que él la llevó a su casa para el Día de Acción de Gracias. En el trayecto en tren mientras volvían a la universidad, Nathan se preparó para una conversación sobre lo poco que su familia la había ayudado a practicar su religión, en especial el domingo, cuando ella había dicho que quería ir a la sinagoga y Phyllis le había contestado «es el fin de semana de Acción de Gracias, cariño». Alyssa guardaba silencio, mirando por la ventana del tren. Cuando no pudo soportar más la espera, según el tren se dirigía a Nueva Inglaterra, Nathan le dijo que lo sentía, que él sí iba a respetar su religión, que no se había imaginado que su familia fuera a reaccionar así a ella porque les gustaba ser judíos, etcétera. Sin embargo, ella lo miró y le explicó la vida precaria que había pasado; que no dejaban de sacarla de clase porque sus padres la mandaban a una escuela judía, pero no pagaban la matrícula a tiempo; que no podía ir a un campamento de verano porque sus padres no se lo podían permitir, que tuvo que mudarse por todo Livingston, de una casa de alquiler a otra, durante toda la vida. Al ver dónde vivían los Fletcher, al ver cómo vivían, se quedó anonadada. Le dijo a Nathan que tenía mucha convicción respecto a su fe y que, aunque esperaba que no sonara superficial y horrible, cambiaría la fe con la que se había criado por la seguridad que le habían dado a él sin pensárselo dos veces.

Y Nathan, más aliviado que nunca por no tener que plantarle cara a su madre, le dijo por primera vez que la quería. Le dijo que iba a cuidar de ella y vio cómo lo creía. ¿Por qué no iba a creérselo? Nathan se mantuvo fiel a su palabra, y ella también, más o menos. Se mudaron a Middle Rock, a dos horas de distancia de los padres de ella, si no había tráfico. Y Alyssa abandonó la mayor parte de sus rituales, incluso si había empezado a cuestionarse la decisión en voz alta alrededor del bar mitzvá de los niños.

Pero ¡cuánto obtuvo él a cambio! Tenía a una persona para él, que lo cuidara y lo quisiera más que a nadie en el mundo. Se había criado en un hogar en el que era invisible para su padre, en el que no sabía por qué su madre se exasperaba tanto con él. Ya ni hablar de Beamer y de Jenny, porque eran su propio bando, siempre cuchicheando el uno con el otro, los dos contra el mundo. Alyssa era suya, y, a cambio, él iba a ser de ella, con sinceridad y fidelidad.

Todo eso es para decir que ella había cumplido con su parte del trato, de los votos, del acuerdo matrimonial. ¿Cómo podía no decirle que había perdido el trabajo? ¿Cómo podía decirle que tal vez el resto de la familia se había quedado sin blanca? Era demasiado cruel.

La respuesta era que no quería hacer que lo pasara mal si no era necesario. Tenía que asegurarse a ciencia cierta de en qué situación financiera estaban de forma independiente. Imagínate haberte criado así.

En el cine, a Nathan le vibró el móvil y soltó un gritito.

El otro hombre de la sala miró hacia atrás, y, en la gran pantalla, Robert Morse se puso a cantar «¡La mediocridad no es un pecado!». Miró el móvil y vio un mensaje de Mickey:

Hola, perdona. Tuve una noche de locos. Voy a trabajar desde casa hoy. ¿Quedamos para comer mañana a las 2? En el restaurante de mi edificio.

Nathan reaccionó con un pulgar hacia arriba en el mensaje y, por si no quedaba del todo claro, respondió:

¡Allí estaré!

Aquella tarde, en el tren de vuelta, Nathan se quedó mirando por la ventana con expresión desolada conforme pasaba por todos los barrios rurales: Bayside, Douglaston, Little Neck. Los demás pasajeros no tenían ningún problema. Las personas a las que veía en cada andén seguían una vida llena de maravillas y no le daban vueltas a nada. Ya habían pasado más de dos meses desde que lo habían inhabilitado en el bufete, había entregado sus archivos y se había puesto a esperar. No dejaba de buscar noticias sobre el Giant's de Yellowton (porque tenía la esperanza de que si abrían la tienda todo pasara al olvido), pero llegó el día de la apertura y no vio ninguna noticia de ello, ni siquiera en los periódicos de la zona.

Al menos todavía tenía dinero.

Se preguntó si su familia iba a necesitarlo, si iba a tener que aportar dinero para ayudarlos. Se sumió en una breve fantasía en la que estaba en la cocina de su madre y le deslizaba un cheque por la mesa y ella miraba el papelito y luego a él y se echaba a llorar y le decía que, aunque Beamer era guapo y encantador y estaba lleno de talento, aunque tal vez Jenny tuviera la cantidad necesaria de inteligencia y pasotismo como para hacer que los demás se volvieran locos por ella, siempre había sabido que Nathan era el mejor de todos.

Solo que entonces se puso a pensar cómo iba a compaginar su falta de sueldo con darle todo el dinero a su familia. ¿Cómo iba a vivir? ¿Cómo iba a pagar por el bar mitzvá de sus hijos? ¿Cómo iba a pagar las tasas de propiedad de la casa?

Iba a llegar demasiado pronto. Se quedó en la acera e inspiró una bocanada de aire helado antes de meterse en un taxi y pedir que lo llevara a casa.

Pensaba decirle a Alyssa que había tenido un día de poco trabajo, que aquello que le preocupaba tanto no había sido tan malo al final. Le pagó al taxista e intentó relajar el ceño conforme entraba por detrás. Y esto es lo que vio en el interior:

Una colección de imágenes que captó como fotos cayendo al suelo.

Alyssa.

En la cocina.

¿Era una voz de hombre lo que oía? Estaba con un hombre.

Con un hombre.

—¡Nathan! —exclamó su mujer.

Telas.

Una cajetilla de cigarros Kent.

Intentó asimilar la escena. Vio a su mujer, sentada a la mesa de la cocina, con baldosas delante de ella, además de un hombre.

—*Mee zeh?* —preguntó el hombre. Llevaba la cabeza rapada, debía de tener unos cincuenta años e iba vestido con vaqueros. Pues claro que era israelí.

—Nathan, solo quería un presupuesto…

—¿Esto es lo que has estado haciendo todo el día? —la cortó él—. Yo me mato a trabajar y tú te pones a hacer lo que habíamos acordado no hacer esta misma mañana…

—Ay, Nathan. —Alyssa cerró los ojos y soltó un suspiro cargado de tristeza.

Nathan lo asimiló todo: las baldosas, las muestras de tela, el obrero israelí, la remodelación que habían acordado no hacer. Cuando contestó, dijo:

—Creía que nosotros no nos mentíamos.

Al día siguiente, cuando Nathan fue a comer con Mickey, estaba agotado y derrotado. No había pegado ojo, claro. Estaba enfadado por la infidelidad de su mujer («¿Bueno, cómo más quieres que lo llame?») y luego se había llenado de tristeza y de vergüenza por haberla privado de algo que tanto quería.

Primero había pasado la noche despotricando, y luego disculpándose y más tarde arrepentido en silencio, intentando ayudar a alentar a los mellizos a seguir con sus lecciones para el bar mitzvá y luego quedarse mirando cómo jugaban a sus distintos juegos de rol, con el estómago líquido y trémulo. Pensó en los betabloqueantes que tenía guardados en el armarito de las medicinas, pero optó por no tomarse nada. Todavía estaba sufriendo las consecuencias de su anterior incursión en el mundo de las drogas.

De modo que estaba adormilado y no del todo atento, aunque no arrastraba los pies conforme un camarero con esmoquin lo acompañaba a la mesa en la que siempre comía Mickey.

Debido a sus procesos químicos naturales, el traje de Nathan estaba arrugado y sudado. Llegó a la mesa y vio que aquello era un problema que no afligía a Mickey: llevaba un traje azul oscuro limpio que le quedaba tal como le tenía que quedar, según las revistas masculinas que Nathan solía hojear en la sala de espera durante sus visitas médicas regulares: con las perneras demasiado cortas, al llegar solo al tobillo, o eso creería alguien, pero estaba perfecto. ¡Parecía un espía! ¿Y le quedaba demasiado ceñido de la cintura? ¡No! ¿Se le hacía bulto cuando se sentaba? ¡Para nada! Mickey gozaba de coherencia visual. Traje elegante, cabeza rapada, ojos azul claro y una sonrisa que uno tenía que ganarse.

—Eh, hombre —lo saludó Mickey, poniéndose de pie. Le estrechó la mano derecha como si fuera a hacerle un pulso, pero, en su lugar, tiró de él y se lo acercó tanto al pecho que por poco no lo empaló en una de las sillas elegantes de la mesa. Eran aquellos gestos rápidos y sin pensar lo que siempre resaltaban lo mucho que Mickey formaba parte del mundo y hacían que viera que él se quedaba rezagado.

»Bueno —continuó, en lo que Nathan se sentaba—. ¿En qué coño puedo ayudarte, colega?

Nathan abrió la boca para contestar, solo que su amigo lo interrumpió.

—Me alegro de que hayas querido venir a comer —dijo—. Hace tiempo que quería invitarte para celebrar.

—Para celebrar, sip. Claro. Bueno, más que a celebrar he venido a...

—Seguro que crees que te hablo de la inversión, pero no. Me crie viéndote a ti y a tu familia, y mis padres estaban siempre al borde del abismo. Era muy estresante. ¿Te acuerdas de que mi madre tenía aquella tienda de ropa? Siempre había algo con lo que intentaban hacerse ricos. Y entonces iba a tu casa, y allí todo el mundo estaba tranquilo. Y tú con tus clases de tenis. Te imaginarás que me molestaba, pero no. Lo agradecía. Me daba algo a lo que aspirar.

Un camarero les llevó un vaso de hielo a Mickey y un vaso de nada a Nathan. Mickey seguía una especie de dieta en la que no ingería nada hasta la 01 p. m., tras lo cual solo comía módulos de lo que su nutricionista llamaba «carne madurada» (principalmente búfalo y otras proteínas difíciles de adquirir), además de un tubérculo. Podía comer coco joven y beber aceite de oliva el resto del día, pero nada más; solo podía consumir agua en forma de hielo, algo que Nathan no comprendía y que él le explicó que era por una teoría muy nueva sobre el metabolismo y el calor corporal. Todo aquello sumado hacía que Mickey estuviera desnutrido en general, cerca de lo que Nathan se imaginaba que era un fallo multiorgánico no específico. Estaba seguro de que al menos era una razón importante que justificaba lo impredecible y malhumorado que lo encontraba siempre.

El camarero dudó antes de servirle agua a Nathan, pero este le asintió para asegurarle que, como la mayoría de los seres humanos, todavía quería beber agua en forma líquida.

—Te he invitado porque, bueno, ¿qué puedo decir? —empezó Mickey, con los brazos abiertos y un mohín—. Tengo que darte las gracias, Nathan.

—¿Sí? —respondió él, con la esperanza de que su amigo se lo explicara.

—Sí, quiero darte las gracias. Acabo de celebrar que ya he invertido cien millones de dólares, y todo empezó contigo. Apostaste por mí. Cuando me fui del banco, estaba perdido, y tú, viejo amigo, creíste en mí.

—Claro, claro. Me alegro de ver que te va bien. Es solo que… Necesito un reembolso.

Les sirvieron el salmón de Nathan y el plato de lo que fuera a Mickey. Se lo quedó mirando con los ojos entornados.

—¿Qué has pedido? —le preguntó.

—Canguro —dijo Mickey—. En filete. Aquí solo lo tienen en filete. Lo piden solo para mí porque vengo cada día. —Se puso a comer.

—Oye, ¿has dicho «canguro»? —La gastroenterología general de Nathan las estaba pasando canutas últimamente—. ¿Te estás comiendo un filete de canguro?

—Ajá —repuso su amigo—. La gente oye «canguro» y dice «Ay, no, ¡con lo monos que son!». Pues ¿sabes qué? En Australia los consideran roedores.

—Bueno, lo que quería pedirte…

—¿A que es una locura? ¡Son los roedores de Australia! O sea, tienen un problema de sobrepoblación. Pero creemos que son unos animalitos adorables y divertidos, para boxear. ¡Eso sí que es buena publicidad! Jeje. Pero bueno, que tienen una enzima increíble, que no me acuerdo de cómo se llama, que transforma los músculos en grasa.

—Espera, ¿por qué quieres transformar músculos en grasa?

—Ya veo que no estás al día con las investigaciones científicas —contestó—. Los científicos dicen que deberíamos formar tanta grasa como podamos para que el metabolismo siempre se esté esforzando, para que luche por sobrevivir. No es intuitivo, porque la ciencia de la optimización nunca lo es. La gente no quiere que se sepa. ¿Alguna vez has estado a punto de ahogarte?

—Creo que sí. —Si bien no recordaba que hubiera sucedido, estaba seguro de que en algún momento había pasado.

—¿Y alguna vez te sientes más vivo que cuando luchas por sobrevivir? ¿Verdad que no? Pues así es como está el metabolismo. Quiere sobrevivir a ahogarse en la grasa.

El camarero rellenó el vaso de Nathan con una jarra de agua. Mickey se quedó mirando a su amigo que miraba al camarero y luego miró el vaso con una expresión llena de añoranza.

—No sabes cuánto me apetecería beber agua —dijo—. Un poco de H_2O de toda la vida.

—Pero el hielo es agua, ¿no? —preguntó Nathan—. Técnicamente, vaya.

—Mi entrenador dice que la hidratación es un mito que se ha vendido al público del país. El hielo enfría el cuerpo y se metaboliza de forma óptima. Es como en la edad de hielo, todo el mundo estaba sano por aquel entonces. No hace falta tanta agua, todo es propaganda de las empresas de agua embotellada. Evian, Poland Spring, Aquafina y todo eso. Es para tontos. —Se echó atrás y consideró su propio argumento, como si mantuviera una conversación consigo mismo—. Claro que el agua es un buen elemento que consumir, pero me dijo que, como estoy entrenando para mi triatlón plus, beber agua solo me ralentizará. Si lo hago en forma de hielo, es como si se comiera a sí mismo al evaporarse del cuerpo.

—¿Te has apuntado a un triatlón?

—Un triatlón plus. Son los tres deportes de siempre, pero luego hay un deporte de combate y uno de pensar. —Los contó con los dedos—. Se va en bici, corriendo y nadando, como en un triatlón, y luego se organiza una justa y una partida de ajedrez. El cuerpo y la mente.

—Ya —repuso Nathan—. Es increíble.

Mickey juntó las manos en la pose de una plegaria.

—Bueno —continuó Nathan—. Te quería preguntar por el dinero.

—Eso. Sí, creíste mucho en mí al invertir conmigo.

—Y que lo digas. —Soltó una carcajada, aunque su expresión no cedió ante la risa—. Mira, necesito el reembolso. No tiene que ser mucho dinero, pero me ha salido una cosilla. Es… Es urgente.

—Ay, no. —El rostro de Mickey adoptó la carita de pena de un osito de peluche—. ¿Va todo bien con Alyssa y los niños?

—Todo va bien —respondió él—. Es que Alyssa quiere remodelar la cocina, ya sabes cómo es.

—¿Eso es lo que pasa? ¿Y cuánto necesitas? ¿Diez de los grandes? ¿O menos?

—Sí, eso. Bueno, quizá más. Un poco más.

—Penny remodeló la cocina y nos costó unos treinta y cinco mil. Quizás un poco más, que tu casa es más grande. —Soltó una carcajada sonora—. ¡Pero no por mucho tiempo! No hay nada como todos esos obreros por casa para hacerte sentir que vives en un pisito de alquiler del Lower East Side, ya te digo. ¿Seguro que es lo que quieres?

—¿Puedes conseguirme el dinero? Es lo único que…

—Ah, claro, claro. Creo que, si no me equivoco, es tu primer reembolso, ¿verdad? Me cuesta acordarme de todo, de qué cliente quiere cuánto. No me preguntes quién, que no te lo puedo decir.

—Es el primero, sí. Esperaba no tener que sacar nada hasta la jubilación y poder ir tirando del sueldo como siempre, pero es lo que quiere la parienta, qué se le va a hacer.

—Imagino que tus padres no van a aportar nada para ayudarte, entonces.

—¿Por qué iban a darme dinero?

—Claro, claro. Bueno, si es tu primer reembolso, tendremos que organizar la transferencia. Ya sabes cómo van las cosas, los bancos se ponen paranoicos. A lo largo de la siguiente semana, te sacaremos algo de la cuenta. Es una «verificación», según lo llaman. Así que, si ves algún retiro raro, de diez centavos o de cuatro o algo así, significa que todo va bien. Si no los ves, es que tu banco nos está poniendo trabas. —Entonces cambió de tema—: Oye, Natie, ¿crees que tus padres están contentos con quien les maneja el dinero? A lo mejor preferirían trasladar sus fondos a un lugar más cercano.

A Nathan le dio un escalofrío. Abrió la boca, sin saber muy bien qué quería decir, cuando, gracias al Señor, a Mickey le sonó el móvil.

—Perdona, tengo que contestar. Le pediré a mi secretaria que mande el papeleo, no será nada. Dame un momento.

Mickey se alejó de la mesa y dejó a Nathan con su salmón, un plato que ni soportaba mirar. Al final pasó tanto rato que le trajeron la cuenta, de modo que la pagó.

⊙⌒⟊⌒⊙

Y esperó. Vigiló la cuenta bancaria, a la espera de cualquier indicio de la verificación, solo que transcurrió una semana entera y luego otra y no sucedió nada. Primero el problema era que la secretaria de Mickey estaba de vacaciones, y luego él estuvo ocupado con una sesión de entrenamiento para su triatlón plus. Durante las dos semanas siguientes, Nathan esperó y siguió atosigando a Mickey, quien decía que el único problema era que era un mal momento, por lo de la carrera.

La remodelación ya estaba en marcha, por lo que no quería ni estar en casa, escuchando a los niños pelearse por la preparación para el bar mitzvá. Y la casa en sí estaba hecha un desastre. Había suciedad por doquier, polvo que flotaba en el aire, visible en forma de unos rayos gruesos y opacos cada vez que le daba la luz matutina a través de las ventanas cubiertas de plástico. Habían retirado el yeso, habían expuesto las cañerías. Había agujeros en el suelo de la cocina con una caída de tres metros y medio que llegaba hasta la base de la casa, de modo que, al mirar desde arriba, le parecía que se iba a caer a un abismo oscuro. Cada día, Yoav, el encargado de la obra, acompañado de un grupo variopinto de israelís, se presentaba cuando le apetecía y les decía que iban a terminar en dos semanas, luego en seis y en doce, antes de volver a decirles que terminaban en ocho. Yoav hacía callar a Alyssa y le decía que se relajara, y Nathan quería saber cómo podía soportarlo, ella que era la presidenta de las judías feministas del club sionista de Brandeis, pero su única respuesta era encogerse de hombros y decir «es que son israelís».

Era demasiado que asimilar. La semana anterior, había vuelto a casa y se había encontrado con una inundación en la cocina que pasaba al salón. Había pedido a un fontanero que fuera inmediatamente para drenar la casa, lo cual le costó un riñón, pero Yoav no se presentó allí hasta las diez de la mañana siguiente, cuando Nathan estaba enfurecido.

—¡No sé qué ha pasado! —se defendió Yoav—. ¡Cañerías viejas!

—Pues estoy más enfadado que nunca —dijo Nathan, aunque la verdad era que estaba más asustado que nunca. Le daba la sensación de que estaba en los albores de un acontecimiento terrible, atroz. Y dio en el clavo.

Unos días más tarde, Nathan llevó a los niños al colegio, decidido a volver a casa y aunar todas sus fuerzas para contarle a Alyssa todo lo que estaba sucediendo, aprovechando un momento de tranquilidad. Ya llevaba muchísimo tiempo así y su mentira había crecido de forma desmedida, por muy buenas intenciones que hubiera tenido. Pobre Alyssa, que había creído que iba a encontrar la seguridad con Nathan.

Sin embargo, allí estaba ella, en la entrada, esperándolo para contarle algo.

—Necesito que estés tranquilo —le pidió.

—¿Qué pasa? —preguntó él.

—¿Puedes estar tranquilo?

—Pues claro.

—No, en serio.

—Alyssa, ¿qué pasa?

—Tengo que contarte algo —dijo, y Nathan se tensó entero—. Hay una grieta en la base de la casa. La han encontrado al cavar.

Nathan se puso a respirar deprisa y, en respuesta, su mujer aceleró el ritmo al que hablaba.

—La casa se habría venido abajo en unos años —dijo. Al ver que aquello tuvo el efecto contrario al que quería provocar, intentó hacer que se diera cuenta—. No, es una buena noticia. ¡Es algo bueno! Hemos encontrado el problema y podemos arreglarlo y qué alivio y menos mal que nos decidimos a hacer obras.

¡QUE LE HABÍAN RECETADO BETABLOQUEANTES PARA LA PRESIÓN! ¿ES QUE NADIE PENSABA EN ESO?

Y entonces, como un regalo de Dios: una distracción.

Una noche, su madre lo llamó para que la acompañara durante su paseo vigorizante por la finca.

Llegó a las seis y media de la tarde, porque le parecía una hora razonable para haber salido del trabajo y haber vuelto a casa, aunque en realidad salía de ver *Tarde de perros* por segundo día consecutivo, todavía con su traje. Se metió en casa de sus padres, y su madre gritó que bajaba en un momento, por lo que se sentó al lado de su padre en el salón, quien veía un documental sobre un músico judío que había sobrevivido al Holocausto al hacerse pasar por pintor y pintar retratos del círculo de Hitler.

—¿Cómo te ha ido el día, papá? —preguntó Nathan.

—¿Conocías a ese hombre? —quiso saber Carl.

—Pues no, no.

—Qué historia más interesante tiene.

Su padre, demasiado delicado como para que le preguntara qué tal le había ido el día a él, aunque podía absorber una cantidad ingente de historias del Holocausto, era una buena forma de describir la condición judía moderna.

—Ni que fuerais críticos de cine —comentó su madre conforme entraba en la sala, antes de añadir en dirección a Nathan—: ¿Vienes?

Se pusieron a pasear por la finca.

—¿Querías preguntarme algo? —le recordó Nathan, mirando a todas partes. Como todavía no habían cambiado la hora, oscurecía hacia el final de la tarde, así que se sentía demasiado expuesto a unos peligros acechantes e invisibles conforme paseaban por el círculo del interior de sus propios terrenos.

—Mientras tanto —dijo su madre—, mientras tanto, yo me vuelvo loca pensando cómo nos las vamos a arreglar para sobrevivir. ¡Y me refiero solo a nosotros! Ya ni hablar de vosotros ni de Marjorie. —Tras unos segundos, añadió—: Vamos a vender la casa de la calle Nueve.

—La casa, ya.

—Creía, tonta de mí, que quizás un día, cuando muriera tu abuela, iríamos a vivir allí. Siempre he querido. Así podríamos ir al teatro y de museos y vivir allí mismo, en el Village. —Soltó una carcajada llena de amargura—. Qué tonta he sido. —Antes de que su hijo pudiera reaccionar, le preguntó—: ¿No sabes nada de Arthur?

—No, nada. En el bufete no saben nada. Está… de descanso.

—Aun así, cuando los trabajadores están de descanso, se comunican de tanto en tanto.

—Eso… No sé si eso funciona así. No conozco las normas de los descansos.

Ruth se detuvo en seco y se llevó las manos a las caderas. Habían llegado al punto más alejado de la casa que podían: si alguien los atacaba desde detrás del invernadero, nadie iba a oírlos gritar. Ruth miró el edificio al otro lado del césped y meneó la cabeza.

—Quiero saber si podemos vender la fábrica —dijo al fin.

Y se puso a caminar otra vez. Una sinapsis lejana le indicó a Nathan que debía seguirla, por lo que corrió para darle el alcance.

—¿Y qué pasa con Ike? —quiso saber él.

—No puede venderla; es capataz de la fábrica, no abogado de bienes raíces.

—No, quiero decir que si está enfadado. Tenía un acuerdo con papá.

—Quien la compre hará bien en mantener a Ike en plantilla.

—Pero Ike se la iba a comprar a papá. A nosotros.

—Pues que la compre, venga. Ofrécesela a él primero si te apetece humillarlo. Nathan, por favor, que no tiene el dinero que necesitamos.

—Ya, pero…

—Las cosas cambian. —Ah, ah, ahí llegaba la voz de psicópata—. Las cosas siempre cambian. ¡Esto no lo hemos provocado nosotros!

—No te alteres, no pasa nada. —Le puso una mano en el hombro, pero ella se la apartó.

—Ni que fueras psicoanalista ahora. Solo necesito que te hagas cargo, Nathan. Arthur no está aquí y no tengo a nadie más. No nos darán un buen precio por la casa, no la remodelamos nunca y el mercado está fatal. No tengo ni idea de cuánto nos podrían dar por la fábrica, ni siquiera sé con quién contactar.

—Nadie querrá la fábrica —dijo Nathan—. Es una empresa de poliestireno. Ni siquiera sé si las exenciones por antigüedad que consiguió papá se pueden pasar a otra persona. Ahora han instaurado leyes medioambientales, y un cambio de propietario… Es que no solo es eso tampoco. No se puede usar porque tenemos un contrato de exclusividad con aquella gente. Que ya ni son gente, son una empresa. No, un fondo de capital privado. Ni siquiera puedes enfrentarte a la acusación con eso. Son tiburones que harán lo que sea mejor para sus beneficios y ya está.

—Pero ¿y si la vendemos? Pasaría a ser el problema de otro.

—¿Quién va a querer comprar una fábrica que nadie puede usar? —preguntó, antes de añadir—: No sé yo, mamá. Tengo mucho lío en el trabajo, y el bar mitzvá está al caer. Y la remodelación es un quebradero de cabeza y prometí que aceleraría todos los permisos. A Alyssa le preocupa que no hayan terminado para el bar mitzvá, porque su familia va a venir, ya sabes.

—No necesitabais hacer obras —se quejó su madre—. Ahora lo que tenéis que hacer es ahorrar. —Soltó un gran suspiro y se quedó mirando el cielo—. No tenemos otra opción, Nathan. Es lo único que podemos hacer ya.

—Es que…

Su madre dejó de caminar otra vez. Cuando se volvió hacia él, lo hizo con aires seductores.

—¿Te acuerdas del faro? Ayudaste mucho a tu abuela, y ella estaba orgullosísima de ti. Todos lo estábamos. Fuiste el héroe de la historia. ¿Te acuerdas?

Claro que se acordaba. Había sucedido en una época terrible para Nathan, cuando Alyssa se estaba sometiendo a unas inyecciones de hormonas y unos procesos de fecundación *in vitro* aterradores y peligrosos, cuando lloraba cada noche y rezaba para que Dios le diera un bebé. Y lo único que podía hacer él era pasarse la noche en vela y preocuparse por el riesgo que aquello representaba para la salud de su mujer, con toda la basura que le estaban metiendo en el cuerpo y todos los procesos a los que se sometía, los cuales siempre conllevaban el riesgo de dejarla en coma o de matarla, o de dejarla en coma y matarla después. De modo que Nathan iba a trabajar, volvía a casa y consolaba a su mujer, desesperado por poder ayudarla pero incapaz de conseguirlo. Y, en un rincón del despacho que tenía en casa, después de que ella se fuera a dormir, había encontrado cierto éxito al restaurar la dignidad de su pueblo natal y al ayudar a su abuela a completar el trabajo de su vida. Se puso nostálgico al pensar que sí, fue el héroe de aquella historia.

—No se puede declarar como monumento una fábrica, mamá.

—¿Por qué no? Es una institución del país de las que ya no quedan.

—Porque, incluso si eso importara, harías que fuera imposible venderla más adelante. Incluso si pudiera declararse como monumento, y eso es imposible.

Sin embargo, no tardaron en despedirse. No tenía nada más que decirle a su madre y, además, no había muchas veces en las que alguien pudiera llamarlo el héroe de alguna historia, por lo que quería volver a casa rodeado del brillo del recuerdo. Por Dios, cuánto le gustaba la versión seductora de su madre.

Fue así que Nathan se puso a ello. Dejó de ir al cine cada día para esperar que la revisión ética del bufete llegara a su conclusión y pasó a refugiarse en una cafetería húngara tranquilita del Village, donde se puso a investigar las leyes relacionadas con la venta de fábricas antiguas.

Habló con sus muchos contactos en el campo de los bienes raíces comerciales y de los problemas con monumentos y zonificación. Se reunió con el más escrupuloso de todos, un hombre llamado Benny Marina, en su oficina de Sheepshead Bay. Benny era un agente inmobiliario comercial que había supervisado la venta y la transición de al menos dos fábricas, que Nathan supiera.

—¿Fabrican goma? —preguntó Benny.

—Poliestireno.

—¿Poliespán?

—Decimos «poliestireno».

—¿Por qué? —quiso saber Benny.

—Decir «poliespán» es un tema político. Tiene mala reputación.

—Ajá.

—Fabricamos moldes más que nada —dijo Nathan—. Moldes aislantes para transportar bienes. Tiene buenos trabajadores, muy fieles. Un capataz que lo sabe todo de la empresa la dirige con su hijo, y lo hacen muy bien. El contrato se vendería a alguien y la fábrica volvería a ponerse en marcha. ¿Es que nadie puede ver la recompensa que tendría después del proceso?

Benny se lo pensó durante un momento antes de contestar.

—Conozco a alguien que se especializa en eso. Se llama Nessman.

—¿En qué?

—En ventas problemáticas. No necesariamente de propiedades, sino de negocios.

—Problemáticas —repitió Nathan. Anotó el número del tal Nessman.

Tres días más tarde, Nathan, Benny, Ike y su hijo Max esperaban delante de la fábrica conforme el hombre que imaginaba que era Nessman cojeaba por los peldaños hasta la puerta. Llevaba un traje extragrande y unas gafas bifocales de marco metálico y lentes sucias con forma de paralelogramos opuestos.

Ike y Nathan se presentaron.

—Y este es mi hijo, Max —siguió Ike antes de dar una palmada—. ¿Le mostramos el lugar?

Consolidated Packing Solutions se encontraba en un edificio grande y rectangular, de un piso de altura, con un techo a casi veintitrés metros y un espacio de oficinas singular y rodeado de cristal en lo alto. La planta baja estaba dividida en dos secciones: un lado para la fabricación, lleno de barriles de bolitas de poliestireno que echaban en las enormes máquinas metálicas, las cuales inyectaban aire en las bolitas cuando estaban calentadas para que pudieran hincharlas y tomar la forma del molde, con lo que el proceso resultaba en una goma diseñada para aislar objetos frágiles a la hora de transportarlos. El otro lado estaba pensado para tareas más aristocráticas, como el diseño, la ingeniería y la contabilidad.

A Nathan le sorprendió ver el interior, porque llevaba varios años sin pisar el edificio. No era que hubiera cambiado mucho, sino que llevaba tanto tiempo trabajando en el bufete que se había olvidado de cómo era el centro de trabajo manual que le había permitido darse una vida de lujos.

Ike los llevó por el departamento de ingeniería, de diseño y de contabilidad. Los llevó por la parte que contenía los aireadores y máquinas de compresión gigantescas y los barriles de bolitas de poliestireno de casi cuatrocientos litros de capacidad. Durante su aprendizaje forzado, a Nathan le había dado miedo toda la actividad, sonidos y alarmas que sonaban durante un día de trabajo en la fábrica. En aquel momento, cuando toda su trayectoria profesional estaba en la cuerda floja, se preguntó si podría haber sido capaz de ver el valor de un trabajo tan simple y directo.

Conforme recorrían el mundo de maquinaria y vapor, Nessman negaba con la cabeza cada dos por tres: un baño que no estaba habilitado para personas de movilidad reducida («Pero, si son discapacitados, no pueden trabajar aquí, ¡es una fábrica!», fue como se excusó Nathan). Un sistema de drenaje poco eficiente para las sobras fundidas que incumplía una ley de 2008 («Bueno, sí que cumple la de 1976, que es cuando remodelaron el lugar, y el código no deja lo bastante claro que…», fue como intentó excusarse Nathan, aunque Nessman lo miró por encima de las gafas y se cortó a media frase).

—¿Todavía se les permite usar un inyector de combustible de vapor? —preguntó Nessman cuando pasaron cerca del gran cilindro de latón.

—Es una exención por antigüedad —explicó Nathan.

Y, cuando llegó el momento de pasar a ver el sótano, fingió que tenía que contestar una llamada.

Continuaron en la planta de arriba, en el antiguo despacho de Carl, cuyas paredes estaban hechas de cristal para que él, y su padre antes que él, pudieran ver si algún trabajador se ponía a holgazanear. En aquellos momentos lo ocupaba Ike, aunque siempre se sentaba en el antiguo puesto de Hannah Zolinski, la secretaria, como si Carl fuera a volver en cualquier momento.

Nessman se agachó y recogió una bolita de poliestireno que se había perdido por allí. La apretó entre los dedos; era brillante y rechinó consigo misma. Alzó el espécimen para que Benny y Nathan lo vieran, como si fuera la primera bolita de poliestireno que veían.

—Fabrican poliespán —dijo. Y entonces, casi para sí mismo, añadió—: Me sorprende que se les permita. Si quisieran vender el edificio, la situación sería distinta, seguramente podría ayudarlos con eso. Pero debo decir que me especializo en vender negocios a los que todavía se les puede sacar un poco más de jugo. No sé yo cómo me las apañaría para vender esto. —Miró a Ike por encima de las gafas sucias que llevaba y luego a Nathan—. A su capataz le falta un dedo.

—Se le compensó —explicó Nathan—. Lo hemos cuidado muy bien. Es un negocio familiar para él también. Su padre fue el anterior capataz de la fábrica.

La visita guiada terminó al fin en el exterior, donde el terreno estaba más hundido; el río Arcoíris, como lo solían llamar. Cuando Nathan estaba de aprendiz forzado en su etapa en el instituto, su padre lo había llevado allí para comer cada día y le habló de que su abuelo había hecho lo mismo con él. En aquel entonces, según lo recordaba, el remolino multicolor de los productos químicos sobrantes era hipnotizante, un fenómeno de pura belleza que todavía no sabía que debía darle miedo.

La zona se convirtió en un banco de parque y una fuente construida encima de lo que fue un terreno incorregible después de que una inspección aleatoria de 2002 resultara en una citación y una multa.

—Anda, qué bonito —dijo Nessman al verlo, aunque no tardó en cambiar la expresión. Miró abajo y se percató de que estaba pisando el fango, con lo que sus zapatos marrones se habían cubierto de un remolino azul verdoso. Se agachó y tocó el suelo. Cuando volvió a ponerse en pie, tenía los dedos morados.

»No sé qué decirles —siguió—. ¿La gente de por aquí sabe lo que le hacen al agua?

—La fábrica tiene varias exenciones por antigüedad respecto a ciertas leyes de fabricación —repitió Nathan—. Contamos con más de ochenta y cinco trabajadores.

—No deja de decir lo de las exenciones —dijo Nessman—. Se refiere a sobornos, ¿verdad? Seguramente fueron la única razón por la que Haulers quiso adquirir la fábrica. Pero las exenciones esas no se transfieren en el caso de una venta. Con las leyes medioambientales de ahora… ¿Quién va a querer una fábrica de poliespán que necesita tantas reformas? No se podría vender esto sin tener que estar sujeto a unos arreglos de uno coma tres millones de dólares como mínimo. Su mejor opción es dejarlo estar y salir de aquí.

Poliestireno, lo corrigió Nathan para sus adentros. Se sentó en el banco, muy cansado de repente.

—No solo es que el lugar no tenga ningún valor —concluyó Nessman—, sino que es un problema legal.

Cuando Nathan se ponía nervioso o algo lo alteraba o se metía en el proceso que los psiconeuroendocrinólogos denominaban hipervigilancia, la parte más ansiosa de su cerebro (un puesto que se disputaban varias de ellas en luchas encarnizadas) se imaginaba distintos comportamientos horrorosos y humillantes que podía adoptar en un momento dado para empeorar las circunstancias todavía más. Durante su bar mitzvá, estaba tan nervioso que se preguntó qué pasaría si fuera corriendo a por el rabino Weintraub para alzarlo en brazos y gritar «¡Ven aquí, pedazo de idiota adorable!» al volver a la tarima bimá después de abrir las puertas del arca. Cuando se casó, en el momento culminante de la ceremonia, se imaginó que se bajaba la bragueta y blandía el pene por doquier gritando «¡Fiesta! ¡Fiesta!». Cuando Nessman le hablaba de lo que le deparaba el destino a la fábrica de su familia, tuvo unas ansias incontenibles de darle golpecitos en la nariz al tiempo que decía «Qué mono eres», con una sílaba por golpecito.

Si bien necesitaba estar solo después de aquella reunión, no tenía ningún otro lugar al que ir, de modo que volvió a casa. Sin embargo, al llegar a Middle Rock, recordó que su hogar ya no era un refugio, sino que se había convertido en una pesadilla. El ruido de los taladros era eterno, y el polvo, omnipresente: los metales pesados y todo un surtido de elementos cancerígenos se habían montado una fiesta en el ambiente. Y el ruido. Y el tono de voz arrogante y burlón de Yoav, el encargado de la obra, a quien Nathan odiaba con todo su ser.

¿Y Alyssa? También había desaparecido para él. Cada noche pedía comida a domicilio y se dejaba caer en la cama, agotada, antes de incorporarse y echar mano al iPad para ver las distintas formas que una cocina podía adoptar. Un universo de protectores para salpicaduras, una excavación geológica de mármol. Las lámparas que se podían colgar sobre la isla de una cocina podían ser de estilo antiguo, con filamentos; podían ser *art déco* o modernas. La cocina en sí podía acabar pareciéndose a la que habría en una granja, con un fregadero enorme y alacenas de madera, o bien podría parecer que la habían sacado de una nave espacial. Para poder escoger un estilo en concreto, uno debía saber bien quién era y qué le gustaba, para no sentirse como un impostor, y era ahí donde a Alyssa le iba peor.

¡Pero los gustos eran lo de menos! Había un millón de decisiones que tomar. Se habían producido avances en el mundo de los lavaplatos que habían conseguido que, por el módico precio de seis mil dólares, uno no pudiera notar que el aparato estaba en marcha a menos que se lo quedara mirando fijamente y supiera qué significaban las distintas lucecitas. Se habían producido avances en el mundo de las alacenas que habían conseguido que uno pudiera cerrarlas dando un portazo y que no hicieran nada de ruido (ese fue uno de los avances favoritos de Nathan). Había una forma de construir un grifo que quedaba debajo de la superficie de la isla de la cocina y que solo salía como una rosa que brotaba a cámara rápida cuando uno quería.

Por la noche, Nathan fantaseaba con una realidad en la que pudiera pedir un permiso para zonificar su vivienda para algún uso específico que parara en seco la remodelación y devolviera la cocina al estado que había tenido antes de que el nombre Yoav hubiera puesto un pie en su hogar, cuando todo iba bien y su abuela no había muerto y Nathan conservaba su empleo y su papeleo y todo el mundo era feliz. O creía serlo, al menos.

Estaba demasiado agobiado y tenía que salir de aquella miseria. Dos veces al día, pensaba que quizá había llegado el momento de contar la verdad. Y no porque fuera lo correcto, sino porque aquello aliviaría parte de la miseria. Nadie sabía reconfortarlo mejor que Alyssa, nadie lo apoyaba tanto como ella. Su madre siempre lo había hecho sentirse avergonzado por quererla, pero las métricas de Alyssa eran más sencillas: lo bueno es bueno, lo malo es malo, el amor es bueno, Nathan es bueno y lo quieren.

Quizá mantener una conversación sincera con su mujer podría ayudarlo. Quizá podría encontrar la redención en el hecho de que ella siguiera queriéndolo, en que acabara entendiendo por qué había mentido. Había planeado contárselo todo después de recibir el dinero de Mickey, pero este le seguía dando largas y nunca le daba prioridad porque así era él, lo daba por sentado y prefería a sus otros clientes antes que a su amigo más fiel (y atrapado). Mientras tanto, Nathan estaba desesperado por estar con su mujer, por rodearse de su amor y comprensión. No podía soportar el peso de toda aquella ansiedad si además venía cargada de tantas mentiras. Sí, pensó que quizá había llegado el momento de contarle a su mujer lo que sucedía, tanto en su trabajo como en el tema financiero de la familia.

Lo había intentado la semana anterior, solo que había entrado en la sala y la había encontrado en plena conversación con Lily Schlesinger, quien le estaba contando que, si no le gustaba cómo quedaba la cocina, podía rehacer ciertas partes, que solo el saber que había vuelta atrás iba a ayudarla con su parálisis a la hora de tomar decisiones. Solo que Alyssa, quien nunca se había llegado a acostumbrar a vivir con dinero, se la quedó mirando como si fuera un perro verde y negó con la cabeza. Seguía intentando comprender la riqueza, hacer que su comodidad se pusiera de manifiesto. Nathan le vio en la cara que no sabía si lo que Lily le aconsejaba era correcto o si era tan absurdo como le parecía. Y verlo le rompió el corazón.

Salió del coche y cerró dando un portazo. Sacó las llaves y abrió la puerta de casa.

Sí, había llegado el momento de contárselo todo, de que supiera lo mismo que él. Pensaba contarle lo del dinero de la familia, lo que le había sucedido en el trabajo. No obstante, llegó a la cocina acordonada y la vio allí, con Yoav. Soltaba un sonidito, como un gemido. Los niños ya estaban en clase para entonces. Entonces recordó haber visto la camioneta de Yoav en la entrada, aunque no el coche de ningún obrero más.

Nathan rompió el plástico que cubría la entrada para ver la cocina.

Y Alyssa se echó a llorar; lágrimas de cansancio y miedo.

—¿Qué pasa? —preguntó él. Casi se le había parado el corazón.

—Nathan —dijo ella, antes de darse media vuelta, correr hacia él y abrazarlo.

—¿Qué? ¿Qué pasa? ¿Le ha pasado algo a mi madre? —Nada más decirlo, quiso haber preguntado por sus hijos primero.

Cuando su mujer le contestó, casi no la entendió con tanto sollozo.

—Han encontrado amianto. Desde el principio, con los niños y todo… Amianto.

Se quedó inmóvil en las ruinas de su hogar, con su mujer sollozándole en el pecho, y, por un instante, fue la persona más alta de la sala, el único que se lo había visto venir todo.

¿Es ese momento el que uno elige para empezar a contar la verdad? ¿Se lo tenía que decir entonces?

Ni pensarlo.

—Haz las maletas —dijo—, nos vamos de aquí. Vamos a casa de mi madre.

La casa de Phyllis estaba vacía e imponente en lo alto del terreno, a la espera para recibir a los ocupantes de los dos Acura 2017

MDX que estaban pasando por la entrada, llenos de las posesiones terrenales de la familia de Nathan Fletcher.

Nathan se permitió darse el lujo de contarle a Alyssa que iba a tomarse tres semanas de descanso en el trabajo para lidiar con el problema y el inminente bar mitzvá de los niños. Y ella estaba tan distraída con la planificación, por no hablar del desastre de su casa y la mudanza repentina, que no se le ocurrió hacer ninguna pregunta.

Cada noche, llevaban a los niños a casa de los padres de él para cenar, y Nathan intentaba sacarle conversación a su padre. Parecía más viejo que nunca, y ¿qué se esperaba? ¿Que de la noche a la mañana se hubiera convertido en alguien al que le gustaba hablar de su vida? O hablar en general, vaya.

—¿Sabéis qué? Cuando el abuelo era pequeño, la gasolinera era un parque —decía, y su padre asentía, con la mirada perdida, y Ruth suspiraba y se ponía a recoger la mesa.

Después de cenar, ya en casa de su abuela, Alyssa se quedaba despierta en el salón, con el portátil en el regazo para planificar los asientos, para contactar a quien planificaba la fiesta para cerciorarse de que hubiera pedido las kipás, las flores, los acomodadores, los regalos que se repartían, de que la ensalada de huevo de la sinagoga tuviera eneldo, pero no cebolleta.

Y Nathan acabó creyéndose de verdad que estaba de vacaciones, convencido a partes iguales por el caos de su casa, el cambio de escenario y el modo en el que el cerebro se transforma con el estrés.

—Papá, ¿esta casa es segura? —le preguntó Ari una noche, conforme lo arropaba en la cama que había sido de Marjorie.

—Es la más segura del mundo —repuso él—. Aquí no podría pasar nada. Tenemos una valla eléctrica y la puerta está cerrada con llave.

—Pero el problema no fue que entrara alguien —contrapuso su hijo—. El problema estaba dentro.

—Hay muchas alarmas. Nadie nos molestará aquí.

—Pero ¿y los venenos?

—¿Qué venenos?

—Como en casa, con los venenos que tiene.

Nathan se quedó mirando al niño. Aunque sus hijos tenían la misma cara, Ari tenía los ojos más abiertos, mientras que los de Josh eran más pequeños.

—Hemos tenido mucha suerte, porque los hemos encontrado. A veces uno encuentra algo y es positivo porque es como los canarios que usaban en las minas de carbón, para saber que no debemos estar en esas casas antiguas por lo que contienen.

—¿Qué significa eso? Lo del canario.

—En las minas de carbón usaban canarios.

—Pero ¿por qué? —susurró Ari.

—Para asegurarse de que los mineros pudieran bajar a la mina a buscar carbón, mandaban a un canario primero. Si se moría, así sabían que no era un lugar seguro porque no había oxígeno suficiente.

Ari tenía los ojos tan abiertos que parecía que no iba a volver a cerrarlos.

—¿Mataban a los canarios?

—Sí, para asegurarse de que los mineros pudieran bajar.

—No es un buen motivo.

—Tienes razón. —Nathan meneó la cabeza—. Es horrible, nunca lo había visto así. —Soltó un suspiro—. Es horrible lo que se le llega a ocurrir a la gente.

Nathan se tumbó al lado de su hijo. Pocas cosas validaban más a una persona que ver a alguien que es exactamente igual y quererlo en vez de odiarlo. Era un rasgo sorprendente de la paternidad que Nathan no se había visto venir.

—¿Puedes quedarte a dormir conmigo?

—Claro, me quedaré contigo un ratito. No te preocupes.

Sin embargo, una vez el niño se quedó dormido, Nathan no pudo evitar dirigirse a casa de su madre para oír más dramas: que Beamer nunca le devolvía las llamadas (típico), que Jenny se había vuelto a poner en plan infantil (un incordio). Qué estrecho era el vínculo entre su madre y él cuando ella se ponía a despotricar sobre los demás (¿patético?).

Se quedó escuchando a su madre hasta que esta se cansó y luego volvió a subir por la colina él solo hasta la casa de su abuela, donde había acabado viviendo por el momento, rodeó su perímetro y se quedó mirando el estrecho de Long Island.

Y más tarde, cuando se acostó, soñó con su abuela; le ocurrió casi cada noche de todas las que pasó allí. En uno de aquellos sueños, estaba flotando en la piscina, cuando todavía tenía agua, y de repente empezó a hundirse más y más, hasta que, en el fondo, se percató de que había caído sobre el cadáver de su abuela. Intentaba salir a la superficie con todas sus fuerzas y no lo conseguía: el agua era demasiado densa.

En otro sueño, estaba pasando el periodo de la shivá en su salón, solo que no le quedaba muy claro a quién velaba y le entraba el pánico por si sus padres habían muerto, aunque también se daba cuenta de que podría ser algo mucho peor. Era en aquel sueño que Phyllis iba a darle el pésame.

—Lo siento mucho.

—Pero ¿qué ha pasado? —preguntó Nathan. Su abuela era enorme en comparación, porque él estaba en uno de los asientos bajos y diminutos de la shivá—. ¿Quién ha muerto?

—No sabía que serías capaz de tanto, hijo —le dijo Phyllis, y él se dio cuenta de que era exactamente lo que le había dicho en la fiesta que organizó la Sociedad Histórica después de que completaran la restauración del faro del parque Cobbleway—. Me has recordado a tu abuelo y todo. Le obligaban a estudiar el Talmud en la escuela. Los nazis estaban disparando a todo el mundo, y a tu abuelo Zelig lo obligaban a esconderse en un sótano y a estudiar el Talmud. Pero ¿sabes qué? —Se llevó un dedo a la frente y se dio unos golpecitos—. Eso lo hizo ser más listo. Aunque lo odiaba, también sabía que era lo que lo ayudó a escapar. El aprender los vacíos legales y ver los temas. ¿Lo ves?

No lo veía, pero le daba igual, porque le sentaba muy bien regodearse en sus cumplidos. Dejó de importarle quién había muerto y le pidió que lo repitiera una y otra vez.

—No sabía que serías capaz de tanto, hijo —le dijo.

»No sabía que serías capaz de tanto, hijo —le repitió.

En el sueño, se inclinó para acurrucarse contra ella e inhaló hondo para que le llegara la mezcla de Chanel N.º 5 y de desodorante No Frills otra vez.

—Es como lo del faro, hijo —siguió ella—. Tienes que darte cuenta de que es como lo del faro.

Cada vez que tenía uno de aquellos sueños, se despertaba a las tantas de la noche. Alyssa se daba media vuelta, molesta pero todavía dormida. Nathan se levantaba y volvía a deambular por la casa, aterrado de doblar cada esquina, aunque no sabía a quién podía pedirle cobijo.

Era entonces cuando volvía a pensar en el dibbuk. ¿Y si no eran sueños? ¿Y si su abuela se había convertido en un dibbuk que lo perseguía? Para castigarlo por no haber sido mejor, por no haberle hecho caso.

—Lo he intentado —le dijo al aire, solo que el oír que su propia voz se quedaba en la nada lo asustó más aún.

Volvió a meterse en la cama, y aquella vez durmió hasta la tarde. Cuando regresó a la planta baja, Alyssa le preguntó si se encontraba bien.

—Sí, todo bien. Creo que me está afectando un poco todo.

—Mmm. ¡Vale! ¿Podrías ir a buscar a los niños a la sinagoga? Están con sus lecciones.

—Claro, claro. Me doy una ducha y voy.

Nathan aparcó en la sinagoga y entró en el despacho del rabino, desde donde podía oír a sus hijos practicar. Había llegado un cuarto de hora antes.

La sinagoga no había cambiado nada desde que él había estudiado para su bar mitzvá en aquel mismo despacho. Antes de aquello, había estudiado hebreo durante ocho años. Mientras esperaba sentado a que sus hijos terminaran, recordó a su profesora favorita, una *morah* agradable llamada Laura que les había dado clase cuando él estaba en quinto de primaria. Estaban estudiando el Shemá, la plegaria nocturna que mantenía a salvo a la persona que se iba a dormir.

La *morah* Laura estaba radiante con su falda que le llegaba a las pantorrillas en medio de la sala, donde hablaba con alegría sobre la plegaria y haciendo contacto visual:

—Os protegerá. Si la recitáis cuando estáis asustados, os protegerá.

Nathan, a sus once añitos, era el único chico de la clase que prestaba atención, mientras los demás les pasaban notitas a las chicas o jugaban al ahorcado entre ellos. Uno en un rincón hacía pedorretas con el sobaco cuando la *morah* Laura les daba la espalda. Sin embargo, ella era demasiado elegante como para preocuparse. Se acababa de comprometer con un aspirante a rabino de Teaneck, y eso la había llenado de un fervor hacia el judaísmo que suele brillar por su ausencia en los demás profesores de hebreo.

Bajó la mirada a su libro de plegarias, el cual contenía las palabras en hebreo seráfico, una transliteración en cursiva y, en letra más pequeña, la traducción: «Escucha, Israel: el Señor nuestro Dios, el Señor uno es». Levantó la mano.

—¿Sí, Nathan? —La *morah* Laura tenía un rostro redondeado y lleno, con un hoyuelo en la barbilla.

—¿De qué nos protege?

—Ay, de todo. —La *morah* pareció cobrar vida—. Os protege de todo. —Contó una historia de un hombre que se cayó de la ventana de un rascacielos y, al recitar el Shemá, un viento se lo llevó volando y lo depositó con suavidad en el suelo, de pie.

—¿Y no le pasó nada? —susurró Nathan. Aquella vez no levantó la mano, se había olvidado de que había más personas que la profesora en la sala—. ¿Sobrevivió?

—Sobrevivió y se convirtió en un gran rabino. Es muy famoso. —Miró a la clase en general. El chico que estaba sentado al lado de Nathan estaba dejando los mocos en el pupitre, pero a él le dio igual—. Os enseñaré cómo se hace. Tenéis que taparos los ojos con la mano derecha.

La *morah* se tapó los ojos y Nathan la imitó, por mucho que aquello fuera uno de sus miedos. Nadie más lo hizo. En su lugar, aprovecharon la ceguera temporal de la profesora para hacerle gestos obscenos y peinetas.

—*Shemá Israel Adonái Elohéinu Adonái Ejad* —entonó. Se apartó la mano de los ojos a tiempo para que los niños de once años que meneaban la pelvis en su dirección se pudieran sentar—. Y ahora vosotros. —Se volvió a cubrir los ojos y repitió la plegaria, en aquella ocasión acompañada por las niñas y Nathan.

Aquella tarde volvió a casa con Bernard, a quien habían echado de clase antes por hacer dibujos obscenos. Era uno de aquellos días de finales de invierno que no solo era cálido, sino que ya olía a primavera, y Nathan estaba intentando quedarse en aquel momento dorado y especial con la *morah* Laura, solo que Bernard había tirado su cuaderno Trapper Keeper al suelo y lo iba chutando por la calle Cutland.

—Pero ¿qué haces? —le preguntó Nathan. Sabía que iba a conseguir meterlo en un lío con aquello.

Su hermano no le contestó, sino que dio una patada más, y uno de los dibujos que no le habían confiscado, uno de su profesora de hebreo, la *morah* Rochelle, salió despedido y aterrizó despacio delante de ellos. La *morah* Rochelle tenía setenta y pico años, y Bernard la había dibujado (con bastante destreza, todo hay que decirlo) con un vestido que se levantaba y que dejaba ver que tenía pene. Nathan se agachó para recogerlo.

—No puedes dibujar estas cosas —lo regañó—. Te meterás en líos.

—Tú calla, gilipollas —repuso Bernard. Tenía siete años.

Caminaron y caminaron y caminaron, porque aquel era el intento de su madre para que se volvieran más independientes. A Ruth, quien cuando tenía siete años ya cruzaba sola una de las calles más anchas de Brooklyn, la avenida Coney Island, le preocupaba estar criando a unos niños que no supieran cruzar una calle ni volver solos a casa. Cuando Bernard empezó en la escuela de hebreo aquel año, Ruth insistió en que los dos recorrieran sin acompañamiento el kilómetro y medio que los separaba de casa. Como cabía esperar, Nathan se opuso a la idea con todas las fuerzas que le conferían los nervios, pero Ruth insistió, y Carl, bueno, no era capaz de aunar fuerzas para oponerse a Ruth en ningún tema.

Llegaron a la calle Ocean Vista, la calle más grande que tenían que cruzar para volver a casa. Bernard le dio una última patada al cuaderno, el cual aterrizó en la intersección, por lo que fue a buscarlo justo cuando un camión cruzó el paso de peatones y atropelló el cuaderno. Bernard estaba a menos de un metro de distancia.

En la acera, Nathan se quedó mirando la escena, paralizado. No había sido capaz de moverse al haber visto con total claridad que su hermano se metía en la carretera y el camión no frenaba. Incluso se había visto inmóvil, pero, por mucho que se reprendiera a sí mismo, no conseguía pasar a la acción. Así que se cubrió los ojos con las manos y recitó:

—*Shemá Israel Adonái Elohéinu Adonái Ejad!* —Y, cuando apartó la mano, vio que Bernard estaba sano y salvo.

Aquella misma noche, Nathan estaba tumbado en la cama, temblando al recordar que había salvado a su hermano. La *morah* Laura tenía razón: aquella plegaria era muy poderosa. Sin embargo, había pasado a estar bajo el yugo de dicho poder. Si sabía que tenía el poder de mantener a su familia a salvo, ¿qué obligación tenía?

Fue así que se tapó los ojos con la mano y recitó el Shemá para protegerse a sí mismo. Entonces giró la mano para tener la palma hacia fuera y volvió a recitar la plegaria para cada uno de los miembros de su familia. Primero para los más cercanos: pronunció la frase una vez para Ruth y otra para Carl, seguidos de Bernard y de Jenny. Entonces se dio cuenta de que, si su abuela caía fulminada allí mismo, iba a ser porque no la había protegido, por lo que la recitó para la abuela Phyllis. Y también para su *bubby*

Lipshe, dado que no sería justo que ella muriera y la abuela Phyllis siguiera con vida. Y luego la pronunció para los cuatro hermanos y hermanas de Ruth y sus hijos, los primos de él, que eran doce en total. Y luego para el primo Arthur. Y para la mujer de Arthur, la prima Yvonne. Y luego para los dos hermanos de la abuela Phyllis, Phil y Milton. Tanto Phil como Milton estaban casados, así que también les dedicó una plegaria a sus respectivas mujeres. Y luego a su tía Marjorie. Incluso les dedicó una plegaria a Ike Besser y a su mujer, Mindy, y a su hijo, Max, aunque fueran como de la familia, no familiares exactamente. Y, tras recitar toda aquella ristra de plegarias para todos sus allegados, se dio cuenta de que se había quedado atrapado e iba a tener que recitarla para todos cada día.

Y eso hizo, cada noche, durante años. Para cuando terminaba, había pasado setenta y cinco minutos cada noche recitando el Shemá para cada familiar que tenía, no tanto porque le importara que siguieran con vida, sino porque sabía que era su responsabilidad. Fue la única vez en su infancia que se sintió como si tuviera algún poder.

En la antesala del despacho del rabino, donde esperaba a que salieran sus hijos, la puerta se abrió de sopetón y sus hijos lo saludaron con un gruñido en lo que pasaban por delante de él. El rabino Weintraub los siguió, y Nathan se puso en pie.

—Nathan, qué alegría verte por aquí —lo saludó el rabino.

—¿Cómo les va?

—Los veo distraídos y nerviosos, ya sabes. Ya te acordarás. Tenéis un gran mes por delante, con el bar mitzvá y el levantar el duelo de tu abuela. Ha sido muy considerado por parte de Alyssa planear las dos cosas juntas, para que toda la familia pueda estar reunida. Es una mujer muy especial, seguro que ya lo sabes.

—Siempre se acuerda de todo. Me preocupaba que fuera mejor esperar el año entero, que fuera mala suerte colocar la lápida antes de que transcurra el año.

—No creo que importe. De hecho, en el jasidismo se cree que hay que poner la lápida de inmediato, que un alma no puede descansar hasta que se la juzga, y no se la juzga hasta que está la lápida.

Nathan tragó en seco.

—¿Estás bien? —preguntó el rabino Weintraub—. Te veo un poco paliducho.

—¿Puedo preguntarle algo, rabino?

—Claro, lo que quieras.

—Le va a sonar raro. ¿Cree…? ¿Creemos en los dibbuk?

El rabino se sentó en el banco en el que había estado sentado Nathan, quien lo acompañó.

—Buena pregunta —repuso el rabino Weintraub—. ¿Creemos en un alma en pena que posee un cuerpo? Supongo que algunos de los místicos dirían que sí, mientras que los más prácticos dirían que no. Es una gran pregunta, cosa de fe. ¿Quién sabe? Ya hasta hay rabinos que dicen que no hace falta creer en Dios. Pero… ¿Por qué lo preguntas?

—Me acordé de algo que me dijo mi abuela cuando era pequeño, después de mi bar mitzvá, de hecho. No dejo de soñar con ella, y me pregunto si… Es que sueño mucho con ella.

—Creo que un dibbuk tiene que poseer un cuerpo de verdad. Más allá de eso, es que estás de luto. La echas de menos.

Nathan cerró los ojos y meneó la cabeza.

—Es que hay muchos cambios, rabino. Los niños se hacen mayores, y mi familia… Tengo la casa destrozada. No sé qué va a ser de nosotros.

El rabino asintió antes de contestarle.

—¿Sabes quién fue Gershom Scholem? Fue un filósofo judío. Escribió sobre la cábala y el rabino Shabtai Tzvi y el antinomismo. Habló de que existía algo denominado «momento maleable», un momento en la vida en el que todo es blando y maleable. Aunque solemos sufrir en esas instancias, lo que afirmaba él era que el momento maleable es cuando uno puede cambiar de verdad.

—¿Qué tipo de cambio?

—El que haga falta, siempre para mejor. Es un momento en el que uno puede mejorar. Sé que lo has pasado muy mal con tu familia, que habéis sufrido más que la mayoría. ¿Sabes qué pienso cuando os veo, cuando veo a cualquier familia de mi congregación?

Nathan esperó la respuesta.

—Creo que cada familia es su propia historia de la Biblia. Cada familia forma su propia mitología. Las personas de las que hablan en la Torá solo son el testigo de una época; si hubieran seguido escribiendo, tal vez todos estaríamos en ella. Tal vez habría un Libro de los Fletcher.

A Nathan le sonó el móvil.

—Disculpe. —Sacó el móvil del bolsillo y vio que era Mickey quien lo llamaba. Gracias a Dios, un problema menos—. Lo siento mucho, es importante —le dijo al rabino.

El rabino le hizo un ademán para restarle importancia y Nathan se quedó en la entrada de la sinagoga para contestar.

—¿Diga? ¿Mickey? ¿Hola?

No oía nada más que unos ruiditos amortiguados.

—¿Diga? ¡Mickey, hola! —continuó.

Oyó una voz lejana.

—Mickey —insistió Nathan—, no te oigo. ¿Va todo bien?

Solo que la voz del otro lado de la línea no era la de Mickey, sino la de una mujer, y casi no entendía lo que le decía.

—*Ay, Nathan* —entendió al fin.

—Penny. ¡Penny! ¿Estás bien?

—*Ay, Nathan* —repitió ella—. *He visto que intentabas llamarlo. No sé qué hacer, no sé si debería devolverte la llamada. ¡No sé qué hacer!*

—Penny, ¿qué pasa?

—*Es Mickey* —dijo ella. Se le quebró la voz, y Nathan entendió que estaba llorando—. *Lo han ingresado.*

Nathan llegó al hospital judío de Long Island para ver a su amigo de toda la vida en una habitación privada, con los ojos vendados con una especie de cinta aislante opaca y cinco máquinas distintas que controlaban sus signos vitales. Penny le daba la mano y lo miraba con expresión triste.

Se quedó en la puerta, sin entrar del todo.

—Penny —la llamó, aunque ella no lo oyó, de tan dedicada que estaba a su custodia.

»Penny —repitió.

La mujer alzó la mirada.

—Nathan. —Se secó las lágrimas con la mano que le quedaba libre—. Ay, Nathan.

Se puso de pie con los brazos abiertos. Era bajita, con una melena lisa que se le pegaba a la cara y un flequillo que se la tapaba a medias, como si no quisiera destacar mucho.

—No saben cuándo se va a despertar.

—¿Qué le ha pasado? —Nathan miró el rostro inanimado de su amigo y le dio un escalofrío.

—Ha entrenado demasiado, ni siquiera ha llegado a la carrera. Estaba vestido y todo y se ha desplomado de la nada.

Nathan se quedó mirando a su amigo feroz y malote, aunque en aquellos momentos solo daba miedo por lo inmóvil que estaba.

—Y yo venga decirle que no beber agua no es normal. Que solo comer canguro no es normal. Y él dale que te pego con que tienen no sé qué enzima. —Se sentó otra vez y se lo quedó mirando—. Me decía que no me preocupara, que no pasaba nada, y ahora mira.

—¿Por qué... Por qué tiene los ojos vendados?

Penny respiró hondo y miró a Nathan desde la silla.

—Se estaba metiendo tantas drogas de mejora del rendimiento que se le han quedado los ojos abiertos. Los médicos me han dicho que se le cerrarán cuando haya filtrado toda esa porquería.

Según el médico, bajo la careta de salud y masculinidad de la que Nathan había sido testigo cuando fueron a comer juntos, el cuerpo de Mickey se había estado ingiriendo a sí mismo por culpa del régimen draconiano que seguía. Se le habían alterado las glándulas suprarrenales, lo cual le había afectado el ritmo cardíaco. El hígado le había empezado a secretar una hormona que hacía que se le cayera el vello corporal y le habían salido unos quistes tan hinchados de líquido seroso que le habían destruido la integridad del órgano en sí. Tenía el líquido cefalorraquídeo el doble de viscoso de lo normal, tanto que había adquirido la consistencia de unas fresas en conserva.

—Seguro que se pondrá bien —dijo Nathan, más que nada para que ella dejara de describirle las entrañas de su amigo.

—¿Tú crees? —Penny miró a Mickey una vez más.

—Ah, pues claro. —Se había puesto a sudar—. Es Mickey.

—Ha estado bajo mucha presión últimamente —dijo ella, antes de volver a sentarse, mirar a su marido y darle la mano—. Te estaba muy agradecido, Nathan. Lo sigue estando. Te está muy agradecido.

—Somos amigos de toda la vida.

—Ya, pero muchas personas dicen que son amigos y luego no serían capaces de invertir en alguien a quien le acaban de retirar su licencia de agente de bolsa.

—Sip —repuso Nathan. Y, cuando se dio cuenta—: Espera, ¿cómo dices?

—Sé que tiene sus cosillas. Ya sé que es muy competitivo y lo que sea que dijeran de él. —Se lo quedó mirando con expresión triste—. Pero ¿me vas a decir que, de todos los que trabajan en Goldman, él es el peor, el más mentiroso? O sea, ¿ves lo que dicen de ellos en las noticias?

—¿El más mentiroso? ¿Eso dijeron?

—Muchos lo abandonaron a su suerte, ¿sabes? Solo un amigo de verdad como tú se habría quedado a su lado cuando todos los demás lo han abandonado.

Nathan no era capaz de hablar.

—Y no tuvieron suficiente con despedirlo —siguió Penny—. ¡También le echaron al gobierno encima!

—¿El qué? ¿Cómo? ¿Has dicho el gobierno? ¿Te refieres a la Comisión de Bolsa y Valores?

—No, dijo algo como que la Comisión tenía mucho trabajo, así que le pasaron el caso a... —Penny estaba intentando recordarlo.

—¿Al Departamento de Justicia? —Nathan casi no pudo pronunciar las palabras.

—Sí, eso. —Penny se sorbió la nariz—. ¡Lo despidieron, con eso ya es suficiente! ¿A que sí? —Negó con la cabeza—. ¿Y sabes por qué lo despidieron?

Nathan estaba a punto de ponerse a gritar.

—Pues mira, lo despidieron porque no se tomó suficientes días de vacaciones. ¿Tú te crees?

—No parece posible, la verdad.

—Supongo que ahora en este país si no te vas de vacaciones, si no haces el vago, si te esfuerzas por tus clientes, no es suficiente. Ni hablar de la innovación, el problema es que la gente está quemada. Todos están tan quemados que tienen que obligarlos a darse vacaciones. Y, si uno se niega, lo despiden porque los demás se sienten amenazados por lo mucho que trabaja. —Se le anegaron los ojos en lágrimas al mirar con más intensidad la expresión de vegetal de su marido—. Nathan, solo quería hacerlo lo mejor posible por sus clientes.

La habitación se había caldeado tanto que Nathan estaba pensando en defenestrarse solo para huir antes de allí. ¿Había hecho tanto calor hacía un momento? ¿O acaso unos terroristas estaban atacando el hospital? ¿Salía humo de los conductos de ventilación? Solo que no era así; se dio cuenta de que el calor provenía de su interior. Se había convertido en un horno a 150 grados, y los terroristas eran él, estaban en su interior. Como lo habían estado desde el principio.

—Tu inversión lo sacó del arroyo —seguía diciendo Penny—. Después de lo que sucedió se pasaba los días deprimido. Pero contigo, con tu confianza, creyó que iba a poder reconstruir su vida, y fue un milagro. Yo le decía que tenía mucho talento, que los demás se iban a terminar dando cuenta. Solo tenía que seguir adelante, un cliente a la vez.

—Entonces, bueno, dices que... ¿Yo era su único cliente?

Penny se echó a reír un poco, entre las lágrimas.

—Ay, Nathan. Qué chistoso eres.

—Oye, eh... ¿Crees que podría hablar con su secretaria o algo? Estoy esperando un reembolso y claro, no querría...

—No tiene secretaria aún. Está sentando la base, o así lo llama él. Quería que todo esto fuera la base.

Un médico entró, flanqueado por varios residentes.

—Buenos días, ¿cómo está nuestro paciente hoy? —preguntó el médico, aunque parecía una pregunta absurda.

Penny se puso de pie para ponerse a hablar con el médico, y Nathan soltó unos ruiditos para indicar que quería darles un poco de privacidad.

Fuera de la habitación de Mickey, Nathan se quedó con una expresión desquiciada y casi parecía echar espuma por la boca.

—Señor, ¿se encuentra bien? —le preguntó una enfermera que pasaba por allí—. ¿Quiere que lo acompañe a su habitación?

—He venido... He venido a ver a un amigo. —Se miró a sí mismo—. Llevo ropa de calle.

La enfermera puso cara de estar hablando con un desquiciado y siguió caminando.

Nathan se quedó quieto, incapaz de moverse, hasta que se acordó de las enfermedades que flotan en el ambiente de los hospitales. A su lado tenía un dispensador de gel desinfectante, aunque estos tenían un problema en el que nadie reparaba: lo sucios que podían estar los dispensadores en sí, porque quienes los tocan son los que buscan el gel desinfectante. Fue corriendo al ascensor.

Salió al aparcamiento. Una ambulancia lo rozó al pasar (pasó a cuatro metros y medio de distancia) y casi se lo llevó por delante (ni por asomo). No tenía ni idea de qué hacer.

Sacó el móvil y llamó a su madre.

—*¿Qué pasa, Nathan?*

—¿Te acuerdas de aquel tipo..., el que ayudó a buscar el dinero después de lo de papá?

—¿El israelí? ¿El del Mossad? Ah, sí, claro. Es… Lo buscaré.

—¿Me puedes pasar su número?

—¿Para qué lo necesitas?

—Ah, es por el trabajo. Cosa de los peces gordos, ya sabes.

—Ni que fueras Julius Rosenberg.

Para cuando su madre le envió el contacto del tal Gal Plotkin, ya estaba en el coche. Le envió un mensaje:

> Muy buenas. Soy Nathan Fletcher, conoce a mis padres, de Middle Rock. Fue hace mucho tiempo. Necesito ayuda urgente. Es un problema personal.

En cuestión de unas pocas horas, Nathan ya le estaba contando los detalles a Plotkin, quien le pidió que le diera un día.

Y esperó. Sí, sabía que debería tener dinero suficiente gracias a los muchos años en los que había ganado un buen sueldo en el bufete. Solo que primero hay que tener en cuenta que vivir en Middle Rock salía carísimo. Y además estaban los dos coches. A eso había que sumarle que Alyssa iba a clases de tenis. Y a eso había que sumarle que Alyssa iba a clases de tenis privadas que le permitían seguir en el mismo grupo que Lily Schlesinger, quien era el símbolo de la persona que Alyssa creía que debía ser y llevaba jugando al tenis desde los seis años. Y la remodelación. Los profesores. Los deportes extraescolares. Las clases de tuba extraescolares. La tuba que habían comprado para reemplazar la que se había perdido (¿cómo se pierde una tuba?). Los campamentos de verano. Los viajes de verano. El bar mitzvá, que incluía comida, ropa, clases, amenizadores, DJ (¡más de uno!), el viaje en primera clase desde Israel para los abuelos de Alyssa. El dinero que ella mandaba a su familia de vez en cuando. El club de natación. El club de playa. Las ortodoncias. El tinte para las raíces de Alyssa, cada tres semanas, porque le habían empezado a salir canas a los treinta y dos años. El tratamiento de relajación draconiano que le dejaba el cabello muy rizado en lugar de demasiado rizado y al que se sometía cada tres meses o así.

Había que tener en cuenta también que llevaba varios meses sin recibir aquel sueldo extremadamente modesto.

Y también estaba la afición secreta de Nathan: los seguros. Algo que Alyssa no comprendía del todo era que el compromiso de su marido a contratar seguros casi que cumplía los criterios para considerarse una adicción. Nathan Fletcher tenía (aunque sea un bien que solo se tiene en la imaginación) un seguro de hogar, de vida, de inundaciones y de coche, como todo el mundo, solo que también le había añadido un seguro de salud complementario. Tenía un seguro contra las chinches, para el jardín, contra terremotos. Tenía un seguro de responsabilidad civil, una política que lo cubría todo, un seguro de enfermedad crítica, un seguro completo, un seguro marítimo (los niños iban a clases de navegación en el parque Cobbleway) y un seguro de negligencia profesional. Huelga decir que también tenía uno contra secuestros, claro. Y tenía un seguro especial para cubrir los otros seguros que tenía, no fuera a ser que una de aquellas aseguradoras terminara en quiebra.

¿Qué podía hacer? La persona con la que habría contactado en aquellas circunstancias era Arthur, solo que este estaba en paradero desconocido. Se había ido. Nathan no tenía a un padre que pudiera ayudarlo, sino solo a aquel suplente, un sustituto en ocasiones. Nathan había hecho la vista gorda respecto a la relación casi inapropiada (bueno, quizá muy poco apropiada en realidad) que su madre tenía con Arthur, y, a cambio, este lo había ayudado. Lo había calmado. Le respondía las preguntas que tuviera. No se suponía que fuera a marcharse con nocturnidad y alevosía, como un ladronzuelo, y menos cuando él era el único que podía ayudar a Nathan a salir de (sí, lo va a decir; no, esta vez lo dice en serio) aquella CATÁSTROFE.

Después de pasar un día sin dormir y sin comer, más que nada encerrado en el baño, estaba en un supermercado coreano, en un pasillo que solo parecía vender distintas versiones de nueces peladas, con un exespía israelí (seguramente exespía). Gal Plotkin era un hombre bajo, compacto y musculoso, con cabello rizado y gris, arrugas en torno a la boca y a los ojos y una cicatriz antigua y vertical en la mejilla izquierda. Le explicó a Nathan que a su amigo (o «amigo») Mickey lo habían despedido de Goldman.

—Ya me lo imaginaba —repuso él—. Pero ¿por qué? Su mujer me dijo que era porque no se tomaba vacaciones. ¿Qué despropósito es ese?

—No —dijo Gal—, es cierto. Fue por negarse a tomarse vacaciones.

—¿Eso existe de verdad?

—Más o menos —respondió Plotkin. Y se lo explicó:

Las empresas financieras obligan a sus trabajadores a darse un par de semanas de vacaciones de días consecutivos al año, y sí, Mickey se había negado, solo que no por las razones de emprendedor empedernido que Penny le había dado. Resultaba que a Mickey, un agente estrella de los derivados financieros, lo habían despedido por la supuesta ofensa inofensiva de negarse a tomarse los «al menos diez días de vacaciones consecutivos fuera de la oficina al año» a los que obligaba la autoridad regulatoria y que estaban diseñados para desentramar planes de comercio ilícito complejos que se iban a la ruina si nadie les echaba un ojo durante diez días.

Y funcionó. Le retiraron la licencia porque sí, estaba metido en un plan de comercio ilícito complejo. Había estado cubriendo sus inversiones al introducir unas inversiones opuestas, imaginarias y que no compensaban el dinero del todo en el sistema informático de supervisión del banco, de modo que pareciera que su capital de riesgo total era mínimo, cuando, de hecho, de mínimo no tenía nada (se podía decir que era máximo, incluso). Y todo ello concluyó con sus posiciones liquidadas, una pérdida catastrófica para los inversores, el ya mencionado despido y, en aquellos momentos, una investigación del Departamento de Justicia.

Mickey bien podría haber pretendido empezar una empresa de inversiones con Nathan como inversor, pero no llegó a darse. En su lugar, lo que ocurrió fue que aprovechó los varios millones de dólares de Nathan para darse la gran vida: alquiló una oficina en Manhattan, cambió por completo su forma de vestir y empezó a darse unas comilonas marsupiales por todo lo grande. Según parecía, tenía la esperanza de usar el dinero de Nathan para aparentar un aspecto más pudiente para atraer a más clientes: en una casa de alquiler en Sag Harbor, en sus vacaciones en Mónaco, en el mes entero que pasó en un resort de la playa West Palm. Había usado el dinero de Nathan para todo aquello.

—Es increíble que lo haya destapado todo tan deprisa —fue lo único que supo decir Nathan.

—No era un plan muy complejo, la verdad —repuso Plotkin—. Supongo que creía que iba a ganar el dinero con otros inversores, porque lo vemos mucho. Pero no ha sido así, y no sé por qué. ¿Puede preguntárselo?

—Es que… está en coma —explicó Nathan, quien casi no se lo creía—. Entonces, ¿qué hago? ¿Cómo recupero mi dinero?

Plotkin soltó el aire por la nariz, en una imitación breve de una carcajada.

—Puede acudir a las autoridades o puede pedir que se lo devuelva. —Por primera vez, puso una expresión empática—. Pero ninguna de las dos opciones hará que recupere el dinero.

—Ninguna de… —El instinto de Nathan era repetir las palabras, dado que no tenían ningún sentido para él.

—Señor Fletcher —lo cortó Plotkin—. No va a volver a ver ese dinero.

DESAPARICIÓN
SEMÁNTICA

S egún la redacción sobre el pueblo que cada alumno de Middle Rock tiene que escribir en cuarto de primaria, lo que en la actualidad se conoce como Middle Rock se fundó en 1694, aunque no fue hasta 1702 que Mercedes Williamson pisó sus costas.

Mercedes era la undécima hija de un cura de Devonshire que había dado un nombre bíblico a cada una de sus hijas. A los catorce años, cuando su familia por fin pudo casarla, Mercedes fue al Nuevo Mundo con su marido, un aprendiz de pastor paliducho de la parroquia de su padre que, de hecho, se llamaba Peter P. Pastor. Fue Mercedes quien sugirió que fueran a la península de Long Island que había visto desde el mar y que había descrito al instante, incluso antes de atracar, como «un terreno exuberante y floral cuya belleza suntuosa oculta su profundo pecado serpentino». Fue Mercedes quien dio la orden a sus varios sirvientes y muchos esclavos para que dispararan de forma indiscriminada a los indios de Matinecock, para que pudieran asentarse sin problemas y comenzar a propagar la buena nueva del amor fraternal cristiano. Y fue Mercedes quien exigió tener un terreno con vistas al estrecho de Long Island, a quien echaron de la primera hectárea en la que intentó izar su bandera, y luego de la siguiente y de la siguiente después de aquella. Una a una, fue acudiendo a las mansiones gigantes que delineaban la costa de la península, y una a una le dijeron que había terreno más que de sobra en el interior y que por favor se marchara de allí antes de que el propietario acudiera a sus propios esclavos para echarla.

De modo que Mercedes y Peter acabaron yendo más al interior, más o menos hasta donde la avenida Spring está en la actualidad. Construyeron una iglesia en el mismo lugar que ahora ocupa la tercera farmacia CVS del municipio, la única que abre las veinticuatro horas del día. Los Pastor tuvieron dieciséis hijos, y se dice que, con cada uno que tuvo, Mercedes se fue quedando más y más zumbada. Nunca se recuperó de la «franca falta de fundamentos cristianos» que demostraban los lugareños, y, ya con cerca de treinta años, era lo único de lo que hablaba. Cada domingo, mientras su marido llevaba a cabo la misa, Mercedes gritaba desde uno de los bancos «¡Qué congregación más desagradecida!» sin parar, ante lo que Peter cerraba los ojos e intentaba imaginarse a san Pablo.

Entre semana, Mercedes paseaba por el pueblo a lomos de su caballo, en la comodidad de su envidiable silla de montar de cuero, la cual le había comprado su marido para calmarla. Solo que no pensaba calmarse. No, lo que hacía era pasar por delante de todas las mansiones con vistas al estrecho y gritar sobre el derecho de Jesucristo a las tierras y el de echarlos en nombre de sus sirvientes, sobre que a Peter y a ella los habían mandado en nombre de Dios para ocupar el terreno. Se detenía de vez en cuando en la puerta delantera de los demás, con sus seis hijos más pequeños persiguiéndola, y se ponía a gritar sobre el fuego y el azufre del infierno.

Un tiempo después, John Constable, quien poseía un buen terreno con vistas a Connecticut al otro lado del estrecho (por lo que fue el receptor de más de una de las visitas de Mercedes) se hartó. Su mujer le decía que oía a la señora Pastor gritando incluso después de que terminara sus rondas por la zona. De modo que John acudió a la iglesia del pastor Pastor y exigió que le ordenara a su mujer que dejara de quejarse y que intentara restaurar la paz en el lugar.

—Eh… Ya lo he intentado —dijo el pastor Pastor.

—Estamos preparados para ofrecerle que, en lugar de un terreno, le demos su nombre a la península entera —propuso John—. Podemos llamarla el Quersoneso de Mercedes. —En algunos lugares se llamaba así a las penínsulas.

—De verdad, solo quiere el terreno —suplicó el pastor Pastor. Era de voluntad débil de nacimiento, y Mercedes le había drenado el poco aguante que de por sí tenía. Para cuando cumplió treinta años, parecía un septuagenario—. ¿No le podéis dar el terreno y ya está?

—No.

—¿Y si os excomulgo?

—Haré que mis esclavos os maten a tu familia y a ti. Haré que os metan una manzana hasta el pescuezo y que os pongan en un espetón. —En algunos lugares se cocinaba así a los cerdos—. ¡Y nos daremos un festín con vosotros!

El pastor Pastor hizo un mohín, entornó los ojos y asintió, pensativo.

—Denominar la zona en su nombre podría estar bien. Intentémoslo.

De modo que a la zona la nombraron el Quersoneso de Mercedes, pero, sin embargo, un tiempo después, recomendaron que retiraran la parte de Quersoneso, porque sonaba demasiado anticuado, y, cien años después de la muerte de Mercedes Pastor (quien, como cualquiera podría haberse imaginado, murió en una versión colonial de un tiroteo con la policía), cambiaron Quersoneso por Punta, otra forma de llamar a una península.

Con el paso de los años, la Punta de Mercedes se llenó de una población rica proveniente de la ciudad de Nueva York que, como Colón, creyeron haber descubierto los Hamptons, aunque se equivocaban. La propia Long Island acabó llenándose de gente, más que nada de más blancos. A los nativos los mataron o hicieron que huyeran a Connecticut, donde se refugiaron en alguna reserva o cerca de ellas, solo para que en el futuro conmemoraran su presencia al nombrar una escuela o un parque público cualquiera en su honor.

Y cada parte de Long Island llegó a representar algo distinto. La costa sur se convirtió en una comunidad de clase obrera muy poblada, principalmente por inmigrantes irlandeses. La costa norte era más espaciosa, para los inmigrantes más acaudalados, los alemanes y los italianos. Y la Punta de Mercedes se convirtió en Punta Mercedes cuando al sistema ferroviario que iban a instalar en el lugar no le cupo el nombre entero en el cartel, y luego se convirtió en Middle Rock de inmediato cuando el alcalde fue a cortar la cinta para inaugurar la estación y vio lo fácil que iba a ser que un vándalo blasfemara con el nombre del pueblo si tachaba una letra.

Middle Rock era la zona más al norte, la más espaciosa, la más acaudalada. Incluso después de muchos años, aquellos terrenos enormes que Mercedes tanto ansiaba no se dividieron en partes más pequeñas, y hasta los terrenos del interior siguieron siendo vastos: un campo de polo donde ahora está el instituto, un campo de golf donde terminaron construyendo la fila de sinagogas. Erigieron un centro comercial de lujo a las afueras de la ciudad.

En otras palabras, en Middle Rock lo primordial siempre había sido el dinero.

La mansión de John Constable pasó por sus descendientes a lo largo de varias generaciones, hasta que su tatara-tatara-tatara-tatara-tataranieto, en 1945, se había quedado con una deuda de más de un millón de dólares por apostar, de modo que la vendió a un inmigrante rico y recién llegado llamado Zelig Fletcher.

Zelig Fletcher había llegado a Estados Unidos desde Polonia como polizón en las entrañas de un transatlántico en 1942. Para 1941, dos de sus hermanos ya habían muerto en los campos de concentración, y a otros dos los habían mandado a trabajar a Siberia, aunque, al ver que pasaban los meses y no sabía nada más de ellos, se imaginó que ya no era cierto. Se imaginó que los había perdido, igual que había perdido a los demás. Había visto cómo disparaban a su padre por estornudar mientras un nazi le hablaba, y eso ni siquiera era lo peor que le había sucedido en la vida, a sus apenas veintiún años.

Llevaba varias semanas escondido en el laboratorio del sótano de la facultad de ciencias abandonada de la universidad cuando un joven que llevaba una kipá maltrecha buscó el mismo refugio. Fue allí que el joven, llamado Chaim, encontró a Zelig muerto de hambre y desnutrido, alucinando que unos rayos de luz intensos iban a llevárselo de allí, unos rayos que imaginaba que eran el alma de sus padres y hermanos, ansiosos por llevarlo a una capa de la atmósfera que flotaba por encima del planeta, donde iban a darle de comer y a esconderlo. Sí, a aquellas alturas no era capaz de imaginarse la libertad, sino solo un escondite más seguro.

Chaim había pasado las dos primeras horas en el laboratorio escondido en un armario, para esperar que apareciera quienquiera que creyera que lo seguía. Después de aquello, oyó un jadeo que le pareció un último estertor que salía de debajo de un escritorio, por lo que gateó con una inquietud aterrada para ver qué era. Y lo que encontró fue a Zelig, alto pero en los huesos, incapaz de erguir la cabeza y soltando frases en yidis sin sentido. Chaim le llevó la poca agua que le quedaba a la boca y compartió con él media patata y un huevo duro que había comprado en el mercado negro hacía dos días.

Se quedaron dos días más en el laboratorio, donde ahorraron energías al no moverse ni hablar mucho. Chaim, que trabajaba de químico, consiguió arreglar el grifo del laboratorio para que soltara algo similar al agua, un líquido que luego hervía en una probeta.

Al día siguiente, Chaim se puso a vomitar sin parar. No estaba muy claro a qué se debía, si era por algo del agua o porque había traído consigo una enfermedad de fuera. Zelig le preguntó qué debía hacer, si podía hacer algo por ayudarlo o, si no, si había alguien a quien tuviera que avisar.

Solo que Chaim tenía la mirada oscura propia de los moribundos. Sabía que llevaba años condenado a muerte, igual que todos los demás. Le habló de un barco que iba a zarpar rumbo a Estados Unidos dentro de varios días y le contó que su plan era ir allí y ponerse a fabricar un material de aislamiento a partir de una fórmula de polímero especial que tenía. El aislamiento podía usarse para dar calor o para absorber impactos, dado que era un material poroso y ligero, pero también resistente. Chaim pensaba ir a Estados Unidos para encontrarse con su mujer, quien había podido salir de Polonia el año anterior, embarazada de su primer hijo.

Sin embargo, aquella noche empeoró de lo que fuera que padeciera: tifus, disentería, desnutrición, hipotermia. Cuando amaneció, ya ni podía ponerse en pie. Para la mañana siguiente, no era capaz de beber agua.

Para entonces, ya llevaba un día sin decir nada. Sus últimas palabras fueron «*Do, nemen dem*» («Toma, sostén esto»). Como era de noche, Zelig no veía lo que le estaba poniendo en la mano, pero, al despertar de un sueño aterrado, descubrió que todavía lo tenía y que Chaim había fallecido.

Zelig miró el regalo que había sido el último acto en vida del joven: una nota manuscrita con la hora y la fecha a la que iba a zarpar el transatlántico, una palabra en código para que le permitieran subir a bordo (*freyheyt*) y la fórmula para el polímero del que le había hablado. Zelig le quitó la kipá y envolvió el cadáver en una de las lonas que cubrían el equipamiento del laboratorio antes de que abandonaran las instalaciones. Pronunció la plegaria del kadish para Chaim, porque sabía que eso es lo que querría, y esperó a que anocheciera para poder dirigirse al puerto.

Aquella noche, Zelig llegó al barco en el puerto de Gdansk con la kipá del joven puesta. En el muelle, pasó por delante de doce judíos vestidos con chaquetas largas y negras y que tenían una barba larga y un sombrero negro y, cuando pronunció el código, lo recibieron con los brazos abiertos. Le hablaron en yidis y lo animaron a que fuera con ellos. Zelig se presentó como Chaim, un universitario que estudiaba química. Uno de ellos le dejó una chaqueta, dado que estaba nevando y Zelig llevaba desde el otoño encerrado en el laboratorio. Otro le dio lo que tenía en las manos, un sombrero *shtreimel* de piel que había sido de su padre. Y luego le dieron un libro de plegarias. Nadie le preguntó qué le había sucedido; en aquellos tiempos nadie le preguntaba nada a una persona que tuviera aquel aspecto, porque ¿qué más daba? Por mucho que pudieran cambiar los detalles concretos, la historia siempre era la misma.

Los hombres se reunieron para rezar, y Zelig se puso a rezar con ellos, solo para encajar y que nadie sospechara. Rezó y rezó todo el tiempo que pasó con ellos, tres veces al día, tal como le habían enseñado en la escuela. Y entonces, a efectos prácticos, dejó de ser un impostor.

El viaje duró cuarenta y siete días, y, cuando los pasajeros desembarcaron, estaban demasiado hambrientos y agotados como para estar tan asustados o agradecidos como deberían. Durante aquella última mañana, delante de la Estatua de la Libertad, Zelig rezó junto al minián por última vez e hizo una pausa en sus plegarias para pensar en Dios. Dios lo había torturado para luego salvarlo. Lo había maldecido, para luego bendecirlo. Zelig decidió que estaban en paz, pero que era mejor que no volvieran a hablar. Antes de terminar de pasar por la aduana incluso, ya se había desecho de su libro de plegarias (años más tarde, cuando Phyllis, su viuda, le dio vueltas a por qué Dios la castigaba con el secuestro de su único hijo, cayó en aquella historia, en que el hereje había tirado el libro sagrado y había renunciado a Dios. ¡Un hombre que conocía el poder de Dios le había dado la espalda! Quiso que Zelig siguiera con vida solo para que viera las consecuencias de sus actos).

En cuanto Zelig pudo salir del control de aduanas, siguió a varios de sus compañeros de viaje hacia el Lower East Side, donde le dieron la hogaza de pan que repartía el gobierno y le hablaron de varias fábricas que contrataban a quienes se presentaran en sus puertas cada mañana. Sin embargo, no buscó ninguno de esos empleos. En su lugar, encontró una fábrica de goma en la calle Essex y se acercó con la esperanza de que le dieran trabajo.

Era uno de los muchos judíos e italianos que hacían cola para que les dieran un empleo, y, al tercer día, cuando la multitud disminuyó porque les dieron el soplo de que ofrecían trabajo en una fábrica de corsés, escogieron a Zelig y lo llevaron a la cadena de montaje, donde hacía cúpulas para desatascadores de retretes.

No había ninguna norma de seguridad en la fábrica, por lo que cada día, conforme los veintiséis hombres que tenía al lado echaban goma despolimerizada en moldes con forma de vaso, esperaban a ver quién se hacía daño y cuánto. Varias veces a la semana, Zelig oía un grito y alzaba la mirada para ver que uno de sus compañeros de la cadena de montaje se había quedado con las manos cubiertas de goma, con las uñas derretidas. Durante el primer día, a un hombre llamado Ivan le cayó goma caliente en la mano y en el brazo, hasta el codo. Dos meses después, el compañero que tenía al lado, Lazer Besser, le contó que se había encontrado a la mujer de Ivan por la calle, que trabajaba lavando ropa porque él se quedaba en casa gritándole a Dios para que se lo llevara; cada noche se acercaba una navaja a la muñeca y cada mañana se maldecía por haber sido cobarde.

En aquella fábrica, el capataz se acababa llevando a una persona cada día, y no volvían a verla. Y con cada día que pasaba, Zelig, a quien siempre se le habían dado bien los números, sabía que pronto le iba a llegar el turno. Tenía que salir de allí.

El propietario de la fábrica, un judío gordo con la habilidad de ponerse a sudar a chorros en cualquier temperatura, volvía a su casa a comer cada día al mediodía. El descanso que Zelig tenía para comer era desde las 12:37 hasta las 12:49 p. m., y se quedaba fuera de la fábrica, comiéndose su bocadillo de col, con la esperanza de que un día el propietario llegara justo a tiempo para encontrarse con él.

Y, siete meses más tarde, acabó sucediendo.

El propietario estaba volviendo a la fábrica, y Zelig, que ganaba cuatro dólares al día en un trabajo que las estadísticas decían que iba a terminar dejándolo sin manos, le bloqueó la entrada.

—¿Qué es esto? —preguntó el propietario, con cierto pánico en la mirada.

—Fórmula para polímero —balbuceó Zelig—. Para transporte más eficiente.

—¿Qué? —soltó el hombre, un poco más relajado. Para ser propietario de una fábrica, era bastante majo.

Zelig abrió la boca, pero no pudo decir nada más. Lo había tenido todo muy claro cuando se imaginaba la conversación y llevaba meses practicando aquella frase. Solo que se quedó en blanco. Después de todo por lo que había pasado, se quedó en blanco.

—*Vus?* —le preguntó el propietario en yidis. Así sí.

A decir verdad, Zelig ya hablaba inglés con bastante soltura. Se pasaba las noches estudiando ingeniería química mediante libros que compraba en una tienda de segunda mano cerca del City College. Mientras sus compañeros salían por la noche en busca de alcohol o de una mujer con la que casarse, Zelig se quedaba sentado a solas en su escalera, a la luz de una lámpara de sodio, con un diccionario de inglés en una pierna y un libro de texto en la otra.

Zelig le contó la idea: fabricar moldes de poliestireno para garantizar el transporte seguro para objetos delicados. Le mostró la fórmula que Chaim le había dado y le explicó que añadir hidrofluorocarbono durante el proceso de polimerización resultaba en un nuevo producto de embalaje que casi no tenía competencia en el mercado. Si bien no era el mismo negocio que la goma, sí que era el mismo que los moldes, por lo que necesitaba más o menos las mismas máquinas.

El propietario se interesó por la idea y le pidió que le mostrara cómo lo harían. Zelig le demostró que podían emplear las mismas máquinas para hacer un molde ligero y mullido para un objeto que podía sujetarlo y ceder tan solo un poco para absorber los impactos, sin dejar que le ocurriera nada al objeto protegido.

Y lo que era mejor aún: los moldes de poliestireno no solo eran más baratos y menos peligrosos de fabricar, sino que además eran un producto ligero como el aire, por lo que iba a reducir costes a la hora de transportarlo. Zelig le explicó lo mucho que aquello podía expandir su negocio: podían pasar de fabricar un producto que muchas personas necesitaban a otro que necesitaba todo el mundo para transportar los productos que solo necesitaban los primeros.

El propietario era listo además de majo, por lo que sabía que no podía sentirse amenazado por las ideas y el talento, sino que tenía que saber dirigir a las personas que demostraban poseer dichas cualidades. Y más aún, sabía que debía recompensarlas con creces, para no arriesgarse a crear una competencia que quisiera vengarse de él. Entre los dos, reservaron un rincón de la fábrica para poner en marcha su experimento. Y poco a poco, con el paso de los años, los moldes de goma se vieron eclipsados por el nuevo negocio de la fábrica: crear moldes de poliespán para proteger bienes que, hasta el momento, se rompían durante el transporte.

El propietario no tardó en nombrar a Zelig capataz de la fábrica. Trabajaba de sol a sol, vivía con lo poco que tenía y se acabó volviendo un engranaje esencial de todo el proceso. En cuestión de unos pocos años, había ahorrado el dinero suficiente y le dijo a su jefe que quería comprarle la fábrica. El propietario solo tenía hijas, y ellas se habían mudado lejos de Nueva York con sus respectivos maridos; además, su mujer padecía de asma y quería seguir a su hija mayor a las afueras de Nueva Jersey. Aceptó el dinero que tenía Zelig, con un acuerdo para compartir beneficios durante los siguientes diez años, como incentivo para compensar el dinero restante. Con un apretón de manos, Consolidated Packing Solutions pasó a ser la fábrica de Zelig Fletcher.

Zelig no tardó en tener dinero de verdad; volvía a su piso de una habitación de Brooklyn y se lo quedaba mirando todo porque nunca iba a fiarse de los bancos después de lo que le había sucedido en Polonia. El seguro de la Corporación Federal de Seguro de Depósitos parecía ser el truco del que podría valerse un gobierno para confiscarle todo lo que tenía.

Ascendió a su viejo amigo Lazer, quien seguía en la cadena de montaje y se acababa de casar, para que fuera su capataz. Le daba un buen sueldo y confiaba en él, como el propietario había hecho con el propio Zelig. Un tiempo después, cambiaron algunas leyes de zonificación de Manhattan y Zelig encontró un local vacío en Elmhurst, en Queens (una fábrica textil en desuso), y trasladó la operación allí. Sin embargo, no había un buen transporte entre Queens y Brooklyn, donde vivía Lazer, y a su mujer, Manya, no le gustaba Brooklyn de todos modos, por lo que se mudaron a una de las mejores zonas de Queens, a un pisito con jardín en Little Neck, en la frontera con Long Island. Tenían una zona verde en el jardín de la comunidad, y aquello era lo único que querían para cuando tuvieran hijos. Y, dos años después, acabó sucediendo: tuvieron un hijo al que llamaron Isaac, apodado Ike.

Aquel primer año en el que vivieron en Queens, Lazer y Manya invitaron a Zelig a celebrar el Día de Acción de Gracias estadounidense. Zelig se perdió por el camino y se desvió en la carretera Shore, la que conduce hacia Middle Rock. Para entonces ya llevaba años en el país y, cuando llegó a lo que en la actualidad es el parque Cobbleway, se dio cuenta de que se había pasado de largo. Salió del coche y se quedó mirando el estrecho de Long Island. Oyó el rumor del viento entre los árboles y, más allá de eso, nada más; por primera vez, dejó de echar de menos Polonia, o al menos la Polonia de su infancia. Vio que iba a poder vivir feliz en aquel país, que Estados Unidos iba a poder ser una Polonia particular para él.

Dio vueltas por las calles tranquilas hasta que dio con un cartel de Se vende en una valla en la calle Ocean Vista. Aparcó a un lado y se asomó hacia aquel terreno de seis hectáreas que había quedado destrozado por una tormenta reciente. El propietario lo vendía para pagar su deuda por culpa de las apuestas.

Zelig adquirió el terreno con el dinero que tenía bajo el colchón y se puso a supervisar la onerosa remodelación de la vivienda principal y la reconstrucción del terreno en sí. Lazer y su mujer fueron a ver cómo iba conforme el lugar se volvía habitable. Un día, Manya se pasó por allí y echó un vistazo al producto terminado: un hogar precioso rodeado de un jardín exuberante, un invernadero en el que Zelig pasaba el tiempo libre para aprender a cultivar plantas, los adornos cutres europeos que los inmigrantes de la época siempre terminaban instalando, el viñedo lleno de plantas, las cabañas restauradas para los trabajadores, la piscina nueva y reluciente (¡algo insólito por aquel entonces!).

¡Así es Estados Unidos!, pensó, aunque lo que acabó diciéndole fue:

—Zelig, *ir darft a froy*.

Y sí, Zelig se dio cuenta de que tenía razón: había llegado el momento. Necesitaba casarse.

Mientras tanto, tan solo unas semanas después, en Brooklyn, la madre de Frieda Mutchnick la obligó a asistir a un baile de solteros en el centro del Consejo del Joven Israel en Flatbush. A su madre le preocupaba que Frieda fuera demasiado directa o alta como para atraer a un hombre por sí sola, de modo que insistió en que se subastara en lo que de verdad parecía un mercado de personas para que un hombre pudiera verla a través del prisma de los aspectos que la convertían en una buena inversión matrimonial: un rostro que no parecía amenazante y una corpulencia que iba a permitir unos partos fáciles y prolíficos.

Frieda no quería ir. Lo que quería era ir a la universidad, conocer a un hombre profesional mientras estudiaba literatura. No obstante, su madre le gritó en yidis que iba a ser una solterona vieja y una carga para la familia toda la vida, como Tante Brocha. Tante Brocha, quien estaba cosiendo por allí, asintió con expresión triste.

—*Geyn! Gefin dayn mann!* —le ordenó su madre.

Vale, pensó Frieda. Al menos el baile era una mejor opción que la casamentera de su madre. Presentarse allí iba a permitir que su madre creyera que al menos lo estaba intentando, de modo que se puso su mejor vestido del Sabbat y un poco de barra de labios roja y se marchó.

Solo que no llegó al baile. Cuenta la leyenda que estaba de camino a la sinagoga al mismo tiempo que Zelig Fletcher, quien intentaba aparcar, había golpeado el coche de delante con su Buick Roadmaster. Como el baile ya había empezado, no había muchos testigos en la acera; al haber pocas personas, el estruendo del golpe resonó por toda la calle, lo que no habría pasado en un lugar más concurrido. Frieda se quedó en la acera y vio que Zelig sacaba el Buick del parachoques trasero del coche de delante con semejante sacudida que terminó chocando con el parachoques del coche que tenía detrás. No es que fuera un espacio justo, aunque el Roadmaster fuera un vehículo gigantesco, sino que a Zelig se le daba de pena conducir.

El hombre salió del coche y se quedó en la calle, mirando los dos parachoques para intentar valorar el daño. *Menudo idiota está hecho este hombre*, pensó Frieda. Cuando este por fin alzó la mirada y la vio, ella se percató por la sombra que tenía en la cabeza de que llevaba una kipá. Era alto (¿había judíos tan altos?) y rubio, con ojos azules; rasgos que en aquellos tiempos eran una explicación muy clara de cómo había podido escapar de Europa sano y salvo. *Menuda novedad*, pensó. ¡Alto y de ojos azules!

—Eso es lo que pasa por tener coche —se quejó él. Hablaba en yidis, con bastante acento, pero con aquellos ojazos se lo perdonaba.

—A mí no —repuso ella en inglés, para poner a prueba lo que él sabía. Su padre le había enseñado a conducir cuando encontró un trabajo en el hospital de Coney Island y no quería que fuera en el metro de noche—. ¿Me entiende? —Quería un marido estadounidense; no le interesaban nada los europeos sombríos que la rodeaban.

—Sufro la maldición de no saber cómo encajar —respondió él, también en inglés. Seguía mirando el coche.

—¿Cómo se llama? —preguntó ella.

—Zelig Fletcher. ¿Y usted? —La miró con intensidad.

—Phyllis —dijo Frieda—. Déjeme. —Se subió al coche y se lo aparcó. Más adelante, durante sus escasos momentos

311

sentimentaloides, él siempre decía que en aquel instante, incluso antes de saber cómo se llamaba, supo que había conseguido lo que esperaba sacar de aquel baile.

Le preguntó a Phyllis si podía invitarla a un helado, y, conforme paseaban por la avenida Coney Island, comprendió que el destino siempre le había deparado algo. Cabe recordar que no es que no creyera en Dios, sino que lo odiaba. Durante la noche de su boda, y solo aquella noche, Zelig alzó la mirada en lo que volvían a casa y asintió en dirección al cielo, de forma casi imperceptible.

Por alguna razón, la vida le había sonreído a Zelig Fletcher. En casa, se pasaba el tiempo libre en el invernadero, donde sus plantas crecían sin parar. Era un marido entregado a su mujer que no iba a tardar en entregarse a sus hijos también. Se quedaba cerca de casa en todo momento y solo dejaba el país para visitar Israel con su familia de vez en cuando y Amberes una vez al año para una reunión anual de químicos que hablaban de los nuevos inventos en los moldes de poliestireno.

Phyllis sacó adelante unas campañas de recaudación de fondos para ayudar a financiar el nuevo templo y la asociación de mujeres. Un año después, dio a luz a una hija y, otro año después, a un hijo. Siguieron la tradición de la época y primero le dieron al niño un nombre hebreo, para luego aprovechar la primera letra de dicho nombre y hacer que sonara estadounidense, con lo que se quedaron con Carl. Zelig, quien no solía hablar en público, ni siquiera en grupos pequeños, se colocó en la bimá durante el Brit Milá en el recién inaugurado templo Beth Israel, a poco más de un kilómetro de su casa, donde Phyllis y él se habían casado y donde sus hijos iban a asistir a la escuela hebrea e iban a celebrar sus respectivos bar y bat mitzvá, donde lo iban a hacer sus nietos también. En brazos sostenía al bebé al que, veinte años más tarde, le iban a pedir que volviera de la universidad porque Zelig había muerto delante de Ike Besser, el joven capataz que había sustituido a su padre, Lazer, tan solo un año antes.

Sin embargo, aquel día en la sinagoga, Zelig sostuvo al bebé en alto y anunció a la congregación que se iba a llamar Carl, pero que su nombre en hebreo era Chaim, en honor al joven que le había concedido la oportunidad de sobrevivir cuando había estado a las puertas de la muerte.

Si el rabino Weintraub tenía razón y todas las familias son una historia de la Biblia en sí mismas, la historia de Middle Rock, de sus habitantes y de los Fletcher no termina allí, por descontado.

Middle Rock prosperó y se convirtió en un refugio lejos del terror que perseguía a la historia de su pueblo. Se convirtió en el primer barrio residencial estadounidense en conseguir tener al menos a la mitad de la población judía, y, en cuestión de unos pocos años, el lugar parecía un club de campo para blancos protestantes. Cuando los judíos huyeron en masa de Europa a Estados Unidos durante los años treinta y cuarenta, buscaron un lugar en el que pudieran encajar mejor y pasar desapercibidos y acabaron encontrando refugio entre los blancos protestantes que poblaban el país. En Middle Rock, llevaban zapatos náuticos e iban a clases de navegación. Cada madre llevaba un bolso de lona de L. L. Bean. Vestían bermudas y polos con el cuello hacia fuera. Se arreglaban la nariz para tenerla más puntiaguda y se teñían de rubio, y fundaban clubes de natación y de navegación para completar la transformación y que nadie pudiera distinguirlos del resto de la población y los mandara a ser esclavos o a otro campo de concentración. Su propio Canaán particular.

En el segundo libro del testamento de la familia Fletcher, Carl el infante creció hasta hacerse hombre demasiado pronto, y, cuando estaba en la universidad, su padre acudió a los brazos de Dios Nuestro Señor, por lo que le pidieron que volviera a casa y se encargara del negocio familiar. Se desposó con una mujer llamada Ruth y acabaron engendrando tres vástagos, mas fue la última de ellos, su hija, la que llegó justo después de un momento crucial en la historia de la familia, cuando todo el impulso de libre albedrío para su padre se había estancado, y, así, el de su madre y sus hermanos. Jenny Fletcher nació en un terreno bienaventurado y osificado, en una familia malaventurada y osificada, en una mitología que acababa de quedarse anonadada al tiempo que ella llegaba al mundo, por mucho que no tuviera nada que ver con ello.

Aun con todo, también nació con un potencial en apariencia infinito, con una mente voraz, con una capacidad para conseguir lo que se propusiera sin parangón en su familia ni en su comunidad. Nació bajo un astro brillante, en unas circunstancias cargadas de privilegio, y a todo eso había que agregarle que tenía un cerebro maravilloso. Lo tenía todo para comerse el mundo.

Y el mundo se la comió a ella.

A menos que contaran los 300 000 puntos que acababa de conseguir al llegar a tiempo al trabajo en *Magnate*, el videojuego que la mantenía ocupada, a solas en un hogar que técnicamente no era suyo y que nadie sabía que estaba ocupando mediante algo que no era allanamiento de morada pero casi casi.

Se había descargado *Magnate* al seguir el consejo de su adorable y regordete sobrino Ari, tras pasar la tarde de la shivá de su abuela viendo cómo él y su hermano más malcriado, Josh, jugaban a unos videojuegos violentos y horrorosos en sus respectivos iPad mientras, cerca, los padres de los mellizos debatían cómo impedir que sus preciados hijos ingirieran alimentos con colorantes artificiales.

Jenny había estado sentada en el sofá desvencijado de su abuela durante el primer o el segundo día (los días durante la shivá le parecían un círculo completo), viendo cómo la gente entraba y salía. Ari estaba sentado a su lado, con la boca un poco abierta, la lengua un poco fuera y la mirada perdida en la pantalla. Jugaba a un juego en el que unos duendecillos asesinaban hadas del bosque a base de flechazos. Al otro lado, Josh estaba en la misma postura, solo que con un juego de disparos en primera persona en el que vio a un aliado decapitar a un nazi con una espada antes de rematarlo de un disparo y de orinar sobre el cadáver.

—Qué horrible —comentó Jenny por encima del hombro de Josh.

Su sobrino alzó la mirada, pero ella se dio cuenta de que había tardado un segundo entero en verla.

—Son nazis —explicó—. No hay nada peor que un nazi.

—Pero a lo mejor no está bien simular un asesinato, ¿no crees?

No lo entendió, de modo que volvió a bajar la mirada y siguió por donde iba.

—A mi bisabuelo lo mataron los nazis —dijo Josh con solemnidad. Lo que insinuaba era que Jenny era peor aún por no hacer todo lo que estuviera en sus manos para erradicar a los nazis digitales.

Fue Ari, el más sensible de los dos, el que dejó su asesinato de hadas del bosque y pasó a otra pantalla.

—Tienes que probar este —le dijo—. A mí me gusta a veces, para calmarme.

Jenny le quitó el iPad para verlo. El juego se llamaba *Magnate* y era todo lo contrario a una fantasía de asesinatos: era una fantasía de vida. O una que involucraba adoctrinarse a un cierto estilo de vida.

En el juego, el personaje del jugador gana puntos por tener una vida completamente normal: por despertarse, ir al baño, comer, vestirse, ir a trabajar, trabajar, salir del trabajo, volver a casa, cenar, copular con su pareja (aunque hay un millón de puntos extra si dicha cópula termina concibiendo un hijo) y dormir.

El jugador forma un ecosistema según las decisiones que toma: el género del magnate, el tipo de hogar en el que vive, el tipo de familia que tiene en dicho hogar (o no, pero suele tenerla), el coche que conduce y, por encima de todo, su oficio. Mientras el personaje está en el trabajo, lleva a cabo lo que sea que haga falta en su industria (desde un fondo de inversiones hasta una gasolinera) y luego vuelve a casa para cenar.

—¿Quién ha hecho el juego? —Pulsó un pequeño icono de información en la esquina inferior de la pantalla y apareció el nombre del creador: LIBERTARIJUEGOS, una división de FELICITALISTA S. A.

Le devolvió el iPad a su sobrino.

—¿Y cómo se gana? —le preguntó.

—No se gana —repuso—. O bueno, ganas si sigues jugando. Se puede morir, pero no ganar. Ganar es seguir vivo, llegar al siguiente día. Ahí es donde consigues la mayoría de los puntos.

Se puso a jugar delante de ella. Sacó a su personaje por la puerta de su casa, hasta meterse en el coche que había aparcado en la entrada. El magnate de Ari estaba diseñado con las siguientes características: era un personaje varón que llevaba traje y un peinado hacia un lado. Era delgado y alto y usaba mocasines con calcetines con un patrón de rombos, como Nathan. Tenía una mujer regordeta y de cabello rizado, como Alyssa (Jenny suponía que querer a su madre de forma más intensa de lo que resultaba apropiado era un rasgo que había heredado de Nathan), además de dos mellizas, en vez de mellizos. El personaje se subía a su Mercedes para ir a trabajar a una pizzería del centro comercial. Tenía camareros y camareras a sus órdenes, pedía comida a los proveedores y contrataba y despedía a distintos cocineros. El desafío de aquel día era que sus trabajadores de verano, más que nada universitarios, iban a volver a clase, por lo que tenía que sustituirlos con trabajadores mal pagados de la zona. Fue un día agotador para el personaje. Casi no llegó a casa a tiempo para cenar espaguetis con albóndigas, su plato favorito, y para follar con su mujer antes de que esta se fuera a dormir temprano, porque tenía clase de yoga a la mañana siguiente. Si el personaje llegaba tarde, la cena se enfriaba y aquella noche no mojaba.

—Vas a trabajar y llegas a tiempo y te esfuerzas —explicó Ari—. Y así te dan más dinero para que compres cosas mejores. Como la casa y el coche.

—Ah.

—Venga, a comer —les ordenó Alyssa a los niños—. Dejad los juegos un rato.

—Toma —le dijo Ari a Jenny—. ¿Quieres jugar mientras como?

Jenny se lo pensó.

—Hace que el tiempo pase más deprisa —continuó su sobrino.

Así le iba a ser más fácil no hacerle caso a lo que ocurría a su alrededor. Le iba a ser más fácil no hacerle caso a su madre; a la mujer que le acababa de decir que su abuela había intentado aguantar solo para ver si Jenny se casaba y tenía hijos, a la presencia imponente de Beamer, porque no estaba preparada ni para volver a mirarlo, y mucho menos para hablar de lo que ocurrió la última vez que se vieron. Querría que su abuela no hubiera muerto. No le molestaba su presencia, pero sí lo que había ocurrido después.

Según el juego, si el personaje llegaba a tiempo al trabajo, recibía un montonazo de puntos. Si se le pegaban las sábanas, le reducían los puntos. Si se pasaba por un McDonald's en lo que volvía a casa después de trabajar, se quedaba demasiado débil como para terminar el trayecto. Si no respondía a un correo electrónico de un subordinado en menos de tres horas, le restaban más de cien mil puntos y un supervisor con pinta de edil lo relegaba a un puesto peor, a lo cual Jenny no le veía sentido, porque ¿acaso el personaje no era el magnate? («Bueno, mi padre tiene un puesto muy alto en su bufete, pero también tiene jefe», razonó su sobrino). El juego era un adoctrinamiento capitalista puro y duro, incluso con logros de vez en cuando al estilo libertario, para que el jugador se sintiera bien sin pararse a pensar qué estaba haciendo en esta vida de Dios.

Aun así, aquello no hacía que Jenny se quedara menos ensimismada con el juego. Para cuando Erica Mayer, su amiga del instituto, fue a verla aquella tarde (por suerte ya sin su bebé), Jenny ya se había descargado el juego en el móvil y se había adentrado en la ficticia vida aburrida y tediosa y en el deprimente mundo corporativo.

—¿Qué haces, Norman? —le preguntó Erica, mirándola desde arriba.

—Vivo la vida, Norman —repuso ella, sin mirarla siquiera—. Vivo por fin.

Para cuando su abuela murió, la vida de Jenny se había ido al traste. Había puesto fin a su vida romántica tras pasar varios años metida en una relación psicosexual con una persona con la que no la habría relacionado nadie que creyera que era la mujer tranquila, deliberada y siempre con las riendas de la situación que ella misma creía ser. No se hablaba con el único miembro de la familia al que toleraba y vivía en un exilio autoimpuesto. No tenía ni idea de que su vida iba a poder hundirse más en la miseria hasta que acabó sucediendo. Ninguna persona de la historia de Middle Rock, de Long Island, de Nueva York o tal vez de Estados Unidos o del mundo entero había tenido el potencial y el rigor para llegar tan lejos que había tenido Jenny Fletcher. Cuando por fin cayó, lo hizo desde lo alto de un rascacielos. Y, como suele ocurrir con esas caídas, fue un suicidio.

Pero echa el freno. Como las demás historias de la Biblia, lo mejor es empezar por el principio.

∽◦✦◦∽

—Todo eso son paridas —se quejó Jenny la noche en la que se graduó del instituto, cuando su abuela y su madre le suplicaron que se quedara en la ciudad para poder celebrar: una cena. ¿No? Bueno, una barbacoa, entonces. ¿Tampoco? Bueno, vale, un brindis con champán durante quince minutos para desearle buena suerte y aparentar que ella los odiaba un poco menos.

Solo que Jenny no quería ni oír hablar del tema.

—Me da palo celebrar algo que todo el mundo que conozco ha hecho o puede hacer. Es de lo más cutre.

—Tus hermanos han vuelto para celebrar —dijo su madre, mientras veía que ella hacía las maletas. Era lo más parecido a una súplica que permitía la furia de Ruth. Jenny iba a pasar el verano en Praga para empezar unas prácticas en la Galería Nacional de Arte. Su madre, que había cometido el error de permitir que Jenny hiciera sus planes con el agente de viajes de la familia por sí sola, no se había dado cuenta de que pretendía marcharse con la túnica de graduación aún caliente y hecha un gurruño en el suelo de la habitación—. ¡Vamos a tener compañía!

—Ya han visto la graduación —insistió ella—, con eso les basta. No soy un animal ni esto es un zoo. No tengo por qué hacer el paripé.

—No te me pongas dramática —dijo Ruth.

—No soy un animal —repitió— ni esto es un zoo.

—¡Ni que fueras Sarah Bernhardt!

—Ellos lo entienden, mamá. No te preocupes. Tuvieron la misma graduación y ya me han felicitado. Y se ha acabado. No pasa nada por que se haya acabado.

Ruth se sentó en la cama de Jenny mientras esta cerraba una mochila de deporte y volvía a abrirla al caer en que se había olvidado su ejemplar gigante de Gombrich.

—Te va a pesar demasiado con eso —la avisó Ruth.

—Tú tranqui.

—¿Y se puede saber quién crees que te va a llevar al aeropuerto? Porque tengo invitados y pienso recibirlos, incluso si tengo que explicarles que la invitada de honor no se ha molestado en quedarse a su propia fiesta.

—Beamer me ha dicho que puede llevarme, no pasa nada.

—No sé cómo puedes ser mi hija.

Jenny puso sus manos grandes en los hombros diminutos de su madre en lo que casi fue un gesto de afecto y la miró. Solo que Ruth no albergaba amor en la mirada y sus hombros no cedieron ni un milímetro.

—¿No te vas a llevar la plancha del pelo? —le preguntó Ruth. Jenny la soltó.

—No la he usado nunca. La plancha es un deseo que pediste y no se ha hecho realidad. Es lo que pasa con la mayoría de los sueños.

—Lo que pasa es que te gusta llevarle la contraria a tu madre. ¿Cómo te he criado así? Tendría que haberte dicho que te fueras, así te habrías quedado.

—Soy yo misma, mamá. Te lo tomarías menos a pecho si fueras capaz de ver que no soy una extensión de tu vida hecha para decepcionarte. Soy yo misma. ¡Es lo que deberías querer para mí!

Sin embargo, ¿la Biblia es una historia familiar o habla de aquellos que se desprenden de la familia e intentan ir por libre? ¿Qué dice de los desertores, de quienes llevan la contraria?

Pues Jenny, a quien nunca se le olvidaba ni una sola palabra de lo que leía, te diría que Abram se marchó de Ur de los Caldeos para ir a Canaán y no solo consiguió ser el antepasado de casi medio mundo, sino que también le concedieron dos letras extra en el nombre y pasó a llamarse Abraham. Moisés se fue del palacio del faraón, se llevó a los esclavos judíos consigo y ¿qué logró? Que lo recordasen como el gran líder de Israel. Jenny te recordaría que son los que vuelven la vista atrás los que se convierten en estatuas de sal, como la esposa de Lot.

Sin embargo, lo que Jenny consiguió con su deserción no fue un país tan extenso como los granos de arena. No, lo que consiguió fue comentarios pasivo-agresivos por parte de su madre, además de pullitas, de decepcionarla, de que todo lo que le dijera fuera con segundas. Y así salió al mundo y eso fue lo que recibía al volver, lo cual tal vez explica por qué volvía tan poco.

Por teléfono, la situación no mejoraba mucho. Cada domingo que pasó en Praga, cuando llamaba a casa para ver cómo estaban, recibió el mismo trato, tan solo un poco amortiguado porque su madre era consciente de lo bien que se le daba a ella fingir que la conexión se entrecortaba hasta terminar colgando.

—*¿A quién se le ocurre irse como si la hubieran echado de la ciudad?* —seguía diciendo Ruth por teléfono, un mes después—. *Tendrías que ver cómo está el pobre Brett.*

—Rompí con él, ma.

—Ah, así que ahora me llamas «ma». Como si te hubieras criado en la calle. Ni que fueras una gánster.

—Vale, mamá.

—¿Y él lo sabe? ¿Brett sabe que habéis cortado? Porque a mí me parece que cree que tenéis planes. Vino a verme, a preguntarme si creo que debería ir a Praga a darte una sorpresa.

—Espero que le dijeras que no.

—Le dije que solo te preocupas por ti misma y que, si eso le parecía bien, que fuera a darte una sorpresa.

—Menuda madre tengo.

Jenny no quiso oír nada más. No había querido pensar en Brett, quien estaba feliz y tan pancho con la vida como concepto general, quien no sentía ni una pizca de curiosidad por el mundo que lo rodeaba y no ansiaba entender todo de lo que habían estado alejados en aquel barrio residencial cerrado, quien quería ser actuario como su padre (actuario, por el amor de Dios) y replicar la vida en la que había nacido. En el baile de graduación, al que ella solo había accedido a ir a regañadientes después de que sus amigas le insistieran y Brett se lo suplicara, él le dijo que esperaba que se casaran algún día y que a veces daba vueltas por Middle Rock y se preguntaba dónde podrían vivir con los hijos que iban a tener; por su parte, ella se pasó aquella noche eterna torturándose con lo que acababa de oír, con la sensación de que una vida que iba a terminar dejándola justo donde estaba la amenazaba a punta de pistola.

—No quiero nada de eso —le dijo ella—. Me parece una vida horrible. —Se pasó la velada con la mirada perdida, distraída y casi sin comprender nada más de lo que él le decía. ¿Cómo no pudo entender que aquello era una ruptura?

Solo pasó treinta y seis horas en casa entre su trabajo en Praga y su viaje para ir a la Universidad Brown. Iba a estudiar Historia del Arte y Economía, pues se había criado como discípula del padre de su amiga Sarah, el doctor Richard Messinger, por no decir que había sido su hija adoptiva cada vez que se pasaba por su casa. Richard Messinger era tan sabio e interesante y definido por su relativa falta de dinero (un trastorno del que sufrían muchas personas de clase media de Middle Rock) que Jenny empezó a pensar que el dinero era lo que hacía que alguien se volviera aburrido: la riqueza era un punto de partida nefasto.

El doctor Messinger estaba muy seguro de que una cantidad de dinero desmedida corrompía el sistema de clases y la economía; Jenny volvía a casa después de recibir aquellas lecciones en su mesa y era capaz de ver de cerca y en acción cómo corrompía a quienes tenían mucho dinero. Al ver el mundo a través de los ojos del doctor Messinger, entendió lo absurda que era la existencia capitalista de los Fletcher. En su casa, el dinero se sentaba con ellos a la mesa para cenar, veía la tele a su lado, y una parte de lo que hacía que los Fletcher fueran aburridos e idiotas, según lo veía ella, era que nunca hablaban del tema. No hablaban de cómo les afectaba tener tanto dinero, de cómo los veían los demás, de cómo se sentían por tenerlo ni de cómo se comportaban. Por mucho que los Fletcher no fueran los únicos ricos de la ciudad, la mayoría de las personas con las que trataban no tenían tanto dinero como ellos, y ¿acaso no era cierto que los demás siempre pensaban en ello cuando los veían, como si los Fletcher fueran un jamón de Navidad bien preparado de esos que salían en los dibujos de Bugs Bunny? Aun así, parecía que los demás miembros de su familia no sabían verlo, quizá porque eran peces y estaban en su agua (¡aunque ella también!), o al menos no lo mencionaban, aunque sí estaban en guardia.

Sin embargo, en aquella misma calle, más tierra adentro, los Messinger sí que hablaban de aquello. De hecho, el doctor Messinger solo hablaba de dinero y defendía que se debía entender el mundo a través de la economía. Daba lecciones sobre los péndulos crueles de las finanzas y de las herencias en cada cena, mientras sus hijos soltaban unos ronquidos fingidos muy elaborados, pero no Jenny. Ella se quedaba con la mirada clavada en un padre que hablaba de la sociedad y de lo que la afligía, que hablaba de cualquier cosa, en realidad. Porque su padre era un autómata que iba a trabajar cada día y que luego, por la noche, se convertía en un zombi distraído en todo momento hasta que lo llamaban varias veces seguidas. «Papá. Papá. ¡Papá!». Así era su padre.

En casa, Jenny se sentaba en el salón y leía el volumen de Thorstein Veblen que el doctor Messinger había sacado de su estantería, incapaz de dejarlo, asintiendo con fuerza ante las ideas anticuadas de Veblen sobre el consumo ostensible. Anticuadas, y, aun así, muy relevantes para lo que quería ella. ¡Sí! Ahí, ahí estaba todo el combustible que Jenny necesitaba para rechazar los valores que su madre y su abuela habían intentado inculcarle desde que había nacido: que todo lo que se hiciera en aras de proteger a una familia era válido, que el dinero era la única seguridad que existía en el mundo, que los sistemas que habían funcionado hasta el momento iban a seguir funcionando hasta el fin de los tiempos, de modo que más les valía a las chicas ser delgadas y guapas y tener el mismo pelo procesado y nariz artificial que tenían todas aquellas para poder casarse y perpetuar una familia que se sumiera en el consumo ostensible de la siguiente generación, encerrados en una mansión con una valla eléctrica que no solo los protegía de los secuestradores en potencia, sino que también impedía la entrada de las nuevas ideas y de la revolución. Y eso era el éxito para ellas.

Podía aparentar que se rendía ante aquel punto de vista, que se hacía la muerta y dejaba que la golpearan una vez tras otra, igual que hacía su hermano Beamer, sin decir nada, con una expresión tan neutra que una madre desesperada podía creer que había cedido a lo que fuera que le dijera, por mucho que en sus adentros estuviera pensando en Dios sabe qué.

O podía ceder de verdad, como su hermano Nathan: podía casarse, quedarse en la ciudad y replicar la familia de su familia con la suya. Podía hacer subir la roca por la montaña de la aprobación de su madre solo para terminar descubriendo que quien estaba en lo alto para volver a echar la piedra abajo era su propia madre, de modo que tenía que empezar de nuevo una y otra vez, porque ninguna rendición era lo bastante completa, y, si lo era, sufría la aflicción de no querer entrar en los clubes que la quisieran («¿Y si

Sísifo fuera feliz?», preguntó Camus, aunque nadie más de su familia había leído el libro, de modo que la referencia caería en saco roto).

O podía hacer lo que hacía ella: luchar. Podía enfrentarse contra la débil premisa en la que se basaban su codicia y su clasismo, en la que se justificaba todo lo que tuvieran que hacer por el dinero porque hace muchísimo tiempo a los judíos que confiaban en el mundo y obedecían las normas no les fue muy bien.

Solo que aquello no se sostenía ante las preguntas de Jenny. ¿Por qué debían sospechar tanto del mundo si estaban tan bien establecidos en él? ¿Por qué debían pasar tanto miedo si estaban tan a salvo? ¿Por qué debían cantar en todo momento la liturgia de la opresión (una en la que pedían a Dios que castigara a sus enemigos) cuando no parecían estar tan oprimidos y sus enemigos habían desaparecido y parecía que iban a salir ganando?

Claro que no podía decir nada de aquello en voz alta, porque era la mejor forma de que sacaran el tema del Holocausto otra vez. Si intentaba desmontar un poco su forma de vida, si intentaba resistirse aunque fuera un poquito a la identidad de perseguidos que tanto defendían, incluso desde dentro de la familia, lo que conseguía era:

—¡Intentaron matarnos! —siseaba su abuela—. Este dinero que tanto odias es lo único que te protege de la cámara de gas.

—Ah —respondía Jenny. Aquella fue la noche en la que se encontró rodeada de un mar de cartas de aceptación de las universidades e intentaba pensar dónde iba a pasar los siguientes cuatro años, sin hacerle daño a nadie—. El Holocausto, claro. Menuda novedad sacar ese tema.

—Eres una malcriada —decía su abuela—. No me imaginaba que fuera a tener una nieta capaz de ver la guerra con tanta indiferencia.

—Es que no tiene sentido, abuela. ¿Qué tiene que ver el Holocausto con que yo me plantee ir a Berkeley?

—¡Allí odian Israel!

—¿Y el Holocausto empezó en Berkeley?

—Jennifer —la advirtió su madre.

—A Hitler le habría encantado contar con tu ayuda, Jennifer —dijo Phyllis, alzando las manos en gesto de rendición—. ¿No te parece? Habrías sido una muy buena aprendiza para él.

—Ah, así que he pasado de defensora de nazis a becaria de Hitler. ¿Es que no oyes las sandeces que dices?

—No, es que sigues una larga tradición de judíos que se ponen del bando de sus enemigos para sobrevivir —dijo Phyllis.

—Eso no tiene ni pies ni cabeza, abuela.

—No le hables así a tu abuela —interpuso su madre.

—Los judíos tienen una larga tradición de ponerse del bando de sus enemigos —repitió Phyllis—. Creen que, si demuestran lo inaceptables que saben que son, se salvarán. Tu abuelo, que se escondió en un barco con disentería para darte una buena vida a salvo, te diría que no funciona. ¡No hay que traicionar a los tuyos! Si nos das la espalda, eres igual que nuestros enemigos.

—Ah, así que ahora soy una nazi de verdad —dijo Jenny—. Ya lo capto. Qué bien.

¡El uróboros!

Había creído que podría conseguir que lo vieran desde su punto de vista, que al menos vieran quién era ella. Sin embargo, por lista que fuera, no fue hasta que sus hermanos se marcharon a la universidad que se dio cuenta de que no podía enfrentarse a aquello. Cuando la casa se quedó vacía y en silencio, fue capaz de oír que su voz era tan gritona como la de su madre cuando se enfadaba, y aquello la asustó tanto que empezó a encerrarse en sí misma. Su furia se convirtió en falta de seriedad; su angustia, en apatía; su ansiedad, en una calma bien practicada. Su lucha no iba a ser contra su familia, sino para ahorrarse las fuerzas para más adelante. Porque solo en aquel silencio pudo ver al fin que su papel en aquella familia era ser la persona que huía tan lejos como podía.

Para cuando empezó a pedir plaza en las universidades, ya entendía que su vocación en cuanto se librara de aquella casa no solo iba a ser deshacer lo que su familia le había enseñado sobre la riqueza y la seguridad, sino que también debía intentar enderezar el mundo corrupto al que su familia había contribuido con su riqueza y subsanar el daño que le habían hecho al mundo con su fábrica de poliespán.

Pero ¿cómo? ¿Qué significaba huir en dirección opuesta a su familia? ¿Qué era lo contrario a una familia que contaminaba, que estaba obsesionada con el dinero y la productividad?

Siempre le había gustado la ciencia en general, por lo que había considerado centrarse en física cuántica, mira tú por dónde, enamorada y deprimida a partes iguales por la teoría del entrelazamiento cuántico de Einstein. El problema era que no quería vivir como los científicos, todo el día metida en un laboratorio, ni tampoco quería ser profesora. De aquello pasó a la poesía, pero no le vio ningún valor ni siquiera como acto de rebeldía. Probó un tiempo con la historia europea, aunque le parecía contraproducente, porque era un modo de no vivir en el mundo, sí, pero la volvía a atraer hacia las quejas de su familia. Después de aquello, tuvo un amorío con un grado doble en teatro y actuación.

Por el pánico, se volvió a conformar con un grado doble en economía e historia del arte porque se quedó sin tiempo para decidirse. No disfrutaba de forma consciente de que la economía pareciera una forma de rebelarse, una amenaza al estilo de vida de su familia que esta no podía soportar, ni de que la historia del arte fuera un lujo frívolo que su familia no podía defender por ser demasiado práctica. Sin embargo, la conciencia es un ente con capas, según le enseñaron en las clases de psicología que casi hicieron que cambiara de ámbito de estudio.

Volvió a casa durante la Pascua judía y se puso a hablar de sus clases, y, por alguna razón, resultó que sus padres y su abuela se alegraron de lo que hacía.

—Sea como fuere, acabarás de profesora —dijo su madre—. ¡Ojalá pudiera decirles a mis padres que su nieta va a ser profesora de universidad!

Y Jenny volvió al campus y se dio cuenta de que ya no le interesaban sus clases ni se lo pasaba bien en ellas.

Estudió un curso de Filología en verano y pensó que a lo mejor podía dedicarse al periodismo. Estudió una clase sobre el marxismo y pensó que tal vez lo mejor era lanzarse de cabeza y ponerse a estudiar Ciencias Políticas, que quizá podría trabajar para el gobierno. Intentó imaginarse cómo iba a ser su vida entonces, pero no pudo. Lo único que veía era a una versión borrosa de sí misma, indistinguible de otras formas borrosas en una misma sala para llevar a cabo las mismas tareas insignificantes con la esperanza de que sirviera de algo.

Y aquello era el problema, que todo le parecía demasiado insignificante. Todas las opciones que consideraba le parecía que iban a llevarla a vivir como una autómata. Si bien no creía en el destino (porque era muy fácil pasar de eso a subirse al carrusel del trauma y la superstición en el que iba su familia), sí creía que era una tontería aprovechar la oportunidad que se le había concedido (el dinero) para acabar haciendo algo insignificante. No pretendía fingir que no venía de una familia adinerada, sino que quería plantearse qué habría hecho si no hubiera sido así. Si supiera responder aquella pregunta, quizá podría empezar a solucionar parte del daño que su familia le había hecho al mundo. Además, así tendría una dirección en la que encaminar su vida y esas cosas.

Sin embargo, por mucho que hubiera rechazado los valores y las tendencias religiosas y supersticiosas de su familia, también había acabado internalizando la idea de que era especial y que su privilegio era extraordinario, y que terminar siendo una trabajadora más era como escupirle a la cara a todo eso (dicha idea la habría horrorizado si hubiera sido consciente de ella). Aunque ¿acaso no quería escupirle a la cara a todo aquello? ¿No era lo que había planeado? Y no por la típica rebeldía adolescente, sino por un ímpetu justo y verdadero para cambiar el mundo.

¡El uróboros otra vez!

El problema empeoró más aún conforme las oportunidades de dedicarse a las artes liberales seguían creciendo. Pasó a estudiar Ciencias Políticas, lo cual acabó combinando con Lingüística para poder estudiar la desigualdad del mundo a través del dinero y del idioma, respectivamente, porque ¿quién tenía tiempo para estudiar Historia del Arte, o cualquier Historia en general, cuando tenía que salvar al mundo? Para cuando dejó el campo de los idiomas para ponerse a estudiar —ojo al dato— Ingeniería Química (no vale la pena compartir por aquí el complicado motivo que la llevó hasta esa conclusión), una mujer del departamento de orientación profesional la llamó y le preguntó si quería hablar. Y no quería, pero la mujer insistió, por lo que acabó en su despacho del Centro de Orientación Profesional en un edificio anexo de ladrillo durante una tarde de finales de primavera de su tercer año en la universidad.

—Cuando vemos en un alumno lo que te está pasando a ti, nos preocupamos —le explicó la mujer. Tenía cincuenta y pico años y hablaba poco a poco, como si estuviera charlando con una paciente de un psiquiátrico—. Nos preocupa que no te hayamos sabido apoyar bien a la hora de decidir una dirección general para tu formación. Nos preocupa que te hayas quedado un poco perdida.

—Pues yo creía que la universidad era un lugar en el que se supone que debemos explorar ese tipo de cosas, ¿no? —contestó Jenny—. No leí en su catálogo que tuviéramos que llegar aquí sabiendo a qué queríamos dedicarnos exactamente.

La mujer se la quedó mirando. Jenny había pasado unos años difíciles y solitarios, y, por el camino, había desarrollado ciertos rasgos de personalidad que o bien no habían existido en ella o habían estado a la espera en el instituto, donde había sido bastante popular, la verdad. Le había empezado a dar tanto miedo comprometerse a cualquier cosa (expresar una opinión, apuntarse a cualquier actividad a largo plazo, comprar prendas de ropa que mostraran algún tipo de punto de vista, no fuera a ser que se quedara encerrada en algo de lo que aún no estaba del todo segura), que se veía incapaz de presentarse en cualquier lugar siendo lo bastante humana como para atraer a otro. No tenía muchos amigos en Brown, ni en general, vaya; los amigos también necesitan una declaración de algún tipo, y ella no estaba dispuesta a hacerlo. Tenía que apuntarse a algún club (pero ¿cuál?). Tenía que ir a algún partido (pero ¿era de ir a partidos?). Tenía que sentirse apasionada o interesada por algo, y, conforme pasaba el tiempo, descubrió que aquel tipo de exploraciones (a pesar de lo que le dijo a la consejera para defenderse) eran una pérdida de tiempo. Y le daba la sensación de que cada vez le quedaba menos tiempo.

Fue a un par de citas con chicos a los que conocía en clase o en la cafetería de la universidad, solo que no fue nada serio, dado que solo exponía sus espacios negativos y no los activos y positivos, por lo que le acababa dando vergüenza y se contenía. En las pocas ocasiones en las que se acostaba con alguien, no soltaba ni un solo sonido y luego le daba tanto asco haber participado, que el cuerpo le hubiera reaccionado al deseo de otra persona o al de ella misma, que pasaba el periodo poscoital sin admitir que había estado presente durante el acto: «¿Te ha gustado?». «¿El qué?».

Todo aquello era lo que hacía que pareciera despreocupada, y, junto con el mal genio que había cultivado para cortar de raíz cualquier relación íntima que la condujera a declaraciones y compromisos y a acabar siendo una persona concreta y no temporal, no era la mejor compañía del mundo precisamente. Había oído de casualidad que su compañera de habitación, Diane, le decía a alguien por teléfono que Jenny se creía mejor que nadie. A Jenny le dieron ganas de quitarle el teléfono para decirle a quien estuviera en el otro lado de la línea que solo lo creía porque ella había comentado en voz alta que lo que estudiaba Diane, marketing, parecía valerse de todo el conocimiento humano para volverlo en contra de los humanos a los que conocía. Si bien creía que Diane le iba a agradecer la revelación, resultó que no: se enfadó con ella de inmediato.

—No necesitamos que lo sepáis exactamente —seguía diciendo la consejera—. De hecho, os animamos a buscar lo que os guste, ahí llevas razón. Pero tal como está la situación no estás en camino a graduarte a tiempo. —Echó un vistazo a una carpeta que tenía en el escritorio, con el expediente académico de Jenny—. No tendrás créditos suficientes a menos que vuelvas a Historia del Arte.

—Entonces, ¿prefiere que haga algo que no me parece ético ahora mismo solo para poder graduarme a tiempo? ¡Qué bien!

—No es eso, para nada. —La mujer la miró con ojos entornados—. Solo queremos asegurarnos de que sepas que... Perdona, ¿has dicho que la Historia del Arte no es ética como estudio?

—No es que no sea ética exactamente, aunque, ahora que lo pienso, a lo mejor sí. Es que tengo una gran oportunidad con mi educación, con mi vida, y ¿qué voy a hacer, encerrarme en un museo? ¿Dar clase? —Se echó a reír—. Va a ser que no.

La mujer hizo caso omiso de lo que insinuaba Jenny al parpadear y negar con la cabeza en un movimiento apenas perceptible.

—Yo no veo que estudiar Historia del Arte sea una pérdida de tiempo. Cada uno tiene su vocación, y entre todos se forma la sociedad. Podrías usar tu conocimiento sobre el arte para cambiar el mundo. ¿Es eso a lo que te refieres?

Y sí, vale, era eso, pero el mundo para Jenny era el ecosistema simbiótico en el que vivía con su familia, algo que jamás admitiría en voz alta, pero que seguía siendo cierto de todos modos. Ya llevaba años fuera de aquella casa y seguía siendo una prisionera allí, como siempre.

Intentó decir algo, pero se limitó a negar con la cabeza, por miedo a echarse a llorar.

—¿Necesitas un momento? —le preguntó la mujer.

La miró con una expresión tan empática que Jenny se enfureció. No, no pensaba compartir sus lágrimas con aquella persona.

—El grado solo es un primer paso, Jennifer —continuó la consejera—. Puedes graduarte de artes liberales sin problema y salir a otra cosa después.

Jenny estuvo de acuerdo con aquello por fin, por lo que completó lo que le quedaba del grado de Historia del Arte, pero la consejera se equivocaba. Una se gradúa de Brown en Historia del Arte, con honores para colmo, y el único sitio al que puede acceder es a un posgrado de Historia del Arte. Y ya no podía más. A fin de cuentas, no conseguía relacionar el arte con una vida sustancial.

Por tanto, pidió plaza en Yale para estudiar Economía, y la dejaron entrar por sus estudios diversos y notas excepcionales, además de tal vez por su capacidad para pagar la matrícula completa, aunque tuvo que pasarse el verano estudiando varios prerrequisitos. Se enteró de que iba a poder estudiarlos en Yale, lo cual le venía de perlas, porque el asco que le daba Providence era demasiado como para soportar tres meses más allí. Hizo las maletas y se marchó y se puso la música de los auriculares a un volumen suficiente como para no oír el pensamiento que le daba vueltas por la cabeza durante el día en que se iba: que había intentado llevar una vida exitosa y adaptable y ya perdía dos a cero en los intentos.

Todavía no sabía si hacía lo correcto, no notaba la dirección urgente que había esperado que se apoderara de ella a aquellas alturas. A su alrededor, los demás se esforzaban por cubrir sus necesidades básicas, y ella veía desde el palco cómo su necesidad de averiguar cómo ganarse la vida y salir adelante los centraba, les daba una dirección clara, erradicaba las preguntas a medio camino que podrían haberse planteado sobre si habían tomado una buena decisión o no. Se dio cuenta una vez más de que el dinero era un lastre y volvió a verse asediada por la pregunta de quién sería si no tuviera tanto dinero. Era irónico que a aquello lo consideraran una ventaja y que para ella solo fuera un problema.

Sus primeros dos años de estudio en Yale fueron un acto de la misma inercia que la había dejado allí sin rumbo fijo. Veía a sus compañeros estudiar en grupos para los exámenes orales mientras ella daba el suyo a solas. La ventaja de haber tenido como doce campos de especialización en su etapa universitaria era que se había convertido en una polímata, una palabra que había aprendido en la etapa en la que se había centrado en las lenguas clásicas.

En su tercer año en Yale, se puso a trabajar de ayudante para los profesores, al igual que sus compañeros del mismo año. Era parte del Centro de Alumnos para Graduados y Profesionales de Yale y calificaba entregas para una clase de economía conductual que se centraba en el teorema de Bayes, una regla que permite calcular la probabilidad de un resultado basándose en un conocimiento previo de las condiciones. Detestaba el teorema, así como las ideas simples y básicas que las personas habían tenido el lujo de codificar antes de que todo estuviera codificado y ya no quedaran ideas nuevas. Alzó la vista para centrarse un poco más y vio, a tres mesas de distancia, a dos personas que claramente hablaban de ella y se tapaban con las manos.

En Yale tampoco había hecho migas con nadie, más allá de algunos conocidos de pasada. Vivía sola en un piso en la esquina entre la calle High y la Crown. Nunca la invitaban a fiestas ni le pedían salir. Sus interacciones principales eran con los profesores y con los estudiantes de grado a los que tenía que explicarles el sistema de calificación. Se pasaba el día pensando en ponerse en contacto con sus amigas del instituto, en ver cómo le iba a Erica Mayer, quien ya trabajaba como audióloga para el Departamento de Educación, o a Sarah Messinger, quien trabajaba en el sector de venta de moda en Lord & Taylor, pero no podía. Tenía muchísimo miedo de que la encontrara en un momento débil y quedara hipnotizada y atrapada en una existencia plácida en Middle Rock a la que tenía que resistirse. Su hermano Beamer, quien trabajaba con su mejor y único amigo, estaba cada vez menos disponible para charlar, y más aún porque estaba ocupado produciendo su película. Miraba en derredor y veía que estaba sola. Sola en su piso, sola en Connecticut, sola en la vida.

Se decía a sí misma que no pasaba nada. Que no había nada de malo en no haber cultivado una amistad nueva y duradera en seis años. Sin embargo, una parte de ella, al ver que otros chismorreaban sobre su persona con tanto descaro, se hartó.

—Perdonad —los llamó Jenny—. ¿Pasa…? ¿Queréis decirme algo? —Notaba los latidos del corazón en el cuello.

Los dos alumnos eran un hombre y una mujer que se mostraron más molestos que avergonzados por que los hubiera sorprendido. El hombre se puso en pie.

—Me voy —le dijo a la otra—. Nos vemos en la iglesia.

Jenny los miró y esperó. La mujer le dedicó al otro una mirada fulminante exagerada, aunque decidió contestar a la pregunta.

—No, es que… eres bastante ambiciosa —dijo la mujer—. Hablábamos de tu ambición.

—No sé a qué te refieres.

La mujer se puso a recoger sus cuadernos y a meterlos en la mochila.

—¿Cómo te llamas? —le preguntó Jenny.

—Alice. A estas alturas todos nos sabemos el nombre de todos ya. Eres Jennifer Fletcher.

—Jenny, sí.

—Pues tendrías que conocerme. Que solo somos como cuarenta alumnos en todo el programa.

—Quizá te conocería mejor si me hablaras a mí en vez de hablar de mí a mis espaldas, ¿no te parece?

Alice soltó una carcajada con una expresión gélida.

—Conque esas tenemos.

—De verdad no sé a qué te refieres —insistió Jenny, y entonces notó el pánico en la punta de la nariz, como si fuera a echarse a llorar. Se volvió hacia sus entregas con prisa—. Da igual.

Con lo popular que había sido en el instituto.

Alice se puso en pie, se le acercó y se le plantó delante hasta que Jenny tuvo que alzar la mirada otra vez.

—¿Qué pasa? —preguntó Jenny.

—¿Estás corrigiendo entregas?

—Sí, ¿por?

—Mmm.

—No entiendo qué tiene de malo —dijo Jenny.

—Hemos organizado una semana de protesta en la que no nos presentamos a nuestras tareas de asistentes, y mira, si no quieres apuntarte al sindicato, pues bueno, pero ponerte aquí a trabajar a la vista de todo el mundo es como darnos una bofetada a todos. Aunque he oído que vienes de una familia rica, así que supongo que tiene sentido.

—¿Qué dices? ¿Hay huelga?

—Una protesta. Del sindicato. Del mismo que luchó para que a ti te dieran un sueldo y vacaciones. El que lucha para que acabemos teniendo la posibilidad de que nos hagan fijos en lugar de que nos sigan explotando como mano de obra barata.

Jenny se quedó patidifusa. ¿El sindicato? El sindicato de estudiantes, por aquel entonces una entidad no reconocida por Yale, era un batiburrillo caótico sin ton ni son que funcionaba en la periferia de Jenny. Recordaba por encima que alguien le había puesto una tarjeta del sindicato en la mano durante la ceremonia de orientación, hacía unos años, y desde luego conocía los carteles y recibía los correos electrónicos (si es que a filtrarlos de inmediato para que se metieran solitos en la papelera sin leerlos se le podía llamar «recibir»). Había visto las reuniones de poca gente y mucha pasión del sindicato, compuesto en su mayoría por hombres, en el patio interior y en la pizzería de Wall Street. Le parecía, como el resto de la vida en el campus, algo que no tenía nada que ver con ella. El sueldo, de unos nueve mil dólares al año y algunos beneficios ínfimos, le daba más problemas a la hora de hacer la declaración de impuestos de lo que valía la pena el dinero en sí.

—De verdad que no lo sabía —dijo Jenny—. Y no estoy en el sindicato, ¿sabes? No sé qué tendría que hacer con eso.

—¿Quieres saber qué tienes que hacer? —Alice puso los ojos en blanco—. Apuntarte al sindicato. ¿Lo entiendes?

—¿Para qué es la protesta?

—Intentamos que nos aumenten la cobertura del seguro sanitario. Nos tratan como aprendices, de ahí viene todo.

—Pero es lo que somos, ¿no?

Alice se sentó antes de contestar.

—Pues no, somos mano de obra. Intentan convencernos de que nos están dando una experiencia laboral esencial, pero solo quieren mano de obra barata. Nos están engañando. Deberíamos recibir una buena remuneración por nuestro trabajo, como cualquier trabajador. —Alice ya no parecía enfadada, sino que su furia se había visto sustituida por una especie de fervor sindicalista. Parecía que seguía un guion, sí, pero era ferviente de todos modos.

Jenny guardó silencio, sin saber qué decir. La verdad, estaba de acuerdo con la universidad; se acordó de los veranos que pasaron sus hermanos y ella en la fábrica de su padre. Eso no era que los estuvieran explotando, sino que era parte de hacerse adulto, ¿verdad?

—Alice —dijo en su lugar; le sentaba muy bien llamar a alguien por su nombre, incluso si aquella chica en particular la odiaba tanto—, de verdad no tenía ni idea.

—Pues míratelo, ¿no? —Se volvió a poner de pie—. Quizás así se te ocurra una manera de no socavar el esfuerzo de tus compañeros. —Se marchó, y Jenny intentó resentirse, pero para entonces estaba muy agotada y a la defensiva, hartísima del silencio que rodeaba su soledad. Y no pudo evitar notar que incluso una conversación directa con alguien que había decidido sentarse con ella, por la razón que fuera, le había llenado el cuerpo de las hormonas de la calidez y la amistad que no había notado desde la última vez que había ido a ver a su hermano a California.

Intentó ponerse de pie, solo que tuvo que volver a sentarse de inmediato. No solo estaba cansada, sino que se sentía débil y tenía calor, como si tuviera fiebre.

No, no era una debilidad física, ni tampoco tenía fiebre. Era otra cosa.

Era vergüenza.

Eso, vergüenza.

Ay, Dios, qué vergüenza.

Fue como si una presa se quebrara, de lo enorme y obvia que era la vergüenza. Se puso de pie otra vez y la invadieron el mareo y el cosquilleo de la vergüenza de no haber visto lo que tenía delante de las narices. De haber estado presente en las lecciones del doctor Messinger, de haber estudiado Economía y todo para acabar siendo... ¿una esquirola? Se estaba saltando una huelga del sindicato sin darse cuenta.

Se pasó como una hora sentada a aquella mesa del centro, aturdida por el lastre del bochorno. Sin embargo, no era una vergüenza que desconociera; conforme sufría bajo su peso, se dio cuenta de que era una vergüenza que había estado creciendo y haciéndose fuerte y llamándola al hombro durante tantos años que en aquel momento, cuando por fin notó que la llamada era algo a lo que debía prestarle atención, se dio cuenta de que había estado usando toda su energía mental para no hacerle caso. Su agotamiento no era repentino, sino que se acababa de dar cuenta de lo agotada que estaba.

Se las arregló para recorrer el campus por mucho que estuviera tan débil y cansada como si la acabaran de anestesiar. ¿Cómo se le había podido pasar la huelga? ¿Qué se le había metido en la cabeza que por fin le habían dado la oportunidad de ser lo que quería ser (alguien que les contaba un par de verdades a los mandamases o algo por el estilo) y se había quedado tan dormida que ni siquiera había oído que llamaban a la puerta? Por Dios, era tan hipócrita que no se soportaba a sí misma.

Volvió a su piso y se dejó caer en la cama. Pasó una semana allí, sin contestar a nadie, y se perdió dos clases a las que tenía que asistir y otras dos que tenía que dar o para las que tenía que supervisar exámenes.

Solo que allí estaba, tumbada en la cama, cubierta no solo de la idea de la vergüenza sino de un planeta entero de ella: la corteza de la revelación, el manto de su languidez y su falta de amistades. Y luego estaba el núcleo del planeta, la vergüenza en sí, que era todo lo que había llegado antes: la crueldad con la que había tratado a su familia, a Brett, el odio que les profesaba a sus amigas del instituto porque la proximidad que tenían por casualidad no las hacía ser lo bastante buenas para ella, el modo en que rechazaba a los chicos a los que les gustaba en la universidad, lo mal que se había portado con la idiota de su compañera de habitación que estudiaba marketing, el creer que era mejor que aquella orientadora profesional. El haber pasado años viendo que los demás se emparejaban, se reían y se besaban en aquel campus, como si estuviera en su casa viendo una serie, una de ciencia ficción.

Lo irónico que era todo aquello casi acabó con ella. Llevaba toda la vida debatiendo consigo misma cómo hacer algo bueno por el mundo, y lo único que se había olvidado en aquella conversación tan privada era haber sido un ser humano normal y decente. Se pasó las horas que estuvo despierta aquellos días excavando las capas de su comportamiento, y lo único que encontraba era aquella vergüenza, tan paralizante que le dolía hasta tragar. No sabía cómo sobrevivir. No sabía si iba a poder salir de ella.

—*No sé nada de ti* —decía un mensaje que Beamer le había dejado en el contestador—. *¿Qué te pasa? Llámame. Tengo una noticia que darte...* —Solo que el buzón de voz pitó antes de que terminara, porque estaba lleno. Había hecho caso omiso de los mensajes urgentes y luego suplicantes que le había dejado el profesor que había contado con su presencia en aquellas clases. Había estado sentada al lado del teléfono cuando se los había dejado, sin contestar. El sonido de cómo la urgencia pasó a la súplica y luego a la ira fue justo lo que necesitaba para notar más aún la vergüenza. ¿Qué será lo que tiene la vergüenza que una cucharadita de ella pesa mucho más que una de felicidad o de cualquier otra emoción inofensiva? ¿Qué será lo que tiene la vergüenza que hace que siempre parezca ser verdad? Su lógica le dijo que, si podía experimentar más la vergüenza, podría llegar a la pura realidad y encontrar una solución.

Ocho días más tarde, se despertó a las cuatro de la tarde cuando alguien aporreó la puerta de su piso. Se tambaleó a abrir, mareada por no haber comido desde hacía tiempo, y por un momento no reconoció a quien estaba al otro lado. Solo era capaz de captar los rasgos de la otra persona de uno en uno, no enteros, pero dio un paso atrás para volver a mirar y los rasgos formaron un rostro que al principio creía que era una alucinación, porque tal vez el cerebro te concede deseos cuando estás a punto de morir. Solo que no lo era. Era, muy para su alivio, su hermano Beamer.

Beamer pasó tres días con ella en New Haven, lejos del escenario en el que estaban grabando la segunda película de *Santiago*. Se había preocupado al no poder contactar con ella, y no había querido llamar a su madre y preocuparla si al final no era nada, por lo que se había subido a un avión para ir a verla.

Durante los dos primeros días, le dio de comer a su hermana y la ayudó a recobrar las fuerzas. La obligó a que se duchara y la sacó a la calle. Y escuchó la sórdida historia, no solo la de aquella discusión, sino la de todo lo que había sucedido antes.

—¿Por qué no me habías contado nada? —quiso saber él.

—Creo que me parecía que todavía tenía que acostumbrarme a estar aquí, que no era nada más que eso.

—No, no me lo has contado porque te lo tienes muy creído. Dios no quiera que no parezcas la mejor en todo.

A Jenny no le gustó el comentario. Su relación con Beamer funcionaba mejor cuando le permitían al otro el lujo de mantener su egocentrismo y sus ilusiones. Volvió a quedarse dormida.

Beamer le limpió la cocina y mandó la ropa a lavar. Repasó los mensajes del contestador y los fue escuchando antes de borrarlos.

—No me creo que dejara a ese pobre profesor sin asistente —comentó ella.

—Es lo que tenías que hacer —repuso Beamer—. Que están de protesta. Es como una huelga, es lo que toca. De hecho, es lo correcto.

—Ya recibimos lo que nos corresponde. —Se estaba incorporando en la cama, para intentar comer la sopa que Beamer le acababa de calentar.

—Lo sé. Pero yo también estoy en un sindicato y es lo que hay.

—Pero tú estás por obligación. El sindicato este... no es nada más que un grupo de niños pijos que no saben a qué dedicarle su energía. Creen que son bolcheviques o algo, creen que esto es la vida real. No se dan cuenta de que su vida real no ha empezado aún.

—No sé yo —dijo Beamer—. A mí me parece que lo que sea que ocurra en el momento es la vida real de cada uno, ¿no?

—No sé. A veces me pongo a pensar que me voy a sacar un grado después de seis años, y eso después de los cuatro que ya he estudiado. ¿Eso es la vida real?

—Eso parece. Parece que el tiempo pasa hagas lo que hagas.

—Qué sabio estás —dijo ella.

—Anda, gracias.

Sonó el teléfono, y Jenny alzó una mano cuando Beamer hizo el ademán de contestar.

—Deja que salte el contestador.

Y, cuando así fue:

—*Jenny, hola. Soy Alice. Nos conocimos en el Centro hace un tiempo. Me acabo de enterar de lo que hiciste, y la verdad, estamos que no nos lo creemos. Menuda jugada te marcaste. Y lo que has conseguido es impresionante. Hemos organizado una reunión mañana por la noche, y nos encantaría que vinieras a hablarnos de lo que hiciste.*

Terminó dejándole los datos de dónde y cuándo se celebraba la reunión. Cuando colgó, Jenny y Beamer intercambiaron una mirada.

—No tengo ni idea de qué está pasando —dijo Jenny.

—Parece que se te ha dado la oportunidad de empezar de cero —explicó Beamer.

—¡No puedo ponerme a hablarle a la gente de esto!

—¿Por qué no? Eres una revolucionaria, tú sí que eres una bolchevique.

—Me puse enferma y me dio la depresión.

—Tendrías que ir.

—¿Por qué? No puedo presentarme delante de esos.

—Pero si eres su heroína ahora.

Jenny dejó la sopa a medio terminar en su mesita de noche y se volvió a tumbar.

—Supongo que no entiendo por qué no se me había ocurrido nada de eso antes. Lo tenía ahí a la vista, eso es lo que me molesta tanto. Da igual por qué no lo hice, lo importante es por qué no se me ocurrió. Por qué no lo inventé yo. ¿Cuándo aplicaré mis buenas intenciones al mundo de verdad?

—Quién sabe —dijo él—. No lo has inventado porque no hacía falta, ya estaba inventado. Quizá crees que lo que sucede no es la vida real porque no crees que sea tu vida real, ¿me explico?

—Eres tonto —dijo Jenny, antes de añadir—: ¿No me dijiste que tenías una noticia que darme? Me acabo de acordar.

—Ah. —Beamer esbozó una sonrisa—. Pues sí.

—¿Y qué es?

—He conocido a alguien. Es actriz.

—¿Es judía? —quiso saber Jenny.

—No, mamá. Perdona.

—Mami te va a echar la culpa del Holocausto.

—Voy a pedirle que se case conmigo —dijo Beamer.

—¿Cómo se llama?

—Noelle.

—Ostras.

—No, Noelle. Pero casi aciertas.

Beamer se echó a reír, aunque la noticia hizo que Jenny volviera a quedarse dormida. Lo último que oyó fue que su hermano decía que menuda reacción había tenido.

Al día siguiente, Beamer no estaba y Jenny salió de la cama por fin y se duchó. Se dijo a sí misma que no iba a presentarse a la reunión, solo que terminó vistiéndose para ir de todos modos.

Al fin llegó la tarde y salió a la iglesia que sus compañeros alquilaban para las reuniones, a unas pocas manzanas de distancia. Entró y vio a Alice y al tipo que había estado con ella en el Centro aquel día, el que se había ido y que se llamaba Andrew.

Alice era la representante del sindicato. Cuando entró en la sala, ella fue la primera en percatarse de su presencia y le dio un codazo a Andrew, visiblemente mayor que los demás, y este se volvió hacia ella también. Estaban en medio de al menos doce alumnos de Economía más a los que Jenny reconocía y cuyo nombre no recordaba. La vergüenza amenazó con apoderarse de ella una vez más, de modo que estuvo a punto de darse media vuelta y salir corriendo.

Fue entonces que Andrew esbozó una sonrisa, y Alice y los demás se pusieron a aplaudir. Tendrás que perdonárselo, pero estaba tan agotada, tan necesitada de afecto y amistad, que se permitió devolverles la sonrisa y cubrirse el rostro con las manos. Escuchó los aplausos y se acordó de haber estado sobre aquel escenario en el instituto, con la vida por delante, rodeada de personas que creían que tenía un potencial infinito.

—Anda, mirad quién ha abierto los ojos —dijo Andrew, y, cuando Jenny apartó las manos del rostro, vio que todos se le acercaban.

⁂

No solo se apuntó al sindicato, sino que se convirtió en la propia organización. Los restos de ambición que conservaba, combinados con el subidón de hormonas provocado por la aprobación de sus compañeros y que tanto había echado de menos, la llenaron de un gran propósito.

El sindicato era un organismo social y peleón por el que había que darlo todo, con tanto por hacer que las preguntas que Jenny había tenido antes, sobre cómo vivir, desaparecieron no porque hubiera encontrado la respuesta, sino porque ya no había tanto silencio en sus pensamientos como para que tuviera que oírlas.

Su vida se convirtió en una serie de reuniones sin fin. Formaba parte de un comité que organizaba una protesta en la librería para quejarse por el uso de mano de obra explotada para fabricar las prendas de la marca de la universidad que vendían allí. Participó en una reunión que planeaba tácticas propias de las guerras de guerrilla para conseguir que la universidad negociara con el sindicato. Estaba en un subcomité que se encargaba de elaborar los carteles para la marcha sindical por New Haven a favor de los conserjes de la universidad.

¿Cómo es esa palabra que describe la sensación de saber que todo el mundo se toma algo demasiado en serio, que la forma en la que les ocupa la vida entera no es normal, que es absurdo, de hecho, que es claramente lo que un puñado de niños bien metidos en una década de enseñanza de lujo necesitan para creer que son personas reales? ¿Cómo es esa palabra para describir la energía desplazada de los jóvenes atados al mundo académico cuando hasta el último átomo que los compone les pide a gritos que se incorporen al resto del mundo? ¿Cómo es esa palabra que describe la sensación de que uno cree eso de verdad, pero luego empieza a ver cómo esa idea se transforma en sinceridad? (Uno de ellos sabía la palabra, seguro que alguno de los doctorandos que estudiaba alemán).

Dejó que el trabajo la consumiera, y, a su vez, el trabajo la ayudó a ver el lugar que debía ocupar en el mundo. Fomentaba aquella parte de sí misma a la que le gustaba la superioridad moral, aquella que, hasta el momento, había sido una energía aletargada, en desuso y, por qué no decirlo, quejica; una energía que no había visto la luz del sol desde que se había marchado de Middle Rock.

No es una hipérbole afirmar que el sindicato le salvó la vida. Fue el antídoto que la salvó de la persona aburrida y simplona en la que se había convertido. Todas las personas de aquel nuevo mundo tenían un fuego interior, una furia que las alentaba, unos puntos de vista firmes y decididos. Tenían energía. Cuanto más tiempo pasaba, más veía la urgencia de las causas del sindicato y más reales le parecían sus compañeros, mientras que las demás personas eran como ruido de fondo, como si no hubieran despertado. ¿Se le pasó por la cabeza que formar parte de un sindicato representaba una sedición para una familia que poseía una fábrica? ¿Fue una decisión consciente lo que la motivó a ello?

Qué más daba. Por fin tenía amigos. Para entonces estaba tan desesperada que cada amigo era una gotita de agua que rehidrataba la carcasa disecada en la que se había convertido su conciencia. Los quería por ello, pero también por el empeño que le ponían a todo. No eran como los anodinos de su instituto, que seguían las normas y se emparejaban y trabajaban y para entonces ya se habían casado y tenían hijos. Sus amigos del sindicato tenían opiniones intensas y personalidades feroces y le plantaban cara al *statu quo*. Les importaba todo y no se achantaban ante el sufrimiento. Se sentaban en él. Se acomodaban. Hasta morían en él. Marchaban, trazaban planes, trabajaban hasta las tantas de la noche. Aquello era lo que hacían durante sus reuniones constantes, cuando ocupaban una gran parte de la pizzería diminuta y mugrienta de Wall Street porque la cafetería que había por la zona era demasiado corporativa y no lo bastante a favor de la causa. Sí, eran tan obstinados que opinaban hasta de dónde debían hablar de sus opiniones.

Pese a que la mayoría de los sindicalistas apasionados tienen una historia en la que se radicalizaron de la noche a la mañana, Jenny siguió un proceso más lento. Sí, permitió que Alice y los demás creyeran la historia de que su confrontación la había radicalizado y que la fueran contando por ahí. Dejó que se perdiera en la historia de lo que ocurrió mientras ella volvía a rastras a su piso y se pasaba una semana durmiendo: que los alumnos de la clase a la que ayudaba, al ver que no estaba y enterarse de que era por un motivo sindical, se fueron de clase (¿tal vez el profesor fuera a achacarlo más adelante a una ironía del teorema de Bayes? Quizá sí, si se lo tomaba con sentido del humor, aunque lo más seguro era que no). La ausencia de los alumnos obligó a la universidad a conversar con los líderes del sindicato sobre cómo conseguir que todos volvieran. Y el resultado no fue el nivel superior de seguro sanitario que el grupo quería, sino que se instaurara una nueva norma en la que se ilegalizaba despedir a un asistente de profesor por concertar una cita médica durante la hora de clase si no había ninguna otra cita disponible. Una pequeña victoria en realidad, pero una muy grande en espíritu. Jenny, sumida en su convalecencia, se había convertido en una heroína para el sindicato.

De modo que no, Jenny no explicó que fue su depresión y no su instinto marxista lo que la llevó a evitar las clases de aquella semana. Tampoco admitió que el origen de su radicalización, por descontado, se basaba en su desesperación por volver a entablar contacto humano después de haberse sentido rechazada por sus compañeros durante varios años.

Sin embargo, se produjo una serie de sucesos que mantuvieron su radicalización incipiente en una trayectoria ascendente: el profesor del teorema de Bayes la criticó por haberlo dejado tirado y le dijo que estaba «echando por tierra una forma de vida»; abrió los ojos ante la forma en la que la administración seguía pasando por alto las exigencias del sindicato, las cuales solo se basaban en lo que sus miembros necesitaban para sobrevivir; le costaba encajar lo que leía y la filosofía con su llamamiento urgente a mejorar el mundo, y, por encima de todo, su vergüenza se apaciguó, escondida en lo más hondo de forma que ya no parecía querer acercarse a la corteza terrestre de su mundo.

El último de aquellos sucesos pequeños que la radicalizaron fue cuando Alice y ella se dirigían al cine el día que alguien había golpeado el coche de Jenny mientras estaba aparcado. Jenny llamó a la aseguradora y Alice fue a recogerla para llevarla a cenar y al cine para animarla. Insistió en pagar, al decir que el mecánico ya iba a ser lo bastante caro, por lo que aquella noche invitaba ella. Si bien solo habían sido una película y un burrito, más adelante, cuando Jenny intentaba desentrañar qué hacía que se sintiera tan agradecida, se dio cuenta de que era porque por fin había llegado a una situación en la que su dinero carecía de importancia. Y, aunque aquello no parecía ser algo que fuera a radicalizarla, que ya no tuviera que verse a través del prisma de las personas que la miraban, desde su punto de vista particular, su respuesta fue dedicarse más aún al sindicato. En cuerpo y alma.

Los quehaceres daban frutos, pero eran interminables. New Haven era un lugar especial en aquel sentido. Yale era una de las pocas universidades de la Ivy League situada en una ciudad de clase obrera, lo cual hacía que los administradores creyeran que les dificultaba la tarea de atraer talento: Harvard tenía Cambridge, y Brown tenía Providence, pero Yale solo tenía una ciudad en la que vivían todos sus trabajadores, por lo que creaba políticas que beneficiaban a la universidad pero perjudicaban a la clase obrera. Cuando el sindicato gritaba que los administradores socavaban sus esfuerzos y que el elitismo iba en contra de los principios del país, la universidad contestaba con calma y decía que Yale era una entidad más antigua que Estados Unidos y que por tanto contaba con sus propios principios.

En otro orden de cosas, resultó que Andrew no era alumno de Yale tal como Jenny había creído. Lo había sido hacía varios años y había dejado las clases con las que pretendía sacarse un doctorado de Educación Musical, aunque se quedó en New Haven y se jactó de involucrarse en el sindicato de estudiantes.

Era apuesto y gozaba del carisma desmedido que Jenny solo había visto en su hermano Beamer, aunque este se quedaba corto en comparación. Allá adonde fuera Andrew, los alumnos lo rodeaban. Siempre se situaba a la cabeza de la mesa a la que se sentaran y urdía sus planes y tácticas de guerra. Iba por las aceras y animaba a los grupos que estaban a punto de llamar a la puerta de los ciudadanos para intentar que los trabajadores de mantenimiento y de cocina de Yale se afiliaran a la causa. Llevaba a cientos de dichos trabajadores por la calle York para mostrarle a la universidad que no reconocer la existencia de un sindicato no significaba que no existiera.

Era un imán. Tenía unos ojazos que miraban a los demás y los hacía sentirse como si fueran una revelación. Jenny no sabía si era la única que se sentía de aquel modo, aunque sí que había oído a alguien comentar que el sindicato era como una secta, y sabía que Andrew se acostaba con algunas de las alumnas, lo cual, según decía aquella persona, lo convertía en una secta sexual. Estuvo en la reunión en la que un candidato a doctor de Filología se puso de pie y dijo que había pescado a Andrew con su novia y la compañera de habitación de esta, y ¿era ético ser mucho mayor que los demás y meterse en tríos con las personas a las que intentaba organizar?

¿Por qué todo aquello hacía que Andrew le pareciera más atractivo?

La relación entre Jenny y Andrew nunca tuvo un nombre exacto; no estaban en una trayectoria romántica, hasta que así fue. Quizá fueron personas que se juntaron gracias a que el roce hace el cariño. Sin embargo, un día estaban en la librería para alumnos (otra vez por lo de la mano de obra explotada) y llevaban horas allí sentados, hasta que Andrew decidió tumbarse y apoyarle la cabeza en el regazo. Por primera vez desde que había acabado el instituto, Jenny tenía una identidad lo bastante fuerte como para poder preguntarle qué quería, y lo que quería era agarrar aquel ricito que se le salía del peinado y colocárselo detrás de la oreja. Así que eso hizo, eso fue lo que hizo. Y él se despertó y la miró y le sonrió y ella se inclinó hacia abajo y la identidad le dijo que podía besarlo.

Su relación con Andrew fue más una enfermedad que un romance. Se despertaba pensando en él, se retorcía en la cama pensando en él (casi nunca se quedaba a dormir) y un hambre subcutánea la impulsaba a lo largo del día. Estaba consumida por su paradero, por lo que pensaba, por la sensación que le producía en las entrañas cuando la miraba y la volvía a mirar. Iba a las reuniones porque sabía que iba a estar allí, salía a las manifestaciones porque sabía que él iba a estar en primera fila. Era la primera vez que sentía algo así.

Aun con todo, a pesar de lo hipnotizada que estaba, reconocía que el hombre era bastante mediocre, que no era muy listo ni ambicioso, que no tenía nada más que ofrecer que la promesa de un ofrecimiento. Y aun así, a pesar de todo, por mucho que lo supiera, no era capaz de controlar cómo reaccionaba ante él. Le encantaba la sensación. Para entonces había pasado muchos años sintiéndose acorralada, y su única relación de verdad había sido con Brett, aunque más que nada solo fuera para pasar el rato. Dejó que Andrew tomara las riendas porque, la verdad, le sentaba muy bien sentirse como una joven normal otra vez. ¡Que nadie se lo dijera a su madre!

Aquel verano, Andrew fue a México para un retiro de seis semanas para sindicalistas, mientras que Jenny, muy para la sorpresa de su familia, volvió a casa. Si fue para presumir de su nuevo yo superenergizado delante de su madre, no era consciente de ello. Lo que sí sabía era que iban a fumigar su piso y no iba a poder vivir en él hasta agosto. Además, New Haven se vaciaba en verano, y no quería volver a estar sola cuando los recuerdos del dolor de sus años de soledad seguían tan frescos. De modo que volvió a casa, y, después de tan solo medio día, tumbada en la cama de su habitación de siempre, llamó a la fábrica y le preguntó a Ike si le podía dar trabajo para el verano.

—¿Lo dices en serio? —le respondió Ike—. Les diré a los demás que se pongan las pilas, entonces.

El hijo de Ike, Max, ya trabajaba allí a tiempo completo. Eran de la misma edad, y Max, con sus ojos grandes y brillantes y sus labios carnosos, estaba en tercero de las clases nocturnas de la Universidad de Queens, donde intentaba sacarse un grado de Filosofía antes de meterse en Derecho. Trabajaba en el departamento de inventario y producción, mientras que ella estaba en el de dibujo técnico, al haber tomado aquellas tres clases de Ingeniería Química. Durante la hora de la comida, aleccionaba a Ike y a Max sobre lo mucho mejor que les iría si la fábrica se organizara con un sindicato, incluso a Ike, aunque fuera parte de la gerencia, porque aquello le quitaría las tareas de encargarse de los trabajadores. Por la noche, Max y ella fumaban maría en el aparcamiento y se manoseaban un poco. Andrew y ella no tenían una relación cerrada ni nada, y el propio Andrew se había asegurado de aclarárselo y confirmárselo cuando lo llevó al aeropuerto para despedirse. Casi no habían hablado desde que él se había marchado a México.

Pocas de sus amigas de Middle Rock habían estudiado más allá de un grado, salvo por las pocas que estudiaron Derecho. Todas vivían allí: Sarah Messinger, Erica Mayer, las gemelas Palmolive, Joy y Dawn. Volvían a su casa los fines de semana para aprovechar la piscina de sus respectivos padres o se iban a los Hamptons con sus novios o maridos y bebés o incluso niños de preescolar ya. Salió a cenar con ellas en una ocasión, aunque le dio la sensación de que estaba observando a actrices de una obra que pretendía burlarse del aburrimiento burgués. No dejaba de imaginarse lo que diría Andrew si estuviera allí, lo mucho que se habrían reído los dos.

—¿Y quién es ese tal Andrew? —preguntó Joy—. ¿Es mono?

La vida de sus amigas no era real para Jenny. Erica hablaba de querer casarse; Sarah, de unas vacaciones a las que había ido con sus padres. Joy y Dawn iban a alquilar una casa en el Cabo Cod durante una semana. Todo era ridículo, aburrido, soso, seguro.

Después de aquella cena, Jenny dejó de aceptar sus invitaciones. Estaba ocupada con los trabajos de la universidad, ayudando por casa, en la fábrica y yendo a ver a su abuela, o eso decía. Tenía que resistirse al impulso de volver a caer en su vida de siempre (porque incluso dentro del desdén de aquella cena había encontrado la calidez de lo conocido), y más teniendo en cuenta que tenía una dirección en la que encaminar su vida. Además, tenía que pasarse las noches aleccionando a su familia mientras cenaban en cuanto a lo inadmisible que era que la fábrica de la familia no tuviera sindicato.

—Estamos en Estados Unidos —dijo—. Digan lo que digan, los derechos laborales son uno de los principios del país.

—Si tu abuelo levantara la cabeza... —le respondía Phyllis.

—¡Pero si vino porque quería los valores estadounidenses!

—¡Vino para que los nazis no lo mataran! —le gritaba su abuela en respuesta.

Mientras tanto, su padre, sentado a la cabeza de la mesa, se quedaba mirando su plato sin prestarles atención.

—Ya tenemos suficiente —dijo Jenny en una de aquellas conversaciones—. Deberíamos hacer del mundo un lugar mejor.

—Ni que fueras Karl Marx —repuso su madre, para poner fin a la conversación—. ¿Sabes que Brett se va a casar?

Jenny se quedó de piedra.

—Con una optometrista. Se llama Jenny también. —Ruth no dejaba de mirarla, aunque ella trataba de controlar la expresión para no darle el placer de verla afectada—. Tendrías que llamarlo para felicitarlo.

La última vez que lo había visto, se le había presentado en su piso cerca de la Universidad Brown, llorando a moco tendido, para preguntarle si tenían alguna posibilidad de volver antes de que tomara la decisión de pasar página. Para entonces ya hacía tres años que habían cortado, y Jenny no pudo evitar sorprenderse al ver que creía que todavía podían volver. Tampoco pudo evitar mostrar el asco que le dio, y por fin estalló y llamó a su madre para preguntarle si le había dado su dirección a Brett.

—*No me acuerdo* —repuso ella—. *¿Por qué? ¿Qué ha pasado?*

—Ya sabes lo que ha pasado. Seguro que todo lo has planeado tú.

—*Jenny, no he planeado nada.* —Su madre puso un tono de voz cansado—. *No sé ni en qué piensas la mitad de las veces.*

—Pues mira, Brett se acaba de ir llorando porque está claro que no voy a volver con él.

—*Menuda lástima* —dijo su madre—. *Lástima que no sepas ver a una buena persona cuando la tienes delante de las narices. Te habría cuidado muy bien.*

Colgaron, y Jenny trató de entender por qué le había dolido tanto lo que le dijo Ruth.

—Pues no —dijo en la mesa mientras cenaba con los demás, todavía con una expresión neutra—. Felicítalo de mi parte si lo ves.

Aquella misma noche, por fin a solas en su habitación, se permitió pensar en Brett. Recordó algo que sucedió en primero de bachillerato, cuando escribía una redacción para su clase de Historia sobre el *anasyrma*, el concepto del arte griego de levantarse una falda. Lo acababa de terminar cuando Brett fue a verla después de su práctica de trompeta. Ella estaba agotada de haberse pasado los últimos tres días escribiendo (iba a sacar un diez, como siempre) y le pidió que se lo revisara, algo a lo que él accedió encantado.

—Qué sensual suena todo —dijo. Estaba sentado en su cama mientras ella daba vueltas por la habitación. Nada la ponía más nerviosa que haber acabado algo.

—Qué sensual suena todo —lo imitó ella con una voz absurda y bobalicona, como hacía siempre que él soltaba algo fuera de los confines de la forma de hablar moderna que usaban ella y sus amigos.

—A veces te pones muy borde —dijo él, aunque con la expresión alegre.

Aquella noche se puso a bailar por su habitación. Llevaba falda, y, cada pocos pasos, se detenía, se volvía hacia Brett y se levantaba la parte de atrás de la falda al tiempo que decía *Anasyrma!*, como si estuviera en un espectáculo de Las Vegas, tras lo cual se ponía a bailotear otra vez y se volvía a levantar la falda, *Anasyrma!*, y así durante un buen rato. La primera vez que lo hizo, se levantó la falda un poco por encima de las rodillas, y luego otro centímetro más, y así hasta llegar a mostrar sus muslos jóvenes y bronceados, hasta que le enseñó la parte inferior de las bragas que llevaba. Brett se quedó sentado en su cama, con su sonrisa de tontorrón que se negaba a desaparecer, y la miraba con un amor descarado y sin restricciones.

Brett era un sensiblero, una persona demasiado sincera. No sabía hacerse el guay ni tampoco por qué debería hacerlo. Y, cuando Jenny se lo intentó explicar, se dio cuenta de que no tenía la respuesta. El ser guay solo por serlo no era lo que hacía ella, ¿no? Se levantó la falda de verdad y dejó de bailotear por la habitación.

En ocasiones no se avergonzaba por lo mucho que él era tan sí mismo, a veces podía acompañarlo. Aquella noche se acostaron por primera vez, en la cama de la infancia de ella, con sus padres viendo *La ruleta de la fortuna* en la planta de abajo.

De vuelta en su habitación durante aquellas vacaciones de verano regresivas, se puso a caminar de aquí para allá. ¿Qué más le daba lo que hiciera Brett? Todo lo que había allí era una trampa con nostalgia. Por las tres asignaturas de Psicología que había estudiado, sabía que envejecer obligaba a una a sentir la calidez de la infancia. Tenía que parar. Tenía que recordar todo lo malo también, si no quería volverse prisionera de aquel lugar otra vez. Ah, ahí tenía un ejemplo: después de tantos años, no era capaz de pasar por delante del baño de la planta de arriba sin recordar el día del bar mitzvá de Nathan, cuando Ruth tuvo que ir corriendo a la lavandería porque se había olvidado de recoger el talit de Carl, de modo que intentó despertar a Jenny. Solo que ella estaba echándose la siesta en el sofá y no quería ir, por lo que fingió seguir dormida. Ruth llamó a su marido, molesta:

—¡Carl! Voy a dejar a Jenny en casa —dijo en dirección a las escaleras—. Me llevo a los niños. Vuelvo en veinte minutos.

Beamer soltó varios quejidos por tener que ir, pero Nathan era obediente como él solo y no tardaron en marcharse. Jenny se quedó en el sofá, tumbada bocarriba con la mirada en el techo, hasta que una esquina comenzó a tornarse más oscura. Se incorporó, aterrada. La esquina se volvió húmeda, luego mojada y se dobló sobre sí misma. Se levantó de un salto.

Oyó un quejido a lo lejos, como de un animal moribundo. Volvió a mirar el techo y vio que la mancha crecía. Se dio cuenta de que el quejido no era nada nuevo; no se había dado cuenta de cuánto tiempo llevaba sonando hasta que lo oyó, pues se había convertido en un ruido de fondo tan deprisa que se mezcló con los demás sonidos.

Para cuando captó que el quejido era un ruido discreto y aparte, ya estaba transformándose en algo más similar a un grito, solo que un grito con voz. Un grito que le sonaba tanto que le daba la sensación de que ocurría en su interior. Solo tenía cinco añitos por aquel entonces. Se puso de pie y, más aterrada de la mancha del techo que del sonido (porque el sonido bien podría haber sido un calefactor o algo), decidió correr escaleras arriba, más adentro en la casa, porque sabía que su padre estaba por allí.

Su padre, cuando era tan pequeña, seguía siendo una figura protectora, más por cómo vendían a los padres a los niños estadounidenses que por algo que hubiera hecho el propio Carl. Corrió por las escaleras para ir a buscarlo hasta que llegó a la habitación de sus padres. Abrió la puerta con fuerza y entró, pero estaba vacía. El grito sonaba más alto, solo que no sabía de dónde salía.

Fue entonces que se volvió hacia la puerta del baño de sus padres, la cual relucía por la luz blanca del interior y soltaba vapor, como en un espectáculo de magia. Se acercó a la puerta poco a poco, un par de centímetros cada dos segundos, hasta que estiró la mano hacia el pomo. Lo giró despacio, preocupada por si su padre estaba allí y necesitaba ayuda. Abrió la puerta un poco y vio a Carl arrodillado en el suelo, delante del lavabo, con la puerta del armarito abierta y las cañerías que solían estar ocultas expuestas. Tenía la mirada clavada en ellas y soltaba un sonido aterrador que le salía de debajo del esternón, de debajo del estómago, desde lo más hondo de su ser. Había ido a ducharse y se había atado una toalla blanca a la cintura, solo que se le había caído al suelo, por lo que estaba desnudo.

Jenny se dio media vuelta y salió corriendo escaleras abajo. Iba a salir por la puerta, porque lo que le ocurría a su padre en la planta de arriba escapaba a su comprensión e iba a seguir siendo así durante varios años más, pero, para cuando llegó al salón, Beamer y Nathan ya estaban allí con sus kipás de los Mets y enfundados en sus trajes. Y se dio cuenta de que ya no podía mantener los ojos abiertos, por lo que se tumbó en el suelo y se quedó dormida de verdad.

En su habitación, Jenny oyó que sonaba el teléfono de la casa. Un minuto más tarde, su madre la llamó desde abajo.

—¡Jennifer! Es para ti.

Contestó al teléfono que tenía en la habitación, el que no había tocado en lo que iba del verano.

Era Andrew.

—*Hola* —dijo—. *¡He vuelto!*

—Gracias a Dios —respondió ella—. No aguanto ni un minuto más aquí metida.

Y entonces, al día siguiente, en lo que Jenny se preparaba para volver a New Haven, ocurrió algo que completó su radicalización de una vez por todas. No tuvo nada que ver con la fábrica ni con el sindicato de estudiantes, sino que ocurrió de la nada, cuando su madre llamó a la puerta de su habitación mientras ella hacía las maletas y le dijo que acababa de enterarse de que el padre de Amy Finkelstein había muerto.

Glenn Finkelstein se había criado en Middle Rock; de hecho, había sido un amigo íntimo de Carl Fletcher en la escuela primaria. Cuando se hizo mayor, Glenn trabajó de vendedor para un podólogo que soñaba con vender las plantillas que había diseñado a un mercado más amplio. El trabajo conllevaba mostrar las plantillas en una farmacia tras otra y aceptar los encargos; si bien ganaba un sueldo base, la mayor parte de sus ingresos provenían de las comisiones por ventas, y había un número limitado de farmacias y pies en la zona. Se tuvo que quedar mirando, perplejo, cómo el esfuerzo llevaba a sus amigos de toda la vida a unas oportunidades y riquezas cada vez mayores mientras él se quedaba rezagado eternamente, en busca de una forma para sobrevivir.

Y también estaba su hija Amy, una prodigio del violonchelo. Tenía tres hermanas, y todas eran majas y listas, pero Amy había empezado a tocar el violonchelo en tercero de primaria y se desenvolvía como pez en el agua. Sus profesores de música llamaron a sus propios profesores, y varias personas importantes fueron a ver cómo tocaba. Los Finkelstein acabaron convencidos de que, si le llegaban las oportunidades adecuadas, iba a ser la salvadora financiera de la familia. Aunque era algo más que el dinero: Dios le había concedido un don. ¡Harás bien en recordarlo! Glenn Finkelstein creía que era un regalo de Dios, y eso significaba que podía justificar cualquier cosa si era en aras de apoyar a su hija; además, los Finkelstein estaban desesperados por averiguar cómo llegar a fin de mes en lo que esperaban a que se produjera lo que debía haber sido un proceso directo, el descubrimiento y la recompensa del talento por parte del mundo.

Sin embargo, el podólogo para el que el señor Finkelstein trabajaba se jubiló de golpe y porrazo, cuando Glenn solo tenía cuarenta y cinco años. Dejó las ventas y se metió en un curso de *trading* intradía. Después de aquello, se puso a especular en el mercado de valores en el modo alocado y desinformado en el que un recién llegado a Las Vegas se pone a jugar a la ruleta por primera vez. Sara, la madre de Amy, se puso a vender ropa de bebé en el sótano de su casa, en un experimento de corta duración al que llamaron La Boutique. Glenn dio clases para el bar mitzvá a los niños del lugar cada domingo. Si bien se podría decir que cualquiera sería capaz de predecir lo que iba a suceder a continuación, la verdad, es una historia tan sorprendente de contar como lo fue cuando ocurrió.

En un principio, Glenn Finkelstein no se planteó ni quería hacer nada ilegal, pero la situación se le fue de las manos. Lo que ocurrió fue que consiguió cierta suma de dinero después de que muriera uno de sus tíos, por lo que decidió invertirlo, y no en el mercado de valores, sino en algo más tangible. Cuando Amy iba a tercero de la ESO, Glenn compró doce parcelas en el cementerio judío de Nueva Jersey debido a una corazonada (que resultó ser acertada) que le decía que, unos años después, los cementerios judíos iban a estar sobrepoblados igual que el resto del mundo y que las leyes de los entierros judíos, que indicaban que a los difuntos se les debía enterrar casi dos metros, iban a provocar problemas de logística que conllevarían la adquisición de parcelas por el pánico. De modo que el señor Finkelstein compró muertes futuras, por llamarlas de alguna manera, y no tardó en vender seis de ellas a un precio mucho más caro a una familia joven y saludable de su mismo barrio. Se quedó con las otras seis, con la idea de que iba a usarlas para su familia, pero el dinero le nubló la mente. Estaba seguro de que iba a haber más parcelas disponibles, de modo que vendió cuatro más a una familia de B'nai Jeshrun, la sinagoga ortodoxa a la que él mismo iba, durante la Pascua judía.

Sin embargo, aquella misma noche, después de que terminara la fiesta, Merrick Lewinski se pasó por su casa para darle el dinero por las parcelas, y al señor Finkelstein se le encendió la bombilla y dijo que tenía que ir a hacer un recado rápido antes de darle las escrituras. Un rato después, Glenn volvió del recado con las escrituras y recibió el dinero.

Según parece, el recado fue hacer cien copias de una de las escrituras, y, desde entonces, pasó a vender las mismas (la misma parcela, la A9462) una vez tras otra. Intentó ser astuto y vendérselas a personas jóvenes y que gozaban de buena salud, no venderlas a más de sus vecinos, no fuera a ser que las comparasen. La única vez que alguien le preguntó por qué las parcelas que había adquirido para él y para su mujer tenían el mismo número, el señor Finkelstein les dijo que era porque formaban un conjunto. La mentira le salió de la nada; era un buen hombre, el tipo de padre que sabe un montón de datos curiosos y siempre sabe encontrar una moneda detrás de la oreja de los niños. Es lógico pensar que hizo aquellas fotocopias en un momento de inspiración desesperada. Uno soporta la ceremonia de la Pascua judía y ve el semblante relajado de los demás padres y la comodidad con la que van por la vida y se pregunta si Dios lo ha abandonado, lo cual lo lleva a la desesperación. Uno también se pregunta si tal vez Dios le estaba pidiendo que actuara en nombre del don de su hija.

Durante un tiempo, se veía al señor Finkelstein por la ciudad, para llevar a su familia al restaurante chino los sábados por la noche, todos con prendas por estrenar. Se compró un Pontiac

nuevo. De la noche a la mañana, Amy tuvo un violonchelo reluciente y a estrenar y clases particulares; su hermana tenía un pro-
cesador de textos y la otra una minicadena portátil que podía
rotar seis discos. El señor Finkelstein era el tipo de persona que
no habría podido dormir tranquilo después de lo que había hecho, pero también experimentaba algo nuevo, la sensación de
poder dormir al no estar preocupado por no poder pagar la orto-
doncia de la hermanita de Amy.

La parcela A9462 se vendió ochenta y nueve veces antes de
que Neil Shondheim sufriera una apoplejía a sus cincuenta y cuatro años y muriera en el acto. Amy iba a segundo de bachillerato
por aquel entonces. El problema no fue que Neil Shondheim
fuera la primera persona con la parcela A9462 en morir, sino que
fue la segunda. La primera, sin que nadie de Middle Rock se
enterara, fue una anciana de Brooklyn cuyo hijo había sido ayudante del mismo podólogo con el que había trabajado el señor
Finkelstein; de hecho, había sido una de sus primeras ventas. El
día después del funeral de Neil Shondheim, arrestaron al señor
Finkelstein.

Los Finkelstein emplearon el dinero que les quedaba para contratar a un abogado, solo que se les acabó y tuvieron que terminar
el juicio con uno de oficio. Lo condenaron a diez años de cárcel,
con posibilidad de libertad condicional después de siete. El día en
el que lo condenaron, la madre de Amy hizo que ella y sus hermanas se peinaran con la raya al medio y llevaran un vestido floral de
Laura Ashley, prendas que había comprado durante el Rosh Hashaná anterior con el dinero de las parcelas del cementerio. Las
llevó al juzgado del tribunal supremo del condado de Nassau, en
Mineola, para el juicio, con la esperanza de que el juez y el jurado
vieran a sus cuatro hijas y les dieran pena. ¿A quién no le habrían
dado lástima las hermanas Finkelstein que veían a su padre por
detrás mientras él leía una carta de circunstancias atenuantes y
ellas lloraban al unísono y con sollozos contenidos?

Después de que arrestaran al señor Finkelstein, la madre de
Amy había hecho todo lo posible por irse de Middle Rock antes

de que alguien se enterara de lo sucedido. No contrató un camión para la mudanza, hizo que uno de sus tíos alquilara un piso de Brooklyn en su nombre y Amy y ella llevaron por turnos todas las pertenencias que podían en el coche. Sin embargo, no fue lo bastante rápida, y se acabó enterando todo quisque. La mañana en la que llenaron el coche por última vez, era casi el amanecer cuando Cecilia Mayer salió a pasear el perro y se las quedó mirando, inmóvil. Los Finkelstein habían sido buenos amigos de los Mayer, aunque entonces Cecilia se limitó a ver cómo la madre de Amy encajaba lámparas y maletas en el Pontiac sin decir ni «mu». No saludó ni se encogió de hombros. En un momento dado, Sara dejó de meter cosas en el coche para quedársela mirando, y ella le devolvió la mirada. Ninguna de las dos se movió durante un instante. El sol estaba saliendo, en un día de cielo gris e intenso. Sara fue quien apartó la mirada primero y siguió apretujando pertenencias, mientras Cecilia se daba media vuelta y volvía a paso lento a su casa.

Jenny no volvió a pensar en Amy Finkelstein después de que se marchara, a decir verdad, aunque sí sabía que se había hecho profesora de música en una escuela primaria de Brooklyn, cerca de donde se habían mudado. Su padre había muerto, y Ruth insistió en que Jenny la acompañara al funeral. No se lo discutió.

Glenn Finkelstein había muerto en un traslado de la cárcel, de camino a una audiencia de la libertad condicional. En lo que se acercaba a la furgoneta, se tropezó, se dio un golpe en la cabeza y ahí acabó la cosa. Su familia estaba en shock en el funeral, al lado de la tumba. Resultó que el señor Finkelstein sí que se había quedado con dos de las escrituras de las parcelas originales, de las legítimas, una para él y otra para su mujer. Acabó enterrado en el mismo cementerio que había sumido en el caos con su fraude; durante muchos años, el cementerio había tenido que explicar a los dolientes que las escrituras de su ser querido no eran válidas. De hecho, hasta el momento sigue apareciendo alguna que otra parcela falsa de vez en cuando. Sin embargo, cuando llegó el momento de enterrar al señor Finkelstein, se hicieron a un lado y honraron sus escrituras, al ser de las de verdad.

Casi nadie se presentó al funeral: solo la familia y los hermanos de Glenn, dos o tres de sus amigos más íntimos de Middle Rock, el rabino Weintraub y sus hijos, la viuda del podólogo y Ruth y Jenny, claro. Ruth era una defensora ferviente de honrar los rituales de la muerte; formaba parte de su compromiso a la religión y a las supersticiones al que volvió después del secuestro.

—No lo entiendo —dijo Jenny conforme volvían del funeral—. ¿Por qué tuvieron que irse de Middle Rock?

—No tenían dinero —explicó su madre—. Tu abuela les dio un poco, pero lo usaron para el abogado. La hipoteca era demasiado cara. Hay personas que tienen mala pata toda la vida, y así son los Finkelstein.

—Parecía que les iba bien cuando yo era pequeña —dijo Jenny—. Me gustaba su casa.

—Se fueron antes de que cambiara el barrio —contestó Ruth—. Antes de que llegaran los iraníes. Antes de que a una tuviera que salírsele el dinero por las orejas para poder permitirse hasta la escuela pública por aquí. —Soltó un suspiro—. Pero ya sabía yo que la cosa iba a cambiar. Tú no lo entiendes, que eres rica.

—Pues como tú, ma.

—«Ma» otra vez.

—Vale, mamá.

—Tengo dinero, pero no soy rica. Cuando una nace con dinero, siempre será rica, aunque lo pierda todo. Si te crías en un hogar sin dinero, nunca te sientes rica.

—¿No te sientes rica?

Ruth cerró los ojos durante un breve instante en un semáforo en rojo.

—Pues no. —Volvió a abrirlos—. Creo que todo se podría ir al traste en un momento.

—Me gustaría saber qué se siente —se quejó Jenny.

Su madre se volvió hacia ella de sopetón y, antes de que ninguna de las dos se lo viera venir, le dio un puñetazo en el brazo.

—¡Mamá!

—¿Tú eres tonta o qué te pasa? ¿No acabas de ver lo mismo que yo?

—Solo digo que me gustaría poder entender mejor el mundo. Es lo que intento.

—Eres una niña mimada —dijo Ruth—. Ves a personas como estas, que han tenido mala suerte en la vida, y te dan envidia. Es lo que les pasa a los ricos. Yo los miro y veo un destino que bien podría haber sido el mío también.

—Era un delincuente, ahí no entra la mala suerte.

—La mala suerte fue que a su abuela nunca se le ocurrió meter mil dólares en una cuenta con intereses, y aunque se le ocurriese hacerlo ahora, las personas como tú, que habéis heredado el dinero, estáis tan por delante de él que sus mil dólares serían una miseria por mucho interés que hubieran acumulado. Esa ventaja que tienes… Eso es lo único que quería Glenn, darle a su hija la misma ventaja que tienes tú solo por el privilegio de haber nacido.

Jenny no volvió a abrir la boca. Llegaron a casa para recoger a Phyllis y a Carl y llevarlos al piso de los Finkelstein para la primera noche de la shivá, donde sirvieron unos platos redondos y enormes de *rugelach* y sándwiches de pavo y pastrami por montones, además de pepinillos y botes de mostaza picante de Beldstein's.

En el piso, la mujer, las hijas y los hermanos de Glenn Finkelstein se reunieron en sillas bajas y prendas rasgadas, como dictaba la costumbre del luto. Alguien le sirvió una copa de *slivovitz* a la señora Finkelstein, seguida de otra y de otra más, y no tardó en relajarse, según otra persona se ponía a contar historias de su marido. Tras su muerte, quedó restaurado a lo que había sido antes: un personaje gigantesco y querido, ya no un criminal trágico, justo cuando a su familia casi se le había olvidado que en otros tiempos había sido distinto.

Uno de sus hermanos contó una historia de sus tiempos mozos, cuando Glenn y su mujer se iban a casar, y él no se podía permitir ayudarla a pagar el vestido de novia, por lo que se colaron en la fábrica textil que había al lado de la fábrica de botones en la que trabajaba por aquel entonces y robaron tela blanca. Solo que entonces cayeron en la cuenta de que no sabían qué tipo de tela quería, si seda, tul, organza o qué, por lo que robaron un montón de telas distintas y se las echaron sobre la cabeza, para que no se ensuciaran al rozar el suelo. Sin embargo, en lo que salían de la fábrica, oyeron unos pasos y se quedaron de piedra. Oyeron que un guardia de seguridad gritaba «¡Madre de Dios!» y que se le caía la taza de café al salir corriendo. Creía que había visto fantasmas.

Aquellos hombres, a quienes Amy y sus hermanas no habían visto en la vida, contaron un montón de historias sobre el señor Finkelstein, sobre las dotes de líder que tenía, lo carismático que era, las buenas ideas que se le ocurrían, la creatividad de la que gozaba, cuánto quería a su madre, a Amy y a sus otras hijas. Y contaron más historias que indicaron que tal vez había sido un delincuente empedernido desde el principio: que había descubierto cómo poner tele por cable gratis en la sala de descanso, que le había «echado una mano» a Ivan Yarlburg cuando su fábrica estaba a punto de quebrar y el seguro era la única forma que tenía de salvarse. Para entonces la señora Finkelstein se había puesto a reír sin parar con cada historia. Su vida reciente la había humillado a más no poder, pero entonces se puso a reír con aquellos delincuentes de pacotilla como si recordara algo sobre sí misma. Jenny vio que Amy observaba a su madre sonreír.

—¿Éramos mafiosos? —preguntó uno de los hermanos, con lágrimas de la risa—. ¡No! Pero sí que sabíamos provocar un incendio.

Y todos se echaron a reír otra vez.

A Jenny no le gusta admitir que Andrew y ella siguieron juntos después de que él desvelara que se estaba acostando con un par de alumnos de primero, uno de ellos varón. No le gusta admitir que lo vieron acostándose con una que acababa de entrar en la universidad y cuyo padre había demandado al sindicato, el cual llegó a un acuerdo que se saldó con el despido de Andrew. No le gusta admitir que se quedó con él mientras ocurría todo aquello, menos porque se sintiera como al principio y más porque le preocupaba no volver a sentirse así.

Lo que acabó rompiendo su relación, por mucho que Jenny se avergüence de ello, fue un incidente que sucedió cuando lo llevó a Middle Rock para la boda de Erica Mayer.

Llegó a la mansión boquiabierto, sin dejar de asombrarse por lo rica que era, pero también por haber estado en una relación con ella durante años sin enterarse. Jenny sugirió que era porque él se negaba a mantener una relación monógama de verdad, porque eso exigía que se centrara en ella.

—Pero me dijiste que tu padre tenía una fábrica —dijo Andrew.

—¡Y es verdad! —repuso ella, aunque oyó lo muy a la defensiva que sonaba.

—Una fábrica no paga este casoplón.

—Si se fundó en cierto momento del país, sí. Ese es el problema, ¿verdad? Que ya no se puede hacer algo así. ¿No es eso por lo que estamos luchando?

Solo que él no quería una discusión ideológica, sino saber si sus padres le habían montado un fondo fiduciario.

Durante el fin de semana de la boda, Andrew se quedó a dormir en la casa de la abuela de Jenny y ella en su habitación de siempre, porque las normas de la familia dictaban que solo las parejas casadas podían compartir cama. Había ido a verlo y a darle las buenas noches y habían acabado acostándose en una sesión de sexo silencioso y frenético en la que él no dejaba de repetir «Toma, puta rica. Toma, niña mimada de mierda».

Su relación no duró mucho más después de aquello.

No es que Jenny no estuviera de acuerdo con su valoración ni con el asco que sentía, sino que se había quedado expuesta y él le había escupido donde más dolía. Y aquello, sumado a sus amoríos con jovenzuelos varios y a su interés por las relaciones poliamorosas, décadas antes de que se volviera lo normal en Brooklyn, hizo que tuviera que ponerle fin.

—Es que me sorprende que me lo hayas ocultado —dijo Andrew en lo que hacía las maletas. La boda era aquel mismo día, y Jenny lo había animado a marcharse de Middle Rock antes de que comenzara.

—No te he ocultado nada, es que no sé qué tienen que ver mis circunstancias familiares contigo. Ni conmigo, vaya.

—¿En serio? —preguntó—. ¿De verdad no lo entiendes?

Jenny se quedó con una expresión plácida y sin emoción.

—Es que no puedes entender la desigualdad si ni siquiera puedes ser sincera sobre quién eres. Con todo esto… —Echó un vistazo por la habitación en la que estaban—. No entiendo por qué una persona puede tener todo esto cuando medio mundo no puede poner un plato sobre la mesa.

—Así es mi familia, Kay —se defendió ella—. Pero no yo.

—¡Es que es eso! —exclamó—. Eso mismo. Lo que pasa con Michael Corleone es que demuestra ser como los demás.

—Qué justiciero te pones cuando no me insultas mientras follamos. —Se incorporó y se puso los zapatos—. Venga, que tengo que prepararme para la boda.

Y ahí acabó la cosa. Andrew, quien se la quedó mirando durante un instante, incapaz de concebir que aquello no era una discusión sino el fin de la relación, no sabía con quién se había metido. Para entonces, Jenny ya había dejado atrás a sus amigas del instituto, a su familia y a todo el mundo en general. La única persona con la que todavía mantenía un vínculo era Beamer; no había nadie a quien no pudiera dejar de ver sin pensárselo dos veces.

Andrew se marchó de New Haven poco después de que lo despidieran y fue a trabajar al fondo de inversiones de su padre. A Jenny le ofrecieron su puesto y lo aceptó.

Sin embargo, por muy absurdo que supiera que era él, lo que le había dicho Andrew resultó ser un suceso determinante en su vida. No era justo. Aun así, de la noche a la mañana, los ingresos de casi un millón de dólares que le llegaban a la cuenta bancaria cada trimestre la hacían sentir como si fuera una diletante, una mujer de la alta sociedad que jugaba a ser pobre.

Entonces se dio cuenta de que había llegado el momento de donar su dinero.

Primero fue una donación grande y anónima al sindicato, y luego a otros sindicatos nacionales. Y después a otros de Yale y de New Haven. Le dio un regalo a la ciudad en sí para que montaran un fondo para empresas emergentes, para ganarle terreno a Yale.

Donó a sindicatos emergentes de otros países. Dejó los donativos en piloto automático y se quedó cerca de un tramo fiscal negativo, de modo que todo el (mísero) sueldo que ganaba en el sindicato lo tenía disponible para vivir de él. Intentó experimentar el pánico de tener menos dinero, solo que no llegaba, por lo que donó más aún. Y, cuando casi no le quedaba dinero en la cuenta, se quedó sentada y esperó a que le llegara la sensación de no tener nada.

Solo que no era tan fácil, claro que no. ¿Cómo podía haber sido tan ingenua? Dar todo el dinero que tenía no era lo mismo que no tener nada; no era un juego.

Pasaron los años. Aunque nunca se hizo cuenta de Facebook, su madre estuvo encantada de hablarle de la vida de todas sus amigas del instituto, quienes no cabía duda de que habían llegado a la adultez, solo que sin mucha intención de hacerlo. Y, aun así, todo les iba viento en popa. Erica y su marido volvieron a mudarse a Middle Rock; Sarah Messinger y Lily Schwartzman se casaron con los hermanos Schlesinger; Brett se había casado con aquella optometrista y ya tenían dos hijos. Seguían perpetuando el ideal estadounidense que destruía el medioambiente, contribuía al cambio climático, apoyaba la economía en descenso y deprimía a medio país, el que les decía que la mejor forma de vivir era con la que se habían criado. Todos tenían su vida hecha y ella no, pero no pasaba nada, porque la suya tenía significado, ¿verdad? Tenía la suerte de trabajar en algo en lo que creía con tanto fervor. ¿Verdad?

Y todo aquello podría haber sido suficiente para ella. Se trataba de una vida más pequeña que la que se había imaginado que iba a tener, pero la admiraba porque la veía como que era justo lo que debía tener de acuerdo a lo que su función ameritaba, más o menos.

Hasta que todo se fue a pique con Beamer y le dio la sensación de que iba a la deriva, como si fuera a salir volando hasta el espacio, una casadastrafobia que le llegó tarde.

Lo que ocurrió fue lo siguiente: fue a ver a Beamer y a Noelle a Los Ángeles en octubre, para celebrar el cumpleaños de Wolfie. Se quedó con ellos, tumbada sin hacerle caso a nadie frente a su piscina, leyendo libros sobre pintores modernos y preguntándose en voz alta si se le habría pasado la oportunidad, si tendría que haberse quedado en Historia del Arte.

—Quizá podría volver a la uni a estudiar —le dijo a Beamer aquella noche, conforme se fumaban un porro junto a la hoguera, sentados en tumbonas. Noelle había acostado a los niños y se había ido a dormir también. Y por ella ningún problema, porque no sabía muy bien cómo le caía a la mujer de Beamer.

—Bueno, no es como si hubieras dejado la uni en sí —contestó él.

—¿Qué quieres decir con eso? —preguntó Jenny, incorporándose.

—Que solo tendrías que matricularte, porque ya vives en la ciudad universitaria. ¿Qué crees que quería decir?

—No sé. —Jenny se relajó—. Supongo que podría ver si los créditos que tengo todavía me valen… No sé.

—Tendrías que mirártelo.

—¿Y qué quieres decir con eso ahora?

—¿A qué te refieres? No hablo con segundas. Creo que te estás poniendo paranoica.

—Mmm.

—Hostia, ese «mmm» te ha salido clavadito al de mamá.

—Mmm.

—Mmm.

—Pero ¿a qué te referías? —preguntó ella.

—Pues a que tendrías que mirártelo. Que no nos hacemos más jóvenes.

Jenny se volvió a incorporar de golpe.

—¿Y me dices que me he puesto paranoica? —preguntó—. Me acabas de llamar «vieja».

—Viejos seremos todos. —Se echó a reír en lo que se ponía de pie—. Voy a mear.

Sin embargo, tardó un rato en volver, o tal vez a ella se lo pareció porque estaba en un subidón con todas las de la ley por lo que tuviera aquella maría, de modo que paseó por la piscina y fisgoneó por aquí y por allá hasta que dio con la mochila de trabajo de Beamer. Se acercó y miró dentro, con la esperanza de encontrar el antídoto a la locura de la que se sentía presa, o la procedencia de lo que se había metido, que no parecía ser solo marihuana.

Abrió la mochila y, en lugar de algún que otro frasco de pastillas, lo que encontró fue una *legión* de ellas. Esa fue la palabra que se le pasó por la cabeza al rebuscar entre lo que debían de haber sido veinticinco bolsitas y ampollas de color ámbar. Creía que iba a encontrar pruebas de un consumidor de California más, de aquellos que no habían terminado de crecer nunca, pero fue algo muy distinto. Era... ¿cómo se decía? Un problema. Le entraron náuseas al pensar que la situación era peor de lo que creía, aunque no por las drogas, sino por...

—¿Qué haces?

Beamer había vuelto.

—Buscaba algo para quitarme el subidón.

—Es marihuana, no te hace falta.

—No sé yo si es marihuana y nada más.

—Podrías habérmelo pedido.

—Es que hace como una hora que te has ido.

—Si han sido tres minutos.

—Beamer... —Su hermano le quitó la mochila—. No sé qué pensar de todo esto. ¿Te pasa algo? ¿Estás bien?

—¿Que si...? No me pasa nada. ¿Qué me va a pasar? No sé para qué dices nada. —Se ocupó reordenando la mochila y la volvió a cerrar.

—Da igual. —Se puso de pie—. Me voy a la cama.

—Jenny, ¿qué te...?

—Nada, tengo que ir a la cama.

—Sé que parece mucho —dijo él—. Pero no es nada, Nathan. —Cuando ella no se echó a reír, probó otra vez con el chiste—. No me seas tan Nathan.

—Buenas noches. —Jenny se metió en la casa.

Se quedó horas sentada en la habitación de invitados (¡Ella! ¡Que se quedaba dormida a la más mínima!), sin pensar en la salud de su hermano, que es en lo que debería haber pensado, porque decidió centrarse en el problema más inmediato para ella: que su hermano no era quien ella creía. Tenía un problema. Estaba enfermo y al borde del abismo. ¿Cómo no se había dado cuenta antes?

Siempre había considerado que Beamer era como ella, una persona que había nacido en su familia de locos y que escogía la forma de resistencia particular que consistía en quedarse cerca y burlarse de todo ello, lo cual era como recordaba que él no era así. Creía que actuaban igual en aquel sentido. Creía que eran iguales.

Si bien tendría que haberse preocupado por él, solo se sentía traicionada. Lo último en lo que pensó antes de dormirse no fue sobre Beamer, sino sobre ella misma, sobre que su hermano había tenido razón en algo. Se estaba haciendo mayor.

A la mañana siguiente, cuando Noelle y Beamer se levantaron, Jenny ya había puesto pies en polvorosa, dos días antes de lo esperado.

Unos meses más tarde, su madre la llamó para decirle que volviera a Middle Rock para pasar el Janucá. Su abuela estaba enferma, y su madre señaló que llevaba tres años sin pisar su casa.

—Es que en esta época estamos muy liados por aquí —dijo Jenny—. Estamos planeando una marcha.

—*Ah, una marcha* —repitió Ruth—. *Le diré a tu abuela moribunda que hay una marcha y que otra vez será.*

—Es más bien como una huelga de hambre. Es una protesta en solidaridad con los trabajadores del comedor, porque no se les conceden pensiones.

—*Qué monos los niños jugando a la guerra. Te estás haciendo demasiado mayor para esas tonterías, Jennifer.*

Jenny accedió a volver a casa solo para escapar de la llamada. Sí que era cierto que a su abuela le habían diagnosticado algún tipo de enfermedad y que ella se sentiría mal si no pudiera despedirse. Al menos Beamer iba a estar allí. Si bien no habían hablado desde que se había marchado de su casa, no estaba enfadada con él, sino tan solo un poco asustada por lo que sucedió, por la legión.

La primera noche que durmió allí, no estaba acostumbrada a estar de vuelta en su casa, por lo que se despertó con el pánico en la garganta alrededor de las dos de la madrugada, en una vivienda oscura y silenciosa. Había soñado que estaba en una librería, escuchando a su padre leer una autobiografía que había escrito, y solo después de despertar recordó que sí, era cierto: su padre había hablado una vez sobre escribir una autobiografía.

Había sucedido poco después de su actuación en *El jardín secreto*, cuando parecía que su padre estaba al borde de transformarse en algo nuevo e intentó (por mucho que en retrospectiva le pareciera un delirio) convencer a su madre de que debía escribir una autobiografía.

—No quieres abrir la caja de Pandora, Carl —le dijo Ruth, sin alzar la mirada de lo que estaba cocinando—. Una cosa llevará a la otra y ya sabes lo que terminará pasando.

—¿No crees que mi vida...? Ruthie, ¿no crees que mi vida vale la pena? Las fábricas se están yendo todas a China, pero yo he aguantado aquí, he descubierto cómo hacerlo. Creo que podría inspirar a los demás.

—Hablémoslo con tu madre —dijo ella, aunque solo quería ponerle punto final a la conversación.

Aquella noche, durante la cena, Ruth se había puesto a hablar en voz alta con Beamer para atajar de raíz cualquier conversación sobre la autobiografía y luego le preguntó a Jenny qué le estaban enseñando en el instituto, lo cual era uno de los temas más absurdos que se les ocurría.

—Nos han enseñado cómo Misuri pasó a ser un estado —explicó Jenny—, cómo se sumó a los otros. Fue por el Compromiso de Misuri.

—¿Y no os han hablado del Compromiso de Long Island? —preguntó Beamer. Tenía una sonrisa que parecía agradable pero que resultaba amenazadora si una sabía que se traía algo entre manos.

Jenny tosió la sopa que se había metido en la boca.

—No me acuerdo de ningún Compromiso de Long Island —dijo Ruth.

—Seguramente no os lo enseñaron —continuó Beamer—. Creo que por aquel entonces no lo enseñaban en clase.

—No sé de qué hablas —dijo su madre. A Jenny, que seguía carraspeando, le dijo—: ¿A ti qué te pasa?

—Se me ha ido por donde no es —respondió.

—Anda —interpuso Carl—. Sería un título buenísimo para mi autobiografía.

—Perdona, ¿qué? —preguntó Beamer.

—Papá quiere escribir una autobiografía —le contó Jenny.

—Ya veo —dijo él.

—Todavía lo estamos debatiendo —contrapuso Ruth—. Tiene el trabajo en la fábrica y mucho que hacer por aquí.

—*El Compromiso de Long Island* —anunció Carl—. Me gusta. Demuestra que se me dan bien los negocios, que sé negociar. Que todo depende de los compromisos, de los acuerdos mutuos. Sí.

—Creo que el título le viene como anillo al dedo, papá —dijo Beamer, casi sin poder contener la risa.

Ruth dejó su cuchara con fuerza.

—No hablemos de eso ahora —soltó entre dientes.

Sin embargo, su padre no tardó en volver a encerrarse en sí mismo, y la idea de la autobiografía pasó a mejor vida.

Jenny no soportaba otras seis horas encerrada en su habitación de siempre, por lo que se levantó y fue a la planta baja, con la idea de comer o leer algo para distraerse, y allí encontró a Beamer, despierto en el salón, viendo una peli de Navidad infantil.

—¿Qué haces? —le preguntó, antes de sentarse en el suelo.

—He ido a dar una vuelta con el coche y ahora veo una peli.

—¿Noelle te obliga a ver esta porquería? ¿Por eso lo haces?

Su hermano se echó a reír. Estaba tan claro que se había quedado tranquilo al ver que ella le hablaba que lo odió un poco por estar tan… asustado.

—Es que me encanta la importancia que le dan a esa fiesta —dijo—. Y cada año es una crisis monumental para ellos. Se deprimen y se suicidan, y eso que… la Navidad no les pide que hagan nada. Imagínate si tuvieran que celebrar el Yom Kipur con sus veinticinco horas de ayuno.

Jenny se tumbó sobre la moqueta.

—¿Qué te cuentas?

—Estoy intentando escribir una comedia romántica.

—¿Con Charlie?

—No, no. Lo hago por mi cuenta.

—Ah. ¿Es porque ahora está liado con *Negocio familiar*?

—Oye, ¿qué te parece la serie?

—No sé, no la he visto.

—Pues debes de ser la única.

—A ver, está claro que va sobre nosotros.

—Ja, ¿tú crees?

—Beamer, ¿me tomas el pelo? Pues claro que sí. —Se echó a reír—. ¿Sabes lo único en lo que se equivoca? En que todos los hijos se pelean por el negocio familiar. ¿Qué judío de nuestra edad quiere quedarse con el negocio?

Su hermano se echó a reír hasta que se le ocurrió algo.

—Oye, creía que habías dicho que no la veías.

—Mmm.

—¿Y tú qué te traes entre manos? —le preguntó él.

—He estado organizando una huelga de hambre que empezaba hoy, pero parece que es mucho pedir y los alumnos están dejando de comer por turnos.

—¿Cómo que por turnos?

—Doce horas cada uno.

—Así que es más un ayuno intermitente que una huelga de hambre —rio Beamer. Al volver a mirar hacia la tele, añadió—: Mira a esos *goyim*.

—¿Quiénes, los elfos?

—Los renos.

—Son renos, no tienen religión.

—Que no, que son cristianos. Como todos los demás. —Tras unos segundos, dijo—: Creo que los renos no existen.

Jenny se echó a reír.

—Pues claro que existen.

—¿Crees que son de verdad? Míralos.

—Los que no existen son los que vuelan. Pero los normales sí.

—¿Alguna vez has visto uno?

—Sí, ahora mismo en la tele.

—Tendríamos que preguntárselo a Nathan. Seguro que él lo sabe.

Y algo de aquella conversación los hizo reírse tanto durante diez segundos o diez minutos que no fueron capaces de hablar. Conforme se les pasaba la risa, Jenny se puso muy triste de sopetón.

—Odio a mami —dijo.

—Bueno, ya os entenderéis en algún momento.

—Ay, venga ya —se quejó ella—. Ya ves lo que me dice siempre.

—Algo que se aprende en terapia de pareja, Jennifer, si alguna vez tienes el privilegio de acudir a una sesión, es que todas las dinámicas interpersonales existen en una especie de bucle infinito consensuado.

—Pero empezó ella.

—Pero tú accedes.

—Qué sabio te has vuelto, Beam, es increíble.

—Oye, que te lo digo en serio. Mira a qué te dedicas: organizas protestas en un sindicato.

—¿Y?

—Es algo que destaca mucho en una familia como la nuestra. O sea, no es ninguna coincidencia. Desde el punto de vista del desarrollo de personajes.

—¿Y qué es una coincidencia? Es un trabajo con significado. Lo que hago significa algo.

—Ya, ya. No, claro. —Se quedaron callados unos momentos, hasta que Beamer añadió—: Es que no pareces muy feliz, ¿sabes?

—¿Cómo? —Jenny se enderezó. El susto que experimentó de golpe no le parecía corresponderse a la despreocupación con la que se lo había dicho su hermano—. ¿Qué dices? Soy muy feliz.

—Solo digo que podrías dedicarte a otras cosas. No es demasiado tarde.

—¿Como a hacer secuelas trilladas?

—No te me pongas hiriente. Te estoy intentando decir algo bueno, Jenny. No entiendo qué es lo que sacas del trabajo.

—¿En serio? Ayudo al prójimo.

—Eres una burócrata de tres al cuarto.

—Ayudo al prójimo.

—Solo si el prójimo son unos chicos ricos de universidades elitistas que ya saben lo que quieren en la vida. Estaba bien cuando estudiabas y querías una vida social, pero ahora estás metida en una vida rodeada de alumnos todo el día, no de personas de tu edad.

—Ay, sí, que se me había olvidado. Que soy vieja.

—A veces me preocupas —continuó él—. Siempre has sido la más competente de los tres, sabías lo que querías y lo que hacías. Pero ahora no sé si eres feliz de verdad. —Al ver que ella se enfadaba, alzó las manos en gesto de rendición—. No pretendo ponerme en tu contra. Solo te digo que ya lo has conseguido, ya te has independizado de tu familia, así que ya puedes pasar página. Puedes hacer algo más. No conozco a nadie que tenga un cerebro como el tuyo.

—Esto es lo que me apasiona. ¿Por qué tengo que hacer algo que te impresione a ti si trabajo de lo que me apasiona?

Beamer hizo un mohín de tristeza.

—No es lo que te apasiona.

—Perdona, ¿qué? Es a lo que me dedico.

—Es tu trabajo. Lo que te apasiona es hacerle la vida imposible a mamá y demostrarle cuánto la odias. Pertenezco a un sindicato, hazme caso. Estuvimos de huelga en 2007 y sé lo que es la pasión. Y no es hacer que unos pijos se salten una comida al día.

—Vaya.

—No quiero que te enfades, Jenny…

—¡No estoy enfadada!

—Solo digo que, si lo que buscabas era una forma de que tu familia no te definiera, no se me ocurre una reacción más clara a tu familia que esforzarte por que los demás se metan en un sindicato. Es una ironía de niveles poéticos.

—Para que lo sepas, no es como hacer películas sobre un tipo al que secuestran cada dos por tres. En la obsesión familiar tú te llevas la medalla de oro, yo casi ni califico para la carrera.

—Te lo estás tomando demasiado a pecho, solo intento darte un consejo. Quiero decírtelo con amabilidad: estás dejando la vida pasar. Estás atrapada en una ciudad universitaria y estás envejeciendo como los demás.

—Vaya.

—No, es verdad. No dejas de librar la guerra imaginaria contra mami y la abuela, y la abuela ya tiene un pie en el otro barrio. Y a mami le pasará lo mismo algún día. ¿Qué harás entonces?

Jenny se puso de pie.

—Me tengo que ir a la cama.

—Jenny.

—Estoy cansada.

—No pasa nada por que yo lo sepa. Te quiero aunque seas así, todos somos iguales. Todos estamos rotos por habernos criado en este museo.

—No sé de qué hablas.

—Jenny, no te enfades. No soportaría que te enfadaras conmigo ahora.

—Tengo que irme a la cama. Ve a drogarte un poco, anda.

Era casi el amanecer. Se quedó mirando por la ventana, hacia el árbol que había al otro lado, el que se había pasado la infancia observando. Y se le ocurrió todo de golpe: Beamer era como los otros. No era un observador como ella, escondido en un rincón y preguntándose cómo habían llegado a aquello. No era nada más que un papel que interpretaba. Beamer era un Fletcher.

Se sentó. Se puso de pie. Hizo las maletas. Si hay algo que todos los miembros de su familia debían saber era que Jenny contaba con la disciplina suficiente como para arrancarse la pierna a mordiscos para liberarse de la trampa.

El sol se estaba asomando entre los árboles cuando llamó a un taxi, delante de la escarcha del hogar en el que se había criado y que tanto conocía. El coche pasó a recogerla y salió de la ciudad. En el asiento trasero, Jenny cerró los ojos, se dispuso a dejarse llevar por la inconsciencia y no se despertó hasta que el coche aparcó justo delante de donde ella lo había dirigido: la casa de la calle Nueve de su familia.

Uno de sus compañeros le mandó un mensaje para decirle que los turnos de doce horas de la huelga de hambre eran demasiado duros y que iban a pasar a turnos de seis.

Sacó una llave antiquísima que por alguna razón todavía llevaba en el llavero y entró. Apagó el móvil y arrastró los pies hasta la planta de arriba, donde se dejó caer bocabajo sobre la cama y volvió a quedarse dormida.

Entonces su abuela murió de verdad, algo que a ella le pareció imposible de creer. Siempre bromeaban con que Phyllis iba a vivir eternamente, y tal vez una parte de ella creía que era cierto. Al fin y al cabo, la señora se empeñaba en seguir viva.

Aquel día, después del funeral, Jenny paseaba por la casa de su abuela para esquivar a los demás y buscar un lugar en el que echarse una siesta. Toda la actividad de la ceremonia le resultaba agotadora y quería evitar discutir más con su madre.

Arrastró los pies por toda la casa. Tenía el cabello rizado y un poco enredado, por mucho que su madre le hubiera ofrecido a su estilista para que se lo peinara aquella mañana, dado que «estaba claro» que a ella no le había dado tiempo de someterse a alguna de las rutinas para cabello liso o rizado que su madre había intentado inculcarle como el mínimo para que una persona se dejara ver por el mundo. Tenía la piel llena de pecas y un poco apagada, por mucho que su madre le hubiera ofrecido su maquillaje, dado que «estaba claro» que ella se había olvidado su neceser. Tenía las cejas gruesas y despeinadas, por mucho que su madre le hubiera ofrecido seis tipos distintos de pinzas, dado que «estaba clarísimo» que las de ella estaban en el neceser que se había dejado.

En lo que buscaba su lugar de reposo, se acordó de la gran silla de mimbre y de la otomana que vivían en el solárium. Estaba en camino cuando alguien le apoyó una mano en el hombro por detrás. Tendrías que haber visto la cara de enfado que puso antes de darse media vuelta para ver quién era.

—Norman —dijo Erica. Sostenía a una bebé llena de mocos de cuyo nombre no se acordaba.

—Noooooooooorman —respondió ella, y en aquellas vocales de más incluyó todo lo que había tenido que soportar hasta aquel momento. Notó una oleada de odio hacia sí misma al decirlo, por lo rápido que había vuelto a ser su yo joven, la que todavía no había evolucionado más allá de aquel lugar, cuando pedían su presencia.

—¿Dónde están esos bagels, Norman? —preguntó Erica—. He soportado un viaje lleno de berreos de bebé solo porque sabía que ibais a tener los de Bagel Man.

Erica se pasó a la bebé a la otra cadera y dijo que Scott estaba cuidando «del mayor». Jenny asintió porque no sabía qué más decir; no es que no recordara cómo se llamaba, sino que no se acordaba ni de qué género tenía.

Erica dedicó sus saludos y les dio el pésame a Carl y a Ruth de camino a la cocina, y luego a Nathan y a Alyssa, pero entonces olió el pañal de la bebé, puso cara de asco y preguntó dónde podía ir a cambiarla. Jenny acompañó a Erica y a la bebé al piso de arriba, a la habitación que había sido de Marjorie.

—Menuda habitación —dijo Erica. Se quedó mirando la foto de una bailarina, colocada por Phyllis en la habitación de su hija, casi como si pidiera un deseo—. Y por Dios, menudo discurso. —Se echó a reír.

—Menudo discurso, sí —asintió Jenny.

—Tu abuela va a perseguir a tu tía Marjorie hasta que muera.

—Literal y figuradamente.

—Oye, ¿te acuerdas de aquella noche que nos metimos pastillas para adelgazar y nos pasamos la noche gritando?

—Ja, no —dijo Jenny—. Aquella fue la Noche de los Mil Chupitos. Con los de la uni.

—Pero empezamos aquí. —Erica se tumbó en la cama de Marjorie, con un pañal sucio hecho una bolita cerca de donde había puesto la cabeza (por Dios, qué bajo llegan a caer las personas), y se echó a reír. En aquel entonces tenían quince años y volvían a casa de la ciudad cuando dos miembros de la marina mercante que habían salido a correr por la zona las pararon para ligar con ellas. Aquel día hacía calor y habían acabado robando una bebida Schnapps de melocotón de la casa de Phyllis para pasar la noche con aquellos chicos, detrás de las cabañas de los empleados del terreno, manoseándose (solo de cintura para arriba, según se dijeron la una a la otra, aunque en realidad la acción tuvo lugar más abajo)—. ¿Dónde fue lo de las pastillas?

—En la casa de mis padres en el Village.

—Bueno. —Erica había terminado de abrochar algo y la bebé parecía contenta—. Llévame con quien tenga los bagels. Dile que le daré a mi hija si me entrega sus bagels.

Sarah Messinger-Schlesinger llegó con sus padres y su cuñada, Lily. Jenny se odió por alegrarse de verlos.

—Charlie quería haber venido, pero ya sabes, Melissa no puede viajar en su estado —le estaba diciendo Linda, la madre de Sarah, a Jenny—. Está en cama. Me iré para allá, me quedaré un mes para ayudarlos. Justo a tiempo para el invierno.

—Mi madre no sabe hablar de otra cosa —dijo Sarah.

—¿De qué más va a hablar? —preguntó Jenny.

—¿Qué insinúas?

—Nada.

—Ya —dijo Sarah, y lo dejó ahí, pero se le notaba en la cara que se acordaba de algo.

Si bien Jenny no había pretendido ponerse borde, no tenía otro modo de lidiar con el hecho de que ver a sus amigas de siempre, de que estar en casa (¡todavía la consideraba su hogar!), despertaba un instinto felino en ella, uno que la hacía querer formar un nido con sus amigas. No le dolía la muerte de su abuela, aunque sí le afectaba cómo aquello retrataba el paso del tiempo. Se sentía mejor al estar con personas que también habían presenciado el paso del tiempo, lo cual tal vez sea el mejor modo de describir una shivá.

Luego llegaron las gemelas Palmolive, quienes también habían vuelto a Middle Rock después de casarse con un año de diferencia, y más tarde unas amigas de su madre, y algo que tenía que ver con la memoria sensorial de la casa, con lo mucho que conocía aquellos aromas, voces y cadencias, todo mezclado con la acústica precisa del lugar que tanto le sonaba, intensificó lo que sentía Jenny y creó unas condiciones idóneas para que se formara la nostalgia que tanto temía. Se había creído completamente inmune a la nostalgia; le daba asco cada vez que su padre conducía por la ciudad y hablaba con añoranza sobre que tal lugar antes era una tienda de bagels y tal otro un supermercado, sobre cuál era mejor. Sin embargo, en aquella casa, a la avanzada edad de treinta y siete años, a la coraza de Jenny le salían agujeros, y la piel se le calentaba a la temperatura en la que estaba en peligro de ser vulnerable a la infección. Se relajó hasta adentrarse en la comodidad de su juventud, se sorprendió en gran medida por que las personas a las que ansiaba abandonar fueran las únicas a las que quería ver, y quizá más aún porque, a pesar de haberlas tratado con tanto desdén (para sus adentros, no de forma directa, pero igualmente), todavía querían verla y acompañarla en su dolor, reconfortarla. ¿Qué es la vida? ¿Ves por qué estaba tan cansada?

—¿Qué tal va la causa? —le preguntó Richard Messinger, el padre de Sarah.

—Bien —contestó—. Es una causa.

—No lo dejes nunca —continuó él—. La huelga de hambre… La hemos visto en las noticias. Estamos muy orgullosos de ti, Jenny. Menuda corrección de los valores que te enseñaron. ¡Sigue luchando, jovencita!

Hasta entonces, Jenny no se había dado cuenta de que el desdén que sentía Richard Messinger hacia los ricos estaba dirigido a los Fletcher.

—¿Todavía pintas? —le preguntó ella.

—A tiempo completo ahora —contestó—. Así es la jubilación. He pasado a pintar retratos.

—¿De quién?

—De mis héroes. Ahora mismo estoy con uno de Thorstein Veblen.

—Me diste su libro, todavía me acuerdo. Vaya, no me lo esperaba.

—El año pasado hice uno de Karl Liebknecht y me lo expusieron en una galería. En Brooklyn, pero algo es algo.

—En Brooklyn es donde se mueve el mundo del arte ahora —dijo Jenny.

—Puede ser. Al menos lo pude vender. Soy unos pocos cientos de dólares más rico por fin.

—Ay, madre —los interrumpió Erica—. Se me había olvidado contártelo.

Se puso de pie, le entregó la bebé a su madre y se llevó a Jenny a un rincón de la sala, como si fueran niñas pequeñas.

—Quería llamarte para contártelo —continuó—, pero menos mal que no lo hice. Así es mejor.

—¿El qué?

—Te lo puedo contar en persona para ver qué cara pones. Brett se va a divorciar. —Erica abrió la boca como hacía siempre, en la imitación de un grito.

—¿Ah, sí? Qué lástima.

No era lo que Erica había esperado sacar de aquella interacción.

Jenny había visto a Brett solo unas cuantas veces desde aquel último encuentro horrible, más que nada en la sinagoga durante las fiestas más grandes, cuando volvía a Middle Rock. La primera vez que había ocurrido, Brett se la había quedado mirando desde los bancos de fuera, con expresión tristona. A lo largo de los años, no había sabido mucho más de él y de su mujer optometrista, Jenny, a quien al parecer solo llamaba Jennifer, nunca Jenny. En ocasiones, en la sinagoga, veía a Brett con la mujer a la que Erica y ella llamaban Segunda Jenny y con quien había tenido dos hijas. Trabajaba de actuario en el negocio de su padre, mientras que Segunda Jenny regentaba una óptica en la avenida Spring en la que le examinaba la vista a la gente y vendía gafas. Brett a veces parecía ponerse triste cuando lo veía, aunque tal vez estaba proyectando lo que quería ver. La verdad era que tenía el aspecto que debía tener. Era Brett, solo que mayor. No había cambiado nada, ese era el problema. Nada cambiaba nunca.

—Norman. Norman, escúchame. Pídeme más detalles. Segunda Jenny lo ha dejado por alguien a quien conoció en una conferencia de optometría —le estaba diciendo Erica.

—Qué horrible.

—Y…

—¿Y? —cedió Jenny.

—¡Y esa persona resultó ser otra mujer! —Volvió a abrir la boca como antes. Sin embargo, la respuesta de Jenny siguió siendo:

—Pobre Brett.

—Él dice que se alegra de que ella viva su verdad. Yo me habría muerto ahí mismo, ya te digo. Segunda Jenny se va a mudar a Cincinnati y se va a llevar a las niñas. Es lo más triste de la vida. ¿A Cincinnati? ¿Qué va a hacer él? Nunca ha vivido en otro sitio. Oye, ¿cuánto tiempo vas a pasar aquí? ¿Y si quedamos todos?

—Solo esta semana.

Más tarde aquella noche, Jenny y Ruth estaban recogiendo comida en la cocina mientras Arthur, por mucho que le molestara a ella, estaba sentado a la isla y se bebía la taza de té que Ruth le había preparado.

—¿Te has enterado de lo de Brett? —le preguntó a su madre.

—Pues claro —repuso.

Beamer y Noelle entraron en la cocina.

—¿Hay té? —preguntó Noelle—. De menta a poder ser.

—¿Y no creías que era un dato que podrías haber compartido conmigo, como todo lo demás que sí me cuentas? —siguió Jenny—. ¿No se te ha pasado por la cabeza que a lo mejor era algo que querría saber?

—¿Qué quieres que te diga? —Ruth no alzó la mirada de su Tupperware—. Si a ti no se te puede decir nada.

—Anda, mira —comentó Beamer—. Cena con espectáculo.

—Me cuentas de todo —continuó Jenny.

Le había mostrado a su madre un atisbo de luz al final del túnel que era su relación, y ella la había visto y corría hacia la salida.

—No sé ni qué principios tienes, Jennifer. No sé si te parecería importante que un conocido tuyo se divorcie. Con esa vida bohemia que tienes. Al menos Erica sentó la cabeza, y ya sabes cómo es. Tiene marido, hijos y una vida.

Nathan, Alyssa y los mellizos entraron en la cocina.

—¿Hay algo para comer? —preguntó Ari.

—¿Te apetece comida china? Es lo que nos han mandado.

—Vamos a poner la mesa y lo dejamos todo bonito —dijo Ruth.

—Ruth —la llamó Arthur, y el hecho de que aquello pareciera calmarla enfadó más aún a Jenny.

—¡Mi vida bohemia, dice! —exclamó—. No sabes nada de mi vida.

—Sé que no tienes principios. Que tu familia te importa un bledo.

—Mis principios son no hacerme una rinoplastia. Ni alisarme el pelo. Eso es lo que te molesta.

—¿Quién se ha hecho una rinoplastia? —preguntó Josh.

—¿Qué es una rinoplastia? —quiso saber Ari.

—Estoy orgullosa de mi trabajo, mamá —siguió Jenny—. No tengo que justificar por qué tomo decisiones distintas a las tuyas.

Alyssa se inclinó para susurrarle algo al oído a Ari. El niño se quedó con la boca abierta, horrorizado.

—¿A propósito? —le preguntó a su madre—. ¿Eso se hace a propósito?

—Te vas a llevar una buena sorpresa, chico —le dijo Beamer.

—¡Oye! —soltó Noelle, riéndose. Tras intentar poner una expresión más seria, añadió—: Creía que comíamos comida china en Navidad.

—Los judíos comemos comida china en todo momento —explicó Beamer—. A todas horas, vaya.

—Qué curioso —dijo ella—. En casa no comemos nunca.

Solo que Jenny no oyó nada de aquello. Salió de la casa de su abuela para dirigirse a la de sus padres, agotada como si fueran las tantas de la noche, a pesar de que apenas eran las siete.

Había caído en un hechizo, originado por el dolor que había sentido por la muerte de Phyllis y por la forma que tenía una shivá de llenar los huecos del dolor con amor. Porque sus amigas habían ido a verla en un momento difícil, porque no la habían acusado de creerse mejor que ellas. Por haberla aceptado siempre, incluso cuando escapaba de ellas.

Se quedó dormida conforme la vergüenza volvía a las andadas.

Cuando pasó por la casa de la calle Nueve hacía tantos meses, la idea había sido volver a New Haven, de verdad. Sin embargo, la vergüenza volvió a invadirla, y en aquella ocasión la aplastó por completo. Pasó los siguientes días escondida en la ciudad, pensando en el milagro que era que hubiera sobrevivido sana y salva a la absurdidad de su familia. Solo que los días siguieron pasando, y debería haber sabido por la oferta de salsa de arándanos del supermercado y por la desaparición de las luces de Navidad y por el móvil que no dejaba de sonarle que Año Nuevo había llegado y se había marchado. Tenía que haber vuelto al trabajo, solo que estaba cansadísima y siempre se le ocurrían más razones para volver a dormir. Se despertaba y se ponía a jugar consigo misma a las adivinanzas: ¿aquella oscuridad era la del amanecer o la del atardecer? ¿Era por la tarde o por la mañana? Le sonaba el móvil, y ella se limitaba a volver a dormir.

Un tiempo después, dejó de sonarle el móvil. En febrero recibió un correo electrónico en el que la despedían del sindicato. Confirmó que lo había recibido para que le dieran el finiquito, aunque ¿para qué lo quería? Podía quedarse allí sin hacer nada y esperar a que le llegara la transferencia trimestral para donar la mayor parte y pensar qué hacer.

En cierto sentido, tenía que imaginarse que alguien iba a ir a buscarla. Solo que los días pasaban sin ton ni son. Mira, había hecho mucho por la causa. Había convencido a miles de universitarios de que sí, eran trabajadores, de que los sindicatos eran para todos los trabajadores y se merecían un sueldo digno y una trayectoria profesional. Le había plantado cara al bufete carísimo que Yale había contratado para socavar sus esfuerzos, el cual se reunía con ellos y los insultaba en cada oportunidad que encontraba: los tachaba de becarios arribistas que deberían sentirse afortunados. Había conseguido que la universidad reconociera al sindicato. Había acabado. Había cumplido con su parte. Los demás se las apañarían sin ella.

Los días avanzaban sin forma alguna, como hechos de gelatina. Algunos transcurrían a toda prisa; otros, a paso de tortuga. No tenía nada que la organizara; los límites del mundo se tornaron borrosos.

Recordó un término que había aprendido en clase de Lingüística y que describía el fenómeno según el que una palabra deja de tener sentido si una se la queda mirando demasiado tiempo: la desaparición semántica. Así le parecía el mundo a Jenny, había perdido el significado. El mundo no era nada más que un conjunto de módulos, de componentes difusos que se disolvían unos con otros antes de que pudiera entender lo que veía. El exterior era una perspectiva dibujada de objetos dispares. Las casas solo eran ladrillos + puertas + pomos + ventanas. Los coches solo eran chasis + ruedas + *brum brum*. Las personas eran engranajes en un aeropuerto que trasladaba personas. Ponte a mirar la palabra *barco* algún día, ya verás cómo se desmonta ella solita. Todo era sus propias partes; nada era la suma de sus componentes.

Las personas que no conocen el término *desaparición semántica* suelen llamar a esa sensación *depresión*.

Tal vez debería hacerse científica climática o bióloga marina o formar parte de algún grupo de presión medioambiental. ¡No! Aquello solo sería otra reacción a sus padres, los supercontaminadores de Middle Rock, con su fábrica de poliestireno y su aterrador río Arcoíris.

A aquellas alturas, sus ideas eran un torbellino. ¿En qué valía la pena centrar el cerebro de primerísima calidad que tenía? ¿Qué podía darle un propósito a su vida? ¿Qué sería apropiado para alguien a quien le habían entregado el mundo en bandeja de plata sin que hubiera tenido que mover un dedo? ¿Qué es lo que debía hacer una persona con el tiempo del que disponía? Con el cuerpo, con la vida. ¿De qué sirve una vida?

Como no se le ocurría nada, se refugió en los libros. Fue a la biblioteca para releer algunos de los volúmenes de Historia del Arte que se había dejado en su piso de New Haven (¿y si se hiciera bibliotecaria? ¡No, calla!). Leyó un libro entero que habían publicado sobre el pintor moderno Alex Katz y resultó que el autor había sido alumno de una de las clases en las que había participado como asistente. Y no lo acababan de publicar precisamente.

Alex Katz había pasado un periodo en el que intentaba pintar el agua de modo que pareciera agua; no como el agua nos hace sentir, sino agua de verdad. Pensó en intentar algo así, un experimento. Tal vez podía pintar la luna. ¿Sabes que la luna es algo muy complicado de plasmar de verdad? ¿Y si lo lograba?

Desde aquel momento, le llevó una semana entera comprarse un cuaderno de dibujo en la papelería que tenía a seis manzanas de distancia.

Lo intentó con unos cuantos bocetos, pero le faltaba talento y voluntad. Tenía casi cuarenta tacos y la asediaba la misma vergüenza pura y sin diluir que se había apoderado de ella como la gripe cuando Alice, quien había acabado teniendo una familia y una trayectoria profesional de verdad, le había plantado cara hacía tantos años. Se percató de que era una vergüenza que no la había abandonado, de que era generalizada y cubría todo lo que había hecho y todo lo que no había descubierto que debía hacer. Cada día se despertaba, se ponía a pensar en el pasado y se moría de la vergüenza al ver quién había sido, qué ideas había tenido y qué decisiones había tomado. Cada día era una persona nueva, y el día anterior, fuese cual fuere, había sido una idiota. Y lo mismo al día siguiente y al otro y así sucesivamente.

A eso también se le suele llamar depresión.

Aunque también lo llaman ser una diletante. Lo llaman ser una niña bien. Lo llaman ser una inútil.

Su única distracción era su nuevo videojuego.

Su personaje de *Magnate* era un hombre que vivía en una casa y trabajaba en una fábrica que producía cachivaches varios. Cada día se iba al trabajo, donde supervisaba a sus empleados, y volvía a casa para cenar con su familia. Mantenía conversaciones joviales con sus hijos, un niño y una niña, y luego se acostaba, todos los días de Dios. El personaje le concedió un aumento de sueldo a sus subordinados y por ello perdió 100 000 puntos. Permitió que sus empleados formaran un sindicato y perdió 400 000 puntos. Estableció unos horarios estrictos que incluían descansos para ir al baño y recuperó 50 000 puntos. El viernes, después de pedir pizza para sus subordinados, el jefazo lo despidió en el acto.

Jenny estaba en plena reunión con Recursos Humanos en *Magnate*. Su personaje se había puesto a suplicar que le devolvieran el puesto, de rodillas en el suelo, pero el vicepresidente de Recursos Humanos se lo negaba. El personaje acabó optando por quitarse la ropa poco a poco y con gestos seductores: primero la corbata, luego los pantalones (por encima de los zapatos), seguido de los zapatos y de los calcetines. La pantalla se quedó en negro por un instante, y Jenny perdió un millonazo de puntos del tirón, con lo que se quedó en números rojos por primera vez. Miró la pantalla y vio que el personaje estaba tirado en el suelo, desnudo e inerte.

Jenny soltó un suspiro, se puso de pie y se estiró. Abrió varias apps en el móvil en busca de cualquier distracción. Abrió la app del banco para ver si tal vez el sindicato, que no estaba para nada organizado, le había seguido pagando el sueldo. Fue entonces que se percató de que el saldo que le quedaba era más bajo de lo normal.

No se había quedado a cero, solo era más bajo. No obstante, era el final del trimestre, y el mismo reloj interno que le indicaba cuándo le iba a bajar la regla sin tener que contar los días hizo que se diera cuenta de que no había recibido la última distribución.

Miró qué día era y no, no era fin de semana. Miró el día del mes y tampoco era fiesta nacional.

Dos días más tarde, el dinero seguía sin aparecer. Intentó llamar a Beamer para preguntarle si a él le había llegado, pero no le contestó, como de costumbre. Luego llamó a su madre, quien estaba con Nathan. Y tras eso se pasó un buen rato sentada, digiriendo la información que acababa de recibir.

Durante la tarde hizo un repaso de su cuerpo para ver si le dolía algo, y no. En su escaneo, de pies a cabeza y otra vez más por si acaso, buscó cualquier reacción negativa, quizás una migaja de pánico, la sensación de estar ahogándose, solo que no estaba allí. Lo que sí encontró fue algo que le parecía que era tranquilidad, o no: algo más grande que eso. Era... ¿conformidad?

Le llevó menos de un día comprender que había sido una idiota desde el principio. Siempre había sabido que el dinero la corrompía, que había sido la condición que había desencadenado su tortura. Saberlo la definía. Y allí se le había presentado la oportunidad: el dinero había desaparecido al fin.

Quizá fuera una bendición.

Sumida en la oscuridad, se quedó esperando a que le llegara la sensación: la de una maldición al romperse.

❧

Varias semanas más tarde, Jenny abrió los ojos al oír una llamada y se enfrentó al juego de siempre. Entraba algo de luz por los bordes de las cortinas, de modo que era por la mañana, seguramente, y le sonaba el teléfono, de modo que era de día, aunque estaba claro que se había dejado el sonido activado y que no la había despertado ningún otro ruido, así que tal vez era el primer sonido del día. ¿Acaso era temprano? Le echó un vistazo al reloj: las 07:45 a. m. ¡Correcto!

—¿Qué pasa, Nathan? —dijo al contestar—. Es temprano.

—*Tengo que hablar contigo* —repuso su hermano.

—¿Qué pasa?

385

—*Es por la fábrica. Mami me insiste en que la vendamos, pero no podemos porque Haulers es el propietario del contrato.*

—¿No se la íbamos a dar a Ike?

—*Se suponía que iba a llevarla como un plan para cubrir su inversión, pero eso no nos sirve de nada. Necesitamos dinero.*

—No es justo para él.

—*Bueno, da igual* —dijo Nathan—. *Porque no tenemos cómo venderla. Un inspector se acaba de pasar para echar un vistazo, y no hay manera de transferirla. Las exenciones no son transferibles.*

—Es que no tendría que haber nadie ahí, desde hace tiempo además. Para algo instauraron las leyes. Es un poco inadmisible que hayamos...

—*Son exenciones por antigüedad, ¿qué quieres que le haga yo?*

—¿Sabes que eso es lo que decían cuando prohibieron el uso de esclavos?

—*No puedo ponerme a hablar de eso ahora. Tengo siete días para organizar un ERE para los trabajadores. En cuanto hay una inspección como esa, hay que mandar a la gente a casa. ¡No sé para qué la he pedido!*

—Pareces molesto.

—*Solo quería una solución con la que pudiéramos transferir la fábrica sin mucho alboroto.*

—¿Para que podamos seguir envenenando a la gente? —Se lo pensó durante un momento—. ¿Y qué va a pasar?

—*Nos la van a clausurar. Nuestro contrato quedará nulo, y no sé cómo vamos a traspasar el sitio donde dejamos los desechos peligrosos. Solo con las multas ya...*

—¿Vais a clausurar la fábrica?

—*Jenny, estamos bien jodidos. ¿Por qué eres la única que no lo entiende?*

Se dio media vuelta en la cama para mirar a través de la cortina. Era invierno, un día frío y reluciente que parecía un castigo para ella. Qué rápido pasaba el tiempo.

—No sé, Nathan. Quizá esta sea la respuesta, nuestro destino. ¿No te has preguntado nunca cómo sería? ¿No te has preguntado cómo nos iría la vida si el dinero no fuera nuestro problema?

Nathan no respondió durante un instante. Cuando sí lo hizo, fue con voz baja y confusa.

—*¿Qué problemas crees que teníamos, Jenny? Porque el único que tengo yo es que me he quedado sin blanca.*

—¿En serio? ¿Dónde lo has metido?

—*Digo en general. Me refiero a cómo nos quedaremos.*

—Tienes trabajo, Nathan. Tienes trabajo y te conozco, no puede ser que te lo hayas gastado todo.

—*Es un problema existencial para nuestra familia, Jenny. ¿Entiendes eso, al menos?*

—¿Qué es lo que tengo que entender? ¿Y por qué susurras?

—*No quiero que Alyssa se entere.*

—¿No lo sabe aún? Joder, Nathan.

—*No tiene por qué saberlo aún. Después del bar mitzvá. Quizá para entonces ya sepamos qué hacer.*

—Mira, yo solo te digo que nos ha ido bien hasta ahora, ¿sabes? Los sistemas capitalistas siempre se acaban yendo al traste, y más cuando no apoyan a sus trabajadores.

—*¡Que no es por los trabajadores!*

—Sí que lo es. Conozco a gente que tenía que dormir en el coche. No será para tanto.

—*Bueno, me alegro de que tú hayas ahorrado, porque los demás lo tenemos crudo.*

Colgó con una sensación de inquietud, aunque no era por el dinero ni por la sorpresa que le había provocado su hermano, solo que, si tanto miedo tenía, ¿era porque había perdido todo el dinero que tenía? No podía ser. A lo mejor estaba preocupado por sus padres, o puede que fuera una emergencia más grave de lo que ella creía, lo cual era algo que podría saber mejor si hablara con su madre o con Beamer, así que se decidió a no enterarse nunca. O no, tal vez se le había olvidado por un momento que Nathan era el portavoz de su madre al que había criado con codependencia para que absorbiera toda su ansiedad. Sí, eso.

No, la inquietud era por la fábrica. Por eso y nada más. Se levantó y se vistió; quería ver la fábrica una vez más, quizá por última vez.

⊸⊷❧⊶⊷⊸

Que le hubieran dado ganas de salir era una buena señal, ¿no? Para entonces llevaba un par de días sin salir de casa y semanas sin hacer nada más que algún que otro recado suelto.

Se subió en el tren en dirección a Elmhurst y luego en un bus. Era la primera vez que se dirigía a la fábrica caminando.

Todavía era por la mañana, apenas las diez y media, cuando llegó a la puerta y llamó al timbre. Aunque la fábrica había estado cerrada desde que ella tenía uso de razón, aquella era tal vez la primera vez que no la acompañaba alguien que trabajaba allí a tiempo completo.

Un hombre que no le sonaba de nada pero que la reconoció la saludó al verla.

—Sí, soy yo. ¿Ike está por aquí? —preguntó—. ¿Está en el despacho?

Siguió al hombre por la planta en lo que intentaba dar con Ike. Esperó al lado de un barril enorme de bolitas de poliestireno que aguardaban a que las procesaran. Metió las manos en el barril por costumbre, porque le encantaban las cosquillas que le hacían las bolitas.

—Está en el despacho —dijo el hombre, tras colgar—. Puedo acompañarte.

—Ya sé dónde está —repuso ella.

Recorrió el suelo de cemento, más allá de los aireadores de latón brillante a vapor. Los trabajadores la conocían, y todos la paraban para decirle algo del estilo «Hola, cielo, ¿qué tal anda tu padre?». Por su parte, Jenny reconoció a la mitad de ellos más o menos. Subió por las escaleras de rejilla negra hasta el despacho de su padre, con vistas tanto al final del departamento de diseño como al principio y el final de la parte de la fábrica, con las máquinas, a popa. Allí encontró a Ike, sentado al escritorio de su padre, colgando el teléfono al ver que entraba.

—Tú por aquí —dijo Ike, en lo que se ponía de pie y esbozaba una sonrisa de oreja a oreja—. ¿A qué has venido, cielo? —Sacó un paño de su bolsillo de atrás y se limpió algo de las manos—. ¿Tu padre sabe que has venido?

—No, solo me he pasado a ver la fábrica un rato. No sé. Estaba por aquí. ¿Mi padre ya no viene?

—No desde que murió tu abuela.

Algo de aquella revelación perturbó a Jenny en lo más hondo de su ser.

—Solo vamos a acabar los proyectos que tenemos en marcha —continuó él. Y, tras inclinarse más cerca de ella, añadió—: O eso intentamos. Porque claro, no queremos que los trabajadores se enteren aún…

—¿Y cómo vas tú? —le preguntó.

—Es el fin, Jenny —dijo. Se quedó callado un segundo y soltó una leve carcajada—. No dejo de pensar que a lo mejor nos salvamos. Tonto de mí.

—¿Qué vas a hacer? —quiso saber—. ¿Te jubilarás?

Ike se quedó parpadeando con una expresión que ella no supo interpretar.

—Ya me las apañaré —dijo—. Lo entiendo. Quizá tendría que haberme preocupado más por mi futuro, pero tu abuela… me dijo que no me preocupara. Que todo iría bien si vigilaba bien a tu padre. —Se echó a reír un poco otra vez—. Supongo que me tenía de canguro. Cuando crece el niño y el canguro se queda sin trabajo, ¿qué pasa con él? —Le sonrió—. He tenido suerte de trabajar de esto tanto tiempo. Ahora estoy mayor y ya toca jubilarse.

—Quizá se les ocurra una manera de solucionarlo todo —propuso Jenny—. ¿Y si arreglan algunos de los problemas? Nathan cree que a lo mejor Haulers quiere arreglar la fábrica para poder vender el contrato como algo que se pueda usar.

—No me preocupo por mí —contestó Ike—. Mira lo viejo que estoy —se rio—. El que me preocupa es Max.

—Me acuerdo de cuando vine a trabajar aquí de joven —dijo ella—. Me encantaba. Me acuerdo de… de la cosa esa que hacías con el pulgar.

Ike se echó a reír y meneó la articulación en la que le habían amputado el pulgar, de modo que la articulación interfalángica se le movía como un pie inquieto bajo una sábana.

—Creía que Max iba a acabar de jefe —continuó Ike—. Cuando vi que a ninguno de los tres os interesaba, me imaginé que iba a ser él. Y le enseñé todo lo que tenía que saber. ¿Qué va a hacer ahora?

—Quizá tendríais que haberos ido cuando aún podíais —dijo Jenny—. Os podríais haber organizado, porque a lo mejor un sindicato habría sido de ayuda.

—Quizá —contestó—. Pero tu padre no tenía por qué seguir dándome trabajo, no tuvo por qué contratar a mi hijo. Podría haber vendido la fábrica hace veinte años.

—No estaba listo para dejarla, no es que te estuviera haciendo un favor.

—Así es la vida. Lo que pasó con tu padre… No sé ni qué decir. Y luego cambió el mundo. Un fondo privado, mira tú por dónde. ¿Quién se lo habría visto venir? Tu padre me ha tratado muy bien; toda la familia, de hecho. Se lo debo.

—Te quedaste sin pulgar en un accidente —dijo Jenny, incrédula.

—Y tu padre me llevó al hospital y pasó toda la tarde a mi lado. Y pagó por la operación, cosa que no tenía por qué hacer.

—Ya, ya, y no te despidió. Menudo héroe. ¡Un sindicato te habría ayudado con todo eso!

—Los tratas demasiado mal; esa no es la historia completa. Es cierto, pero no es todo. Mindy tiene… tiene un problema, ¿sabes? La vida no es fácil para ella. Me culpa a mí y a todo el mundo, quería llegar a una vida que no consiguió. Y bebe demasiado, se altera. No sé qué hacer para ayudarla. Tendrías que haberla visto de joven, con lo guapa que era, siempre con una sonrisa en la cara. No la conociste en aquel entonces, pero se pasaba el día sonriendo.

Jenny asintió.

—Poco después de que naciera Max, intentó suicidarse.

—Ay, Ike. Vaya. Lo siento mucho.

—Intentó matarse. Se metió un montón de pastillas y salió con el coche. Me dijo que no sabía lo que hacía, y cuando volví a casa me la encontré conduciendo por la calle... si es que a eso se le puede llamar «conducir». La encontré justo a tiempo.

—No lo sabía.

—Me sorprende que no te lo haya contado tu madre. Pero tu padre... Se lo dije porque tenía que quedarme en casa con ella para asegurarme de que no se hiciera daño, ¡o a Max! No teníamos a nadie más; sus padres ya habían muerto y los míos también. Pues mira, tu padre me mandó a casa durante dos semanas y me pagó todos los días. —Recordó el momento como si le diera lástima—. Y entonces tu abuela me llamó para contarme que había hecho una reserva para Mindy en una clínica al norte del estado. Le dije que cómo iba a poder ir a trabajar, si tenía al bebé por casa, y no sé si lo sabes, pero tu abuela cuidó de Max durante dos meses. De un recién nacido. Se quedó en casa de tu abuela, y ella contrató a una enfermera y una canguro. Yo me pasaba por allí cada noche. Me trataron muy bien. Como a uno más de la familia.

—Porque eres como de la familia para ellos —dijo Jenny—. Pero de verdad, parece que solo querían que pudieras volver a trabajar.

Meneó la cabeza de nuevo y se quedó mirando el techo, como si hablara con Dios.

—No te entiendo. Lo que le pasó a tu padre lo cambió, Jenny. No es quien era. Tu familia no era así antes. ¿Y qué se le puede hacer? Es como lo de Mindy. No es igual que cuando la conocí, había demasiados problemas, y ¿qué hago con ella? ¿La echo o paso página para salvarme a mí mismo? No podría vivir así. ¿Quién podría? —Se quedó callado y salió del momento en el que se había metido—. Max debería pasarse a saludar. Espera que lo llamo.

Jenny se acercó a la ventana, desde donde le vio el cogote a Max en el departamento de diseño. Había perdido algo de pelo, no se había dado cuenta en la shivá. Lo vio recibir la llamada de su padre para decirle que estaba allí y que aceptaba ir con ellos a la planta de arriba, pero también que, después de colgar, se quedó como un minuto sin moverse.

Aun así, cuando terminó subiendo, la recibió con un gran saludo.

—¡Jenny!

—¡Max! —Se acercó al abrazo, rápido y no tan cálido como parecía.

Charlaron durante un rato y hablaron de que era una lástima lo que estaba ocurriendo, que era el fin de una era. Tras unos minutos, Ike terminó por decir:

—¿Por qué no salís a comer juntos?

Jenny creyó ver un poco de duda en la mirada de Max.

—No pasa nada, que estáis muy liados —dijo ella.

—Vamos con retraso en las cajas para microondas, papá —afirmó Max.

—No pasa nada por ir con retraso ya —contestó Ike—. Id a pasároslo bien.

¿Se imaginó la pausa que se produjo antes de que Max contestara?

—Bueno, vale. Estará bien ponernos al día un rato. Vamos.

Ike le dio un abrazo a Jenny y ella se lo devolvió. Olía a perfume Old Spice y a champú anticaspa. Se aferró a él más tiempo del que debería, porque hacía mucho que no la abrazaba nadie de verdad. Entonces Ike le apachurró la cara.

—¿La ves? —le preguntó a Max, todavía apretujándola—. Esta es mi chica.

❧

La cafetería a la que habían ido cada día de aquel verano en el que ella había trabajado en la fábrica tras volver de Yale había cerrado, aunque había un restaurante de burritos en su lugar.

—A mí me da igual lo que sea —dijo ella.

Entre la decoración cutre de temática mexicana, Jenny alcanzaba a ver el fantasma de la cafetería. Las mesas estaban en el mismo lugar, y lo mismo ocurría con la cocina y la caja registradora. Pidieron, y Jenny por fin pudo mirar a Max a los ojos.

Estaba cambiado. No tenía los ojos brillantes como antes y habían pasado a ser más fríos que tiernos.

—Bueno, ¿qué te cuentas? —preguntó ella. Max se echó a reír, tal vez con cierta amargura.

—¿Que qué me cuento? Pues sigo trabajando en la fábrica de tu familia hasta que me echen dentro de una semana.

—No, me refiero a si sigues pensando en apuntarte a Derecho.

—Casi tengo cuarenta años ya.

—Eso no es nada.

—Para ti, quizá.

—Oye, ¿pasa…? ¿Pasa algo? ¿He hecho algo mal?

Max se echó a reír otra vez, solo que no contestó.

—Max, sabes que no soy como mi familia, ¿verdad? No es mi fábrica, no he hecho las normas. Organizo sindicatos, por el amor de Dios.

Seguía sin contestar, y ella no se decidía entre si quería salir corriendo o tumbarse en la encimera de vinilo para echarse a dormir.

—¿Quieres irte? —preguntó ella—. No pasa nada, no había pensado en que… Siento mucho cómo ha acabado todo, ¿sabes? Yo no lo habría hecho así.

Max asintió, aunque más para sí mismo, con la mirada clavada en la mesa.

—Quizá deberíamos irnos —siguió Jenny—. Cancelaré el pedido. —Buscó en derredor a alguien a quien llamar, pero Max la detuvo.

—Perdona —dijo—. Me cuesta ver a mi padre así.

—¿Así cómo? Parecía que estaba bien.

—Pues no lo está —explicó él—. Tiene miedo y no deja de pensar en lo que podría haber hecho de otra forma. El problema es que solo había una solución: no tendría que haberse juntado con tu padre. Podría haber establecido algún acuerdo legal. Si tu padre hubiera dejado la fábrica cuando dijo que lo iba a hacer...

—Bueno, de eso hace treinta años ya —lo cortó ella.

—Exacto.

—Se encargaron de él, le dieron un extra de dinero.

—Sí, uno que invertir en la fábrica.

—Lo trataron como a uno más de la familia —dijo ella.

—No —contrapuso Max—, a ti te tratan como a una más de la familia. A mi padre le dicen que es de la familia y lo tratan como a un trabajador, solo que a veces lo invitan a su casa a cenar.

Jenny recordó que una parte desesperada de ella le había visto el cogote a Max y se había emocionado. No era la conversación que se había esperado.

—Me está empezando a parecer una encerrona —dijo Jenny.

—Es que no esperaba verte hoy. Perdona si no estoy preparado para ser el más educado del mundo.

Llegó la comida, y Jenny observó a Max conforme se colocaba la servilleta y se ponía a comer. Se percató de que, desde aquellas noches que habían pasado sobre el capó de su coche, lo había mantenido en un rincón de su subconsciente como un amigo o tal vez algo más, como un lugar al que huir.

—¿Qué vas a hacer ahora? —quiso saber ella.

—Conseguiré un trabajo. Uno de verdad, ¿sabes?

—Oye, que yo trabajo —dijo—. Me gano la vida.

Max se echó a reír.

—Perdona, pero no.

—¿Qué dices? —Se quedó mirando su plato lleno de tortillas y crema agria y se dio cuenta de que no era capaz de probar bocado.

—Trabajas, pero no te ganas la vida con eso. O, mejor dicho, otros se ganan la vida por ti. Nosotros, vaya. Somos quienes nos encargamos de la fábrica, mi padre se encargaba de todo.

—Sí —dijo ella—. Tu padre es un empleado y trabajaba a cambio de un sueldo y de un puesto fijo.

—Sí, un puesto fijo. No lo despidieron cuando mi madre estaba ingresada.

—Max, de verdad que no quería molestarte. Creo que debería irme.

La miró con una sonrisa casi amistosa.

—Puedes irte cuando quieras. —Se llevó las manos a la cara y meneó la cabeza—. No sé por qué estoy tan molesto contigo.

Jenny guardó silencio. Cuando Max volvió a bajar las manos, tenía los ojos rojos y la expresión, agotada.

—No sé, Jenny. No quiero enfadarme contigo, pero te miro y noto que todo eso está en ti. Todo por lo que hemos pasado, todos los traumas.

—Tu padre me ha contado lo que le pasó a tu madre.

—¿Cuándo? ¿Lo de hace tantos años?

—Sí.

—Así ha sido la vida para nosotros. —Se encogió de hombros—. Lo acepto. Son demasiados traumas, y todos los tenemos. Lo mismo ocurre con tu padre, siempre tengo que recordármelo. Así empezó todo.

—Ya, el trauma.

—¿Cómo? —preguntó Max—. ¿Qué quieres decir?

—Nada, continúa.

—¿No crees que lo que le pasó a tu padre fue traumático?

—Creo que los traumas son algo trillado. Mi padre tuvo una semana difícil, no sé por qué eso tiene que definirle la vida entera. No sé por qué tenía que arruinársela. Ni a él ni a ti.

—Ni a ti.

—Mi vida no está arruinada —repuso Jenny—. Pasó antes de que naciera, a mí ni me va ni me viene.

—Venga, que he trabajado con él. Está pero no está, todavía se le nota lo que pasó. ¿Y dices que eso no es un trauma?

—Así es él, no lo conozco de antes. La gente es como es. Supongo que yo lo veo como que no fue mi trauma, así que ¿cómo me va a traumatizar a mí?

—Se conoce como trauma transgeneracional. Hablamos de eso como setenta y cinco veces en cada reunión de Alcohólicos Anónimos.

—No sé yo —insistió ella—. Mi hermano Nathan está siempre nervioso, y ¿cuántos años tenía por aquel entonces? Ocho. No tenía ni idea de lo que estaba pasando. ¿De qué te acuerdas tú de cuando tenías ocho años?

—Pues de mucho, la verdad.

—Yo no. Recuerdo algunas cosas, pero nada de eso me ha convertido en la persona que soy ahora. —Se encogió de hombros—. Todo el mundo está traumatizado. En serio, todas las personas con las que he hablado en algún momento de la vida están traumatizadas. Estos días una se traumatiza por ir a comprar un brik de leche. No digo que lo suyo no sea un trauma, sino que tal vez no debería estar traumatizado. Después de cuarenta años, tendría que saber levantarse y seguir adelante. Salió del problema, lo que tendría que estar es aliviado y agradecido.

—No sé yo si es tan fácil —dijo Max—. Lo dices como si fuera una elección propia. Creo que el trastorno al que llamamos «trauma», a diferencia de algo malo que ocurre y ya está, es que se repite en ti. De verdad, concibo lo que le pasó a tu padre como uno de mis traumas. Mío, en serio. Hasta concibo su dinero como un trauma.

—Max, la verdad, me sorprende que te preocupes tanto de todo esto. Dices que estás traumatizado, pero ¿y qué? Según tu propia definición, todos lo estamos. Pasa página. ¿Estudiaste psicología? Creía que te iban a dar más igual estas cosas, no sabía que les dabas tantas vueltas a los sentimientos.

—¿Por qué? ¿Porque trabajo en una fábrica?

—No, es que… —Intentó recobrar la compostura—. Sinceramente, ahora creo que me estás tomando el pelo, porque nada de lo que ocurrió tiene nada que ver contigo. Eras un bebé por aquel entonces, y yo ni había nacido. La verdad, si todo el mundo está traumatizado, nadie lo está. —Le dedicó una mirada intensa—. Crees que no tengo corazón, pero no es eso. Digo que es un estado intermedio para él. Hubo un momento en el que lo podrían haber salvado, en el que podría haber salido adelante, solo que no pasó o no se lo permitieron. Cada vez que mostraba alguna emoción, lo contenían porque les daba miedo lo que sentía, no fuera a ser que explotara encima de la moqueta nueva o algo.

Se quedaron en silencio unos instantes, y Jenny, sin saber qué hacer con las manos, se puso a comer.

—Oye —la llamó Max.

—Dime.

—¿Mi padre te ha hablado alguna vez del proyecto que hice para la facultad?

—No —respondió ella, limpiándose la boca.

—Fue para una clase cuando me preparaba para estudiar Derecho, una asignatura sobre distintos casos judiciales. Teníamos que buscar un caso que ya estuviera decidido y averiguar qué había salido bien y qué no.

—Vale.

—Pues fui al juzgado del condado de Nassau y busqué el caso de tu padre.

Jenny no supo por qué notó un peso en el estómago en aquel preciso instante. Se dio un momento e intentó aparentar que no le había afectado.

—Sí, creía que iba a ser interesante —continuó él.

—¿Y qué averiguaste?

—Fue hace mucho tiempo, ya no me acuerdo. Podría volver a leer mis apuntes. Pero ninguno de los dos culpables era capaz ni de organizar una cena; eran muy tontos, ¿sabes? Eso era lo que le preocupaba al fiscal del distrito. Mi padre siempre se sintió muy culpable por haber contratado a Drexel Abraham...

Jenny captó lo bien que Max conocía el nombre del secuestrador de su padre.

— ... pero es imposible que pudiera haberlo hecho solo.

—Claro, lo hizo con su hermano.

—A los dos les faltaba un hervor. Si mal no recuerdo, Drexel había dejado de trabajar en la fábrica, por lo que no habría tenido acceso al edificio para meter a tu padre, y mucho menos para retenerlo e ir a verlo cada día. Algo les pasaba a los dos. Lionel quedó convencido de que participó en el secuestro después de haber pasado unas horas en una sala de interrogatorio; el problema es que no estuvo ni cerca de Nueva York cuando ocurrió. En el trabajo juraron que no se fue, y su familia también. Accedió al acuerdo porque creía que con eso iba a ayudar a su hermano. La policía lo despistó, lo engañó.

—La verdad, no sé nada del caso. No era... No tiene nada que ver conmigo, como te decía.

—Y, cuando el fiscal del distrito empezó a sospechar, tu abuela le dijo que se callara.

—No puede ser —dijo Jenny. Aunque ¿por qué no? Conocía de sobra a Phyllis.

—En el archivo había un conjunto de diez cartas que escribió desde la cárcel. Drexel escribió cada mes al principio e intentaba quedar con el fiscal del distrito otra vez para hablar de quién había planeado el secuestro. Decía que había guardado los secretos por miedo, pero estaba en la cárcel y nadie iba a buscarlo, y el hombre que le dijo que esperara mientras todo se resolvía no volvió a contactar con él.

—Eso es... —Solo que Jenny no tenía nada más que aportar.

—Y entonces murió —siguió él.

—No me lo...

—¿No te lo crees? ¿No crees que el dinero y el poder pueden comprar la habilidad de incriminar a una persona inocente para no perturbar a tu pobre hijo?

—Drexel participó en el secuestro.

—Está claro que solo fue el que lo encerró. Se merecía cinco años como máximo. Pero los miembros del jurado eran todos blancos, y esas cosas importan.

—No quiero seguir hablando del tema. No quiero que sigas calumniando a mi familia.

—No calumnio a nadie, solo te digo lo que pasó, lo que ocurrió en tu familia. Y lo que eso provocó, algo que todavía afecta a la gente, a esa familia, a los Abraham. Me acuerdo de que pensé… ¿Cómo se llama ese primo vuestro?

—Ah, no me vengas ahora con que lo estás intentando recordar todo. Está claro que llevas tiempo pensándolo.

—Solo era… Solo fue por la asignatura. Lo investigué. Arthur Lindenblatt, ¿verdad? ¿Venía de una familia con dinero? ¿No crees que, no sé, que quizá la proximidad a vuestro dinero lo llevó a organizarlo todo? Porque estar alrededor de eso puede hacer que uno se vuelva loco.

—Arthur es familia, no haría algo así. Y no… Ya no tenemos dinero, que lo sepas. Mucho ha cambiado en nuestra familia.

Max hizo una pausa por un momento y parecía que iba a preguntarle por lo que acababa de decir, aunque se lo pensó dos veces y continuó.

—Pero estar rodeado de tanto dinero suele hacer que la gente se ponga a pensar en lo que es justo y lo que no.

—Cuidamos de tu padre —dijo Jenny.

—Si tanto cuidasteis de mi padre, ¿por qué no tiene ni un duro? ¿Por qué está tan viejo? ¿Por qué ha llegado al final de la vida sin haber conseguido nada?

Jenny se lo quedó mirando. Por un momento, pudo pasar por alto que se había hecho mayor y volvió a verlo como era aquel verano, cuando se daban el lote en el capó del coche.

—Ya está bien —sentenció—. Creo que esta conversación ha acabado. Lo siento mucho si estás traumatizado por lo que le pasó a mi padre o por el dinero que tenemos o yo qué sé. Siento mucho que estés obsesionado. De verdad, me da lástima ver qué te ha pasado. —Se puso de pie.

—Ya, vale, adiós.

—De verdad, creo que lo que te pasa es que estás obsesionado con el dinero. No todo es dinero en la vida, Max.

Según se iba, sin embargo, oyó lo último que le dijo él. Más que nada porque se lo gritó.

—¡Eso solo lo dicen los ricos!

❧

Jenny pidió un Uber y se sentó en la parte trasera como un animal enjaulado. Lo que le acababa de ocurrir en aquel restaurante mexicano escapaba tanto a su capacidad para absorberlo o metabolizarlo emocionalmente que sufrió una especie de fuga disociativa. No lo era del todo, pero, si se percató de que se encontraba más cómoda sentada a su lado en aquel Uber que siendo ella misma, fue porque nunca le habían enseñado las técnicas con las que lidiar con aquella acritud.

—Ni que fueras psicóloga —susurró para sí misma al pensarlo.

Sacó el móvil para intentar buscar un lugar en el que el cerebro le reposara, solo que no había pasado el tiempo suficiente en ninguna app de redes sociales como para que se le hubiera vuelto costumbre. Abrió la app de *Magnate* y esperó a que cargara.

Lo que Max le había hecho era tenderle una emboscada y ya está. Una emboscada. Max la acababa de arrollar sin avisar ni nada.

El juego estaba listo.

El personaje estaba en la cola del paro. Después de aquel baile seductor, habían echado al personaje a casa y, al llegar, se había encontrado con la cerradura cambiada en el hogar de su familia. Pasó la noche en el coche.

¿A quién más conocía que no la odiara?

En la oficina del paro le dijeron al personaje que no podían ayudarlo, que lo habían despedido por una causa justa. Sin embargo, el funcionario le dio unos panfletos para unas reuniones para adictos.

Aunque también: ¿cómo se le había podido escapar la única verdad que podía haber inferido ella solita, la de que todas aquellas personas odiaban a su familia y también a ella? Y con razón. Las únicas personas que no los odiaban eran como ellos, y, bueno, ella odiaba a ese tipo de personas.

¡El uróboros por tercera vez!

Hacía frío, y volver a dormir en el coche podía ser el fin del personaje, así que aquella noche intentó ir a buscar a sus amigos, solo que no le había dedicado tiempo a cultivar amistades (400 000 puntos menos), de modo que acabó llamando al entrenador del equipo de fútbol de su hijo y le preguntó si podía quedarse en su casa. El entrenador acabó accediendo a regañadientes.

Al haber captado un atisbo de lo que sucedía, ya no había vuelta atrás.

—Aquí estamos. ¿Entro por la puerta?

Jenny alzó la mirada y, en lugar de ver la casa de la calle Nueve, se percató de que estaba en Middle Rock. Había puesto la dirección incorrecta.

—¡No! —exclamó—. Por Dios, no. Eh… Actualizaré la dirección, deme un segundo. Perdone. ¿Le importaría…? ¿Podría llevarme a… eh…? Me acabo de acordar de que tenía que ir a la estación de tren. Disculpe.

Sin esperar a que el conductor respondiera, actualizó el destino al que quería dirigirse.

Solo que oyó que la mujer del entrenador discutía con el entrenador por haber dejado que pasara la noche allí. El personaje tenía un carácter sospechoso, según la mujer, y no iba a permitir que durmiera bajo su techo.

—¿Aquí está bien?

Salió del Uber y se dirigió al andén del tren que iba en dirección oeste. Según la pantalla, tenía veintiocho minutos de espera.

El personaje, después de oír la discusión, salió de la casa a hurtadillas, volvió al coche, condujo hasta el aparcamiento de donde trabajaba antes, se metió en el asiento de atrás y se quedó dormido.

Una vez que la vergüenza perpetua desaparece del sistema durante cierto periodo, resulta tentador creer que la vergüenza era un fallo, una anomalía. Al volver a Jenny, entendió que, para ella, la vergüenza era la condición por defecto, que la anomalía era su ausencia. Volvió a pensar de inmediato que cualquier versión anterior de ella, incluso la de hacía un minuto, era absurda.

Solo que es invierno, el invierno más frío desde hace mucho tiempo, para colmo, y poco después los procesos biológicos del personaje empiezan a ralentizarse. Nota una euforia confusa (¡una sensación, al fin!); sin embargo, antes de que pueda disfrutar de ella, comprende lo que significa. Significa que ha muerto. Pierde todos los puntos y la pantalla se queda en negro.

Cuando le ocurrió aquello, Jenny soltó un gritito en pleno andén. Y se puso a llorar la pérdida de su personaje. Los demás la miraban y ella apartaba la mirada, pero no podía dejar de llorar. El tren llegó a la estación y, conforme subía, estaba tan afectada que se le cayó el móvil y se salvó por milagro al caer en el borde del tren que daba al andén. La puerta casi lo aplastó al cerrarse, menos mal que Jenny pudo rescatarlo a tiempo.

—¿Qué te pasa, cielo? —le preguntó una voz de anciana, y, por un segundo, Jenny creyó que era su abuela.

—Se me ha roto la pantalla del móvil —contestó.

—¿Necesitas que te preste el mío para algo?

—No, no hace falta. Gracias.

—Bueno, anímate, entonces —le dijo la mujer con una sonrisa—. Hay problemas más grandes en la vida.

—¡Cállese! —le espetó Jenny y se alejó hasta sentarse en otro vagón.

En la oscuridad del túnel que conducía a Manhattan, se vio reflejada en la ventana. Esa era ella, una mujer sin amigos, sin ninguna conexión emocional, sin ningún plan de futuro. Había rechazado todo lo que se le había dado hasta que, para cuando se dio cuenta de lo valioso que era todo, ya no le quedaba nada.

Una hora después, hizo transbordo en la estación Penn para ir al Village en metro. Ya estaba tan cansada que casi ni podía caminar. Salió de la estación de metro y vio que se había puesto a llover. Arrastró los pies en dirección a su casa, con la esperanza de poder llegar al sofá, ya ni siquiera a la cama.

Por fin llegó a la calle Nueve. Todo se había ralentizado, todo era un videojuego, y al personaje no le quedaban fuerzas y la entrada al refugio parecía estar tan lejos que hasta daba risa. Ya no tenía ningún poder, por lo que no era capaz de atravesar la masa de universitarios lentos y anodinos que salían del estudio de meditación de su edificio y tuvo que andar detrás de ellos, tan despacio como se movían los demás. El personaje se dio cuenta de que nunca se había quedado dormida de pie y andando, pero tal vez el futuro todavía le deparara alguna primera vez nueva. El personaje perdió todos los puntos por no darle a «Me gusta» a las publicaciones de Facebook de sus amigas, por no acordarse de cómo se llamaban sus hijos. El personaje se dio cuenta de que la vida había seguido adelante por mucho que ella hubiera estado paralizada, pensando en cómo vivirla. Parecía que aquella historia de la Biblia en particular iba a terminar de forma trágica y abrupta.

Sin embargo, hete aquí, el personaje llegó a los escalones de la entrada de su casa. Se sujetó del pasamanos de hierro forjado, subió por las escaleras y metió la llave en la cerradura solo para descubrir que el cerrojo ya estaba abierto. Abrió la puerta de un empujón, intentando entender a través de la niebla de la fatiga cómo se le había podido olvidar cerrar con llave, entró en el salón y vio que en el sofá, esperándola, estaba su madre.

ENTRE LOS TERNEROS
Y EL DIBBUK

Después del secuestro, durante los años en los que Phyllis y Ruth tuvieron que encargarse de la convalecencia física y mental de Carl, Phyllis aprovechaba el tiempo para contarle a Ruth historias sobre los Fletcher y sobre su propia familia, los Mutchnick. Ni siquiera Carl sabía todas aquellas historias. Sin embargo, tan rápido como se puede decir «pagar el rescate», Ruth se había ganado el puesto de confidente de Phyllis, de modo que tuvo el privilegio (aunque ella habría empleado otra palabra para describirlo) de enterarse de algunas de las partes más escabrosas de la familia de la que había pasado a formar parte.

Los Mutchnick eran dueños de un tugurio. Su principal fuente de ingresos eran las viviendas que ofrecían en alquiler de un edificio medio en ruinas que los padres de Phyllis tenían en el Bronx, cerca de lo que en la actualidad es Co-op City. El primer día de cada mes, los hermanos altos de Phyllis se dirigían allí en metro para cobrar el alquiler.

Si bien no es que los Mutchnick fueran ricos, sus inquilinos sí que eran pobres de verdad. Pagaban la mitad del alquiler, o nada, u ofrecían un plato de comida a los hermanos a cambio de tregua, o no abrían la puerta cuando oían los golpes fuertes el primer día de cada mes.

Una vez, según le contó Phyllis, sus hermanos se estaban marchando del edificio cuando vieron que una de las puertas de los pisos vacíos estaba entreabierta y alguien la cerró deprisa desde dentro al ver que se acercaban. Los hermanos intercambiaron una mirada, y el más corpulento de los dos se acercó a la puerta, la abrió de un empujón y, en el interior, encontraron a cuatro familias en la misma sala; al mirarlos mejor, vieron que dos de las familias eran unas que el padre de Phyllis había desahuciado de una vivienda tres plantas más arriba hacía unos meses, por no pagar el alquiler. Al día siguiente, Phyllis fue con sus padres y sus hermanos al edificio para sacarlos a la fuerza por haber quebrantado la norma que prohibía que varias familias ocuparan una sola vivienda. Su padre y sus hermanos habían ido para sacarlos, mientras que Phyllis y su madre estaban allí para limpiar el piso, de modo que pudieran alquilarlo a la siguiente familia a un precio mayor. Phyllis le describió a Ruth el aspecto de las familias, agazapadas en un rincón, aterradas, conforme su padre y sus hermanos entraban como una unidad blindada del ejército para sacarlos de allí.

—Eran como ratones —le contó a Ruth—. Ratoncitos asustados en un rincón, sin ningún agujero por el que salir corriendo.

Fue aquella última parte de la historia la que se le pasó por la cabeza cuando llegó a la casa de la calle Nueve y vio que su hija estaba viviendo allí; su hija, quien, según le habían dicho, era una socialista profesional que vivía en Connecticut.

Había una luz encendida en la cocina cuando Ruth entró en la casa aquella tarde, lo cual fue el primer indicio de que algo olía a chamusquina. Si bien no había nadie en casa, estaba claro que alguien vivía allí. Había leche en la nevera, un portátil en la mesa de la cocina y ropa femenina en la habitación que había ocupado Beamer hacía tiempo. Antes de que reconociera que se trataba de las prendas de colores apagados y nada femeninas de su única hija, se acordó de aquellas familias de las viviendas de los Mutchnick y pensó en cómo habían podido dejar que la casa cayera tanto en el olvido como para que una familia viviera allí sin que se hubieran enterado. Entonces vio unos pantalones de chándal amarillos tirados por un lado del sofá del salón, los mismos que Jenny se había puesto durante cada noche de la shivá de Phyllis, después de que los demás se fueran a casa. Los conocía tanto como a su propia hija (aun así, respiró hondo; no pensaba decir nada de los pantalones, no iba a caer en aquella trampa en particular que le había tendido la desagradecida de su hija). Fue entonces que empezó a hacerse preguntas: ¿a cuándo se remontaba el horror de su relación con su hija? ¿Cuándo emprendieron el camino que las había conducido hasta donde estaban, uno en el que su hija pretendía vivir en otro estado solo para evitarla?

Quién sabe qué fue lo que hizo que Ruth fuera a Nueva York. Ni siquiera ella lo sabía. Pero bueno, digamos que fue por aquellas habilidades de bruja de las que sus hijos solían hablar, las que la hacían saber a ciencia cierta que Nathan y Alyssa estaban discutiendo, que a Beamer le habían dado malas noticias o que Jenny no iba a volver de New Haven para celebrar el Día de Acción de Gracias por mucho que ella hubiera confirmado que sí.

Lo único que sabía Ruth era que, nada más despertarse, le entraron ganas de ir a ver la casa de piedra rojiza de la calle Nueve. Se había acostado la noche anterior pensando en ella conforme hacía el repaso mental nocturno que había empezado a practicar hacía poco y que consistía en hacer inventario de todo lo que le quedaba a la familia: propiedades, objetos de valor y hasta facultades mentales. Es lo que hacía conforme se iba quedando dormida cada noche, pensar en cómo usar toda esa lista para salvar a su familia.

Primero fue a Nueva York, y con mucho gusto: para comprobar el estado de la casa; para tal vez extraer cierta alegría de lo que quizá podría ser una fuente de ingresos para la familia; para dejar a Carl, un adulto, a solas durante un rato y tener unos putos minutos de paz consigo misma. Había empezado a ver la propiedad de Manhattan como una cuenta de ahorros secreta a la que hincarle el diente para ayudarlos a sobrevivir durante los últimos inviernos de su vida, ya que la fábrica había pasado a ser un peso muerto.

El viaje a la ciudad le sentó bien, y el movimiento le permitía olvidarse de la cuestión innombrable de verdad, que la solución a todos sus problemas era vender la mansión. Y claro que lo era, por supuesto. Las personas sin dinero no viven en mansiones. Sin embargo, sabía que iba a ser algo imposible de negociar con su marido, porque nunca había existido la idea de que la mansión no fuera a pertenecer a los Fletcher mientras él siguiera con vida; iban a dejársela a Nathan, seguramente, y él a sus hijos. No era algo de lo que se podía hablar con Carl. Él veía la tele, asentía y se quedaba con la mirada perdida. De vez en cuando leía el periódico. Pero no debatía, no señor. Lo que fuera que le hubieran hecho hacía tantos años, combinado con la forma con la que habían lidiado con ello, la había dejado con un marido con vocación de cojín. Cómo había pasado el tiempo. Cuánto había sufrido por sus pecados.

Además, era imposible hacer que la mansión dejara de ser un lugar de sanación y estabilidad para él, y quién sabe qué efecto tendría trasladarlo en aquellos momentos, a su edad y tan poco después de la muerte de su madre. Solo tenía setenta y un años. Su padre había muerto joven, pero Phyllis no, y estaba claro que Carl había heredado su longevidad, por lo que todavía les quedaba mucha vida por delante. Al pensar en ello, a Ruth le daban ganas de echarse a llorar.

La verdad era que siempre se había imaginado que iban a mudarse a Nueva York cuando sus hijos se independizaran y Carl se jubilara, así podrían vivir al fin como jubilados civilizados, irían al teatro y a los museos. Aunque tal vez solo lo había pensado como mecanismo de supervivencia para la vida de verdad en la que se había metido sin querer cuando era demasiado joven como para saber qué eran las consecuencias.

Y no tenía nada que ver con el secuestro. Ruth había odiado Middle Rock desde el minuto cero, pues era un lugar que se parecía tanto a la riqueza con la que había soñado que no se dio cuenta de lo que implicaba vivir allí de verdad.

El problema era que no había vida en el lugar. Solo había niños y personas de mediana edad, todos subidos en una cinta de correr constante provocada por la rutina y la ansiedad de la rutina, la rutina y la ansiedad de la rutina. No existía el azar, la serendipia, las noches mágicas, los cines independientes, la energía juvenil. ¡Ni se podía salir a cenar pasadas las ocho! ¿Cómo iba a existir la serendipia si todo el mundo volvía a casa antes de las ocho de la noche? No sabes lo mucho que le afecta a una ver solo a niños y personas de mediana edad todo el santo día.

Además, tampoco existía el anonimato, y mucho menos cuando una se casaba con un hombre de una familia muy conocida que llevaba toda la vida en la misma ciudad, muchísimo menos cuando secuestran a dicho marido durante una semana aterradora que paralizó a la ciudad y alegró (y conocía a quienes se alegraron demasiado) a todos los que lo conocían, es decir, todo el mundo.

Se suponía que habían comprado la casa de la calle Nueve para Beamer, aunque luego fue para usarla como propiedad de inversión o como una segunda vivienda para ellos. Desde el principio, Ruth supo que la compraba para ella misma. Era el tipo de lugar por el que pasaba a los diecisiete años, cuando iba a las discotecas del Village o tenía alguna cita con hombres porque le decían que la invitaban a cenar y le compraban tabaco. Observaba a las personas que vivían en aquellos lugares y se dirigían a la puerta principal y se imaginaba cómo sería vivir aquella vida, lo sencillo que sería todo si estuviera en un lugar bonito y céntrico, y no en cuatro habitaciones con cinco hijos y padres que no sabían cómo iban a llegar a fin de mes cuando tuvieran que dejar de trabajar. En ocasiones lograba entrever algo a través de las cortinas apartadas o por una puerta abierta y era testigo de las paredes de colores de moda y cortinas elegantes. Le parecía muy acogedor y se moría de ganas de entrar.

Y más adelante, hacía muchos años, cuando Beamer empezaba la universidad, Arthur, la única persona que todavía se acordaba de los sueños que había tenido ella, le contó que había una vivienda en venta. Hizo su oferta antes de verla incluso y convenció a Carl y a Phyllis de que era una buena inversión, de que se iban a ahorrar un pastón por no tener que pagar el dormitorio universitario al menos. Las palabras mágicas para Phyllis fueron recordarle que todos los alquileres son como tirar el dinero, y, para Carl, que su madre había dado el visto bueno a la compra.

Ruth había vuelto a soñar con la casa de la calle Nueve hacía dos noviembres, cuando Phyllis había empezado a quejarse de que le dolían las articulaciones. Se imaginaba que era por el frío, porque todos los amigos de Phyllis ya se habían mudado a Florida o a Jerusalén, pero ella no. Si alguna vez había tenido ganas de vivir en alguno de aquellos lugares, Ruth no se había enterado, porque la vida predecible había llegado a su fin para todos el día en que se llevaron a Carl. Después de que lo devolvieran, Phyllis había trasladado a la familia a su terreno y había anunciado que jamás iba a irse a un lugar en el que no estuviera su hijo.

No obstante, junto con el dolor de las articulaciones, un efecto extraño había invadido el rostro de Phyllis: la piel le había empezado a brillar y se le hincharon los pómulos como si fuera una estrella del cine de los años treinta, guapa y joven; no había otra forma de describirlo. La gente lo comentaba allá adonde fuera. Lo único que había querido Phyllis en su vida era tener un aspecto joven y bello eternamente, por lo que esbozaba su sonrisa taimada con la que quería decir «ya te gustaría a ti saber cómo lo he hecho», la misma que puso después del *lifting*. Aun así, junto con la sonrisa bajaban las cejas, con el espectro de la confusión detrás de la mirada: algo no terminaba de encajar. No podía ser que, con la edad que tenía ya, Dios le hubiera concedido la belleza de repente.

A Ruth no le había parecido un cambio reseñable, ni siquiera cuando Carl habló de ello una noche después de que los tres hubieran cenado en casa de ella.

—Mi madre tiene la cara rara —le dijo mientras volvían a su casa. Por su parte, Ruth se encogió de hombros y nada más.

Al fin y al cabo, llevaba años viendo cómo le cambiaba la cara. Para entonces Phyllis ya se había sometido a varias intervenciones de cirugía plástica que incluían un estiramiento de la zona de los ojos, del cuello, del rostro (el cual también le retocó el de los ojos) y luego otro más del cuello: todo estirado tan arriba que parecía que la gravedad era una fuerza más a la que ella le había pagado para que hiciera lo que quisiera. Y, después de todo ello, una cirugía de emergencia en la que le reconstruyeron el tabique, porque había vivido más que la expectativa de vida y nadie se lo había contado a su rinoplastia.

Así que, por descontado, Ruth se había imaginado que Phyllis se había sometido a otra «intervención» (ella apostaba por otra serie de estiramientos) y que estaba teniendo algún tipo de efecto con la atorvastatina o el losartán que se tomaba, y por ello la llevó al médico. Fue ahí donde se enteraron de que lo que le había estado sucediendo en el rostro no era el resultado de una cirugía plástica secreta, sino que sufría de un síndrome llamado esclerosis sistémica.

—La mayoría tardan meses en buscar tratamiento —dijo el doctor Halpern—. Creen que las cremas y demás potingues que se ponen les hacen más efecto de pronto, y solo vienen cuando les duele. Y entonces, bueno. —Señaló hacia la paciente que tenía delante.

—Estaba esperando a que pasara el dolor —dijo Phyllis. Tenía el cabello rubio, al igual que en las fotos ancestrales de su juventud, pero ya no sedoso. Se lo peinaba hacia atrás y hacia arriba para esconder lo escaso que había pasado a ser. También había empezado a ponerse gafas de cristales ámbar que se iban volviendo más claros hacia la parte inferior: no gafas de sol, sino bifocales camufladas.

El doctor Halpern tocó a Phyllis en el codo y ella se echó hacia atrás. Ruth la miró; con todos los años que la conocía, no recordaba que se hubiera quejado de que le dolía algo.

—Exacto. Cuando no pasa es cuando vienen a verme —repitió el médico.

—Creía que… —Phyllis dejó la frase sin terminar.

—Creía que estaba rejuveneciendo —interpuso el doctor Halpern con una sonrisa triste.

Phyllis abrió la boca y negó con la cabeza, como si no pudiera explicarse.

—¿Cómo se lo ha contagiado? —preguntó Ruth.

—Ah, es una enfermedad genética —explicó el médico—. Aunque eso no quiere decir que a Carl y a los niños les vaya a pasar lo mismo. Aun así, deberían estar atentos a cualquier enfermedad autoinmune en general. Cosa de los judíos, como ya saben.

El médico les dijo que no podía hacer mucho más allá de los esteroides que ya le habían dado, pero que había visto buenos resultados con aquel tratamiento. Phyllis se puso de pie para marcharse, y el médico le pidió a Ruth que se quedara un momento para cumplimentar un formulario. Cuando Phyllis se marchó, le dijo a Ruth que no había muchos tratamientos efectivos para personas de la edad de Phyllis y que podían esperar que aquello fuera lo que la matara.

—Algo tenía que ser al final, ¿no? —comentó el médico.

Ruth llevó a Phyllis a su casa, por la larga entrada, la dejó cómoda y volvió a recorrer la larga entrada hasta su propia casa. Miró la mansión como si fuera la primera vez que la veía, la primera vez que se percató de que el joven que había ligado con ella en una fiesta iba a ser su salvación, y, en lugar de verla bella y ancestral y elegante, le pareció de lo más aterradora.

Conforme Phyllis empeoraba, Ruth siguió soñando con la casa de la calle Nueve, con lo que Carl y ella iban a hacer después. Quizá cuando Phyllis ya no estuviera Carl podría ser por fin la persona que ella había esperado que fuera.

¿De verdad lo creía? ¿De verdad creía que podía ser cierto? Ya no se acordaba. Todo lo que había sucedido últimamente había aniquilado la esperanza que tenía y la había hecho sospechar de cualquier momento de optimismo que hubiera experimentado antes. Y no es que hubiera muchos.

Y entonces Phyllis falleció. No la habían apuntado a la lista de supervivientes de aquel año; en eso pensaba Ruth mientras organizaba el funeral. Phyllis había muerto, la enfermedad se la había llevado. No había pasado el corte del año siguiente. Y Ruth, sentada en la casa de la calle Nueve, esperando a que la traidora de su hija se pasara por allí, descubrió que la única persona que podía entender su dolor ya no estaba en el mundo.

Los problemas entre Ruth y Jenny se remontaban a antes de la muerte de Phyllis; tal vez hasta a antes del nacimiento de la propia Jenny. Tal vez habían empezado durante aquellos días que pasaron en la vivienda de estilo Tudor de la calle St. James, cuando Ruth se pasaba el rato preparando café para agentes del FBI y respondiendo las mismas preguntas hasta la saciedad en lo que esperaba que sucediera un milagro. Estaba ocupada intentando controlar a sus hijos. Nathan no era un problema, porque normalmente lo oía desde donde estuviera y, además, tampoco se apartaba de su vista. Bernard era el que la preocupaba: era más astuto y salvaje, se retorcía para zafarse del agarre de cualquiera y se escabullía por ahí, sumido en el miedo y la emoción por todo el alboroto que había en casa. Intentaba sujetarlo, pero él se contoneaba hasta que lo soltaba y entonces ella se distraía por algo. En los momentos en los que se percataba de que había demasiado silencio, se quedaba helada, incapaz de moverse, y se esforzaba para que su nervio periférico se colocara en el modo de recepción más potente hasta que lo veía. Por aquel entonces, ni siquiera le hacía falta girarse para verlo. Se había convertido en una especie de guepardo en la selva, con sus instintos y su oído sobrehumano, y notaba la presencia de sus hijos más que verlos. Cuando una está embarazada, lo único en lo que puede pensar es en que lo está. Aquella semana, Ruth no pensó en el bebé que crecía en su vientre ni una sola vez. ¿Fue ahí cuando empezó todo?

Aunque ¿y si sus problemas se remontaban a hacía más tiempo aún? ¿Y si eran de cuando salía con Dale Scher? A Dale lo había conocido en clase de Contabilidad; para él fue una optativa, un acuerdo al que había llegado con su padre, mientras que ella quería ser compradora de una tienda departamental, solo que las facultades no tenían esa asignatura, por lo que optó por Administración de Empresas. Dale, por su parte, quería ser profesor de educación física, y, conforme se iban enamorando más el uno del otro, Ruth se percató de que una de las muchas cosas que se imaginaba que iban a ocurrir era que Dale iba a despertar de aquella idea absurda e iba a decantarse por una profesión más seria, una con la que pudiera mantener a una familia. Para cuando Dale la llevó a una fiesta de la fraternidad Alfa Épsilon Pi cuando llevaban tres meses juntos, seguía sumido en su sueño y no tenía en cuenta lo que era más práctico, a diferencia del otro joven al que conoció en la fiesta, a quien la muerte de su padre hacía poco lo había convertido en una persona completamente práctica, completamente rica.

Carl no era universitario, o al menos ya no lo era. Sí que había estudiado en la Universidad de California, pero la repentina y reciente muerte de su padre lo había obligado a volver a casa cuando estaba en tercero, y pasaba las noches intentando mantener cierto aspecto de la juventud a pesar de estar al frente de una fábrica a sus veintiún años, al mando de cientos de trabajadores, todos ellos hombres hechos y derechos, con la única ayuda de Ike Besser, otro empleado de su padre que solo tenía un año más que el propio Carl.

Ruth recordaba haber visto a Carl al otro lado de la sala, tan joven y de aspecto pulcro, tan reluciente y arreglado. Carl la miró como si alguien le hubiera dado una bofetada.

—Muy buenas tardes —lo saludó.

Dale la rodeó con un brazo.

—¿Verdad que es muy educada? —Fingió un tono de voz elegante—: «Muy buenas tardes».

—Encantado —dijo Carl.

Solo que Carl se había quedado mirando a Ruth, y Dale sabía que algo pasaba ahí. Se aferró con más fuerza a su chica, con el aliento apestando a alcohol. Ella se retorcía para apartarse.

—Tenemos que irnos —dijo Dale de repente, aunque era mentira.

Dale se le puso a discutir en el trayecto de vuelta aquella misma noche. No recordaba de qué iba la discusión (lo más seguro es que fuera porque él quería casarse de inmediato y ella quería esperar a graduarse, porque era la misma discusión de siempre), solo que supo ver con claridad que él buscaba una reafirmación de su amor del modo en el que lo hacen todos los hombres, es decir, indirectamente. Recordaba que creyó saber qué le pedía, y ¿qué significaba que no estuviera dispuesta a dárselo?

Al día siguiente, su madre le dijo que un joven la había llamado a casa, un tal Carl. Canceló la cita en el cine con Dale con la excusa de que le dolía la cabeza y se quedó en casa esperando a que volviera a llamarla. Aquel fin de semana, tuvo una cita con Carl en el Copacabana.

No era mala persona (o eso se decía a sí misma); quería a Dale, sí, pero el amor no era la única medición con la que creía que una persona debía considerar la vida. Aunque se había criado con demasiados hermanos y unos padres que se querían lo suficiente, lo que quería era seguridad. Lo que quería era poder tomar una decisión sin preocuparse de si la iba a llevar a la ruina, y, conforme metía los pies en la piscina de la adultez, se había imaginado aplastada por todos los resultados horribles posibles de vivir tan cerca del margen. Casi no era capaz ni de racionalizar ante sí misma el haber ido a la universidad.

Al final no terminó los estudios, porque para cuando le llegó el momento de matricularse a tercero ya estaba casada con Carl. Ya tenía acceso a más dinero del que habría podido ganar en un empleo normal si hubiera trabajado los siguientes veinticinco años.

Y estaba ocupada, además. Se encargaba de la casa, se apuntaba a los actos del templo, asistía a las reuniones que su imponente suegra quería que asistiera en la sociedad femenina y en la sinagoga y en la Sociedad Histórica, aunque no creía en el concepto de la conservación en sí. ¿Qué se debía conservar? Creía en el progreso, porque había visto situaciones que evolucionaban a mejor. Había nacido durante los estragos de la Gran Depresión, en el momento en el que Israel se convirtió en Estado. Durante su vida iba a ver el avance de los ordenadores personales, y estaba segura de que, al ritmo que iban, también iba a ver a las primeras personas que habitaban la luna. Una vez más, ¿qué se debía conservar?

Sin embargo, no había tiempo para aquellos debates. La vida le llegó demasiado deprisa y, de la noche a la mañana, se quedó embarazada. Y luego otra vez. Y una vez más. Nunca iba a ganarse la vida trabajando, lo tenía muy claro, pero sí tenía la esperanza de viajar y de ver mundo. Solo que entonces secuestraron a Carl y supo que no iba a poder hacer ningún plan durante mucho tiempo. Tardó demasiado en darse cuenta de que «durante mucho tiempo» iba a ser «nunca».

Las noches que los agentes pasaron en su casa, pensó lo siguiente: que, dondequiera que estuviera Dale, estaba casi segura de que nadie lo había secuestrado. Sabía que, si se hubiera casado con él, habría tenido una vida normal, con hijos que pudieran ser su prioridad, unos a los que podría criar de verdad, en vez de verlos como veía a los suyos: como una constante amenaza en potencia al frágil estado mental de su marido.

No, era peor aún. Había pensado que podría haber tenido hijos que se asemejaran más a ella, que hubieran heredado parte de su coraje y energía. Había pensado que podría haber tenido hijos a los que admirara más. Había visto a sus tres hijos debatirse sin sentido para conseguir ser alguien en una vida en la que no tenían que esforzarse para nada. Le daban lástima, porque, una vez que se nace así, incluso si terminan perdiendo lo que tenían, como les acababa de suceder, nunca se siente el fuego de la supervivencia, nunca se cree que haya un motivo por el que levantarse de la cama, aunque lo tengan. Ruth había notado aquel instinto de supervivencia intenso, por eso se había casado con un hombre rico, sin pensar en lo que aquello podía significar para sus futuros hijos. El peligro había desaparecido después de haberse casado con Carl, sí, pero el miedo seguía allí.

Tal vez su animosidad con Jenny se remontaba a tanto tiempo atrás. Era posible.

No obstante, quizá fue esto: tras el secuestro, cuando volvió a casa después de ir a ver a Carl al hospital la segunda noche que pasó allí, vio que tenía unas manchitas de sangre en la ropa interior. Llamó a Phyllis y le pidió que cuidara de los niños en lo que ella se metía en el coche y volvía al hospital judío de Long Island para ir a ver al doctor Mark. Aunque, por el camino, una parte de ella quiso dar media vuelta sin decidirlo de forma consciente y acabó yendo al otro hospital, al North Shore, donde se sentó con paciencia en la sala de urgencias como todo el mundo, con la vista al frente. Cuando por fin la visitó una ginecóloga a la que no conocía de nada, la compresa se le había llenado tanto de sangre que no se imaginaba que pudiera seguir embarazada. Solo que no se puso triste, no, sino que se quedó aliviada. Le sabía mal que aquel bebé fuera a ser un mártir del secuestro, pero mejor el bebé que Carl o los niños. Mejor el bebé que ella.

Solo que al bebé no le había pasado nada. La médica le hizo una ecografía, y ella pudo ver por sí misma que todavía llevaba vida dentro, oyó el sonido húmedo de los latidos del corazón y experimentó una decepción horrible cuando la médica le sonrió y le dijo que es difícil arrancar una buena manzana del árbol.

En aquella camilla, le apareció el pensamiento con su forma completa: no quería a ese bebé. Sabía que estaba mancillado con todo lo que había salido mal.

Sin embargo, se marchó sin pedir aquello que le era imposible pedir. El aborto era algo inaudito, y más en una mujer con sus medios económicos. Volvió a casa y, desde aquella misma noche, se puso a hacer todo lo que decían los cuentos de viejas que interrumpía el embarazo.

En el hospital, Carl no se cansaba de decirle que el bebé le había dado una razón para seguir adelante cuando estaba encerrado en aquel sótano. Era la única vez que hablaba de algo que no fuera el terror que experimentaba y todo lo que necesitaba. Quería que le dijera si notaba que el bebé se movía, si le parecía que iba a ser niña. Cuántas ganas tenía de que la próxima fuera una niña.

En casa, bebía café, cantidades ingentes de café. Y también vino. Se compró tabaco sin filtro. Se apuntó a una de las nuevas clases de aeróbic en Middle Rock y fue hasta a tres seguidas. Se metía todo lo diurético que encontraba. Y laxantes. Y potasio. Se puso a hacer el pino. Hizo las poses de yoga de un libro de la biblioteca que desaconsejaban durante el embarazo. En la ducha, se daba puñetazos en el estómago hasta que terminaba vomitando. Solo que nada podía pararle los pies a aquel bebé, y, el siguiente octubre, Jenny llegó a este mundo.

¿Qué había decidido ella? Después del secuestro, había mantenido la compostura todo lo que podía con una suegra que creía que pretender que no había pasado nada era lo mejor para su hijo.

—Tenemos que hacer que todo sea normal para él —le susurró Phyllis cuando la encontró llorando y fumando en el jardín trasero de su casa mientras los niños estaban en el colegio—. Y apaga eso, que estás embarazada, por el amor de Dios.

—No puedo hacer como si nada, Phyllis. —Ruth apagó el cigarro—. Vaya donde vaya, solo pienso en qué va a pasar ahora. ¿Todavía están por ahí? ¿Nos están vigilando? ¿Quién nos está echando un mal de ojo?

—¿Te sientes mejor después de decir esas cosas? —le preguntó ella—. Porque te digo yo que, en cuanto dejes de hablar de eso, el problema desaparecerá. Es algo que le ha pasado a su cuerpo, no a él.

Phyllis se marchó, y Ruth se encendió otro cigarro. *Ya, claro*, pensó. *No ha pasado nada. Todo olvidado.*

Solo que Bernard seguía mojando la cama.

Solo que Nathan siempre creía que tenía a alguien detrás.

Solo que, cada noche, en el momento en el que Carl se adentraba en el sueño REM, se asustaba y se despertaba con un grito, algo que continuó incluso después de que naciera Jenny y Ruth estuviera agotada y no le quedaran fuerzas para consolarlo.

Llevó a Carl al médico de cabecera (sin decírselo a Phyllis, claro), quien le contó que existía un medicamento nuevo diseñado para ayudar con cierto trastorno y que había demostrado ser capaz de calmar a quienes sufrían de un brote psicótico.

—No tengo un brote de nada, David —dijo Carl. Era lo menos digno del mundo, sentado con una bata delante de su mujer, como hacía ella cuando examinaban a los niños.

Volvieron a casa y Carl se tomó el medicamento. Sin embargo, los antidepresivos estaban en pañales aún en aquellos tiempos, y los efectos adversos de la pastilla que le había recetado el médico eran escalofriantes: sudoración excesiva, paranoia, vértigo, parpadeos rápidos y salvajes, sequedad de boca, picazón en los labios, tendencia a ponerse a hacer multiplicaciones avanzadas y repetitivas mentalmente, estreñimiento.

Y Carl los pasó todos. En cualquier otra persona, parecía que los efectos adversos eran el tratamiento, porque distraían tanto que no se acordaban de que sufrían un dolor mental constante. En Carl, por su parte, lo único que consiguieron fue proporcionarle una especie de terapia de exposición involuntaria respecto a todo por lo que había pasado. Ya estaba sudoroso y paranoico por haber estado encerrado en un armario; ya estaba mareado y parpadeaba como un condenado por haber pasado tanto tiempo con los ojos vendados; sí, se le secaba la boca y le picaban los labios; claro, Ruth se levantaba en plena noche y lo encontraba tirado en el suelo de la cocina, al lado del cuchillo más grande de la casa, y él se echaba a llorar y decía que no podía dejar de calcular primas de seguro.

Peeero, dos años más tarde, en 1982, «¡No te compliques la vida!» (la misma frase que había usado el secuestrador con Ruth durante la llamada telefónica para pedir el rescate) se convirtió en el eslogan de una empresa de caldo en lata durante una campaña publicitaria en la que mostraban que podía ser un adobo fácil y rápido para el pollo o el bistec, o para darles sabor a los salteados. El anuncio era tan molesto y omnipresente que un programa de medianoche montó una broma elaborada en la que «¡No te compliques la vida!» aparecía en cada *sketch* de la noche, y la gente no tardó en llevar camisetas con el eslogan, igual que pasó en 1984 con «¿Dónde está la carne?», y en 1993 con «¿Tienes leche?».

Peeero Carl estaba en la cena de la bat mitzvá de la hija mayor de Marian y Ned Greenblatt y salió el tema del dinero. Fue menos de un año después del calvario de Carl, cuando Ruth todavía albergaba la esperanza de que algún día pudieran clasificarlo como un suceso sin importancia en una vida larga y feliz. Cecilia y Frank Mayer y Bea y Walter Goldberg estaban en la misma cena, después de la ceremonia de encender las velas, y la conversación entró en el tema de las inversiones. Carl estaba ocupado cortando un bistec demasiado hecho y escuchaba a Bea quejarse de que habían perdido doce mil dólares por culpa de un primo inversor.

—Sé lo que es perder el dinero —soltó Carl de sopetón. Frank y Cecilia Mayer intercambiaron una mirada; era lo primero que decía en toda la velada—. Perdí 221 934 dólares, de hecho.

Y la mesa se quedó en silencio. Ruth cerró los ojos: no era la primera vez que oía hablar de aquella suma de dinero.

—¿Invertiste doscientos…? Perdona, ¿cuánto has dicho? —le preguntó Walter Goldberg, limpiándose la salsa del bistec a la pimienta con una servilleta rosa pastel.

—Fueron 221 934 dólares. Y los perdí, no me los devolvieron. Recibí 9479 dólares de uno de ellos y 13 587 del otro. Y digamos 5000 menos por el Datsun usado, porque tampoco me lo han llegado a devolver, porque así son las cosas con las pruebas y demás. Pero el total que recibieron ellos fue de 250 000 dólares, lo cual deja 221 934 perdidos. Y bueno, no sé dónde estará el resto si los dos se lo dividieron equitativamente. Yo creo que solo recibieron una parte, digamos 30 000 dólares entre los dos, y se gastaron un poco. Eso significa que hay alguien por ahí con mis 220 000 dólares escondidos en alguna parte.

A los comensales les llevó un rato caer en la cuenta de que se refería al rescate. Nadie movió un músculo.

—En total —concluyó Carl.

—No sabía que no te habían devuelto el dinero —dijo Cecilia tras una larga pausa.

—¡Cecilia! —la regañó Frank.

—Pues no —dijo Carl—. La parte más grande no.

Nadie supo qué más decir. Ruth seguía con los ojos cerrados. Cuánto odiaba a Cecilia Mayer. Habían tenido hijas a la vez, y Jenny y Erica iban a la misma clase para madres y bebés. Cada semana, Ruth y Cecilia se tiraban al suelo juntas, a agitar sonajeros, y Cecilia le hacía preguntas sobre su vida de una forma que Ruth entendía que era el mal de ojo en vivo y en directo.

Cuando abrió los ojos, mantuvo la mirada fija en el bistec, que estaba incomible. Los Greenblatt siempre iban a la opción barata.

—Nunca se sabe cuándo aparecerá —sugirió Bea, alegre.

Los comensales se quedaron en silencio, y Carl fue el único que siguió comiendo. Fue la única vez que habló del secuestro o que se refería a él en público y con tanto desenfado.

Al día siguiente, Ruth lo obligó a dejar de tomarse las pastillas.

Peeero la situación seguía sin mejorar. Carl seguía distraído, incluso catatónico. Ike lo iba a buscar a su casa para llevarlo al trabajo un día sí y otro también y lo traía de vuelta. Carl ni salía de su despacho. Incluso después del juicio fue como una persona metida dentro de otra, y a Ruth ya se le estaba olvidando quién había sido en un principio, si es que había existido en algún momento.

Después de que naciera Jenny, Ruth pidió cita con el internista que su madre tenía en Brooklyn por aquel entonces, con la excusa de que tenía que hablar de ella, pero, en cuanto se quedó a solas con el doctor Schechter, se puso a llorar por su marido, quien parecía estar roto para siempre.

El doctor le dio un pañuelo y le puso una mano en la rodilla (así era él, eran otros tiempos).

—Puede que necesite una vida entera para superar algo así.

Ruth negó con la cabeza, sin que le llegaran las palabras. Quería decirle que no tenía una vida entera que pasar esperando, aunque claro que la tenía. Era algo que les había sucedido a todos, no solo a Carl. Por cómo Phyllis hablaba del suceso en susurros era como si solo fuera cosa de él, pero Ruth casi se había quedado viuda, también pasaba miedo, y fue un miedo que no se dio por vencido después de que Carl volviera, sino que se dedicó a crecer en el mismo vacío en el que vivía su soledad. Dio a luz a una bebé y no permitía que durmiera fuera de su habitación. Nadie se preguntaba qué le había pasado por la cabeza a Ruth durante el calvario; al menos Carl, por mucho que estuviera sufriendo, sabía que estaba vivo. Ella no lo sabía. ¿A nadie se le había ocurrido eso?

El doctor Schechter le dio una receta de alguna especie de calmante y le recomendó un psicólogo que conocía.

—Pero ya se tomó pastillas —sollozó Ruth—. Y lo volvieron loco. ¡Todavía lo está!

—No es problema de las pastillas, querida —dijo el médico—. Hay que hablar con él.

—Ay, Carl no haría eso.

El médico apartó la mano de la rodilla de Ruth, quien la notó fría sin su presencia.

—Prueba y verás.

Unos días más tarde, Ruth fue a Manhattan para ver al doctor Light y hablar de la posibilidad de que Carl fuera de visita. Su consulta tenía paneles de madera y una pared llena de libros, de la cual un estante estaba ocupado por un libro que él mismo había escrito, *Libérate*, y que, según dicho estante, también lo habían traducido al alemán.

El propio doctor Light estaba calvo y tenía perilla, solo que esta era de un tono más oscuro de lo que parecía natural para su edad y complexión. Hasta aquel momento, Ruth no se había planteado nunca que el vello facial fuera algo que la gente se teñía.

—¿En qué puedo ayudarla? —le preguntó el médico.

Ruth mecía el carrito de Jenny mientras esta dormía. Le había dicho a Carl que iba a llevarse a la niña a Nueva York para verse con una prima lejana suya. No habían celebrado la ceremonia para darle nombre porque él todavía no soportaba la presión de un acto en público (¿a lo mejor todo se remontaba a aquello? ¿Y si los problemas eran porque no le habían puesto nombre en la sinagoga como era debido?).

—Es por mi marido —dijo Ruth—. Lo secuestraron hace once meses, y no es que espere que esté bien de sopetón. —Se paró a pensar qué era lo que debía esperar, y, como no lo sabía, continuó—: Se pasa todo el día asustado.

—¿Por qué no ha venido con usted?

—No quería molestarlo. Solo quiero ayudarlo. Quería saber si usted tenía algún consejo. —Le habló de lo mal que dormía Carl, de que se pasaba las noches temblando. Le contó el miedo que le daba salir de casa.

El doctor Light se lo pensó durante un momento. Estaban el uno de cara al otro, él en una butaca gigantesca y ella sentada en un sofá en el que seguramente se tumbaban los pacientes. Miró a Ruth de arriba abajo y dejó la mirada quieta en sus tobillos exquisitos durante más de un segundo. Que tenía una bebé al lado, por el amor de Dios.

—Muy a menudo, lo que ocurre es que el cerebro queda herido durante los momentos duros como ese —le explicó, antes de esbozar una sonrisa como si fueran a compartir una broma—. Imagino que verla llorando todo el día no ayuda.

Ruth no estaba llorando, o al menos eso creía. Se llevó una mano a la cara y no, toda seca.

—Mire usted —continuó—, los hombres y las mujeres somos distintos. —Soltó una leve carcajada y movió las manos de arriba abajo como un árbitro de baloncesto que indicaba doble regate—. ¡No les cuente a las feministas lo que le he dicho! —Se echó a reír otra vez y meneó la cabeza—. Aunque incluso las feministas estarían de acuerdo conmigo. Lo que pasó la volvió histérica.

Ruth aguardó.

—Una mujer no está siempre histérica —continuó—, pero siempre tiene la capacidad de estarlo. Es algo innato. Lo único que hace falta es un suceso importante y *zas*, ahí viene la histeria. Imagíneselo como una pelotita que le va rebotando por el cuerpo, como en el pinball. ¿Sus hijos juegan?

—No he venido por mí —insistió ella—. He venido a hablar de mi…

—Sí, pero todo está relacionado, ¿sabe? —Se inclinó hacia delante, con las manos en el regazo—. Si usted está en calma, él también. ¿Lo entiende?

—Pero…

—Ahí está otra vez. Caaalmaaa. —Alargó la palabra como si intentara venderle el concepto de la tranquilidad, mostrarle que en la palabra en sí había unos contornos en los que podía organizarse un día de spa entero.

En la historia de las interacciones humanas, una mujer nunca ha tenido una forma efectiva de explicarle a un hombre que está tranquila cuando dicho hombre cree que no es así.

—Mi consejo es que venga a verme dos veces a la semana —le dijo el doctor Light—. Y quizá pueda dejar a la niña en casa. —Estaba claro que se había quedado prendado con sus tobillos—. Lo más importante es que usted esté relajada, porque, cuando ocurren cosas como lo que le pasó a su marido, el peligro de verdad es que un torrente de emociones en exceso provoque un incendio a su alrededor. ¿Ha visto los anuncios del oso guardabosques ese?

—Sí —contestó.

—Pues es lo mismo: solo usted puede prevenir un incendio forestal. —Al ver que ella se quedaba sin saber qué decir, añadió—: Lo más importante es que se mantenga en calma.

—¿Qué… Qué le puede llegar a pasar?

—No se recuperará nunca. —El doctor Light meneó la cabeza, apesadumbrado—. Así es la vida; lo que le sucedió es demasiado gordo para él, y el cerebro no tiene cómo procesarlo. Tiene que mantenerlo todo contenido, donde pueda asfixiar los sentimientos. Si empieza a sentir algo, no terminará nunca.

Ruth se echó atrás en su asiento. Estaba lo bastante cerca de una hora en la que, si Jenny se ponía a berrear o tan solo a moverse un poco, podía poner la excusa de que tenía que darle de comer y marcharse.

—Es un diagnóstico nuevo, lo llaman trastorno por estrés postraumático. Lo inventaron hace unos años, para los veteranos de Vietnam con sus recuerdos recurrentes, ¿sabe usted?

—¿Y qué se hace para curarlo?

—No se puede hacer nada, solo es un diagnóstico. Así que hágame caso. —Se puso en pie—. Manténgase tranquila cuando esté con él. Facilítele el olvidarse de lo sucedido. No le complique la vida.

A Ruth le dio un escalofrío al oír las últimas palabras.

—Todo irá bien si lo ayuda a contenerse.

Se despidió y salió de la consulta, maldiciendo a Jenny para sus adentros por no haberse puesto a llorar como un bebé normal.

¿Acaso los problemas habían empezado entonces?

Las cavilaciones de Ruth fueron a preguntarse cuánto tiempo llevaba Jenny en la casa de la calle Nueve. ¿Unos días, semanas tal vez? ¿O años? Aunque qué más daba. ¿Qué sabía ella de la vida de su hija?

El problema era que podía pasarse el día entero haciéndose aquellas preguntas, e incluso podía llegar a obtener alguna respuesta, pero ninguna de ellas era capaz de decirle lo que quería saber: ¿cómo era posible que todo hubiera salido tan mal?

—Mamá —dijo Jenny aquella tarde, al entrar y ver a su madre sentada en el sofá. Parecía cansada, o tal vez parecía una mujer de casi cuarenta años que no compraba maquillaje. Se quedó en el umbral del salón.

—Jennifer —contestó su madre con cierto desagrado—. ¿Qué te ha pasado?

—¿A qué te refieres?

—Por favor, Jennifer. ¿Se puede saber qué haces aquí?

Jenny recobró la compostura al fin, puso un semblante menos afectado y cruzó la sala para dejar las llaves en la mesa de la cocina y hacer tiempo. No le devolvió la mirada a su madre ni por un instante.

—Llevo tres horas aquí sentada —siguió Ruth—. Pensando cómo es posible que lleves Dios sabe cuánto tiempo viviendo aquí y que no se te haya ocurrido decírselo a tu familia.

Jenny siguió buscando con qué mantenerse ocupada y se puso a sacar objetos de su bolso poco a poco para dejarlos sobre la encimera sin motivo alguno.

—Digo yo que tu madre se merece una explicación, ¿no? —preguntó Ruth. Su hija la miró por fin.

—Pues no sé yo.

—¿Has estado llorando?

—No.

—Que te digo yo que sí. ¿Qué ha pasado?

—Vengo de… Estaba hablando con alguien. Hemos discutido.

—¿Por qué no estás en Connecticut? —Entonces se le ocurrió algo—: ¿Era verdad que vivías allí?

Jenny se sentó en el sofá antes de contestar.

—Mamá, no sé qué haces aquí. Si quieres que me vaya, es tu casa, dímelo y me voy esta misma noche.

—Jenny, es que no tiene sentido.

—Nada lo tiene, mamá.

—¿Se puede saber qué te pasa? —preguntó Ruth. Parecía que no conseguía sonar menos enfadada—. ¿Tengo que llamar al médico?

—No.

—¿Y qué haces aquí?

—Pues mira, mamá, estoy intentando averiguar cómo he podido terminar tan jodida. Cómo he podido quedarme a la deriva.

Cómo puede ser que no haya podido integrarme en mi familia ni tampoco separarme de ella.

—No tengo tiempo para paparruchas de psicología —dijo Ruth.

—No son paparruchas, ma, son sentimientos. Los sentimientos de otras personas. La gente tiene sentimientos, ¿sabes?

—Ni que fueras Sigmund Freud.

—No me escuchas.

—No me grites.

Jenny se echó a reír.

—Mamá, no te estoy gritando. —Sin embargo, Jenny se había quedado sin defensas, y lo único que tenía era desesperación—. Tenía una fantasía en la que, si nos quedábamos sin dinero, sabría cómo vivir.

Ruth empezó a ponerse la chaqueta, con una mirada salvaje.

—¿A dónde vas? —le preguntó su hija.

—No me puedo creer que hayas salido de mí —dijo—. Lo único que quería era tener hijos que tuvieran la vida resuelta. Y ahora veo cómo eres y no me creo que seas mi hija.

—Ahora creo que a lo mejor tenías razón —contestó Jenny—. Tendría que haberme hecho una rinoplastia, tendría que haberme casado. Debería haber tenido hijos que me distrajeran de que no valgo nada.

—He pasado la vida entera viéndoos con un pan bajo el brazo, con uno en cada brazo, en realidad. Lo tenéis todo, todo es vuestro. Podríais haber hecho lo que quisierais.

—¿Cómo? —preguntó Jenny—. Ni siquiera había nacido y ya se me había puesto la zancadilla.

—¿Qué dices? Eres una niña consentida. Ni siquiera lo viviste.

—Viví todo lo que vino después —dijo su hija—. Contigo y con Arthur… seáis lo que seáis.

—¿Cómo dices, Jennifer?

—Nada, da igual.

—No, estabas insinuando algo. ¿No prefieres decirlo en voz alta?

A Jenny le sonó el móvil, y le echó un vistazo, aunque le costó ver bien con la pantalla rota.

—Tengo que contestar —dijo.

—Ah, mira, tiene que contestar —repitió su madre.

—Es que… Espera. —Hacia el móvil, dijo—: ¿Diga? ¿Va todo bien? —Se quedó escuchando un rato mientras Ruth la fulminaba con la mirada—. ¿Qué? Vale, dime. —Y Jenny se metió en el estudio y cerró la puerta, en busca de privacidad.

Ruth se abrochó el abrigo y se marchó. Al fin y al cabo, no tenía nada más que decir.

Ruth recordó que, cuando Jenny estaba terminando primaria, escribió una redacción sobre la crianza de terneros, sobre que los encerraban en cajas y no los dejaban pasear para que generaran tanta grasa como fuera posible antes de matarlos y venderlos cuando alcanzaban su mayor peso. Jenny había presentado sus hallazgos en el salón con una cartulina en forma de tríptico que acabó ganándole el premio de la feria de ciencias de la escuela por el innovador mecanismo de poliestireno que mostraba cómo el mismo ternero bebé crecía, a lo largo de la presentación, hasta ser un ternero encerrado y luego un animal a punto de alcanzar la adultez vacuna que solo vislumbraba el cielo una sola vez en la vida, en el trayecto desde la caja que era su cárcel hasta el matadero. La última imagen era de una familia gorda, fea y glotona que come ternera. Recordaba el momento en el que el ternero salía del recinto; Jenny lo había montado de forma que un ternero de poliestireno saliera de la caja y no pudiera caminar. No tenía los músculos desarrollados, al haber pasado toda la vida en una jaula, de modo que se deja caer en el suelo, y el mecanismo arrastra al animalito tumbado y asustado hasta su muerte.

De golpe, comprendió que sus hijos eran esos terneros.

Los había criado para que engordaran, solo que no iban a poder alcanzar una adultez plena y próspera. Habían llegado a la puerta de la vida, incapaces de caminar. Ruth los había llegado a odiar por ello (un odio que solo podía existir porque los quería), pero se dio cuenta de que había sido inevitable. Y lo que era peor aún: se percató de que ella era la causante de su incompetencia.

En su coche aparcado delante de la casa de piedra rojiza, Ruth se quedó mirando la nada.

Arthur habría sabido qué hacer. Habría sabido qué decir, cómo lidiar con todo. O al menos habría podido consolarla.

O tal vez no. Quizá, cuanto más tiempo pasaba, más le parecía que Arthur no había existido nunca.

Solo que sí que había existido. Había estado allí desde el principio.

Incluso durante el calvario en sí, Ruth sabía que iba a llegar el día en que Phyllis se negara a hablar de ello. Sus hijos no iban a recordar nada, porque eran muy pequeños, y, a falta de un compañero romántico que estuviera presente del todo, se quedó con lo que acabó siendo un muy buen amigo.

Al principio, Ruth y Arthur tenían mucho de lo que hablar, por las consecuencias del secuestro y el juicio. Luego habían seguido hablando porque él era su abogado y habían cambiado los testamentos después del calvario de Carl. Pero entonces, conforme las tareas de Arthur en cuanto a su situación legal disminuían y los problemas derivados del secuestro se resolvían todo lo que iban a poder resolverse, el hombre seguía pasándose por allí. Primero para cenar con ellos, y luego para ir a ver cómo estaban varias veces a la semana, por petición de Phyllis. Y más adelante como el equivalente de un perrito de apoyo emocional para Ruth, alguien que la ayudara a tomar decisiones, en quien pudiera confiar y, finalmente, alguien que pudiera cumplir con la tarea de recordar exactamente cuándo y por qué su vida se había salido de control, algo por lo que merecía una medalla al valor.

Y entonces, un buen día, unos años después del calvario, Arthur fue a su casa a cenar y Ruth le preguntó dónde estaba Yvonne.

—Nos vamos a divorciar —anunció él. Estaba comiendo sopa y no se centraba en otra cosa, sin alzar la mirada.

Ruth tenía miedo de reaccionar. Sus dos hijos ya iban a primaria y cada vez escuchaban las conversaciones en la mesa con más atención. Carl estaba allí. Y Phyllis también, con su ojo avizor, atenta a todo.

—Lo siento mucho —dijo. Se percató de que estaba aliviada de que se lo hubiera contado delante de todos.

—No pasa nada —repuso él—. Así es la vida.

Y así continuó todo durante más de treinta años: Arthur siempre estaba allí, siempre podía comunicarse con Ruth a través de miradas silenciosas. Jenny y Beamer compartían unas miradas sorprendidas y unas carcajadas estridentes por una broma privada entre ellos de la que Ruth pretendía no saber nada; primero sobre que Arthur era su padre de verdad y luego sobre que estaba planeando matar a su padre biológico para pasar a ser su padrastro.

Y Ruth se esforzó muchísimo para no darle espacio nunca para que dijera lo que parecía que tenía atascado en la garganta.

La última vez que Ruth había visto a Arthur a solas fue justo antes de que Phyllis muriera. Estaba devolviendo un vestido en Bloomingdale's cuando llamó a Arthur para decirle que iba a estar en Nueva York.

—¿Quieres que nos veamos? —preguntó.

Quedaron en el restaurante Sette Mezzo, y Ruth se fue de compras por la Quinta Avenida en lo que se hacía la hora.

Arthur la estaba esperando en la mesa, con sus ojos tristes y llenos de amor. Se puso de pie cuando ella se acercó y extendió una mano; ella le colocó la mejilla contra la de él en la imitación de un beso y se sentó.

—¿Va todo bien, Ruthie? —le preguntó Arthur de inmediato, echándose adelante—. ¿Qué pasa?

Ruth se quedó mirando el menú unos segundos.

—No pasa nada —respondió—. Solo tenía que salir un rato. Estoy harta del teléfono, necesitaba un poco de aire.

Cuando alzó la mirada, vio que él seguía mirándola.

El camarero fue a pedirles la comanda justo a tiempo y les leyó más de diez platos especiales. Ruth y Arthur intercambiaron una mirada más conforme esperaban; cuanto más tiempo pasaba, más gracioso les parecía a los dos, aunque si hubieran estado acompañados de alguna otra persona esta no habría podido ver ni un brillo en sus ojos. Así eran las viejas amistades, o lo que fuera que compartieran los dos.

—Comeremos el lenguado —dijo Arthur—. De la carta.

—Sí, señor —respondió el camarero.

—Ni que fuera Burt Reynolds —dijo Ruth conforme lo miraba alejarse. Tras volverse hacia Arthur, añadió—: Va a morir pronto.

—Lo sé —contestó él.

—Se pasa el día tirada en medio del salón. Y no sé qué le va a pasar a él cuando muera su madre.

—¿Qué crees que pasará?

—No sé. A lo mejor se tira encima del ataúd. Va a ser terrible.

—O a lo mejor se siente libre.

Ruth se lo pensó durante un momento.

—Se dice que, cuando muere un hombre, su viuda vive muchos años más, pero, cuando es la mujer la que muere, su marido dura un año más como máximo.

—Pero es su madre. —Arthur meneó la cabeza.

—Es lo que he intentado explicarles desde hace años —repuso Ruth, y los dos se echaron a reír como los viejos amigos que eran.

Más adelante, durante el tercer día de la shivá, Ruth volvió a casa después de supervisar la limpieza de la mansión de Phyllis y se encontró un sobre en el escritorio. Lo abrió y vio que era una carta de Arthur:

Mi queridísima Ruthie:

He esperado a que falleciera mi estimada tía Phyllis y a que organizarais el funeral

y estuvierais más tranquilos para irme. Sé
que te sorprenderá, pero voy a tomarme un
tiempo libre en el trabajo. Sé que te pre-
guntarás por qué no te he contado nada. ¿Lo
sabes en el fondo?

No estaré en contacto mientras esté fuera. Si tenéis algún problema legal, llamad
a Arnie, del bufete. Me dejaré el móvil
aquí y no le diré a nadie dónde voy a estar. Estaré bien, pensando en ti.

Con amor,
Arthur

Debía de haber como cien personas en la casa. Fue a la planta de arriba, a la habitación de su suegra, y se pasó una hora
llorando y abofeteándose de vez en cuando por su reacción propia de colegiala. Era una niña pequeña que se sentía sola en el
mundo, a pesar de tener tantísimas personas en casa que la buscaban.

Aquel día, después de dejar a Jenny sola en la casa de la
calle Nueve, Ruth arrancó el coche y se dirigió a la Segunda
Avenida, aunque giró hacia el puente de la calle 59 en lugar de
ir por el túnel. Con todo el tiempo que llevaba viviendo allí,
todavía no se podía obligar a pagar por un peaje que no era
necesario.

Conforme cruzaba el puente, se percató de que la solución a
todo aquello no iba a salir de parte de sus hijos, porque no estaban preparados y era demasiado tarde para que aprendieran. La
solución tenía que salir de ella misma. ¿De quién si no?

La parte peleona, supersticiosa y desesperada de Ruth, la chica de
Brooklyn, aquel lugar real y asqueroso, solo tardó dos semanas en

salir a flor de piel y desvelarle la solución. Le sorprendió que hubiera tardado tanto, pero es que le faltaba práctica.

A pesar de que no tenía a Arthur para que la aconsejara, tampoco lo tenía para detenerla. No tenía a Arthur y punto, por lo que lo único que le quedaba era ella misma, aunque fuera con sus recursos a medias.

Una mañana, esperó hasta después del desayuno y fue hacia el barrio Forest Hills, al bloque de pisos de su cuñada Marjorie, uno de aquellos edificios de aspecto soviético en una esquina del bulevar Queens.

Se valió de la llave que tenía para abrir la puerta al ver que nadie contestaba, pero se encontró con Marjorie en el sofá, mirando la puerta con unos ojos asustados y muy abiertos.

—¿Por qué no contestabas? —le preguntó Ruth al verla.

Y Marjorie no dijo nada.

—¿Estás bien? ¿Qué te pasa?

—Sabía que venías —dijo—. He notado tu presencia en el edificio.

Lo que notó Ruth fue lo cansadísima que estaba de repente.

—Marjorie, por favor. ¿Qué está pasando?

No podía apartar la mirada de Ruth conforme esta se le acercaba.

—¿Qué te pasa?

—Es que... —empezó a decir Marjorie. Se tapó con una manta de ganchillo, abrazándose las rodillas, y se hizo una bolita—. Ha pasado mucho tiempo. Sabía que venías.

—¿Cómo lo has sabido? —Y entonces, al acordarse de que no quería más paparruchas psicológicas, enderezó la espalda y se sentó en la butaca demasiado mullida que había delante de Marjorie—. Mira, he venido a hablarte de algo. Perdona que no te haya llamado antes; sé que estás enfadada.

Marjorie se echó más atrás y se llevó la manta a la barbilla.

—Eres clavadita a ella —dijo—. Se te da muy bien.

—No sé a qué te refieres. ¿Qué dices? Oye, ¿dónde está Alexis? ¿Está por aquí?

—Ha ido a clase.

Ruth respiró hondo y se obligó a esbozar su sonrisa más cálida.

—Marjie, me preocupo mucho por ti —dijo Ruth—. Todos nos preocupamos. Y sé lo complicado que es todo, el miedo que te dan las finanzas. He estado pensando en ti y estoy preocupada porque... ¿Me estás escuchando? ¡Marjorie! Estoy preocupada porque Nathan dice que no podemos vender la fábrica, que nadie la querrá, y hubo una inspección y encontraron un montón de fallos.

—¿En la fábrica? —Por primera vez en lo que iba de conversación, pareció ponerse atenta.

—Sí, la fábrica ha pasado a ser un lastre. Nos va a costar mucho dinero arreglarla.

—¿Qué vamos a hacer?

—Bueno —empezó ella—, tengo una idea. ¿Quieres que te la cuente? ¿Marjorie? Me oyes, ¿no? Porque parece que solo me miras la cara y el pelo.

—Eres clavadita a ella —repitió Marjorie, aquella vez con más asombro que miedo.

—Tengo una idea —insistió Ruth.

—Dime.

—¿Sabes que en el testamento no dejó la mansión a tu hermano? Carl no lo sabe. La mansión no figura en el testamento de tu madre, ¿sabes lo que significa eso?

—No.

—Pues que la mansión pertenece a sus familiares más cercanos, así que no solo es para Carl, sino para los dos. Eres su hija, su hija mayor. Tienes derechos. No tendría que contártelo, porque va en contra de mis intereses, pero no soporto que te quedes sin nada.

—¿Quieres que me quede con la mansión? —quiso saber Marjorie.

—Quiero que tengas lo que te mereces. El problema es que no puedo decírselo a Carl. Como sabes, está muy sensible ahora mismo, por lo de tu madre, y no quiere irse. No se irá, vaya. No quiere. Pero ¿y si hablas con un abogado? Puedo darte el contacto de uno y podrías hablar con él para pedir lo que es tuyo. Y entonces tendríamos que vender la mansión, no habría otra opción.

—¿Y por qué no me la dejaste a mí? —Marjorie estaba enfadada de pronto—. ¿Por qué me obligaste a vivir como pobre?

—Yo no he hecho nada de eso, ¿qué dices? Te digo que tienes que pedir tu mitad de la mansión, es lo que tienes que hacer. Es lo que se te debe.

Marjorie se cruzó de brazos con un gesto infantil.

—Es lo que llevas haciendo desde que nací.

—No sé de qué hablas.

—Creía que a estas alturas ya me habría librado de ti.

—¿Que te habrías librado de mí? Marjorie, somos familia. ¿Por qué quieres desentenderte? Solo he pensado que deberías luchar por tu mitad de la mansión, deberías luchar y decirle a Carl que quieres venderla. Puede ser un abusón a veces. Yo no puedo formar parte de la decisión, claro. Solo puedo ayudarte si lo mantenemos en secreto. Pero deberías exigirlo. Es lo que haría yo: reclamaría lo que se me debe.

—Siempre lo has querido más a él. Creía que a estas alturas ya me sentiría libre, se suponía que iba a oír los grilletes que caían al suelo. Alexis me dijo que oiría eso cuando murieras.

—No estoy muerta.

—Ya lo veo.

—No sé de qué me hablas, la verdad. ¿Debería llamar a Alexis?

—¡No quiere saber nada de ti!

—Tienes derecho a quedarte con lo que es tuyo, Marjorie. Y la mitad de la mansión es tuya. Y si quieres venderla, bueno, no sé cómo puede impedírtelo él.

Marjorie se echó hacia adelante con una mano estirada. En contra de todos sus instintos, Ruth se quedó quieta y permitió que le tocara el rostro.

—¿Es verdad? —preguntó Marjorie.

—Sí. Pero no le digas a nadie de lo que hemos hablado. Estoy intentando protegerte.

Solo que Marjorie ya no la estaba escuchando, sino que seguía tocándole el rostro, hasta que Ruth la apartó de un manotazo.

—Marjorie, ¿estás bien? —preguntó, mirándola con recelo.

—Sí —susurró ella—. Solo abrumada y cansada. Me alegro mucho de que estés aquí. Te he echado mucho de menos. Te echo de menos.

Ruth se puso de pie. Ya estaba harta.

—A ver si te enteras, Marjorie. Escúchame bien. Lo único que tienes que hacer es ir a ver a Carl... ¿Me estás escuchando? Vete a hablar con Carl, o mejor haz que lo haga Alexis, y le decís que sabéis qué derechos tienes. Que la mitad de la mansión es tuya y... ¿qué más?

Marjorie se puso de pie también y le tocó la nariz a Ruth.

—Que quieres venderla, ¿verdad? —la alentó Ruth.

—La fábrica es un lastre —repuso ella, seria de repente.

—Sí, y necesitaremos mucho dinero para arreglarla. Necesitamos recuperar dinero. ¿Estamos de acuerdo, entonces? ¿Quieres...? ¿Quieres que hable con Alexis del tema?

Marjorie puso una expresión mucho más cálida.

—Claro —respondió, con la voz llena de amor—. Claro.

—Tengo que irme —dijo Ruth—. Acuérdate bien, la mitad es tuya. ¿Me oyes? Quiero que montes un buen pollo. ¡Sé lo bien que se te da!

Marjorie asintió. Sonreía con una expresión serena que hacía que a Ruth le dieran ganas de ponerse a gritar.

—Tengo que irme —repitió.

—¿Vendrás a verme otra vez?

—Sí, claro. Somos familia.

Ruth se alejó de aquella sonrisa desquiciada y salió un poco por la puerta, donde se dio media vuelta antes de marcharse, como si fuera a preguntar algo, pero se lo pensó dos veces y acabó saliendo. Sí, lo mejor era irse.

Aquella misma noche, en la mansión, Ruth se despertó con un sobresalto. Había estado soñando que el faro al que su suegra había destinado treinta años de su vida con la Sociedad Histórica para restaurarlo la alumbraba y le gritaba cada vez que la luz giratoria se posaba sobre ella. Y vio que los gritos eran constantes, solo que los notaba cuando apuntaba hacia ella.

Todavía era de noche, y, en su habitación a oscuras, le sonaba el teléfono. El fijo, el que ya casi no sonaba nunca y que en aquel momento pedía atención a gritos, con su melodía clara y ancestral.

—¿Diga? —contestó.

—¿*Ruth?* —Era Ike Besser—. *Ruth, soy Ike. Perdona que te llame tan tarde.*

—¿Ike? ¿Va todo bien?

—*Estoy en la fábrica.*

—¿Qué hora es? —preguntó.

—*Ruth, estoy en la fábrica. Tienes que venir ya.*

Ruth se incorporó y trató de ver en la penumbra de la habitación. El otro lado de la cama estaba desocupado; le daba la sensación de que alguien la observaba, pero, cuando encendió la luz, vio que estaba a solas.

—¿Qué pasa, Ike? ¿Estás con Carl?

—*Ruth, tienes que venir. Ha habido un incendio.*

PARTE II

EL MOMENTO
MALEABLE

POLIESPÁN

Cuando el poliestireno se quema, se derrite y pasa de ser un material blanco y ligero a un líquido oscuro y espeso que, después de enfriarse, se torna sólido y frágil. Si, durante el proceso de arder, el roce del poliestireno produce el polvo suficiente, ese polvo, al dispersarse, puede provocar una mezcla explosiva: una gran cantidad de humo negro formado de monóxido de carbono, hidrocarburos totales y partículas de humo. En resumen, un desastre derretido y fundido.

Por descontado, la explosión en sí es algo secundario. El calor concentrado por sí mismo ya desata varias explosiones dentro de la fábrica en una reacción en cadena desde el presurizador hasta el aireador. Los barriles de poliestireno estallan en combustiones en miniatura, como palomitas de dinamita. Durante la noche en la que ardió Consolidated Packing Solutions, las explosiones no causaron ningún daño más allá del edificio principal, pero el caos se podía vislumbrar desde los aviones que despegaban en el aeropuerto JFK.

La protección es lo que promete el poliespán; está diseñado para ser una capa densa y ligera que mitiga los impactos, pues absorbe los golpes y además aleja el objeto en sí del mundo. Cuando se prende fuego, se vuelve suave, se contrae y, al final, se derrite. Y el proceso libera gas de estireno e hidrocarburos policíclicos aromáticos, una combinación tóxica que, si la respira un humano, puede provocarle un daño permanente en el sistema nervioso. Qué extraño es el mundo de la química, qué raro es que un objeto diseñado para proteger sea capaz de causar tantísimo daño.

Para cuando llegaron los bomberos, algunas partes de la fábrica estaban incendiadas, mientras que una nube de humo y polvo flotaba sobre lo que quedaba, como el mazo de un juez; no, como una maldición.

Aquella noche, las alarmas de incendios habían sonado, y el sistema de seguridad de Consolidated Packing Solutions había llamado a los bomberos y a la policía de Queens, quienes, con sus sirenas a todo volumen, centraron sus haces de luz en una silueta temblorosa y con bata que estaba de pie en la zona de carga y descarga de la fábrica.

Era Marjorie, cómo no.

Bajo el brillo de las luces, parecía más frágil que nunca, como un pajarillo, e incluso más desorientada que cuando Ruth había ido a verla hacía unas horas. Tenía el cabello lleno de polvo y los dedos ennegrecidos, y las lágrimas le habían dejado unos caminitos limpios entre la suciedad que le cubría el rostro.

Seis camiones de bomberos rodeaban la fábrica, junto con tres vehículos de patrulla de la policía y seis agentes uniformados. Los policías habían desenfundado sus armas reglamentarias, entre gritos y amenazas, para intentar que Marjorie levantara las manos. Sin embargo, lloraba con tanta fuerza que los brazos le formaban una especie de forma de cactus, así que los policías intercambiaron una mirada y enfundaron las armas para acercarse a ella poco a poco, con calma, mientras un sedán negro llegaba a la zona de los hechos y un agente cansado y vestido con un traje arrugado trataba de averiguar qué era lo que había ocurrido exactamente.

Ike llegó a la fábrica unos minutos después, porque la empresa de seguridad privada que trabajaba para Consolidated Packing Solutions lo había avisado. La zona de Queens en la que se hallaba la fábrica estaba desierta por la noche, y las alarmas se activaban por motivos que iban desde las fechorías de las ratas que paseaban por la entrada hasta un taxi que usaba la zona para dar media vuelta. A todo ello se le debían sumar las medidas de seguridad extra que habían establecido desde que Carl había vuelto de su calvario, por lo que el lugar era una tragaperras de alarmas que se activaban a todas horas de la noche. Se produjeron tantas falsas alarmas a lo largo de los años que ya hacía mucho tiempo que Carl había transferido las alertas a nombre de Ike, dado que él no soportaba las constantes llamadas a las tantas y, además, tampoco es que fuera a ir a la fábrica en plena noche.

Al menos en una situación normal, porque aquel día sí que estaba presente. Había llegado en su Range Rover al tiempo que Ike se presentaba con su Ford Focus, aunque no quedó nada claro quién había llamado a Carl ni de dónde había salido. Ike estaba hablando con el agente al mando y le intentaba explicar que era el capataz de la fábrica y que Marjorie era la hermana del propietario. Y el agente lo escuchó mientras los demás policías esposaban a Marjorie, quien no dejaba de llorar el tiempo suficiente como para responder a ninguna de sus preguntas y quien todavía tenía las cerillas en la mano y no dejaba de toser. A pesar de las súplicas de Ike, los agentes de policía se la llevaron a uno de los coches, donde Marjorie se sentó en el asiento trasero y se quedó mirando por la ventana como un cachorrito asustado.

Uno de los camiones de bomberos estaba aparcado justo en el lugar asignado a Carl en el aparcamiento, por lo que se puso detrás. Salió del coche de un bote, se dejó la puerta abierta y corrió hacia el coche patrulla poniendo el grito al cielo.

—¡Paren! ¡Que es mi hermana!

El agente de policía lo miró. Iba con su pijama, con una gabardina encima y el cabello más despeinado que nunca.

—Es mi hermana —repitió Carl—. Y esta es mi fábrica, déjenla en paz.

—Parece que le ha prendido fuego —dijo el agente.

—Pero es mi fábrica. No la denunciaré.

—Es un asunto de seguridad pública. Provocar un incendio es un delito, no tiene nada que ver con denunciar o no.

Marjorie gritaba algo desde el interior del vehículo.

—Por favor, déjenme hablar con ella.

—Tenemos que llevárnosla al calabozo.

Marjorie, ansiosa, le estaba intentando explicar algo desde el otro lado de la ventana cerrada. Seguía llorando y miraba a todas partes, a izquierda y derecha, arriba y abajo.

—Lo sé, Marjie —le dijo Carl a la ventana—. No pasa nada.

Ruth llegó en aquel instante, un poco despeinada pero con ropa de calle.

—¡Carl! ¿Dónde te habías metido? ¡Estaba preocupadísima! —Y entonces, al ver a Marjorie en el coche, puso su voz de psicópata y la tormenta de gritos se desató de golpe—. ¿Qué ha pasado? —gritó hacia la ventana cerrada—. ¿Qué has hecho? ¿Qué has hecho?

Marjorie, llorando sin palabras, se apartó de la violencia que desprendía su cuñada. Fue Carl quien alejó a Ruth para que no se abalanzara hacia el coche: el movimiento más agresivo que había hecho el pobre en cuestión de años.

—No es ella misma, Ruth —le dijo. Y, al agente—: ¿No pueden bajar la ventanilla? Dejen que hable con nosotros.

El agente miró a Marjorie y, al ver lo patética que parecía, se acercó al lado del conductor para abrir la ventanilla, con lo que la pescó a media frase.

— … a verme, pero se parecía mucho a Ruth. No había visto algo igual en la vida. Pero era ella. ¡Era ella!

—¿Qué dices, Marjorie? —dijo Ruth—. Está loca. —Desvió la mirada del coche.

—¡Me ha dicho que tenía que salvar la fábrica! ¡Que podía salvarla si la destruía!

Marjorie alzó la mirada, no para mirar a Ruth, a Carl ni al agente, sino más allá de ellos, y el brillo eléctrico de las luces de emergencia le hacían relucir la piel y le conferían un aspecto espectral.

—Estaba en casa y Alexis se había ido a clase.

—Marjorie —le advirtió Ruth.

—Deja que hable —dijo Carl, sin apartar la mirada de su hermana.

—Ha venido a verme, aunque se parecía a Ruth —continuó ella—. Pero estaba muy claro. Y Carl —los ojos se le anegaron en lágrimas—, Carl, todo tenía sentido. Me ha dicho que me quería, que iba a cuidar de mí. Solo tenía que deshacerme de la fábrica. De mi mitad de la fábrica.

Aquella vez fue Ike el que se metió en la conversación.

—Creo que no quieres decir nada más —dijo.

—Quiero oír lo que le ha dicho mi madre —insistió Carl.

—Tu madre está muerta —interpuso Ruth—. Tu hermana ha estado en dos sectas, por el amor de Dios. Hemos tenido que sacarla de dos sectas distintas.

—Tenemos que llevárnosla ya —dijo el agente, antes de volver a cerrar la ventana, meterse en el asiento del conductor y arrancar.

Carl se quedó al lado de Ike, observando las luces de posición del coche de policía, con la mano de Ike apoyada en un hombro.

La historia completa no terminó de cobrar forma hasta que ya llevaban tres horas en comisaría. Lo que había sucedido era que el cardiólogo de Marjorie le había subido su dosis de olmesartán porque no dejaba de despotricar sobre todas las faltas de respeto (reales e imaginadas, porque los dos tipos subían la presión igualmente) de las que había sido víctima desde la muerte de su madre. Y aquello se sumó a la trazodona que ya le habían recetado después del funeral. Cuatro horas después de que Ruth se marchara, como todavía no conseguía calmarse, Marjorie se imaginó que se le habían pasado los efectos de la trazodona y se tomó dos clonazepam, sin acordarse de que ya se había metido un lorazepam. No recordaba que el clonazepam tenía un efecto duradero, o a lo mejor no se había enterado de que así era, o tal vez para entonces su sentido del paso del tiempo estaba tan deformado que había dejado de pensar en horas y ya lo veía todo como ondas, como la reverberación de las cuerdas de un arpa, como el galope de un caballo. Todo ese cóctel se le combinó en la circulación ya afectada de por sí, y los distintos medicamentos se juntaron y le provocaron un delirio salvaje. El delirio la hizo creer con total certeza que Ruth, quien había ido a manipularla para obligar a Carl a vender la mansión, era un dibbuk de su difunta madre que le pedía que destruyera la fábrica.

—Pero ¿cómo la ha quemado? —preguntó Ruth—. No creía que fuera capaz de tanto.

—Sabía cómo entrar —respondió el agente a cargo del caso—. Tenía el código de seguridad. Y sabía que, si iba a por los aireadores primero, se iba a desatar una reacción en cadena. Dice que tu difunta madre la guio durante el proceso.

—Qué espanto —dijo Ruth—. Y era mi suegra, no mi madre, por favor.

—Menos mal que no se le da mejor —siguió el agente—. Si de verdad hubiera sabido lo que hacía, se habría llevado por delante a todo el barrio.

Estaban en la sala de espera; la única otra persona de la comisaría que no trabajaba allí era un joven negro al que habían atrapado con un porro después de cachearlo.

—¿Cuándo podremos volver a la fábrica? —quiso saber Ike.

—Nunca, ya no se puede entrar —explicó el agente—. Habrá que echarla abajo. Hay agujeros en las paredes.

Ike se dio un golpe en la frente con la mano.

—¿Qué te ha pasado en el pulgar? —preguntó. Ike se miró la mano.

—Lo perdí, fue un accidente. —Hizo aquello de mover la articulación.

—¿En la fábrica? —quiso saber el agente.

—Fue hace mucho tiempo —dijo Ike.

—Como decía —continuó—, menos mal que a tu hermana no se le da mejor.

Ruth no tenía nada más que aportar, por lo que solo se limitó a corregir:

—Cuñada.

Varias horas más tarde, Ruth, Carl y Ike seguían en la comisaría, esperando a que el agente le explicara la situación a su superior. Ike había llamado a Nathan, quien acompañaba a Marjorie en la sala de interrogatorios.

Carl guardaba silencio, y su mujer lo miraba de cerca. Tenía una expresión rara, como si se estuviera maravillando ante algo en silencio, movía los labios y se había quedado con la mirada perdida.

A pesar de que no le hizo ninguna pregunta, Carl respondió de todos modos.

—Ha sido mi madre —dijo.

—Ya, tu madre.

—No, Ruthie, no lo entiendes. No... No sé qué más decir. Vino a verme...

—Vestida como yo —lo cortó ella—. O quizá fue el jardinero esta vez. Carl, ¿es que quieres que me ponga a gritar aquí mismo? ¿Eso es lo que quieres?

—No estaba dormido —explicó—. Me dijo que fuera a la piscina. Oí su voz igual que oigo la tuya ahora. Me dijo que fuera a la piscina.

—Y fuiste.

—Sí. Estaba allí y la vi. Estaba como cuando yo era joven, con un vestido que me encantaba.

—Va a parecer que has perdido la chaveta —siseó Ruth—. No hables tan alto, que te van a encerrar.

No obstante, Carl casi ni la oyó.

—Me dijo que fuera a la fábrica, que el dinero iba a estar allí.

—¿Qué dinero?

—El que nos quitaron.

—El que...

—Los 221 934 dólares.

—El dinero del...

—Sí.

Ruth lo miró durante un momento largo. No se habría imaginado que se acordara del segundo nombre de sus hijos, pero ahí estaba, recitando el dinero del rescate de hacía cuarenta años que había desaparecido, como si fuera una bola de saliva que tenía esperando en la boca desde entonces. No tenía nada que decir, por lo que se quedó mirando al frente. Sí que había pasado mucho tiempo.

Nathan y el agente volvieron a la sala de espera.

—Vamos a soltarla —anunció el agente—. Es la primera vez que veo que alguien se libra así de un incendio provocado.

—Hemos llamado al juez —explicó Nathan—. Y él ha hablado con su médico. ¿Os acordáis de Joe Villanche?

—Joe, sí —dijo Carl—. Lo recuerdo bien. ¿El juez era él?

—Ajá. Dice que no la dejemos salir a la calle en un tiempo.

Una agente de policía conducía a Marjorie hacia ellos. Con su bata para dormir, parecía un fantasma de la época victoriana. La agente le quitó las esposas.

—Habéis tenido suerte —les dijo el agente al cargo a Ruth y Carl.

Tendrías que haber oído el sonido que dejó escapar Ruth ante aquellas palabras.

—Llevaré a Marjorie a su casa —propuso Ike—. Nathan, ¿puedes llevar a tus padres?

—Tengo el coche en la fábrica —dijo Carl.

—Y yo —añadió Ruth.

—No pasa nada —dijo Nathan—. Ya veremos qué hacer mañana.

Al joven negro le dijeron que iba a tener que pasar la noche en el calabozo en lo que se pensaban su acusación.

Tanto Ruth como Carl se sentaron en el asiento trasero del coche de Nathan conforme los llevaba a casa.

—Tu madre te sigue hablando —dijo Ruth— y despierta al pobre Ike, como si no tuviera trabajo suficiente ya. —Y entonces, con su voz de psicópata aunando fuerzas, continuó—: ¿Alguien puede decirme cuándo se ha vuelto loca esta familia?

Solo que todos sabían la respuesta, claro.

—¿Dices que la abuela ha ido a verte? —preguntó Nathan—. La has visto.

—La he visto como te veo a ti ahora. En la piscina.

El sonido que soltó Nathan es el que tendrías que haber oído.

—Carl, que vas a darle un infarto —se quejó Ruth—. ¿Eso es lo que quieres? Y ahora, para colmo. Tenemos que colocar la lápida de tu madre y el bar mitzvá y ni siquiera hemos terminado con las tarjetas para las mesas, ni con el menú. ¿Por qué no llamas a tu madre y le dices que nos ayude con las tarjetas? O pregúntale si cree que el salmón al mezquite y el salmón al chipotle son redundantes.

Nathan dejó a sus padres en el porche de su casa y volvió a conducir por la entrada hasta la casa de Phyllis, donde lo esperaba Alyssa.

Carl se quedó en el porche, sin entrar. Ruth se dio media vuelta y lo vio intentar atreverse a poner un semblante sereno.

—Mi madre ha venido a verme —insistió—. Te lo digo en serio. Sé distinguir entre mi madre y un sueño. —Y entonces añadió—: Pero no ha sido algo malo. Estaba sentada en nuestra cama, como cuando era pequeño, y esperaba a que me despertara.

—¿No has dicho que estaba en la piscina? —preguntó Ruth, sin mirarlo.

—No, primero estaba en la cama. —Carl se puso a mirar a un lado y a otro antes de centrarse en su mujer—. Me ha dicho que el dinero estaba en la fábrica, que lo podía encontrar ahí ahora mismo. Me ha dicho que me diera prisa, que estaba ahí. —Parecía desquiciado según seguía hablando—. No he podido entrar a buscarlo, pero me ha dicho que estaba allí.

Ruth cerró los ojos. Hacía frío, demasiado como para quedarse fuera.

—Ha sido algo más que un sueño, Ruthie. —Alzó la mirada al firmamento.

—Ni que fueras Shirley MacLaine. —Cerró los ojos, rezó en silencio durante un segundo y volvió a abrirlos—. Carl, no sé qué hacer. Quizá tú me lo puedas decir, o tu madre. Nos hemos quedado sin dinero y vamos a tener que vender la casa. ¿Lo entiendes?

Se dio media vuelta y metió la llave en la cerradura. Abrió la puerta y entró, con Carl por detrás.

—No he podido entrar a buscarlo —repitió—. No he podido ver lo que decía mi madre. No me esperaba... Bueno, ¿quién se habría esperado algo así?

Ruth volvió a mirar a su marido, ya sin enfado, sino tan solo con la comprensión cada vez mayor, cada vez más grande, de que el pobre hombre era irreparable y lo iba a seguir siendo siempre, de que siempre había sido así.

—Ya estoy cansada, Carl —dijo—. No puedo más. Vete a la cama.

Carl subió a la planta de arriba para acostarse, pero Ruth se quedó en el porche. Ya era por la mañana. En el Césped Imposible, varios hombres llegaban y empezaban a montar carpas gigantescas, igual que habían hecho con las demás simjás de los Fletcher. A cualquier otra persona, aquel solapamiento le habría parecido algo reconfortante y estabilizador, pero no a Ruth. Miró la mansión, la cual concebía como una lápida con una parcela más grande de la cuenta, y se preguntó si el coche de Nathan siempre había estado dando vueltas por la entrada, si las carpas siempre habían estado a medio montar. Aquella mansión era un espacio negativo, el espacio entre movimientos, entre crecimiento, entre algo positivo, entre un hogar.

❧

Los fantasmas de los problemas de una familia se revolucionan en el cuerpo y el alma de cada miembro en una multitud de maneras distintas. La pobreza que les llega de repente a los más acomodados, un suceso sísmico del que una persona tal vez nunca se recupere.

Pero ¿alguna vez has intentado planear un bar mitzvá a las afueras de una ciudad estadounidense?

El gran día de Ari y Josh Fletcher se cernía sobre ellos.

En el terreno, estaban erigiendo las carpas en el Césped Imposible, por encima de pistas de baile y tarimas de madera. Los camareros con uniforme limpiaban las copas de vino y de agua y las alzaban hacia el candelabro de la carpa para buscar manchas. En la sinagoga, el planificador de eventos disponía unas kipás naranjas con el logotipo de los New York Knicks y los programas en la entrada; como los Knicks era lo único en lo que los niños estaban de acuerdo, se había convertido en el tema por defecto de la celebración, y el logotipo del equipo tenía el nombre de Josh y Ari bordado en la pelota de baloncesto.

En casa de Phyllis, los trajes a juego de Ari y Josh estaban colgados en los espejos de las habitaciones en las que dormían mientras esperaban a que su casa terminara de reconstruirse, a más de un kilómetro de distancia, y las corbatas naranjas estaban echadas sobre los hombros de los trajes.

En la parte para invitados de la casa de Phyllis, los Semansky (los padres de Alyssa, así como sus cuatro hermanos y sus respectivas familias) se ponían cómodos para pasar el fin de semana. Alyssa estaba ocupada yendo de un lado para otro, buscando una toallita para una de sus cuñadas y tampones para una de sus sobrinas.

En casa de Ruth, Ari y Josh se refugiaban en la planta de arriba, en la habitación que había sido de su padre, y jugaban con sus respectivos dispositivos. Ari jugaba a una versión de *Magnate* en la que su personaje ya era un anciano jubilado que vive solo en una casa, con un cuidador que le lleva comida a la habitación mientras él ve la tele. Josh, por su parte, estaba en YouTube y veía a una chica con un top sujetador y lo que tenían que ser unos pezones postizos jugando a un videojuego de disparos en primera persona en el que una banda juvenil abre fuego contra un parque acuático. Cada uno iba a lo suyo en silencio mientras esperaban que escampara la tormenta sobre la mansión.

En la mesa del comedor de Phyllis, Sidney Lipschitz, quien había pasado a estar al mando de la empresa de *catering* de su padre hacía quince años, supervisaba a una serie de camareros con uniforme que ponían la mesa para la cena del viernes por la noche de la familia y se aseguraba de que todos los platos independientes estuvieran hechos tal como los habían pedido. Comprobó la firmeza de las bolas de matzá y lo tierna que estaba la ternera y puso eneldo en los platitos de *gefilte fish* que preparaban.

Y en la planta de arriba, en su baño (o, mejor dicho, en el baño de su abuela Phyllis), encorvado sobre sí mismo para intentar desprenderse de lo que lo afligía por dentro, estaba Nathan. Se suponía que era una ocasión feliz. ¿Por qué no era feliz?

Después de su encuentro con Gal Plotkin, el exagente del Mossad, el mundo se había detenido. La vida había llegado a su fin.

Se había quedado sentado en su coche, frío por el viento de finales de invierno. El sol lo cegaba a través del parabrisas solo para incordiarlo. Ya no podía contenerlo más. Volvió a casa, sin blanca por primera vez en la vida.

En el camino de vuelta a Middle Rock, pasó por delante de la carcasa corroída de una casa en la que hasta entonces había formado a su familia. No soportaba volverse para mirarla.

Giró hacia la entrada del terreno y ascendió hasta que pasó por delante de la casa de sus padres, a la derecha. Tampoco soportaba mirarla. Llegó a lo alto de la colina y bajó del coche. Entró tambaleándose y se quedó en el vestíbulo, como un soldado que volvía a su hogar, traumatizado y paralizado. A lo lejos, oyó que Alyssa negociaba con uno de la empresa de *catering*.

Oyó la voz cada vez más alta conforme su mujer, con una curiosidad plácida, iba a ver quién había entrado en su casa. Menudo lujo ese de no asustarse cuando oye que se abre una puerta. Llegó al vestíbulo y lo miró durante un segundo.

—Luego te llamo —dijo al teléfono. Y, a Nathan—: ¿Qué ha pasado? ¿Estás bien? ¿Qué ha pasado?

Se le acercó y lo miró de arriba abajo en busca de heridas.

—Tengo que contarte algo.

Alyssa le puso una mano en la frente.

—Estás ardiendo. Vamos a la cama.

Sin embargo, Nathan la aferró de la muñeca y aunó toda la energía que le quedaba para ser más directo de lo que tal vez había sido en toda la vida.

—Alyssa, tengo que contarte algo. Por favor, deja que te cuente lo que te tengo que contar.

Su mujer dio un paso atrás y comprendió que algo estaba a punto de cambiar.

—¿Qué pasa? —susurró.

Le llevó mucho tiempo hacérselo entender. Cuando uno crece en una familia como la de Alyssa, el dinero deja de tener sentido después de que cubra las necesidades básicas de una persona. Tener al menos un poco de dinero a su nombre le parecía algo sustancial, pero Nathan la ayudó a ver que no era así. Le contó que habían estado intentando vender la fábrica y que nadie quería un depósito de residuos con riesgo de concentración. Le contó lo que le había pasado en el trabajo. Lo que había ocurrido con Mickey y que habían perdido todo el dinero.

Y ella intentó asimilarlo. Se quedó con la mirada perdida, sumando y restando trocitos de información, mentiras y secretos, traiciones y asesinatos. Abrió la boca varias veces para hacer alguna pregunta, solo que no le parecieron sustanciales o completas. Al final terminó por negar con la cabeza, tras tomar una decisión. No iba a pensar más en ello.

—El bar mitzvá está casi todo pagado ya —dijo—. No voy a cancelarlo, ¿estamos? Ni hablar.

—No —contestó él—, claro que no.

—Ya nos las apañaremos con lo demás. ¿Qué vamos a hacer?

—No sé. Puede que todavía tenga trabajo. No lo sé.

Alyssa lo llevó escaleras arriba, hacia la cama. Lo ayudó a desvestirse y lo arropó.

—Un día tenemos que hablar de que no creyeras que debías contarme todo eso.

—No quería asustarte.

—Así no es como funcionan los matrimonios, Nathan. No es lo que hacen tus padres, donde tu madre lo protege de tener que ser una persona en el mundo. Eso no es el compañerismo. —Le dio unas palmaditas en la cabeza como hacía con los niños cuando se ponían malos—. Creo que tendrías que dormir. Ya hablaremos luego.

Cerró los ojos. No estaba sufriendo. De hecho, el caos de átomos que le rodeaban la cabeza a toda velocidad como gotas de sudor se asentó durante un momento y experimentó la paz de una emergencia en curso.

Por fin. Era lo que había estado esperando; aquella era la mejor parte.

Había llegado a la parte de la emergencia en la que por fin podía existir como era. Se había pasado la mayor parte de la vida intentando avisar al resto del mundo de que la destrucción era inminente, de que los contrafuertes habían cedido, de que las paredes se venían abajo. Y, al estar delante de una emergencia absoluta e inconfundible (una que nadie le podría discutir), el mundo por fin empezó a cobrar sentido para Nathan Fletcher.

La ansiedad y el miedo eran lo único real para él, las únicas sensaciones que no lo abandonaban. Y, cuando todos los demás las experimentaban con él, por fin podía relajarse. Alyssa se había enterado. Y su madre, su hermana y su hermano, hasta su padre. Todos estaban experimentando la emergencia con él. Por fin.

Y... ¿No sería muy feo decirlo? Aunque lo fuera, no significa que fuera menos cierto: si quieres saber qué le parecía el secuestro de su padre a Nathan, la respuesta es que le encantaba.

Bueno, no habría sabido explicarlo con pelos y señales. Aquel acto terrible, aquel momento horrible de la historia de la familia, era algo que recordaba muy bien. Recordaba la gran cantidad de personas que había en casa, todas las señales que recibió de que algo iba mal. Fue la primera vez y también la mejor. ¡Por fin! ¡Por fin le hacían caso! Algo iba mal, sí. Y estaban tan alerta y asustados como él. Y, durante aquel mal trago, pudo dormir con su madre y los demás se preocupaban por él; cuando los demás se le echaban encima porque estaban preocupados era cuando él por fin podía dejar de hacer sonar la alarma sobre que el mundo era aterrador y la vida, insostenible. Cuánto miedo da todo, qué dianas más grandes llevamos pintadas en la frente. El cuerpo puede fallar de un momento a otro, y lo mismo ocurre con los sistemas. Hay personas que tienen el corazón lleno de violencia, de terrorismo, y pueden estar esperando a que salgas por la puerta de casa en cualquier momento. El mundo era un caos.

¿Ya era así antes del secuestro? Desde luego estaba de camino a serlo. Pero daba igual. Nathan llegó como una emergencia, preparado con una historia que permitía que los demás lo entendieran, y él mismo también. ¿Quién no podría considerarlo como algo positivo?

Sí, esa era la verdad, por nauseabunda que parezca: le encantaba el secuestro de su padre. Por fin había salido a la luz.

Alyssa lo cubrió con la sábana, y Nathan se quedó dormido.

Mientras tanto, en la entrada, Ruth sacó el móvil e hizo lo que pudo para pedir el apoyo físico y emocional que necesitaba de parte de su familia.

—*Hola, mamá* —respondió Jenny.

—¿Dónde coño te has metido? —La voz de Ruth salió como un gruñido.

El día en que su madre descubrió que estaba viviendo a escondidas en la casa de la calle Nueve, Jenny había recibido una llamada no de Beamer, ni siquiera de Noelle, sino de un trabajador del departamento de cobros de un centro de rehabilitación de lujo llamado (y no es broma) El Risco Empinado.

El Risco Empinado es un centro con mucha historia, una clientela legendaria y unas habitaciones de seis estrellas que trata a los adictos adinerados con gustos que rozan la ninfomanía. Es el único centro de rehabilitación que cuenta con un restaurante con una estrella Michelin. Goza de habitaciones privadas, masajes (bajo supervisión) en la propia habitación, clases de meditación, baños de sales, saunas con infrarrojos y tanques de aislamiento sensorial.

Jenny recibió una llamada que le decía que debían cobrarle a su hermano y que la mujer de este les había indicado que llamaran a Jenny.

—¿Cuánto tiempo lleva ingresado? —preguntó—. ¿Está bien?

—*El señor Fletcher se ha acostumbrado con el paso del tiempo* —le explicó el trabajador de cobros—. *Sí... Con el tiempo. Al principio hubo un incidente, pero se ha portado bien desde entonces.*

—¿Quiere irse?

—*Quiere quedarse. Parece bastante sorprendido de que su mujer diga que no tienen dinero. La señora Fletcher nos ha pedido que la llamásemos a usted para solucionar el problema.*

—Uf, vaya. Vale. Hablaré con ella y ahora mismo lo vuelvo a llamar para...

—*También nos ha pedido que le dijéramos que no la llame.*

—¿En serio? Vaya. Vale. No sé qué es lo que podría... ¿Cuánto es? ¿Cuánto debe?

—*Le cobramos las tres primeras semanas de su estadía a su tarjeta de crédito, 85 000 dólares en una American Express. Pero la empresa dejó de aceptar cargos y su mujer... Bueno, dijo que usted podría solucionarlo.*

—Un segundo, ¿dónde está el centro? —quiso saber Jenny.

—*En Malibú.*

—¿Puedo volver a llamarlo a este número? Tengo que comprobar...

—Sí, por favor. *Últimamente tenemos una larga lista de espera por un gran número de hombres a los que han acusado de varias...*

—¿Habla de todos esos tipos de Hollywood? —quiso saber Jenny.

—*Pueden pagar a tocateja, y...*

—Ahora lo llamo.

La noche en la que Beamer se había desmayado delante de la casa de Mandy Patinkin, los Patinkin habían llamado a una ambulancia y se habían encerrado en su casa de inmediato. Un rato después, se llevaron a Beamer al hospital.

Y allí pasó tres días, entre la conciencia y la inconsciencia.

No era un coma propiamente dicho, pero tampoco estaba bien. Estaba metido en un bucle de alucinaciones, fantasías, esperanzas y terrores nocturnos, y lo peor de todo era que no sabía cuál era cuál. No podía hablar, o tal vez optaba por no decir nada. No dejaba de moverse o le daba miedo quedarse quieto. Notaba el roce frío de una mano y creía abrir los ojos y ver a Noelle, quien le sonreía con su bondad angelical y lo miraba, iluminada desde atrás como la madre de Jesús (¿también se llamaba Noelle? Ya no se acordaba) o alguna otra figura del cristianismo que no recordaba. Sin embargo, entonces parpadeaba y, a través de la sonrisa, veía que no era su mujer, sino una criatura del pantano, con el rostro hinchado y que lo odiaba en lo más hondo de su ser. La mano de la persona o cosa que lo tocaba le daba un apretón fuerte, como si lo quisiera; luego un apretón fuerte, como si quisiera avisarlo de algo, y luego le perforaba la mano, le atravesaba la piel, y Beamer abría los ojos y se encontraba con un flebotomista bizco que estaba intentando encontrar una vena. Soltaba un grito, y el flebotomista salía corriendo de la habitación, también entre gritos.

Y el ciclo comenzaba de nuevo. Notaba una mano fría y se daba cuenta de que era Noelle, solo que aquella vez sabía, en sus adentros, que, si abría los ojos, la iba a encontrar enfadada y dolida, por lo que los cerraba con fuerza contra el odio, pero entonces ella se plantaba a su lado y de repente oía una voz con acento:

—No le he hecho nada. Lo estaba aseando y se ha puesto a llorar.

Oía fragmentos de conversación sobre sí mismo, sin ser capaz de aceptar que eran sobre él de verdad.

—Uno de los riñones ha dejado de funcionar del todo y no sabemos si...

—¿... si tiene alergia a las sanguijuelas? Porque nunca habíamos visto...

—¿Ha estado en contacto con el mapache fluvial malauí del averno? Porque muestra síntomas que encajan con...

— ... formado por un tercio de gas nocivo...

Se preocupó mucho por la persona de la que estuvieran hablando. El pobre hombre estaba en las últimas.

Y entonces era un nene pobrete que quería unos azotes.

Se incorporó en la cama y gritó «¡Es miércoles!» sin ninguna prueba de que fuera verdad (era sábado), y entonces, con más coherencia de la que había aunado en varios días, continuó:

—Creo que llego tarde a mi masaje tailandés de cincuenta minutos. —No lo dijo como un murmullo incoherente, sino como si se estuviera riendo de un británico elegante que intentaba llegar a tiempo al tren.

—No, no le gustan los masajes. —Oyó una voz que sonaba como la de Noelle otra vez, solo que estaba lejos y no sabía con quién hablaba, por lo que, en ausencia de una persona o voz que le contestara, llenó el espacio con el primo Arthur, quien, por alguna razón, estaba sentado a caballito de Carl, llevaba un sombrero con hélice y lamía una piruleta tamaño extragrande. Aun así (y esta es la parte más desquiciada de una escena que ya de por sí era para flipar), incluso con Arthur subido encima de Carl, Noelle era más alta que los dos.

En un momento dado, la dominatrix a la que había visto durante varios años se arrastró por el suelo (estaba seguro de ello) y reptó por la habitación, bocabajo, hasta levantarse más allá del pie de la cama y ponerse a arrancarle pelos de los dedos de los pies.

Y entonces se hacía de noche y todo se quedaba a oscuras, salvo por una franja debajo de la puerta que sabía que, si se acercaba, iba a conducirlo al cielo. O al infierno. O a su madre gritándole en la cocina cuando era tan pequeño que solo le llegaba a las rodillas.

—¿Qué he hecho yo para merecer esto? —Hablaba de él y de una de sus pataletas, las cuales solo eran sus intentos de explicarle algo, y lo intentó durante varios años hasta que se percató de que a las explicaciones las llamaba «pataletas» porque no quería saber nada de él.

Sabía que la puerta lo iba a conducir al aula de música de cuando iba a cuarto de primaria, con su profesora de flauta dulce, la de las tetas enormes, inclinada hacia él para mostrarle cómo sostener el instrumento, por mucho que él ya lo supiera y solo quisiera apoyarle la cabeza en el pecho.

Sabía que lo iba a conducir a aquella habitación en el hotel Radisson, donde su hambre era voraz y oscura y devoraba a cualquiera que hiciera falta.

Sabía que lo iba a conducir hasta la *morah* Rochelle, quien le decía que, después de morir, se nos obliga a ver nuestra vida una vez tras otra, y es una buena experiencia si uno ha sido bueno, y mala si uno ha sido malo. ¡No se lo había preguntado!

Sabía que lo iba a conducir hasta sus hijos, en sus respectivas camas, esperando a que les leyera, calentitos, a salvo y de aspecto tan frágil, como muñecos. Y sabía que tenía que mantenerse ocupado para que se quedaran dormidos antes de que fuera a verlos a la cama, porque, si se les acercaba, su veneno se iba a juntar con su pureza (lo tenía por seguro), y tan solo un roce los iba a dejar marrones y corroídos.

Sabía que lo iba a conducir a la primera vez que vio a Jenny, recién nacida y nada más volver del hospital, con su madre tumbada en el sofá y mirando a Jenny con amor, casi sin echarle ceniza del cigarro encima.

—¿Quieres verla? —le dijo a su hijo, y el pequeño Beamer se acercó a ella con pasos diminutos, porque no le gustaba lo diminuta que era y lo fácil que iba a ser raptarla—. Ven, cárgala.

Le daba más miedo que su madre le gritara que que se le cayera la niña. Se puso de puntillas y la miró. Estaba dormida. Estiró una mano para tocarla, y estaba hecha de terciopelo. Se inclinó para lamerle la mejilla (no sabía por qué, fue una necesidad del momento), y Ruth se dio media vuelta y se quedó dormida mientras aquel niño de cuatro años se encargaba de la Jenny bebé y le lamía la cara como si fuera un gato con su camada.

Sabía que lo iba a conducir al asiento trasero del coche de su madre, sentado junto a una bolsa de la compra con cientos de miles de dólares dentro. Sabía que su madre conducía, llorando y hablando consigo misma con unas palabras que no entendía, aunque sí captaba que hablaba deprisa y en voz muy alta. Sabía que el coche iba demasiado deprisa y que tenía miedo, y de repente llegaron al aeropuerto y su madre le dijo que se callara, no con la boca, sino con el cuerpo y la cara, lo cual daba más miedo que las palabras. Volvieron al coche para ir a casa y su madre se puso a gritar en el vehículo, a gritar sin más, y él se quedó petrificado para que el problema pasara. Se sentó en el suelo del coche y se hizo pis en los pantalones y entonces tuvo miedo de que su madre gritara porque se lo había hecho encima. Y después llegaron a casa, donde estaban sus dos abuelas. Su madre salió corriendo del coche y le dieron una noticia que hizo que se dejara caer al suelo, llorando. Solo que Beamer seguía en el coche. Era demasiado pequeño para abrir las palancas metálicas de las puertas; ni siquiera sabía si se abrían, porque nunca le habían pedido que lo intentara. Estaba cubierto de su propia orina y aquella semana había sido horrible, con tantas personas nuevas en casa a todas horas y su padre en paradero desconocido y nadie le respondía cuando preguntaba por ello. Y además se había quedado allí atrapado; sabía que iba a morir en el coche. Tal vez su padre hubiera muerto en el coche. Lo más seguro era que hubiera muerto.

Sabía que lo iba a conducir al despacho que su padre tenía en casa. Y Beamer era pequeño otra vez, tanto que tuvo que ponerse de puntillas para abrir la puerta, solo que, al hacerlo, ya no era de noche. Era de día, y su padre estaba escribiendo. Se acercó al escritorio y se asomó para ver.

La página estaba cubierta de la letra de su padre, algo que le sonaba tanto como sus propios pensamientos, y se dio cuenta de que estaba escribiendo su autobiografía por fin. Sin embargo, lo único que decía la página era EL COMPROMISO DE LONG ISLAND, repetido una y otra vez.

—Papá —lo llamó Beamer, pero Carl no alzó la mirada. En su lugar, se puso a cantar:

—*¡Te echo una carrera hasta la mañana! ¡Ven, súbete a caballito y cabalga! Corre y escóndete, que iré a buscarte, con unas colinas que te recordarán...*

Y Beamer abrió la boca y también le salió la letra, aunque no se había dado cuenta de que se la sabía. Aun así, se sumó a la canción, y su padre y él, de la misma altura y de la misma edad, entonaron:

—*¡Te quiero, chico que me acompaña!*

Se quedaron mirándose, cara a cara y sin vergüenza, por fin capaces de expresarse, y Beamer se dio cuenta. Su padre lo quería, siempre lo había querido.

Su padre salió de la sala, y Beamer sabía que había unos malhechores al otro lado, esperando para llevárselo. Intentó gritar para frenarlo, pero lo único que le salió fue la canción:

—*¡Te echo una carrera hasta la mañana!*

Y salió corriendo detrás de su padre, por las escaleras, solo que no llegó al salón, que es lo que debería haber encontrado. En su lugar, estaba en una cama en una habitación blanca, y la persona cuyo rostro empezó a ver no era su padre, ni siquiera su madre.

Era Noelle. Abrió los ojos y la vio.

—¿Está cantando? —preguntó ella.

Había alguien más en la habitación, pero no lo encontraba. Quería decirle a Noelle «¡Sí! ¡Estoy cantando con mi padre, ven tú también! ¡El mundo entero debería cantar con nosotros!», pero entonces los demás se desvanecieron y se dio cuenta de que estaba muy muy cansado. Estaba… uf, ni podía terminar la frase. Estaba mal. Se estaba yendo.

Hasta que se fue.

Y entonces pasaron horas. Y días. Y semanas. Y meses. Y años. (En realidad, fueron unas setenta y dos horas). Se lo llevaron a algún lugar, arriba y fuera, con Noelle a su lado, fiel como ella sola.

Sin embargo, al mirarla se dio cuenta de que no solo estaba preocupada, no solo estaba cansada. Le sostenía algo cerca de la cara, tal vez el móvil de Beamer, como si quisiera mostrarle algo, pero entonces lo apartó y se puso a ver lo que contenía. Se resistió para seguir despierto. No podía volver al asiento trasero del Cadillac Brougham de su padre, ni al del Jaguar. No podía vivir sin saber qué había al otro lado de la puerta de aquella habitación del hospital. Abrió los ojos a la fuerza, y Noelle le estaba mirando el móvil; lo último que pensó antes de seguir a esa idea por su subconsciente hasta volver al asiento trasero era que no le iba a venir nada bien que Noelle le fisgoneara el móvil.

Cuando por fin se despertó, ya no estaba atado a la cama. La habitación estaba en silencio, en paz, y notaba el cuerpo lúcido y cansado. Volvió la cabeza y miró en derredor. La habitación no mostraba ningún indicio de lo que había presenciado en sus alucinaciones; sin embargo, a su derecha, en una silla al lado de la cama, estaba su mujer.

—Noelle —la llamó. Solo que el rostro de ella no mostraba ninguna emoción en absoluto.

—Lo sé todo, Beamer —dijo—. O, bueno, no todo, pero sé suficiente. Porque sé que hay más, seguro que hay cosas que no puedo... —Los ojos se le anegaron en lágrimas—. No quiero ponerme a llorar, estoy demasiado enfadada. Estoy enfadada contigo, conmigo misma. Quiero pensar que en cierto modo ya lo sabía.

—Noelle.

—Tengo que pensar que ya lo sabía, que es por eso que iba a ver a una vidente. Te echó un solo vistazo y lo supo. ¡Lo supo! Voy a pasarme el resto de mi vida preguntándome por qué no sabía lo que pasaba.

—Noelle.

—Aunque no puedo contarte nada de tu comportamiento que no sepas ya. Lo único que puedo decirte es que para cuando llegué al auditorio, ya había pasado el solo de tu hija. Solo puedo decirte que Liesl, en medio del escenario, se quedó mirando los dos asientos vacíos de la primera fila. Tiene siete años. No se le puede hacer algo así. El profesor me dijo que se quedó ahí plantada, llorando mientras intentaba tocar la flauta. Tuvieron que parar su actuación, lo pararon todo.

Beamer se puso a llorar, con unas lágrimas grandes, gruesas y llenas. Para entonces, llevaba tres días con suero intravenoso y estaba hidratado y listo para llorar la pérdida de su vida, las decisiones que había tomado. Buscó en vano una forma en la que todo hubiera podido salir de otro modo, y ninguna de ellas le parecía válida: si Noelle hubiera accedido a tener otro hijo, si él no hubiera encontrado el sexo o las drogas, si ella hubiera sido del tipo de personas que entendía algo más allá de la forma de vivir más normal, si su familia no hubiera sido como era, si a su padre no le hubiera ocurrido nada malo.

Al fin y al cabo, el denominador común era él. Noelle lo observó llorar, todavía sin ninguna emoción en la cara. Cuando por fin fue capaz de hablar, le dijo:

—¿Entiendes que he pasado toda la vida haciendo lo que me hace ser capaz de funcionar como una persona normal para ti? ¿Lo entiendes?

Su mujer lo miró durante un largo momento, antes de ponerse de pie y salir por la puerta. Beamer intentó incorporarse y seguirla, pero la oscuridad se cernió sobre él una vez más y volvió a quedarse dormido.

Los huéspedes de El Risco Empinado no eran del todo hombres que habían caído lo más bajo posible, sino hombres a los que habían atrapado con las manos en la masa y que (por razones de negociación o de contrato, o tal vez para que sus respectivas mujeres no se fueran para no volver) sufrían la abstinencia redentora a desgana. Desde luego era lo que le ocurría a aquel director ejecutivo de una empresa tecnológica de las grandes al que encontraron con varias prostitutas. Era lo que le ocurría a aquella estrella del rock que había parado el coche en plena autopista (en el carril izquierdo, para colmo) para subirse al techo, desnudarse y ponerse a orinar sobre los coches que pasaban por allí, de modo que un periódico sensacionalista digital tenía una foto de él que estaba parcialmente cubierta por una mancha amarilla. Era lo que le ocurría a aquel congresista al que se le atascó el pene en un agujero entre cubículos del baño cuando sus ansias de emplear dicho mecanismo, así como su acceso a uno de ellos, coincidió con el efecto adverso muy real de la viagra en el que una erección dura más de cuatro horas. Eran tipos que lloriqueaban por las esquinas y se enfrentaban entre ellos para ser el rey del centro de rehabilitación, o el más dolido, o el más triste y melancólico. Se peleaban en las sesiones de terapia de grupo, donde intentaban hablar por encima de los demás y soltaban cosas como «¿Sabes lo que te hace falta?», a lo que el moderador respondía con «No, Bob, aquí todos somos iguales. Nadie es director aquí».

Solo que a Beamer le venían al pairo las dinámicas de aquel grupo absurdo, de aquellos hombres que competían para ser el más importante y el que más había conseguido por sus propios medios. Tenía problemas más acuciantes, como lo mucho que le gustaba estar allí y lo horrible que sabía que era que le gustara estar allí.

Cuando se despertó en aquella habitación extraña, un día después de ver a Noelle por última vez, no sabía dónde estaba, por lo que entró en pánico y salió corriendo, hasta que tres hombres armados con pistolas eléctricas le dieron un placaje por la espalda y no fue capaz de mover ninguna parte del cuerpo, salvo por los ojos, aterrados. Bajo el peso de aquellos hombres, sabía que no iba a poder escapar por mucho que gritara, llorara y negociara. Estaba en una cámara acorazada y era un prisionero ajeno al estado del mundo, controlado por el conjunto de expectativas rígidas de otra persona. Lo habían secuestrado. ¡Lo habían secuestrado! ¡Por fin!

Nunca había sido tan feliz.

Después de dos días, lo llevaron a una sala de estar gris y marrón en la que se sentó delante de un hombre amable y amistoso con un chal en el cuello llamado Ed que lo hizo ponerse a ello. Fue con Ed que descubrió que había vivido siempre bajo la sombra de un secuestro que ni siquiera había presenciado; fue él quien le explicó que los traumas se heredan, igual que el color del pelo, y que claro que en una familia llena de traumas sin resolver en la que las muestras de emociones eran tabú iban a castigar y a negarle el amor a alguien como Beamer, claro. Claro que su hermana se sentía amenazada cuando le decían que estaba en una relación simbiótica con la familia de la que no dejaba de huir. Claro que él había dejado de tener pataletas cuando su madre lo castigó por ellas al llevarlo a la entrega de un rescate para el secuestro. Claro que la mujer con la que se había casado porque se tenía muchísimo miedo a sí mismo no era alguien capaz de escucharlo y comprenderlo. Es que todo estaba clarísimo.

Ed tenía su propio protocolo que seguir, dado que el tiempo que uno pasaba en El Risco Empinado era muy útil si podía entender por qué era como era, pero el centro prometía que podían aislarlo de sus hábitos hasta tal punto que garantizaban reintegrarlo en la sociedad con una promesa plausible para la familia y los jefes de que era un hombre nuevo. De modo que Beamer tuvo que hacer una lista de todo lo que le servía de detonante erótico para algo que Ed llamó un proyecto de asociación libre. Esta era la lista de Beamer:

1. Cualquier tipo de desviación sexual.
2. La presión social.
3. La presión laboral.
4. Llegar tarde.
5. Llegar pronto.
6. Llegar a tiempo.
7. Las Lay's / Ruffles sabor Sour cream & onion, por el olor químico que crea la combinación de crema agria y cebolla y que le parece que tiene cierta naturaleza vaginal.
8. Las tetas.
9. Los culos.
10. Los vientres.
11. Algunos pies.
12. El porno.
13. Las mujeres.
14. Algunos hombres.
15. Las palabras «El Risco Empinado».
16. Los chales en el cuello.
17. Hablar de la adicción al sexo.
18. El tabú de la adicción al sexo.
19. Un par de mamíferos grandes y musculosos, aunque que conste en actas que solo era algo que lo excitaba. No pensaba actuar al respecto.

Todo aquello era de lo más humillante…

20. La humillación.

Beamer se entregó en cuerpo y alma al programa, se sometió a lo riguroso que era y lo sirvió como a un amo. Evitó a los magnates de la industria que paseaban con sus pantalones de lino, sin saber qué hacer con las manos al estar lejos de cualquier móvil o máquina.

Él también llevaba los pantalones de lino. Tenía seis pares de ellos, junto con un cordón ajustable y una camiseta blanca de cuello abierto, y los lunes era el responsable de hacerles la colada a todos. Mezclaban la ropa, de modo que nadie sabía de quién era la ropa interior que llevaba, pero aquello formaba parte del programa, para extraerles la identidad, los pecadillos y el asco. Le encantaba llegar a tiempo a terapia. Le encantaba llegar a tiempo a la hora de la comida. Le encantaba llegar a tiempo a la hora del batido (aunque también le encantaba llegar diez minutos tarde para que lo riñera la enfermera Sarah, la muy casquivana). Era lo único que quería, que lo contuvieran en los confines de una rigidez arbitraria, y estaba seguro de que iba a encontrar la felicidad entre aquellas restricciones.

Y así fue, así fue. Se puso moreno y perdió casi siete kilos. Volvió a ser Beamer, solo que el Beamer de antes de aquella crisis, el que tenía la mirada clara y el cuerpo lleno de vigor. El que podía pensar con claridad. El que por fin podía verse a sí mismo desde fuera, por primera vez en muchos años. O tal vez por primera vez a secas.

Algunos de los pacientes intentaban ligar con las enfermeras, con los camilleros o con los vigilantes de seguridad. Algunos se masturbaban restregándose contra la escalera de la piscina El Vaivén de las Olas que había en el centro...

21.   Las palabras «El Vaivén de las Olas», y mucho.

... o bajándose el bañador para que la parte de la piscina que hace circular el agua con fuerza después de filtrarla les diera justo en el ano hasta que se corrían (tras lo cual, por supuesto, tenían que limpiar la piscina y sacar el agua antes de volver a llenarla, de modo que, si alguien era responsable de ello, se tenía que disculpar ante todos los demás huéspedes, lo cual, a decir verdad, era algo que algunos de ellos disfrutaban en gran medida).

Tenían que mantenerse aislados de los estímulos. No se les permitía llevar licra. No se les permitía llevar camisetas de tirantes. Tenían que subirse bien los pantalones. No podían estar en la piscina sin supervisión, no fuera a ser que a alguno de ellos le dieran ganas de hacerle el Compromiso de Long Island a otro.

Si bien sonaba música en el centro, era como la de un resort barato y todo incluido, con versiones de canciones populares cantadas con tono monótono por el mismo cantante, uno que no alcanzaba el tono emocional de ninguna canción, sino que más bien parecía leer la letra sin ponerle sentimiento. No había televisores ni teléfonos ni libros ni fotografías. No había nada que pudiera despertar alguna emoción o revelación, salvo en el entorno controlado de la terapia: dos horas de terapia de grupo al día, más cuatro horas de terapia individual.

Iba a nadar. Levantaba pesas rusas. Meditaba. Practicaba yoga. Hacía pilates. Una mujer le pasó las manos a varios centímetros del cuerpo y dijo que era una sesión energizante. Un técnico le metía una manguera por el culo cada tarde para inyectarle agua y limpiarle el colon hasta que quedaba reluciente y se podía comer un bocadillo ahí dentro. Se sentó en círculos infinitos en los que hablaba y escuchaba, lloraba y se llevaba una mano al corazón; a los compañeros de El Risco Empinado no se les permitía tocar a los demás. Rezaba a un dios en el que no había vuelto a pensar desde que estudiaba hebreo, aunque se alegraba de que no le hubiera dado la espalda. Se metía batidos entre pecho y espalda, unos que contenían al menos trece superalimentos y ni un miligramo de azúcar refinada.

Comían vieiras hervidas. Comían salmón recién pescado. El pollo que les daban procedía de animales que comían en pasturas naturales, y sus bistecs procedían de vacas que habían estudiado en las universidades más prestigiosas. Todo tenía colmenillas o trufas, absolutamente todo, hasta las gachas de avena. Solo les permitían comer postre los martes por la noche: un pudín claro, sin azúcar y sin sabor que solo se distinguía como postre porque tenía virutas de cacao puro encima. Sin embargo, el postre no estaba garantizado; si uno de los pacientes se portaba mal (soltaba un comentario lascivo, intentaba ligar con alguna enfermera o se masturbaba a la vista de todos) les quitaban el postre. Era la forma que tenían en El Risco Empinado de volver a enseñar un colectivismo que a su clientela ya se le había olvidado.

En la terapia, estaba dando grandes pasos. Se sentaba con Ed cada día, primero en grupo y luego a solas. Hablaba de su apetito y de todo lo que había hecho por saciarlo, un bucle infinito en el que lo notaba, lo nutría y luego se protegía a sí mismo de él, una vez tras otra. Empezó a darse cuenta de que las drogas y el sexo no eran por satisfacer la lujuria, sino por buscar el peligro; se había pasado la vida recreando el roce con la muerte de su padre, con la intención de entenderlo, de llegar a un conocimiento freudiano sobre quién era y de dónde venía, de responder a la pregunta eterna de la familia Fletcher: ¿cómo habrían sido si aquello no les hubiera ocurrido nunca?

Era una pregunta que dolía mucho al formularla. Dolía igual que duele la luz del sol o un buen vaso de agua fría cuando uno se odia a sí mismo. No había tenido a nadie con quien darle vueltas a la pregunta. Sus padres no hablaban de nada relacionado con el tema, su madre lo regañaba si hacía alguna referencia a algo que más adelante pudiera dar pie a que se hablara de El Problema, y su padre estaba congelado en un bloque de hielo que no podía calentar lo bastante deprisa como para llegar hasta él. Nathan, quien se suponía que debía ser su hermano mayor, quien debía ser su apoyo, era tan frágil que una ligera brisa se lo podía llevar en volandas. Y su hermana Jenny solo quería irse de allí. Había cometido el peor pecado de todos: haber creado una vida con él cuando eran pequeños (se querían muchísimo), solo para crecer y convertirse en la cabrona más traidora que se hubiera podido imaginar. Así que ¿con quién podía hablar? ¿Con Noelle?

¿Con la bella Noelle que no tenía ni idea de lo jodidísimo que estaba?

Tal vez él habría llegado a alguna respuesta si no fuera porque, un buen día, un hombre del departamento de pagos se presentó en su habitación para decirle que hiciera las maletas y se largara. Su hermana iba a ir a recogerlo y tenía que despejar la habitación antes de las tres de la tarde.

Y a la mierda el comienzo de cero.

❦

Jenny fue a recoger a Beamer y se lo llevó a Newark en avión. Allí alquiló un coche y lo llevó a Yellowton, donde había un centro de rehabilitación subvencionado y recién inaugurado que, mira tú por dónde, estaba al lado del nuevo Giant's del pueblo. De hecho, es el primer centro de rehabilitación que forma parte de unos grandes almacenes (sin que Jenny ni Beamer lo supieran, Dominic Romano había conseguido abrir el Giant's de Yellowton si también se las ingeniaba para que lo categorizaran como centro de salud, por lo que ofrecía servicios de rehabilitación con grandes descuentos para todo tipo de adictos, con lo que, además, el Giant's entraba en el mismo tramo de impuestos insignificante que una mesa plegable montada por una *girl scout* para vender galletitas. ¡Y que vivan las leyes de bienes inmuebles!).

—¿No queda nada más? —preguntó Beamer.

—He gastado lo que me quedaba en dos semanas más en El Risco Empinado —explicó ella.

—Me encantaba ese sitio.

Beamer pasó dieciocho días en Yellowton, intentando recobrar el espíritu de sanación del que había gozado en El Risco Empinado (y resultó que el Centro de Desintoxicación y Rehabilitación Giant's no le llegaba ni a la suela de los zapatos), hasta que se hartó y llamó a Jenny desde un teléfono público para que fuera a buscarlo.

Salió con una pequeña mochila en la que guardaba los pantalones de lino que le habían permitido llevarse en El Risco Empinado, con un refresco de kiwi y lima en la mano (en el centro anterior tenían agua de cuarzo rosa con propiedades sanadoras) y un aspecto menos agotado de lo que lo había visto en cuestión de años.

Qué apuesto es mi hermano, pensó Jenny.

Anda, ahí está mi hermana, pensó Beamer.

Cuando se metió en el coche, el teléfono de ella volvió a sonar, con el décimo mensaje de su madre en lo que iba de la mañana:

¿Estás con Ben-Hur? No sé nada de él ni de no él interrogante interrogante punto punto punto

Beamer se quedó mirando por la ventana conforme pasaban por delante de los Hamptons en silencio.

—¿Sabes algo de Noelle? —preguntó él.

—No. No quiere hablar conmigo. Es… ¿Qué le pasa?

—No pinta muy bien la cosa —dijo—. Nada bien.

Tras unos segundos de silencio, Jenny volvió a hablar:

—Siento lo que te dije.

—Yo también —repuso Beamer.

Siguieron avanzando en silencio, y, en el espacio tranquilo entre los dos, el vínculo que siempre había existido entre ellos se unió más aún, como un enlace químico nacido de la biología, de las experiencias compartidas. Jenny se había pasado la vida pensando que se habían escogido el uno al otro, que era una coincidencia muy grande que los dos hubieran nacido en aquella locura de familia. Solo que no se habían escogido, porque ni siquiera había hecho falta. Algo los había escogido y vivían en la especie de prisión exquisita de la que uno no puede salir.

—¿A dónde vamos? —preguntó Beamer, desde la parte trasera del coche.

—Al bar mitzvá de los mellizos —repuso ella.

—Mátame —dijo él. Avanzaron un poco más, y la miró—. Oye, ¿sabes que una de mis profesoras de la escuela hebrea me dijo que el más allá consiste en ver una repetición de tu vida en la que te sientes bien o mal según las decisiones que hayas tomado? Y el cielo y el infierno son lo mismo. Te pasas la eternidad viendo tu propia vida y o te avergüenzas o te alegras de lo que has hecho. ¿A ti también te lo enseñaron?

—Pues no.

—Hay cosas que se le dicen a un niño muy pequeño y que luego no se le olvidan nunca, ¿sabes? Ser pequeño es algo muy delicado. Todos los que le dicen algo muy jodido a un niño lo saben.

—¿Estás bien? —le preguntó Jenny. Beamer cerró los ojos.

—Sí —dijo—. Solo estoy triste. Muy muy triste.

Jenny y Beamer pasaron casi desapercibidos cuando llegaron a casa de sus padres la víspera del bar mitzvá de sus sobrinos. Se retiraron a sus respectivas habitaciones de siempre sin decirle mucho a su padre, solo para acabar encontrándose con su madre al pie de las escaleras.

—Hola, mamá —intentó Jenny.

Ruth se detuvo el tiempo suficiente para cerciorarse de que sus hijos notaran lo molesta que estaba, con los labios fruncidos y la expresión resentida de alguien que sabía que no le estaban contando algún secreto y que no pensaba rebajarse a hacer ninguna pregunta.

—Es el fin de semana de Nathan —fue lo único que dijo. Y luego, al mirarlos de arriba abajo y ver a Jenny en vaqueros y a Beamer con el cansancio posterior a la rehabilitación propio del paciente sedado de un manicomio, añadió—: No vais a arruinárselo.

El bar mitzvá de los mellizos fue un éxito rotundo y absoluto: lleno de gente, con unas decoraciones preciosas y unos manjares celestiales, en un santuario repleto de flores, todas ellas de color naranja, para resaltar la temática de los Knicks. Lily Schlesinger le preguntó a Alyssa a quién había contratado para planear la fiesta, porque la celebración del decimosexto cumpleaños de su hija estaba al caer. Un éxito rotundo, como ves. Todas aquellas clases particulares habían dado fruto, y tanto Ari como Josh habían recitado sus partes de la haftará a la perfección. Y también se habían quedado con una mitad de la Parashá cada uno. Sus tíos por parte de madre se habían encargado de una porción de la plegaria matutina, y luego del Musaf, y un grupo de primos de los Semansky, de entre dos y doce años, entonaron el Adón Olam y el Aleino para concluir, antes de recibir unos aplausos cargados de envidia. Fue una ceremonia preciosa, perfecta, el triunfo completo de una familia que había pasado un mal año y que había sabido sobrevivir con más elegancia que nadie.

O al menos así lo contaba Alyssa después a cualquier conocido al que no hubieran invitado y a los primos lejanos que no habían podido asistir. No es que no fuera cierto, pero sí que pasaba por alto algún que otro detallito.

Lo que sucedió en realidad fue que, cuando los Fletcher y los Semansky llegaron a la sinagoga, todavía vacía, Ruth se permitió tener un momento sentimental muy poco común en ella.

—Parece la mañana del bar mitzvá de Nathan —le dijo a Carl—. Es como si nos hubiéramos metido en una máquina del tiempo.

Alyssa no dejaba tranquilos a sus hijos y les pegaba la kipá a la cabeza. Hershey Semansky se distraía con un libro de plegarias y Elaine buscaba asientos para ellos, sus otros hijos y sus nietos. Jenny y Beamer (ella con un vestido viejo y él con uno de los trajes de su hermano) estaban por allí.

—Pero si no fuisteis —le dijo Beamer a su madre—. ¿No te acuerdas?

—¿Qué dices ahora? —preguntó Ruth.

—Que no fuisteis —repitió—. No estuvisteis en el bar mitzvá de Nathan. Os pasasteis la mañana desaparecidos.

Nathan se quedó helado, y Alyssa alzó la mirada, todavía poniendo pasadores en la kipá de Ari.

—¿Qué quieres decir? —preguntó ella.

—Es verdad —aportó Jenny—. Nuestros padres no fueron.

—No puede ser —dijo Alyssa—. No lo entiendo.

—Ja —soltó Beamer—. Nosotros tampoco.

—No puede ser que tus padres no fueran a tu bar mitzvá —le dijo Alyssa a su marido—. Si he visto fotos de la fiesta, ¿no?

—Es verdad —insistió Jenny en lugar de su hermano—. No fueron, hazme caso. Las fotos las hicieron el día anterior.

—Jennifer, no digas tonterías, por favor. —Ruth entornó la mirada.

—Que no fuisteis —repitió Jenny—. Os quedasteis en casa.

—Es la tontería más grande que he oído en la vida —se quejó Ruth—. No sabía que ibas a aprovecharte de que estoy mayor para criticarme; no, para calumniarme.

—Solo es calumnia si hay un delito de por medio —dijo Jenny—, si no, es injuria.

—Y sería injuria si es falso —aportó Beamer—. Y no es falso. No fuisteis.

—Creo que tendríamos que calmarnos todos un poco —interpuso Hershey—. Estamos muy alterados.

—Qué tonterías decís —siguió Ruth—. No sé por qué decís estas cosas, no sé por qué os ponéis así.

—Porque no fuisteis —insistió Beamer—. No fuisteis al bar mitzvá de Nathan. La abuela y Arthur nos llevaron, y no os vimos el pelo en todo el día. No fuisteis.

—Es lo más absurdo que he oído en la vida —dijo ella—. Me voy.

—Que es verdad —sentenció Jenny—. No fuisteis. Y nos quedamos a dormir en casa de la abuela.

—Y la abuela nos habló de los dibbuk —añadió Beamer. Nathan, quien había estado con la mirada baja, la alzó para mirarlo, y su hermano se la devolvió—. Nos dijo que un dibbuk lo había poseído y que por eso no podía ser normal. Me acuerdo como si hubiera sido ayer.

—¿Cómo puede ser? —le preguntó Alyssa a su marido—. ¿Cómo puede ser que no me lo hayas contado nunca?

Nathan se quedó con la boca abierta, pero se limitó a negar con la cabeza. No se le ocurría qué decir. La verdad era que no lo había recordado hasta aquel momento; era algo que siempre había estado allí, solo que escondido.

La planificadora de la fiesta se acercó a Alyssa con una expresión llena de cuidado.

—¿Podemos pedirle que salga un momento para una preguntita? —susurró.

—Claro, claro. —Miró a los Fletcher y luego le dio la mano a su marido—. Nathan, acompáñame.

Ruth y Carl ocuparon sus asientos en el banco delantero, según las directrices de los padres de Alyssa, como si fuera su sinagoga. Beamer y Jenny se sentaron a su lado, también cumpliendo órdenes, aunque su madre se negaba a mirarlos. Tenía la mirada al frente, firme.

Y la sala se terminó de llenar y comenzó la ceremonia. Los niños lo hicieron muy bien, de verdad. Recibieron sus aliot, recitaron su mitad de la haftará, dieron un discurso sobre la parte de la Torá que acababan de leer y, al final del discurso, les dieron las gracias a sus familiares y en especial a sus padres.

—Siempre estás cuando te necesito, mamá —dijo Ari—. Siempre te preocupas por mí y te aseguras de que tenga todo lo que necesite.

—Siempre puedo contar contigo, papá —dijo Josh.

Beamer le dio la mano a Jenny, y ninguno de los dos se quemó.

Nathan y Alyssa, en el banco delantero, se pusieron en pie y dieron los tres pasos que los separaban de la tarima.

—Ahora Nathan y Alyssa bendecirán a sus hijos —anunció el rabino Weintraub.

Nathan puso las manos sobre la cabeza de Ari, solo que entonces se dio cuenta de que no podía hablar. No, era peor: no podía respirar. Se había puesto a llorar, y no precisamente con discreción.

—Todos sabemos lo emotivo que es este momento —explicó el rabino Weintraub a la congregación, conforme todos se reían un poco del papelón de Nathan—. Sabemos lo que significa ponerse delante de nuestra comunidad y anunciar que nuestros hijos están listos para adentrarse en el mundo de una forma significativa y participativa.

Aquello no ayudó mucho: Nathan estaba prácticamente aullando. No pudo consigo mismo y tuvo que doblarse y jadear en busca de oxígeno.

—Nathan —susurró Alyssa.

Los padres de Alyssa se acercaron a la tarima. Elaine Semansky fue la primera en llegar, rodeó a Nathan con un brazo y lo llevó con amabilidad a la silla de la pared trasera, reservada para el presidente de la congregación. Hizo un ademán con la cabeza a Alyssa para indicarle que se sentara con su marido, y eso hizo.

Nathan intentó ponerse en pie.

—Puedo... —Y le dio el hipo.

Sin embargo, Hershey se le acercó y le apoyó las manos en los hombros.

—No te preocupes, hijo mío —dijo Hershey—. No te preocupes. Tienes familia, y para eso está.

Y así fue como Hershey Semansky, clarinetista frustrado, se acercó a sus nietos, les apoyó una mano en la cabeza y les dio su bendición uno a uno: pidió a Dios que los hiciera valientes como sus antepasados, que les concediera una vida plena y osada que tuviera significado. Le pidió a Dios que les otorgara paz y tranquilidad.

—Os adentráis en la tradición de ser hombres, de ser adultos, en un mundo muy complicado —anunció Hershey—. Aceptáis la responsabilidad completa de la Torá y de sus leyes y sois responsables no solo de perpetuar el judaísmo, sino de aseguraros de que siga habiendo judíos en el mundo. En este día de regocijo, os pedimos que construyáis un hogar judío, que lo acomodéis como un nido, que lo tengáis en un solo lugar y no lo trasladéis, para que los hijos que traigáis a este mundo siempre sepan dónde encontraros. Todos os queremos, nietos míos. Viviréis una vida larga y en ocasiones os preguntaréis qué valor tenéis en el mundo; cuando os encontréis en el momento más bajo, recordad lo orgullosos que estamos de vosotros hoy, lo preciados que sois para todos nosotros.

Los Semansky se desplazaban en un baile coordinado de saber lo que hacían, con una armonía preciosa llena de… ¿Qué era eso? Alegría. Lo que se vio desde los bancos fue lo siguiente: Hershey Semansky apoya las manos en la cabeza de sus nietos y recita las bendiciones de memoria. Elaine Semansky se queda cerca, con las manos juntas, observando. Alyssa se aparta de Nathan y pronuncia un discurso sobre el origen de los bar mitzvá en general y luego de los mellizos en concreto; habla de lo que les costó concebirlos, de lo mucho que rezó por ellos, de que nunca se olvidará de lo agradecida que le está a Dios por haberle dado esos dos hijos. Habla de cómo son de forma individual, de su forma de ser, y que, de repente, ya no son unos niños obsesionados con las pantallas que se hurgan la nariz, sino que son personas, personas de verdad, con una madre que cree en ellos, que ha aportado todo lo que ha podido para llevarlos al mundo y que seguirá haciéndolo hasta su último aliento, rodeada de ellos y de sus nietos en su lecho de muerte. Se vuelve a la congregación e invita a todos los presentes a ver a sus hijos a través de los ojos de ella, a ver que contienen el potencial del mundo entero, la continuidad de un pueblo, y, de golpe y porrazo, esos dos niños son el futuro brillante y dorado de la sala, y la congregación entera se queda anonadada, no solo ante los mellizos Fletcher, sino ante Dios y sus milagros.

En el primer banco, Beamer y Jenny no eran capaces de moverse. Lo habían visto todo conforme la comprensión de lo que de verdad se había torcido en su vida se les desvelaba: la poza de marea en la que uno nace solo es navegable si alguien te enseña a nadar. O, para decirlo de un modo más simple: para ser una persona normal, uno tiene que al menos ver a otras personas normales.

Aun así, lo contrario también era cierto. Lo que los unía era lo que solo ellos habían presenciado, y lo que los evadía era lo que no habían visto. Aquello fue lo que pensó Jenny en aquel mismo instante, y, cuando lo entendió todo de verdad, se quedó sin aliento: si alguien no sabía hacer lo que hacían los Semansky era porque aquello también era una herencia. Si no se veía, no se podía tener; no, si no se veía, ni siquiera se podía saber que se suponía que tenías que quererlo.

En su lugar, lo que tenían era lo siguiente: los tres (Nathan, Beamer y Jenny) estaban atados por una sola cuerda, la de lo que les había ocurrido y que los había marcado de por vida como personas que solo iban a poder entenderse entre ellos. Beamer lo comprendió todo al mismo tiempo que ella, y su hermana le dio la mano con más fuerza porque habían llegado al final de todo aquello para descubrir que al menos se tenían el uno al otro y a su hermano mayor.

En la tarima, Nathan se puso de pie y se acercó a su familia; no a los Fletcher, sentados y retorcidos, sino a los Semansky. Todavía lloraba tanto que no podía ponerse erguido del todo, pero consiguió darles un abrazo a sus hijos y a su mujer y ocupar su lugar junto a su familia política, quienes lo abrazaron a su vez y le dijeron lo orgullosos que estaban de él y lo mucho que lo querían.

No había ninguna respuesta para la pregunta de quiénes serían los Fletcher si Carl no hubiera sido secuestrado; que no ocurriera no era una de sus opciones. Lo único peor que darse cuenta de que era una pregunta sin respuesta era darle vueltas a todas horas del día sin darse cuenta de que la vida transcurría al mismo ritmo que la de las personas que no se obsesionaban con preguntas como aquella. ¿Cómo serían si aquello no hubiera ocurrido? ¿Acaso importaba? Había sucedido, y nadie podía escapar de aquel hecho tan básico.

—¿Lo ves? —le preguntó Jenny a Beamer, incapaz de apartar la mirada de su hermano mayor, una persona increíble, y la familia tan preciosa que tenía—. ¿Ves que nunca hemos tenido la posibilidad de ser normales?

Aquella misma noche, bajo una carpa en la finca de los Fletcher, Beamer y Jenny bailaban en un círculo alrededor de Nathan y Alyssa. Ayudaron a alzar a los mellizos en sus sillas. Jenny fue con una de las sobrinas de Alyssa y le dio las manos y giraron y giraron hasta que las dos se marearon, como había hecho Marjorie con ella en el bar mitzvá de Beamer. Por su parte, Beamer se puso detrás de uno de los amenizadores más pesados del bar mitzvá y se puso a imitarlo, de modo que su hermana, su hermano y hasta su cuñada se echaron a reír. Nathan demostró poseer una flexibilidad nunca antes vista (ni siquiera por él) al bailar el limbo. Josh se sumió en un baile lento y acartonado con una niña regordeta y Ari se puso a saltar en un círculo con sus amigos, en lo que representa un baile para los chicos de trece años.

Ike y Mindy bailaban despacio, ella tropezándose. Richard y Linda Messinger presumían de sus clases de baile. Erica Mayer y Sarah Messinger-Schlesinger se reían con Jenny en un rincón. Alexis le pidió al DJ que pusiera una canción hebrea conforme arrastraba a Marjorie a la pista de baile para poder fardar de las clases de bailes populares israelíes a las que habían asistido.

Ruth, en su asiento en la mesa, le susurró a Carl que las niñas de trece años iban vestidas como furcias. Y luego se quedó observando cómo Brett Schloff entraba en la tienda: Alyssa lo había invitado porque estaban juntos en el comité de la escuela. Y vio cómo se acercaba a Jenny a la barra, quien acababa de pedir un

Joshuatini, es decir, una piña colada. Brett se puso un collar de lucecitas, un lei y uno de los sombreros de plástico que los amenizadores del bar mitzvá habían entregado, y los dos se pusieron a charlar. Ruth estaba tan ensimismada con aquello que no se dio cuenta de que Carl se había ido de la mesa.

Había deambulado hasta el exterior. Sentado con Ruth, había visto a su madre en la entrada de la carpa, llamándolo, y él la había seguido, por supuesto, hasta que se quedó fuera, bajo el cielo estrellado, y ya no la veía.

—¿Mami? —la llamó—. ¿Mami? —Creyó verla un instante, corriendo hacia el viñedo; sin embargo, cuando estaba a punto de salir corriendo tras ella, la volvió a ver al otro lado de la carpa. La vio aparecer en distintos lugares y se quedó inmóvil, satisfecho con la idea de que estaba cerca.

Ya había vivido casi un año entero sin ella y no parecía sentirse mejor entonces que al principio. Intentó pensar en lo que le diría si estuviera allí. Le diría que aquello le estaba pasando a su cuerpo, no a él. ¿Así era la muerte también? ¿Y el dolor? Porque a él le parecía muy físico. No tenía cómo preguntárselo, y eso le daba la sensación de que se asfixiaba. Lo único que había cambiado aquel año era que había pasado de ser una persona triste por que su madre no había vivido lo suficiente como para ver que se recuperaba a ser una que sabía que él tampoco lo iba a conseguir.

Cuando la madre de Ruth había muerto hacía tantos años, ella se había pasado el día llorando y había dicho que era el final de su juventud. Carl no se sentía así por la muerte de Phyllis: el final de su juventud había sido la muerte de su padre, una juventud que no había durado lo suficiente como para que pudiera procesarla. Pasó de niño a hombre sin nada en medio, y el día en el que lo secuestraron se quedó petrificado en ámbar, un prisionero de su propio cuerpo. Su vida había transcurrido cuando no miraba y había pasado a ser un anciano. Era un anciano y todavía seguía encerrado bajo aquella capucha.

Lo habían secuestrado y lo habían devuelto, pero ya hacía tiempo que se había dado cuenta (y luego se había dado cuenta otra vez y otra vez) de que no había vuelto de verdad. Aquel día tan horrible, dejó de ser capaz de recordar hasta lo más básico de sí mismo, como lo que le gustaba hacer en su tiempo libre. Y eso se convirtió en la historia de su vida. Sus recuerdos, sentimientos y reminiscencias existían solo en aquellos cinco días: todo lo anterior era el precursor, y lo posterior, las consecuencias. Bajo aquella capucha, ya no lograba evocar su propia boda, ni el nacimiento de sus hijos. Que le hubieran cubierto la cabeza con la capucha le creó una desorientación, una sacudida letal de su sistema vestibular, el que mantiene el equilibrio.

¿Qué le habían pedido después de volver a casa? Que se contuviera, ¿no? Y eso hizo. ¿Verdad? Aunque tuvo algunos lapsus, nunca se desmoronó del todo. Con todo lo que había vivido y su único logro había sido no desmoronarse. Era algo que le había ocurrido a su cuerpo, no a él.

Solo que, en sus adentros, no había salido de la capucha, o al menos una parte de él seguía allí. Una parte de él no dejaba de ver aquella película, mientras que las demás partes no entendían cómo era posible que los demás vieran otras escenas. ¿Qué otra película existía?

La mañana de su secuestro, después de que salieran de la finca, se esforzó por estar atento a dónde podrían llevarlo, pero no tardó en ser una tarea imposible, y el peso del hombre que tenía encima lo desorientaba más aún. Para cuando salieron a la autopista, Carl ya no sabía dónde estaba y, por tanto, dejó de intentar entender el movimiento del coche. En su lugar, pasó a preguntarse cómo iba a terminar todo, y, para cuando el coche llegó a su destino, ya fueran minutos u horas después, su imaginación ya no contenía un mecanismo que pudiera ayudarlo a ver cómo era posible sobrevivir a aquello.

Para entonces, ya lo habían llevado a su fábrica (¡lo encerraron en su propia fábrica! Nunca lo llegó a superar), donde le ataron la muñeca derecha y el tobillo izquierdo, enfundado en su traje, a una cañería en el suelo de un armario que creía que se encontraba en un sótano, dado que estaba seguro de que había notado un descenso por uno o dos tramos de escaleras. Dos hombres se quedaron con él en aquella sala el primer día. Uno de ellos, el que sonaba como que tenía más estudios y tenía una voz ronca, lo llamó «escoria judía» y le dijo que iba a llevar a un grupo de hombres a su casa para violar a su mujer y matar a sus hijos; en los días siguientes, ese grupo de hombres pasó a estar conformado por puertorriqueños, luego por negros y al final por árabes, según decían. Cada mañana que Carl pasó en el sótano, un hombre entraba para sustituir al otro, quien había vigilado a Carl por la noche y en ocasiones lo despertaba con un grito o le orinaba en la cabeza mientras él se retorcía para apartarse. El segundo hombre casi no decía nada, pero soltaba un gruñido barítono cuando le daba patadas en el estómago y en la cabeza.

O a lo mejor habían sido tres hombres. Carl no lo sabía. En la oscuridad de sus párpados detrás de la venda, no alcanzaba a ver los cambios de la luz ni a sus secuestradores. No tenía ni idea de qué hora era ni de cuánto tiempo llevaba allí y no podía responder a sus burlas, ni siquiera podía contestar a las preguntas que le gritaban, sobre dónde guardaba el dinero y a qué hora salían sus hijos del colegio. En todo el tiempo que pasó en aquel sótano, no le quitaron la venda ni un solo momento, y tenía una cinta que le sujetaba la lengua hacia abajo, de modo que la parte trasera de esta se sacudía cada vez que intentaba tragar. Se pasó todos aquellos días sin poder tragar como es debido.

Pasó cinco días atado a aquella cañería, sin que lo lavaran, manchado de su propia orina y excrementos. El primer secuestrador, el que Carl empezó a concebir como el líder, le gritaba de vez en cuando: lo insultaba por ser judío de todas las formas que se le ocurría una y otra vez. Le metían agua en el gaznate con tanta fuerza que su mecanismo de tragado no parecía poder con aquella marea. Con el mismo método, le daban de comer un líquido asqueroso y con tropezones que olía como el batido de dieta de vainilla que Ruth desayunaba a veces. Cada día, el secuestrador líder acudía a él con las mismas burlas y amenazas:

—He violado a tu mujer. La he dejado tirada en el suelo, sangrando y llorando. Esta noche la voy a degollar. Hay un grupo de hombres —una vez más, de distintas minorías étnicas— que se la están follando ahora mismo. Y tus hijos lo están viendo. ¡TUS HIJOS VEN CÓMO SE LA FOLLAN!

Cada mañana, cuando el primer secuestrador llegaba a la fábrica, le soltaba la misma cantinela de que se había ido la noche anterior para violar a Ruth mientras los niños miraban, tras lo cual había matado a los niños delante de su madre. Poco importaba que el hombre hubiera dicho lo mismo el día anterior; poco importaba que no tuviera sentido. Carl lloraba contra la venda día tras día.

Más adelante, cuando ya estaba en casa, no era capaz de abrir la boca demasiado, no fuera a ser que se abriera en el ángulo exacto en el que se la habían dejado al ponerle la cinta y, la verdad, no sabía decir cómo iba a reaccionar si aquello ocurría, por lo que empezó a hablar como un gánster de los años treinta. Se pasó años sin ir al dentista, porque no era capaz de tumbarse con la boca abierta. Pasaron meses hasta que fue capaz de captar el olor de sus propias deposiciones sin sufrir paroxismos de terror.

Durante años, Carl se despertaba en plena noche con la necesidad imperiosa de tragar saliva, solo para comprobar que podía. En la oscuridad brutal, esperaba dos segundos hasta poder tragar, y siempre lo conseguía, pero en esos dos segundos no había quién lo convenciera de que iba a conseguirlo, por lo que, para cuando la peristalsis demostraba funcionar bien, ya se había quedado helado y el olor de su propia perdición le había llegado a las fosas nasales una vez más.

Después de volver a casa le llegó la depresión, una forma de ver el mundo en una escala de grises sin alegría que le susurraba con voz amenazadora que así era el mundo de verdad, que la otra forma de verlo era mentira. Y entonces la ansiedad se apoderaba de él con tanta fuerza que no se veía capaz de quedarse quieto el tiempo suficiente ni para clasificarla como ansiedad.

Una mañana, se despertó de un sueño demasiado vívido en el que alguien que no llegaba a ver le lanzaba números que tenía que sumar o multiplicar a los números previos. Aquel fue el último día que se tomó las pastillas, las dejó de golpe y enfadado (los arrebatos de ira, con o sin motivo, eran otro efecto secundario) y tuvo que enfrentarse a un caos en el cerebro que no había experimentado nunca: destellos de cargas eléctricas cegadoras, como si fuera una luz a la que le habían conectado una energía mayor de la que era capaz de soportar; ocurrían cada dos minutos o así y lo dejaban sin aliento. Sin embargo, tres semanas y media después, aquello dejó de suceder, y aprendió que no debía compartir su estado mental con Ruth nunca más. No, Ruth lo acompañaba para reconfortarlo y apoyarlo, pero no estaba para arreglar a una persona rota. No podía ser una persona rota. Su familia necesitaba que fuera un líder, un hombre, por lo que tenía que enterrarlo todo donde nadie lo pudiera ver. Conforme las últimas descargas eléctricas le sacudían el cerebro ya frito, creyó que aquello era lo que había querido decir su madre: que podía intentar pasar página y hacer como que no había ocurrido, que podía tratarlo como se concebía al tiempo perdido en una operación quirúrgica, y, al fin y al cabo, solo habían sido cinco días aterradores. Podía olvidarlos y dejarlos enterrados. Era algo que le había ocurrido a su cuerpo, no a él.

Lo liberaron en el mundo; confiaron en que fuera a trabajar y se le pedía que fuera normal, que fuera un padre y un marido. Solo que no mejoraba, no lo conseguía. Empezó a ver que el presente y el pasado ocurrían al mismo tiempo, o casi. Se dio cuenta de que podía estar en el trabajo, o en el partido de béisbol de Nathan, pero también encerrado en aquel sótano. Estaba en la cena de la Pascua judía y vio que lo que les había ocurrido a los judíos, la esclavización en Egipto, parecía historia antigua, pero no lo era. Era como si hubiera sucedido el día anterior. Todos los periodos que uno creía que eran de hacía mucho tiempo estaban mucho más cerca de lo que se imaginaba, a un suspiro. Moisés separó las aguas del mar Rojo y Zelig estaba de polizón en aquel barco y Ruth daba a luz a Nathan y Carl estaba atado a una cañería, todo al mismo tiempo. ¿Cómo iba a pasar página si todo sucedía a la vez?

Recordó que Ruth le había hablado del trastorno de estrés postraumático, cuando todavía creía que la situación podía mejorar, y él se echó a reír. ¡Postraumático! El que le hubiera puesto nombre no lo entendía. No hay posterioridad, solo hay trauma. Una y otra vez. El tiempo avanza, pero uno se queda atrapado en el trauma para siempre. Pues claro que no había tratamiento: ¿cómo se trata lo que ha pasado a ser una vida entera?

Lo que más le dolía era lo que sus hijos habían dicho aquel día. No había vuelto a pensar en aquello, en el bar mitzvá de Nathan, pero tenían razón. Aquella misma tarde, sentado en la cama mientras veía cómo su mujer se arreglaba para la cena, le preguntó:

—Ruthie, ¿qué hicimos?

—¿Qué dices? —preguntó ella.

—No fuimos al bar mitzvá de Nathan. Le hicimos daño.

—¿Qué dices? Claro que fuimos. Estaban mintiendo. Nos toman el pelo, Carl.

—No, piénsalo bien, Ruthie —insistió él—. ¿Te acuerdas de algo del bar mitzvá de Nathan?

—Pues claro. Le hicimos kipás de los Mets. Estaba guapísimo con su trajecito.

—Pero ¿te acuerdas de la ceremonia en sí?

—¡No empieces tú también! —Ruth se había puesto a gritarle—. ¡No empieces tú también, Carl! ¡No puedo más!

Y Carl la calmó, le dio unas palmaditas y se disculpó, pero ella se fue al baño a maquillarse y él recordó haber estado en el baño. Recordó que se estaba dando una ducha para el bar mitzvá y que Ruth le dijo a gritos que tenía que pasarse por la ciudad para hacer un recado y él contestó que no había problema. Y entonces estaba en la ducha y le ocurrió aquello que ya le había ocurrido alguna vez durante aquellos tiempos: se quedaba encerrado en alguna parte de su mente que no recordaba. Con la mirada perdida, sin ver nada, desaparecía. Y normalmente era una experiencia suave y sorprendente, una niebla de la que entraba y salía y no pasaba nada. Solo que aquel día lo que ocurrió fue que dejó de ver como siempre, pero, al volver, había tanto vapor en el baño que no veía nada de verdad. No veía lo suficiente como para salir de la ducha, era como si todavía tuviera la venda puesta. Y olía sus propios excrementos otra vez. Notaba el terror profundo en el estómago de que no iba a sobrevivir. Así que gritó y gritó, sin darse cuenta de que lo hacía, porque solo intentaba sobrevivir. Y entonces se cayó al suelo, y su hijita entró en el baño, la hijita a la que había intentado apartar del problema. Lo vio desnudo y gritando, y recordó que, en el hospital después del secuestro, había tenido la fantasía de que iba a mejorar para cuando ella naciera y estuviera despierta y viva. Y la vio con su vestidito, la vio salir corriendo, y supo que era demasiado tarde. Que siempre lo había sido. Supo que le había arruinado la vida, igual que a sus otros dos hijos.

Ruth entró en el baño y llamó a Phyllis, quien acudió a toda prisa. Carl no dejaba de gritar, de temblar. La venda se había vuelto a apoderar de él y no sabía cómo salir.

—Me quedaré con él —dijo Phyllis.

—No, ya me quedo yo —contrapuso Ruth—. Diles que tenemos la gripe o que estamos malos. Que hemos tenido un accidente de coche, me da igual. Pero si va uno de los dos y el otro no… Tú diles que estamos malos.

Phyllis se volvió hacia su hijo, lo aferró de las solapas del albornoz y volvió a decirle lo que le había dicho antes, solo que en aquella ocasión con un cabreo monumental.

—Acuérdate bien. Es algo que le ha pasado a tu cuerpo, no a ti.

Cuánto lo sentía por todo. Sentía que su madre no hubiera vivido para verlo sano. No tenía ni idea de dónde encontrarla ya, aunque sí sabía que, por la noche, la notaba en su sangre, como un glóbulo o un coágulo que le recorría el cuerpo y le decía que estaba con él. Soñaba con ella constantemente; una vez se lo contó a Ruth y ella lo miró como si se le hubiera ido la olla (no tendría que haberle dicho nada). No es nada justo tener que vivir sin madre, y menos cuando ya había vivido tanto sin padre.

—¡Carl! —gritó alguien en aquel momento. Era Richard Messinger.

Él y Linda habían salido de la carpa para marcharse y se habían encontrado a Carl tirado en el suelo. Richard se agachó a su lado y Linda corrió dentro en busca de ayuda.

Ike fue el siguiente en salir. Se sentó en el suelo, sujetando a Carl, con la cabeza en el regazo. Beamer y Jenny fueron los siguientes, seguidos de Ruth, Nathan, Alyssa y los mellizos.

—¡Papá! —no dejaba de repetir Beamer—. ¡Papá! ¡Papá! —Nathan y él se arrodillaron en el suelo y Jenny lo miraba desde arriba. Alguien estaba llamando a emergencias.

—Ay, Dios —dijo Ruth—. Ay, Dios. ¿Está bien? ¡Carl!

No obstante, a Carl no le dolía nada. Al principio sí que estaba confuso, pero no le dolía nada. Intentó averiguar qué ocurría, por qué todos estaban tan asustados, y entonces se dio cuenta de que ya no se hallaba donde había estado antes, porque ya no estaba atado a su propio cuerpo.

Estaba bien. No le pasaba nada. Por fin había conseguido lo que su madre tanto había querido para él: se había separado del cuerpo.

Miró en derredor y se puso en pie. Oyó unas sirenas a lo lejos, pero ¿qué emergencia había? Descubrió que podía moverse con total libertad, que ya no pesaba nada, sino que era ligero como una pluma. Podía ir a la derecha y a la izquierda, podía dar una voltereta en el aire. Era maravilloso.

Gracias a su libertad recién descubierta, ascendió hacia arriba (¿hacia dónde si no?) y en el aire vio el rostro de su madre y soltó un grito de alegría por haberla encontrado. ¿Cómo no había pensado que su madre no iba a marcharse a ninguna parte sin él? La siguió arriba y arriba y, en lo alto, encontró a su padre, quien no se parecía en nada a su padre. Zelig, congelado en el tiempo como un hombre fuerte de mediana edad, tenía un semblante distinto al que Carl recordaba: parecía relajado y amable.

Habían pasado a estar en una especie de sala. ¿El comedor de un palacio? Zelig estaba sentado a una mesa larga, iluminada por un brillo dorado. Carl miró a izquierda y derecha y, al hacerlo, la escena se llenó y vio que estaba en el comedor de sus padres, en su mesa. Su madre también estaba allí sentada. Habían sacado la vajilla buena, la que usaban para celebrar el Pésaj, y la mesa estaba puesta para todos, aunque los únicos comensales eran Zelig, Phyllis (con una sonrisa plácida, como si en la vida hubiera esbozado alguna) y Carl. Vio los lugares vacíos y sin comida para su familia: uno para Marjorie; uno para Ruth; ay, Dios, uno para cada uno de sus hijos; ay, Señor misericordioso, uno para cada uno de sus nietos.

—¿Esto es todo? —preguntó Carl—. ¿Esto es lo que pasa? ¡Pues no está tan mal! No da tanto miedo.

Cuando Zelig habló, lo hizo con todas las capas de una voz que Carl, quien hacía más de cincuenta años que no lo veía ni lo oía, había olvidado: con la entonación distintiva de su acento polaco y yidis, por cómo pronunciaba las «D» con la lengua más adelante de lo normal en los dientes, debido a una herida que había sufrido de pequeño.

—Ha llegado la hora de tu sentencia, *mein zeis* —anunció su padre—. Yo ya pasé por la mía y tu madre, por la suya. Ahora te toca a ti.

—¿Cómo es? —quiso saber Carl—. ¿Cómo es el proceso?

—¿Que cómo es? —repitió Zelig. Miró a Phyllis e intercambiaron una sonrisa secreta.

—No es lo que te imaginas —dijo Phyllis—. No es una sentencia como en la Tierra. Es la comprensión. Es la capacidad de echar un vistazo a tu vida y justificarte.

—Justificarme —repitió Carl—. No lo entiendo.

—Así es como funciona —dijo Zelig—. Es como el perdón.

—¿El perdón? —preguntó Carl.

¿El perdón? ¿Cómo sería eso? Nunca se le había ocurrido considerarlo. El perdón por no ser lo bastante fuerte para enfrentarse a los hombres que se lo habían llevado, por no haber tenido la decencia de morir cuando lo encadenaron a aquel sótano. El perdón por no haber sido capaz de volver a orientarse después del calvario. El perdón por lo que llegó a ver que le había hecho a su familia, por haberles parado la vida. Quería decirles que siguieran sin él, que ya les daría el alcance, solo que no sabía cómo.

Había visto cómo sufría Ruth, su Ruthie preciosa, que le había arrebatado la vida y que tal vez la había arrojado a los brazos de su primo. También vio que no era lo bastante hombre como para preguntar si era cierto siquiera. ¿Cómo podían perdonarlo por eso? ¿Quién iba a poder perdonarlo?

Zelig pareció entender de qué se preocupaba Carl, y Phyllis y él esbozaron otra sonrisa. Phyllis le dedicó un ademán con la cabeza a su marido, como si le estuviera dando permiso, y Zelig lo aceptó y se puso a contarle a Carl la historia de su vida.

Una parte ya la conocía. La infancia en Polonia, el alzamiento de las fuerzas que comenzaron a limitarles el movimiento. El terror. La educación que se paró en seco. El padre al que dispararon delante de él, los hermanos a los que mandaron a morir a otros lugares. La culpabilidad de ser el único que seguía con vida.

—El chico que me ayudó —dijo Zelig.

—Chaim —repuso Carl—. Me diste su nombre.

—No estaba muerto cuando me desperté la mañana en la que me fui —continuó su padre. Había cambiado la expresión, y Phyllis y él lo miraban con cautela.

—¿Qué quieres decir?

—Seguía vivo cuando me fui —explicó Zelig.

—Pero te dio su billete para el barco. Te dio su fórmula.

—No —negó Zelig—. Se lo quité. Fui a quitárselo de la mano y se despertó y se peleó conmigo. Le di un puñetazo y no sé qué pasó después de eso. Salí corriendo. Corrí y corrí y no miré atrás. Fui al barco, vine a Estados Unidos. Y a él no sé qué le pasó.

—No puede ser —dijo Carl, negando con la cabeza.

—Tenía que salvarme —explicó Zelig—. Eso es lo que la guerra le hace a una persona, te convierte en un interrogante, y solo existen el «sí» y el «no». Y para entonces ya no tenía más respuestas. Tenía que seguir intentándolo; cuando te lo preguntan constantemente, uno no sabe cuándo dejar de intentarlo.

—¿Y qué pasó?

—Viví con ello. Vine aquí. Era un mundo nuevo, así que intenté ser una persona nueva. Pero soñaba con él todas las noches, lo llevaba como unos grilletes en los tobillos. Cuando morí, lo último que vi fue la cara de Chaim.

—Ay, no —dijo Carl—. No, no.

—Se me ha perdonado —repuso Zelig—. ¿No lo ves? Se me juzgó y se me perdonó por fin.

Carl miró a su padre, y este le devolvió la mirada. Era más joven que el propio Carl, y, aun así, seguía siendo el ideal platónico de un hombre hecho y derecho, mientras que Carl se sentía como un niño pequeño.

—No fui al bar mitzvá de Nathan, papi —soltó Carl. Se dio cuenta de que se había puesto a llorar. Lloraba tanto que no era capaz de hablar, y en parte fue por eso que lo repitió—: No fui al bar mitzvá de mi hijo.

—Se te perdona —contestó Zelig.

—No he sabido cómo mejorar, papi —dijo.

Y, una vez más:

—Se te perdona.

—No podía pensar en nada. Estaba todo el día asustado.

—Se te perdona.

—He sido una persona horrible —añadió, y se puso de pie porque el estar sentado no podía contenerlo—. Se lo vi en la cara. Es culpa mía que todos vivieran un infierno, fue…

Y Carl, sobrepasado por la emoción, se volvió a sentar, puso las manos en la mesa y apoyó la cabeza en ellas. Lloró por todas las penurias que había tenido que soportar. Lloró por todo lo que había tenido que vivir su pobre Ruth. Lloró por el vistazo que vio de Ike, en su jardín, lanzándole una pelota a Nathan, cuando era él quien tenía que enseñarle a jugar como un buen padre. Lloró por lo roto que estaba su niño tan inteligente, Beamer, y por todas las formas en las que sabía que no hizo nada por remediarlo, porque ni siquiera soportaba que Ruth se lo mencionara. Lloró por Jenny, quien no parecía poder hallar su lugar en el mundo. Lloró por Marjorie, quien nunca había sabido encontrar el amor suficiente que sanara la herida de ser su hermana.

Volvió a mirar a sus padres, en aquella mesa de comedor, igual que en la casa de Phyllis, solo que ya no era pequeño. Era adulto, y entonces lloró de alivio por volver a ver a sus padres, por comprobar que el poder estar con ellos de nuevo no era solo un rumor, porque entendió que un día iba a alcanzar la paz, que la sentencia que le iban a aplicar era el perdón. Y entonces, por fin, lloró de tristeza, al comprender que había muerto, y lloró su propia muerte, su propia vida. Se había esforzado tanto como era posible. Tanto como cualquier otra persona.

Miró a sus padres y fue un niño pequeño y un anciano de la mayor edad que iba a alcanzar y supo que lo único por lo que tenía que disculparse era por no haber sabido reconocer que el secuestro estaba allí para mostrarle que en todos los demás momentos de su vida no estaba secuestrado. Que existían el peligro y la seguridad (y ninguno de los dos son criaturas pasivas), pero que él solo había reconocido el peligro. No se había dado cuenta de que la seguridad también era agresiva, que, en cada segundo de su vida que no pasó en aquel sótano, atado a una cañería como si fuera un animal, era libre como un rey.

—No puedo creerlo —dijo, porque sabía que lo que le esperaba era una mayor comprensión como aquella—. Es que... hala.

Al darse cuenta de aquello, vio que había otra persona en la estancia. Era Mandy Patinkin e iba vestido con una túnica blanca que ondeaba a su alrededor. Carl se puso en pie para verlo mejor.

—Te conozco —dijo Carl.

Y entonces Mandy Patinkin lo miró; no tuvo que decir nada porque se lo transmitía todo con la mirada. Aun así, Carl lo oyó con tanta claridad como si se lo hubiera dicho:

—Se te perdona.

—Hala —repitió él.

—Ha llegado el momento de decir adiós —dijo Mandy Patinkin.

—Mandy —lo llamó Carl—. Mandy. Dicen que es algo que le pasó a mi cuerpo y no a mí, pero tengo que ir a decirles… Tengo que decirles que es lo mismo. Mi cuerpo y yo somos lo mismo.

—Ahora ya lo saben. —Mandy asintió con tristeza y abrió la puerta de la estancia, de modo que Carl pudiera echarle un último vistazo al mundo terrenal.

Ningún profeta se había alzado de Israel como Carl. Lo último que vio en este mundo antes de cerrar los ojos fue el rostro de las personas que más lo habían querido, de las personas que se preocupaban por él y vivían en una relación simbiótica con él y existían a su lado en aquella sizigia singular que es una familia. El universo entero se alinea para formar una familia, y sus miembros la sacan adelante a partir de entonces.

En la finca, Alyssa se aferró a Nathan conforme este intentaba comprender lo que sucedía. Marjorie rodeó a Ruth con los brazos y se echó a llorar, mientras que Ruth, quien logró ver la vida entera de Carl (quien pudo ver cómo terminaba y entendió por primera vez lo trágica que había sido), le devolvió el abrazo a su cuñada. En aquel instante, Marjorie fue algo más que una fuerza opuesta; se convirtió en una doliente más, una persona con la que Ruth podría sentarse en aquellas sillas bajas durante siete días la siguiente semana y luego, en cierto sentido, de por vida también.

Beamer y Jenny se arrodillaron, le dieron la mano a su padre y lo vieron tomar aire por última vez. Y eso hizo, en los brazos de su querido amigo Ike Besser, quien siempre había estado al lado de su padre, fiel como él solo, quien había llenado las grietas que había podido, quien le había ofrecido a su padre algo que ellos no habrían podido después del calvario, la dignidad, y en cuya cabaña del jardín había 220 000 dólares mohosos, medio podridos, marcados e inútiles, los mismos que habían estado allí desde 1980 y que nadie iba a encontrar hasta la muerte de Ike, cuatro años después.

BELLA DAMISELA, ¿PODRÍA VUESA MERCED PERMITIRME REPOSAR EN VUESTROS APOSENTOS? HE RECORRIDO MUCHAS LEGUAS

A la mañana siguiente, en la finca, los Fletcher se despertaron uno a uno para enfrentarse a la incredulidad gélida de la pérdida.

Se suponía que aquel día iban a levantar el duelo de Phyllis y colocar la lápida, solo que también pasó a ser el día en que enterraban a Carl Fletcher.

En casa de Phyllis, Nathan no había pegado ojo y despertó a su mujer con una taza de café.

—Tengo que enterrar a mi padre hoy —dijo.

En la casa más allá de la entrada, Jenny se despertó empapada en sudor y arrastró los pies a la planta de abajo, a la espera de que alguien más fuera con ella a la cocina. Beamer no tardó en llegar. Y Ruth se despertó pensando en aquel dicho de que un hombre no podía vivir un año entero después de la muerte de su mujer. Tal vez el amor de la vida de Carl fuera

Phyllis, y no Ruth. Se volvió hacia el espacio vacío que antes ocupaba su marido.

Jenny y Beamer fueron a la planta de arriba para arreglarse para el funeral. Ruth estaba en la cocina, con su vieja bata de terciopelo negra y preparándose una taza de café, cuando oyó una voz que bien podría haber salido de su imaginación, porque no creía que estuviera allí de verdad.

—Ruthie.

Aun así, se dio media vuelta, y allí estaba.

—Arthur.

Iba con traje, como de costumbre, con una gabardina encima, también como de costumbre. Tenía una maleta al lado. Estaba más bronceado y parecía un poco mayor que antes, pero puso una expresión tan llena de cariño y tan necesaria para Ruth que ella soltó un grito ahogado.

—Ruthie, lo siento mucho.

—Arthur —dijo, y casi se había puesto a llorar cuando la furia le dio un tremendo pisotón al dolor que sentía—. ¡Arthur! ¿Dónde te habías metido?

—Te dejé una nota, ¿no la recibiste?

—Recibí una nota en la que decías que te ibas —dijo.

—Sí, esa.

—¿Y dónde estabas? No tienes ni idea… No sabía si ibas a volver.

—Quería venir para levantar el duelo, a presentar mis respetos.

Ruth se quedó sin palabras. Se sentó, envuelta en su bata.

—¿Me permites? —Y Arthur se sentó también.

—Arthur…

—No —la cortó, con un tono imponente que ella no había oído nunca—. No, tengo que decirte algo.

De todos modos, ella estaba demasiado cansada y sorprendida como para hablar.

—Tuve que irme, Ruthie. Tuve que irme para ver qué hacía, para entender por qué malgastaba la vida esperándote. No sé cuándo me enamoré de ti. —Ruth abrió la boca para decir algo, solo que Arthur siguió hablando y la interrumpió—. Sé que los dos lo sabemos y no hablamos del tema. Somos muy mayores ya. Y Carl no... Carl sigue siendo Carl. Y era una locura imaginarlo siquiera.

—Nunca te he dado ningún motivo para que tuvieras esperanzas.

—No, pero sabías que las tenía.

—¡Soy una mujer casada! ¡Soy madre!

—Déjame terminar —le pidió—. Me marché porque tenía que echar un vistazo a la situación desde otra perspectiva, desde donde no estuviera tan cerca.

—Ni que fueras Shakespeare.

—No, escúchame. —Tenía un tono de voz ilusionado y los ojos cargados de emoción—. Me fui a París, a ver a Yvonne. Su marido falleció hace poco. Pero vi a todas las parejas que iban por la calle, y, por mucho que la conozca a ella, no eras tú. Fui a Israel y recé en el Muro de las Lamentaciones para que Dios me salvara de este amor. Fui a Grecia, para ver cómo las cosas más antiguas que yo podían sobrevivir. Fui a India... fui a un áshram, y allí aprendí a sentarme con mis pensamientos, aunque me di cuenta de que el problema no era lo que pensaba. El problema eras tú.

—Nunca te di motivos para creer que...

—Lo sé. Pero no es un tribunal, Ruth. Es mi vida. Y ya soy viejo. Y ahora he vuelto a casa porque estoy cansado de intentar no quererte, y supongo que estoy atascado así. Pero tenía que averiguarlo. Me alegro de haberlo intentado.

Ruth se lo quedó mirando. Se preguntó qué pregunta era aquella. ¿De qué amor le hablaba?

—Carl murió ayer —dijo.

—Ruth. ¿Qué dices?

—Murió en el bar mitzvá de los mellizos. —Y, por primera vez, se echó a llorar—. Ha muerto.

—Ruth, lo siento mucho. He vuelto para la ceremonia de Phyllis, que se supone que es hoy y no quería perderme la... Todavía me llegan los correos de la sinagoga.

—Pues sí que lo es, pero también es un funeral. ¿No leíste el correo entero? Arthur, no sabes todo lo que ha pasado. Estamos en la ruina. La fábrica ya no está; Marjorie... No te lo vas a creer. Marjorie quemó la fábrica hasta los cimientos. Pero, antes de eso, un fondo privado nos la quitó. Y todo se ha parado. ¡Nos hemos quedado sin un duro! Vamos a vender la finca. Espero que nos quede algo después de pagar las multas, porque Ike cree que serán millones de dólares.

—Es imposible.

—Ya, es lo que creía yo también, pero es lo que ha pasado. Es la realidad en la que vivimos. —El enfado volvió a ella—. ¡Y me habría venido bien tu ayuda! No puedes cambiar las normas para alguien después de tanto tiempo, hay que avisar.

Fue lo más cerca de la verdad que podía expresar, la cual era que quizá habría podido corresponder su amor si fuera capaz de ello y se le hubiera permitido, si no la hubieran secuestrado a ella también.

—No, Ruthie, te digo que es imposible.

—No nos queda nada, de verdad.

—¿Cuánto tiempo conociste a Phyllis? Sabes de sobra que no se fiaban de los bancos. Sabes que no habrían permitido que el gobierno se acercara a sus ahorros.

Ruth se quedó inmóvil.

—¿Te acuerdas de los viajes que hacía Zelig cuando los niños eran pequeños? A Bélgica.

—Sí, a Amberes. Para las convenciones de químicos.

—No eran... —Arthur negó con la cabeza—. Ruth, no eran convenciones de químicos. ¿Crees que de verdad organizaban convenciones de químicos para propietarios de fábricas de poliestireno? Y en Bélgica, para colmo.

Ruth se quedó muda.

—Ven conmigo —le pidió él.

—¿A dónde?

—Tú ven.

Le dio la mano (y ella aceptó) para sacarla de casa y llevarla por la entrada, ella todavía con la bata, hasta el antiguo invernadero, en la esquina bajo las macetas de terracota que hacía un cuarto de siglo que nadie usaba. Se arrodilló, con su traje, encima de la tierra, y se puso a cavar.

Ruth se lo quedó mirando, conteniendo el aliento.

Eran diamantes, claro.

Zelig había visto que su familia perdía todo su dinero y sus propiedades por culpa de los nazis y sabía que iba a llegar el momento en que aquel país nuevo y grande le diera alcance al resto del mundo y también fuera a por los judíos. En resumen, que no se fiaba un pelo de los bancos. Durante los primeros diez años que fue propietario de la fábrica, cuando la gente a veces pagaba en efectivo para que les saliera más barato, se quedó con la mitad de los beneficios y los usó para comprar diamantes. Eso era lo que hacía cada año en Bélgica, porque, como es lógico, Amberes no es la sede de una reunión anual de químicos para debatir las innovaciones en el mundo de los moldes de poliestireno. Volvía a casa con los diamantes, los metía en latas de café de la marca Maxwell House y los enterraba en el invernadero, donde sí, disfrutaba del arte de la jardinería para sentirse pleno, pero también le gustaba desenterrar los diamantes y admirarlos para recordarse que lo que le había sucedido no le iba a volver a pasar, que su familia estaba protegida por lo único que importaba: el dinero. Estaba a salvo.

Se lo contó a Phyllis después de que naciera Carl, y Phyllis se lo terminó contando a Arthur poco después de la muerte de Zelig, por miedo a que le pasara algo y nadie supiera de su existencia. Debatieron si debían convertirlos a dinero en efectivo, pero las leyes de impuestos eran horribles en los años noventa y a Arthur no se le ocurría ninguna forma de hacer la conversión sin perder la mitad de su valor.

Si necesitaban dinero en efectivo, claro, también tenían la colección de bonos del Estado de Israel, enterrados en otra lata más bajo las macetas en las que antes había helechos. Con el paso del tiempo, Phyllis había enterrado cerca de 200 000 dólares en bonos del Estado, a los que registraba de forma meticulosa y renovaba cuando maduraban.

Tres horas más tarde, cuando llegaron las limusinas para llevarlos al funeral de Carl, Ruth ya no estaba sorprendida por lo que le había contado. Pues claro que Phyllis había establecido un mecanismo para impedirles que se autodestruyeran. Pues claro que se basaba en los principios con los que Zelig había liderado aquella casa, es decir, la paranoia y la creencia de que cualquier medida que uno establecía para protegerse a sí mismo era justa y no de tu incumbencia.

Los hijos de Ruth se metieron en la limusina con ella, Arthur y Marjorie. Alyssa, sus padres y los mellizos fueron en la segunda limusina.

Ruth pensó en su marido, esperándolos en un ataúd, en la sinagoga. Iba a tener que mirar aquel féretro. Cuánto había perdido por su pacto con el diablo. Rememoró el día en que vio aquella finca por primera vez, pensó en quién era entonces, cuando ni se creía la suerte que había tenido. Estaba más que contenta por no tener que sufrir para llegar a fin de mes. Su lucha por sobrevivir había sido tan dura que se negó a transmitírsela a sus futuros hijos.

Y, aun así, sentada en aquella limusina, había algo que no soportaba: que sus hijos, ya no futuros, no habían sufrido nada.

No los podía perdonar por ello.

El interior del coche estaba en silencio conforme se dirigían a la autopista, cada uno de ellos perdido en su mundo.

—Estoy pensando en vuestro abuelo —les dijo Ruth a sus hijos. Era algo tan raro de decir que todos la miraron—. ¿Conocéis esa historia del chico al que abandonó para salvarse, el que lo ayudó a llegar a este país para que pudiera tener hijos y la esperanza de que ellos también hicieran algo con su vida?

—Sí —terminó contestando Nathan tras un silencio.

—Vuestro padre tiene el nombre de ese chico. ¿Lo sabíais?

Asintieron.

—¿Y sabéis que vuestro abuelo mató a aquel chico?

—¿Qué dices? —Beamer la miró, anonadado.

—A vuestra abuela le encantaba contar la historia de un joven que se sacrificó, o que murió, o que ese era el orden natural de las cosas —dijo—. Pero no es verdad. El chico cuyo nombre recibió vuestro padre… Vuestro abuelo le robó la fórmula y la información para conseguir un pasaje a Estados Unidos y luego le quitó la comida y el agua. El chico estaba demasiado débil como para resistirse.

—Mamá —dijo Jenny—, ¿qué dices?

—Es verdad —interpuso Marjorie—. Mi madre me lo contó. No se lo dijo a Carl porque creía que le iba a afectar demasiado.

—Eso hizo. Lo mató. Mató a alguien para conseguir lo que quería —siguió Ruth, mirando a sus hijos horrorizados—. Es lo que uno tiene que hacer a veces.

Sin embargo, sus hijos se limitaron a mirarla sin decir nada. No tenían ni idea de de qué les estaba hablando.

Aquella noche, después de que todos los allegados se fueran de casa, Ruth les contó a sus hijos lo de los diamantes que estaban enterrados bajo el invernadero. Les dijo que iba a vender una mitad y se iba a quedar con la otra. Un cuarto de los beneficios los iba a destinar a su futuro y al de Marjorie, otro cuarto iba a ser para invertirlo en varios fondos irrevocables que iba a controlar Arthur. Y la otra mitad era para sus hijos, quienes habían pasado a tener más dinero del que habían visto en la vida.

¿Ves? Es un final horrible. Nadie maduró, a nadie le llegó una revelación, nadie se hizo mayor ni ningún momento maleable se llegó a producir. No iba a haber ninguna consecuencia por lo que había sucedido, ninguna resolución. Sus problemas estaban solucionados y ya no hacía falta nada de eso.

Pero bueno, qué se le va a hacer. Así son los ricos.

PARTE III

LA DESAPARICIÓN FLETCHER

EL FINAL HORRIBLE

El día después de que terminara la shivá de Carl Fletcher, Ruth y Marjorie pusieron en venta la finca que los Fletcher tenían en Middle Rock. Se vendió en menos de una semana, a un neurocirujano iraní que se había criado en Middle Rock y había estudiado Medicina en Los Ángeles. Se había casado con una mujer de Beverly Hills, donde había intentado asentarse, pero le parecía que a la cultura de Los Ángeles le faltaba algo, que los lugareños eran aburridos y las escuelas dejaban mucho que desear. Se había adoctrinado en Middle Rock, igual que todos nosotros, y nada más le parecía lo bastante bueno (ni siquiera Beverly Hills), por lo que decidió volver.

Como la fábrica había pasado a ser una estructura inestable, podían echarla abajo y pavimentarla sin pasar por el lío burocrático en el que se habrían tenido que sumir si solo la hubieran clausurado. Por el incendio, el seguro (el de responsabilidad de Haulers, no el de incendios, porque este no cubre los provocados) se vio obligado a cubrir los gastos de Haulers por los desperfectos. Después de que derribaran la fábrica y ya no quedara ni rastro de ella, un promotor de centros comerciales compró el solar a un precio más caro, lo cual permitió que la familia pagara sin problemas las multas federales y municipales de la Agencia de Protección Ambiental sin tener que recurrir a sus ahorros, y hasta llegaron a un acuerdo para resolver una denuncia de los vecinos de la zona, a quienes no les hacía mucha gracia que los zapatos de sus hijos terminaran de color arcoíris por los residuos químicos cuando iban al parque a jugar.

Nathan y Alyssa, por su parte, decidieron que ya no tenían más motivo para quedarse en Middle Rock, ya que no estaba la finca (o sea, su madre). Cruzaron dos ríos y se mudaron a Livingston, cerquísima de la casa de los padres de ella, donde Nathan compró una urbanización que estaba en bancarrota, puso una valla y construyó viviendas para él y la familia de su mujer. Aun así, nunca llegó a apuntarse al Colegio de Abogados de Nueva Jersey; en su lugar, aprendió a gestionar el dinero y se pasaba el día escogiendo los dividendos más conservadores para que sus fondos crecieran poco a poco y de forma constante, para sus hijos.

Beamer y Noelle se reconciliaron menos de un año después, justo a tiempo para que él invirtiera en un negocio de bienestar que ella iba a montar con su dermatóloga. Beamer se puso a escribir una nueva versión feminista de la saga de *Santiago* en la que Santiago por fin es de Chile y tiene como protagonista a una mujer que ayuda a víctimas de la trata de personas, aunque a todos los que leyeron el guion les pareció demasiado deprimente y nunca se vendió ni se llegó a producir.

Marjorie y Alexis hicieron las maletas en su piso de Forest Hills y se mudaron al norte del estado, a algo denominado «comunidad residencial de bienestar para la senectud» y que en realidad era una secta benigna liderada por un exvendedor de seguros carismático. Fue allí que, lejos de todos los intentos de salvarla por parte de su familia, quienes creían que sabían lo que le convenía, todo empezó a irle bien por primera vez en la vida. Pasaba seis horas al día en terapia, y el resto en el jardín y practicando yoga y comiendo alimentos vegetarianos y a veces participando en alguna que otra orgía con el susodicho exvendedor de seguros. ¿Qué se le podía hacer? Hay personas que han nacido para estar en una secta.

Y Ruth repartió las posesiones de Phyllis y Zelig entre sus hijos (la vajilla, los muebles, los vinilos, los candeleros de plata, los platos para el Séder) y tiró lo que no querían. La semana antes de marcharse de Middle Rock se la pasó haciéndose carnés de socia de distintos sitios, para los cuales ya tenía la edad suficiente para que le hicieran descuento: el museo Met y el Guggenheim, el cine Film Forum, así como una suscripción de ballet en el Lincoln Center. Cuando llegó a la casa de la calle Nueve, dejó la maleta y salió de inmediato para pasear por el Soho, donde encontró unos candeleros de bambú de aspecto sencillo que pegaban más con sus gustos que todas las chorradas que había tenido en la mansión de Middle Rock. Los colocó en el comedor de su nuevo hogar, sobre la mesa que se había comprado de una tienda de muebles danesa al norte del estado. Sentada a la mesa, admirando los candeleros, se alegró de haber podido recordar qué era lo que le gustaba.

En otros lares, Max Besser recibe su siguiente rechazo para otro puesto de trabajo durante la entrevista, porque solo tiene experiencia laboral en una fábrica y por el semblante de amargura palpable que no se le quita de la cara. Charlie Messinger está en un estudio de sonido y mira la pantalla desde el pueblo de sus productores, con los cascos puestos, mientras Mandy Patinkin interpreta a un personaje, el tío patriarcal, al que secuestran en el trasfondo de la historia, lo cual explica por qué la familia está tan jodida desde el principio. Mickey Mayer hace *burpees* en su celda de la cárcel (donde espera que se cumpla su condena de seis años, porque Ruth le prohibió a Nathan que le pidiera clemencia al juez por su parte) y aprovecha el tiempo para urdir un fraude telefónico que espera que sea posible con los avances tecnológicos que se hayan producido mientras está en el talego. Con nocturnidad y alevosía, Lewis Squib echa aceite en los peldaños de la entrada de lo que siempre será conocido como el nuevo Giant's, antes de volver a la mañana siguiente cuando el guardia de seguridad esté presente para presenciar que se cae y se rompe la pierna mientras su sobrino, quien pretende estar grabándose haciendo piruetas con la bici en el aparcamiento, lo registra todo en vídeo. La dominatrix de Beamer pisa el cuello de un hombre y lo reta a que la mire por debajo de la falda, tras lo cual le da una patada en la entrepierna porque resulta que ser fisioterapeuta no le sirve para llegar a fin de mes. Phyllis (la vidente) mira a Noelle con intensidad y se obliga a tensar los ojos en lo que expresa su preocupación, porque ve con mucha claridad que la nueva socia de negocios de Noelle esconde secretos, por lo que tendría que volver al día siguiente para que le purifique el aura, en aquella ocasión por cinco mil dólares, para que pueda ver todas las formas en las que la manipulan y le mienten. Amy Finkelstein acompaña a sus alumnos en una última interpretación de la canción infantil «Hot Cross Buns» conforme se pone una crema antiinflamatoria en las articulaciones, después de malgastar su salud en la enseñanza escolar y extraescolar para niños mimados a los que no les gustaba la música y ni siquiera querían entenderla, sino que solo buscaban saber tocar un instrumento exótico que poner de relleno en sus formularios para pedir plaza en la universidad. Por la noche, saca su violonchelo, pero ya no puede tocarlo tan bien como antes por culpa de la artritis, y, aunque hace mucho tiempo que aceptó que nunca podrá tocar para la filarmónica, le parece que está en un estado constante de aceptarlo, que nunca llega a asimilarlo del todo. Una parte de ella se pregunta si todo se solucionará en algún momento, por mucho tiempo que pase sin que haya ningún indicio de que alguien vaya ir a salvarla.

Aunque sepamos que no existe un mecanismo que nos garantice la seguridad, aunque sepamos que tampoco existen los dibbuk de verdad (salvo por la forma en la que la generación anterior te persigue toda la vida), los demás llegamos a la siguiente reunión de antiguos alumnos y de lo que hablamos es de todo lo que ha cambiado: que la mayoría de las personas a las que conocemos se dedican al sector financiero y aprovechan el razonamiento talmúdico que también hemos heredado para jugar en el mercado y averiguar cuánto dinero puede ganar el propio dinero. Que la clase media está desapareciendo, que la clase intelectual judía cuenta con cada vez menos miembros. Que la generación que se esforzó para que viviéramos como podemos se llevaría un buen susto al no encontrar a ningún pintor, poeta, violinista y ni siquiera un profesor de filosofía entre nosotros.

Es ahí cuando, de forma inevitable, pasamos a hablar del breve momento en el que los Fletcher casi tuvieron que encarar la misma realidad a la que nos enfrentamos los demás, del momento en el que un dibbuk se trajo algo entre manos en su familia, cuando casi se vieron obligados a entender lo que era no saber lo que les deparaba el futuro. Nos sentimos mejor al decir que no les resultó nada bien que los problemas se les solucionaran así sin más, que sí, se habían criado para no tener que esforzarse por conseguir la seguridad, pero ¿cómo podía ser eso una vida plena? Sí, nos sentimos mejor al pensar que tal vez los miembros fantasma de su potencial les hagan las cosquillas suficientes como para que se den cuenta de que perdieron su oportunidad de salir de su vida cómoda y convertirse en las personas reales que solo pueden ser producto de la adversidad y el miedo de verdad. Los genes pueden esconderse, pero no diluirse: hasta los genes recesivos están tras bambalinas, con el traje puesto, a la espera para salir al escenario.

Tal vez, en alguna ocasión, cuando todo está en silencio, los hijos Fletcher todavía notan los restos del imperativo genético de su madre, de su abuelo Zelig, de los hermanos amenazantes de Phyllis que iban a cobrarles el alquiler a sus inquilinos del Bronx, de cualquier miembro de su familia que fuera lo bastante astuto como para conseguir salir de Europa con vida, de cualquier persona que necesitaba luchar para sobrevivir de repente.

Aunque lo más seguro es que no. El cuerpo y la mente son máquinas eficientes que entierran lo que ya no necesitan, y los restos no bastan para formar una persona completa y real. Y no hay muchas posibilidades de que alguna de esas ideas le pasara por la cabeza a algún Fletcher.

Quizás ese era el Compromiso de Long Island de verdad: que uno puede alcanzar el éxito por su propio pie o estar tarado, y que es algo que se decide según las circunstancias en las que uno nace. La pobreza crea un gran impulso a salir adelante en los hijos, mientras que la riqueza los condena a ser el ternero del que Jenny habló en su proyecto de ciencias: personas que se crían de un modo que no puede sustentar una vida, por lo que, cuando por fin los dejan salir de la jaula por primera vez, ni siquiera pueden quedarse de pie. Sin embargo, las personas que llegan al éxito por su propio pie nunca dejan de notar el miedo en la puerta, y los que han tenido la suerte de nacer en una vida cómoda y segura nunca llegan a convertirse en personas del todo. ¿Quién sabe qué opción es mejor? Sea cual fuere, se trata de un sistema que te da por culo un día tras otro, eternamente, y ¿quién sabe qué opción es mejor?

O tal vez eso es lo que tenemos que decirnos para poder pasar página, a sabiendas de que los Fletcher del mundo están por ahí y que siempre se van a salvar cuando los demás lo tenemos crudo para llegar a fin de mes y sobrevivir en un torneo infinito, uno cuyo terreno de juego es un abismo, un caldero enorme en cuyo precipicio diminuto vivimos los demás, con las piernas colgando por el borde, mientras el propio vértigo amenaza con tirarnos. Nos decimos que lo mejor es ser capaces, que es mejor tener la habilidad de sobrevivir y de ser competentes (de ser cualquier animal menos un ternero), pero, joder, mientras más viejos nos hacemos, más cuesta creerlo.

❦

Jenny fue la última de los Fletcher en irse de Middle Rock. Su madre la había llamado aquella última mañana antes de que llegaran los nuevos propietarios y le pidió que se asegurara de que no quedara nada en la habitación que había ocupado Marjorie en la mansión. Y lo comprobó, tras entrar en la vivienda una última vez, pero no quedaba nada.

Salió de la mansión y se metió en el asiento del pasajero del coche al ralentí de Brett Schloff, el cual contenía las últimas cajas en el maletero y que iban a llevar a la casa que se habían comprado en Cincinnati, donde iban a mudarse para estar más cerca de las hijas de Brett y donde, en solo dos años, iban a llevar a su nueva hija y, un año después, a su hijo.

El día en que se marchó, su todoterreno salió de la finca, atravesó la puerta y, por primera vez en la vida, no la cerró. Brett intentó doblar a la derecha para salir de la ciudad, pero Jenny lo dirigió a la izquierda. Quería recorrerla una última vez, quería pasar por aquel lugar que, al estar abandonándolo, se había convertido en uno muy querido. De modo que recorrieron la ciudad y pasaron por delante del Bagel Man y del Poultry Pantry, el cual cerró el año siguiente y cuyo propietario dijo que era un milagro que se hubieran sabido ganar a los iraníes, porque era imposible que su negocio sobreviviera a la apatía judía ortodoxa y asiática hacia su producto, y los dos grupos habían pasado a ser los mayoritarios de Middle Rock. Pasaron por delante de la carnicería, que se había transformado en *kosher* y estaba regentada por el nieto de los Beldstein; por delante del banco Manufacturers Hanover en el que Ruth había conseguido sus billetes marcados para el rescate del secuestro y que luego se había convertido en una sucursal del banco Chemical y, en aquel entonces, de un Chase. Pasaron por delante de la tienda de esquí y monopatines de Duplo, destripada porque estaba de obras para convertirla en la quinta farmacia CVS del municipio.

Brett siguió conduciendo y Jenny observó el paisaje: el instituto, la casa de los Mayer, la vivienda en la que se había criado Brett, la biblioteca, el parque Cobbleway. Le pidió que girara a la izquierda en la calle St. James y que aminorara la marcha hasta que llegaron a la vieja casa de estilo Tudor en la que había terminado la vida de su padre de forma abrupta cuando una persona que lo quería pero que no lo soportaba lo había sacado a la fuerza de su vida pacífica y se había llevado la vida de los demás Fletcher consigo. Brett detuvo el coche y Jenny salió para quedarse mirando la casa y llorar durante un minuto entero y precioso.

—Vámonos —dijo al volver al coche, y Brett la sacó de la ciudad para adentrarla en el resto de su vida.

Al día siguiente, un buldócer fue a la finca y se puso a derribarlo todo. Una bola de demolición atravesó la casa de Zelig y Phyllis en primera instancia, seguida de la de Carl y Ruth, de modo que los ladrillos pintados de blanco cayeron destrozados entre trozos de persianas negras. Las cabañas de los jardineros y los garajes los echaron por tierra de una pasada con el buldócer, mientras que el invernadero lo desmontaron panel a panel. Pisaron los arbustos de fresa, retiraron el cemento que formaba la piscina y llenaron el agujero restante de tierra para luego cubrirla de un manto de césped.

En lugar de todo aquello, la nueva familia colocó una vivienda gigantesca de estilo georgiano con tres casas más pequeñas del mismo estilo desperdigadas por la entrada. Arrancaron el Césped Imposible y dejaron un estanque reflectante en su lugar. En el tramo de césped que iba desde la mansión hasta el estrecho de Long Island, erigieron una plataforma que incluía una piscina nueva que flotaba sobre el agua, así como una cabaña de temática tiki con su propia barbacoa y ducha exterior. La finca era suya y ya no mostraba ni un solo rastro de las personas que la habían poseído antes ni tampoco de las anteriores a esas.

Los Fletcher eran una de las grandes familias judías del país. Eso fue lo que dijo el rabino Weintraub en el funeral de Phyllis y lo que repitió en el de Carl, un año después. Con eso quería decir que habían sobrevivido y proliferado, que habían llegado a aquel país y, después de observar el paisaje, se habían sabido incorporar a él con mucha destreza. Lo hicieron tan bien que, al final, desaparecieron sin que nadie los viera hasta meterse en una diáspora muy distinta, absorbidos por completo por el país que existía más allá de Middle Rock, sin necesitar un lugar como aquel. Un lugar que les sirvió hasta que dejó de hacerlo.

Aquel día, Jenny y Brett recorrieron la calle Ocean Vista, giraron a la derecha en la carretera Shore y la siguieron hasta la autopista. Jenny miró por la ventana al pasar por el otro lado del estrecho, desde donde alcanzaba a ver el faro que su abuela se había esforzado tanto por restaurar y, más allá de él, la mansión en la que se había criado. Brett notó la tristeza en su periferia, la sensación de un final, y apoyó una mano sobre la de ella según avanzaban y avanzaban y avanzaban hasta dejar Long Island muy atrás.

Los Fletcher habían desaparecido de una vez por todas, y nunca más tuvimos que volver a oír hablar de ese apellido tan horrible.

NOTA DE LA AUTORA

El secuestro que aparece en esta novela se asemeja al que sufrió Jack Teich en Long Island en 1974 por un buen motivo: fue lo que inspiró este aspecto de la novela.

He sabido del secuestro durante la mayor parte de mi vida, porque también conozco a los Teich en persona desde hace muchísimo tiempo. Mi padre se crio en la misma ciudad que Jack y pasó un tiempo trabajando de consultor informático para su fábrica de acero y particiones de Brooklyn. Cuando era pequeña, veía a los Teich de vez en cuando, y, después de que me despidieran de uno de mis primeros empleos, Marc Teich, el hijo mayor de Jack, me llevó a la tienda Stew Leonard's, me ayudó a llenar la nevera y me dio un empleo de entrada de datos en su fábrica durante el verano. Marc y yo hemos seguido en contacto desde entonces, aunque a sus hermanos solo los conozco de pasada.

Jack nunca habló en público sobre su secuestro, ni conmigo ni, según parece, con su familia. Lo devolvieron sano y salvo a su casa después de que su familia pagara un rescate desorbitado a los secuestradores. Decidió seguir adelante con su vida y aislar a sus seres queridos de los detalles del horror que había sufrido, más allá de lo que se desveló en las noticias sobre el crimen y en el juicio al secuestrador. Desde entonces ha tenido una vida plena y exitosa con su familia, lleno de agradecimiento.

Hace unos años, me reuní con Jack para hablar de una novela que quería escribir y que iba a usar un secuestro similar como una de sus tramas principales. Me dio su visto bueno para el libro y, a cambio, me pidió consejo sobre el mundo editorial. Me contó que estaba pensando escribir una autobiografía, porque quería hablar por fin de lo que le había sucedido hacía tantísimos años. Era mayor y no quería dejar este mundo sin que su familia entendiera del todo lo que había pasado durante el secuestro, la investigación que provocó (de varios años de duración) y el resultado público y privado que tuvo todo el calvario. Unos dieciocho meses después, me mandó un ejemplar de *Operation Jacknap: A True Story of Kidnapping, Extortion, Ransom, and Rescue*. «Operation Jacknap» fue el nombre que el FBI le dio al caso. Si quieres saber más sobre el secuestro de Jack Teich, te animo a que leas su gran libro.

No hace falta que diga que los Fletcher salen de mi propia imaginación. Los Teich no se asemejan en nada a los Fletcher, ni en detalles biográficos ni en ocupación ni en descripción física ni en personalidad, y desde luego tampoco en espíritu. Le estoy muy agradecida a la familia por su amabilidad y por la amistad que me han brindado.

Además, también querría darle las gracias al poeta Timothy Liu, cuyo bello poema «The Lovers» se publicó en el metro de la ciudad de Nueva York como parte del programa Poesía en Movimiento de la Autoridad Metropolitana del Transporte mientras yo escribía esta novela. El poema, que leí cada día cuando iba a trabajar, inspiró la conversación que tienen Beamer y Noelle después de la lectura de cartas.

Muchas gracias a Marsha Norman por haberme dado permiso para que incluyera varias estrofas de *El jardín secreto* en este libro; a Mandy Patinkin, cuya actuación en esa obra me encandiló y no la he olvidado nunca; y a mi tía, Lois Akner Fields, por llevarme a ese musical (y a muchos otros) cuando estaba en el instituto. Tuve mucha suerte de haber ido.

—Taffy Brodesser-Akner
Ciudad de Nueva York
2024

¿TE HA GUSTADO
ESTA HISTORIA?

Escríbenos a...

plata@uranoworld.com

Y cuéntanos tu opinión.

Conoce más sobre nuestros libros en...

plataeditores

PlataEditores